平凡岁月

倪学礼◎著

中国戏剧出版社
CHINA THEATRE PRESS

图书在版编目（CIP）数据

平凡岁月 / 倪学礼著. -- 北京 : 中国戏剧出版社, 2019.9
ISBN 978-7-104-04579-3

Ⅰ. ①平… Ⅱ. ①倪… Ⅲ. ①电视剧本－中国－当代
Ⅳ. ①I235.2

中国版本图书馆CIP数据核字(2017)第247006号

平凡岁月

责任编辑：肖　楠
责任印制：冯志强

出版发行：中国戏剧出版社
出 版 人：樊国宾
社　　址：北京市西城区天宁寺前街2号国家音乐产业基地L座
邮　　编：100055
网　　址：www.theatrebook.cn
电　　话：010-63381560（发行部）010-63385980（总编室）
传　　真：010-63383910（发行部）

读者服务：010-63387810
邮购地址：北京市西城区天宁寺前街2号国家音乐产业基地L座

印　　刷：鑫海达（天津）印务有限公司
开　　本：787mm×1092mm　1/16
印　　张：47.5
字　　数：800千字
版　　次：2019年9月　北京第1版第1次印刷
书　　号：ISBN 978-7-104-04579-3
定　　价：258.00元

目录

人物小传…………… 1
故事梗概…………… 13
文学剧本…………… 001

第1集 ……………… 003
第2集 ……………… 024
第3集 ……………… 044
第4集 ……………… 062
第5集 ……………… 080
第6集 ……………… 099
第7集 ……………… 117
第8集 ……………… 135
第9集 ……………… 155
第10集……………… 173
第11集……………… 193
第12集……………… 211
第13集……………… 230
第14集……………… 247
第15集……………… 266
第16集……………… 290
第17集……………… 309
第18集……………… 329
第19集……………… 350
第20集……………… 364
第21集……………… 382
第22集……………… 397
第23集……………… 411
第24集……………… 431
第25集……………… 451
第26集……………… 470
第27集……………… 490
第28集……………… 509
第29集……………… 525
第30集……………… 540
第31集……………… 555
第32集……………… 572
第33集……………… 593
第34集……………… 610
第35集……………… 624
第36集……………… 641
第37集……………… 657
第38集……………… 672
第39集……………… 692
第40集……………… 713
附录………………… 738

人物小传

1. 李大宝

故事的主人公，兄弟姐妹中的行一，纺织厂维修车间工人、厂工会干事及办公室主任，后下岗；出场时27岁左右。

纺织厂乃至北京纺织系统最年轻的8级工，因此是维修车间绝对的“大拿”。技术的过硬、工友的抬举以及工厂的重视，造就了他性格中极其傲慢的一面。当然了，这仅限于在工作中。

而在生活中，他却是一个极其老实、憨厚的人。不管在家里还是在单位，好事且轮不到他，赖事、麻烦事、没人愿意干的事，都在等着他。妈妈有一句话，说得一针见血：别人靠吃饭活着，李大宝靠吃亏活着。从这一点上来看，他似乎又有窝囊的一面。

爱操心，爱管闲事，爱帮别人忙。但他有一个原则，只能动嘴、跑腿、出力，不能花自己一分钱。可是，有的时候帮着帮着，就陷进去了，不得不自己搭钱。每次，亏了钱以后，就发誓，以后再也不充大尾巴狼了，老出血怎么能行啊；然而，下次遇到事，又第一个冲上去了，冲着冲着，又陷进去了。

恰恰又赶上他嘴有点损（好给人起外号、老拿别人逗闷子），所以，往往吃了亏、费了力，还不落好。这个时候，他就安慰自己说，咱是爷们儿，咱帮别人，并不是为了图人家说咱好。

如果细心点，我们就能够发现，他一般吃的是中小亏，从来不吃大亏。他自己说，咱是个小人物，遇不到什么大事，所以吃不了什么大亏。最主要的是，老天还偶尔开开眼——不能净让老实人吃亏，所以他也有赚便宜的时候，并且一赚就是大便宜。从这一点上来看，他不但不窝囊，反而是有一定生存智慧的。

这不，竟然找了一个搞艺术的漂亮媳妇儿。被媳妇儿使唤得丢丢转、欺负得没脾气，别人看着他累、看他可怜，他自己却挺高兴、挺美。在媳妇儿面前软弱点、窝囊点，他从来没觉得是什么丢人的事。还振振有词地说，你要是找了这样一个漂亮媳妇儿，你不心疼才怪呢！

一生中受尽了磨难，李大宝却从没有觉得苦；供弟弟读完本科、供妹妹读完博士，从没有一句抱怨；不管遇上什么事，睡一觉儿，保准忘脑后了。最落魄时，三天吃不上一顿饭，照样给老婆孩子买雪糕、买肯德基。下岗后，补过鞋、修过自行车、看过大门、当过电影院领座员。最后，因为嘴好，被一个老板看中，招到公司里，专管劳资矛盾，也算人尽其才了。

你越说我老实、憨厚，我越要当好儿子、当好大哥、当好丈夫、当好爸爸。当然，当好这四个角色，也就当好一个爷们儿了。这一点，他是再清楚不过了。

总之，是个既小气又大方、既胆小又胆大，既窝囊又坚挺，既可乐又可爱的人。

口头禅：一切都会好起来的。

幸福观：替别人着想，为自己活着。

价值观：每个人都有自己的理想。我李大宝的理想就是像个爷们儿那样体面地活着。

2. 张朵朵

李大宝媳妇儿，市工人文化宫下属剧团舞蹈演员；出场时20岁左右。

漂亮，柔弱，娇气甚至有点妖气。因此，在舞台上，她是绝对的妩媚动人、绝对的超凡脱俗、绝对的冰清玉洁。

在生活中，头脑简单、好耍性子，有点蛮横、不太讲理，没有心机、不会算计。也许，她早就把自己当成艺术家了，因此不会干活，不会做饭，不会过日子；基本上属于有柴一灶、有米一锅的主儿。一句话，她希望自己永远保持少女情怀、拒绝沦落成为家庭妇女，哪怕是在结了婚、生了孩子之后，哪怕是在离开舞台、眼瞅着步入中年之后。

因为出生在半知识分子家庭，她本身就认为高人一等；加之又是搞艺术的，总觉得自己应该生活在天上。因此，有的时候，考察老李家的某些人，就觉得他们没文化、没品位、没教养。举例来说，老李家的某些人剔个牙、吧嗒个嘴，打个呼、放个响屁，在她看来，实在是太不应该也太不体面了。但是这些想法，她很少说出来；也许，她的不适和不屑是在潜意识里完成的。因为在她看来，动不动就公开的贬损别人，同样是一种粗鄙。她越是这样，老李家人越是感觉到无形的压力在缠绕着他们。

以上种种，使她成为一个善良、可爱又有点做作、矫情的人物。

她一直想用自己的生活方式改变老李家人。没想到，最后却被老李家人改变了。

同时，一直想在事业上有更大的发展，可是未能如愿。因此，就把怨气撒在李大宝身上。在这个时候，她表现出绝对的蛮横，绝对地看不到李大宝的好。

李大宝出事住院，没人疼她了，这才傻眼了。李大宝伤好了以后，她开始知道对他好了，一下子变得非常贤惠。两个人的关系从此掉了个个儿。李大宝的幸福生活终于来到，尽管有些晚，可那毕竟是实实在在的幸福生活。

3. 李大雅

行二，出场时 23 岁左右。

性格有点各（gě，读葛），又有点愣，有点不知好歹。因为远嫁天津，总觉得家里人都欠她的。

4. 李二宝

行三，纺织厂子弟学校政治老师，因向学生推销服装被开除；出场时 22 岁左右。

李大宝处处吃亏，而这一位，处处占便宜；一天不占点便宜，就睡不着觉。

喜欢空谈，能把牛吹上天。好高骛远，老想不劳而获、一夜暴富。似乎一辈子都在倒腾买卖。倒服装、丝袜子和变色口红，倒落地电风扇、彩电、“车皮”、化肥和钢材，办皮包公司，炒股票，搞传销，进军房地产，染指影视业。反正什么时兴搞什么、什么赚钱搞什么。惨败是正常的，成功是偶然的。

到处借钱，但从不赖账；一旦债主上门，砸锅卖铁也得给人家张罗上。于是，家里人就跟着遭殃了。有时候，连姑奶奶的买药钱、妈妈的买菜钱、侄女的奶粉钱和小妹的压岁钱都被他糊弄去了。

为了解决资金问题，骗家人、骗亲戚，就是不骗外人。因此，在社会上口碑极好，简直就是道义的化身；在家里大家都当一泡狗屎臭着他，无异于过街的老鼠。

能吹的人都喜欢排场，李二宝也不例外。兜里只要有两个糟钱儿，就把朋友、家人往馆子里拽，哪怕吃碗面条，那也是个意思。更多的时候，他请客，李大宝屁颠儿屁颠儿地来买单。

其实，他内心有一个不可告人的隐秘：他知道自己不是妈妈亲生的；他担心被冷落、被抛弃、被放逐，所以，才没完没了地胡作、折腾、瞎搞。而他的胡作、折腾、瞎搞却被他冠以一个美丽的借口：首先是为了老李家；其次，是为了证明自己。所以，他经常对兄弟姐妹们说，你们千万别小瞧我，说不定，这个家，将来还得指望我呢！

5. 李三宝

行四，区政府秘书、办公室副主任和主任、某郊区县教育局副局长；出场时 15 岁左右。

老李家第一个大学生。李大宝咬着牙供他读完大学。他毕业后去区政府做了秘书。

一直认为自己投错了胎。所以上了大学后，最大限度地跟老李家人划清界限。这一卑鄙的行径甚至成了他最大的人生目标。

然而，他最初也是个有理想、有追求的青年。上大学时，想当作家，指点江山、激扬文字；刚刚工作时，也想改变环境、改造社会。碰壁之后，变得异常世俗甚至媚俗，再后来变得极其自私甚至冷酷，心里只有自己。最终成了典型的犬儒式的小知识分子。

不知从哪天起，准备往上爬。因为自视甚高，做事又隐忍、谨慎，耻于溜须拍马，所以总是受人排挤，混上不去。等到想通了，变得比谁都无耻，溜须、舔腚、当孙子，最终当上了一个小破官儿。

为了仕途，娶了一位小官僚的女儿，使其婚姻成了低层次的政治婚姻。

某郊区县教育局局长与建筑商勾结，贪污建筑工程款，致使一所学校校舍垮塌，十多个孩子被砸伤。目睹其惨状的李三宝良知被唤醒，冒死举报。后为躲避报复，住进疯人院。

在疯人院里，每天喊着要吃四菜一汤，要治理文山会海，要消灭买官卖官，要去见总书记。去杀他的人，可怜他，没有下手。

故事结局时，沿着黄河去徒步旅行了。什么时候回来，未可知。

口头禅：阶级是由既得利益来捆绑的，阶层是由经济实力来划分的。从目前实力和长远利益来看，我跟你好像不是一头儿的。

6. 李小雅

行五，大学教授；出场时 12 岁左右。

漂亮，爱干净。老觉得周围的人身上有异味儿，但碍于面子，又不说出来。等跟她接触过的人发现了这个秘密后，赶紧想办法改进个人卫生。

天性善良，菩萨心肠，连蚂蚁都不敢踩。性格内向，不善言谈，跟别人不争不抢。因此，妈妈一度忽略了她。但她的字典里，没有恨，只有宽容、忍让和孤独。

她对李三宝的态度也许是个例外。打心眼儿里瞧不上李三宝，认为他的书都白念了。这种情感具体的表现方式是，尽量地疏远李三宝。

妈妈希望她早点工作，帮着李大宝养家；她却不哼不哈地，一直读到博士毕业。其实，她能念成书，也是李大宝最大的心愿。

一度要单儿，把妈妈急出了毛病；姑奶奶却对她说，这点随姑奶奶挺好，就单飞，一辈子都不受制于任何人，那才叫自在、那才叫自由。

后来交过两个男朋友，都长得人模狗样。可是第一个自私；第二个无比自私。心灵受到伤害的同时，对世界存留的最后一点希望也荡然无存了。

其实，她想永远做一枝带露水的花朵儿。这一点，李大宝最终理解了。并认为，在这个世界上，最美的事物，莫过于他这个妹妹了。

7. 姑奶奶

李大宝爷爷的妹妹，终生未嫁，一直住在李大宝家，出场时 50 多岁。

每天赶时髦，追时尚；爱穿花衣服，爱唱个曲儿、跳个舞。任性、怪癖多；无事生非，刁钻古怪。典型的老玩闹儿。最喜欢的，就是别人给她介绍对象。嫁不嫁人另说，反正一直得有人追着。

没念过书，但认识好多字。看报纸、听广播、瞧电视，虽然足不出户，却知天下大事，常常评论时政，并且语出惊人、一语中的。

研究医术，每天给自己把脉。还能预言人的生死。但一般不轻易表态。一生只预言了3次，不幸都被言中。大家吓坏了，都说姑奶奶快成精了。妈妈则说，什么成精，那是闹妖，她这一辈子净闹妖了。

从来没见她做过任何事情，连饭碗都得大宝妈每天给她端到手上。总是坐而论道，好像一直是真理在握的样子。事实上，你不得不承认，很多事情也确实在她手里攥着呢。

但她也有局限：那就是无根据、无原则地觉着自己的孙子哪儿哪儿都好，别人哪儿哪儿都不行。孙子们只要在外面受一点气，她就喊叫着去找人家算账。然而这种事怎么能让姑奶奶出面呢？最后露头的不是李大宝妈妈就是李大宝。至于能不能找回甜酸儿来，只有天知道了。

口头禅：上帝派我来，就一个任务，监督你（指大宝妈）的同时，看着我的孙子们一个个长大成人。

8. 李大宝妈妈

30来岁就守寡了；出场时40多岁。

一个人把五六个孩子拉扯大。心里早就没了自己。这样的生活，使她成了一个任劳任怨、忍辱负重的母亲。这样的母亲，对谁都是100%的好，好得有点不讲原则了。比如，为了孩子，对外，可以忍气吞声。尤其是，在老张家及张朵朵面前，都有点低三下四了。

这样的生活，也养成了她寡言、少语，心细、节俭的性格。钱只能进，不能出；动一分，就肝儿疼。有时候，李大宝因为钱的事急得都快割自己的肉了，她也无动于衷。真不愧是李大宝的妈妈。

然而，偶尔遇到大事，敢拿主意不说，花钱也不心疼了，一见招儿就是大手笔。总的来说，是一位了不起的母亲。

这位了不起的母亲，在做重大决定时，有一个习惯动作：得摔一个碗。只有她自己明白：那是她在给自己壮胆儿呀！

9. 牛琴

李二宝媳妇儿，纺织厂纺织四车间工人，后下岗；出场时 20 岁左右。

品性跟李二宝有一拼。简直一对活宝。两个人凑到一块，就是一台戏了。用姑奶奶的话来说，二人就是鸡随狗跟、夫唱妇随，沆瀣一气、狼狈为奸。

与李二宝交好时，如胶似漆；不好时，人脑子能打出狗脑子来。

外人欺负李家时，跟李二宝冲锋在前，抵御外侮。打完了回来，再收拾一家子窝囊废，尤其是李大宝。

10. 王蔷

李三宝媳妇儿，出场时 22 岁左右。

虽然生于小官僚家庭，但却胆小怕事，人也死气沉沉。

老想为老李家做点什么，但人家还不领情。最终也未融入这个平民之家，彼此都觉着疙疙瘩瘩、半生不熟。究其原因，是与李三宝的心隔着肚皮。李三宝冷落了她，别人再怎么热情，都有些别扭。

在老李家，能够交心的只有李大宝了。在他的支持下，与李三宝离婚。离婚之后，人一下子灵秀了，也有活力了。后来开了个咖啡店，小有成就。

11. 宋燕子

纺织厂纺织四车间工人；出场时 18 岁左右。

话不多，心地好，有什么事都埋在心里。喜欢李大宝，但不敢表白。李大宝也喜欢她，更不能挑明。这样的关系，让两个人内心都存留了一种美好。在很多时候，这种美好，也许正是让人活下去的理由。

下岗后，要不是被李大宝阻止，差点就被男人大裤裆怂恿去做了“三陪”。

孩子几乎得了绝症。在众多工友的帮助下，渡过了难关。最后开了四家连锁花店。与一般的卖花女不一样，她是真的喜欢花。她觉得每天的日子能闻到花香，就是喝稀粥、吃咸菜、睡窝棚，也知足了。

12. 杨开明

李大宝高中同学，纺织厂厂办秘书、办公室副主任和主任、副厂长、厂长；出场时26岁左右。

内心有点阴暗，一心想当官，每天就琢磨这点屁事。为了达到目的，随时可以弯下他那高大的身躯。

大专毕业即分配到纺织厂。他一步一步干到厂长的位置。自此，更是夹着尾巴做人了，变得非常低调、非常朴素、非常平易近人。给外界的印象绝对是能干的好厂长、顾家的好丈夫、可亲的好爸爸。后来，我们才知道，他的生活糜烂到无以复加的程度。

与某些人勾结，通过所谓的改制，把纺织厂变成自己的企业。像大多数企业家一样，在瓜分跟自己一块成长的工厂时，有一种恨之入骨、痛快淋漓的快感。

正如姑奶奶的先知先觉预料之中，他最终把自己给作死了。

13. 孙友来

李大宝师傅，全国劳模；下岗后，成了拾荒者。

是个像机器一样的任劳任怨、无欲无求的好人。集体主义已经融入了他的血液，原则和奉献已经成了他生命的根本。

即使被工厂抛弃了，也毫无怨言。还劝其他要去上访和静坐的人说，国家也难，我们扛一扛，国家也就扛过去了。

下了岗，实在是干不了什么，就去拾荒。刚开始，连买菜的钱都攒不下，后来挣了钱，全都捐给了下岗工人的孩子们。

14. 大裤裆

宋燕子丈夫，李大宝工友。下岗后，曾一度消沉。

爱钻研，技术好；脾气暴，老打架；讲义气，特孝顺。有一个瞎了眼睛的妈妈。

跟李大宝争过张朵朵。因事故受伤致残。在事故处理中，为李大宝的善良、宽容所打动，两个人成了兄弟。下岗后，攒了个街头乐队。乐队后来并入李大宝的婚庆公司。

随时准备为朋友两肋插刀。尽管残了，也改不了口头禅：兄弟，谁欺负你了，告诉哥！

然而，因为身体的原因，在宋燕子面前永远抬不起头来。

15. 二膀子

孙友来儿子，李大宝工友，后辞职下海。

年少时好吃懒做，小偷小摸。除了人事，什么事都干，典型的大锅饭养成的寄生虫。后来，在李大宝的刺激下，辞了职去了南方。据说发了。

16. 丁茂

张朵朵同事。

大官迷。可能喜欢过张朵朵。张朵朵婚后生活不幸福，他差点儿乘虚而入。后来当了工人文化宫下属剧团团长。

17. 刘文品

张朵朵同事，比她小十多岁。

伪情种。表面文文静静，内里一肚子花花肠子。老想找一个比自己大10多岁的女人玩玩儿。张朵朵几乎就被他蒙骗了。

18. 高歌

张朵朵同事。

一个典型的女小人。

19. 戴亭

张朵朵同事。

一个典型的长舌妇。

20. 谢娟

张朵朵同事。

可以算作张朵朵的闺蜜。

21. 张朵朵父母

都是“文革”前的中专生。使使劲儿，也算是半知识分子了。但是，知识分子没当好，一不留神变成了小市民，并且是极其庸俗的小市民。碰见比他们穷的，恨不得把人踩在脚下，还要吐口唾沫；碰见比他们富的，哈喇子湿了前襟，管人家叫爹都嫌慢。这样的人现在满大街都是。某种意义上讲，他俩是一个人。

22. 张棵棵

张朵朵弟弟。

像口破缸，永远也填不满水。不工作，不学习；抽好烟，喝好酒，广交女朋友。缺钱了，就找李大宝要。还不念他好，到处说他是土包子，每天鼓动姐姐跟他离婚。

23. 毛驴儿

李大雅丈夫。

24. 李下

李大宝女儿，1986 年初出生；大学毕业后去美国读书。

故事的讲述人。从她的眼光看李大宝，李大宝怎么都不像个爷们儿。但到最后，李大宝比谁都爷们儿。

25. 李上

李二宝女儿，1990 年初出生。

26. 毛毛雨

李大雅儿子，1993 年初出生。

27. 李中

李三宝女儿，2000 年初出生。

28. 李大宝爸爸

早就死了，未出场。但活在李大宝妈妈的心中，更活在李大宝的生命里。是一个有骨气、有担当的男人。既是李大宝头上的一块阴影，又是他心中的一个偶像。

故事梗概

故事讲述了一个老实憨厚、地位卑微的男人是如何变得强大和挺立的。而他的强大和挺立一定不是物质上的，一定是精神上的。

文学剧本

第 1 集

字幕：1982年春天。

1. 纺织厂，小礼堂，内，日

一对新人的婚礼现场。

主席台上挂着横幅，上写：李大宝（纺织系统劳模）、张朵朵（剧团舞蹈演员）新婚典礼。

这对新人站在门口迎接来宾。

男的其貌不扬，但乐不可支；女的非常漂亮，但表情像上刑场。如果我们仔细点，就不难看出问题：男的腿肚子一直在转筋儿；还有，两个人胸前戴的花上竟然写着4个小字：劳动模范。

李下的旁白：把嘴岔子咧到耳根子的新郎，是我爸爸李大宝；打掉牙往肚子里吞的新娘，是我妈妈张朵朵。我叫李下，是他们的女儿。当然了，他们结婚那天，还没我呢。

又来了两位客人。李大宝虚张声势地上前一步，跟人家握手。

一位客人一边往里走，一边说：听说新郎官是个抠门儿，还真不假，连绢花都舍不得买一朵，把劳模戴过的大红花都用上了。

李大宝：您这话错了，难道结婚就不是劳动吗？我认为，结婚更是一场无比艰巨、无比幸福的劳动。

说话的客人回过头来，说：您幽默。

坐在前半场靠左边的，是老李家的人——李大宝妈妈、姑奶奶、李二宝和李大雅以及一些亲戚们——一个个看上去，都像斗鸡；坐在前半场靠右边的，是老张家的人——一个个看上去，都像斗败了的鸡。

当然了，李大宝的小弟弟和小妹妹——李三宝（10 年级学生。长得却非常弱小，便于换演员）和李小雅（7 年级学生）除外。这两个人既兴奋又紧张。尤其是李三宝，斜对着新娘，一直想看，又不敢看，所以，只好不停地用脚尖搓着地。

李下的旁白：一开始，老李家的人非常高兴，娶了那么漂亮的媳妇儿，能不高兴吗？可是，新娘的爸爸妈妈——也就是我的姥爷、姥姥拒绝参加婚礼，这让老李家的人颜面扫地，他们自然就不高兴了。你看，现在老李家的人都把嘴噘得老高，分别可以拴一头毛驴了；老张家的人，把嘴噘得更高，分别可以拴两头毛驴了。

坐在后半场不分左右的，则是工厂的工友们。工友们一个个喜笑颜开，好像他们自己结婚似的。

李大宝一边迎接客人，一边张望着。

工友大裤裆急匆匆地来到李大宝身边。

大裤裆耳语道：找到了，在厕所蹿稀呢。

李大宝：这不是给我上眼药儿吗？这个时候蹿什么稀呀？叫他出来啊。

大裤裆：死活不出来。

李大宝：进去拽他呀。

大裤裆捏着鼻子，摆了摆手。

张朵朵斜了一眼李大宝，心里泛起了恶心。

2. 小礼堂，左边走廊，厕所，内，日

李大宝猛敲厕所蹲位的门。

李大宝：哥儿们，快点呀，我一生最关键的时刻已经到了，就看你主持人的了，你却蹿稀了。

里面的人（画外音）：我站不起来了，你们换人吧。

李大宝：这个时候我换谁呀？

里面的人有气无力地说（画外音）：我真不行了，就是总统就职典礼，我也不行了。

李大宝对准蹲位的门，踹了一脚，骂了一句：你这泡“屎”，也算是有“屎”以来，最臭的一泡了。

李大宝来到厕所外间，拧开水龙头，用凉水洗脸。

从外面匆匆进来一个人，与李大宝擦肩而过；那个人一甩手，一张纸粘在了李大宝的后背上。

那张纸上写着：我是癞蛤蟆，我就要吃天鹅肉，怎么啦！

洗完了脸，李大宝深深吸了3口气，然后背着大字报，装作雄赳赳、气昂昂地回到了现场。

3. 小礼堂，内，日

工友二膀子第一个发现了李大宝后背的大字报。

二膀子：又来了两位，走，我领你去招呼一下。

就这样，二膀子不怀好意地“护送”着李大宝，在席间转了一大圈。

很多人发现了李大宝后背的大字报。

李大宝也算是光屁股推磨，转着圈丢人了。

大裤裆把大字报扯了下来，还念了一遍。

旁边的人大笑。

李大宝：河边娶媳妇，把王八逗乐了。

哄堂大笑。张朵朵也差点笑出声儿来。

大家笑完了，才觉出了不对头。

大裤裆：哎，李大宝，你说谁是王八？

旁边的人也附和道：对呀，说清楚了，谁是王八？

二膀子：大裤裆，你一个光棍儿跟这儿起什么哄啊，想当王八你都不具备条件。

李大宝：是啊，在当今社会，当王八那也是有条件的。

又是哄堂大笑。张朵朵把脸拉得老长。

汗流浃背的李大宝真不知道这出戏该怎么唱下去了。而张朵朵的忍耐也快到了极限。李大宝向姑奶奶投去了求救的目光。

姑奶奶站起来，走到李大宝跟前，说：大宝，走，姑奶奶找地方跟你谈谈。

给李大宝贴大字报的那个人，出现在通向左边走廊的门口。他往主席台方向看着。张朵朵看见了那个人。

那个人是张朵朵的同事，叫丁茂……

4. 小礼堂，左边走廊，办公室，内，日

姑奶奶和李大宝来到左边走廊上一间没人的办公室里。

姑奶奶：大宝，害怕了？

李大宝：可悲惨。我的腿肚子一直在转筋儿。

姑奶奶：你今天就这样，以后的日子怎么过？

李大宝：所以从今天早晨我一直在想，要不，咱别过了。姑奶奶，让大家都散了吧，这婚咱不结了。

姑奶奶：窝囊废。

姑奶奶说完，一个大嘴巴子跟上。李大宝一下子镇定多了。

李大宝：要不我自己招呼，反正我主持婚礼也不下 100 场了，这套程序没有人比我更熟悉了。

姑奶奶：我看行。

5. 小礼堂，内，日

李大宝和张朵朵已经站在主席台正中央了。

李大宝双手抱拳，向来宾施礼，说：各位爷爷奶奶姥爷姥姥、大爷大娘叔叔婶婶、兄弟姐妹们，李大宝和张朵朵的婚礼现在正式开始。本着新事新办、一切从简的原则，我今天既是新郎，也是婚礼的主持人。

工友们一阵叫好。

李大宝还真自己招呼了：一拜天地；二拜高堂；夫妻对拜。

随着喊声，张朵朵和李大宝伴以相应的动作。

工友们被这别出心裁的仪式弄得情绪高涨。

一抬头，李大宝发现一个充当服务员的女工的裤子前口开了。于是，来到女工身边，指了指她腰部以下。

李大宝：可悲惨。有事故隐患，赶紧消除，不然要出大事。

女工低头看了看，红着脸说：讨厌。

女工跑向了一边。

李大宝妈妈嘟囔嘟囔地说：都什么时候了，还管闲事。

一个亲戚：听说，新娘子的爸爸妈妈没来参加婚礼啊。

另一个亲戚：听说，他们是知识分子，眼珠子都长到屁股眼子上去了，压根儿就没承认这桩婚姻。

姑奶奶：他们不承认又能咋，漂亮孙媳妇儿我照样要娶回家了！

大裤裆领着李大宝和张朵朵给亲朋好友敬酒。

轮到李大宝的师傅孙友来了。

李大宝一边倒酒，一边说：师傅，今天您得多喝点……

李下的旁白：我爸认识我妈是在一个偶然的场合。我妈是北京市工人文化宫下属剧团的一名舞蹈演员。例行公事，来我爸所在的纺织厂体验生活。他们报到的第一天，为工人们进行了一场慰问演出……

6. 大礼堂，内，日

闪回画面：

台上的演员们正在跳着一个叫《白衣天使》的舞蹈。张朵朵的表演吸引了台下众多的糙老爷们，他们的眼睛一个个瞪得比牛蛋还大。

大裤裆一边拍着手，一边对身旁的李大宝说：我都打听了，领舞的叫张朵朵，还没有男朋友，归我了。

李大宝低声说：大老粗一个，你也配？

大裤裆：就你配，不就会学两声狗叫吗，还真以为你是歌唱家了？

李大宝小声说：学狗叫怎么了，都像你似的，裤裆拖着地，走路都能把地面划条沟，就好了？

大裤裆从座位上站起来，要动手的样子。

二膀子把大裤裆按下，说：你们就别争了。一会儿的大比武，谁拿了第一，她就归谁。

大裤裆：妙极。

李大宝：比就比。

舞蹈完了。

演员们谢幕。

报幕员上台报幕：演出到此结束，请大家休息20分钟后，到篮球场集合，各单位按指定的位置就座，观看技术能手大比武。

7. 篮球场上，外，日

闪回画面：

技术比武现场。篮球场中间，摆放着各式各样的机器和车床。选手们蓄势待发、心无旁骛，评委们一脸严肃、凝重。

李大宝等6位选手来到机器和车床旁边。

其他5位选手，都穿着工服；唯独李大宝一身中山装，看上去很体面，像个干部。

有工友喊：脱，李大宝，脱！

其他人跟着起哄：脱，李大宝，脱！

李大宝有些尴尬。

大裤裆凑近李大宝。

大裤裆耳语：李大宝，其实，我早就知道，你中山装下面的白衬衣是假的。假领子假袖子。对不？

李大宝耳语：你才假领子假袖子呢。

大裤裆耳语：有本事你脱啊！

李大宝皱了一下眉头。然后，走向观众席最前排的张朵朵。

李大宝：请把你的护士服借我一用。

张朵朵感到有些莫名其妙，但还是脱了。

李大宝回到操作台前，别出心裁地把护士服穿在自己身上。

大裤裆知道李大宝葫芦里卖的什么药，也把一个女演员的护士服借过来。

大比武正式开始。

一块大黑板显示着6位选手的成绩……

已经完成了"车钳锻铆"等4轮工序的比赛，大裤裆和李大宝的得分并列第一。剩下最后一轮——"焊"——的后面还空着……

主持人宣布：最后一轮——焊——现在开始。

结果，30个焊点焊完了，两个人的得分又是一样。几位评委凑到一块，嘀咕了一会儿。

评委甲走到李大宝和大裤裆面前，说：请二位脱下护士服。

评委甲从大裤裆的护士服上找出了被火星烧出的12个洞；而李大宝的护士服洁白如初。

评委甲回到座位上，宣布：本次技术能手大比武第一名，李大宝！

观众席上报以热烈的掌声。

李大宝去还张朵朵的护士服。

张朵朵：李大宝同志，请你给我签个名吧。

李大宝哆哆嗦嗦地在张朵朵的护士服上签下了自己的大名……

8. 厂区院内，外，日

闪回画面：

李大宝领着演员们在厂区参观。

李大宝指着锯齿形厂房，说：……因为它的形状像锯齿，所以叫锯齿形厂房，它最大的特点就是采光好……

9. 纺织1车间，内，日

闪回画面：

一个女工在给演员们演示如何操作织机。

演员们看得津津有味。

张朵朵脑瓜一热，转身来到另一个织机旁，把头上的安全帽摘掉，往边上一搁，操作起来。

意想不到的事情发生了：张朵朵的长发被织机的齿轮绞住了；张朵朵一声惨叫。

人们围了过来，但都被眼前的场景吓坏了。

李大宝手疾眼快地关了织机，但齿轮还没有完全停下来。李大宝抄起剪子把绞住的头发“咔嚓”一下剪断。

惊魂未定的张朵朵拿着那绺头发，傻呵呵地看着李大宝，咧着嘴哭了……

李下的旁白：如果说，我妈认识我爸，是通过一场跟她完全没关系的技术比武，和一场跟她有关系的意外事故的话；那么，我妈嫁给我爸，则纯属另一场意外事故了。一个半月的体验生活快结束了，我妈他们又进行了一场演出。

10. 大礼堂，内，日

闪回画面：

大幕拉着。一场演出即将开始。

礼堂里座无虚席。还有一些人在过道上站着。

大裤裆等人坐在第3排的中间。这是比较有利的位置。

班长孙友来死乞白赖地挤进第3排。他是来找大裤裆的。

孙友来：控制幕布的滑轮坏了，幕布打不开。大裤裆，你赶紧去修一下。

大裤裆站起来，又坐下了，说：我这一去，座位就没了，你还是让别人去吧。

大裤裆回头看了一眼李大宝。李大宝正伸长脖子，往台上看呢。

大裤裆：给你个机会，李大宝，你去台上看吧，那儿看得清楚。

李大宝：你什么意思？

孙友来伸长脖子对李大宝嘀咕了几句。李大宝嘟嘟囔囔地，有些不情愿，但还是站起来了。

孙友来：到底是劳模，境界就是比某些人高！

大裤裆：妙极。

李大宝抽身往外走。座位马上被人占了。

不管李大宝怎么“哎哎”都没用了。

李下的旁白：我爸修理完了幕布的滑轮，没有马上离开，而是钻到了台后的化妆间。于是，我妈在光着身子换衣服时，被前来偷窥的我爸看了个够。

11. 大礼堂，舞台，侧台，后台，化妆间，内，日

闪回画面：

李大宝手脚麻利地修理滑轮。

李大宝：齐活儿了，试试吧。

工作人员试了试，果真好用了。

李大宝收拾好工具，来到侧台，准备从旁门出去，可是，想了想，又改了主意，探头探脑地来到后台。

一些上了妆的演员，都在凝神静气地面壁。

李大宝看见边上还有个房间，门上写着化妆间，一时心血来潮，推门进去。

上身全裸的张朵朵被鬼头鬼脑的李大宝看见。

张朵朵又是一声惨叫。抓起衣服挡在胸前。

有几个演员冲了进来。

戴着胳膊箍的保卫人员甲也冲了进来。

保卫人员甲：怎么回事，怎么回事？

只见李大宝像一摊烂泥一样瘫在地上……

李下的旁白：事情闹得沸沸扬扬，谣言传到最后，就成了我爸对我妈图谋不轨未遂。传说厂里要开除我爸……

12. 维修车间，内，日

闪回画面：

李大宝站在中间。工人们或者坐在操作台上，或者站在地上，把李大宝围起来。

大裤裆上前给李大宝脖子上挂了一个牌子。牌子上面写着：打倒臭流氓李大宝。

大裤裆：我们车间今天停工，专门开个大会，挖一挖李大宝肮脏的思想、晒一晒李大宝无耻的内心。谁先说？

二膀子：我先说……

孙友来开门进来了，上前把牌子给李大宝摘掉。

孙友来：都什么年代了，还搞“文化大革命”那一套？

李大宝像抓住救命稻草一样看着孙友来。

孙友来：但批评教育还是有必要的！

就在这时，戴着胳膊箍的保卫人员甲、乙进来了……

保卫人员甲：你们以为开个批斗会，就可以蒙混过关了吗？

13. 保卫部，小黑屋，内，日

闪回画面：

李大宝被关了起来。

保卫人员甲：李大宝，早交代早解脱，不然，公安局就介入了。

14. 厂大门外，花坛边，外，傍晚

闪回画面：

姑奶奶截住了从厂里出来的张朵朵。

姑奶奶：你是朵朵姑娘吧？我是李大宝的姑奶奶。

张朵朵：您有事？

姑奶奶：咱们借一步说话。

张朵朵看了看自己的两个同伴。

两个同伴：朵朵，那我们先走了。

张朵朵跟着姑奶奶来到一个花坛边上。

姑奶奶：朵朵，多好听的名字。看得出来，你不但是个漂亮的姑娘，你还是一个善良的姑娘……

张朵朵：您有什么事？

姑奶奶：你认识我们家大宝吧？

张朵朵：就算认识吧。

姑奶奶："就算"？怎么讲？

张朵朵：听工友说，他人缘挺好、乐于助人，是北京市劳模和厂标兵……

姑奶奶：这不光是认识了，已经算是了解啦。为了让你进一步了解他，我再给你详细地介绍介绍我们家和他的情况。他 10 多岁的时候，他爸就死了，留下了我、他妈妈和他们兄弟姐妹 5 个人。也就是说，他 10 多岁的时候，就帮他妈妈撑起了我们这个家。洗衣、做饭、看孩子，捡煤球、打零工、摆地摊儿，他都干过。中学毕业，本来是可以考大学的，可是为了挣钱，他选择了工作。他大弟弟和大妹妹虽然上班了，但他小弟弟和小妹妹都在上学，一个上 10 年级，一个上 7 年级。你说，像我们这样一个家庭，没有他，行吗？

张朵朵：不行。

姑奶奶：岂止是不行？没有他，就垮了。他大弟弟得打光棍儿，他大妹妹估计也嫁不出去，他小弟弟和小妹妹都得辍学……

张朵朵：啊……

姑奶奶：朵朵姑娘，我们家大宝就要被抓起来了。你得救救他呀，你得救救我们家呀！

张朵朵木木地看着姑奶奶。

张朵朵：可是，我怎么救？

姑奶奶：你要想救，一定会有办法的！

张朵朵：我……

姑奶奶：朵朵，多好听的名字。看得出来，你不但是个漂亮的姑娘，你还是一个善良的姑娘……

15. 保卫部，办公室，内，日

闪回画面：

孙友来正在跟保卫人员甲、乙掰扯。

孙友来：我可以拿人格担保，李大宝是个老实人，绝对不会耍流氓。这件事，纯属意外……

有人敲门。

应保卫人员甲的“请进”，张朵朵推门进来。

张朵朵：同志，我有情况反映。

保卫人员甲喝了一口茶，说：什么情况？

张朵朵：我是让李大宝看见了，但是……我正在跟他……

保卫人员甲：别吞吞吐吐的，你跟他怎么了？

张朵朵：我正在跟他谈恋爱……

保卫人员甲差点儿被水呛了……

孙友来：意外，太意外了。原来人家在谈恋爱……

李下的旁白：我妈同情我爸，站出来保护了他。据说，我妈还脑瓜发热地对我爸的师傅孙友来说，她什么都让李大宝看了，名声彻底完了，李大宝得负全责。我爸简直高兴坏了。这样的责任他当然愿意负。我爸到处扬言，我妈已经答应嫁给他了。在师傅孙友来的怂恿下，我爸甚至把工友们随的份子都收了。不过，我一直怀疑这件事的真实性。身体被男人看见了，贞操就没了？这也太老土了吧！

伴随着李下的旁白，是孙友来在维修车间收份子的画面——有的工友拿的是5块钱，有的工友拿的是10斤粮票，有的工友拿的是脸盆，有的工友拿的是枕巾……

伴随着李下的旁白，是愁眉苦脸的张朵朵、一直在偷着乐的李大宝在马路边散步的画面……

16. 马路上，外，夜

张朵朵和李大宝还在压马路。

张朵朵：你应该明白的，我跟你不合适……

李大宝：那你跟孙师傅说，我得对你负全责……

张朵朵：当时人多，又是在保卫部，我都不知道自己说了啥……

李大宝像是生吞了一个苦瓜：这话儿说的……我在车间都把份子钱收了……

张朵朵：你可以退回去呀……

从马路的斜对面，传来了卖糖葫芦的喊叫声。

李大宝：先吃根糖葫芦再说吧……

李大宝向卖糖葫芦地走去。

张朵朵上了马路牙子，靠在路灯杆上。朦胧的灯光在她身上闪闪烁烁。她那哀怨的样子，看上去像一幅油画。

这时，三四个小流氓骑着自行车呼啸而至。

小流氓们看见了张朵朵。他们纷纷来了个急刹车。

领头地喊道：这妞儿还挺漂亮。妹妹，一个人在这儿干什么呢？跟哥儿几个走呗，我们找个地方玩玩去！

小流氓们扔了自行车，靠近张朵朵。

张朵朵躲在了路灯杆后面，脑袋顿时一片空白。

领头的上前去捏张朵朵的脸蛋儿。

张朵朵：你们要干什么，你们要干什么……

领头的：真水灵。给哥亲一下。

有人喊了一声：放开她！

原来是李大宝拿着糖葫芦回来了。

张朵朵：李大宝快救我……

领头的：他救你，谁救他呀！

一声尖锐的口哨过后，小流氓们扑向了李大宝。李大宝把糖葫芦甩向小流氓们，做好了迎战的准备。

李大宝跟小流氓们打在了一处……

小流氓们渐渐处于下风……

领头的从军挎里掏出了刀子……

李大宝却撩开中山装，把裤腰带拽了出来。原来，裤腰带竟然是一根钢链子……

李大宝把裤腰带舞得风生水起。

张朵朵从路灯杆后面探出了脑袋。

李大宝：我刚才没好意思往外拿，既然你们先动了刀子，就别怪哥哥我不客气了！

对峙了一会儿，领头的收了刀子。

小流氓们慌慌张张地撤了……

再看李大宝，脸上出血了，衣服也烂了。张朵朵掏出手帕，替他擦拭。他却红着脸，把她推开。

李大宝手忙脚乱地把白衬衣的袖子扯出来，塞到裤兜里。

张朵朵一把又给拽了出来。

张朵朵：我听人说，你白衬衣的领子和袖子都是假的……

果真是一条假袖子。

张朵朵目瞪口呆。

张朵朵：腰带是假的，衬衣的领子和袖子是假的。你身上还有啥是假的？

李大宝郑重地说：没了。就这三样儿。确切地说，是两样儿。裤腰带其实是真的，只不过是一根钢链子，我自己做的而已。

张朵朵哭笑不得地说：你可真有意思，还“而已”，都什么时候了，你还转文呢……

李大宝弯腰捡起张朵朵的包。

李大宝：我们走吧。

张朵朵：要不要去医院？

李大宝：你可真有意思，被“蚊子”咬了一下，难道也要去医院吗！

张朵朵再一次对李大宝刮目相看……

17. 李大宝家平房，小院子里，西厢房，姑奶奶屋，外/内，日

闪回画面：

老李家有一个60多平方米的小院子。小院子里有棵柿子树。

正房两间，西厢房两间，加到一块不足50平方米。正房，妈妈和李大雅住一间，李大宝、李二宝和李三宝住一间；西厢房，姑奶奶和李小雅住一间，另一间则做了厨房。

姑奶奶在屋里对李大宝面授机宜。

姑奶奶：……英雄救美，你这是典型的英雄救美。

李大宝不好意思地说：我算什么英雄啊。

姑奶奶：你是纺织厂乃至北京纺织系统最年轻的8级工，8级工啊，这一名号，足以把她给震了，这个时候，你有六成把握了；阴差阳错，你把她给看了……她又把你给救了，这个时候，你有八成把握了；今天呢，老天安排，你又把她给救了，事到如今，你有十成把握了。

李大宝：……

姑奶奶：姑奶奶已经给你掐算了，这辈子她注定是你的人！

李大宝：真的假的？

姑奶奶：不然，她为什么请你去见她爸爸妈妈？

李大宝：她爸爸妈妈听说了演出的事，找我去了解情况……

姑奶奶：了解情况他们可以直接去厂里，找你干吗？她就是想让你去见她爸爸妈妈。

李大宝：也是啊？

姑奶奶：大宝，你一定要把握住这次机会啊。

李大宝：我怎么把握呀？我拿什么去把握呀？

姑奶奶琢磨了一会儿，说：得下猛药。如果她的爸爸妈妈跟你吱扭，你就对他们说，你们在一块已经那个了……

李大宝：那行吗，朵朵如果知道了，还不得把我掐死？

姑奶奶：要知道，她爸爸妈妈这一关如果过不了，你就得被唾沫淹死！

李大宝：可是，我害怕……

姑奶奶：窝囊废。

姑奶奶说完，一个大嘴巴子跟上。李大宝一下子镇定多了。

李大宝：姑奶奶，我好像不那么害怕了。

姑奶奶：这就对了。

18. 张朵朵父母家，院门口，外，日

闪回画面：

李大宝骑着自行车，驮着张朵朵来到老张家院门外。

张朵朵跳下自行车，说：我在这儿等着，你进去吧。

李大宝：你不陪着我吗？我一个进去干吗？

张朵朵：我已经跟我爸爸妈妈说了，你在追我。

李大宝：啊！

张朵朵：这不正是你想要的吗？

李大宝：可是……我一个人不敢进去呀……

张朵朵：你自己挖的坑，自己跳。

李大宝：没有你，我摔死呀……

张朵朵：摔死也是你自找的……

李大宝像踩着棉花一样，进了院子。

老张家的隔壁墙上伸出一个女人的脑袋……

19. 张朵朵父母家，内，日

闪回画面：

张朵朵的爸爸妈妈分坐在一个八仙桌的两侧。张朵朵妈妈闭着眼睛，张朵朵爸爸则瞪着眼睛。

李大宝内心在挣扎，尽量让自己显得镇定些。

张朵朵爸爸：姓名？

李大宝：李大宝。

张朵朵爸爸：年龄？

李大宝：27岁。

张朵朵爸爸：职业？

李大宝：纺织厂维修车间工人。

张朵朵爸爸：学历？

李大宝：高中毕业。

张朵朵爸爸：家庭成员？都干什么的？

李大宝：一个妈妈，在街道上班；两个弟弟，一个在纺织厂子弟学校当政治老师；另一个上10年级（高二）。两个妹妹，一个在火柴厂当工人；另一个上7年级（初二）。

张朵朵爸爸：没爹？

李大宝：早就去世了。对了，还有一个姑奶奶。

张朵朵爸爸：姑奶奶？

李大宝：我爷爷的妹妹。

张朵朵爸爸：她怎么跑你们家去了？

李大宝：我姑奶奶一生未嫁，本来就在我们家。

张朵朵爸爸：她为什么不嫁？是嫁不出去吗？

李大宝：那不是。据说，我姑奶奶年轻的时候，追求她的人很多，她都没看上。一来二去，拖久了，就不想嫁了。

张朵朵爸爸：说了归齐，还是没嫁出去吗。

李大宝：您也可以这么理解。

张朵朵爸爸：一个寡妇妈外带一个老姑娘再带一群孩子，这是什么家庭格局呀？

李大宝：不是一群，是5个。

张朵朵爸爸：三五就可以成群了，不知道吗？

李大宝：知道。

张朵朵爸爸：那我们家的情况你了解吗？

李大宝：略知一二。

张朵朵妈妈用鼻子“哼”了一下。

李大宝：你们家4口人，您和阿姨都是文化馆的创作员，女儿张朵朵是工人文化宫下属剧团的一名舞蹈演员，儿子张棵棵在工厂宣传科上班。

张朵朵爸爸：你们家是干什么的，你比谁都清楚；我们家是干什么的，你也清楚；那你还敢打我女儿的主意？

李大宝：我觉得一个女孩儿找对象应该主要看他的为人。

张朵朵爸爸：那你是什么为人？

李大宝：我，正直、善良，乐于助人、肯吃亏，我妈老说我：别人靠吃饭活着；李大宝靠吃亏活着。我喜欢钻研学习，热爱本职工作。是纺织厂乃至北京纺织系统最年轻的8级工。曾获得市纺织系统劳模一次、厂标兵三次，班组先进若干……

张朵朵爸爸：你这是在演节目吗？

李大宝：我只是在作自我介绍。我的介绍，绝对属实，没有一点虚构。

张朵朵爸爸：可是我女儿是艺术家。

李大宝：……不瞒您说，我也喜欢文艺。

张朵朵爸爸：唱歌还是跳舞，弹琴还是拉琴？

李大宝：我会口技。

张朵朵爸爸还没表态，李大宝已经鼓起了腮帮子学了一段猫叫和狗叫。

张朵朵妈妈依然闭着眼睛，说：阿猫阿狗也敢来我们家求婚。

李大宝头上开始冒汗了。

李大宝：我还会才艺表演。我会一只眼睛掉眼泪。

李大宝闭上右眼，猛眨左眼。果然，左眼里流出了两滴眼泪。

张朵朵爸爸：你就是两只眼睛都掉眼泪也没有用。

张朵朵妈妈突然睁开眼睛，一拍桌子，大叫：你跟丫废什么话！

李大宝吓得一哆嗦，差点儿瘫了……

20. 张朵朵父母家，院门口，外，日

闪回画面：

在院外等候的张朵朵一边在地上搓着脚尖，一边向院子里张望。

突然听到妈妈一声哭嚎，张朵朵拔腿就往里冲。

却见李大宝像捡个妈一样乐天乐地出来了。

张朵朵：里面哭、外面笑，难道……

李大宝：你爸妈答应了。

张朵朵：不可能！

李大宝：当然可能，绝对可能。

张朵朵：你是怎么跟他们说的！

李大宝：我就说……我就说……我们已经在一块……睡了……

张朵朵的头发都奓起来了，骂道：李大宝，你个臭流氓！

张朵朵薅住李大宝的头发就是一顿暴打……

张朵朵打得没了力气，最后倒在李大宝怀里……

21. 纺织厂，小礼堂，内，日

婚礼现场：张朵朵倒在李大宝怀里。工友们仍在起哄。

李下的旁白：反对这门婚事的又岂止我姥爷姥姥，我奶奶和我的叔叔姑姑们也没有一个人同意。他们都觉着我爸和我妈根本就不合适。

22. 李大宝家平房，西厢房，厨房，内，夜

闪回画面：

一家人围坐在饭桌旁开家庭会议。

一个个都闷着，不说话。张朵朵端坐在其中，挺着细腰，仰着脖子，有点鹤立鸡群的意思。她的前面有一堆糖纸。她把最后一块糖剥开，扔进嘴里。

李二宝瞅着张朵朵的嘴巴，咽了一口唾沫。

李二宝：这会都开两个小时了，你们不饿？

李大宝瞅瞅这个，看看那个，说：好像不饿。

李二宝：你们不饿，动物还饿呢。

姑奶奶：动物，哪儿来的动物？是耗子吗，家里又招耗子了？

妈妈很紧张地四处踅摸。

李三宝：无知。耗子是动物吗？

李大雅：他说的是驴吧？

姑奶奶：驴？哪儿来的驴？

张朵朵憋着笑说：我猜想，驴是一种比喻，是一种修辞。

李三宝：聪明。

姑奶奶：简直是驴唇不对马嘴。

李大雅：他的意思是说，我们每个人嘴上，都拴着头驴。

一片哗然。

姑奶奶：放肆。

张朵朵指了指李二宝。

张朵朵：那可是他说的……

张朵朵站起身，拿起屁股底下的手帕，折叠好，放进兜里。

张朵朵：对不起，我不能陪你们了，得回家了，太晚啦。

张朵朵一步三扭地走了。

李大宝赶紧追出去。

李大雅：贱。

李二宝：贱什么贱，一点都不贱，光彩礼钱就4000块。

李大宝又回来了。

李大宝：我们继续开会，大家继续发言。

李二宝：吃货。半斤糖全让她吃了。

李大雅：妖精。脸上抹的什么，都熏死人了。

李二宝：李大宝，找这么一个东西，你看不住，早晚得跑了。

李大雅：德行，我要是练跳舞，比她的腰还细。

李三宝突然来了一句：跟她一比，我们学校的女老师没一个能看的。

李小雅：李三宝，你思想有问题吧，你在学校不好好学习，看女老师干什么？

李大宝：说点正经的。你们到底什么态度？

一家人大眼瞪小眼地看着。

李大宝：那就举手表决吧，同意我结婚的请举手。

结果，举手的只有李大宝和姑奶奶。

李大宝：妈，你也不支持我吗？

妈妈没说话，但表情复杂。

李二宝：可悲惨。你们是少数。

李大宝：可是真理在我们手中。是不是，姑奶奶？

姑奶奶：那肯定，一点都不悲惨。

姑奶奶挺了挺身子，端了端架子，咳嗽了一声。所有人都集中精力了。

姑奶奶：那就这样定了，尽快择日把婚事办了。新房就安在西厢房。

妈妈：是这屋吗？那我们去哪儿做饭？

李二宝：又不是耗子，干吗把家安在厨房？

姑奶奶：我那屋。

妈妈：那您和小雅住哪儿？

姑奶奶：正房。

妈妈：正房？

姑奶奶：我去你们屋，跟你和大雅挤一挤；小雅去二宝他们屋，跟二宝和三宝挤一挤。

李三宝：多了个女人。我们怎么睡呀？

李大雅：等着吧，李大宝你，有你好日子过。

姑奶奶：大宝找了朵朵，日后可能得受点窝囊气，但我觉得值。

妈妈：为什么？

姑奶奶：我们老李家几代都是做工的，都是因为生孩子的女人不行，也就是种儿（基因）不行；朵朵是搞艺术的，那不是一般人，将来生的孩子必定有出息。

妈妈小声说：您这是什么话？我的种儿（基因）怎么就不行了，我生的孩子怎么就没出息了！

李大宝：是啊，这么漂亮的媳妇儿，又是搞艺术的，我如果错过了，老天都不答应。

妈妈：你不是天天喊，你活着就是替别人着想吗？现在可是全家人都反对你找张朵朵。

李大宝：我娶媳妇，又不妨碍别人，这跟我一贯坚持的“替别人着想”的生活理念一点都不矛盾。

李大雅：自私。

李二宝：对，太自私了。

李大雅：呸，你也有资格说别人自私。

李大宝：爱情本身就是自私的，爱情如果共享，那不乱套了吗！

李下的旁白：我爸后来跟我讲，自从打算娶我妈那刻起，他就决定改变自己的人生信条——在“替别人着想”后面加一句话——“为自己活着”。只是，当时他怕引起众怒，不敢说出来罢了。

李大雅抓起那堆糖纸，甩到李大宝的脸上……

23. 西厢房，厨房，内，夜

屋里就剩下妈妈和李大宝了。

妈妈一边抹着眼泪，一边抽泣着。

李大宝：妈，你别光顾着哭啊，你还没答应我呢。

妈妈：姑奶奶不是都拍板了吗？

李大宝：可是，你是我妈呀，你不点头，姑奶奶拍板也没用啊！

妈妈：我有那么重要吗？

李大宝：当然重要啊。姑奶奶可以有很多，妈只有一个啊！

妈妈：废话。姑奶奶也只有一个。

李大宝：我的意思是说，我是你儿子，你不同意，我怎么结婚？

妈妈：张朵朵条件太高了。脸蛋漂亮，身材又好，还是搞艺术的；爹妈呢，又都是知识分子。

李大宝：那你怎么不同意？

妈妈：你配不上人家。你不知道吗？

李大宝：是她主动要嫁给我的。

妈妈：她那是脑子一时发热。等她清醒了，一定会后悔的！

李大宝：结婚本来就是脑子发热的事。这跟打铁一样。不发热，你锤子下的东西就是一块矿石；发了热，你想把它拍成啥样就拍成啥样。可塑性强着呢。趁着热乎，我先跟她结了，其他的事，慢慢再说。我会让她心服口服地觉得我配她！

妈妈：大雅说得没错，“等着吧，李大宝你，有你好日子过”。

李大宝：这就对了。我跟朵朵结婚，就是为了过好日子！

妈妈"扑哧"一下笑了。

妈妈：都什么时候了，你还气我！

李大宝：你同意了？

妈妈：我不同意有什么用！

第2集

1. 纺织厂，小礼堂，内，日

婚礼现场：一个工友把彩纸屑撒到李大宝和张朵朵的头上。

李下的旁白：我爸决定在厂里举办一个革命式的婚礼，其实就是为了省钱。老张家人看出了他的阴谋，就要求他用车子把我妈从厂里接回家。我的话有点多了，但情有可原，故事刚开头，我必须通过这种方式，把有些事情交代清楚。以后，我争取不再饶舌了。

张棵棵走过来，把李大宝拽到边上。

张棵棵：你准备怎么把我姐迎回家里。

李大宝：我背着。

张棵棵：你是猪八戒呀。

李大宝：我用花车！

张棵棵：要是没有花车，我就花你！

2. 纺织厂，小礼堂门前，外，日

孙友来领着一群工友，在用花布装扮一辆拉煤的东风车。

二膀子把一块花布披在身上，装扮成一个女人跟大裤裆逗咳嗽。

孙友来过来，照准二膀子的屁股，就是一脚。

二膀子：爸，你轻点行不行！

顷刻间，一辆拉煤的东风车被装扮成了一辆彩车。

3. 纺织厂，小礼堂门前，外，日

李大宝抱着张朵朵出来了。

工友们拥簇着李大宝和张朵朵上了车。

车缓缓开走。

李大宝从车里探出身子，喊了一句：师傅，我李大宝今天能够封妻荫子，全靠您了！

孙友来：屁话！

大家都笑翻了。

拉煤的东风车载着新郎和新娘在锣鼓声中前行。那阵势就像游行。

老张家人被撂小礼堂门前的马路边。一个个捶胸顿足。

4. 李大宝家平房，西厢房，厨房，内，夜

李大宝和妈妈一前一后，来到厨房。

妈妈：说吧，我们还有什么可谈的？

李大宝：对不起，妈，亲妈，请您原谅我在结婚这件事上一意孤行。

妈妈：你岂止是一意孤行啊？你简直就是自取灭亡。

李大宝：现在说这些都没用了。

妈妈：那你说点有用的。

李大宝抬头看了看墙上。那里挂着两张照片，一张是老李家的全家福；另一张是爸爸的。爸爸看上去很英俊、很潇洒。

李大宝：妈，亲妈，我保证，结了婚以后一如既往地帮助你操持这个家，直到把弟弟妹妹们都养大成人。

妈妈：每个儿子都一样，娶了媳妇忘了娘。所以，你也先别唱高调；我不同意你跟张朵朵结婚，是怕你以后落在人家手里，受制、受气、受苦。

李大宝：我真的管不了那么多了，只要今天跟张朵朵结婚，就是明天死在她手里，我都乐意！

妈妈：你个没出息的玩意儿！

妈妈转身往外走。

李大宝：麻烦你跟姑奶奶说一声，今天晚上睡觉前，我就不过去看你们了。

妈妈：我代表她谢谢您了。在您大喜的日子里，心里还装着我们！

5. 西厢房，李大宝屋，内，夜

李大宝本以为抱得美人归了。一边哼着小曲，一边上蹿下跳地铺床。

张朵朵在边上冷冷地看着李大宝。

李大宝脱了外套，"哧溜"一下，钻进被窝。然后，眼巴巴地看着地上的张朵朵。

张朵朵：滚。

李大宝：往哪儿滚？

张朵朵：哪儿都行，只要不在我的床上。

李大宝：这张床是我们一块争取来的，不是吗？

张朵朵：不滚，是吧？那我滚。

李大宝被震慑住了，蔫蔫地爬起来，收拾被褥。

李大宝抱着被褥，想开门出去，又犹豫了。他环顾着房间，最后把目光落在了靠西山墙边的木箱子上。

李大宝把木箱子上零零碎碎的东西放进箱子里面，然后，睡到上面。

张朵朵：李大宝，你给我记住了，我跟你结婚是为了救你，现在任务完成了。如果你假戏真做，那就是趁火打劫、那就是忘恩负义，那就是不要脸、那就是要流氓！

李大宝：可是我们结婚却是真的呀！

张朵朵：我跟你是真结婚还是假结婚，我还没想清楚呢！

张朵朵熄了灯。在黑暗里，一件一件地脱衣服。

6. 西厢房，李大宝屋窗外，外，夜

李二宝贴着窗根儿在听。半天，没听出故事来。满心狐疑地摇着头，回正房了。

7. 西厢房，厨房，内，晨

李大宝往暖壶里灌开水。妈妈拿着剪子在剪粉条。张朵朵端着杯子进来，差点儿被扑鼻的味道熏了个跟头，掉头跑出去了。

透过窗子，妈妈不解地看着在小院子里用手掌扇动着鼻翼的张朵朵。

8. 西厢房，厨房，内，晨

饭桌上摆了两大瓷碗凉菜。一碗是黄豆芽拌粉条，一碗是芥菜丝拌煮黄豆。

姑奶奶倒背着手进来了。东瞅瞅、西看看，一副事不关己的样子。然而，四处踅摸了一番，就发现了一个严重的问题。

姑奶奶：大宝他妈，你这样不行。

妈妈：咋了？

姑奶奶：菜不能盛碗里，盛碟子里。给我找六个碟子。

妈妈：六个？

姑奶奶：六个。

妈妈按照姑奶奶的指示，拿出了六个碟子。姑奶奶亲自动手，把两个大瓷碗里的凉菜分别装在六个碟子里。

姑奶奶看着一溜摆开的六个碟子，说：怎么样，有气势吧？朵朵刚来，我们要打出我们老李家的气势来！

妈妈撇着嘴，“啧啧”了十来声。

9. 西厢房，厨房，内，晨

一家人陆续进来，坐到了饭桌旁。李三宝旁边空了个座位。李二宝想坐下。

李三宝拿手一挡，说：有人了。

李二宝只好从门后拿了个小凳子，找了个空儿，坐下。

李二宝：嗨，今天六个碟子，有点意思。

再仔细一看，其实，只有两样菜。心里就明白怎么回事了。

李二宝：姑奶奶，还是你有谱儿。两样咸菜，用六个碟子装。有谱儿，绝对有谱儿。今后我就跟你混了。

姑奶奶：闭嘴吧。

妈妈给姑奶奶盛好了饭，恭恭敬敬地端在她面前，又把筷子递在她手里。然后，把目光转向孩子们。

妈妈：吃吧。

其他人自己动手盛饭。

姑奶奶：大宝，朵朵怎么不来吃早饭？

李大宝：她从来不吃早饭。在他们家时就那样儿。

李大宝和妈妈对视了一下。显然，妈妈知情。

李二宝：那这6个碟子给谁看呀？

姑奶奶：这习惯不好。得改。

李二宝：是啊，既然嫁到我们老李家来了，就得改。

姑奶奶：不行，大宝，你去叫她。

李大宝：我刚才去叫过了……

李三宝把筷子放下，说：我去！

李大雅打了李三宝脑袋一下。

李大雅：老实待着。

李三宝只好又坐下了。

妈妈：昨天折腾了一天，她也怪累的，让她多睡会儿吧……

姑奶奶：那好，让她睡几天懒觉。三天以后，必须起来吃早饭！

李大宝：哎！

李三宝显得有些失望。

姑奶奶自己并不怎么吃，一个劲儿地给李大宝夹豆芽菜。李大宝支支吾吾地全吃了。

姑奶奶用筷子敲着妈妈的碗，说：从明天起，一周要给大宝吃3次猪腰子。

妈妈：一个猪腰子5毛多钱呢。

姑奶奶：不想要孙子了？真是的。这是要正章的时候，多少钱也得吃。

李大宝放下碗筷，说：小雅，别吃了，我们得走了。

李小雅：为什么呀？我还没吃完呢。

李大宝：我今天一早厂里有事，我们得早点走。

李小雅一股脑把碗里的饭扒拉光，一抹嘴巴，跟着李大宝走了。

10. 马路上，外，晨

晨光中，李大宝骑着自行车，驮着李小雅，在马路上飞奔。

李小雅一边挥舞着手，一边喊着：驾，驾，驾……

李大宝笑得无比灿烂。

李大宝：李小雅，你还真把你大哥当成驴了！

11. 李大宝家平房，小院子里，外，晨

李大宝推着自行车，四皮子汗流地，出现在院门口。

李大宝：朵朵，朵朵！

姑奶奶和妈妈应声出来。

姑奶奶和妈妈：你不是厂里有事吗，怎么又跑回来了？

李大宝坏笑着说：我回来接朵朵。

姑奶奶学着李大宝妈妈的样子，撇着嘴，“啧啧”了十来声。

妈妈：你弄出这么大动静干什么？

姑奶奶：我觉得大宝有点贱。你说，他这样下去，怎么打出我们老李家的气势来。

妈妈压低声音说：你就省省吧。我们能把她娶进家门已经是烧高香了。你动不动就打气势、占山头的，看哪天把她吓跑了呀。

姑奶奶：你的意思是……

妈妈：至少在目前，我们每个人应该举4只手欢迎她的到来。

姑奶奶一拍脑门子，说：说得也是。我们应该高兴才是呀。难道我被胜利冲昏了头脑？

张朵朵背着包从屋里出来了。

妈妈一边往厨房走，一边说：朵朵你等等，我去给你拿两根油条路上吃。

张朵朵：谢谢，不用了……

12. 马路边，胡同口，外，晨

李大宝骑着自行车，驮着张朵朵，在人流中自如地穿梭。

来到了一条僻静的胡同口。

张朵朵：我到了，停车。

李大宝停下。张朵朵下车，头也不回地朝前走去。

李大宝：还有100多米呢，累坏了你……

13. 剧团，排练厅，内，日

演员们跟着音乐在练基本功。

高歌——张朵朵的好友，一边做着动作，一边跟张朵朵说悄悄话。

高歌：怎么样，姐姐，洞房里快乐吗，幸福吗，疯狂吗？

张朵朵：没羞没臊，亏你还是一个姑娘家！

14. 李大宝家平房，西厢房，李大宝屋，内，傍晚

李大宝在张朵朵面前摇尾乞怜。

李大宝：去吃一口吧，结婚都整整两天了，你在家里一顿饭还没吃呢。

张朵朵：你们家的厨房有一股味……

李大宝：什么味？

张朵朵：我不能说。

张朵朵一捏鼻子。

李大宝：难道不是人味吗？

张朵朵：……差不多吧。

李大宝赶紧把屋门关紧，小声说：这话有点恶毒，跟我说可以，跟其他人千万不能这么说，不然会引起众怒的……

15. 西厢房，厨房，内，傍晚

除了张朵朵外，一家人都坐到了饭桌旁。饭桌上依然一溜摆开6个碟子。里面无非是豆芽菜、芥菜丝、臭豆腐之类。

姑奶奶：朵朵又没来？

李大宝：他们跳舞的就这样，就怕腰上多长一两肉，不吃就不吃吧。

姑奶奶：跟她说，明天再不来，我亲自去请她。

李大宝：我跟她说，我跟她说。

李三宝看着身边的空座位，别提多失望了。

妈妈给姑奶奶盛好了饭，恭恭敬敬地端在她手里。然后，又从灶台上端来3个煮好的猪腰子，放在李大宝面前。

弟弟妹妹们馋得都流了口水。

李大宝：妈，我一个人吃独食，有点不仗义，要不，给大家分分吧。

妈妈：你吃不吃？不吃，我喂东院的阿黄了。阿黄，阿黄！

“砰”的一声，一个东西落地。又“呼呼”两声，一条黄狗来到厨房门口。

妈妈掰了半块猪腰子扔给黄狗，说：去吧，阿黄。

阿黄叼了猪腰子，很乖巧地走了。

李二宝憋着坏，说：李大宝，你不是铆足了劲儿，正准备造人呢吗，你就别跟狗客气了，赶紧吃吧。

李三宝：妈，给我吃一个吧。

李大雅：凭什么？

李三宝站起来，说：你们看看，我都上高二了，可看起来还像个大儿童，我营养不良，我要吃猪腰子。

妈妈有些为难了。

李三宝：我大小也算个读书人，难道我还不如邻居家的一条狗吗？

姑奶奶给李三宝夹了一个。

李三宝怕李大雅跟自己抢，一口就吞了下去，噎得直翻白眼儿。几经努力之后，总算咽下去了。

一家人这才松了一口气。

李二宝趁大家不注意，把另半块猪腰子抢到手，扔进嘴里。

妈妈：你干什么，二宝！

李二宝一边咽，一边说：他们都有，我也得有。

李大宝：我宣布一件事，吃完饭，打扫厨房卫生，除了姑奶奶和妈妈，其他人都参加。

李二宝：这好不秧地，打扫什么卫生啊？对了，我知道了，吃猪腰子吃的，憋出火来了，想释放释放，是吧？

妈妈：二宝，别胡说八道！

16. 正房，妈妈屋，内，夜

姑奶奶坐在床沿上，妈妈坐在小凳子上。

姑奶奶在看一本中医书。妈妈在给姑奶奶洗脚。洗完了脚，又拿剪子剪指甲。

妈妈一边挥舞着剪子，一边抬头看着厨房的窗子。

那里有李大宝和李小雅擦玻璃的身影。

有人敲门。妈妈和姑奶奶互相看了看，都没反应过来。

张朵朵推门进来了。

姑奶奶：都是女人，你以后进门不用敲。

张朵朵：那男人们呢？

姑奶奶：男人们一般晚上也不进来。

张朵朵：你们这是……

妈妈给姑奶奶剪指甲这一幕，让张朵朵大开眼界。

张朵朵：这剪子……您好像用它剪过粉条……

妈妈：剪过粉条怎么了？

姑奶奶：是啊，谁说剪过粉条就不能剪指甲了！

17. 小院子里 / 正房，外，凌晨

李二宝穿着内衣，夹着双腿，从正房出来，钻出院门外，去撒尿了。

不一会儿，很放松地回来了。

刚进正房，李大宝的屋门“嘎吱”一下开了。李二宝从门缝儿里往外偷看。

李大宝贼眉鼠眼地看了看，见没有异常，把上衣脱下来，挂在柿子树上，然后，光着膀子，开始练把式……

18. 西厢房，厨房，内，晨

妈妈忙着做早饭。姑奶奶倒背着手，东瞅瞅、西看看，依然一副事不关己的样子。

李二宝一推门，闪了进来。

李二宝：二位都在，我要告诉你们一个大秘密。

姑奶奶像个孩子一样，赶紧凑过来，好奇地问：什么秘密，快说说看。

李二宝：经过我几天来的侦察，我发现李大宝同志可能还一直没闻着荤腥呢。

姑奶奶：还没闻着荤腥呢？一顿都 3 个猪腰子了。

李二宝：不是一般意义上的猪肉，不是猪腰子；是象征意义上的肉体，是张朵朵……

姑奶奶：张朵朵……你是说，都三四天了，他还没得手，还一个人“素着”呢？

妈妈：可不是一直“素着”呢，我早就看出来了。

李二宝：那么漂亮的女人就搁床上，他一个大老爷们儿眼巴巴地睡木箱子，他还打呼噜，你说，他怎么能睡得着呢？这要是我，无论如何我都睡不着。

妈妈：闭上你的乌鸦嘴。

姑奶奶白了妈妈一眼，说：闭上你的喜鹊嘴。我问你，你明明知道，为什么不向我汇报？

妈妈：向您汇报能怎么样？这种事，我们能管得了吗？

19. 西厢房，李大宝屋，内，晨

张朵朵在脸盆架前洗脸。李大宝凑过来，那样子别提多谦虚了。

李大宝：都4天了，去露个面吧，哪怕一口不吃，你只要露个面，那就是个态度；不然，全家人民怎么看你呀。

张朵朵剜了李大宝一眼。

李大宝马上改口：不然，全家人民怎么看我呀，是吧？

张朵朵感觉到十分可笑。

有人推门进来了。是李三宝。他手里端着一杯水。

李三宝：大嫂，“凉白开”，我给你晾的。

张朵朵接过水杯，说：谢谢。

李三宝：大嫂，像你这样的人，每天早晨应该喝一杯“凉白开”，美容养颜。

张朵朵：是啊。我在我们家的时候，每天都喝。

李三宝开心地笑了。

李大宝：李三宝，像你这样的人，以后要学会敲门了。

李三宝：对不起，我刚才端着水，忘敲了……

20. 西厢房，厨房，内，晨

其他人都已经坐到了饭桌旁。李大宝领着张朵朵进来了。

李三宝拍了拍身边的空座位。

李三宝：大嫂，坐这儿。

张朵朵迟疑了一下，坐下。

李大宝：欢迎张朵朵同志亲自跟我们吃第一顿饭。这是我们家政治生活中的一件大事。大家欢迎。

李大宝带头鼓掌。李三宝和李小雅首先响应。其他人也都先后拍手。

张朵朵好奇地看着饭桌上一溜摆开的八个碟子。

妈妈把一碗油煎水饺端到张朵朵面前。

妈妈：朵朵，你的。

张朵朵看着油腻腻的水饺，有点恶心，但强忍着。

李二宝：妈，我们怎么没有？

妈妈：你们吃油条。

李二宝：这不公平。

妈妈：怎么不公平了？你大嫂刚进门，当然得吃点好的了。

姑奶奶：这是我定的。有意见跟我说。

李二宝用鼻子“哼”了一声。

张朵朵把那碗油煎水饺推给李三宝。

李三宝：大嫂，你吃呗？

张朵朵：油太大了。你和小雅吃吧。

李大宝打圆场说：李三宝和李小雅，你大嫂的意思是，你们念书，用脑子，你们多吃点。

李大宝把那碗油煎水饺分给了李三宝和李小雅。

李小雅：我知道了，大嫂是想保持身材。

李大雅：有那么玄吗？

姑奶奶：这个我理解，当演员首先得有个好身材。我年轻的时候，身材就特别好。

张朵朵：您现在身材也不错。

姑奶奶：谢谢。

姑奶奶还故意站起来，扭动了一下腰肢。

姑奶奶：我早就说我身材好，你们还不信？看看，朵朵都给我定调了。

妈妈觉得又好气，又好笑。

张朵朵继续去研究一溜摆开的八个碟子。

张朵朵还念出了声：一共八个碟子，排场，真排场。小葱拌豆腐、黄豆芽拌粉条、芥菜丝拌黄豆、臭豆腐、酸黄瓜，又一盘臭豆腐，又一盘酸黄瓜，竟然还有一盘油条。小雅，油条也算菜吗？

李小雅小声说：不算吧……

姑奶奶一脸的难堪。其他人都不敢吱声。

张朵朵：不管怎么说，总算凑够了八个，不容易。

张朵朵又伸着鼻子，把碗、筷子、菜盘子、粥盆子逐一闻了一遍，同样，也发现了一个严重的问题。

张朵朵跟李大宝耳语了一阵。

李大宝清了清嗓子，说道：朵朵的意思是，我们老李家菜刀只有一把，既切菜切肉、又切馒头切发糕；菜板只有一张，跟菜刀一个功效；抹布只有一块，既擦菜板又擦菜刀，既擦碗筷又擦碟子，既擦锅盆又擦灶台；最可怕的是，这块抹布，最后还擦了手、擦了嘴巴……

张朵朵盯着妈妈的手和嘴巴。

妈妈脸上挂不住了，说：这有什么可怕的？多少年了，我们老李家一直就是这样的传统。

张朵朵：这样的传统是愚昧和落后的。

李大宝：她的意思是说，我们老李家欠点文明、欠点进步。

张朵朵：还有，你们老李家的剩饭剩菜一放就是两三天，垃圾一放就是三四天，所以，厨房有一股……

李大宝赶紧给张朵朵眨眼睛，示意她别再说下去了。

张朵朵：……有一股泔水味。忒恶心了。

李大雅：你还不如直接说，我们老李家的厨房有一股猪圈味呢。

张朵朵没说话，但是轻轻地点了一下头。

李大宝把脖子缩到桌子底下，一副任人宰割的样子。

姑奶奶的脸色越来越难看。

李二宝：请问，演戏的……

张朵朵：放尊重点，什么叫演戏的？我是舞蹈演员。

李二宝：请问，舞蹈演员，你们老张家有多少把菜刀、多少张菜板以及多少块抹布？你们老张家的剩饭剩菜和垃圾又怎么处理？

张朵朵：菜刀和菜板各四把、四张，用来切生肉、熟肉，切蔬菜、水果；抹布若干，分别用来擦碗、锅、菜板、菜刀、灶台；剩饭剩菜和垃圾当天一定倒掉；厨房每天开窗通风一小时以上……

李二宝：你们老张家讲究。这样吧，要不哪天我们老李家组个团，去你们老张家参观参观、学习学习？

张朵朵：行啊。

姑奶奶、妈妈和李大雅都黑着个脸。张朵朵知道犯了众怒，不吭声了，瞥了一眼李大宝。

李大宝：你不是吃饱了吗，先回屋吧？

张朵朵“哧溜”一下，站起身，一步三叹地回自己屋了。

李大雅：得，这猪食我不吃了，你们吃吧。

李三宝：我早就说过，我们家厨房有一股邪味儿，你们还不信。这猪食我也不吃了，你们吃吧。

李三宝离去。

李大宝：走吧，李小雅。

李小雅：你们厂里今天早晨又有事？

李大宝：差不多吧。

李小雅默默地拿下墙上的书包，跟着李大宝走了。

姑奶奶：他们不吃，我们吃！

姑奶奶和妈妈开吃。

李大雅：姑奶奶，您都这么大岁数了，巴结她干吗？

姑奶奶：我巴结谁了？

李大雅：张朵朵呀？

姑奶奶：我什么时候巴结她了？

李大雅：“您还理解”“您还定调”，还没到给您盖棺论定的时候吧？

妈妈：大雅，怎么说话呢？

姑奶奶：以我的身份和地位，我总不能跟她去吵架吧？

李二宝：你不是常说，“我是姑奶奶，我可以不讲理吗”？现在，跟她你怎么讲理了？

姑奶奶：她刚进门，我当然得跟她讲理。

妈妈：你俩给我闭嘴。你们懂什么？张朵朵是下嫁我们老李家，知道吗？我们老李家是烧了高香，才娶了这样一个媳妇儿。从现在起，我们全家都要降低姿态、摆正位置，好好地照顾人家，好好地对待人家！

姑奶奶：我基本同意你妈的意见！

21. 马路上，外，晨

晨光中，李大宝骑着自行车，驮着李小雅，在马路上飞奔。

李小雅一边挥舞着手，一边喊着：驾，驾，驾……

李大宝笑得无比灿烂……

22. 李大宝家平房，小院子里，院门口，外，晨

李大宝推着自行车，四皮子汗流地，出现在院门口。

李大宝：朵朵，朵朵！

张朵朵应声出来。

李大宝一骗腿，上了自行车，蹬了两步，停下，用脚支住。

张朵朵轻飘地上了后座。抱住李大宝的后腰。

李大宝：走嘞……

23. 胡同口，马路边，胡同口，外，晨

李大宝骑着自行车，驮着张朵朵，出了胡同口。

李大宝的自行车，在人流中自如地穿梭。

来到了那条僻静的胡同口。

李大宝停下。张朵朵下车。头也不回地朝前走去。

丁茂从电线杆子后面闪了出来。

张朵朵以为她做得很隐蔽，还是被人发现了。

丁茂的话中带刺：行啊，朵朵，你比团长级别还高，都有专车了。

张朵朵：我碍着谁了？

李大宝认出了丁茂就是婚礼那天给他后背贴大字报的人。

李大宝：你丫就是那个满大街贴性病广告的人，我总算找着你了。

李大宝一边说着，一边去停放自行车。

丁茂：铁匠，你想干什么，想动粗吗？

李大宝：你怕什么？我今天就以一只癞蛤蟆的身份，跟你这只青蛙切磋切磋、学习学习。

张朵朵瞪起眼睛，喊了一句：李大宝！

李大宝打了个立正，说：到！

张朵朵：你以为这是你们纺织厂维修车间啊？这是工人文化宫的剧团。

李大宝：那我知道。

张朵朵：还不快走？

李大宝推着自行车就走。

张朵朵：晚上不用来接我了！

24. 纺织厂，维修车间，内，日

孙友来已经在给班组人员分配一天的工作了。李大宝风风火火地闯进来。

孙友来：你怎么又迟到了？

李大宝：对不起，对不起，我家里有点事……

李大宝找地方坐下。人像风箱一样喘着……

25. 剧团门口，外，傍晚

李大宝倚着自行车，大摇大摆地站在标语牌下。

下班的人们说说笑笑地出来。

张朵朵从李大宝身边走过，但对他视而不见。

26. 马路边，外，傍晚

李大宝推着自行车，追上张朵朵。

李大宝：我错了，我以后还是在那个胡同口等您，行不行？

李大宝骑上自行车。

李大宝：看在我绕南城大半圈来接您的份上，您就委屈一下，上来吧。

张朵朵像一阵清风一样，飘上了自行车的后座。

27. 张朵朵父母家，院门口，外，日

李大宝骑着自行车，肩上挎着工具袋，前把上挂着礼品盒，后座上驮着张朵朵，来到老张家院门外。

正要进门，张棵棵出来了。

张棵棵：姐，回来了。

张朵朵：爸妈都在吧？

张棵棵：都在。嗨，姓李的。

李大宝“嘿嘿”笑着说：叫我？

张棵棵：你就别进了。

李大宝：……

张棵棵：这是我妈的意思。她不认你这个女婿。你要是知趣，哪儿凉快哪儿待着去。

李大宝：可这是回门，我不进去，不合适吧？

张棵棵：我妈有心脏病，你要是把她气病了，你包葫芦头啊。

李大宝：可是，我回去怎么跟全家人民交代呀……

张朵朵才不管李大宝的生死与安危呢。拿了东西，拉着张棵棵进了家门。

这张棵棵更不是个东西。还从里面把门给插上了。

李大宝对着门，喊道：你明天早晨早点吃饭，我先过来送你，然后再送小雅……

28. 街道上，外，日

李大宝推着自行车，百无聊赖地在街上游荡。

29. 马路边，小吃摊儿，外，日

两个中年男人呼呼带响地吃着大碗面。李大宝垂涎三尺地躲在边上看着。终于忍不住了，走到卖面的中年女人身旁。

李大宝：给我也来一碗。

中年女人：5毛钱。

李大宝：这么贵。要不给我来碗面汤吧。

中年女人：1毛钱。

李大宝：面汤还这么贵。

中年女人：你自个儿的唾沫便宜，自产自销，你随便吃，你随便咽。

李大宝：你说的这叫什么话？

中年女人：中国话。我说英语你听得懂吗！

30. 小旅馆，前台，内，夜

李大宝挎着工具袋，进了一家小旅馆。

前台有一个女服务员正在专注地嗑着瓜子。

李大宝：请问，锅炉房在哪儿？

女服务员：什么事？

李大宝：刚才有人报修。

女服务员：顺着走廊直走，到头，左拐，出了一个小门，过了餐厅，就到了。

李大宝：得了，您呐。

31. 小旅馆，锅炉房，内，夜

迷迷糊糊的李大宝被什么东西弄醒了。原来是一个人的呼吸和目光。

再仔细一看，是孙友来。

李大宝“腾”地一下从煤堆上坐起来，说：师傅，您怎么在这儿？

孙友来：我正想问您呢，您怎么在这儿？

李大宝四处看了看，说：是啊，我怎么在这儿？对了，我刚才做了梦，梦见自己下窑去挖煤了，这不醒来，就在这儿了。

孙友来：你打小就这毛病，一个屁十六个谎（幌）儿。你还做梦，你还挖煤。那张朵朵家是小煤窑呀？

李大宝一脸的尴尬。

孙友来：怎么着，回门没回成，被她爸妈撵出来了？

李大宝：我这人有一个特点，就是讲究，你也可以认为是穷讲究。住的不能窄憋，穿的不能寒酸，吃的不能凑合。他们家饭菜不合口，屋子也太小。我出来溜达，就发现了这家小旅馆的锅炉房，就想，这个锅炉房足够大了，又暖和，在这儿下榻一宿算了。

孙友来：你就下榻在煤堆上？

李大宝：我铺了东西。

说着，拎起来一个蓝大褂。

孙友来：嗨，这是我的工作服。

李大宝：您还没回答我呢，您怎么也在这儿呀？

孙友来不好意思地说：我利用晚上的时间，又干了一份工作，在这儿烧锅炉。不过，厂里人不知道。

李大宝：您放心，您的事，我不会告诉厂里人的。

孙友来也不示弱：您放心，您的事，我也不会告诉厂里人的。

李大宝：得了，您呐，两清了。

32. 马路边，胡同口，外，晨

李大宝骑着自行车，驮着张朵朵，奋力前行。

李大宝的自行车，在人流中穿梭自如。

来到了那条僻静的胡同口。

李大宝停下。张朵朵下车。头也不回地朝前走去……

33. 李大宝家平房，小院子里，院门口，外，晨

李大宝推着自行车，四皮子汗流地，出现在院门口。

李大宝：小雅，小雅！

妈妈、姑奶奶和李小雅先后从屋里跑出来。

看着热气腾腾的李大宝，妈妈有些心疼了。

妈妈：你回来干什么？瞅把你累的。让小雅坐一趟公交车又能怎么地？

李大宝：那不行。我答应过小雅，一定要把她送到高中毕业。风雨无阻，一天不落；一天不落，风雨无阻。

妈妈：要不以后让朵朵坐公交车？你每天早晨跑两趟，日子长了，这哪受得了啊！

李大宝：那更不行了。朵朵坐公交车要倒3趟，得绕大半个南城。她那双脚，那哪儿受得了啊！

李大宝一骗腿，上了自行车，蹬了两步，停下，用脚支住。

李小雅轻飘地上了后座。抱住李大宝的后腰。

李大宝：走嘞……

妈妈一连“啧啧”了十来声。

姑奶奶也“哎”了一声。

34. 马路上，外，晨

晨光中，李大宝骑着自行车，驮着李小雅，在马路上飞奔。

李小雅把脑袋贴在李大宝的后背上。

李小雅：大哥，从明天开始，我坐公交车吧，你就送大嫂得了……

李大宝：别听妈妈和姑奶奶的。大哥累不坏。大哥有得是劲儿，不用都可惜了！

35. 纺织厂，维修车间，内，日

工友们手中端着饭盒吃饭。他们或者坐在操作台上，或者站在地上。

李大宝吃着吃着，快要睡着了。

大裤裆一巴掌把李大宝拍醒。

大裤裆：你最近怎么了？怎么老是悠迷打盹的？

李大宝：最近起得比较早，可能有点累。

二膀子：刚结婚的人都累。

大家笑了。

二膀子：哎，对了，李大宝，讲讲你的结婚体验呗。

李大宝：被窝里的事，往外嘚嘚不好吧？

大裤裆：有什么不好的？你吃肥肉，还不能让我们闻闻肉味儿呀。

李大宝：那就闻闻？

大裤裆：闻闻。

李大宝：这结婚呀，就是一男一女两个人，被生生地绑在一块要成为一个人。

二膀子：不明白。

李大宝：这结婚呀，就是一男一女两个人，被生生地绑在一块，然后再出现第 3 个人。

二膀子：还是不明白。

李大宝：这结婚呀，就像一个人钻进一条不曾有人涉足的山洞，既新奇又害怕；就像一个人第一次拿起枪上战场，既刺激又恐惧。

二膀子：明白了，新婚对你来说，就是走夜道。

李大宝：我没说走夜道啊？

大裤裆：你说的就是走夜道。其实，你心里最清楚，找了张朵朵，你这辈子就等于走夜道了！

36. 李大宝家平房，西厢房，李大宝屋，内，夜

张朵朵躺在被窝里，一件件地把衣服扔出来。

李大宝戴个眼罩躺在木箱子上，尽量放松自己的身体，尽量压抑自己的情绪。

张朵朵：你妈怎么还给你姑奶奶洗脚呀？

李大宝：这么多年，姑奶奶的饮食起居、吃喝拉撒，一直都是我妈亲自伺候。怎么了？

张朵朵：我是说，两个人不过就差十来岁，有那个必要吗？

李大宝：没办法，萝卜虽小，它长在背（辈）儿上了。

张朵朵：没想到，你们老李家的家风还挺有中国气派。

李大宝：中国气派？

张朵朵：推行的是封建家长制。
李大宝：那应该是“中国传统”吧？
张朵朵：反正都一个意思。
李大宝摘掉眼罩，坐起来，说：你要愿意，我也按照同样的标准来伺候你。
张朵朵：一边儿去。

第3集

1. 纺织厂，维修车间，内，日

工友们排着队从办事员手里接过工资。

李大宝拿着工资，走到边上，一阵风吹草动之后，把钱数了一遍。然后，掀起衣襟，将其塞进裤腰上的口袋里。

大裤裆：你的钱还在肋条上串着呢？

李大宝：我碍着谁了？

大裤裆：你现在是有家有业的人了，稍微体面一点行吧？咱弄个钱包，行吧？

李大宝：要不，你给我买一个。

大裤裆：你……

2. 五金商店，内，日

李大宝在挑选菜刀和菜板。

3. 李大宝家平房，西厢房，厨房，内，傍晚

李大宝将3把菜刀、3张菜板以及毛巾若干一一摆在全家人面前。

李大宝：现在我们老李家的菜刀、菜板和抹布跟老张家的一样多了。菜刀和菜板各四把、四张，用来切生肉、熟肉，切蔬菜、水果；抹布若干，分别用来擦碗、锅、菜板、菜刀、灶台。另外，我倡议，我们老李家的剩饭剩菜和垃圾当天一定要倒掉；厨房每天也要开窗通风一小时以上。

妈妈：你买这么多没用的东西，花了多少钱？

李大宝：不到四十块钱。

妈妈：一个月的工资，就让你这么给祸害了？气死我了，简直气死我了！

妈妈一把李大宝的头发使劲儿拽。

李大宝：干什么，干什么！

姑奶奶上前拉开妈妈。

李小雅看了看自己脚上的球鞋，说：大哥，你说好的，这个月要给我买鞋的。

李大宝：下个月，下个月。

李小雅：可是我的鞋早就不跟脚了。

李大宝：姑奶奶，完了您把小雅的鞋瞅瞅，想办法让它跟脚。

姑奶奶：没问题，小雅，脱下来，姑奶奶给你毁一毁。

李小雅瞪着怀疑的目光，把鞋脱下来，递给姑奶奶。妈妈一把把鞋夺过去。

妈妈：您拉倒吧。这鞋到您手上，还不得毁成拖鞋。

李三宝把李大宝拉到边上。

李三宝：我们都好几天没跑步了，我身上早就没劲儿了。

李大宝：跑，今天晚上就跑。还是9点，柿子树下等我。

4. 西厢房，李大宝屋，内，夜

李大宝给张朵朵洗脚。洗完了脚，又捶背。

张朵朵像个木头人一样，连个表情也没有。

李大宝突然想起了什么，跑到柜子边，打开工具袋，又从里面拿出一包东西，放在张朵朵枕边。

李大宝：这是饼干，饿了，你就垫巴垫巴。还有，厨房的公共卫生问题已经解决了，明天你是不是就可以放心地用膳了？

5. 正房，妈妈屋，内，夜

姑奶奶坐在床沿上，妈妈坐在小凳子上。

姑奶奶在看一本中医书。妈妈在给姑奶奶洗脚。

妈妈一边搓着脚，一边抬头看着李大宝屋的窗子。

妈妈：嗨，这哪是娶媳妇儿啊，简直就是娶姑奶奶呀。

姑奶奶不高兴了，“啪”的一声，把脚拍在水里，溅了妈妈一脸水。

姑奶奶：姑奶奶我一辈子童身，谁娶我了，我嫁谁了，你什么意思？

妈妈：我就是打个比方。

姑奶奶：你还打比方，你还风雅颂呢，你喝过几瓶墨水呀？

妈妈一头雾水地问：什么是风雅颂？

姑奶奶：孔老二知道不？

妈妈：知道呀。

姑奶奶：他写过一本书，叫什么来着？我想不起来了，反正里面全是诗。那本书就是“风雅颂”。

妈妈：那它跟打比方有什么关系？

姑奶奶：诗歌就是打比方呀……打比方就是诗歌呀。跟你这种人说不清楚。

李大宝推门进来了。

李大宝：大雅还没回来？

姑奶奶：去同学那儿玩了。

李大宝：姑奶奶，妈妈，辛苦一天了，你们也早点休息吧。

妈妈：我们哪儿有您辛苦呀？

李大宝讪笑着说：这又怎么了？还为那四十块钱生气呢？

妈妈：败家子。

李大宝：我这么做，是有取悦朵朵的意思。可是，我认为我做的没错。我完全是为了我们老李家的家庭气氛，才这么做的。

姑奶奶：说说看。

李大宝：在我大喜的日子里，也就是在我们老李家大喜的日子里，你们愿意看到一个新媳妇儿每天吊着个脸子吗？在我大喜的日子里，也就是在我们老李家大喜的日子里，你们愿意看到因为鸡毛蒜皮的小事，一个新媳妇儿每天跟家里人叽叽咯咯吗？在我大喜的日子里，也就是在我们老李家大喜的日子里，妈妈你愿意不高兴吗？在我大喜的日子里，也就是在我们老李家大喜的日子里，姑奶奶你愿意不快乐吗？

妈妈和姑奶奶：我们不愿意！

李大宝：这不结了！

妈妈和姑奶奶互相看着。

妈妈：大宝的意见，跟我们上次商量的不冲突。

姑奶奶：好像是。

李大宝：这不结了！

6. 小院子里，柿子树下，外，夜

一片漆黑。

李三宝缩在柿子树下，瑟瑟地发抖。

风刮电线的声音。听起来有点恐怖。

李三宝知道等李大宝无望了，就自己打开院门，准备一个人出去跑步。可是，看了看黑影重重的胡同，又退缩了……

7. 西厢房，李大宝屋，内，夜

李大宝躺在木箱子上，像招了虱子一样，又抓又挠的。

李大宝爬起来，凑到张朵朵身边，贼眉鼠眼地看着她熟睡的脸。

张朵朵突然睁开眼，说：你想干什么？

李大宝被吓了一跳。

8. 正房，李二宝屋，内，夜

熟睡中的李三宝被人推醒。睁开眼睛，一看，是李大宝。

李大宝低声说：走啊，跑步去。

李三宝：现在？几点了？

李大宝：两点多……

9. 街道上，外，夜

影影绰绰的路灯。

空无一人的街道。

李大宝和李三宝由远而近地跑来。

李三宝：我不行了……

李大宝：一个爷们儿，不能动不动就说自己不行……

李三宝：我还不到18岁，算不上一个爷们儿……

李大宝：那你也是半个爷们儿了。来，半个爷们儿，跑起来……

10. 李大宝家平房，西厢房，厨房，内，晨

一家人都坐到了饭桌旁，包括张朵朵。

李大宝：欢迎张朵朵同志亲自跟我们吃第2顿饭。这是我们家政治生活中的一件大事。大家欢迎。

李二宝：欢迎欢迎，热烈欢迎。

李二宝、李三宝和李小雅使劲儿鼓掌。

张朵朵小声说：虚伪。

李二宝：舞蹈演员，这就是你不会说话了。我们这么真诚，你却说虚伪。你还不知道吧？我妈，也就是你婆婆，前两天，给我们开了个会。在会上，她提出了一个观点——你就是迷路的公主，下凡的仙女。你嫁到我们老李家，那是我们老李家的祠堂烧了高香，祖坟冒了青烟。从现在起，我们全家都要降低姿态、摆正位置，好好地照顾你，好好地伺候你！

李三宝：妈，这会怎么没让我参加呀？

妈妈：别听你二哥胡说八道了。

妈妈拿起自己的筷子，把凉菜碟子和咸菜碟子来来回回搅动了一番。还夹起一筷子，尝了尝。

妈妈吧嗒着嘴，说：今天就放了一点点油和一点点盐，不腻，不咸；清淡，爽口。来，朵朵，我先给你盛。

妈妈伸手去拿张朵朵面前的碗，却被张朵朵用双手挡住了。

张朵朵鼻子一抽，说：您慢。

李大雅：你又闻出什么了？

张朵朵又跟李大宝耳语了一阵。

李大宝清了清嗓子，说道：朵朵的意思是，从表面上看来，我们老李家厨房的公共卫生问题已经基本解决了，可是，我们每个人嘴巴的卫生问题又出来了。

李大雅：张朵朵，我们嘴巴怎么不卫生了？

张朵朵：我们老张家每个人的碗筷都是固定的，而你们老李家混着用，太那个了……

李大雅：难不成，你让我们每天把自己的碗和筷子都拴在脖子上吗！

姑奶奶、妈妈和李大雅都黑着个脸。张朵朵知道又犯了众怒，不吭声了，瞥了一眼李大宝。

李大宝笑着说：我看你是没吃，就饱了。你赶紧回屋吧。

张朵朵“哧溜”一下，站起身，一步三叹地回自己屋了。

李三宝：妈，我早就跟你说过，别老拿自己的筷子在菜碟子里来回搅动，你这一搅动，不是猪食也成了猪食。这猪食我不吃了，你们吃吧。

李三宝离去。李小雅也站起身。

李小雅：我也不吃了。

姑奶奶从兜里掏出两张 5 毛的票子，递给李小雅。

姑奶奶：你和三宝每人 5 毛，到学校门口的小吃部买油条吃。

李小雅：谢谢姑奶奶。大哥，我先回屋收拾书包。在门口等你。

李大宝：好嘞。

李大宝端起碗来，大口地吃。吃了几口，又停下了。

李大宝：妈，你别生气。朵朵吧，也许真有些毛病。搞艺术的人都这样，有个性，穷讲究。这也是可以理解的。不然，他们跟我们就没什么两样了。

姑奶奶：大宝说得有道理。我不也一身毛病吗？

李二宝：您的意思是说，您也是艺术家呗？

姑奶奶：我差点儿就成了艺术家。不行吗？

李大宝：行，肯定行！

11. 李小雅的学校，校门口，外，日

李小雅从李大宝的自行车上跳下来。

李大宝：小雅，你等等。

李小雅：有事？

李大宝：妈把鞋给你弄了吧？

李小雅：弄了。

李大宝：大哥最近手头有点紧，过些天，一定给你买新鞋。

李小雅：知道了，你都说过两遍了。

李大宝：还有……大哥对大嫂的迁就……是不是过了……

李小雅：我没觉得。再说了，大嫂提出的问题，我们家也确实存在，也确实应该改正。

李大宝天真地笑了。

李大宝：有你这句话，我心里就有底了。你知道，大哥最在乎你了。

李小雅：我知道。你赶紧回去吧，还得送大嫂呢！

李大宝掉转车头……

12. 胡同口，马路边，外，晨

李大宝推着自行车，与张朵朵并排走着。

李大宝：你这是干吗呀，三番五次地把自己置于全家人民的对立面？

张朵朵：我是为了彻底铲除你们老李家的劣根性！

李大宝：我们老李家怎么劣根了？

张朵朵：不卫生、不文明，还不是劣根啊？

李大宝：多少年了，我们家就这样；你要解决可以，你得慢慢来。

张朵朵：你妈用剪过粉条的剪子剪指甲，我说她来着，可是她根本就不当吃棵小辣葱。我必须下猛药，当众戳到她的痛处，让她下不来台，让她痛改前非。

李大宝：没想到你还挺狠。

张朵朵：我不狠点行吗？自从住到你们家来，我就靠中午在单位吃的那顿饭挺着呢，我瘦得都快成年画了。

李大宝无话可说了……

13. 纺织厂，维修车间，内，日

李大宝在炉子旁挥汗如雨。

铁锤下面的东西，逐渐成形：原来是一个铁碗，上面还铸着 3 个字——姑奶奶。

大裤裆从外面进来。

大裤裆：大宝，我听二膀子说，你在给家里人打造铁碗和铁筷子。

李大宝：是。

大裤裆：为什么要用铁碗和铁筷子？

李大宝：结实耐用。

大裤裆：恐怕还便于携带吧？

李大宝：你什么意思？

大裤裆：我还听二膀子说，舞蹈家张朵朵让你们老李家人每天把自己的碗和筷子都拴在脖子上，这样一来，肮脏和恶心就不传染了。

李大宝：放你小舅子的冒烟儿屁。

大裤裆：目前我还没小舅子，这冒烟儿屁还是你放为好。

工友们围拢过来。

李大宝：大裤裆，自从我娶了张朵朵，你就气得嘴斜眼歪的。赶紧找个母的结婚，不然，你不得红眼儿病也是癞痫病。

大裤裆：你骂谁？

大裤裆一把夺过李大宝手中的铁锤，扔在地上。

二膀子幸灾乐祸地说：这是要决斗呀？

女工友甲对男工友甲说：快把他们拉开，李大宝什么时候打过架呀，他这不是找“晬”吗！

李大宝把脖子一梗，“哼”了一声。

大裤裆：你不应该“哼哼”，你应该“呱呱”。

二膀子：为什么“呱呱”呢？

大裤裆：癞蛤蟆嘛。

大家都笑了。

李大宝的脸白一阵、红一阵，最后咬着牙说：大裤裆，你知道你那嘚瑟样儿叫什么吗？

大裤裆：叫什么呀？

李大宝一边拉开架势，一边说：北京话叫欠归置；东北话叫欠揍；香港话叫欠做。

大裤裆：还香港话呢，还欠做呢，一看你就没进过录像厅，那叫“做了”。

李大宝：就依你，看我今天不“做了”你！

说着，张牙舞爪地扑了过去……

14. 医务室，内 / 外，日

李大宝脑袋上包着纱布，在孙友来的搀扶下，走出医务室。

孙友来：明知道打不过他，你还动手？

李大宝：对一个爷们儿来说，打得过打不过，是能力问题；打不打，是尊严问题！

孙友来：有骨气，到底是打铁的！

15. 维修车间，内，日

孙友来搀扶李大宝进了车间。

工友们又围拢过来。

女工友甲：没事吧？

李大宝：没事，1 个月以后，又是一条好汉。

大裤裆：想不想吃排骨？

李大宝很期待地说：想。

大裤裆：想不想喝鸡汤？

李大宝很期待地说：想。

大裤裆：想吃排骨，回家让大妈给你煮；想喝鸡汤，回家让大妈给你熬。

李大宝：你个王八蛋。

工友们都笑了。

大裤裆轻轻地摸了摸李大宝的脑袋。

大裤裆：兄弟，别生气啊，好好养伤。

孙友来：散了，干活了，干活了。

工友们散了。

李大宝一屁股坐在椅子上。

女工友甲：我去给你倒杯水吧。

李大宝嘟囔道：我不生气，我不生气；我不当蛤蟆，我更不当癞蛤蟆。自己惹自己生气的，那是蛤蟆；别人一惹就生气的，那是癞蛤蟆！

16. 李大宝家平房，西厢房，厨房，内，傍晚

脑袋上包着纱布的李大宝，从工具袋里拿出 8 个铁碗和 8 双铁筷子。铁碗和铁筷子上面，都分别铸着家里人的名字。

李大宝按照上面的名字，一一送到每个人手里，包括张朵朵。

李大宝：拿着吧，够大家用一辈子的了。

姑奶奶和妈妈拿着铁碗、铁筷子，又是气，又是笑。

姑奶奶：我们老李家这是真要改铁匠铺了？

李大雅：我们这回不吃猪食，改吃狗食了。

妈妈：别胡说八道了。

李小雅：阿黄的碗就是铁打的，跟我们这碗大小一样。

李大雅：李大宝啊李大宝，我是真没想到，为了讨好媳妇儿，你竟然做出如此荒唐、如此无礼、如此不孝的事来！

姑奶奶看看李大宝，又看看张朵朵，说：难道我也掉眼镜了？难道我这回真看错人了？

李二宝：我有不同意见。

李大宝像抓到了救命稻草，赶紧说：快说说看。

李二宝：我觉得用铁家伙吃饭挺好，至少以后我们老李家人不用担心缺铁了。

李三宝被李二宝逗笑了。

李大雅：我看你还是直接吃铁丝算了。

李大宝：你比较适合直接吃铁丝。

李二宝：为什么？

李大宝：吃铁丝拉笊篱，符合你撒谎撂屁、编八造十的性格呀。

李二宝气得直翻白眼儿，说：你……

17. 正房，妈妈屋，内，夜

姑奶奶又在做她的功课了：自己给自己号脉，然后念念有词地开药方。

李大宝推门进来。

李大宝：神医，您这儿又给自己瞧上病了。

姑奶奶：我哪儿来的病？

李大宝：没病那就是体检了。您不但能给自己瞧病，还能给自己体检，真好。

姑奶奶：口吐莲花，满嘴燎泡。

李大宝把脑袋伸过去，说：您也给我开点药吧。

姑奶奶：真是铁锤碰的？

李大宝：可不呀，差点儿开了瓢儿。

姑奶奶动手把李大宝脑袋上的纱布解开。

姑奶奶：我的妈爷子呀。

李大宝：可悲惨。

姑奶奶又把李大宝脑袋上的纱布系好。之后，拿起纸笔就要开药。

李大宝：真开呀？下次吧，下次再开。我今天来找您，主要是想让您看看我脑袋的现状；看了现状以后，您得支持我。

姑奶奶：为了取悦一个女人，你说你都干了些什么？

李大宝：那仅仅是一个女人吗？那是老李家的长孙媳妇儿啊。

姑奶奶：也是。

李大宝：可是，到目前为止，这个长孙媳妇儿还是纸上的。

姑奶奶：你还素……

姑奶奶说到半道，又憋回去了。

姑奶奶：她还没承认你？

李大宝：是的。她如果不承认我，我作为丈夫的政权就是不合法的。我的政权如果不合法，这将直接影响我们老李家的声望地位以及传宗接代甚至发展壮大……

姑奶奶：也是。

李大宝：我置礼义廉耻于不顾，我置自尊自爱于不顾，我那是有苦衷的。

姑奶奶：你说吧，姑奶奶怎么支持你？

李大宝：我们家厨房的公共卫生和个人的嘴巴卫生的确有问题。连李三宝和李小雅都这么认为。朵朵的做法可能不对，但她初衷是好的。您要理解她。您要带个头。

姑奶奶：不就是用铁碗和铁筷子吗？

李大宝：神医，至高无上的神医，英明伟大的神医，只要您一出手，药到病除，绝对药到病除！

18. 李大宝家平房，正房，妈妈屋门口，外，夜

李大宝刚一出门，就碰上李二宝了。

李大宝：李老师，在这儿备课呢？

李二宝：黑灯瞎火的，我备什么课？

李大宝：你们这些教政治的，不就喜欢在黑灯瞎火里琢磨事吗？

李二宝：你少来，我有正事。我托人从广州倒腾回来一批运动衣，质量特别好，你帮我在你们厂推销推销呗。

李大宝：我们厂又不是体校，要运动衣干吗？

李二宝：那你们厂就不开职工运动会了？你们业余时间就不锻炼了？

李大宝：别忘了，我们是纺织厂，什么样的衣服，我们都会纺、会织、会缝。对了，你可以在你们那儿推销呀。学校要开运动会，学生要上体育课，都需要运动衣呀。

李二宝：你不给面儿，是吧？

李大宝：要面儿，是吧？去我们厂拿，我们厂全是被面儿！

19. 西厢房，厨房，内，日

一家人都坐到了饭桌旁。八个铁碗和八双铁筷子，分别按照每人的座位摆开。

只有李二宝一人在灶台前忙活。

四个炒菜被一一端上来。

张朵朵咋咴着鼻子，使劲儿闻着什么。

李大宝：朵朵，你看这厨房卫生达标了吧？

张朵朵：还行吧。

又上来一碗炖猪腰子。

李二宝坐下来，郑重其事地给李大宝盛了四个。

李二宝：李大宝同志，您不是铆足了劲儿，正在造人呢吗……

妈妈：二宝，说话注意点，妹妹们还在呢。

李二宝：李大宝同志，您辛苦了。

李三宝：为人民服务。

姑奶奶拿筷子敲了李三宝的脑袋，说：你瞎起什么哄？

李二宝：所以我呢，趁着今天是星期天，亲自去肉联厂的门市部买来猪腰子，又亲自下厨给你炖了。你赶紧吃了，趁热。

李大宝面露难色。

张朵朵：要不你给我两个吧。

李二宝：别着急，您也有。

李二宝手中的碗里，竟然还有四个，全都盛给了张朵朵。

李二宝：大哥四个，大嫂四个。我这个人，最大的特点就是，不管做什么事绝对一碗水端平……

20. 正房，李二宝屋，内，夜

熟睡中的李三宝被人推醒。睁开眼睛，一看，是李大宝。

李大宝低声说：走啊，跑步去。

李三宝：现在？几点了？

李大宝：一点多……

李三宝穿上衣服，跟着李大宝出去了。

李二宝把头从被子里拿出来，使劲儿憋着笑。

21. 街道上，外，夜

影影绰绰的路灯。

空无一人的街道。

李大宝和李三宝由远而近地跑来。

李三宝：我不行了……

李大宝：你好歹也是半个爷们儿，不能动不动就说自己不行……

李三宝：你最近为什么老是二半夜叫我起来跑步？

李大宝：发展体育运动，增强人民体质。你明年就要考大学了，得抓紧锻炼呀。

李三宝：不是这样吧？

李大宝：那是怎样？

李三宝：我听李二宝说，你身上最近有点搓火，你老半夜起来折腾，是为了泻火。

李大宝：……

22. 李大宝家平房，西厢房，厨房，内，晨

饭桌旁的李三宝竟然打起了瞌睡。

妈妈拿筷子敲了李三宝的脑袋，说：三宝，要上学了，你怎么还睡过去了。

李三宝睁开眼睛，说：我困。

妈妈：熬夜了？

李三宝用手一指李大宝。

李三宝：都怪他，二半夜拉我去跑步，回来以后我就再也睡不着了。

李大宝羞得满脸通红。

李二宝却站起来，咋咋呼呼满屋子乱转了一通。

妈妈：二宝，你干什么？

李二宝：我受不了啦，看看有没有耗子洞，我要钻进去……

23. 正房，妈妈屋，内，日

姑奶奶和妈妈正在为什么事伤着脑筋。

妈妈：你不是神医吗，你不是巫婆吗，拿个正章呀，开个方子呀，大宝的事到底该怎么办啊？

半晌，姑奶奶才开口：耗子洞……

妈妈：这是生孩子，又不是养耗子，怎么还跟耗子洞干上了？

姑奶奶：从耗子洞里抓一只耗子回来，放到张朵朵的床底下……

妈妈：这行吗？

姑奶奶：我看行。

妈妈：这样做不好，要是传出去，多丢人哪？再说了，吓坏朵朵怎么办！

姑奶奶：我要的就是她害怕。她害怕了，就知道男人的重要性了！

24. 西厢房，李大宝屋，内，夜

屋里黑着灯。

张朵朵被床底下“咯吱咯吱”的声音惊醒。

张朵朵：李大宝，李大宝，有鬼，有鬼！

半梦半醒的李大宝懒洋洋地问：怎么了，怎么了？

张朵朵：床底下有鬼……

李大宝拿着手电筒，爬到床底下一看，有一个纸箱子，声音就来自那里面。把纸箱子往外拉了拉，打开。原来里面有一只耗子。

李大宝心里这个乐啊。

李大宝又把纸箱子盖上，放回原处。

李大宝爬起来，说：什么也没有，连根耗子毛也没有，睡吧。

李大宝回到木箱子去了。并且，躺下就着了。

张朵朵却怎么也睡不着了。

床底下又响起了“咯吱咯吱”的声音。

张朵朵：李大宝，李大宝！

李大宝从睡梦中醒来。

李大宝：又怎么了，又怎么了？

张朵朵：床底下有鬼，真的有鬼……

李大宝：也许是你这几天太累了，人一累，就容易产生幻听……

张朵朵：你把灯打开吧。

李大宝从木箱子上下来，把灯打开。

张朵朵像只小狗一样，哀怜地看着李大宝。

李大宝：我在这儿坐着，看着你睡。

张朵朵：要不，你到床上来……

李大宝忙不迭抱起被子，连滚带爬地上了床。刚要往张朵朵身边凑合，被她一脚踹到了边上。

随后，张朵朵拿手指在床中间画了一条线，并示意李大宝不准越界、不准脱内衣内裤。

李大宝气急败坏地把灯关了。

李下的旁白：就这样，两个月后的一天晚上，我爸终于从木箱子上下来，爬上了他望眼欲穿的新床。

张朵朵：你能把脑袋上的纱布摘掉吗？

李大宝：为什么？

张朵朵：我看着别扭。

李大宝：可以。反正也快好了。

李大宝摸黑儿把纱布摘掉。

张朵朵：你明天下午能去趟歌舞团门口的商店吗？那个商店离你们厂更近一些。

李大宝：干什么？

张朵朵：替我去买几双舞鞋。

李大宝：买什么样的？

张朵朵：售货员里有一个梳辫子的姑娘，你跟她提我的名字就可以。要5双。

李大宝：那么多？

张朵朵：我们的舞鞋特别费，几乎半个月就得换一双。

李大宝琢磨了一下，说：好吧。

张朵朵好像睡着了。

李大宝希望床底下的“鬼”再闹起来，可是，等了好长时间，却没了动静。

李大宝在长叹声中也迷迷糊糊地睡着了。

25. 院门口，外，晨

柿子树一身嫩绿。李三宝在树下温书。

李大宝推着自行车，站在院门后，在等李小雅出来。

姑奶奶从厨房里出来，来到李大宝身边。

李大宝：谢谢您啊，姑奶奶。

姑奶奶诡秘地说：谢我干什么？

李大宝小声说：不谢您？那我就谢床底下那只耗子了。

姑奶奶：还有脸说呢你？没出息！

李小雅背着书包，从厨房里出来了。

李小雅跟姑奶奶道别。

李小雅一边跳上自行车，一边说：大哥，你今天下午能请一个小时的假吗？

李大宝：什么事？

李小雅：我们班要开家长会。

李大宝：没问题。

李大宝看了一眼李三宝。

李大宝：李三宝，你不走吗？

李三宝：我们语文老师病了，头一节课不上。

26. 歌舞团门口的商店，内，日

一个梳辫子的姑娘在给李大宝挑选舞鞋。

李大宝：你要是便宜点，我就买5双。

梳辫子的姑娘：我们是国营商店，不讲价。

李大宝：这也忒贵了，跟纸一样薄，还两块钱一双。

梳辫子的姑娘：买不买？

李大宝：买啊。不买，我跑这么远干吗呀？

李大宝交钱。梳辫子的姑娘拿货。

李大宝突然看见了货架子上的球鞋。

李大宝：有女孩儿穿的球鞋吗？

梳辫子的姑娘：有。要多大的？

李大宝：36 号的……

27. 李小雅的学校，教室里，内，日

同学们的书包都收拾好了，老老实实坐在座位上，但内心都有些躁动。因为窗子上有无数个脑袋——那是刚刚开完会的家长们。

只要讲台上的语文老师甲（班主任）一声令下，同学们就会冲出去，与等候在外面家长们会合了。

语文老师甲：下课。李小雅留下。

同学们像旋风一样逃离了教室。

李小雅孤零零地坐在座位上。

语文老师甲：李小雅，你是怎么搞的，家长今天又没来？

李小雅：我大哥是劳模，工作太忙，可能是走不开……老师，要不下次还让我妈来吧……

语文老师甲：算了，你妈来了也不交钱，还老哭穷，弄得我们恨不得给她捐点。回去跟你大哥说，你的书费连同班费，一共 16 块钱，尽快交上。还有，数理化老师都跟我反映，你的作业本全是别人用过的。

李小雅：那是我三哥的，他用了正面，我用背面……

语文老师甲：难怪同学们都叫你“补丁”。

李小雅的眼里涌出了泪水……

28. 李大宝家平房，西厢房，李大宝屋，内，夜

屋里黑着灯。

张朵朵又被床底下“咯吱咯吱”的声音惊醒。

张朵朵：李大宝，李大宝，又来了，又来了！

一直醒着的李大宝假装迷迷糊糊地问：又怎么了，又怎么了？

张朵朵：床底下……

李大宝：难不成真有鬼？

李大宝随手开了灯。

两个人屏住呼吸，仔细谛听。可是，等了好长时间，却又没了动静。

张朵朵小声说：要不，我去你那儿……

李大宝：你说什么？

张朵朵一咬牙，一闭眼，一头钻进了李大宝的被窝，并且把头扎进了李大宝的怀里。

李大宝憋着一口气，把被子拽起来盖住两个人的头。

从被子外面看，两个肢体越箍越紧。

突然，穿着内衣、内裤的李大宝掀开被子，翻滚出来，长长地吐了一口气后，又滚到地下。

张朵朵抱着被子，怔怔地看着李大宝。

李大宝：我不能这样，我不能这样。这样不光彩，也不仗义，还让你瞧不起！

李大宝爬到床底下，把纸箱子拉出来，打开，抱到张朵朵面前。

张朵朵被里面的耗子吓得魂飞魄散。

李大宝赶紧抱着纸箱子跑出门外。过了一会儿，空手回来了。

李大宝：没事了。我把它踩死了。

张朵朵：奸诈，无耻，卑鄙；墙缝儿里的臭虫，垃圾里的苍蝇，阴沟里的耗子！

张朵朵把李大宝的被子扔在地上。

张朵朵：滚！

第 4 集

1. 剧团，排练厅，化妆室，内，日

张朵朵和高歌在镜子前换装。

高歌：哎呀，姐姐，你眼圈黑了。

张朵朵把脸往前凑了凑，说：没有吧？

高歌：还没有呢，都快成熊猫眼了。姐姐，你最近是怎么了，老是萎靡不振的。是和你们家工人老大哥折腾了，可是又不像啊。

张朵朵：你胡说什么？

高歌：我明白了。矛盾、彷徨，焦虑、难熬，导致了睡眠不足。

张朵朵：我有什么可矛盾、彷徨的，我又有什么可焦虑、难熬的？

高歌：既想坚持守身如玉，又想尝尝男女之欢，于是，辗转反侧，夜不能寐……

2. 李小雅的学校，教室里，内，日

语文老师甲在为同学们朗读。

语文老师甲：……老奶奶住的是低矮的茅草房，穿的是打补丁的衣服，吃的是野菜和苞谷，但她却收养了 3 个孤儿……

同学们都纷纷转过头来，盯着李小雅。

李小雅拿着钢笔在作业本的背面上使劲儿戳着。

3. 马路边，外，日

一群叽叽喳喳的学生和一些乘客在公交车站牌下等车。

李小雅远远地站在路边的一棵树下，形单影只地想着心事。

公交车开过来了，学生们和乘客向车门跑去。

李小雅猛然清醒，也向车门跑去。可是，一只鞋突然掉了，她蹲下来穿鞋。

一辆摩托飞奔过来，把李小雅刮倒。

已经上了车的学生们，透过车窗，发出了尖叫……

4. 医院，病房走廊，病房，内，日

张朵朵用网兜拎着两瓶罐头，跟在李大宝身后。走到病房门口，突然站住了。

张朵朵：我还是不进去了，她肯定不想见我。

张朵朵把罐头递到李大宝手里。

张朵朵：别说是我买的。

李大宝：你们这些搞艺术的，就是敏感。

李大宝一个人进了病房。

李小雅脑袋上包着纱布，躺在床上。床边站着两个女同学。

两个女同学：大哥，你来了。

李大宝：谢谢你们啊。

两个女同学：那我们走了。

李大宝：真的谢谢你们啊。

两个女同学走了。

李大宝来到床头。李小雅把头歪向一边，不理李大宝。李大宝有点尴尬，双手不知道往哪儿放了，抓挠了半天，最后把头上的工帽摘了下来。

李大宝的脑袋上竟然又包上了纱布。

李小雅有些搞不清楚了。

李小雅：你的纱布不是摘掉了吗？

李大宝：为了来看你，我又包上了。

李小雅：为什么？

李大宝：你的脑袋都撞坏了，就等于我的也撞坏了。再说了，前几天，我的脑袋也确实撞坏了。

李小雅噘着嘴说：骗人。

李大宝攥住了李小雅的手。

李大宝：大哥就是想告诉你，大哥什么时候都跟你在一起。

李小雅：你还说呢，家长会你没去，我还欠学校16块钱呢，班主任都骂我了……

李大宝：你的同学在电话里跟我说了。都赖大哥，这段时间大哥是让胜利冲昏了头脑。大哥现在清醒了，明天就去学校交钱。

李大宝从随身的工具袋里掏出一双白球鞋，递给李小雅。

李小雅惊叫道：新球鞋！

李大宝：其实，这鞋前两天就买了，大哥忘了给你了。都赖大哥，这段时间大哥确实是让胜利冲昏了头脑。大哥现在清醒了，明天就去学校交钱！

李小雅：知道了，你都说两遍了！

5. 李大宝家平房，西厢房，厨房，内，夜

姑奶奶、妈妈、李大宝、李二宝、李三宝和李大雅坐在饭桌旁开会。

李大宝：……小雅被撞了，你们指责我，我无话可说。但是，接朵朵下班而不接小雅放学，我认为我没错……

6. 西厢房，李大宝屋 / 厨房外，外，夜

张朵朵端着杯子从屋里出来，大概是要去厨房倒水，到了门口，听见里面的声音，停下了。

张朵朵：又偷着开会呢，还不让我知道，肯定又在编排我呢。

7. 西厢房，厨房，内，夜

李大雅：如果你接小雅放学，她还会出事吗？

李大宝：那不会。

李大雅：那不结了，还是你的错。

李大宝突然想起了什么，说：李大雅，你给我下套儿，是吧？

李大雅：我下什么套儿了？

李大宝：小雅放学，从来都是自己坐公交车回家，我是不管接她的。

妈妈和姑奶奶：对呀？

李大雅：可是……你……你接了张朵朵，就必须接小雅。

李大宝：小雅放学后，跟同学们一块坐公交车回家，顺便锻炼锻炼。这是既定方针。

李大雅：张朵朵下班后，也可以坐公交车回家，顺便锻炼锻炼。这也可以成为既定方针。

李大宝：不能。我必须接送她。她一步冤枉路都不能走。

姑奶奶：为什么？

李大宝：因为脚。

李二宝：脚？

李大宝：因为她的脚。

大家一脸茫然。

李大宝：这么跟你们说吧，小雅偶尔可以坐坐公交车，朵朵不能。朵朵的脚跟小雅的不一样，跟我们的也不一样。

李二宝：她有4只脚吗？我好像没发现啊？

李大宝：朵朵的脚是用来跳舞的，我们的脚是用来走路的。我已经调查过了，1000个人当中，才会出一个跳舞的。也就是说，1000双脚当中，才有1双脚是独特的。所以，我认为，朵朵的脚跟熊掌一样，应该列为国家一级保护动物的一部分。

李二宝哈哈大笑：说了归齐，还是4只脚吗。

李三宝：那大嫂跟你结婚以前不坐公交车吗？

李大宝：他们家离剧团不到10分钟的路程，她每天都是走路上下班。现在，她嫁到我们家，你让她去坐公交车，万一人多了，脚被车门夹了、被人踩了，怎么办？她的脚要是坏了，就等于鸟没有羽毛了……

8. 西厢房，厨房外，外，夜

张朵朵听了李大宝的话，心里为之一动。

姑奶奶（画外音）：大宝有点夸张，也有点矫情，但有点道理。这事就这么着吧，大宝继续接朵朵下班，小雅还是坐公交车回家。

妈妈（画外音）：小雅的脑袋真的没大事？以后不会影响念书吧？

李大宝：我问过医生了。没事，绝对没事！

妈妈（画外音）：那好吧，这事就听姑奶奶的！

9. 西厢房，李大宝屋，内，夜

屋里亮着灯。

张朵朵躺在被窝里，一件件地把衣服扔出来。

李大宝戴个眼罩躺在木箱子上，尽量放松自己的身体，尽量压抑自己的情绪。

张朵朵：要不，你到床上来……

李大宝以为自己听错了。

张朵朵：跟你说话呢。

李大宝：你说什么？

张朵朵：要不，你到床上来……

李大宝：你可别挑逗我了，我好不容易才把自己改造成一个要脸的人。

张朵朵小声地说：不知好歹的傻瓜……

李大宝一个鲤鱼打挺坐起来，说：你是认真的……

10. 西厢房，李大宝屋，内，夜

屋里黑着灯。

两个人在一个被窝里，互相搂着。

李大宝情不自禁地说：这回，你就是我的人了。

张朵朵：你说什么？

李大宝：我说，这回，你终于是我的人了。

张朵朵这才清醒过来，这才意识到自己和李大宝干了些什么。她恼羞成怒、羞愧万分，扯过被子，把裸露的肩头盖上，抬腿就是一脚，把只穿了裤头的李大宝踹到床下。

张朵朵呜呜地哭起来。

张朵朵一边哭，一边说：李大宝你个臭流氓，我这辈子是毁在你手里了……

李大宝被这突如其来的变故弄蒙了。穿上秋衣秋裤，抱起被子，又睡到木箱子上去……

李大宝又像以往一样，夜不能寐了。而床上的张朵朵不久就睡着了，还打起了轻轻的鼾声。

李大宝爬起来，在黑暗中穿好衣服，出了屋门。

11. 西厢房，厨房，内，夜

李大宝从柜子里摸出一瓶散酒，给自己倒了半碗，然后，感慨万千地望着墙上。

那里挂着两张照片，一张是老李家的全家福；另一张是爸爸的。

李大宝把目光落在了爸爸那张永远年轻、英俊的脸上……

12. 医院，病房，内，日

闪回画面：

躺在病床上的爸爸大限已到，妈妈和姑奶奶在呜呜地哭，孩子们则傻呆呆地站在一边。

爸爸：姑，你别哭，你不哭，大宝妈就不哭了；没什么可怕的，大宝就要长大了，一切都会好起来的……

爸爸向李大宝招手。

李大宝怯怯地过去，半跪在病床前。

爸爸抚摸着李大宝的头。李大宝两眼涌出了泪水……

……

13. 李大宝家平房，西厢房，厨房，内，夜

满含泪水的李大宝端着酒碗，在跟"墙上的"爸爸说话：爸，你儿子娶媳妇儿了，你儿子今天晚上真娶媳妇儿了；爸，你儿子长大了，你儿子今天晚上真长大了。你放心，你儿子——我——李大宝——一定会照顾好姑奶奶和妈妈，会照顾好弟弟妹妹们的……

14. 西厢房，李大宝屋，内，夜

李大宝回到屋里。借着月光，看到张朵朵的眼角还有泪痕，就用手轻轻擦去。他试试探探，躺在她身边。

张朵朵翻了一个身，把头枕在李大宝的左胳膊上。李大宝又惊又喜。但他像僵尸一样，再也不敢动弹了。

15. 西厢房，李大宝屋，内，晨

清晨醒来的张朵朵，看见李大宝还睡在木箱子上，这才松了口气。

而睡梦中的李大宝正在咧着嘴笑呢。

16. 剧团，排练厅，内，日

演员们跟着音乐在练基本功。

张朵朵似乎换了个人，活力四射。边上的人都在拿眼角的余光瞥她的腰身。

短暂的休息。

高歌笑嘻嘻地凑到张朵朵身边。

高歌：姐姐，你今天光彩照人，别提多勾引人了。

张朵朵掩饰着内心的喜悦和冲动，说：是吗，我没觉得呀。

高歌：你知道这是为什么吗？

张朵朵：为什么呀？

高歌：如果我没猜错的话，昨天晚上你终于把自己献给工人老大哥了。

张朵朵：你怎么知……

高歌：工人老大哥这盘菜太有营养了，你真应该早点吃呀！

张朵朵追打着高歌……

17. 纺织厂，维修车间，内，日

李大宝在改装自己的自行车。他把大梁、前梁和后梁都加固了一个旧钢管。

大裤裆凑了过来。

大裤裆：你的材料是哪来的？

李大宝：公家的，你管得着吗？

大裤裆：你占公家的便宜，我当然管得着。我要到厂里去告你。

边上的孙友来说：咸吃萝卜淡操心。先管好你自己的事吧。人家大宝用的材料，是他自己从附近的废品收购站买来的啊。

大裤裆：这还差不多。

18. 李大宝家平房，西厢房，李大宝屋，内，夜

李大宝进屋时，张朵朵已经蒙头盖腚地睡在床上了。

李大宝觉察出有点异样。再仔细观察，原来是张朵朵在被窝里一缩一缩地动。

那样子有点躁动。

李大宝还发现那些被收起来的零零碎碎的东西，又在木箱子上恢复原位了。

李大宝也开始躁动了。他缩着脖子，憋着坏笑，轻手轻脚地爬上了床……

19. 小院子里，院门口，胡同里，小院子里，外，晨

李大宝推着改装后的自行车站在院门口。自行车的大梁、前梁和后梁加固了，外胎也比原来的厚了。

李大宝：张朵朵！

张朵朵从屋里出来，说：喊什么！

李大宝：李小雅！

李小雅从厨房出来，说：喊什么？

李大宝对着张朵朵拍了拍后座，又对着李小雅拍了拍大梁，示意她们坐上去。

张朵朵：你以为你那是红旗轿车呀。

李大宝把自行车搬出大门外。

妈妈和姑奶奶也从厨房出来了。

李小雅撒着欢儿，跳上了前梁。李大宝也一骗腿上了车，并且往前蹬了两步。张朵朵不情愿地坐了上去。

李大宝：从今天起，我同时接送二位。

姑奶奶：这下好了。每天跑一趟就解决了。

李大宝：起飞了。

自行车蹿了出去。

妈妈满嘴“啧啧”着，一脸的不屑。

姑奶奶白了妈妈一眼，说：你还没看出来？在我的亲自策划和亲自安排下，我大孙子得手了。

妈妈：我知道他得手了。

姑奶奶：那你还“啧啧”什么？

妈妈：我觉得您的亲自策划和亲自安排，有点不太光彩！

20. 马路边，人行道上，外，晨

李大宝的自行车在人流中自如地穿梭。前边的李小雅欢呼雀跃，后边的张朵朵一声不吭。

过往的人们，都忍不住看一看李大宝。李大宝越发来劲儿了，扭动着腰身，努力地蹬着……

21. 李大宝家平房，正房，妈妈屋，内，日

李大雅风风火火地从外面进来。

李大雅：妈，什么事呀，非把人家叫回来，人家正上着班呢……

李大雅话还没说完，就愣住了。

因为屋里的气氛有些反常。床上坐着3个人：姑奶奶、妈妈和一个50多岁的陌生女人。

妈妈指着陌生女人，说：大雅，这是三姨，从天津来的。

李大雅：我还有个三姨？

妈妈：是妈的一个远房妹妹。

李大雅：三姨好……

三姨“嗖”地一下跳下床，一边打量着李大雅，一边在她身边转了一圈。

三姨：这丫头，腿是腿，腰是腰，胸脯是胸脯，脸蛋儿是脸蛋儿。

李大雅：要不您把我嘴巴扒开，再看看牙口？

妈妈：大雅，怎么说话呢？

三姨：便宜毛驴儿了。

李大雅：毛驴儿，什么意思，还真要看牙口啊？

妈妈：你三姨是专程来北京给你提亲的。男方叫毛驴儿。他现在在二宝那屋，等着跟你见面呢。

李大雅：4条腿的，我坚决不找。让他赶紧滚。

妈妈：什么叫4条腿的，人家的名字叫毛驴儿。来都来了，就见见；见了，觉得可以，就处一段时间；处一段时间，就把婚事定了。

李大雅感觉到事情的严重性，以极快的速度思忖了一下，说：你不去说，那我去说。

李大雅抬腿就要往外走。

妈妈：你给我站住。你不嫁给毛驴儿也可以，但你得把4000块钱退给人家。

李大雅：为什么？

妈妈：我收了毛驴儿家4000块彩礼钱。

李大雅：你收的，你退呀。

妈妈：退不了啦。都花了。

李大雅：那可是4000块呀，你买飞机大炮了？可是，不对啊，对越自卫反击战已经打完了呀？

妈妈：那钱，我原封不动地都给了老张家。这样，你大哥才娶上了张朵朵。

李大雅：你这是贩卖人口。

妈妈：那你把我拉出，毙了。

姑奶奶一言不发。

李大雅：姑奶奶，您倒是说句话呀。

姑奶奶：我无话可说。

李大雅：那您就是同谋。

妈妈：李大雅，我明告诉你吧，这是你爸的主意，他说你大哥命中注定得娶张朵朵。

李大雅：我爸都死了10多年了，他哪来的主意？

妈妈：你爸托梦给我了。

李大雅：你还托梦？你还陈胜吴广起义，你还太平天国造反呢？

妈妈：你爸是因为你死的，他要不死的话，你大哥的婚姻大事也用不着我来张罗、我来操心。你自己掂量着办吧！

说到爸爸的死，李大雅一时无话了。

半天，李大雅说：你老说我爸是因为我死的，我怎么不知道？今天，你要把这事说清楚了！

妈妈：不信你问姑奶奶。

李大雅：姑奶奶，是吗？

姑奶奶：你妈说得没错，你爸是因为你死的。但是，具体怎么回事，你就没必要知道了！

22. 正房，李二宝屋，内，日

毛驴儿长得还人模狗样的，就是看上去有点不着四六。

自从李大雅进屋以后，毛驴儿一双活蹦乱跳的眼睛，就没离开过她的脸。

李大雅把一沓钱放在毛驴儿面前。

李大雅：毛驴儿同志，这是400块钱，我现在就这么多了。请你给我一年半的时间，我一定把剩下的3600块钱还清。

毛驴儿：李大雅同志，请相信我，我也是一位有为的好青年。难道不打算跟我处一处再说？

李大雅：我看算了吧……

毛驴儿把钱收起来，说：那好。强扭的瓜不甜。就按你说的办。我看你们家人口挺多，日子也不宽裕，这样吧，我给你两年时间，把剩下的钱还清。

李大雅：我两个月还一次，你看行吗？

毛驴儿：没问题。

李大雅：那可是太谢谢你了。

毛驴儿：不过，我有一个条件，你不能通过邮局汇款。

李大雅：为什么？

毛驴儿：我家离邮局太远，两个月就跑一次，你跑死我呀？

李大雅：那我就坐火车去天津，当面交给你。反正北京离天津也不远。

毛驴儿：那最好。

23. 小院子里，西厢房，李大宝屋，外/内/外，晨

张朵朵在门口洗脸。

李三宝拿着一本书，凑过来。

李三宝：大嫂，我给你拿毛巾吧？

张朵朵愣了一下，点了点头。

李三宝颠儿颠儿地跑到正房前，从墙上摘下一条毛巾，递给张朵朵。

张朵朵还没用呢，却闻到了一股异味。

张朵朵：这是谁的毛巾？

李三宝：大家的。

张朵朵：大家的？

李三宝：大家都用。

张朵朵：你们全家人就用一条毛巾？

李三宝：是啊。

李二宝不知从哪儿钻出来了。

李二宝：怎么着，舞蹈演员，你想给我们每人都买条毛巾啊？

张朵朵：买就买，怎么了。

李二宝：那我就等着了，我今天就不洗脸了。

李二宝又溜了。

张朵朵把手里的毛巾递给李三宝。

张朵朵：我屋里有。

李三宝：我去给你拿。

李三宝又丢丢地跑进了李大宝屋。张朵朵想阻止已经来不及了。

李三宝一进新房，就感觉到了弥漫着一股香气。他紧张地四处张望着。床上摞着的新被、墙上挂着的新衣及梳妆台上摆放的各种擦脸油盒……最后，把目光落在了梳妆台的一角。

那里，立着一个镜框，镜框里是结婚照：张朵朵清新的脸上是一双茫然的眼睛；李大宝的脸上只有一张傻笑的嘴……

张朵朵（画外音）：三宝！

李三宝这才回过神儿来，喊道：来了！

李三宝拿起梳妆台上的毛巾，跑到小院子里。然后，将其递给张朵朵。

张朵朵一边擦脸，一边问：听你大哥说，你学习很好。

李三宝：还行。

张朵朵：将来准备考什么学校？

李三宝却所答非所问地说：你为什么要嫁给他？

声音太小，张朵朵没听清。

张朵朵：你说什么？

李三宝：你为什么要嫁给他？

张朵朵：我……

李三宝：你们根本就不是一路人。你不知道吗？

张朵朵：这事，你去问姑奶奶吧。

李三宝：就是因为他救了你，你就必须救他吗？

张朵朵：那你说，你遇到这事，你会怎么办？

李三宝：我……我也不知道……

张朵朵：我更不知道……

24. 小院子里，院门口，胡同里，小院子里，外，晨

李大宝推着自行车站在院门口。

李大宝：张朵朵！

张朵朵从屋里出来，说：喊什么！

李大宝：李小雅！

李小雅从厨房出来，说：喊什么？

李大宝对着张朵朵拍了拍后座，又对着李小雅拍了拍大梁，示意她们坐上去。

李大宝把自行车搬出大门外。

妈妈和姑奶奶也从厨房出来了。

李小雅撒着欢儿，跳上了前梁。李大宝也一骗腿上了车，并且往前蹬了两步。张朵朵不情愿地坐了上去。

李大宝：起飞了。

自行车蹿了出去。

妈妈满嘴“啧啧”着，一脸的不屑。姑奶奶则一脸的欢心。

25. 正房，妈妈屋，内，日

姑奶奶倚在床头，手里拿着一张老照片出神地看着。老照片上是一个意气风发的年轻人。

妈妈进来了。姑奶奶竟然没发觉。

妈妈：您在看什么？

姑奶奶赶紧把老照片夹在腿上的一本书里。

姑奶奶：没看什么。

妈妈：您还没看什么？您就不怕让孩子们发现！

姑奶奶：发现怎么了？每个人心中都藏着自己的初恋！

妈妈一边“啧啧”着，一边说：您真是越老越不着调了！

姑奶奶：我就不着调。不服？

妈妈：我警告您啊，您的事，绝对不能让孩子们知道，尤其是朵朵。

姑奶奶：为什么？

妈妈：您得给孩子们做个好的榜样。

姑奶奶：我藏一张照片，我就不是好榜样了？

妈妈：您那光是藏一张照片吗？你那是藏一个人！

姑奶奶“嘻嘻”地笑了，说：那是肯定的……我问你，你说，朵朵的初恋会是什么样的？

妈妈：您说什么？

姑奶奶：我说，朵朵的初恋会是什么样呢？

妈妈咬着牙说：您个老不正经……朵朵的初恋就是我儿子，懂吗？

妈妈上前去抢姑奶奶的照片。姑奶奶把书抱在怀里，死死地护住。

妈妈：我今天非得给您撕了，我今天非得给您撕了……

姑奶奶：你敢，你敢……

26. 李大宝家平房，西厢房，李大宝屋，内，日

李大宝在给张朵朵洗脚。洗完了脚，又捶背。捶得紧锣密鼓。

张朵朵：你捶死我呀，轻点儿。

李大宝的手法又变成了和风细雨。捶完了背，又去铺床。

张朵朵：你不洗脚吗？

李大宝：我前天刚洗过的。

张朵朵：你倒记得挺清楚。

张朵朵穿着秋衣秋裤钻进了被窝。之后，伸长脖子，在李大宝身上闻了闻。

张朵朵：你多少天洗一次澡？

李大宝：两个星期吧。

张朵朵：那你两个星期碰我……一次……就在你洗澡那天。

李大宝：那我宁愿天天洗澡。

张朵朵：不要脸。

27. 西厢房，厨房，内，晨

一家人围坐在饭桌旁吃早饭。

李小雅：妈，你给我5毛钱，我要买个作文本。

妈妈转身从饭橱的抽屉里拿出一个本，递给李小雅。

妈妈：你的作文本用得太快，一个月就一本，我想了办法，以后咱就用它。

原来，妈妈把李大宝从厂里拿回来的横格稿纸，改造成了方格稿纸。

李小雅：可是，你这是自己画的呀。

妈妈：我照你原来的本子画的，一模一样。我熬了半宿呢。

李小雅噘着嘴说：我穿的衣服，是大姐穿过的；使的课本，是三哥用过的；用的普通的作业本，是各种纸钉起来的；现在，作文本又是自家发明的。你知道同学们都叫我什么吗？

李三宝：叫你什么？

李小雅："补丁"。

李三宝：文如其人！

28. 纺织厂，澡堂，男部，内，傍晚

李大宝在柜子前换衣服。大裤裆也端着脸盆进来。

大裤裆：李大宝，你才洗了两三天呀？

李大宝凑到大裤裆身边。

李大宝美滋滋地说：老婆下了死命令，我不洗澡不让我上床。

29. 李大宝家平房，西厢房，李大宝屋，内，夜

张朵朵已经钻进了被窝。穿着秋衣秋裤的李大宝觍着个脸、抻着个脖子，讪笑着凑过来。

李大宝：闻闻。

张朵朵：闻什么？

李大宝：我今天洗了澡，用了半块肥皂，洗得别提多干净了。

张朵朵用鼻子"哼"了一声。

李大宝：我是这么想的，你一个星期洗两次澡，这很文明，也很高尚。我要向你学习，一个星期也洗两次澡。我没别的意思，只是为了获得到床上睡觉的永久权利，并不是为了跟你那个……

张朵朵：真没别的图谋？

李大宝：真没有。

张朵朵：那好，我也正要给你提要求呢。除了三天洗一次澡以外，每天必须刷两次牙早晚各 1 次、每天必须洗两次脸也是早晚各一次、每天必须洗一次脚，然后才能上床。

李大宝：得了，您呐。

李大宝也爬上床，钻进被窝。

李大宝：那您看，今天我们要不要……

张朵朵：别给脸不要啊！

30. 纺织厂，澡堂，男部，内，傍晚

二膀子在柜子前换衣服。李大宝也端着脸盆进来。

二膀子：李大宝，听说，你为了讨好老婆，现在一天褪一次呀？

李大宝谦虚地说：谣传谣传，三天褪一次。

二膀子：你太阴险了。

李大宝：阴险？

二膀子：照你这样褪下去，不出半年，人皮肯定搓没了，就可以直接按工伤处理了，弄个一级残废也未可知啊。当上一级残废，不但不用上班了，还白拿工资。你说你是不是很阴险啊？

李大宝气得肚子一鼓一鼓地。

边上的人都笑了。

31. 李大宝家平房，西厢房，厨房，内，夜

姑奶奶、妈妈、李二宝、李三宝和李大雅围坐在饭桌旁。尚未开饭。

李大宝背着工具袋，哼着小曲，领着张朵朵和李小雅进来了。

妈妈一边拿抹布擦着碗，一边说：大宝，你是怎么搞的，今天又回来晚了？

李大宝：下了班，我又在厂里洗了个澡，才去接得她们二位。

李二宝：你最近是不是掉粪坑里了，怎么三天两头洗澡呀？

李大宝：我碍着谁了？

李大宝看了看张朵朵。

张朵朵：你看我干什么？

姑奶奶：讲究点也不是什么坏事。

张朵朵：是啊，一个文明人一定是在讲究中培养出来的。

张朵朵说着，把目光落在了妈妈的手上。

张朵朵：您用错抹布了。

妈妈低头看了看，说：没有啊。

张朵朵：肯定错了。那是擦菜刀的，不是擦碗的。

妈妈：不可能。我是拴了布条的，不可能拿错。

张朵朵：您说吧，您都拴了什么样的布条？

妈妈：擦碗的，是白布条；擦菜刀的，是黑布条。

张朵朵上前把妈妈手中的抹布翻过来一看，果然，上面拴着黑布条。

一家人都折服了。

李二宝：我们家又出了个巫婆。

姑奶奶拿巴掌拍了一下李二宝。

张朵朵：讲卫生不能光走形式，得落到实处。既然买了四把菜刀、四张菜板和抹布若干，那就得按规定使用。

妈妈：我以后注意。行了吧？

张朵朵起身，从墙上的书包里拿出一沓毛巾。

张朵朵：还有，一家人共用一条毛巾，容易滋生细菌不说，如果谁得了红眼病肯定要交叉感染。

张朵朵分发毛巾。

张朵朵：我已经在商标上写了每个人的名字。

李二宝接过毛巾，直接搭到脖子上。

张朵朵：我认为，只有卫生问题彻底地解决了，你们老李家的人才可能从本质上发生改变。

李二宝：依你这么说，我们老李家的人本质上有问题呗？

张朵朵：我不是那意思。我是想说，你们老李家的人生活习惯有待于改进……

李二宝：你就是那意思。你以为你是跳舞的、搞艺术的，就高我们一头，是吧？

张朵朵：至少我不比你们矮一头。

李大雅：还是高一头吗？

李二宝：那你为什么还嫁到我们老李家来？

张朵朵：你以为我愿意到你们老李家来？我是被骗到你们老李家来的。

李二宝：腰里别个死耗子，还真把自己当成打猎的了。

张朵朵一皱眉头，说：你说什么？

李二宝：腰里别个死耗子，还真把自己当成打猎的了。怎么了，不服啊？

张朵朵：那哪儿是死耗子，那分明是一只活耗子。

李二宝：你说什么？

张朵朵不软不硬地说：我说，那是一只活耗子，或者干脆是一窝活耗子！

姑奶奶和妈妈面面相觑。李大宝则把脑袋扎到怀里。

张朵朵拿下墙上的书包，扬长而去……

32. 西厢房，厨房，内，夜

一家人都垂头丧气地围坐在饭桌旁。

李大宝：李二宝，你看见没，我媳妇儿现在跑了，你赔啊。

李二宝：跑了活该。

姑奶奶：二宝，你说你这嘴怎么这么欠呢，你惹她干什么？

李二宝：我就看不惯她那做派。不就会跳个舞吗，至于吗？她把我们老李家人都当成什么了？刚来几天呀，给我们弄了一屋子菜刀、菜板和抹布，给我们每人打造了一个像猪食盆子一样大的铁碗，现在又给我们每人配了一条毛巾。我们家是屠宰场啊，还是养猪场啊，还是病房啊？

姑奶奶：大宝，活耗子的事是不是被朵朵发现了？

李大宝：是啊，我好不容易才搟拉平了。谁知道又跑出来一只死耗子。

李二宝：你们说什么呢？

第 5 集

1. 院门口，胡同里，马路上，外，晨

李大宝一骗腿上了车。李小雅撒着欢儿，跳上了前梁。

李小雅：起飞了。

李大宝：我们今天得快点，要不追不上你大嫂了……

马路上，并不见张朵朵的踪影。

李大宝：嗨，她还真自己走了……

2. 李大宝家平房，小院子里，柿子树下，西厢房，厨房，外 / 内，日

姑奶奶拿着一本书，坐在柿子树下诵读。

二膀子妈妈从东墙头上探出半个脑袋，说：跑了吧？

姑奶奶明知故问：谁跑了？

二膀子妈妈：还有谁呀？孙媳妇儿。我和胡同口的刘大妈都商量过了。我们一致认为，这个媳妇儿，你们老李家养不住！

姑奶奶：口吐莲花，满嘴燎泡。还你们商量过了。你以为你们是谁呀，是常委会啊？

姑奶奶来到厨房。

妈妈正在奋力擦拭灶台。

姑奶奶：讲卫生呢呗？

妈妈：是啊，讲卫生不能光走形式，得落到实处。

姑奶奶：你还挺听话。

妈妈：我是不想让她瞧不起我们。

姑奶奶：也是。人穷了，志再短，上帝都救不了你。要不，我帮你吧？

妈妈：行啊。

姑奶奶站着，半天没挪窝儿。

妈妈停下手中的活。

妈妈：您不是帮我吗？

姑奶奶笑着说：我看我还是看会儿书吧！

3. 天津，狗不理包子馆，内，日

李大雅和毛驴儿面对面坐着。

李大雅把一沓钱递给毛驴儿。

李大雅：毛驴儿同志，你数数，这是三百。

毛驴儿：数什么呀，你大老远的，跑到天津来，还能骗我？

毛驴儿说着，把钱装了起来。

毛驴儿：点菜吧。

李大雅拿起菜单，说：什么标准？

毛驴儿：挑好的点。

李大雅：那我可点了。

可是，李大雅一琢磨，就琢磨出味儿来了。

李大雅：不对呀，这是包子馆啊，除了包子还是包子。

毛驴儿一缩脖子，笑了。

李大雅：你是为了省钱，故意把我领到这儿来的，是吧？

毛驴儿：你第一次来天津，当然要吃“狗不理”了。我这也是做了精心安排的。

李大雅：是这样？

毛驴儿：李大雅同志，请相信我，我也是一位有为的好青年！

4. 李大宝家平房，正房，妈妈屋，内，夜

姑奶奶和李大宝在商量着什么。

姑奶奶：你真不怕朵朵跑了？明天下了班，赶紧去把她接回来。

李大宝：我……他们家……

姑奶奶：你不敢去他们家，是不是？

李大宝：他们家又不是中南海，我有什么不敢去的。

姑奶奶：那谁回门的时候，连门都没进去，在小旅馆的锅炉房里猫了一宿啊？

李大宝：神医啊，您怎么什么都知道呀！

5. 剧团，卫生间，洗脸池前，内，日

张朵朵对着镜子，看着自己的脸。

高歌端着水杯进来。她把剩茶倒进一个有网子罩住的水桶里，笑嘻嘻地凑到张朵朵身边。她随手接了一杯凉水。

高歌：你这朵花最近没人浇水，有点蔫了啊。

高歌说着，端起水杯就要给张朵朵浇。张朵朵把水杯抢过去，反而给高歌浇在头上……

6. 张朵朵父母家邻居家，外，日

李大宝鬼鬼祟祟地进了小院子。想进屋又不敢，情急之下，抄起了在墙边竖着的一把扫帚，满院子划拉。

邻居女人从屋里跑出来。

邻居女人：您这是学雷锋，做好事吗？不对呀，雷锋 3 月来了 4 月走，他早颠儿了。

李大宝低着头，仍在划拉。

邻居女人好像是认出了李大宝。

邻居女人：你是东院的女婿吧？

李大宝抬起头，说：这不是朵朵家吗？

邻居女人：你上香进错了庙门，他们家是东院。

邻居女人跑到东墙边，把脑袋探到墙上。

邻居女人：朵朵妈，朵朵妈！

李大宝扔了扫帚，撒腿就跑……

7. 李大宝家平房，正房，妈妈屋，内，傍晚

李大宝哭哭唧唧地坐在姑奶奶和妈妈对面的床上。

妈妈：你说你窝囊不窝囊，到现在了，连丈母娘家的门还没进去呢。

姑奶奶：你就别咋呼了。大宝已经够窝心的了。

李大宝：姑奶奶，下一步怎么办？

姑奶奶：凉办（拌）。我断定，不出明天，朵朵肯定会自己回来。

妈妈：您就那么有把握？

姑奶奶：这点小事，早就攥在我手里了。我让大宝去接，那是策略。媳妇儿回娘家去了，我们总不能连个态度也没有吧。

说话间，张朵朵背着包，推开门进院来了。

李大宝大喜过望。跟头溜星就往外跑。

透过玻璃窗子，姑奶奶和妈妈看见李大宝颠儿颠儿跟着张朵朵进了他们屋。

妈妈：您是怎么掐算出来的？

姑奶奶：天机不可泄露。

妈妈还不愿意听了，说：那您就在这儿自个闹妖吧，我去接着做饭了。

姑奶奶被晾在一边了。

姑奶奶：你别走啊。我还有事呢。

姑奶奶说着，从枕头底下拿出一个方子递给妈妈。

姑奶奶：明天去把药给我抓了。

妈妈接过方子就往外走。

姑奶奶：不想听了？

妈妈：您不是给我拿糖吗？

姑奶奶：它是这样的。老张家大小是个知识分子家庭，爱面子，他们是不会让一个出了嫁的女儿老耗在家里的。

妈妈：也是啊。

姑奶奶：你说，我们是不是得好好调教调教她了？

妈妈：谁啊？

姑奶奶：朵朵啊。

妈妈：这孩子说话做事，是挺气人的。但是，细想想，她心直口快、有嘴无心，是个挺简单的人。这种人，其实好相处。再说了，她说的那些卫生问题，我们也的确存在。

姑奶奶：看样子，你对她挺满意吗？

妈妈：满意倒还说不上。反正不讨厌。

姑奶奶：我可告诉你，现在不树立权威，以后，就是想当恶婆婆都来不及了。

妈妈：我被恶婆婆欺负了一辈子，为什么还要当恶婆婆去欺负别人呢？

姑奶奶：你……

妈妈：我还告诉您，我打算好好跟朵朵相处呢！

姑奶奶：有你后悔的那一天！

8. 西厢房，李大宝屋，内，夜

李大宝在给张朵朵洗脚。洗完了，擦净了，张朵朵退到床上去。

李大宝脱了袜子，把自己的脚放进了脸盆。

张朵朵大叫：你怎么用我的脸盆啊！

李大宝：这又不是饭盆，用用无妨吧？

张朵朵：还用用无妨。你给我传染上脚气怎么办？

李大宝：我没有脚气。

李大宝把脚从盆里拿了出来。

张朵朵：两个人共用一个盆，就容易得脚气。农民，真是个农民，浑身上下都透着愚昧无知的气味，一走路，都能掉下来。

李大宝：我告诉你啊，我不是农民，我是工人，是工人阶级。

张朵朵：工人阶级还不如农民呢，除了愚昧无知，又多了一个自以为是。

李大宝有些生气了。

张朵朵：我说错了吗？

李大宝：你说我可以，说我们老李家人也可以，但你不能把我们工人阶级都捎带上。

张朵朵：那好，我就说你们老李家人。我刚才又发现了一个问题，你们老李家从来都是全家人共用一个洗脚盆，是吧？

李大宝：难道你还让我给每个人再配一个洗脚盆吗？

张朵朵：我就这意思。

李大宝双手作揖，说：我求求你了，张老师，你先省省吧。你已经把自己置于全家人民的对立面了，难道你不知道吗？

张朵朵：我不怕。

李大宝：你不怕，我怕。

张朵朵：你怕什么？

李大宝：我怕你受委屈。

张朵朵：我能受什么委屈？没人敢把我怎么样，不高兴了，我就回娘家去。

李大宝：那你就可怜可怜我。先消停几天，洗脚盆的事咱从长计议。行吧？

李大宝擦了脚，爬上床。

李大宝：来，我给你捶捶背。

李大宝息事宁人地给张朵朵捶背。

张朵朵逐渐放松起来了。李大宝也放松起来了。

李大宝：我仔细琢磨了，你提倡的讲卫生问题，很及时，也很有必要。可是，你得给大家一个改造的过程，这么多年，大家就是这么过来的，不是一时半会就能改的。咱们一步一步地来。行吧？

张朵朵：得多长时间？

李大宝：半年，最多1年！

张朵朵：一会儿，你把我的脸盆给我洗干净了，要用肥皂粉！

李大宝：得了，您哪！

9. 天津，某饭店，内，日

李大雅和毛驴儿面对面坐着。

毛驴儿把菜单递给李大雅。

毛驴儿：李大雅同志，点菜吧。

李大雅：什么标准，毛驴儿同志？

毛驴儿：挑好的点。

李大雅：真的。

毛驴儿：这回保证是真的。

李大雅：那我可点了……

10. 天津，马路边，照相馆门前，外，日

李大雅和毛驴儿边溜达，边说话。

马路边的照相馆门前，聚集了一伙人，看那架势，是有人打起来了。

毛驴儿像是突然打了鸡血，说：走，过去看看。

毛驴儿说完，拽着李大雅就跑了过去。

两个人三挤两挤，就钻进圈里。果然，一个胖子和一个瘦子在打架。瘦子好像练过把式，明显占了上风。看热闹的人都站在了瘦子一边。

毛驴儿问边上的一个人：怎么回事？

边上的那个人小声说：胖子和瘦子一前一后走路，胖子突然放了屁。瘦子说，胖子崩着他了，就打起来了。

毛驴儿：揍他。

毛驴儿说着，上前踢了瘦子一脚。

看热闹的人也都动了起来，上去或踢或打。因为人多，捎带了胖子也未可知。

李大雅拽住毛驴儿，不让他瞎掺和。

毛驴儿：一会儿再给你解释。

毛驴儿说着，趁乱上前又踢了胖子一脚。之后，拽着李大雅撒腿就跑。

跑出了几十米，这才站住。低下头喘气。

李大雅：你们天津人打架怎么跟结婚凑份子似的，你一拳我一脚，都搭一把手啊？

毛驴儿：这是天津的一个老理儿，叫打便宜人。在街上碰见打架的，趁人多，谁都可以出手，只是别太重。到最后，就是一个无头案，打了也白打。

李大雅：为什么要这样？

毛驴儿：据说，败火，还管牙疼。

李大雅：有这事？那我也得去踢那瘦子一脚。

李大雅说着，就要往回返。被毛驴儿拦住了。

毛驴儿：算了，算了，等回去了，早打完了。弄不好，还得我们包葫芦头呢。

李大雅：我最烦在公共场所放屁的人了。

毛驴儿：为什么？

李大雅：我们家不是住在天坛附近吗？有的时候，晚饭后，我陪我姑奶奶去散步，每次总有很多人从你身边放着屁大摇大摆地过去，简直是太粗鲁了、太没教养了、太不要脸了。

毛驴儿：真的假的？

李大雅：绝无戏言。哪天你再去北京，我领你去天坛见识见识。

毛驴儿：明白了，大家吃完饭都去那儿消化食了。对了，那你可以站出来制止呀？

李大雅：还制止呢？有一次，有个人又在我后面放了个“大炮仗”，我回头看了那人一眼。结果，那人是个老太太。你猜那老太太说了句什么？

毛驴儿：她说了句什么？

李大雅：“你瞅我干什么，你吃饱了撑的？”你说她多不要脸啊，还说我吃饱了撑的！

毛驴儿：北京人有点意思！

11. 天津，火车站，车窗内外，外，日

李大雅从车窗探出头来，向毛驴儿招手。

李大雅还第一次发自内心地朝毛驴儿露出了美丽的微笑。

12. 纺织厂，维修车间，内，日

李大宝出工回来。男工友甲又是看座，又是倒水。

李大宝：今天怎么这么殷勤，肯定有事求我？

男工友甲嬉笑着说：是这样，我后勤的一个哥儿们二婚，想办婚礼，又怕遭到大家的非议，向你讨个主意。

李大宝：能有什么非议？

男工友甲：没结婚的人不愿意去。

李大宝：两个人都是二婚？

男工友甲：都是。

李大宝琢磨了一下，说：那就晚上办。一婚的和未婚的人保证心理平衡。再说了，晚上的气氛更好，大家也好好喝喝酒、闹闹洞房。

男工友甲：我看行。要不，你再去给主持主持。

李大宝：没问题。

大裤裆过来，把李大宝拽到边上。

大裤裆：你把我媳妇儿抢走了，就没事了？

李大宝：口吐莲花。满嘴燎泡。

大裤裆：你别忘了，那次技术能手大比武，咱俩可是平账。

李大宝：平账就平账。你想怎么着吧？

大裤裆：你每天不是给这个保媒拉纤，就是给那个主持婚礼，那我呢，你什么时候关心过我?

李大宝:不就是一个破对象吗?包在我身上了。

大裤裆:这还差不多。

李大宝:什么条件?

大裤裆:最好是跳舞的。不然,唱歌的也行。总之,要搞文艺的。

李大宝:也就是我们家张朵朵那样的呗。

大裤裆:差不多就这意思。

李大宝:我们家张朵朵是专业团体的,找她那样的太难了。

大裤裆:实在不行,业余的也行!

13. 李大宝家平房,西厢房,厨房,内,日

妈妈在灶上熬药。

李二宝进来了。

李二宝:神医最近又开始炼丹了?

妈妈:不许胡说八道。

14. 西厢房,厨房,内,夜

一家人都坐在饭桌旁,像是要开会的样子。

妈妈:大雅,什么事,说吧。

李大雅环顾了一下四周,清了清嗓子,说:毛驴儿正式向我求婚了。

妈妈:这我们知道,媒人早就来过了。

李大雅:我打算答应毛驴儿。

李三宝:毛驴儿是人呀,还是物呀?

李二宝:是人物。据说,还是一位有为的好青年。

姑奶奶:我和你妈妈举四只手赞成。

妈妈瞭了姑奶奶一眼。

李大雅则把目光对准了兄弟姐妹们。

兄弟姐妹们大概觉得李大雅要嫁人了,都很兴奋,都觉得很好玩。

李大雅:你们没人反对?

兄弟姐妹们异口同声地说:我们凭什么反对?

李大雅:那你们都赞成?

兄弟姐妹们：我们也没赞成呀。

李大雅：那就是说，这事跟你们没关系，是吧？

大家都没吭气。

过了一会儿，李二宝说：也可以这样理解。

李大雅愤怒地看着妈妈。

李大雅：李大宝娶张朵朵，你是百般阻挠，就怕你儿子娶错了人；我要嫁给毛驴儿，你连问都不问，你就不怕你女儿嫁错了人？

妈妈：你看中的人，没错。

李大雅：什么叫我看中的人？你收了人家的钱，我看不中行吗！

李大雅一甩袖子出去了。

妈妈：你们也去吧。我和姑奶奶有事商量。

其他人先后离去。

妈妈：您说吧，怎么办？

姑奶奶：我看大雅挺乐意的。就答应人家吧。

妈妈：您觉得毛驴儿人怎么样？

姑奶奶：品性应该不坏。大雅也能拿得住他。

妈妈：好吧。

妈妈叹了口气。

姑奶奶：怎么了？

妈妈：自己养大的姑娘，说嫁人就嫁人了。

姑奶奶：你要觉得不够本，就再朝他们要一千块钱彩礼。

妈妈：我一个人把她拉扯大，就是要一万块钱，那也是应该的。

姑奶奶：什么叫"你一个人把她拉扯大"？

妈妈赶紧改口：在您的领导下，我一个人把她拉扯大……

姑奶奶：这还差不多。

妈妈：借我点钱呗。

姑奶奶：借多少？

妈妈：六百！

姑奶奶：这么老多？没有。跳蚤身上抽油喝，你可真够狠的！

15. 正房，妈妈屋，内，夜

屋里只有姑奶奶一个人。她已经躺在被窝里，还蒙上了头。

李三宝蹑手蹑脚地进来。突然，把姑奶奶的被窝掀开。

慌忙中，姑奶奶把双手压在身下。

姑奶奶低声说：三宝，你干什么？

李三宝：我看看你是不是又躲在被窝里偷着数钱呢？

姑奶奶：就是……不能跟别人说呀。

李三宝：我不说。

李三宝依然站着，还没有走的意思。

姑奶奶：赶紧走，别捣乱。

李三宝：李大雅真的要嫁人了？

姑奶奶：是啊，怎么了？

李三宝：没怎么……

妈妈进来了。姑奶奶“嗖”地一下，把钱藏在被子里面。

妈妈：您怎么这么早就上床了？

姑奶奶：今天有点累。

妈妈：您喝药了吧？

姑奶奶：喝了。

16. 西厢房，小院子里，外，夜

李大雅在厨房门前刷牙。

李大宝穿着拖鞋、端着一舀子凉水，从厨房出来，来到柿子树下。一只手扶着树，一只手倒水洗脚。

李大雅：你怎么不用脸盆？

李大宝：这么洗方便。

李大雅：是不是她不让你用啊？

李大宝：两个人共用一个脸盆，容易得脚气。

李大雅：明白了……

17. 正房，妈妈屋，内，夜

妈妈躺在床上，辗转反侧，睡不着觉。

李大雅被弄醒了。
李大雅：妈，你老咕踊什么，还让不让人睡觉呀？
妈妈没好气地说：咕踊什么？我身上招虱子了！

18. 小饭馆，内，日
大裤裆像热锅上的蚂蚁一样，坐在饭桌旁。
李大宝领着女工友乙和女工友丙进来了。
大裤裆慌里慌张地让座。三个人坐下。
李大宝指着女工友乙和女工友丙，说："一棉"的两位姐妹。
大裤裆：你们好，你们好。
趁两位女工友摘套袖的空儿，大裤裆跟李大宝耳语了一句：哪一个？
李大宝指了指女工友乙。女工友乙很漂亮，也很丰满。
李大宝：还行吧？
大裤裆：太行了。
大裤裆完全被女工乙迷住了。
李大宝：那就点菜吧。
女工友乙：说什么呢，你俩？
大裤裆：说菜，说菜。这儿的菜做得非常好，我们今天敞开了吃。
女工友丙：就吃菜，没酒吗？
大裤裆：当然。今天有菜有肉有酒……

19. 李大宝家平房，正房，妈妈屋，内，日
妈妈坐在床上绣花。
姑奶奶从外面进来。
姑奶奶冷嘲热讽地说：哟，这穿针引线的，在干什么呢？
妈妈：给大雅缝一对绣花枕头。
姑奶奶"啧啧"了十来声。
姑奶奶：你还真用心呀，舍不得她了？
妈妈：你舍得？
姑奶奶：……
妈妈叹了口气，说：要不是毛驴儿的彩礼钱，大雅怎么会看上他呀？

姑奶奶：一开始是因为彩礼钱，可后来形势发生了变化。大雅真有点看上毛驴儿了。

妈妈：你怎么知道？

姑奶奶：她亲口跟我说的。所以，我们也不用太自责。

妈妈：但愿吧……

20. 西厢房，厨房，内，夜

一家人都坐在饭桌旁，像是要开会的样子。

大家都看李大雅，无疑，主角又是她了。

妈妈：姑奶奶，大雅明天就出嫁了，您还有什么要说的？

姑奶奶：我还能说什么？老话说得好，养姑娘养了半天，到头来，还是给别人养的。

妈妈：没有了？

姑奶奶：没有了。

妈妈：你没有，我有。

妈妈从怀里掏出一个手帕包，打开。是厚厚的一沓钱。

大家都瞪大了眼睛。

姑奶奶则“呼”地一下站了起来，觉得眼前一忽悠，又坐下了。

妈妈把钱递给李大雅。

姑奶奶的手在抽搐。

妈妈：大雅，除了那些已经送过去的嫁妆，姑奶奶还给你准备了陪嫁的钱，一共六百块。你自己收好了。记住了，这是姑奶奶给你的钱。到了婆家，就不像在自己家了，总不能花一分钱都朝人家伸手。记住了，有个为难着窄的时候，再拿出来……

李大雅激动地说：谢谢妈妈。

妈妈：姑奶奶，您看您还有什么要说的？

姑奶奶：话已经都让你说了，我还说什么？

李大雅：谢谢姑奶奶。

姑奶奶：卸（谢）什么卸（谢），继续套着使呗。

李二宝：听这口气，姑奶奶肚子里有气。

妈妈：那是姑奶奶舍不得大雅嫁人。

姑奶奶使劲儿在妈妈屁股上掐了一把。妈妈“哎哟”一声惨叫。

姑奶奶飞快地把手收回去。

李大雅：妈，怎么了？

姑奶奶：不会是凳子上有刺吧？来，我给你看看，我给你看看。

妈妈气哄哄地说：不用！

姑奶奶：那就继续开会。大宝，妹妹就要出嫁了，你有什么话要说的；二宝、三宝和小雅，姐姐就要出嫁了，你们有什么话要说的？

这是一个突如其来的话题。大家可能都没思考过。

沉默了一会儿，李三宝说：李大雅，我给提个问题吧。

李大雅：你说。

李三宝：你不是按计划在还毛驴儿钱吗？你不是说，“四条腿的”，你坚决不找吗？为什么现在又找了？

李大雅的脸色有点微红了。

李大雅：是啊，我是按计划在还钱。我两个月去一次天津，两个月给毛驴儿还一次钱……

李大宝：为什么不通过邮局汇款？

李大雅：这是毛驴儿的条件，必须当面交给他。还着还着，我就改主意了……

李二宝：也就是说，还着还着，“四条腿的”就变成“两条腿的”了。完了完了，你上当了，你上毛驴儿的当了。

张朵朵幸灾乐祸地说：好。李大宝骗了我，毛驴儿骗了李大雅。你们老李家也算是善有善报，恶有恶报了。

不过，最后一句，声音小得跟蚊子叫似的。

李大雅：你说什么？

张朵朵还来劲儿了：善有善报，恶有恶报了。怎么了？

李大雅：道歉。

李二宝：道歉。

李大宝：道歉。

张朵朵眼泪都快出来了，说：仗着你们人多，欺负人，是不是？

李二宝：妈，你看她不道歉。

妈妈“哼”了一下，起身出去了。

姑奶奶来了一句：好玩。

李大宝：算了算了算了，她也许是无意的……

李下的旁白：其实，毛驴儿让我大姑按月还钱，的确是个圈套。那哪儿是还钱？那简直是约会。等我大姑嫁给他后，才知道上了当，但为时已晚……

21. 正房，妈妈屋，内，夜

姑奶奶气急败坏地把枕头瓤儿揪出来，把枕头皮翻了个了儿，抖了再抖。

什么也没有。

妈妈正好进来了。姑奶奶一甩手，把枕头瓤儿扔到妈妈怀里。

姑奶奶喊了一声：那是我的钱！

妈妈憋着笑说：我没说是我的呀！

姑奶奶：你拿我的钱去充好人，你拿我的钱去收买人心。你简直是太狡猾了，太奸诈了，太卑鄙了！

妈妈：好了，别叫嚣了，您就不怕孩子们听见？闺女出嫁了，你忍心让她空着手走啊？不就是六百块钱吗，你至于吗！

姑奶奶这才消停下来……

22. 开往天津的火车，车厢里，内，日

姑奶奶、妈妈和李大宝与李大雅和李二宝面对面地坐在离车门较近的一个大卡座里。

张朵朵和李小雅坐在对面的小卡座里。

李三宝抱一本书，在车厢的连接处，专心地看着。

妈妈和李大雅都一直噘着个嘴。

姑奶奶则很兴奋，一会儿看看窗外的风景，一会儿看看车厢里来往的旅客。

窗外是一望无际的绿色。

妈妈端着茶缸子去接水了。

李小雅：姑奶奶，我妈好像不太高兴呀。

姑奶奶：她高兴得起来吗？大儿子结婚，拉了一屁股饥荒；大女儿出嫁，一分钱没捞着不说，还得搭进去八九百。

李大宝：我妈也不容易。

李二宝：是啊，我妈也不容易。

姑奶奶：所以啊，以后你们要好好孝敬她。

李大宝和李二宝：那是。

妈妈端着茶缸子回来了。

李小雅：妈你别老噘着个嘴，别人都看你呢。你高兴点呗。

妈妈：我高兴得起来吗？大儿子结婚，拉了一屁股饥荒；大女儿出嫁，一分钱没捞着不说，还得搭进去八九百。

大家都笑坏了，包括张朵朵。

李二宝站起来攥着姑奶奶的手。

李二宝：您岂止是神医呀，您简直就是神仙。我必须亲自给您握握手。

妈妈使劲儿白了姑奶奶一眼。

妈妈：你又在孩子们面前臭我。

李大宝：姑奶奶让我们以后孝敬你。

妈妈：鬼才相信呢。

妈妈把茶缸子递给李大雅。

妈妈：给，喝点水。从昨天到现在，你一口水还没喝呢，嘴唇都干了，都裂了。你就这样去见公婆呀！

李大雅接过茶缸子，却不敢看妈妈。过了几秒，端着茶缸子去车厢的连接处了。

张朵朵也起身跟了过去。

张朵朵：对不起，我那天的话有点过了，你别往心里去……

李大雅喝了一口水，说：你哪天的话？

张朵朵：我……

李三宝凑了过来。

李三宝：大嫂，打搅。李大雅，我想跟你说句话……

李大雅：说。

李三宝：其实，这些天，我一直想跟你说，对你出嫁这件事，我根本就没有思想准备。换句话说，我从来就没有想过，有一天你会离开我们……

李大雅用手摸了摸李三宝的头。

李大雅：姐也没想过要离开你们。可是，毛驴儿就莫名其妙地出现了……

李大雅不满地看了张朵朵一眼。张朵朵不好意思地低下了头。

李大雅：姐走后，好好念书，我们老李家就你最有出息了。别老饿妈，别老惹妈生气，在我们兄弟姐妹当中，妈最疼你了。

李三宝：我知道……

李二宝抱着一包东西过来了。

李二宝：舞蹈演员，打搅。

李二宝把手里的东西递给李大雅。

李二宝：这是两套运动衣，你跟毛驴儿一人一套。算是留个纪念。

李大雅：推销不出去了，就送我们了？

李二宝伸手，要夺回运动衣。

李二宝：不要拉倒。

李大雅把运动衣紧紧抱在怀里。

李大雅：不要白不要。

李二宝：李大雅，我还想跟你说句话……

李大雅：说。

李二宝：其实，这些天，我一直想跟你说，对你出嫁这件事，我根本就没有思想准备。怎么说呢，我从来就没有想过，有一天你会离开我们……

李大雅看了看李三宝。

李大雅：你们商量好的，一起来哄我，是不是？

李二宝一脸无辜地说：我们商量什么了？

李三宝：笑话，我怎么会跟他商量。

张朵朵看出来了，李二宝和李三宝的情绪，都是发自内心的一种表达。不觉有些感动。

李大宝又嬉笑着过来了。

李大宝：说什么呢，这么热闹？

李二宝：我们对李大雅结婚表示一下祝贺。

李大宝紧紧地握住李大雅的双手。

李大宝：我也代表纺织厂的全体干部和工人向你表示祝贺。

李大雅：还说呢，都是你害的，我才嫁得那么老远。

李大宝：你放心，日后大哥发达了，一定报答你，当牛做马也在所不惜。

李大雅：你们都记住他说的话啊。

李大宝从兜里掏出一个物件。物件是一个铁打的小玩意儿——连体毛驴儿：一个底座上，站着3只毛驴儿，一只母的，一只公的，还有一只小的。3只毛驴儿栩栩如生，很是可爱。

李大宝把小玩意儿递给李大雅。李大雅又气又笑。

李三宝把小玩意儿从李大雅手里夺过去，把玩起来。

李大宝：李大雅，我还想跟你说句话……

李大雅：说。

李大宝：其实，这些天，我一直想跟你说……

李二宝和李三宝把话头抢过去：对你出嫁这件事，我根本就没有思想准备。这么跟你说吧，我从来就没有想过，有一天你会离开我们……

李大宝一脸茫然地问：你们怎么知道我要说什么……

李二宝：因为我们是一个妈生的。

李大雅捂住脸，说：你们别说了，再说，我就下车了！

张朵朵被晾在一边。这会儿，她真切地感受到自己是一个外姓人了。

李大雅终于哭出了声。

姑奶奶和妈妈都伸长脖子，往李大宝他们这儿看。

李大宝：我们回去吧，我们回去吧。

李大雅用袖口擦拭眼泪。

几个人一起回到座位上。

姑奶奶：大雅，你可千万不能忘了啊。

李大雅：什么？

姑奶奶：那600块钱，可是我给你的。

李大雅：那是我妈给我的。

姑奶奶抬起手，做出要拍李大雅的架势。李大雅缩着脖子笑了。

李大宝：是我妈给的，我作证。

姑奶奶：你们这些白眼狼！

妈妈突然问：你们刚才说什么呢？

李二宝：我们哥儿几个祝愿李大雅婚姻幸福，早生贵子。

妈妈自言自语：早生贵子……

姑奶奶和妈妈会心地对视了一下。

姑奶奶站起身，说：你过来，我给你说点事。

两个人一前一后，来到车厢的连接处。

姑奶奶：我突然想起一件事来。
妈妈：我知道您要说什么。
姑奶奶：大宝都得手两个多月了，朵朵的肚子怎么还没动静呀？
妈妈：我也一直纳闷呢。
姑奶奶：从天津回来，三天之内，你要把情况摸清楚，然后向我汇报！

第6集

1. 李大宝家平房，小院子里，西厢房，厨房，外/内，夜

李大宝穿着拖鞋，一只手扶着树，一只手端着舀子倒水洗脚。

妈妈从正房出来，钻进厨房，还神秘兮兮地向李大宝招了招手。

李大宝跟了进去，并随手关门。

妈妈：活耗子起作用了吧？

李大宝：起了，绝对起了。

妈妈：那朵朵的肚子怎么还没动静呀？

李大宝愣了一下，说：哎，也是，我怎么就没注意这事呢？

妈妈：你瞅你那吃相，光顾着那点破事了，连生儿子这么大的事业，你都忘在脑后了。

李大宝：可是，生儿子跟那事也不矛盾呀？

妈妈：说的也是。朵朵不会是身体有什么毛病吧？

李大宝很不高兴地说：妈你这是侮辱人啊，朵朵是舞蹈演员，她的身体怎么会有毛病呢！

妈妈：没毛病你就让我们早点看到她的肚子鼓起来！

2. 西厢房，李大宝屋，内，夜

张朵朵已经钻进了被窝。穿着秋衣秋裤的李大宝觍着个脸、抻着个脖子，讪笑着往张朵朵的被窝钻。

张朵朵：今天是星期几？

李大宝：星期四。一切按计划进行。

张朵朵把李大宝推开，快速从枕头底下摸出一个小药瓶，倒了一粒，扔进嘴里，咽了。

尽管这一系列动作极其连贯、迅速，但因为李大宝多了个心眼儿，不像以前那么猴急了，所以，还是看到了。

李大宝：你吃什么呢？

张朵朵：药。

李大宝：什么药？

张朵朵：避孕药。

李大宝像是当头挨了一棒。自己拍打了半天脑袋，才算清醒。

李大宝：你为什么要这样？

张朵朵：我不想怀孕。

李大宝：你不怀孕，怎么给我生儿子？

张朵朵：谁说我要给你生儿子了？

李大宝：你不给我生儿子，为什么跟我结婚？

张朵朵：我为什么跟你结婚，你心里比谁都清楚。

李大宝彻底瘫在床上。

张朵朵：既然谈了，我们就把这事谈透。李大宝，你就死了这条心吧，我是不会给你生孩子的。你同意，就继续留在床上；不同意，还是回到木箱子上去。

半天，李大宝才憋出了三个字：我同意。

张朵朵：这事只能我俩知道。要是让第三个人知道了，你后果自负！

3. 小饭馆，门前，内 / 外，日

李大宝、大裤裆与女工友乙、女工友丙面对面地坐在饭桌旁。

女工友乙：今天还是有菜有肉有酒？

大裤裆：当然。

女工友丙揪了一下女工友乙的衣襟。

女工友丙：上次喝酒把孩子一个人扔家里了，孩子都睡到床底下去了。今天还喝？

女工友乙：没事，孩子今天在他奶奶那儿呢。

大裤裆的脸色一下子白了，问：孩子，谁的孩子？

女工友乙：我的孩子。怎么了？

大裤裆：你结婚了？

女工友乙：都结了四年了。

大裤裆给李大宝使了个眼色，示意他出去说话。

两个人一前一后来到门外。

大裤裆：李大宝，你真是缺德带冒烟儿呀。把一个孩子的妈，介绍给我当女朋友，这样的损事，也就是你能干出来！

李大宝：我哪儿知道她结婚了？

大裤裆：你都不摸底，就给我介绍！

李大宝：你不是着急吗？正好，上次我主持婚礼，认识了她，见她很漂亮，又会唱歌，你肯定满意，也没多想，就把她约出来了。

大裤裆气得鼓鼓地：简直是气死了。

李大宝笑得哈哈地：简直是乐死了。

大裤裆：这顿饭，你请啊。

李大宝：凭什么？

大裤裆：你要是不请，我现在就撤。

李大宝：你撤还不如我撤呢。

李大宝撒腿就跑。

大裤裆二话不说，奋起直追。

李大宝刚跑了十几米，就被大裤裆捉住了。

大裤裆：妇女们都来了，请客的想跑，哪有你这样的，你也忒不尊重妇女了……

4. 李大宝家平房，西厢房，李大宝屋，小院子里，内／外，夜

张朵朵进屋的时候，李大宝手里拿着一双舞鞋，正在穿针引线。

张朵朵：你那是在干什么？

李大宝不无自豪地说：我在做女红。

张朵朵上前把舞鞋夺了过去，说：我都把它扔了，你缝它干吗使？

李大宝又把舞鞋夺了回去，说：半个月就换一双，多费钱呀；再说了，它只是开线了，缝上了，完全可以穿，跟新的一样嘛。

张朵朵：不就是一双破舞鞋吗，你犯得着吗；以后，我是不是还得穿打补丁的裤子呀？

李大宝：那倒不至于。就是有打补丁的裤子，也是我穿。

就在这时，李小雅哭着跑了进来。

李大宝停下手中的活计，问：怎么回事，怎么回事，小雅，是不是李二宝那个二王八蛋又欺负你了？

李小雅没说话，捂着脸，从指缝儿间偷偷地着看张朵朵。

李大宝心里清楚，李小雅是不想让张朵朵知道她为什么事而哭。

李大宝：朵朵，要不，你去小院子里跳一会儿舞？

张朵朵：那小院子是排练场啊，它能跳舞吗？再说了，这二半夜的，我跳什么跳，我闹鬼啊？

话是那么说，张朵朵还是回避了。

李大宝赶紧把屋门关了。

李大宝：小雅，到底怎么了，你别吓大哥。

李小雅：也不知怎么了，我身上流了好多血，跟发水似的……

李大宝：哪儿啊哪儿啊，是不是碰着了？

李小雅下意识地夹了夹腿，说：哪儿也没碰着，它就是流血了……

李大宝似乎明白了什么，说：月……经……吧……

李小雅：月什么？

李大宝吭哧了半天，也不知道该如何给李小雅解释。

李大宝：你等着……

透过窗子，李小雅看见李大宝跑进了李二宝他们屋，还看见了张朵朵抬头向天空看着。

李大宝拿着一本《生理卫生》课本跑回来了。

李大宝：这是你三哥学过的课本，我们一块来学习学习。

李大宝找到了关于“月经”这一页。

李大宝：月经是一种生理上的循环周期，发生在一些具有生育能力的女性身上。具体说来，就是女性每隔一个月左右，子宫内膜发生一次自主增厚、血管增生、腺体生长分泌以及子宫内膜崩溃脱落并伴随出血的周期性变化。这种周期性阴道排血或子宫出血现象，称为月经……

李大宝换了一口气，继续念道：一个女人的初次月经称为初潮，而初潮的出现，标志着女性已经步入了青春期。女性初潮的平均年龄为12岁。遗传、饮食与身体健康等多方面因素可以使初潮提前或者延后到来……你今年

13岁吧……

李小雅红着脸，说：太脏了，你快别念了，你快别念了……

李大宝无计可施了。

李大宝也红着脸，来到小院子里，向张朵朵求救。

李大宝：小雅来那个了。

张朵朵：哪个？

李大宝：就那个……

张朵朵似乎明白了：……

李大宝：这事我也没经验啊。

张朵朵：废话。

李大宝：我的意思是说，还得请你出面跟她好好讲讲，别把她吓坏了。

张朵朵：天下奇闻，你们老李家的女孩儿遇到这种事，不去找妈妈，而是来找大哥。

李大宝：这事就得靠你了，但千万不能让我妈知道，不然，我就两头儿不是人了。

张朵朵转身回屋去了。

李大宝看见张朵朵拉上了窗帘，随后，还把李小雅拽到了自己身边。

在温暖的灯光下，一高一矮两个身影，在移动着、贴近着……

在微风中，柿子树叶发出了"沙沙沙"的声音。

5. 西厢房，厨房，内，晨

一家人围坐在饭桌旁准备吃早饭。

妈妈给姑奶奶盛好了稀粥，掰了半根油条放在碗里，恭恭敬敬地端在她面前，又把筷子递在她手里。然后，把目光转向孩子们。

妈妈：吃吧。

其他人自己动手盛稀粥。轮到李二宝了，他往前挪了挪凳子，伸了伸腰肢。

李二宝：少了一人，宽敞多了。

李三宝：少了一人，我们也可以多吃点了。

每个人都各得其所。于是，喝稀粥的声音彼此起伏。

张朵朵皱着眉头，想对此提出异议或者抗议，可是看到一家人吃得那么投入、那么虔诚，只好忍住了。

妈妈突然想起了什么：这三天都过了，大雅怎么没回门呢？

姑奶奶：她在外地，也许不能按时回来吧。

李大宝不安地说：不会出什么事吧？

姑奶奶：不会的。我都掐算过了，一切正常。

大家又埋头吃饭了。

过了一会儿，李大宝又说话了：姑奶奶，妈妈，我宣布一件事啊。李大雅已然嫁人了，从今天开始，李小雅搬到你们屋去住。

姑奶奶：应该的。我昨天还想这事来着呢。

妈妈：可是，我们屋比二宝他们屋小，放不下三张床啊。

李大宝：李大雅在的时候，你们是怎么睡的？

妈妈：和我睡一张床。

李大宝：外甥打灯笼——照旧（照舅）。

妈妈：小雅，妈睡觉可不老实。

李大宝：你多大的人了，睡觉还不老实？

姑奶奶：我作证。你妈睡觉老踢人。

其他人：啊！

妈妈不好意思地说：我从小就这样。

李大宝：那也得搬。

李小雅：谢谢大哥。

李二宝：哎，李大宝，为什么这事由你宣布啊？

李大宝环顾了一周，玩了一句幽默：是啊，这事为什么由我宣布啊？

李三宝：不是有一句话，叫"长兄如父"吗？爹不在的时候，大哥可以扮演他。所以。李大宝做个决策、拿个主意那是应该的。

姑奶奶：还是三宝有学问。

李小雅：可是，姑奶奶，"扮演"这个词恰当吗？

姑奶奶：不太恰当。那应该怎么说呢？爹不在的时候，大哥就是爹。对，应该这么说。

李二宝：目光短浅。

姑奶奶：为什么？

李二宝：要我看啊，这个家，以后还不定指望谁呢？

姑奶奶：您的意思，这个家以后得指望您呗？
李二宝：那您说呢？

6. 马路边，人行道上，外，晨

李大宝的自行车在人流中自如地穿梭。前边的李小雅欢呼雀跃；后边的张朵朵一脸微笑。

李大宝：二位，今天晚上和明天早晨，你们恐怕得坐公交车了。
张朵朵和李小雅：为什么？
李大宝：我得出趟门，明天下午回来。
张朵朵：单位有事？
李大宝：是啊……

7. 天津，李大雅家楼道，门口，过道，屋内，内，日

李大宝拎着提包，摸到了李大雅家的门上。

李大雅家就一间房。还是和三户人家合住的——就是一门三户的那种。有一个过道，通向尽头的公共厨房和卫生间。

第一户的门开了，探出一个女人的脑袋。
李大宝：您好，我找住在最里面的李大雅。
女人的脑袋又缩回去了。
李大宝敲响了李大雅的家门。开门的是毛驴儿。
毛驴儿：大哥……你……你怎么杀来了？
李大宝：怎么，不欢迎啊？
毛驴儿上前，夸张地抱住李大宝。
毛驴儿：当然欢迎，我代表天津人民欢迎你。
毛驴儿把李大宝拽进了屋里。
李大雅盖着被子，躺在床上，一副半死不活的样子。
李大宝：大雅，你这是怎么了？
毛驴儿：发烧了。
李大宝扔下提包，就去摸李大雅的额头。
李大宝“妈呀”一声：这都烧成炭火了，咋不去医院？
毛驴儿：我没让她去。

李大宝：为什么？你想害死我妹妹呀！

毛驴儿把李大宝按到床边的椅子上。

毛驴儿：大哥，你别着急呀，听我解释，行不？

李大宝安静下来。

毛驴儿：大哥，它是这样的。去医院呢，无非就是打针、输液，用的药全是抗生素，对人身体一点好处都没有。一得病，就打针、输液，长此以往，人的免疫力就没了。你知道，我为什么叫毛驴儿吗？就因为我身体壮；你知道，我为什么身体壮吗？就因为我从小不吃药。

李大宝：少废话。你是毛驴儿，是牲口，你吃草，你能扛；我妹妹是人，吃粮食，她不能扛，得吃药。

毛驴儿：大哥，你别骂人呐。

李大雅终于说话了：他一直在给我物理降温呢。

李大宝：物理降温？

毛驴儿：就是用跟体温一样热度的水擦拭身体，一遍一遍地擦拭。

李大宝这才注意到地上的脸盆、暖壶和毛巾什么的。

毛驴儿：我至少给她擦一百遍了。

毛驴儿一边说，一边用湿毛巾给李大雅去擦额头和脖子。

李大宝：真的？管用吗？

李大雅：管用。对了，李大宝，你跑到天津干什么来了？

李大宝：回门的日子早过了，你一直没回去。妈担心你，非催我来看看你。你知道，我是不愿意来的。

毛驴儿：大哥，多想了，多想了。有我在，一切不成问题啊！

8. 李大雅家，内，夜

李大宝从提包里往外掏东西。有肥皂、洗衣粉，白糖、茶叶，手套、工服……

毛驴儿：大哥，这都是你们厂发的？

李大宝：是啊。肥皂、洗衣粉，白糖、茶叶，一个季度一发；手套、工服，半年一发。

毛驴儿：好，真好。要不咋说工人是老大哥呢，待遇真好。要我看，机关干部跟你们都没法儿比。

李大宝：那是。

毛驴儿把那些东西都抱在怀里。

毛驴儿：今儿个我可发了。

一转身，毛驴儿发现了床上的安全帽。

毛驴儿：大哥，你这安全帽不错，要不，也送给我吧？

李大宝：你要它干吗？

毛驴儿：我以后打个架伍的用。

李大宝被逗笑了。

李大宝：得，拿去。

毛驴儿把那些东西放进墙边的柜子里。然后，倒了水，给李大雅洗脚。

李大宝：是因为她发烧，你才给她洗脚吗？

毛驴儿忍辱负重地说：没有啊，大哥，从新婚的第一天就已经开始了。

李大雅美滋滋地笑了。

李大宝：作为一个男人，你也算是屈尊到家了。我就做不到。

毛驴儿：大哥，你拉倒吧。大雅还不是跟大嫂学的！

李大宝：李大雅，你怎么什么都往外咧咧呀？不知道那是个人隐私吗！

李大雅：你活该。谁让你在张朵朵面前那么摇尾乞怜的？

李大宝把自己的洗漱用品装进提包。

李大宝：我明天早晨就不过来了，从招待所直接奔火车站。

毛驴儿：好的，好的。

李大宝：李大雅，病一好，就回北京啊。姑奶奶和妈妈还惦记着你呢！

李大宝拎着提包往外走。

李大雅：李大宝，你回来！

李大宝站住了，问：有事？

李大雅：你给我说实话，你是不是因为花了毛驴儿的彩礼钱，心里愧疚，晚上睡不着觉，老做噩梦，才跑到天津来看我的？

李大宝：李大雅，多想了，多想了。我愧疚啥呀？看见你生活美满，毛驴儿这么疼你，我高兴还来不及呢！

9. 李大宝家平房，正房，妈妈屋，内，日

李大雅领着毛驴儿回门来了。一家人围着两个新人，问这问那。而李三宝和李小雅最关心的是，李大雅给他们送什么礼物。

礼物被毛驴儿从提包里拿了出来：竟然是，每人一个脸盆。

盆底还用红漆写上了每个人的名字。

毛驴儿：我说送点别的，大雅非要送这东西，说是给大家当洗脸盆和洗脚盆。还说，为了支持大嫂的工作。我记得大嫂在剧团上班，好像不在澡堂子呀……

李大宝打了毛驴儿脑袋一下。

姑奶奶和妈妈都把脸子拉了下来。

这个时候的张朵朵只按她的思路想事，她才不去管姑奶奶和妈妈的感受呢。

张朵朵拿起一个脸盆，一脸欢欣地说：我前段时间还催李大宝给你们老李家每个人再配一个洗脸盆呢，他说这事得从长计议。这下好了，李大雅把这问题解决了。

李大雅：那你是不是得谢谢我呀？

张朵朵：谢谢，谢谢。

李大雅一撇嘴，偷着乐了。

张朵朵用指头弹了一下脸盆沿儿。

张朵朵：每个人都有了洗脸盆以后，个人卫生问题就可以全面解决了。我有一个倡议，大家看看行不行。从今以后，全家人 1 周必须洗 1 次澡、每天必须刷两次牙早晚各 1 次、每天必须洗两次脸也是早晚各 1 次、每天必须洗 1 次脚。

李大雅小声说：嘚瑟样儿。

张朵朵：大家都没意见吧？

李小雅跺着脚，说：没意见，没意见。

张朵朵：没意见就这么定了，到时候我和小雅要不定期抽查啊。

李小雅：抽查啊，抽查啊。

妈妈：你一个小屁孩儿，跟这儿起什么哄？

李小雅：妈，我郑重地告诉你，我现在大小也是一个女人了。

妈妈：你大小也是一个女人了……这都是谁教你的……

李二宝：李小雅，你什么时候跟舞蹈演员一伙了？

李小雅：什么舞蹈演员？人家大嫂是舞蹈家。

姑奶奶：我是看明白了，朵朵可不能掌权，朵朵要是掌权的话，肯定得发动第二次“文化大革命”。到那时候，我们还不得天天读红宝书、跳忠字舞、唱样板戏？要是改造不好的话，发配到新疆伊犁也未可知。

李大雅：我看也是。

张朵朵突然来了一句：姑奶奶您会跳忠字舞？哪天您得好好教教我。

李二宝：张朵朵，难道你要开历史的倒车吗！

10. 西厢房，李大宝屋，小院子里，内/外，日

李大宝拽着张朵朵进了屋，并随手关门。

李大宝：你傻呀，李大雅那是灶坑里的王八，在拱火玩呢。

张朵朵：我知道，她是故意用洗脸盆来激化我跟你们老李家人的矛盾。

李大宝：那你还美什么呀？那你还提什么倡议呀？这下好了，你把姑奶奶也给得罪了。姑奶奶本来是可以跟你一伙的。这下好了，姑奶奶也反水了。

张朵朵：不管怎么说，我的改造计划毕竟迈出了坚实的第一步。

李大宝：什么改造计划？

张朵朵：彻底改造你们老李家的计划。

李大宝：你为什么要改造我们老李家？

张朵朵：你们老李家是工人家庭吧？

李大宝：是。

张朵朵：你们老李家在很多地方都愚昧、落后吧？

李大宝使劲儿地咬着牙。

张朵朵：你咬牙干吗？我说的是你们老李家，我又没说你们工人阶级。你说过的，我可以说你，也可以说你们老李家。

李大宝只好承认：我说过。

张朵朵：所以，我要彻底改造你们老李家。首先把它改造成一个不愚昧、不落后的市民家庭；机会成熟时，再把它改造成一个文明的、先进的知识分子家庭。菜刀、菜板和抹布，解决了厨房卫生问题；铁碗、铁筷子、毛巾、脸盆和我刚才的倡议，解决了个人卫生问题……

李大宝：这两个问题的解决，是你改造计划的第一步？

张朵朵：没错。

李大宝：你还有几步？

张朵朵：那不能告诉你。

李大宝：你是什么时候制订这个改造计划的？

张朵朵：从住进你们老李家第二天开始的。具体点说，就是被你们老李家厨房的味儿熏出去那一刻开始的。

李大宝：你为什么要这样？

张朵朵：我不改造你们老李家，你们老李家就得改造我。一想到我一个舞蹈家将来要变成一个脏兮兮的家庭妇女，我就浑身起鸡皮疙瘩！

李大宝：奸诈，无耻，卑鄙……

张朵朵：你骂谁呢？

李大宝：骂我自己。

张朵朵：你为什么要骂你自己？

李大宝：我自己骂我自己，不行吗？

张朵朵：不行。

李大宝：那我骂那头毛驴儿呢。你说，好不秧地，他送什么脸盆呀！

张朵朵"扑哧"一下，笑了，说：这还差不多。

一转身，发现李三宝又在柿子树下温书了。

脑子一热，换上了舞鞋，也来到小院子里。

张朵朵踮起了脚，摆开了架势，绕着树，走了几步，心中便响起了音乐。随着音乐的节奏，跳起了一段蒙古族舞蹈。

李大宝从屋里跑出来，喊道：硌着脚啊，硌着脚啊；撞到树上啊，撞到树上啊！

李大宝转着圈去捡小石子、木棍儿和草棍儿什么的。

李三宝被张朵朵舞得眼花缭乱，几乎忘情。

姑奶奶和妈妈也从屋里跑出来了。

一曲终了。张朵朵收起了腰肢。

李三宝长长地喘了一口气，倚到了树上。半天回不过神儿来。

张朵朵：怎么样？

李三宝：好看，好看。

张朵朵：不是开历史的倒车吧？

李三宝：哪能呢？前进的车轮，绝对的前进的车轮。能不能再跳一曲？

张朵朵一边跳跃着往屋里走，一边说：再跳一曲？再跳一曲，你就得买票看了！

不知什么时候，姑奶奶摆开了架势，也跳了起来。

妈妈上前去拽姑奶奶。

妈妈：祖宗，活祖宗，您可别在这儿丢人现眼了。

姑奶奶把妈妈划拉开。张朵朵和李三宝凑过来观看。

姑奶奶终于跳完了。还煞有介事地摆了个造型。

姑奶奶：朵朵，成吗？

张朵朵：感觉不错。

姑奶奶：真的假的？

张朵朵：您就是没受过专业训练。如果受过的话，都可以上台了。

姑奶奶：谢谢。有你这句话，姑奶奶我心里就有底了。

妈妈在边上不停地"啧啧"着。

张朵朵向姑奶奶招了招手。姑奶奶走近张朵朵。

张朵朵：问您个事？

姑奶奶：说。

张朵朵：您年轻的时候，是不是特别招人呀？

姑奶奶竟然脸红了，说：你听谁说的？

张朵朵：您的一举一动、一笑一颦，都是风情。

姑奶奶：真的吗？

张朵朵：绝对真的。

姑奶奶：那我就告诉你，我年轻的时候，追我的人很多很多。怎么跟你说呢？对了，你见过牛屁股后面抹蜜没？

张朵朵：没见过。

姑奶奶：牛屁股后面抹了蜜，苍蝇就一群一群的来了，轰都轰不走！

张朵朵"咯咯"地笑着说：这个比喻虽然有点那个……但很形象。

姑奶奶：这不是比喻，是实情。

张朵朵：但我还是觉得直接说蜜蜂好。蜜蜂追花、采蜜，多好啊。

姑奶奶：也是。

张朵朵：哪天跟我讲讲你的那些"蜜蜂"们呗。

姑奶奶：以后，以后有机会！

李大宝：你俩嘀咕什么呢？

姑奶奶：别乱问。隐私，这是个人隐私！

妈妈：大宝，你过来。姑奶奶，你也过来！

11. 正房，妈妈屋，内，日

李大宝老老实实站在妈妈和姑奶奶面前。

妈妈：她还身轻如燕，这就说明她的肚子还瘪着呢。

李大宝：妈什么叫瘪着呢，多难听呀。

姑奶奶：想听好听的，就得抓革命、促生产，就得让我们看到胜利的果实。

妈妈白了姑奶奶一眼。

姑奶奶：你白我干什么？

妈妈：您这角色转换得还挺快。

姑奶奶：我转换什么了？

妈妈：您刚才不还张牙舞爪地跳着呢吗？

姑奶奶：我……

妈妈：大宝，姑奶奶说的没错，你想听好听的，就得抓革命、促生产，就得让我们看到胜利的果实。

李大宝：我们不是一直在抓着呢、促着呢。只是没到季节吗。到了季节，世间万物自然都会开花结果的。

妈妈：你就那么有把握？

李大宝：张朵朵张朵朵，不开花，她叫什么张朵朵啊？

姑奶奶：大宝，你根本就没有正面回答我们的问题。你给个准话儿，她到底什么时候开花呀？

李大宝：我只能告诉你，顺其自然，你该施肥施肥，该浇水浇水，到了季节，她自然会开花结果的。

李大宝赶紧开溜。

妈妈的心事马上爬上了脑门子，小声念叨着：你该施肥施肥，该浇水浇水……

姑奶奶：你是不是又在想猪腰子的事呢？

妈妈：什么都瞒不了您。

姑奶奶：你也换个花样，别让朵朵一眼就看出来。

妈妈：那我来一锅黄豆炖猪蹄子。行了吧？

12. 孙友来家，孙友来屋，内，日

孙友来匆匆地进了家门，像做贼似的，还立刻把窗帘拉上了。

二膀子妈妈：大白天的，拉窗帘干吗？

孙友来从怀里掏出了一堆袜子。

孙友来：今天去纺织3车间出工，车间主任看我加班加点比较辛苦，送了我十几双残次品袜子。

二膀子妈妈：是吗。我来看看。

二膀子妈妈把袜子拿在手里，看了又看，说：跟好的一样嘛。

说着，就把自己脚上的旧袜子扒了下来……

13. 纺织厂，维修车间，门前，内/外，日

孙友来拿个小本往车间派活。工友们有的吸溜吸溜喝茶水，有的哗啦哗啦翻报纸。

孙友来：……烘干车间有一台机器不转了，谁去看看？

没有一个人搭茬儿。

孙友来：今天这是怎么了，都不喘气了？大裤裆，你去？

大裤裆：去不了，袜子坏了，没袜子穿。

说到袜子，孙友来心里有些不仗义了。但又不好多说什么，只好自己收拾收拾工具袋，一甩袖子，走了。

李大宝追了出来。

李大宝：师傅，大锅饭大锅饭，大家在乎的是一个平等的待遇、图的是一个心里的安慰，您赶紧把袜子给大家分了吧。

孙友来：不够分啊，才14双，可我们车间28个人呢。

李大宝：那就一人一只，以后慢慢配，否则，大家真对您有看法了。

14. 维修车间，门前，内/外，日

李大宝在给大家分发袜子。

李大宝：一共14双，我们车间28个人，一人一只，愿意配对的自由组合。

男工友甲和女工友甲首先各拿到了一只。

男工友甲：我跟你配对吧。

女工友甲把袜子抢过去，说：德性。

男工友甲：孙师傅好人哪，到年底选先进，我们还选您。

女工友甲：对，我们还选您。

李大宝分发完了，朝女工友甲眨了眨眼睛。两个人往外面走。他把自己的那只塞给了她。

女工友甲笑着说：那我就不客气了……

15. 剧团，剧场，内，日

剧团在开动员会。副团长朱文在讲话。

朱文：……大家知道，作为一个非专业剧团，我们团还是第一次上这么大的舞剧。因此，团里对这次排演《画皮》，非常重视。由我来担任导演，由丁茂同志来担任执行导演；男主角的A角也由丁茂担任，男主角的B角待定；女主角的A角待排练一段时间后，在张朵朵和高歌二人中产生。希望舞蹈队的全体同志都积极地投入到本次排演中来。好，今天的会就到这儿，散会。

大家纷纷站起来退场。

走在前面的张朵朵感觉到丁茂就在后面，她停下来，想跟他说句话。可是，丁茂把她当成空气了，连看都没看她，与她擦肩而过。

反倒是高歌后来居上，跟丁茂有说有笑地走了……

16. 剧团，排练厅，内，日

小雪与王生在妓院初次见面并生情愫场景的排练。

一群扮演妓女的演员叽叽喳喳地叫着。扮演小雪的高歌很夸张地一跃而出，连续做了几个亮相的动作。

丁茂：停。

丁茂走近高歌。

丁茂：高歌你过了。小雪一开始给人的印象，没有那么放荡。知道为什么吗？

高歌傻呵呵地摇摇头。

丁茂：我设计的小雪是念过几天书的，所以，她跟一般的妓女不一样。她的出场，除了伪装出来的热情，还有矜持，甚至不甘与羞辱。懂吗？

高歌傻呵呵地点点头。

丁茂：再来3遍！

丁茂又回到边上。

一直在默默观看的张朵朵说：导演，是不是该我了？

丁茂不耐烦地说：等着！

17. 剧团，排练厅，化妆室，内，日

张朵朵和高歌在镜子前换装。

张朵朵：德性，你看他那副公事公办的样子，他以为他是谁呀？

高歌（念白）：他是你的如意郎君王生啊。

张朵朵（念白）：他不也是你的吗？

高歌：姐姐，你放心，我就是再练，也赶不上你。明摆着的事，A角肯定是你的，我能当B角已经很知足了。

张朵朵天生是一个没有心机的人，高歌这么一说，她还当真了。脸上的阴霾立马随风而散了。

18. 李大宝家平房，西厢房，厨房，内，傍晚

妈妈正在灶台上炖猪蹄子。炖得认真、专注、执着。张朵朵进来了，她都没发现。

妈妈用勺子尝了尝汤，一边吧嗒着嘴，一边加了点盐。又用手撕了块猪蹄子上的皮，扔进嘴里。也许猪皮里面裹了汤水，把她烫得龇牙咧嘴。

就在这时，发现了身后的张朵朵。

张朵朵：烫着了吧，烫着了吧？

张朵朵去接了一碗凉水，递给妈妈。为了保持尊严，妈妈愣是把嘴里的东西囫囵个咽下去。

张朵朵笑着说：这要搁过去，您都可以打入敌人内部了！

19. 西厢房，厨房，内，夜

一家人都坐到了饭桌旁。妈妈给姑奶奶盛好了饭，恭恭敬敬地端在她面前，又把筷子递在她手里。然后，把目光转向孩子们。

妈妈：吃吧。

其他人自己动手盛饭。

轮到李二宝了，他不盛饭，反而一口气从盛菜的大瓷碗捞了四个猪蹄子。

妈妈急了，去抢李二宝的碗。李二宝顽强地将碗保护起来。

妈妈：干什么，干什么？你大哥和你大嫂还没吃呢。

李二宝：都半年了，家里的好东西全让李大宝吃了，也该给我们吃点了。

妈妈：这个家里，你大哥最累……你大哥工作最累，他吃点好的怎么了？

李二宝：他累也是瞎累，我没见他有什么革命成果。

李三宝：对，他累也是瞎累。

李三宝也捞了两个猪蹄子。

妈妈赶紧把剩下的两个捞给李大宝。之后，把自己的筷子，放进嘴里，准备去嘬，突然感觉到了张朵朵的目光，最后只好放弃了。

李二宝和李三宝心照不宣地互相看了一下。

李二宝和李三宝：吃。

两个人左右开弓，如风卷残云一般，眨眼间，桌子上就码起了一堆碎骨头。

张朵朵的脸上终于浮起了一丝不屑和不齿的表情。

李二宝：怎么着，舞蹈演员，是不是想说我们老李家人都是吃货呀？

张朵朵轻轻一挑眉毛，说：我们家有一个邻居，那才是真正的吃货，一顿能啃一个囫囵个儿的猪头，外加一锅馒头。跟他比，你顶多是半个吃货。

李三宝：不愧是搞艺术的，骂人不吐脏字，咬人不留牙印儿。

李大宝：李二宝，不服，是吧？不服，你也找个搞艺术的媳妇儿。

李二宝：李大宝，你大王八蛋，娶了个破媳妇儿，还不让我们活了？我就不信了，当个有为的好青年我可能差点事儿，当个吃货我总是还有些天分吧！

李二宝拿起勺子，又给自己盛了满满一大碗黄豆，还浇了半勺肉汤。之后，咧开腮帮子，呼呼就吃。

姑奶奶：使不得呀，二宝，黄豆吃多了胀肚呀！

李二宝一边吃，一边说：撑死才好呢！

20. 正房，李二宝屋，内，夜

李二宝仰面躺在床上，喘着细气儿。

妈妈拿擀面杖，轻轻地在李二宝肚皮上擀着。

李二宝：水，我要喝水。

姑奶奶进来了，说：绝对不能给他喝水，他要是喝了水，肚皮必爆无疑！

妈妈堵着气说：爆了才好，我们正好听响儿！

第7集

1. 剧团，排练厅，内，日

小雪陪伴王生夜读，王生对小雪海誓山盟场景的排练。

丁茂手把手地教授扮演小雪的高歌做动作。

张朵朵一个人在左侧默默地练着。她的目光有些游移，对丁茂和高歌，看也不是，不看也不是。

一群扮演妓女的演员在右侧指指点点。

2. 剧团，排练厅，门口，内，日

看门的白大爷正在锁门，穿戴整齐的张朵朵不知从哪儿冒出来了。

张朵朵：白大爷，我有个事想麻烦您一下。

白大爷：是朵朵呀，你说。

张朵朵：我想利用下班的时间，多练一练。

白大爷：那好说。你从里面把门插上，别让闲人进去就行。走的时候，到传达室告诉我一声，我来锁门。

张朵朵：谢谢白大爷。

白大爷：跟我还客气。

3. 剧团，排练厅，内，日

小雪陪伴王生夜读，王生对小雪海誓山盟场景的排练。

扮演小雪的张朵朵，几个动作一气呵成地做下来。很明显，比前几天熟练多了。

高歌和扮演妓女的演员们都觉出了这个变化。

高歌走近丁茂。
高歌小声说：你是不是嘴对嘴地给她吃小灶了？
丁茂小声说：胡扯。

4. 剧团，排练厅，门口，内，日
白大爷正在贼溜溜地锁门。穿戴整齐的张朵朵又不知从哪儿冒出来了。
白大爷不顾一切地把锁扣上。
张朵朵：白大爷，我……
白大爷：是小张呀，对不起，你不能再练了……
白大爷也不做解释，扭头就走……

5. 李大宝家平房，小院子里，柿子树下，外，晨
张朵朵盯着小院子看，看着看着，就琢磨出事来了。她会心地一笑……

6. 李小雅的学校，校门口，马路边，人行道上，外，晨
李小雅从自行车的前梁上跳下去。
李小雅：大哥大嫂再见。
李小雅蹦蹦跳跳地向校门口跑去。
李大宝骑着自行车，驮着张朵朵，继续在人流中自如地穿梭。
张朵朵：跟你商量个事。
李大宝：说。
张朵朵：我要把小院子改建成一个练功的场地。
李大宝一嘬牙花子，说：小院子当中的柿子树怎么办？
张朵朵：挪到边上去。
李大宝：李三宝怕是不干呀？
张朵朵：为什么？
李大宝：你没见他每天在树下像驴一样转着圈温书吗？
张朵朵：没有树，他也可以围着场地转圈啊，还是大圈呢。
李大宝：非要这样大动干戈吗？
张朵朵从自行车上跳下来。李大宝也赶紧刹住自行车。
张朵朵：有没有这个场地，直接关系着我的艺术事业，你看着办吧。

李大宝想了一下，说：有这么严重？

张朵朵：就这么严重。

李大宝：好吧。明天正好星期日，我让二膀子妈妈把姑奶奶和妈妈诓出去找地方买便宜货，我好在家里先把柿子树给它挪了！

7. 李大宝家平房，西厢房，厨房，小院子里，内/外，日

妈妈在收拾厨房。姑奶奶倒背个手，东瞅瞅、西看看。李大宝则坐在桌子旁慢条斯理地喝水。

二膀子妈妈的声音从隔壁传来：走了，他姑奶奶！

李大宝：妈，叫你们呢，赶紧的吧，剩下的我收拾。

妈妈：那我们走了。

妈妈擦了手，摘下墙上的网兜，跟在姑奶奶屁股后面，出去了。

从窗子上看见两个人出了院门，李大宝从门后拿出了早就预备好的镐头和铁锹，来到小院子里的柿子树下……

8. 小院子里，外，日

妈妈拎着东西，扶着姑奶奶进了院门。两个人全蒙了，以为走错了地儿。

姑奶奶：这是我们家吗？

妈妈：房子好像是，小院子不是。

李大宝笑嘻嘻地从厨房里走出来。

李大宝：二位是不是感觉有什么变化呀？

姑奶奶：柿子树，柿子树跑了！

妈妈指着院子的东北角——也即李二宝他们屋窗前，大叫：在那儿呢，在那儿呢！

9. 西厢房，厨房，内，傍晚

一家人都坐在饭桌旁，像是要开会的样子。

李大宝端着个茶壶，很谦虚地给每个人倒水。

姑奶奶：你别放屁扯桌子找由子了，赶紧坐下吧。

李大宝虚张声势地坐下了。

姑奶奶：大宝啊大宝，人挪活，树挪死，你不知道啊；再说了，哪有秋天栽树的?

妈妈:你找人算过了吗,就在院子里动土?再说了,你把树换了地儿,三宝怎么温书啊?

李三宝:李大宝,我明年要是考不上大学,我绝饶不了你这个大王八蛋!

李大宝:我的姑奶奶,我的妈妈,少安毋躁,听我解释。我挪树,就是为了李三宝明年能考上大学。

李大宝从凳子上站起来,指了指小院子。

李大宝:你们看,树原来在院子正当中,是不是正好形成了一个“困”字?

大家觉得李大宝说的在理儿。

李大宝:李三宝你都“困”住了,你说你明年能考上大学吗?

姑奶奶琢磨了一下,说:好像也有点道理……

一直比较低调的张朵朵说话了:那是不是可以开饭了?

李二宝看看李大宝,又看看张朵朵,然后,摇了摇头。

李二宝:我总觉着这事没完……

10. 正房,妈妈屋,内,日

姑奶奶和妈妈都在穿外套,看样子又要出门。

二膀子妈妈的声音从隔壁传来:走了,他姑奶奶!

姑奶奶:上个星期日,二膀子他妈把我们叫出去,结果,大宝在家把树挪了;这个星期日,不会又出什么事吧?

妈妈:还能出什么事,他还能把房子扒了不成?

两个人往屋外走。

妈妈:您还别说,二膀子他妈领我们去的地方,东西就是便宜……

11. 小院子里,外,日

李大宝和大裤裆,一个用镐头刨土,一个用铁锹拍土。

叠画:李大宝用方形筛子筛土,大裤裆则把筛过的土再撒满小院子。

叠画:两个人又把早就放在二膀子家的细沙子用手推车拉过来,铺在细土的上面。

叠画:一个可供练功的场地就这样建成了。西厢房前面和靠西墙根儿,还留出了一条小路……

12. 小院子里，外，日

大裤裆站在厨房门前，抱着碗一边喝水，一边向院门口张望。

大裤裆：你们家舞蹈演员星期日还要上班吗？

李大宝：他们有排练。你别磨蹭了，趁着姑奶奶和我妈还没回来，赶紧走吧。

大裤裆：我吭哧吭哧干了大半天，你不管饭吗？

李大宝往外推大裤裆。

李大宝：你拉倒吧，前些天帮你找对象，我已经管过你饭了……

13. 西厢房，厨房前，小院子里，外，傍晚

除了张朵朵外，一家人都站在厨房门前看着天翻地覆的小院子。

李大宝：……真的，我主要是为了李三宝背书方便，才这么弄的。你们看，现在就是闭着眼睛都摔不倒。

李大宝到下面做了个示范。

李二宝：可是，我怎么看，怎么像个跑马场。

李大宝：也可能有点这个意思。

就在这时，张朵朵推开院门，进来了。顿时，眼睛就亮了。扔了包，蹲在地上，用双手仔细抚摸着细沙子。

张朵朵对一家人视而不见，起身，径直回了屋。

过了一会儿，换了一双舞鞋，出来了。

在小院子里站定后，踮起了脚，摆开了架势，走了几步，心中便响起了音乐。随着音乐的节奏，跳起了另一段蒙古族舞蹈。

一家人这才醒悟，原来上了李大宝下的套儿。李大宝挪树，只是为了给张朵朵建造一个练功的场地。

李二宝猛然叫道：李大宝你个大王八蛋，为了一个女人，你把树刨了，把院子翻了，你还给我们弄了个跑马场。我要是不归置归置你，哪天你非得把房子也给我们掀了！

李二宝抄起门后的扫帚，就去追打李大宝……

14. 西厢房，李大宝屋，内，夜

李大宝在给张朵朵洗脚。

李大宝：……朵朵，你想改造我们老李家，我无原则地支持了你；你要改造小院子，我也顶着各种压力照做了。现在，有一件事，你得帮我一下。

张朵朵：什么事？

李大宝：睡觉前，你去给姑奶奶和妈妈问个安。

张朵朵：不是有你问呢吗？

李大宝：从今天开始，你来问。

张朵朵：为什么？

李大宝：你问，她们会更高兴的。

张朵朵：这不是走形式吗？

李大宝：有些形式是必要的。

张朵朵思忖了一下，说：好，我就当尊老爱幼了！

15. 正房，妈妈屋，内，夜

姑奶奶在捧一本书看。妈妈在记账。李小雅则蒙头睡去了。

张朵朵推门进来。

妈妈：有事，朵朵？

张朵朵：没事。我就是过来跟您二老打声招呼。您二老辛苦一天了，早点歇着吧。

姑奶奶脱口而出：您也辛苦一天了，也早点歇着吧！

张朵朵已经扭头出去了。

姑奶奶和妈妈傻呵呵地互相看着。

姑奶奶：她今天这是怎么了？

妈妈：是啊，她今天这是怎么了？

姑奶奶：她没发烧吧？

妈妈：没有吧？我看挺正常的。她说了句什么？

姑奶奶：您二老辛苦一天了，早点歇着吧。

妈妈：这是给我们问安来了。

姑奶奶：可不是吗。

妈妈：是大宝让她来的？不对呀，从目前的形势来看，她还不会听大宝的呀。

姑奶奶：不管怎么说，她能来问安，就是个好兆头！

妈妈：您说得没错，绝对是个好兆头！

16. 西厢房，李大宝屋，内，晨

李大宝对着镜子，在穿他的假领子、假袖子。

张朵朵从包里掏出一件的确良衬衣，扔给李大宝。

李大宝半天没反应过来。

张朵朵：不要，是吧？

李大宝忙不迭说：要，要，要！

17. 西厢房，厨房，内，晨

李大宝穿着白衬衣，跟张朵朵一前一后进了厨房。

李大宝吸引了一家人的目光。

李二宝：咋地？发财了？终于穿上囫囵个衬衣了？

李大宝围着餐桌转了一圈。

李大宝：怎么样，成吗？姑奶奶，妈妈。

姑奶奶和妈妈：成，太成了。

李大宝：猜猜，谁给我买的？

姑奶奶和妈妈都瞪着张朵朵。

李二宝：我不相信，我绝对不相信！

李大宝：你不相信也没用。就是朵朵给我买的！

妈妈一激动，眼圈儿都红了。

妈妈一招手，说：来，朵朵，坐下。

张朵朵坐在妈妈身边的座位上。

妈妈拉起张朵朵的手。

妈妈：这就对了，两口子过日子，得知道心疼对方。

张朵朵有些不安。

李二宝：演戏，绝对演戏！

妈妈：一边去。有本事，你也给我演个戏看看，你也给我娶回来一个漂亮媳妇儿看看！

18. 李大宝家平房，正房，李二宝屋，小院子里，内/外，晨

李二宝和李三宝猫在窗帘后面，向外偷窥。

原来，张朵朵已经早早地开始练功了。

李二宝：你别说，跳的还真有点意思。就是屁股太那个了……

李三宝：不要脸！

妈妈突然拿着笤帚疙瘩，冲进屋里，把躲在窗帘后面扒眼儿的李二宝和李三宝撵得四处逃窜。

19. 西厢房，厨房，内，晨

一家人围坐在饭桌旁准备吃早饭。

妈妈在给姑奶奶盛饭。

姑奶奶一直端详着坐在身边的张朵朵。

李二宝：舞蹈演员，听说，昨天晚上，你给姑奶奶和妈妈问安去了？

张朵朵有些诧异。她大概在想：消息怎么散布得这么快？

李大宝美滋滋地说：李二宝，你听谁说的？

李二宝：舞蹈演员亲自去给姑奶奶和妈妈问安，这是我们老李家政治生活中的一件大事，这是头条新闻呀，我能不知道吗？

李三宝：我检举。李二宝昨晚在妈妈屋门口偷听来着。

张朵朵：讨厌。

妈妈拿手打了李二宝脑袋一下。

姑奶奶接过妈妈手中的饭，却放下了。

姑奶奶：朵朵，你是不是心跳得有点快呀？

张朵朵：没有啊。

李大宝：姑奶奶，你别打岔呀。

姑奶奶：来，朵朵，我给你摸摸脉。

姑奶奶拽过张朵朵的手腕，就摸了起来。

李大宝不安地说：快吗，姑奶奶？刚跳完舞，肯定快呀……

20. 正房，妈妈屋，内，晨

李大宝老老实实站在姑奶奶和妈妈面前。

妈妈：你还想蒙我们？

李大宝：我蒙你们什么了？

妈妈：她的肚子至今还瘪着呢。

李大宝：不会吧……

姑奶奶：我刚刚给她摸完脉。错不了。把我们那个计划给他。

妈妈从兜里拿出一张对折了的纸，递给李大宝。李大宝展开一看，上写：老李家生子计划书——1. 李大宝在4个月之内要让张朵朵怀上；2. 张朵朵在14个月之内要把孩子安全地生下来；3. 张朵朵必须生个男孩儿。

李大宝叫苦连天地说：我的姑奶奶，这生孩子又不是造机器，再详细的图纸和计划它也没有用。你这不是往死里逼我吗！

姑奶奶：当然有用，都是生产，是生产就得有计划，是计划就得去落实。你就按照我们的指示去落实吧！

妈妈：这次再完成不了任务，看我们怎么收拾你！

李大宝一边往兜里塞计划书，一边嘟囔：这女人们都咋的了，怎么都爱弄个计划什么的？

姑奶奶：你说谁呢？

李大宝赶紧遮掩：你俩呀。

姑奶奶：我俩是“女人们”？

李大宝：难道你俩不是“女人们”吗？

李大宝赶紧开溜。

21. 剧团，排练厅，化妆室，内，日

张朵朵、高歌和谢娟在镜子前换装。

高歌对人不理不睬，鼻子都快跷到天上去了。

高歌走了以后，谢娟凑近张朵朵。

谢娟：高歌可是一个工于心计的人，好事她绝对不会轻易放过。你要小心被她算计了。

张朵朵：高歌是我的好朋友，她怎么会算计我？

谢娟：你看她那德行，还好朋友呢？

张朵朵：她这人就这样，风一阵、雨一阵的。

谢娟：白大爷现在到点就锁门，不让你在这儿练了，是不是？

张朵朵：你怎么知道的？

谢娟：在我们这些人当中，白大爷对你最好了，是不是？

张朵朵：我也纳闷呢。白大爷怎么突然像变了个人似的。

谢娟：所以说嘛，你还是多长个心眼儿为好。

22. 张朵朵父母家，厨房，内，日

张朵朵和妈妈在择芹菜。张朵朵有些心不在焉，几乎把一棵棵芹菜拦腰折断。然后，头的部分直接进了垃圾筐。

张朵朵妈妈急了：你干什么，折树枝呢。

一生气，张朵朵将一把芹菜全扔地上了。

张朵朵妈妈：怎么，有心事？

张朵朵：我能有什么心事。

张朵朵妈妈：还没有心事呢？嘴唇噘的都像帽檐儿了。妈在琢磨人上可比你强，跟妈说说，说不定妈还可以帮你出出主意呢。

张朵朵：团里要上一个舞剧，叫《画皮》。

张朵朵妈妈：我听说过这部戏，这可是大戏呀。团里真的要上？

张朵朵：真的，还上全本的。最近排练正紧呢。

张朵朵妈妈：一个工人文化宫的剧团要上这么大的戏，这可是大姑娘上轿头一回。你得当A角。

张朵朵：哪那么容易，大家都想当A角呢。

张朵朵妈妈：你必须得把A角争到手，因为你跳得最好。

张朵朵：谁说我跳得最好？我又没有参加过比武大赛。

张朵朵妈妈：这一点你就不如你妈了。你妈要还在团里，你妈要是还没退休，一定得跟她们争个鱼死网破、你死我活。

张朵朵：你争了一辈子，最后落了个啥？落下鱼了，还是活得好啊？

张朵朵妈妈打了张朵朵脑袋一下。

张朵朵妈妈：怎么跟你妈说话呢？

张朵朵爸爸从门口晃了过去。

张朵朵妈妈：你不能光傻练，得找那个姓朱的，她现在不是主管业务的副团长吗？

张朵朵：她还是本剧的导演。

张朵朵妈妈：那更得找了。给她送礼，必须给她送礼。那女人就是俗人一个，只要给她点好处，舞台上她都可以脱裤子。对了，我前天刚好听一个姐们儿说，她正在到处淘换进口原装彩电票呢。就给她送这东西。

张朵朵：我去哪儿弄进口原装彩电票？

张朵朵妈妈：找老李家那个李二宝啊，我听棵棵说，他不是倒爷吗，他不是什么都倒腾吗？

张朵朵：他什么时候听说的？

张朵朵妈妈：你的婚礼上呀。

张朵朵：你拉倒吧，我要靠我自己的能力拿到A角。

张朵朵妈妈：必须得争。听我的。我先去趟厕所，回来咱们再做定夺。

张朵朵妈妈出去了。张朵朵爸爸闪了进来。

张朵朵爸爸：朵朵，你们刚才说的话，我都听见了。我跟你们副团长朱文很熟，要不要我出面跟她打声招呼。

张朵朵：这点小事，不用你舍脸扒皮去求人。

张朵朵爸爸：你妈说得对，该找就得找，该争就得争，不然，在这个社会，你永远得不着十六两。

张朵朵：得得得，争什么争？我妈争了一辈子，最后给自己争来一个乳腺癌，活活切掉了一只乳房，胸脯子一面高一面低，低的那面出门还得塞块毛巾。看着都可怜。

张朵朵妈妈又回来了。

张朵朵：你俩弄吧。我去看书了。

张朵朵出去了。

张朵朵妈妈：你刚才跟朵朵说什么呢？

张朵朵爸爸支支吾吾：没说什么……

张朵朵妈妈：你一翘尾巴，我就知道你要拉什么屎。

张朵朵爸爸：粗俗，恶俗，低俗。

张朵朵妈妈：你是不是又想借着由子找那个姓朱的女人去？我警告你，你要再跟那个女人狗扯羊皮，看我不撕烂你的皮裤！

张朵朵爸爸：……

张朵朵妈妈：我还粗俗，恶俗，低俗吗！

23. 李大宝家平房，西厢房，厨房，内，傍晚

一家人围坐在饭桌旁准备吃晚饭。

姑奶奶已经吃上了。李二宝准备伸手拿碗盛饭。张朵朵像是被马蜂蜇了一下，浑身一激灵，一抬胳膊把李二宝的手打到一边。

张朵朵：对不起，这是我的碗。

李二宝：不可能。

李二宝抻着脖子去看，果然，上面写着张朵朵的名字。

李二宝：奇了怪了，我怎么老是记不住我自己的碗呢？

李大宝：因为你内心就是肮脏的。

李二宝：你丫说什么？

李大宝：我的意思是说，你从来就没把嘴巴的卫生当回事。

李二宝：我嘴巴又没喷粪，怎么不卫生了？

妈妈：都闭嘴。

李小雅举起手，说：妈，我有话要说。

妈妈：但愿不是要钱。

李小雅：这回不是要钱。我们学校要开秋季运动会，要求我们每个学生在开幕式上都穿蓝色运动服。

妈妈：这不还是要钱吗？

李小雅：如果有了，就不用买了。

妈妈：你明知道没有。

李小雅：我们班主任说，不穿蓝色运动服，就不用参加了，在家待着就行了。

李大宝：李二宝，你不是在倒腾运动服吗？

李二宝：早都出手了。不过，还剩下两条蓝裤子。李小雅，我可以免费送你一条。

李三宝：你真不嫌啰唆。免费就是送，送就是免费。

李小雅：那还差上衣呢。

李二宝指了指妈妈。

李二宝：那你管她要吧。

妈妈突然盯上了李小雅身上的白衬衣。

妈妈：你明天别穿衬衣了。

李小雅：为什么？

妈妈：留在家里，我给你洗洗。

李小雅：我刚穿了两天。

妈妈：你自己看看，刚穿了两天，领子就脏了……

24. 西厢房，厨房门前，正房妈妈屋门口，厨房门前，外，日

妈妈蹲在台阶上，把李小雅的白衬衣放进了一盆湛蓝色的水里。

再拎出来时，白衬衣已经染得不蓝不白了。妈妈再把它按进水里。

妈妈：得，再配上二宝的那条蓝裤子，就齐活了。

恰好姑奶奶从屋里出来了。

姑奶奶：你那是在干什么？

妈妈得意地说：我在自力更生。您看看，再配上蓝裤子，可以顶替运动服了吧？

姑奶奶：你这个败家的娘们儿，好好的白衬衣就这么让你给祸害了！

妈妈：您骂我？

姑奶奶：我还要打你呢！

姑奶奶抄起门后的扫帚，就去追打妈妈。妈妈腿脚灵活，“嗖”地一下，跑进厨房。还从里面把门插上了。

隔着门玻璃，与姑奶奶斗法。

妈妈：您就是脱了鞋光着脚再吃了辣椒，您也撵不上我。

姑奶奶：我才不撵你呢，我就在这儿等着，我就不相信你不出来了。有本事你出来。

妈妈：有本事您进来。

姑奶奶：菜园子改坟地，你是抠门儿到家了。

妈妈：您大方，一盆咸菜，您也要放在八个碟子里吃。您那是大方吗，您那是打肿脸充胖子。

姑奶奶：我就胖了，怎么了？我现在就是碟子不够，碟子够的话，我还要做满汉全席呢。

妈妈：您个胡同串子，您知道什么叫满汉全席？

姑奶奶：我当然知道了。满汉全席就是一百三十四道热菜，四十八道冷荤……

就在这时，大门“咯吱”响了一声，姑奶奶还以为有人回来了，拿着扫帚，就满地划拉。划拉了半天，也不见有人说话。一抬头，却发现阿黄站在身边。

姑奶奶：阿黄，你吓死我了。

再一转身，又发现妈妈已经溜出来了。姑奶奶一把就薅住妈妈的脖领子。

姑奶奶：这回我看你往哪儿跑……

李下的旁白：我太姑奶奶既讲排场又注重过日子的细节，我奶奶只抠小钱从不顾及面子上的事。其实，我太姑奶奶早就看我奶奶不顺眼了。于是，借着白衬衣事件，跟她大吵一番……

25. 正房，妈妈屋，内，夜

李小雅抱着面目全非的白衬衣，号啕大哭。

一家人都在哄李小雅。

李小雅哭得越发来劲儿了，有那么一瞬间，差点儿抽过去。李大宝吓坏了，因为从没见过李小雅这么激动过。

李大宝：祖宗，你可千万别吓我们。我们给你买不行吗？我们就是砸锅卖铁，也要给你买这身蓝色运动服。

李小雅这才稍微平静下来。此时，张朵朵的脸出现在窗子外面。

妈妈：大宝，这可是你说的啊，这血你出。

李大宝：你听清楚了，我说的是“我们”。你是当家的，钱在你手里攥着呢，你就代表“我们”。你凭什么让我出血呀？

妈妈：我没钱。

李三宝在边上来了一句：没钱你天天在被窝里数什么呢？

妈妈举起巴掌，骂道：你这个小王八蛋，我什么时候在被窝里数钱来着？

李三宝：哟，我记错了。那就是姑奶奶在被窝里数钱来着。

姑奶奶揪住李三宝的耳朵，在地上转了好几圈。

姑奶奶：我让你造谣，我让你造谣。

李三宝：饶命啊，饶命啊。

姑奶奶放了李三宝。

李二宝：妈，你也是，不就是一身运动服吗，你至于吗，还搞起大生产运动来了，你真以为你会纺棉织布呀？

李大宝：要纺棉织布，也是我的事。

妈妈：我刚才就说了，这就是你的事，这血你出。

李大宝扇了自己一巴掌，说：真是多嘴。

姑奶奶突然给妈妈使了个眼色。

姑奶奶：要不就买一身？

妈妈：您哪知道啊，自从大宝娶了朵朵以后，家里开支大增，我月月透支，哪还有闲钱买运动服？

说到张朵朵，李大宝就无话了，其他人也无话了……

26. 西厢房，李大宝屋，内，夜

屋门紧闭。窗帘拉着。

张朵朵坐在镜子前，研究自己那张无比精致的脸蛋。

李大宝坐在床边，数他那点脏了吧唧的私房钱。

张朵朵：你应该换个地方去数。

李大宝：换哪儿？

张朵朵：你应该也钻被窝里去数。

李大宝：真损，搞艺术的人就是损。

说完了，支起耳朵听了听。不放心，起身来到门口。拉开门，还往外看了看。见外面没人，回去继续。

李大宝一边数，一边说：这是一条胳膊，这是两条胳膊；这是前胸，这是后背……一身运动服买下来，我李大宝的个人财政就彻底垮了。

张朵朵在边上哭笑不得，说：你知道无产者加上小气鬼再加上李大宝等于什么吗？

李大宝：等于什么？

张朵朵：等于大瓣蒜儿。

李大宝：这个名字挺好，我喜欢；从今以后，我要做一个人人都爱的大瓣蒜儿。

张朵朵：看你那没出息样儿，这辈子你也看不见自己的后脑勺儿。

李大宝：您能看见自己的后脑勺儿？

张朵朵：我当然能。

李大宝：您为什么能？

张朵朵：因为我是跳舞的。

李大宝：那您给我看一个。

张朵朵从包里拿出一面小镜子，放在自己的脑后，这样一来，真的可以看见自己的后脑勺儿了。

李大宝：高！

27. 西厢房，厨房，内，晨

一家人围坐在饭桌旁准备吃早饭。

张朵朵拿起凳子上的包，打开，掏出一身蓝色舞蹈服递给李小雅。

张朵朵：小雅，这是我以前穿过的舞蹈服，你穿着肯定合身。

李小雅站起来，把舞蹈服展开，在自己身上比画着。

李小雅：你的意思是说，拿它当运动服穿？

张朵朵：对呀。

算上给李大宝买衬衣，张朵朵这是第二次这么降低身份对待老李家人了。老李家人一时半会儿都没反应过来。

这样的待遇，让李小雅瞬间对张朵朵产生了亲近感。

李小雅：谢谢朵朵姐。

李二宝：哎哎哎，不就是一身旧衣服吗，怎么还改口了，叫上姐了，你姐在天津呢。

李小雅：我愿意。我觉得叫姐亲。

张朵朵：我觉得这样叫也挺好。

姑奶奶：我看这样叫也挺好。要不，你老觉得自己不是老李家人。

张朵朵小声说：是不是老李家人，那得我自己说了算。

妈妈咳嗽了一声。

李大宝：吃饭，吃饭……

姑奶奶看了看张朵朵的肚子，突然，想起了什么。

姑奶奶：光吃饭，不出活吗！

28. 剧团，排练厅，内，日

王生背弃前盟，另娶新欢，并将小雪杀害场景的排练。

扮演王生的丁茂和扮演小雪的高歌，完全融入角色当中。

通过角色，丁茂和高歌已经擦出了火花。并且，时时刻刻都在放电。

张朵朵、谢娟和其他人在边上紧张地观看。

谢娟：哼，两个人的小尾巴都快碰到一块了。

张朵朵：别胡说八道。

谢娟：本来嘛，他多一分钟也不给你，一有时间就陪着她练。

张朵朵：你哪儿来的这么多闲言碎语？

谢娟：那我今天干脆就把这老婆舌头拉通了。就是高歌串通了白大爷，到点就锁门的。

边上有人附和：我也听说了。

张朵朵这次没法儿不往心里去了。

29. 纺织厂子弟学校大门口，外，日

铁栅栏门关着。张朵朵妈妈探头探脑地向里张望。

院子里空无一人。

从教室里传来朗朗的读书声。

有一个戴眼镜的人骑着自行车由远而近，在门口停下。

张朵朵妈妈：请问，您是这个学校的吗？

戴眼镜的人：您有事？

张朵朵妈妈：我打听一下，李二宝在哪个办公室？

戴眼镜的人：李二宝？没听说有这么一个人呀。

张朵朵妈妈自言自语：我还以为他有多高的知名度呢，原来也稀松平常呀。对了，就是那位经常把服装拿到课堂上兜售的政治老师，就是那位倒爷。

戴眼镜的人皱着眉头，说：怎么还有这么一个人！

说着，用手拍门。随后，门房里颠儿颠儿地跑出来一个看门老头……

30. 纺织厂，维修车间，内，日

二膀子和男工友甲围着操作台打闹。李大宝则心事重重地坐在椅子上歇着。

李大宝从兜里掏出一张对折的纸，打开。原来是“老李家生子计划书”。

大裤裆凑过来，问：研究什么呢？

李大宝又把纸对折起来，塞到裤兜，说：班组下个月的生产计划。

孙友来开门进来了。

孙友来：你们又怠工，是不是？那么多活还没人干呢！

男工友甲嘻嘻哈哈地说：孙师傅，您是劳模，您能者多劳。

孙友来：你们等着，到月底我非扣你们钱不可。

没人害怕。大家照样松松垮垮。孙友来只好自己吭哧吭哧去边上干活了。

31. 维修车间，内，日

一月一次的车间生产调度会。

工友们或者坐在操作台上，或者站在地上，或者吸溜吸溜喝茶水，或者哗啦哗啦翻报纸。

只有两把椅子，被孙友来和李大宝占领了。

孙友来拿着个本，一字一句地念。

有的人开始打盹儿。李大宝干脆呼呼睡着了。

孙友来终于吭哧憋肚地念完了。

孙友来：……我讲完了。接下来，还是一班先说。

女工友甲用胳膊肘碰了碰李大宝。李大宝换了个姿势，继续睡，嘴里还流出了口水。

大裤裆：下个月的生产计划他都写出来了，我来念，让他睡吧。

有人笑了。

孙友来：严肃点。

大裤裆走过去，伸手从李大宝的裤兜里掏出那张对折的纸，打开。

大裤裆看了一会儿，使劲儿憋着笑。

大裤裆拿腔怪调地念道：老李家生子计划书——1. 李大宝在 4 个月之内要让张朵朵怀上；2. 张朵朵在 14 个月之内要把孩子安全地生下来；3. 张朵朵必须生个男孩儿。

哄堂大笑。

孙友来：严肃点，行不行！

然后，一巴掌将李大宝打醒……

第8集

1. 李大宝家平房，小院子里，外，傍晚

张朵朵在小院子里练功。练了半天，身体僵硬得还跟棍棍儿似的，无奈地停了下来。

李小雅从妈妈屋里出来了。她很神秘地走到张朵朵身旁。

李小雅：朵朵姐，今天我们走队列了，你猜怎么着？

张朵朵：怎么着？

李小雅：我被指定为我们年级的旗手了。

张朵朵：好啊。

李小雅：你知道为什么吗？

张朵朵：为什么？

李小雅：就因为你给我的那身舞蹈服。

张朵朵：没有舞蹈服，你也是挺拔、秀丽的小姑娘，也会被指定为旗手的。

本来还有些忐忑的李小雅，让张朵朵这么一说，平添了不少信心。

李小雅：我行吗？

张朵朵：肯定行。你五官周正，身材好，气质好，当个舞蹈演员都绰绰有余。

李小雅：那我是不是得多练一练呀？

张朵朵：可以啊。

张朵朵的眼光一直有些游移。

李小雅：你今天是不是不高兴？

张朵朵：没有啊。

李小雅：那我现在就练。你给我指点指点。

李小雅拉开架势，有模有样地练了起来……

2. 小院子里，外，晨

天刚蒙蒙亮。

张朵朵睡眼惺忪地从屋里出来，准备练功。没想到，李三宝已经拿着一本书，在小院子里开始转圈了……

张朵朵摸了摸素面朝天的脸，很是尴尬，退也不是，进也不是。

李三宝：没关系，你练你的，我背我的，两不相干。

张朵朵：两不相干。

张朵朵脚尖点地，展开腰肢，寻找着节奏。

李三宝：……云髻半偏新睡觉，花冠不整下堂来。风吹仙袂飘飘举，犹似霓裳羽衣舞……

张朵朵停下，问：你在说谁？

李三宝：我在诵《长恨歌》。我在想杨贵妃。没说你。你继续。

张朵朵重整旗鼓。

李三宝来到柿子树下。

李三宝：……玉容寂寞泪阑干，梨花一枝春带雨。含情凝睇谢君王，一别音容两渺茫……

忽然之间，像下雨一样，柿子树的叶子“哗哗哗”掉了一地。

李三宝以为怎么了，吓得抱头鼠窜。

两个人在远处，望着像得了斑秃病一样的柿子树。

李三宝：不祥的预兆。这些天，你是不是在求什么事呀？比方说事业，比方说爱情。

张朵朵未置可否。

李三宝：对不起，你已经没有爱情了。

张朵朵：自从住到你们家来，我也没有事业了。

李三宝：那就是跟我有关系了？李大宝，李大宝，你给我滚出来！

李大宝穿着秋衣、秋裤从屋里跑出来。

李大宝：咋地啦，咋地啦？

李三宝：树要死。

李大宝来到柿子树下，对树干和树叶仔细研究了半天。

李大宝：它没死。这些天我忘了给它透气、浇水了，所以叶子掉了。

李大宝从窗台上拿起一个小铲子，给柿子树松土……

李三宝：李大宝，我明年要是考不上大学，我绝饶不了你这个大王八蛋！

3. 小院子里，外，晨

李大宝给柿子树浇水。浇完了水，再用细土把根部泥土的裂缝儿填上。

姑奶奶和妈妈在边上忧心忡忡地看着。

妈妈：它可千万别死了。要不，您也给它号号脉，开点药。

姑奶奶：喜鹊嘴！

其实，姑奶奶心里也没底。

李大宝：也许叶子该掉了，都秋天了嘛。

妈妈：就是该掉了，它也不会一呼啦全掉下来啊。再说了，每年这会儿，它的叶子才刚刚黄。

姑奶奶：乌鸦嘴！

4. 剧团，排练厅，走廊，内，日

张朵朵一边弯腰整理着衣服，一边瞥着在跟谢娟说话的丁茂。

丁茂跟女舞蹈队员摆了摆手，出去了。张朵朵随后跟上。

在走廊上，张朵朵追上了丁茂，往他手里塞了个东西后，快步朝前走了。

丁茂打开手掌，是张纸条。纸条上写：我要跟你谈谈。晚上7点，剧团后面的茶馆见。

5. 茶馆，内，傍晚

张朵朵一个人孤零零地坐在一个角落里。

墙上的挂钟，已经过了7点半。

张朵朵心里清楚：自己被丁茂放了鸽子。

6. 李大宝家平房，西厢房，李大宝屋，内，夜

张朵朵已经躺在被窝里了。她面无表情地看着天花板。

洗漱完毕的李大宝，又闻了自己的脚，闻了自己的身上，确信没有异味后，爬上床，要往张朵朵被窝里钻。张朵朵抬腿就是一脚，把李大宝踹到床下。

李大宝爬起来，说：我洗澡了。

张朵朵：洗澡你也是个脏猪。

李大宝：那你要怎样？

张朵朵：我不想怎样。

李大宝：不想怎样是怎样？

张朵朵：吃货！

7. 纺织厂，维修车间，内，日

工友们排着队一手端着饭盒，一手从办事员手里接过工资。

李大宝拿着工资，走到边上，把饭盒放下，一阵风吹草动之后，将钱数了一遍。之后，大惊失色。

李大宝：怎么，我少了5块钱！

拿到钱的男工友甲也开始唾沫星子飞溅地猛数。之后，同样大惊失色。

男工友甲：我也少了5块钱！

孙友来：别数了，除了我，和5个女工，你们每个人都被扣了5块。

大裤裆首先跳出来不干了，大叫：为什么！

孙友来：上班时间，你们聊天、打牌、起哄架秧子，所以被扣了；这毛病不改，下个月还扣你们；这是厂里的决定。

大裤裆：姓孙的，5块钱，那是我和我妈一个星期的伙食费。你要是不把钱退给我，我跟你没完！

二膀子横眉冷对地看着大裤裆。

孙友来一屁股坐在椅子上，说：有本事你找厂长去。

大裤裆气得直翻白眼儿。

孙友来却有滋有味地吃起饭来了。

大裤裆：我叫你吃！

大裤裆上前夺过孙友来的饭盒，把它狠狠地摔在地上。饭也随之撒了一地。

孙友来哆哆嗦嗦地站起来，说：你，你……

大裤裆：你断我的伙食，我就砸你的饭碗！

二膀子扑到大裤裆身上。

二膀子：欺负我爸，你丫欠揍啊！

两个人扭打在一起。

李大宝冲过去拉架。混乱中，被“啪啪啪”地打了好几巴掌……

8. 小饭馆，内，日

纺织厂维修车间一干人守着几个小菜，大吃海喝。其中有孙友来、李大宝、大裤裆和二膀子等人。

大裤裆：孙师傅，我这人就是“二杆子”，你千万别跟我一般见识。

孙友来装疯卖傻地问：啥叫“二杆子”？

李大宝：上海话就是“十三点”，北京话就是“傻帽儿”，东北话就是“二百五”。

大裤裆：你才是“二百五”哪。

孙友来端起酒杯，说：来，我再跟“二百五”喝一杯。

孙友来和大裤裆把酒喝了。

趁其他人大声吵吵时，李大宝与大裤裆小声说话。

李大宝：人我都给你叫来了，别喝高了，别忘了你的任务，一缓和矛盾，二掏钱结账。

大裤裆：没问题。

大裤裆又自斟一杯，灌了下去。

两瓶酒已经喝完了。

李大宝：大裤裆，别忘了，你喝的是自己的血，你喝的是自己的汗，悠着点。

大裤裆：我去趟厕所。

大裤裆站起来，就晃晃荡荡朝小走廊去了。

9. 小饭馆，后门，外，日

大裤裆出了小饭馆后门，回头看了看，李大宝没有跟来，撒腿就朝小巷里跑去……

10. 纺织厂，维修车间，内，日

李大宝满车间追着大裤裆要钱。二膀子在边上看热闹。

李大宝：昨天你借着尿遁跑了，是我把钱给你垫上的。你都忘了！

大裤裆：我不记得了。我回家就睡了，睡醒了什么都不记得了。

李大宝：那我们喝过酒，二膀子也参加了，你总记得吧？

大裤裆：昨天喝过酒？二膀子，我们昨天一起喝过酒吗？

二膀子：没喝过。

李大宝哈哈大笑。

李大宝：算我倒霉。谁让我是 8 级工来，谁让我挣得比你们多来！

二膀子：这就对了！

11. 李大宝家平房，西厢房，厨房，内，傍晚

一家人围坐在饭桌旁吃晚饭。

李大宝把炒芹菜嚼得"咯吱咯吱"响。

张朵朵：你嚼钢丝呢，那么大动静干吗？

李二宝：动静确实有点大，确实有点难听，但我们可以理解。管了闲事，还自己搭了钱，想想都肝儿颤。这就是充大尾巴狼的结果。活该！

李大宝骂了一句：李二宝，你个二王八蛋。

妈妈：这大裤裆也是，怎么还要起无赖来了，挺大个人。

李大宝把铁碗放在饭桌上，说：我的处事原则一贯是，给别人办什么事都行，就是不能让我搭一分钱。搭一分钱，我都肝儿颤。所以，我现在宣布一件事，我们半个月不吃肉，我们要把搭进去的 14 块钱，一分不差地找补回来。

李三宝：李大宝，你人称搞错了，那不是复数"我们"，而是单数"我"。你上学的时候，语文没学好啊。

李二宝：我同意李三宝的意见，李大宝，你语文没学好啊！

12. 剧团，排练厅，内，日

（3 年以后）被王生杀害的小雪化作厉鬼，假扮逃奴，进入江南巡抚王生府中，再次诱惑王生场景的排练（此处与原小说不同，为本剧编剧所修改）。

扮演小雪的高歌与扮演王生的丁茂，其动作、其心理、其情感已经水乳交融。他们的表演彻底吸引了在边上观看的演员们。

谢娟凑到张朵朵身边。

谢娟：高歌已经自己放出来风来了，A 角非她莫属。

张朵朵：不可能。

谢娟：据说，她说的时候，朱团长也在场。

张朵朵：那完了，我得找他们去！

13. 剧团，朱团长办公室，内，日

张朵朵一脸不高兴地猛敲朱文办公室的门。然后，应声而进。

朱文：朵朵，有事？

张朵朵：有。高歌到处说，A角就是她了。为什么会这样？

朱文：她可能觉得自己最近跳得比你好吧……

张朵朵：跳得好坏是她说了算吗？谁当A角是她说了算吗？

朱文：这个……

就在这时，高歌兴冲冲地推门进来了，手里还拿着一个信封，一边走一边说：团长，进口原装大彩电搞到了……

也许是太得意忘形了，竟然没有注意到那盆龟背竹后面有人。

说完了，才看见张朵朵。

3个人都很尴尬。

朱文的脸子一下子拉下来，说：你怎么不敲门呀！

14. 李大宝家平房，小院子里，李大宝屋门口，外，傍晚

李大宝、张朵朵和李小雅进门的时候，李三宝已经捧一本书在小院子里转圈了。

李大宝在南墙边停好了自行车，与张朵朵一前一后往西厢房走。

李小雅已经进了正房。

李三宝拿下巴示意李大宝和张朵朵，快去看看他们自己的屋门。然后，就等着看好戏了。

结果，门上贴了一纸通告。

两个人仔细一看，是“关于对李二宝同志的处分决定”。“决定”上说，李二宝身为人民教师，却在课堂上向学生兜售服装，这在学校造成了很坏的影响。鉴于此，学校决定给予其记大过处分，半年不准上讲台，工资全部扣除。同时，其人去体育组器材库房上班。纺织厂子弟学校。　　年　月　日。

还加盖了红色的公章。

张朵朵：这好好的怎么还挨了处分？

李大宝看问题一向有自己独特的角度：我现在关心的是，他为什么把“处分决定”贴到咱们门上来了？

张朵朵：是啊，什么意思？

李二宝的声音：什么意思？都是你干的好事！

张朵朵转过身，说：这跟我有什么关系？

李二宝：你妈干的好事，是不是就相当于你干的好事？

张朵朵：我妈？

李二宝：你妈觉得她自己的脸足够大，就去我们学校找我给她弄彩电票。恰好我不在，她就把我在课堂上卖服装的事给我抖搂出来了。

张朵朵：不可能，我妈都不认识你，她怎么会去找你呀？

李二宝：她给我留了条，你看看吧。

李二宝从兜里掏出了一张纸条，递给张朵朵。张朵朵看了之后，不吱声了。

二膀子妈妈的脑袋，从东墙上探了出来。

李大宝：有什么事，回屋里说，回屋里说，姑奶奶和妈妈都在屋里呢不是……

15. 正房，妈妈屋，内，傍晚

一向在老李家人面前飞扬跋扈的张朵朵，此时，有点蔫了，甚至有点怵了。

李二宝：张朵朵，你们老张家断送了我的教师生涯，你说怎么办吧？

李大宝：什么叫断送？不就是一次记大过处分吗，不就是暂时去看管体育器材吗？再过半年，你又是一条好汉，你又可以重回讲台。

李二宝：闭上你的狗嘴。

张朵朵：要那么说，你们老李家还断送了我的艺术生涯呢。

姑奶奶：怎么的，怎么的？

张朵朵：我是说，你们老李家断送了我的艺术生涯。

姑奶奶：愿闻其详。

张朵朵：我们团最近在排一个新舞剧。这部剧，是我们团有史以来最重要的一部剧。本来，按照实力来说，A 角应该属于我的。可是，现在愣让别人抢走了。

姑奶奶：那跟我们老李家有什么关系？

张朵朵：自从李大宝把我骗到这个家，每天全是柴米油盐、吃喝拉撒，我都快成一个俗人了，您让我怎么去思考艺术问题？还有，我们辛辛苦苦建造的练功场地也被别人占领了，您让我拿什么跟人家比去、拼去？

一家人都不说话了。

张朵朵：我怨过你们老李家吗？

姑奶奶当场拍板：以后小院子先紧着朵朵用，朵朵不用了，三宝再用。

李三宝有些不高兴了：那我去哪儿背书？

姑奶奶：你在屋里。

姑奶奶指了指其他人。

姑奶奶：还有你们，他在屋里念书时，你们别去打搅他！

妈妈：这事听姑奶奶的！

李三宝不吭声了。

李大宝把张朵朵拽到边上。

李大宝小声说：你也是，求他李二宝的事你让我来啊，干吗让你妈去呢？

张朵朵：李大宝，你又想充“大瓣蒜儿”，是吧？我就不给你这个机会，怎么了！

姑奶奶：散会。

李二宝：那我的事呢？

姑奶奶：你的事以后再议！

李二宝：妈，你说句话呀？

妈妈：这事听姑奶奶的！

16. 剧团，排练厅，化妆室，内，日

张朵朵和高歌在镜子前换装。

高歌：朱团长知道我二姨在百货大楼工作，就托我给她搞张进口彩电票；不过，每张票有 50 块钱的手续费，手续费是她自己出的。

张朵朵：真的？

高歌：真的，朵朵，我不骗你。我这个人有一个原则，给别人办事行，就是不能让我搭一分钱。搭一分钱，我都肝儿疼。

张朵朵“扑哧”一下，笑了。

高歌：你不信？

张朵朵：我信。

高歌：那你笑什么？

张朵朵：李大宝就是这样，给别人办什么事都行，就是不能让他搭一分钱。搭一分钱，他都肝儿颤。

高歌：真的假的？

张朵朵：这是他的原话。

高歌：好玩儿。

张朵朵：可不是好玩儿啊。你看看我身边都是些什么人呀。

高歌：不生气了？

张朵朵：不生气了。

高歌：不多想了？

张朵朵：不多想了。

高歌：那我俩一起好好练。

张朵朵：一起好好练。

高歌：那我俩公平竞争？

张朵朵：公平竞争。

高歌：那我俩谁当 A 角都好？

张朵朵：谁当都好！

17. 李大宝家平房，小院子里，外，晨

张朵朵在小院子里练功，感觉背后又有一双眼睛盯着自己。一扭头，发现姑奶奶也站在柿子树下，拉弓射箭地比比画画、蹦蹦跳跳。

姑奶奶：你练你的，我只是参观参观、瞻仰瞻仰、学习学习。

张朵朵：您说什么？

姑奶奶：你练你的，我只是参观参观、瞻仰瞻仰、学习学习。

张朵朵：您知道“瞻仰瞻仰”是什么意思吗？

姑奶奶：大概，也许，差不多，就是抬头看的意思吧……

18. 西厢房，李大宝屋，内，晨

张朵朵一边换衣服，一边跟李大宝抱怨。

张朵朵：姑奶奶可真行，说什么，要“瞻仰瞻仰”我跳舞。我又不是伟人，退一万步说，我就是个伟人，我还没死，她瞻仰我干吗？

李大宝：跟姑奶奶，你就没道理可讲。

张朵朵：为什么？

李大宝：你以前见过姑姑吧？

张朵朵：见过。

李大宝：你以前见过奶奶吧？

张朵朵：见过。

李大宝：你以前见过姑奶奶吗？

张朵朵：没见过。

李大宝：这就对了。姑奶奶她不是姑姑，也不是奶奶，她是姑奶奶。姑奶奶稀缺，弥足珍贵。况且，我们这个姑奶奶一辈子未嫁，所以，她又另类，特立独行。她做什么都是合理的。

张朵朵：嗨，行啊，还给我转上酸词了。

李大宝：我这人有一个缺点，就是口才太好。

张朵朵：说你胖，你还喘上了。

李大宝：我这人有一个优点，别人表扬我两句，哪怕不是真心的，我都当真。

张朵朵：为什么？

李大宝：受用啊。

张朵朵：德性！

19. 西厢房，厨房，内，晨

一家人围坐在饭桌旁吃早饭。

李二宝突然把铁碗墩在饭桌上，说：妈，我有话要说。

妈妈：说，吃饭还堵不住你的嘴。

李二宝：我打算，我的大后半生，就跑江湖、做买卖去了。

妈妈：旱涝保收的工作就不要了，你去打野食啊？

李二宝：在舞蹈演员的大力支持下，我的工作不是被停了吗？

张朵朵不好意思地低下了头。

李大宝：你又来了。

妈妈：我不同意。

李二宝：那姑奶奶您的意见呢？

姑奶奶：我是看明白了，你这辈子干别的也干不好，你就是倒腾的命。

李二宝：那您看我能倒腾到什么程度？

姑奶奶：难说，那得看运气。

李二宝：那我到底是倒腾，还是不倒腾？

姑奶奶：这半年，反正也不上课了，时间有得是；要不，就先倒腾倒腾再看。如果倒腾不出名堂来，立马回去上班。

李二宝：得了，您哪。

李二宝把手伸向李大宝。

李二宝：拿来。

李大宝：什么？

李二宝：本钱。我明天就去广州进丝袜子。

李大宝：本钱为什么我来拿？

李二宝：我被逼到今天这步田地，完全是因为舞蹈演员的支持。

李大宝：你有完没完！

张朵朵把铁碗放到饭桌上，说：给他！

李二宝：痛快！

张朵朵：你打算要多少？

李二宝：怎么也得 1000 块钱吧。

张朵朵：不可能给你那么多。再说，我也没那么多。就 600。

李二宝：为什么是 600 ？

张朵朵：你不是被革职半年吗？你一个月工资 46，一年工资不到 600。我给你准备一年的。

李二宝：600 就 600。

张朵朵：记住了，这钱是借给你的，1 年以后还。

李二宝：刚才不说给的吗？

张朵朵：我凭什么给你啊？我又不欠你的。你爱借不借。

妈妈：借借借，当然借。

张朵朵：那您作保，到时候，让他还钱。

妈妈：我作保，我拿身家性命作保。到时候绝对还钱！

李大宝：李二宝，你就作吧！

李二宝：我这么做，也是为了我们老李家。

李大宝：愿闻其详。

李二宝：我们老李家世代都是小市民之家。为什么？就是因为没出过一个敢闯敢干的人。我要筚路蓝缕，开启山林。我要做那个第一个吃螃蟹的人。我要在我手上实现我们老李家的伟大复兴！

李三宝：这都什么乱七八糟的？还中学老师呢！

李小雅：是啊，这话是有点不通顺。

李二宝：你俩注意了。我再重申一遍，这个家以后指不定指望谁呢。所以，你俩千万别站错队！

20. 西厢房，李大宝屋，内，日

李大宝颠颠颠地跟着张朵朵进了屋。

张朵朵：拿钱吧。

李大宝：什么钱？

张朵朵：借给李二宝的钱呀。

李大宝：我拿呀……

张朵朵反问道：那你以为是我拿呀？

李大宝：你不说你拿吗……

张朵朵：我就那点工资，又要买衣服，还要买化妆品，还不够我自己花的呢，我哪有闲钱。

李大宝：我也就那点工资……

张朵朵：不拿，是吧？那我明天到团里找别人去借。

李大宝毛了，说：别介呀。你让我拿钱，那是瞧得起我，那是给我脸了，这点事情我还不明白吗？我拿，我这就拿。

说完了，半天却没有行动。

张朵朵：你怎么还杵在那儿？

李大宝：你得把脸转过去。

张朵朵：什么人哪。

说完了，把脸转向窗外。

李大宝从西山墙上挂着的一顶帽子的衬里里摸出一个手帕包，然后飞快地坐在床边。

李大宝：行了。

张朵朵这才把脸转过来。

李大宝又开始数他那点零零碎碎、脏了吧唧的私房钱。

李大宝：一五，一十……

叠画：李大宝继续数钱。

李大宝：……249,250。怎么是这儿一个吉利的数字呀？

张朵朵：钱如其人！

李大宝：剩下的只好找我师傅借了……

21. 正房，妈妈屋，内，日

姑奶奶和妈妈面对面地站着，都一脸的愁容。

妈妈：这事您应该跟我商量一下，再答应他。

姑奶奶：他不是冷不丁提出来的吗，我怎么跟你商量？再说了，你不答应他，他又跟朵朵较劲儿。

妈妈：您答应他的时候，还没张朵朵什么事呢。

姑奶奶：我太了解你的好儿子了，较劲儿是早晚的事。我这是在为你争取主动。

妈妈：为我？

姑奶奶：别忘了，他是你的儿子。

妈妈：就他那不务正业的样儿，哪天非倒腾出祸害来。

姑奶奶：一旦倒腾出祸害来，说不定他就老实了；要不，他永远给你瞎折腾，你永远得为他提心吊胆，你永远不得安宁。

妈妈现出了异样的神情：难道他就是我一个人的吗？

姑奶奶：那可不？别忘了，他是你的儿子。

妈妈：我得感谢您，是您让我有了这样一个好儿子。

门虚掩着，李大宝从外面进来了。

姑奶奶：你说什么？

妈妈：我说，我得感谢您，是您让我有了这样一个好儿子。

姑奶奶一把堵住妈妈的嘴巴。

姑奶奶：你就不怕让别人听见？

两个人都听到了后面的动静。一回头，发现李大宝已经站在她们身后了。

妈妈：你什么时候进来的？

李大宝：刚进来。

妈妈：你都听见什么了？

李大宝：你说，“我得感谢您，是您让我有了这样一个好儿子”。你们说我呢吧？

妈妈语无伦次地说：没说你……对，说你呢……

姑奶奶：大宝，有事？

李大宝：有事。

姑奶奶：有事跟姑奶奶说。

李大宝从兜里掏出一沓钱，递给姑奶奶。

李大宝：600块钱。朵朵把全部的积蓄都拿出来了。

姑奶奶：真是朵朵的？

李大宝：我哪来这么多钱？

姑奶奶：成，朵朵这孩子还有点男人气概。我没看错人。

李大宝：其实，她并不像你们想象的那样。

妈妈：我们怎么想象她了？

李大宝：三八赶集，四六不懂；无事生非，胡搅蛮缠！

妈妈：胡诌八咧，信口雌黄！

姑奶奶：这你可冤枉你妈了。你妈恰恰觉得她很单纯、很善良！

李大宝：真的假的！

妈妈：还“蒸的煮的”呢！

李大宝上前攥着妈妈的双手，一阵摇晃。

李大宝：有你这么开明的婆婆，我这儿子就好当了；有你这么开明的婆婆，一种新型的婆媳关系，很快就能达成；有你这么开明的婆婆，一种和谐的家庭景象，不久就会建立！

妈妈：滚！

22. 张朵朵父母家，厨房，内，日

张朵朵妈妈在炒菜。屋门“咣当”一声开了，有人大手大脚地走进来。

张朵朵妈妈：老张，你干吗这么大动静？

张朵朵怒气冲冲地说（画外音）：叫错了人，是小张。

张朵朵妈妈：怎么了，朵朵，吃枪药了？

张朵朵径直来到厨房。

张朵朵：谁同意你去找李二宝了？

张朵朵妈妈：我不是想给你弄一张彩电票吗？咋地了？

张朵朵：咋地了？你把他在课堂上卖服装的事给抖搂出来了，学校给了他个记过处分，还停了他半年课。

张朵朵妈妈：活该。

张朵朵：妈，你说你怎么这么坏呀？坏得简直是头上长疮、脚下流脓。他们老李家一共就仨人挣钱，现在又有一个给停了工作，你让人家这日子怎么过呀？

张朵朵妈妈：他们老李家把我闺女骗去了，我这日子还不好过呢，他们想好过，美得他们！

23. 剧团门口，传达室，外 / 内，日

大门开着。

李大宝探头探脑地直接进了传达室。

白大爷正在鼓捣半导体。半导体吱吱啦啦的，找不到台了。

李大宝：大爷，您好。

白大爷：挺好。找人？

李大宝：路过看看。

白大爷提高了警惕：我看你有点面熟。

李大宝：我就住附近。可能在路上见过吧。

白大爷：这是文艺团体，没什么好看的，你赶紧走吧。

李大宝指着半导体，说：出故障了？我来给您看看。

说着，就把白大爷手里的半导体拿过去了。

白大爷半信半疑地问：你会？

李大宝：这里面的学问，有一半儿是我的专业。

李大宝揭开后盖，鼓捣了两下子，就好了。

白大爷：行啊，小伙子。

李大宝：肯定行。听说，你们剧团在排演一个叫《画皮》的舞剧？

白大爷：是啊。

李大宝：我也算是半个文艺青年了，怎么没听过这部剧呢？

白大爷：嗨，这是人家天津歌舞团去年排演过的，据说挺好。北京还没人排演过。一个文化宫的剧团，弄这么大的东西，玩票呗。

李大宝：是这样……

24. 北京站对面，路边小饭馆，内，日

李大宝坐着等人。凳子上还放着两个提包。

张朵朵匆匆忙忙地赶来了。

张朵朵一坐下就问：见什么重要人物？让我跑了这么远。

李大宝：一个导演。舞剧《画皮》的导演。

张朵朵四处踅摸着，说：在哪儿呢？

李大宝：天津歌舞团去年排演的《画皮》，是吧？

张朵朵：你怎么知道的？

李大宝：那你甭管了。

李大宝从兜里掏出两张火车票，在张朵朵面前晃了晃。

李大宝：我早就发现了，这些天，你还没摸着这部剧的门道儿。我们这就去天津见导演。让他好好点拨点拨你。如果火车不晚点，他下班之前我们就能到。

张朵朵：你又不认识人家，人家凭什么见你？

李大宝：你不去，怎么认识人家？你是去拜师学艺的，人家凭什么不见你？

张朵朵有些犹豫。

李大宝：反正火车票我已经买了，去不去，你自己看。

张朵朵：我为什么要听你安排？

李大宝：你不给我机会可以，你得给自己机会，我认为去天津取经，是你当 A 角的唯一机会。

张朵朵：你纯粹是个大瓣蒜儿……

李大宝：走吧，快到点了。

张朵朵：你跟你们家说了吗？

李大宝：说了。我撒了个谎，就说你去天津出差，我跟你一起去，顺便看看李大雅。

李大宝一手拎着一个提包，向外走去。

张朵朵想了一下，也跟上了。

25. 天津歌舞团大门口，传达室，外 / 内，傍晚

李大宝一手拎着一个提包，在前面跑；张朵朵在后面紧跟着。

两个人一前一后，来到歌舞团大门口。

传达室的老头儿正在关门。

李大宝：大爷，手下留“门”，手下留“门”……

说着，就往进挤。

传达室的老头儿：干吗，干吗？

李大宝：我们找《画皮》的导演。

传达室的老头儿：陈导演？

李大宝：……啊啊啊，对对对……

传达室的老头儿：人家刚刚下班，走了。

李大宝指了指传达室，说：咱们进去说话。

说着，还真没拿自己当外人，推门就进去了。随后，传达室的老头儿和张朵朵也进来了。

李大宝把提包放在桌子上，说：大爷，您能告诉我陈导演家住哪儿吗？

传达室的老头儿：那我不能告诉。

李大宝又指了指张朵朵。

李大宝：大爷，这是我媳妇儿，跳舞的。我们专程从北京来拜师学艺的。

传达室的老头儿把张朵朵上下打量了一番。

传达室的老头儿：专业演员？

张朵朵怯怯地说：是。

李大宝看传达室的老头儿态度有所缓和，立马拉开提包，从里面掏出一个塑料桶。打开，递到老头儿面前。

刺鼻的气味弥漫全屋。

传达室的老头儿惊叫道：老北京的豆汁儿！

臭烘烘的气味，把张朵朵熏了一个跟头。

臭烘烘的气味，把传达室的老头儿香了一个跟头。

26. 天津，陈导演家楼道，门口，客厅，内，傍晚

李大宝斗胆敲开了陈导演家的门。出来一个40多岁的男人。大概是陈导演的丈夫。

40多岁的男人：你找谁?

李大宝：找陈导演。

40多岁的男人看了看李大宝手中的提包，还以为是哪来的乡下亲戚。

40多岁的男人：陈导演不在。

说着，就要关门。

李大宝：陈导演再有10多分钟就到了，我们进屋等她。

说着，一只脚已经迈进了门槛。还向身后招了招手。40多岁的男人这才发现还有一个人呢。

张朵朵也只好跟了进来。

陈导演一家人坐在饭桌前正准备吃饭。40多岁的男人连座都没让，就去了厨房。

张朵朵使劲儿剜了李大宝一眼。

正座上的老太太指了指旁边的一个小沙发。

老太太：坐吧，小伙子；坐吧，闺女。

李大宝和张朵朵哪好意思坐。

40多岁的男人端出来一个菜，放在老太太面前。

40多岁的男人：妈，菜齐了，吃吧。

在旁边干站着的李大宝突然发话了：还差一个菜呢。

说着，打开提包，从里面拿出一个用牛皮纸包裹的东西，打开，竟然是片好的北京烤鸭。还热乎着呢。

老太太：您怎么知道我好吃这一口?

李大宝撒谎说：我听陈导演说的。

李大宝又从提包里取出两个饭盒，里面装的是卷饼、葱条和酱之类的东西。

老太太：这孩子心还挺细。

李大宝转向40多岁的男人。

李大宝：借您两个盘。

40多岁的男人乖乖去拿来两个盘。李大宝把各种东西一一摆放好。

就在这时，有人推门回来了。是一位40来岁的女人。

40多岁的男人：回来了。这两位是找你的。

李大宝小声说：原来是个女的……

张朵朵拿胳膊肘碰了一下李大宝。

李大宝拉着张朵朵迎上前去。

李大宝：您就是陈导演，我们可是把您等到了。

陈导演：你们是……

李大宝：我们是专程从北京来向您请教的。这是我媳妇儿，跳舞的。朵朵，快，见过老师呀。

张朵朵：陈老师好……

40多岁的男人：原来你不认识这两个人呀。

40多岁的男人从兜里掏出5块钱，塞给李大宝。

40多岁的男人：这是烤鸭钱。赶紧给我走人，赶紧给我走人。

40多岁的男人往外推李大宝。

老太太：那哪是待客之道？人家是专程登门拜师学艺的，那是瞧得起咱们。

陈导演拿眼角的余光看着张朵朵。

陈导演：你有什么问题？

张朵朵：我在北京工人文化宫下属剧团当舞蹈演员，我们团要排演《画皮》，我想向您请教的一下小雪这个人物的塑造……

陈导演：……这样吧，明天8点半，你去团里找我。还没吃饭吧？坐下一块吃吧。

李大宝也是有眼力见的人，哪还好意思再打搅人家。

李大宝拿起提包，语无伦次地说：我们拎着猪头，庙门找到了，佛也拜了，心也就搁肚子里了。走了走了，明儿见，陈导演！

第 9 集

1. 天津，马路边，人行道上，外，夜

天气已经转凉了。风也带来一点寒意了。

街上行人不多。昏暗的路灯显得有点孤单。

张朵朵在尽情数落李大宝。

张朵朵：豆汁儿和烤鸭全让你背到天津来了。北京还有卤煮火烧、褡裢火烧，还有炸酱面、驴打滚，你怎么没都一块背来啊？

李大宝笑嘻嘻地说：下次，下次。

张朵朵：看你那没出息样儿，这辈子你也看不见自己的后脑勺儿。

李大宝：我现在能看见了。

李大宝从兜里掏出两面小镜子，来到路灯下，在脑袋的前后摆弄了半天，也只能看见一小块。

李大宝：镜子太小了，看不全。

张朵朵：讨厌。走吧，去旅店吧。

李大宝：去李大雅家住吧。她家离这儿不远。

张朵朵：你又怕花钱，是吧？

李大宝：我好长时间没见到我妹妹了，说实话，我真有点想她了，咱们去看看她吧……

张朵朵：李大宝，你是早有预谋的。

李大宝：我只是有预感，觉得我应该去她家住。

张朵朵：我要在外面吃了饭，再去。

李大宝：这个可以考虑。

2. 天津，李大雅家楼道，门口，过道，屋内，内，夜

李大宝拎着提包，领着张朵朵，摸到了李大雅家的门上。

第一户的门开了，探出一个女人的脑袋。

李大宝：您好，我找住在最里面的李大雅。

女人的脑袋又缩回去了。

李大宝敲响了李大雅的家门。开门的恰好是李大雅。

李大雅：是你们……你们怎么来了？

李大宝一边往里走，一边说：我代表北京人民来看看你们，不欢迎啊？

毛驴儿正坐在小饭桌旁喝酒呢。

李大宝：行啊，毛驴儿，挺滋润呀，喝上小酒了。

毛驴儿热情地上前，抱住李大宝。

毛驴儿：当然欢迎，我代表天津人民欢迎你们。

毛驴儿越是热情，越显示出李大雅的冷淡。张朵朵心里非常不痛快。

李大宝一眼就看见了柜子上的那个物件——铁打的小玩意儿——连体毛驴儿。因为那是他送李大雅的。李大宝拿起了那个连体毛驴儿，然后，朝李大雅的肚子看了看。

李大宝：怎么样，两位是不是开始酝酿生小毛驴儿的事了？

毛驴儿谦虚地说：还没有，还没有。

李大宝：得抓紧呀。我还等着当驴舅呢。

毛驴儿：回头，我们研究研究，我们研究研究。

李大雅：李大宝，我郑重地警告你，请你以后不要给毛驴儿瞎起外号。

李大宝：不用我起了，毛驴儿这个名字本身，就比 100 个外号有影响力和穿透力了。

毛驴儿：那是，那是。

3. 天津，李大雅家，内，夜

毛驴儿和李大宝商量 4 个人怎么住的问题。

毛驴儿：大哥，你看这样行不行？大嫂和大雅在家里睡，你和我去我们的单位，找门房老头凑合一宿。

李大宝：我看行。

张朵朵冒出了一句：我宁可流浪街头，也不跟她睡一张床。

李大雅也不是善茬儿：你以为我愿意啊？我宁可街头流浪，也不跟你睡一张床。

李大宝：那这下麻烦了。两个人从北京打到天津来了。

毛驴儿：得，大哥，你和大嫂在家里住，我和大雅出去想辙儿。

李大雅：你去哪儿想辙儿呀，难道你让我跟你一块去单位门房啊？

毛驴儿：我陪你去逛逛天津夜景，行吧？

李大雅不吭声了。

李大宝：那多不好意思？

李大雅：不好意思，你们不也来了。

李大雅气哄哄地为李大宝和张朵朵铺床。

李大宝：李大雅，我还有个请求。

李大雅：说。

李大宝：再麻烦您，为朵朵找一块新床单。

李大雅：我就知道，你这是专门到天津作我来了。

李大雅从柜子里拿出一个新花布，铺在床上。

李大雅：舞蹈演员，看清楚了，这是我准备做衣服的布料。我们老李家这是哪辈子积了德了，怎么娶你这么个活祖宗！

张朵朵趁人不注意，拿拳头在李大雅头上比画了一下；李大宝也拿拳头在张朵朵头上比画了一下……

4. 天津，李大雅家，内，晨

李大雅伺候大家吃早饭。早饭是从外面买回来的豆浆、油条和咸菜。

李大雅：你们来得突然，我们也来不及给你们打专用的铁碗了。就凑合着用我们用过碗的吧。不过，我洗了3遍啊。

张朵朵一口豆浆呛了，差点儿没呛死。

李大雅：一说铁碗，你激动啥？

李大雅使劲儿给张朵朵捶后背。

李大宝：李大雅，你轻点，你敲鼓呢？朵朵那美丽的身躯，禁得住你那么敲吗！

李大雅：李大宝，我一看你那下贱样儿，我就气不打一处来！

5. 天津歌舞团大门口，外，日

李大宝在门口候着。张朵朵欢天喜地出来了。

李大宝：怎么样？

张朵朵：醍醐灌顶。茅塞顿开。拨云见日。柳暗花明。

李大宝：我说什么来。听我的，没错。

张朵朵：陈导演还让我再来三次。有了这三次的指导，绝对没问题了。

李大宝：那是肯定的。

张朵朵看了看手腕上的手表，说：我今天高兴，我允许你，陪我去逛逛天津劝业场，反正离发车还早着呢。

李大宝一嘬牙花子，小声说：那样的话，你最好还是别高兴了。

张朵朵：你说什么？

李大宝：我说，只要你高兴，我就高兴。走，我们回去，把李大雅叫上！

6. 天津劝业场，服装柜台，内，日

李大宝和李大雅跟在张朵朵屁股后面边逛边看。张朵朵看见喜欢的衣服，不管买不买，都要问一问，都要摸一摸。

李大雅又甩脸子、又撇嘴，张朵朵就跟没看见似的。

张朵朵看中了一件兔灰色的连衣裙，拿着就不撒手了。

李大宝把张朵朵拉到边上。

李大宝：祖宗，我没带那么多钱，我真的没带那么多钱。

张朵朵：那我不管。自从你把我骗到手后，还没给我买过衣服呢。

李大宝：咱们下次再买不行吗？

张朵朵：不行，说不定下次我就看不上它了。

李大宝把李大雅拉到更远的地方。

李大宝：借给我 30 块钱。

李大雅：你不说你带钱了吗？就因为你带钱了，我才陪你们来的；不然，我是傻瓜呀！

李大宝：我不是没带那么多吗？

李大雅：我也没带。

李大宝：李大雅，我求求你了。你是不知道，这件连衣裙对我、对我们老李家，有多么的重要。重要得足以影响到我个人的婚姻和我们老李家的声望。

李大雅：别忘了，我现在是嫁出去的人了；搁过去，我现在姓毛；你说的这些，好像跟我没什么关系。

李大宝：太有关系了。

李大雅：有什么关系？

李大宝：如果你连30块钱都拿不出来，那就证明你在天津过得不怎么样。可悲惨。

李大雅咬着后槽牙，从兜里拿出钱包，数了30块钱。

李大雅：扯块花布自己缝一个得了，为什么花三四十钱买这样一件不实用的东西？

李大宝：你可以扯块花布自己缝，朵朵不行。

李大雅：为什么？

李大宝：职业，职业不一样。

李大雅：德性，都是女人，她凭什么呀？我也是活该，陪你们来逛商场，我纯粹有病。

李大雅把钱递给李大宝。

李大雅：记住了，还我。

李大宝：一定还。

李大雅：我问你，妈最近在家里提过我没有？

李大宝：提了，妈天天把你挂在嘴边上。老说，也不知道大雅过得怎么样？

李大雅知道，李大宝又撒谎了。

7. 开往北京的火车，车厢里，内，日

李大宝歪着脑袋，睡着了。

张朵朵则满面春风地，望着窗外的风景……

李下的旁白：后来，我爸又陪着我妈去了3次天津。每次，还是住在我大姑家。我大姑和我大姑父被赶到哪儿去了？我爸从来没给我说过这事。也许他们真的是流浪街头也未可知……

8. 剧团，排练厅，内，日

小雪加害王生夫人湘绮场景的排练（此处与原小说不同，为本剧编剧所修改）。

扮演小雪的张朵朵仿佛一夜之间凤凰涅槃了，把小雪复仇的心理、矛盾的心理甚至忏悔的心理，表现得淋漓尽致、可圈可点。

在场的所有人，都对张朵朵刮目相看了。

丁茂也看傻了。张朵朵一下场，丁茂第一个带头鼓掌。

丁茂还连连说：好！好！

丁茂走近张朵朵。

丁茂：朵朵，有两个细部的动作，我们再商量一下。如果你觉得我的话有道理，你可以酌情修改；如果你觉得没道理，你可以坚持你自己的看法……

高歌负气而走……

9. 马路边，胡同口，外，傍晚

李大宝推个自行车，已经早早地在等候张朵朵了。

张朵朵背着包款款地走过来，还对前来接她的李大宝露出了笑脸。

李大宝知道天津取经奏效了。但他故意不提这个话头，以此显示作为一个男人的深沉与城府。

李大宝一骗腿上了车。张朵朵随后也坐上。

走了十几米，张朵朵说：你今天怎么不说话？

李大宝美滋滋地说：我想听你说。

张朵朵骂了一句：德性。

又走了一截儿，张朵朵说：我成功了！

李大宝：我就知道，你肯定成功。不过，千万不要得意忘形，这才仅仅迈出了第一步。

张朵朵：我知道，你以为我是你呀，给一杯水就想发电？

李大宝：那是，那是。

张朵朵：今晚去我妈家吃晚饭吧。

李大宝一激灵，自行车甚至歪了一下。随后，放慢了速度。

李大宝：你说什么？

张朵朵：我说，今晚去我妈家吃晚饭吧！

10. 马路边，霞光烟酒副食品商店，内，傍晚

李大宝在糕点柜台前逡巡。

李大宝：请问，这个多少钱一斤？一盒能装几斤？

年轻的女售货员：8毛，一盒能装4斤。

李大宝：一盒3块2，两盒6块4，贵了点。

年轻的女售货员：有过期的，跟这一模一样，便宜一半。

李大宝：不会吃死人吧？

年轻的女售货员：保证吃不死人，才过期一天。

李大宝向窗外看了看。张朵朵正漫无目的四处瞎看呢。

李大宝：今天就咬着牙、跺着脚、揪着头发，买它两盒。

年轻的女售货员愣了，说：你买盒糕点怎么跟上刑似的。

李大宝：还是你理解我。

李大宝掏出钱一边数，一边念叨：为了丈母娘高兴，砸锅卖铁再抽血。

年轻的女售货员：你这是去糊弄丈母娘呀。

李大宝：是去看望丈母娘。

年轻的女售货员被李大宝逗得几乎笑破了肚皮。

李大宝：数了两遍，也是3块1，还差1毛。

年轻的女售货员：得，那1毛，算我的了。

李大宝一边递钱，一边说：那多不好意思……

李大宝无意中看见了柜台上的电话。

李大宝：对不起您了，我还得用一下电话……

11. 张朵朵父母家，小院子里，外，日

李大宝磨磨蹭蹭地放自行车。

张朵朵催促道：你倒是快点呀。

李大宝跟上张朵朵。但明眼人一眼就知道，李大宝的腿早就发软了。

邻居女人的脑袋从西墙上探过来。此时的李大宝竟然没忘了跟人家摆摆手，打个招呼……

12. 张朵朵父母家，内，日

张朵朵妈妈隔着窗子看见张朵朵领着李大宝回来了，赶紧示意张朵朵爸爸把围裙摘下来。

两个人以极快的速度，分坐在八仙桌的两侧。

13. 张朵朵父母家，内，日

李大宝拎着糕点，弯着腰，向张朵朵爸爸妈妈请安。

李大宝：爸爸好，妈妈好。

张朵朵妈妈：我们不敢当，给工人阶级当爸当妈，我们做梦都没想过。

李大宝把两盒糕点呈上。张朵朵妈妈竟当着众人的面，打开了糕点盒，使劲儿闻了半天。

张朵朵妈妈：没过期吧？

李大宝：保证吃……才过……绝对……没过期……

李大宝浑身冒汗了。

这时，张棵棵把脑袋探进卧室。

张棵棵：妈，我摆饭了，今天让不让李大宝上桌，给不给他准备碗筷？

李大宝正色道：棵棵，不是我批评你，你这话说得没礼数了。我来我老丈人家，怎么就不能上桌了？再说了，我老丈人大小也算个知识分子，他能做出不让我上桌这样没有礼数的事吗？

张朵朵帮腔儿：对呀，你凭什么不让人家上桌呀？

张朵朵爸爸：上。

李大宝不卑不亢地坐到了饭桌前。

张朵朵偷偷地拍了拍李大宝的后背。

张朵朵低声说：你还来劲儿了？你谦虚点，行不行？

李大宝这才稍稍地弯下他那高贵的腰身。

叠画：李大宝很认真地一碗一碗的吃饭。张棵棵很执着地一碗一碗的给李大宝盛饭。

李下的旁白：说起来你都不信，这是我爸第一次坐到老张家的饭桌前。我舅舅张棵棵也够坏的，一个劲儿地给我爸盛饭。一锅饭全让我爸吃了……

14. 马路边，人行道上，外，夜

张朵朵愤怒地在前走着。李大宝推着自行车跟头溜星地跟着。

张朵朵：你个土包子，你没吃过饭呀？

李大宝：棵棵他老给我盛……

张朵朵：你是动物园的狗熊啊，扔给你，你就吃啊，傻瓜！

李大宝一梗脖子，说：是你让我谦虚的，好不好？我再穷，还不至于吃不起一顿饭吧，好不好？我多吃几碗，那是给你爸妈面子，好不好？

张朵朵：嗨，你还长脾气了！

15. 李大宝家平房，正房，妈妈屋，内，夜

姑奶奶抱着她的中医书在看。妈妈在给姑奶奶洗脚。

李大宝气宇轩昂地进来了。

李大宝：哟，二位还没睡呢。

妈妈：你还知道回家呀？

李大宝：我给李小雅他们学校打过电话，让传达室老头儿告诉她我今晚不去接她了，还让她告诉你们我要去朵朵爸妈家吃饭。她回来没说呀？

姑奶奶：你那眼睛往哪儿瞅呢？顶棚上有东西吗？

李大宝美滋滋地说：也不知为什么，今天我这腰身到现在还弯不下来。

妈妈：如果我没记错的话，这是你第一次正式进老张的门，是吧？

李大宝：您记性真好。我今天确实是第一次正式进老张的门，确实是第一次正式上老张家的桌，不容易啊！

妈妈：被人尊敬的感觉不错，是不是？

李大宝：那是！

妈妈站起来，用沾着水的手，结结实实地扇了李大宝一个大嘴巴子。

妈妈：我怎么生了这么一个没出息的东西！

姑奶奶：这个大嘴巴子扇得及时、正确。我坚决支持！

李大宝捂着脸，“哎哟，哎哟”地叫着。

张朵朵推门进来了。

张朵朵：你这是怎么了？

李大宝：突然，不知怎么的，牙有点疼。

张朵朵：您二老辛苦一天了，早点歇着吧。

姑奶奶脱口而出：您也辛苦一天了，也早点歇着吧！

张朵朵看了一眼姑奶奶，又看了一眼妈妈，转身出去了。

姑奶奶和妈妈傻呵呵地互相看着。

16. 李大宝家平房，正房，妈妈屋，内，夜

李大宝捂着挨扇的脸，仍然龇牙咧嘴，“哎哟，哎哟”地叫着。

李大宝：妈，你下手也忒狠了吧？

妈妈：我是让你长点记性。我问你，都快两个月了，你的计划完成得怎么样了？

李大宝：什么计划？

姑奶奶：看样子，他记性不太好，给他拿出来念念。

妈妈从兜里拿出一张对折了的纸，打开，念道：老李家生子计划——1. 李大宝在 4 个月之内要让张朵朵怀上；2. 张朵朵在 14 个月之内要把孩子安全地生下来；3. 张朵朵必须生个男孩儿。

李大宝拍了拍自己的衣兜，说：这个计划书不是在我这儿吗？

妈妈：我们就不会抄一份了？

姑奶奶：我们不抄一份，怎么监督你？

李大宝：您不但是神医，您还是神探。我服了，我真的服了。

妈妈：别打马虎眼。回答刚才的问题。

李大宝：还没完成了……

妈妈：为什么？

李大宝：不为什么……

姑奶奶：难道朵朵真有病？那我得找机会给她好好瞧瞧。

李大宝：朵朵绝对没病，朵朵绝对健康、正常。

姑奶奶：那就是你有病。明天赶紧去医院。

李大宝：我也绝对没病，我也绝对健康、正常。

姑奶奶：那就是另有隐情了。

李大宝：我实话告诉你们吧。他们团不是要上一个舞剧吗，叫《画皮》……

妈妈：这我们都知道，上回她都说了。

李大宝：她当主角的事又有希望了，她正在争取。这是一部大戏，从排练到演出得八九个月。你们说，在这期间，怎么要孩子呀？

姑奶奶：她要是跳一辈子，一辈子都不要孩子了？

李大宝：她跳什么一辈子呀？他们团又不是专业剧团，这么大的戏，一辈子也上不了两回。所以，对她来说，是一次难得的机会。我希望你们支持支持她。

姑奶奶：要我们支持八九个月呢？

李大宝：已经过去两三个月了，还有五六个月了。

姑奶奶：好。今天我们就咬着牙、跺着脚、揪着头发，支持支持她。不过，跳完了，必须，马上，立刻，肚子给我鼓起来。

李大宝：你们就擎好儿吧！

李大脚底板抹油，赶紧溜了。

妈妈：张朵朵不会给我们玩什么猫腻儿吧？

姑奶奶：什么猫腻儿？

妈妈：您别忘了，刚结婚时，她竟敢让大宝"素"着。现在，她再给你来个不要孩子呢？就大宝那样，能降住她吗？

姑奶奶：说得有点道理。明天先敲打敲打她再说！

妈妈从床底下，拿出自己的脸盘，准备把姑奶奶脸盆里的水倒进去。

姑奶奶：你那是干什么？

妈妈：我也洗洗，用你的水。

姑奶奶：脱了裤子放屁，费二遍事。您干脆连我的脸盆和水一块用了，算了。

妈妈委屈得哭了：您怎么又骂人呀？我不是怕浪费水吗？

姑奶奶：哟哟哟，我就说了一句，您至于吗，还流上"金豆子"了？赶紧拿脸盆接着，好洗脚，那才叫省水呢！

妈妈又笑了，然后，端着姑奶奶的脸盆出去了……

17. 西厢房，厨房，内，晨

一家人围坐在饭桌旁准备吃早饭。

妈妈给姑奶奶盛好了饭，恭恭敬敬地端在她面前。可能是妈妈手上有水，打滑，铁碗在桌子上墩了一下。

姑奶奶：想干什么，摔打我，给我吃下眼子儿食，是不？

姑奶奶发起了飙，把饭碗拿起来，一把摔在地上。当然了，饭是撒了，碗完好无损。

姑奶奶：姑奶奶我耳不聋，眼不花，脑瓜不糊涂，你休想欺负我。

妈妈赶紧赔不是：我哪敢欺负您？

姑奶奶：谁给你的胆子？你哪儿来的那么大蔫主意？你们这么祸害我们老李家？

妈妈知道姑奶奶是借题发挥在骂张朵朵了。

妈妈：对不起，我惹您生气了。

李二宝起身，捡起铁碗，递给张朵朵。

李二宝：没摔碎。多亏了你，舞蹈演员，要不是你的英明决策，我们老李家的碗早就“啐”光了。

张朵朵：姑奶奶，我再给您盛一碗吧？

姑奶奶不冷不热地说：您那么大个腕儿，我哪敢劳驾您哪。

张朵朵讨了个没趣。

李三宝：姑奶奶，大嫂又没惹你，你干吗对她那样？

姑奶奶：闭上你的小狗嘴。念两天破书，就以为你是文化人了？姑奶奶我没进过学堂，但我也认识字，我知道这个世界是咋回事。

李二宝：那是，姑奶奶每天看报纸、听广播、瞧电视，足不出户、便知天下大事，小手一动、一切尽在掌握。李三宝，你少在姑奶奶面前装大尾巴狼。还有你，舞蹈演员。

姑奶奶拿着筷子，从李三宝的脑门子开始点，最后点到张朵朵为止。

姑奶奶：我告诉你们，你们谁要敢做对不起老李家的事，看我不把他的鼻涕打出来！

18. 马路边，外，晨

李大宝的自行车在人流中自如地穿梭。前边的李小雅欢呼雀跃，后边的张朵朵一脸不高兴。

张朵朵：姑奶奶今天是冲我来的。

李大宝：没有吧？那是她跟我妈之间的冲突。

张朵朵：我又不是傻子，就快指着鼻子骂我了。我做错什么了，她这样对我！

李大宝话里有话地说：老王见不得一村，一村见不得老王。你和家里人的矛盾，现在是越来越大了。不行，这个问题得想办法解决！

张朵朵：还不是因为你呀！

李大宝笑着说：这跟我有什么关系！

19. 剧团，排练厅，内，日

丁茂和张朵朵一边练着，一边切磋着。

张朵朵：……我觉得，人家天津歌舞团的改编是有道理的。小雪变鬼的时间缩短了，复仇的力量就加强了……

丁茂：我也一直在琢磨，王存益就是王生，王生就是王存益，这样的改编，让一场人鬼之间、人伦之间爱恨纠缠的生死之战，更加白热化了……

被晾在一旁的高歌妒火中烧。

20. 剧团，排练厅，走廊，内，日

在走廊上，高歌追上了丁茂。

高歌：你跑什么？

丁茂：谁跑了？

高歌：你也嘴对嘴地教教我呗。

丁茂：我警告你，你别胡说八道啊。

高歌：下午下了班，我在排练厅等你。

21. 剧团，排练厅，内，傍晚

高歌缠着丁茂跟她搭戏。

高歌：就我们两个人，你想怎么教，就怎么教。

22. 马路边，胡同口，外，傍晚

李大宝推个自行车，已经早早地在等候张朵朵了。

张朵朵款款地走过来，对前来接她的李大宝露出了笑脸。

李大宝：你怎么没拿包啊？

张朵朵看了看自己的身上，说：哟，在化妆室就感觉自己少了点东西，原来是把包落在排练厅了。

23. 剧团，走廊，排练厅，内，傍晚

排练厅的门还没上锁。雾色玻璃透出了里面的灯光。

24. 剧团，排练厅，内，傍晚

跳着跳着，高歌就倒在了丁茂怀里。

张朵朵推门进来，正好撞上了两个人热吻的场面……

25. 剧团，排练厅，化妆室，内，日

张朵朵和高歌在镜子前换装。

门开了。谢娟把头探进来。

谢娟：朵朵，快点，我在食堂等你。

张朵朵：我就来。

门又关上了。

高歌：昨晚我和丁茂练习，练着练着，他就把我抱在怀里了，像做梦一样。你说我该怎么办？

张朵朵：那你就继续做梦呗。

高歌：你像小雪一样，嫉妒我了。

张朵朵：我张朵朵的身上，就没这项功能。

高歌：那你就不是女人。

张朵朵：你以为女人都像你这样，气人有，笑人无，见不得别人好？

高歌：你还是嫉妒我了。

26. 剧团，排练厅，内，日

排练的场面。

扮演王生的丁茂和扮演小雪的张朵朵抱在了一起。

丁茂小声说：你听我解释，昨晚我跟高歌的事，纯属一场意外事故。

张朵朵小声说：你俩就是弄出天灾人祸来，跟我有啥关系，你跟我说得着吗？

27. 纺织厂，维修车间，内，日

男工友甲狼奔豕突地冲进车间。差点儿跟正要出门的孙友来撞在一块。

孙友来：屁股后面有狼啊？

男工友甲：没狼，有狐狸。

孙友来：狐狸？

男工友甲：兄弟们，不好了，大事不好了。

男工友们都凑了过来。

二膀子：怎么个意思？

男工友甲：事情是这样的。厂里又分进来一批冬季毕业的技校生，这批全是纺织女工。

二膀子：每年这个时候，都有女工进厂啊，这有什么稀奇的？

男工友甲：可是这批女工漂亮啊。人事科的哥儿们跟我说，这批女工前所未有的漂亮，简直就是一群狐狸。他让我告诉大家，赶紧下套子。

大裤裆：那你还说什么不好了？这简直是太好了。

28. 小礼堂，内，日

主席台上方挂着横幅，上写：冬季毕业技校生入厂教育。

一位干部模样的人在主席台上煞有介事地讲着。

五六十位女工在台下精神饱满地听着。

以大裤裆为首的一群男工友趴在窗外，瞪着大眼睛如饥似渴地看着……

29. 维修车间，内，日

孙友来拿个小本往车间派活。男工友们都摩拳擦掌地等待任务。

孙友来：……纺织一车间有三台机器需要维护了，李大宝你去看看。

李大宝：得了，您哪。

李大宝背起工具袋就走。

孙友来：……纺织四车间有一台机器有点小毛病，二膀子你去看看。

二膀子：得了，您哪。

二膀子背起工具袋就走。

孙友来：其他人，该干啥干啥。

大裤裆：我强烈要求派我去纺织车间干点啥。

孙友来：你不是没袜子穿，去不了吗？

大裤裆抬起脚，把鞋脱了。

大裤裆：我现在有了，还是新的。

孙友来：那我也不派你去。

大裤裆：为什么？

孙友来：你这么大个人物，我哪敢指使你呀？

大裤裆：你公报私仇。

孙友来：那我就更不敢了。我怕你再砸我的饭碗。

大裤裆也背起了工具袋。

大裤裆：活人还能让尿憋死。我自助行不行？

孙友来：什么叫自助？

男工友甲：就是自己出去找活干……

孙友来：有能耐，你永远不用我派活！

30. 李大宝家平房，正房，妈妈屋，内，日

李二宝把用报纸包着的礼物，一一送到一家人手里。

礼物很轻，一家人都用手颠着，想知道它是什么。

李二宝：打开看看。打开看看。

打开了，全是肉色的丝袜子。

姑奶奶和妈妈都恼了。

姑奶奶：二宝，你这个不着调的东西，你送我们这玩意儿干啥，我们都多大岁了？

李二宝：难道你们就没孙女、没闺女了吗？

姑奶奶和妈妈：来，小雅，给你。

李小雅高高兴兴地把东西收了。

李三宝的脸早就变成了猪肝儿色。

李三宝：李二宝，那你让我送给谁？

李二宝：难道你以后就不找女朋友了？

妈妈：二宝，弟弟早晚让你拐带坏了。

李三宝：我女朋友就是李小雅。来，李小雅，给你。

李小雅又高高兴兴地把东西收了。

这个时候，张朵朵显然又是个外人了。

在边上看热闹的李大宝，这才想起张朵朵来。

李大宝：来，朵朵。我的，送你。

张朵朵：谁稀罕呀？

张朵朵轻轻地一转身，像一阵风儿一样出去了。

李小雅追到门口，把手中的东西塞给张朵朵。张朵朵笑了。

姑奶奶没头没脑地来了一句：柴胡、薄荷理气！

李大宝：李二宝，既然赚钱了，还债吧。

李二宝：还什么钱啊？说好的借一年。

李大宝：有钱先慢慢还着呗……

李二宝：一边待着去。我跟姑奶奶和妈妈还有话说呢。

姑奶奶：有事跟姑奶奶说。

李二宝：经过一段时间的思考、摸索和实践，我决定从现在开始，走职业贩子的道路。先当二道贩子，再当一道贩子，完成原始积累以后，最后办个公司当总经理，运气好了再开个托拉斯也未可知。

妈妈：好、好、好。

妈妈被李二宝鼓噪得脑瓜又发热了。

李二宝：我之所以有今天这个成绩，多亏了姑奶奶您仙人指路，我是越来越崇拜您了。

姑奶奶：我可没给指过什么路。

李二宝：是您一针见血地指出，我有赚大钱的命。

姑奶奶矢口否认，说：我说你这辈子就是倒腾的命，可没说你有赚大钱的命。

李二宝：你不倒腾，怎么能赚大钱呢？

姑奶奶：那还有把自己倒腾到阴沟里去的呢。

妈妈：我的姑奶奶，你就咒我儿子吧。

姑奶奶：该说的，我都说了；剩下的，你们自己掌握。

妈妈：神医，给二宝算一卦吧。看看他这辈子，到底有多发达。

姑奶奶：不算。

妈妈：就算我求你了。

姑奶奶：不算。打死我也不算！

李二宝：妈，你们先回避一下，我有几句话要跟姑奶奶单聊。

李大宝：姑奶奶，李二宝要是找你借钱，你可千万不能借给他！

李二宝：赶紧走，赶紧走。

大家被李二宝撵出去了。

李二宝把门关上。

李二宝：我最近认识了一个朋友，我觉得人不错。跟您呢，也比较合适。要不要我给您介绍一下？

姑奶奶一下子来劲儿了。

姑奶奶：说说看，说说看。长得什么样，干什么的，老婆死了还是离了？

李二宝：长得颇有风度，是个大学教授，老婆“文革”时被整死了。

姑奶奶：有孩子吗？

李二宝：有两个女儿，刚刚去了国外。

姑奶奶：知识分子，好。干净，儒雅，纯洁。是不是条件太高了？

李二宝：您条件也不低呀。出身名门，大家闺秀；知天下大事，晓天文地理；懂医学，会算命。最主要的是，您还是女儿身！

姑奶奶：我这岁数了，再提什么女儿身，是不是太矫情了？

李二宝：可它是事实啊。

姑奶奶：那倒也是。

李二宝：要不，哪天见一见？

姑奶奶：可以啊。你安排吧。

李二宝：那您等我信儿。

姑奶奶：好嘞。

李二宝：那我的事怎么着？

姑奶奶：算卦吗？

李二宝：算不算卦，倒在其次。主要是你得支持我，在舆论上，在理论上，甚至在实践上。

姑奶奶：那没问题。只要我的小拇指稍微一动，一切尽在掌握！

第 10 集

1. 李小雅的学校，大门口，外，日

大门上方挂着横幅，上写：脚步从春天开始。

又是一个新学期了。

同学们都焕然一新、精神饱满地走进校门。

李大宝的自行车飞驰而来，又猛然间停住。前梁上的李小雅跳下来，跑向校门。

后座上的张朵朵：小雅，新学期快乐！

李小雅回过头来，跟张朵朵做了个鬼脸……

2. 剧团，排练厅，化妆室，内，日

张朵朵、高歌、谢娟和戴亭在镜子前化妆。

戴亭望着镜子里的高歌，“哇”的一声。

戴亭：高歌姐，你今天好漂亮呀。

高歌：我哪天不漂亮？

谢娟：是啊，你上辈子就是狐狸精。

高歌：我就是狐狸精。怎么着吧？

戴亭：高歌姐，你的口红怎么跟我们的不一样？

高歌：才发现？我这是托人从香港买的，法国名牌。你看着这颜色，跟秋苹果一样，红得鲜亮、透明。那些稀烂贱的国产货，红得发紫、发黑，跟猪血似的。

谢娟：合着我们都是杀猪的？

高歌：那可是你自己说的！

一直没说话的张朵朵用眼角的余光，瞥了一眼镜子里的高歌，然后，下意识地用手摸了摸了自己的嘴唇……

3. 剧团，排练厅，内，日

排练的场面。

扮演王生的丁茂和扮演小雪的张朵朵抱在了一起。

丁茂小声说：我给你准备了一盒化妆品，也是法国名牌。我放在白大爷那儿了，用牛皮纸包着，你自己抽空儿去拿一下。

张朵朵小声说：我为什么要你的东西？

丁茂非常露骨地说：劣质的擦脸油和口红，永远也不能使你成为一个一流的演员。

张朵朵自己绊了自己一下，差点儿摔倒……

4. 李大宝家平房，正房，妈妈屋，内，夜

李小雅和姑奶奶都在看书。李小雅一边看，还一边做沉思状。姑奶奶大概觉得李小雅的样子好看，也偷偷地学了起来。

妈妈端着一杯水进来了。姑奶奶赶紧恢复原状。但还是被妈妈逮住了小尾巴。

妈妈"啧啧"了几声。姑奶奶没理妈妈。妈妈把水递给姑奶奶。

李小雅：妈，我正要找你去呢。学校明天下午要开家长会。

妈妈：我最近头疼病好像又犯了，还是让你大哥去开吧。

李小雅：明天开会不交钱，只是班主任想见见家长们。

妈妈摸了摸脑袋，说：要是见班主任的话，我好像也能去。

妈妈缩着脖子出去了。

姑奶奶：简直小气到她姥姥家去了。

李小雅：你这个臭姑奶奶，又骂我妈。

姑奶奶：你这个臭丫头，姑奶奶这是向着你呢。

李小雅：我知道。

姑奶奶：那你还替她说话？一看她对你那样，我就来气。

李小雅：她就是再小气，她也是我妈。

姑奶奶：这孩子，从小就长了个菩萨心肠，你说你随谁了？

李小雅：随你了呗。

姑奶奶：为什么随我呢？

李小雅：你是活祖宗啊！

5. 西厢房，李大宝屋，内，晨

张朵朵坐在镜子前化妆。油已经抹完了，正在抹口红。口红发紫、发黑，真有点跟猪血似的。张朵朵的脸也开始发紫、发黑了。最后，甚至有些扭曲了。

突然间，扔了口红管，扯过卫生纸，猛擦自己的脸，尤其是嘴唇，几乎都擦破皮了。

之后，凝神静气地看着自己。再之后，打开抽屉，拿出一个牛皮纸包，慢慢地撕开……

6. 西厢房，厨房，内，晨

一家人坐在饭桌旁准备吃早饭。张朵朵姗姗来迟。

张朵朵的一张脸，照亮了昏暗的厨房。

李小雅：朵朵姐，你今天好漂亮呀。

张朵朵：我哪天不漂亮？

李二宝：是啊，你上辈子就是狐狸精。

李三宝使劲儿蹙了蹙鼻子，说：你换化妆品了。

张朵朵：鼻子挺灵嘛。

李三宝：你现在用的化妆品，跟我们英语老师用的一样。香，真香；好，真好。

李二宝也使劲儿蹙了蹙鼻子，说：这么好的东西，这得多少钱呀？

妈妈心里“咯噔”一下。

李小雅：李三宝，你思想有问题吧，你在学校不好好学习，闻女老师干什么？

李大宝：是啊，李三宝，你每天心里装的全是女老师，这怎么能考上大学！

妈妈：三宝，你今天晚走一会儿，我有事跟你谈！

姑奶奶：对了，朵朵，你哪天教教我，怎么化妆。

妈妈：您都多大岁数了，您还化妆？

姑奶奶：化妆跟岁数大有什么关系？

妈妈：那跟啥有关系？

姑奶奶：跟你这种人说不清楚。

李二宝：我认为，主要跟心态有关系。对，心态。如果，你心里装着春天，那你浑身上下必然有一种冲动、有一种激情、有一种渴望。有了这三种东西，81 岁都可以当 18 岁过。是吧，姑奶奶？

姑奶奶：那是！

7. 西厢房，李大宝屋，内，晨

李三宝拿着那盒化妆品在仔细研究。

妈妈站在窗前望风。

李三宝：这是法国货，依我看，至少也得 100 多块钱。

妈妈：这么贵的东西，她张朵朵就是抽筋扒皮也买不起啊，肯定是哪个男人送的！

李三宝：得，我得上学去了。你把现场伪装伪装，千万不能让大嫂发现我们进来过……

8. 纺织厂，维修车间，内，日

李大宝出工回来。大裤裆和男工友甲又是看座，又是倒水。

李大宝：今天怎么这么殷勤，你们肯定有事求我？

大裤裆嬉笑着说：是这样，经过这段时间的排查，我已经掌握了第一手材料，这批女工当中，最漂亮的要数纺织 4 车间的宋燕子了。

李大宝：那你赶紧下套儿啊。

大裤裆：我怕人家一下子看不上我，这事就没有回旋的余地了。

李大宝：我能帮你什么？

大裤裆：我想了一条妙计，你看行不行。你利用你憨厚的外表、会说的嘴巴，先去接触接触宋燕子；然后，在宋燕子面前无原则地说我好话，把我说得跟朵花似的；最后，再把这我朵花插到……

男工友甲：……插到宋燕子这泡牛粪上。

大裤裆：放屁。再把宋燕子这朵花插到我这泡牛粪……

大裤裆扇了自己一个大嘴巴子。

李大宝：胡闹，哪有这么谈恋爱的。这不乱套了吗？

大裤裆：绝对没乱套。我们只不过是用了一计，叫什么来着？对，明修栈道暗度陈仓。

李大宝：真没乱套？

男工友甲：套好好的，绝对没乱。

李大宝：那也不行。你让我李大宝干什么都行，就是不能欺骗女人。

大裤裆：张朵朵本来是我的，我让给你了；这次，你必须帮我，不然，你就是不仁不义的小人！

男工友甲：宝哥，你比我们有女人缘，你有责任、有义务在我们找媳妇儿时伸出援手！

李大宝：有这么严重？

男工友甲：当然了。

李大宝：那下了班，咱们去饭馆好好研究研究？

大裤裆：对，边喝酒，边研究！

9. 李大宝家平房，小院子里，大门后，外，夜

李大宝醉醺醺地推着自行车进院，门后的黑影儿吓了他一大跳。

妈妈：你怎么这么晚才回来，干啥去了？都快急死了。

李大宝：妈是你呀，我还以为是鬼呢。

妈妈：我抽你。

李大宝把自行车停放好，然后往妈妈脸上哈了一口酒气。

李大宝：大裤裆今天请我喝酒。

妈妈：不年不节，他请你喝什么酒？

李大宝：说来话长。我吧，在纺织厂也算一名人了，这你知道，8级工啊。我吧，手艺好，嘴会说，自然人缘就好；人缘好，自然在厂里待得就好。大家有什么事，比如保媒拉纤、借钱担保、调解矛盾，甚至一些家庭纠纷，都愿意找我帮忙。

妈妈：说了归齐，就是狗拿耗子呗。我听小雅说，张朵朵管你叫大瓣儿蒜。她还真会概括总结，你还真是头大瓣儿蒜。李大宝同志，今天捣蒜又为了什么？

李大宝：大裤裆让我帮他找对象。

妈妈：你帮人家找对象？

李大宝：我不是长着一副好人脸吗，女人容易相信我，我利用这一优势，先跟大裤裆想追的人搭上，然后，再让大裤裆一点一点地渗透进来。

妈妈举起手，说：我真抽你了。你还帮人家找对象？小心你自己的对象哪天跟人家跑了！

李大宝：你别危言耸听了。我小手一动，一切尽在掌握。

妈妈：我可让三宝仔细看了，张朵朵用的化妆品是法国货，值 100 多块钱呢。这么贵的东西，她张朵朵就是抽筋扒皮也买不起，肯定是哪个男人送的！

李大宝浑身一哆嗦，但嘴还挺硬，说：我相信我媳妇儿，她不是那种人。我们不能依据一盒来路不明的化妆品，就对她进行无端的猜疑、恶毒的攻击，这不道德！

10. 西厢房，李大宝屋，内，夜

张朵朵已经睡着了。

李大宝依然没忘了先闻闻自己身上的气味儿；还哈了一口气，看看嘴里还臭不臭。

李大宝凑到张朵朵的头上，去闻。

李大宝：味道好像还真跟以前的不一样啊。香，真香；好，真好……

11. 纺织厂，纺织 4 车间，内，日

织机都转着。声音有些嘈杂。

李大宝在检修一台机器。女工友丁在边上焦急地等待着。

李大宝：宋燕子今天当班吗？

女工友丁用手指了指不远处的一个低头干活的人。

女工友丁：当。喏，在那儿呢。

12. 纺织 4 车间，内，日

李大宝装作检查机器的样子，来回在宋燕子身边晃了好几次。把宋燕子好一顿瞅。

宋燕子很专注，并没有注意到李大宝。

李大宝终于忍不住搭讪了一句：小姑娘，新来的吧？

宋燕子抬起漂亮的脸蛋儿，说：师傅好。

李大宝：为人民服务。

宋燕子被逗笑了。

13. 维修车间，内，日

李大宝一进门，就对大裤裆招手。大裤裆屁颠儿屁颠儿地过来了。

李大宝：不行，宋燕子太小了，看上去还像个孩子呢，你就死了这条心吧。

大裤裆：小什么小，我都调查了，她已经16岁了。你快点啊，好多人都已经盯上她了！

14. 李大宝家平房，西厢房，厨房，内，傍晚

李大宝抱着铁碗"咕咚咕咚"喝水。正在炒菜的妈妈凑近李大宝。

妈妈：化妆品的事弄清楚了没有？

李大宝撒谎说：我都调查了，那是朵朵他们团里发的。她不是要当女主角了吗，化妆品是正式演出时用的。

妈妈：我看她还是别当什么女主角了，她要是老当了女主角，你就惨了，跑龙套你都跟不上趟儿。

15. 剧团门口，传达室，外/内，日

李大宝妈妈若无其事地在大门口瞎转悠。见到有个年轻女人从楼里出来了，赶紧躲到标语牌后面。

叠画：李大宝妈妈从标语牌后面探出半个脑袋，发现女人不是张朵朵，失望地摇摇头。

叠画：正在张望的李大宝妈妈发现张朵朵背着包，从街对面走来了。情急之下，干脆进了传达室。

白大爷：您找人？

李大宝妈妈：找人。

白大爷：找谁呀？

李大宝妈妈：……不找谁。

白大爷：那你找啥？

李大宝妈妈蹲下来，说：我刚才看见有只耗子钻进来，肯定跑床底下去了。

白大爷：我怎么没注意呀。

白大爷看见张朵朵从窗前过去了。

白大爷：回来了，朵朵。

张朵朵：忙着呢，白大爷。

白大爷：瞎忙。瞎忙。

李大宝妈妈终于站起来。

李大宝妈妈望着张朵朵的背影，说：这是谁家的闺女，身材太好了，跟柳树一样。

白大爷：还闺女呢，早成了小媳妇儿了。

李大宝妈妈：到底是跳舞的，就是不一样；要是一般人，结了婚，早变成大妇女了。

白大爷：可惜呀，不一般的人，找了个一般人。

李大宝妈妈：您这话怎么说？

白大爷：听说，找了个没文化的工人，打铁的；团里的人都说，过不长，早晚得虾米。

李大宝妈妈：工人怎么了？别忘了，工人阶级是老大哥。

白大爷：这都是老皇历了，马上就翻篇了。

白大爷说完，突然警觉起来。

白大爷：你到底是干什么的？

李大宝妈妈：我就是路过的。看见一只耗子，钻进来你屋了，想帮你抓住它！

李大宝妈妈掉头就走了。

白大爷：真是的，狗拿耗子！

16. 剧团，排练厅，内，日

联排的场面。

张朵朵已经完全找到了演绎人物的真谛。她的表现也彻底激发了丁茂的灵感。

两个人的合作，可谓天衣无缝、几近完美。

在边上观看的演员们都被两个人的表现征服了。

谢娟手舞足蹈地说：A 角这回肯定是朵朵的了。

高歌狠狠地瞪了谢娟一眼。

17. 纺织厂，纺织4车间，内，日

李大宝装作检查机器的样子，来回在宋燕子身边晃了好几次。又把宋燕子好一顿瞅。

宋燕子依然很专注，并没有注意到李大宝。

李大宝：小姑娘，新来的吧？

宋燕子抬起漂亮的脸蛋儿，说：师傅好。

李大宝：为人民服务。

宋燕子：怎么又是你……

李大宝：认识一下。我叫李大宝，是维修车间的。我为人正直、善良，乐助人、肯吃亏。我妈老说我：别人靠吃饭活着，李大宝靠吃亏活着。我喜欢钻研学习，热爱本职工作，是纺织厂乃至北京纺织系统最年轻的8级工。曾获得北京市纺织系统劳模一次、厂标兵三次，班组先进若干……

宋燕子：你这是在演节目吗？

李大宝：我只是在作自我介绍。我的介绍，绝对属实，没有一点虚构。因此，我觉得我们有必要认识一下。

宋燕子：我觉得没这个必要。

李大宝：你叫宋燕子，其实，我早就知道。

宋燕子：你到底想干什么？

李大宝：我就是想跟你认识一下，让我们之间更加了解……

宋燕子：请你走开，不然，我叫我们主任过来了！

李大宝：别别别，不至于此，不至于此！

18. 纺织4车间，内，日

宋燕子和女工友丁站在织机前，一边吃饭，一边聊天。

女工友丁：……我去调查过了。这个李大宝啊，早就结婚了。还找了个跳舞的，据说特漂亮。

宋燕子：是吗？没看出来。

女工友丁：他呀，手艺好，嘴会说，人缘好。但有一个毛病，就是好管闲事。尤其愿意帮人张罗一些保媒拉纤、婚丧嫁娶的事。这次跟你套磁，就是想把你介绍给什么人……

宋燕子：可恶，还有这种人！

19. 剧团，剧场，内，日

剧团在开动员会。副团长朱文在讲话。

朱文：……经过全团上下的一致努力，经过10个多月的辛苦排练，我们终于拿出了一个具有相当水准的作品。现在，我宣布最终的演员名单。男主角的A角由丁茂担任，男主角的B角由王开阳担任；女主角的A角由张朵朵担任，女主角的B角由高歌担任。

谢娟拥抱张朵朵，向她表示祝贺。

后排的高歌恨得咬牙切齿……

20. 李大宝家平房，正房，妈妈屋，内，夜

李大宝在给家里人开会。除了张朵朵，其他人都在。

李大宝：……朵朵能拿到A角，那是我们老李家上下的一致努力，我在此表示衷心的感谢……

妈妈"啧啧"了好几声。

李二宝：您快拉倒吧。摸门儿的，知道您就一铁匠；不摸门儿的，还以为您多大一个干部呢。

李大宝：没办法，要干点事情，总会有些风言风语。我继续说。从今天开始，直到正式演出结束，我们大家每天说话、做事要多加小心，别惹朵朵生气，以免影响她的心情；我们每天晚上要早点睡觉，以免影响她的休息。让她以一个良好的精神状态登台……

李二宝：也就是说，在这段时间，实行戒严呗。

李大宝：大概就是那意思。

姑奶奶：戒严就戒严。这么长时间都忍了。

李大宝：还是姑奶奶英明。今天晚上，全家9点半熄灯，9点半之前，全部洗完脚，上床睡觉……

21. 剧团门口，传达室，外/内，日

李大宝妈妈若无其事地在大门口瞎转悠。

张朵朵和丁茂从楼里出来了。

李大宝妈妈躲在墙后，探出脑袋，向院子里窥探。

白大爷从传达室里跑出来，喊道：你到底是干什么的，我们隔壁可是派出所，我给他们打电话了。

李大宝妈妈丢丢地朝胡同口跑去。

张朵朵和丁茂走到大门口了。

张朵朵：白大爷，怎么气势汹汹的？

白大爷：这些天，有个老大妈老来咱们单位门口，鬼鬼祟祟的，不知想干什么？

张朵朵：就刚才那位？

白大爷：你认识？

张朵朵：影影绰绰地没看太清……

22. 李大宝家平房，西厢房，厨房，内，傍晚

一家人坐在饭桌旁吃晚饭。

李大宝一边嚼饭，一边说：今天晚上，全家9点熄灯，9点之前，全部洗完脚，上床睡觉……

李小雅：怎么又提前了半个小时？

李大宝：明天你大嫂正式演出。

李二宝：真是一个难产又难缠的戏。我们老李家总算快有出头之日了。

姑奶奶来了一句：红花、芍药养肺。

李二宝：您这话里有话啊。

姑奶奶摸了摸胸口，说：我最近，这儿憋了一口气。我给自己开个方子。

李二宝：我还是没听明白。

23. 西厢房，李大宝屋，内，夜

李大宝坐在木箱子旁边洗脚。眼睛却时不时地瞟一下张朵朵的梳妆台。

梳妆台上放着两张戏票。

最终，李大宝把两张戏票拿在手里，匆忙地看了看，又放回原处。

张朵朵端着牙缸进来了。张朵朵放下牙缸，顺手把票扔抽屉里了。

张朵朵：我告诉你啊，李大宝，你妈盯我的梢儿。

李大宝：不可能吧？

张朵朵：今天在我们团门口，我都看见了她了……

李大宝：真的，太不像话了。我一会儿就去找她！

24. 正房，小院子里，柿子树下，外，夜

妈妈开门出来。走近柿子树下的李大宝。

妈妈：不是你规定的 9 点睡吗？马上 9 点了，干吗啊？

李大宝：你是不是跟踪朵朵了？

妈妈：什么叫跟踪啊？我就想看看她究竟都跟什么人来往。

李大宝：跟踪到什么了？

妈妈：她和一个男的出去了。那男的白白的、细细的，一走路，像个打鸣的公鸡，挺挺的，事事儿的。

李大宝：还打鸣的公鸡？顶多就是一只呱呱叫的鸭子！

25. 正房，妈妈屋，内，日

姑奶奶对着墙上的镜子，在试穿一件新衣服。

姑奶奶：是不是太花了？

李二宝推门进来了。

李二宝：姑奶奶，您找我？

姑奶奶：你安排得怎么样了？

李二宝：安排什么呀？

姑奶奶：跟那个大学教授见面呀。

李二宝：嗨，别提了，那个王八蛋，他既不干净，又不儒雅，也不纯洁。

姑奶奶：怎么了？

李二宝：他写了一本“中国什么小说史”，全抄人家香港人的。最近，被揭发了。

姑奶奶：这也忒不要脸了！

李二宝：是啊。这种人，咱们不能见了。

姑奶奶：可是我这衣服都买好了……

李二宝拍了拍姑奶奶的肩膀。

李二宝：先放着，下次穿。我一定给您安排一个各个方面都靠谱儿的！

26. 李大宝家平房，小院子里，柿子树下，外，晨

李大宝站在柿子树旁观察。

柿子树一直没有发芽。而树坑里的小草早都钻出来了。

李大宝想要折个树枝，看看它是死是活，被一只手挡住了。

回头一看，是姑奶奶。

姑奶奶：别折。你折了，它要是已经发干了呢？那样的话，我们连最后的一点念想也没了。

李大宝有些沮丧。

姑奶奶：相信姑奶奶，它一定会重生的！

27. 剧团，剧场，左边走廊，厕所，内，傍晚

李大宝戴个大檐儿帽子，在走廊里逡巡。

李大宝终于发现：拐弯处的一个角落里有一个立柜，上面挂着一身清洁工的工作服。

李大宝摘下工作服，快速地进了厕所。

28. 剧团，剧场，左边走廊，内，傍晚

李大宝从厕所里出来时，已经换上了清洁工的工作服，手里还拿了一把墩布。

李大宝假装在走廊上拖地。

上了妆的丁茂出现了。他站在窗边，闭目养神。

李大宝凑到丁茂身边，偷偷去闻他身上的味道。之后，继续拖地。

李大宝小声念叨：香，真香；好，真好……

然而，李大宝心里明白，腿却打战了……

29. 剧团，剧场，内，夜

正式演出的现场。

舞台上的张朵朵和丁茂，都情感饱满，饱满得都快溢出来了。一举手、一投足，一蹙眉、一眨眼，都瓜熟蒂落、水到渠成。

那是因为，两个人用情在演，用心在演，用生命在演。

观众报以阵阵掌声。

李大宝看得汗流浃背，几近虚脱，一点一点往椅子下出溜。弄得他身边的人还以为他要出什么事呢。

身边的人小声问：同志，你怎么了；同志，你是不是心脏有毛病？

李大宝连连说：我没事，我没事，只是有一点点激动，只是有一点点激动……

30. 剧团门口，外，夜

大门口的灯亮着。

李大宝推着自行车，躲在标语牌的阴影处，紧张地等待着。

随着人流，张朵朵和丁茂情绪激动地出来了。

李大宝赶紧把头缩到标语牌的后面。

31. 马路边，人行道上，外，夜

李大宝发疯一样蹬着自行车……

32. 李大宝家平房，小院子里，西厢房，李大宝屋，正房，李二宝屋，外/内/外/内，夜

李大宝冲进屋，从梳妆台的抽屉里，拿出那盒化妆品。

李大宝跑到李二宝屋，把睡梦中的李二宝拍醒。

李二宝迷迷糊糊地说：是要出去遛狗腿吗？你找李三宝呀。

李大宝把那盒化妆品在李三宝眼前，晃了又晃。

李大宝：李二宝，睁大了你的狗眼，看清楚了，不惜一切代价，从广州给我买一盒同样的回来！

33. 西厢房，李大宝屋，内，夜

灯亮着。窗帘拉着。

张朵朵还没有卸妆，站在镜子前，依然沉浸在舞台的表演情境当中。

张朵朵的心中响起了音乐。随着脚尖点地，脚步变成了舞步。

舞步妩媚，灵动；怪异，飘移。

李大宝的心里充满了疑惑和恐惧，他甚至不敢看张朵朵。

张朵朵飘飘忽忽地停了下来，又飘飘忽忽地看着李大宝。

李大宝如有芒刺在背，浑身哆嗦着。

在张朵朵眼里，李大宝逐渐幻化成舞台上丁茂扮演的王生。

张朵朵娇滴滴地说：过来……

李大宝：叫我？

张朵朵（念白）：过来呀，夫君……

李大宝慢慢地蹭过去。张朵朵死死地将李大宝缠住。

李大宝一边回应着，一边抽空儿说：哎哟，同志，灯还没关呢，让老李家人民看见呀……

李大宝还真是个人才，都这个时候了，还没忘了体面。他移动着脚步，到墙边，抽出一只手，把灯关了。然后，摸着黑，把张朵朵抱到床上……

34. 西厢房，李大宝屋，内，晨

李大宝从睡梦中醒来，却不敢动弹了。因为张朵朵的头枕在李大宝的左胳膊上。

李大宝又惊又喜，又怕又乐。用右手拿起张朵朵的枕头小心翼翼地替换了自己的左胳膊。之后，悄悄地起身，下床。把凌乱的被子重新铺好后，又打开了一角。被子很规矩，进而预示了李大宝本人，这一夜也很规矩。

李大宝推测，即使张朵朵醒来，也不会发现两个人之间已经发生了意外事故。

35. 西厢房，厨房，内，晨

一家人坐在饭桌旁吃早饭。

姑奶奶：朵朵，戏演完了？

张朵朵：首演完了。

姑奶奶：还满意吧？

李大宝抢着说：在我们老李家上下的一致努力、支持下，演出很成功。

张朵朵：你又没看。

姑奶奶：大宝，从今天晚上开始你就是主角了。

李二宝：李大宝，难道你也要唱戏呀？

李大宝：我就不能唱戏了？

张朵朵：也是，这个家的人凑到一块，本身就够一台戏了。

李二宝看了看姑奶奶，又看了看李大宝。

李二宝：我总觉得，你们有什么不可告人的事瞒着我们。舞蹈演员，我劝你加点小心！

36. 纺织厂，维修车间，内，日

孙友来拿个小本往车间派活。工友们都领了任务，各自去了。只留下了李大宝。

孙友来：大裤裆都两天没来上班了，也没有打电话请个假，不会出什么事吧？

李大宝：他没请假呀？

孙友来：要不，你去他家看看。

李大宝：我找不到他家呀。

孙友来：怎么着，你俩关系应该也说不错，连他家都没去过？

李大宝：我们几次提出来要去，他都不让。

孙友来：一会儿，你去人事科找找他家的地址，赶紧去看看。

37. 大杂院，大裤裆家，外/内，日

院子里七七八八地住着四五户人家。大裤裆家坐东朝西，有两间房子。

李大宝拿着纸条，推开了大裤裆家的门。外间屋是厨房兼饭堂，那就只有里间屋住人了。

李大宝往里走。

家里有些寒酸，但收拾得很干净。床的中间有个小桌子，一边，躺着半死不活的大裤裆；另一边，还有一床叠好的被子。

一个瞎眼老太太拿毛巾给大裤裆敷头。

大裤裆：妈，我哥们儿来了？

李大宝：这是怎么了？

大裤裆：发高烧了。

李大宝走上前，去触摸大裤裆的额头。

李大宝：哎哟嗨，都烧成炭火了，都可以烙饼了。

大裤裆妈妈：李大宝吧？

李大宝：哟，您老英明，连眼睛都没睁，就知道我是谁。

大裤裆妈妈：兔崽子，你看我这眼能睁得开吗？

大裤裆妈妈端起床头的盆去外间屋了。

李大宝小声说：你妈怎么是个瞎子？

大裤裆：我妈不瞎，她有一只眼睛能看见一点点微光。

李大宝：知道你爸早死了，但不知道你妈的眼睛看不见，没听你说过啊。没想到你这么惨。

大裤裆：我要是说了，就真惨了，就真成困难户了；不缺胳膊不缺腿，你愿意当困难户去工会领补助啊？

李大宝心头一热，说：肯定不愿意。

大裤裆：这不结了。孙师傅让你来的？

李大宝：是。你两天不上班，也没请假，他有些担心。

大裤裆：孙师傅这人，其实不错。

李大宝：废话。

大裤裆：我可告诉你啊，我妈的事不能跟别人说。

李大宝：我听你的。

大裤裆妈妈端着一杯水进来，递给李大宝。

大裤裆妈妈：听说，你姑奶奶成天在家看药书、炼丹，是吧？

李大宝：是啊，快成仙了。

大裤裆妈妈：你妈还在街道上班？

李大宝：三天打鱼，两天晒网。

大裤裆妈妈：李二宝最近在倒腾什么？

李大宝：好像是变色口红。

大裤裆妈妈：李三宝马上就要过堂了，还成吧？

李大宝：还成。

大裤裆妈妈：回去跟你妈说，别老磕打李小雅；我要是有那样一个老疙瘩儿，我心疼还来不及呢。

李大宝：哎哎哎。

大裤裆妈妈：还有你，这辈子都要对张朵朵好。

李大宝：哎哎哎。

大裤裆：妈，我跟你说过，他都快把张朵朵供起来了。

大裤裆妈妈：供起来有什么错？像张朵朵这样的女人就应该供起来。

李大宝：您的意思是……

大裤裆妈妈：她长得跟画上的人似的，如果进了我们家的门，我一定把她贴在墙上。

李大宝：这个主意好，我们也贴，我们也贴。

大裤裆妈妈无意中叹了口气。李大宝看出了她的心思。

李大宝脑袋一热，说：大娘，你放心，大裤裆一定会给您找一个特别漂亮的儿媳妇，他各方面条件不比我差。

大裤裆妈妈：可他不会哄女孩子。

李大宝：还有我们这些兄弟呢。

大裤裆妈妈：那大娘谢谢你们了。

大裤裆妈妈又起身出去了。

李大宝：你妈比我姑奶奶还神，我们家的事，她怎么什么都知道，连朵朵长得什么样都知道？大裤裆，这里面有问题吧？

大裤裆：能有什么问题？

李大宝：你是不是还天天老想着我媳妇儿呢？

大裤裆：我妈老向我打听她……不光她啊，厂里所有的大姑娘和小媳妇，我妈都打听。她们的身高、长相、脾气和爱好她一律门儿清。一句话，她们全在我妈心里装着呢。

李大宝：于是，你就把妇女同志们当成年画，全贴到你们家炕头儿上来了。

大裤裆：我就这一个妈了，我得让她高兴不是。

李大宝：哥儿们，孝子，我得向你学习。

大裤裆：这次，你知道怎么回事了吧？我必须得找个好看的媳妇儿，只要我媳妇儿真的好看，我妈那只好点的眼睛一定能看得见。

李大宝：就冲你这么孝顺，咱们也得把宋燕子追到手！

大裤裆：这可是你说的。这件事不能再蹿稀了！

38. 李大宝家平房，正房，李二宝屋，内，日

一盒化妆品拍到了李大宝面前。

李大宝拿起来，看了看，说：没错，就是它。

李二宝：一手交钱，一手交货。

李大宝：多少钱？

李二宝：104 块钱。你就给 100 吧。

李大宝：这也太贵了，简直就是砸杠子呀。

李二宝：是你说的嘛，不惜一切代价。拿钱吧。

李大宝：从你的欠款里扣吧。记住了，你还欠我们 500 啊。

李二宝：李大宝，你是算计好的，是吧？

李大宝：背着抱着一般沉。反正，你欠我们的钱早晚也得还！

李大宝刚出去，李小雅拿本书进来了。

李小雅：我在你这屋看会儿书。

李二宝：你们那屋怎么了？

李小雅：姑奶奶和妈妈老说话。

李二宝突然想起了什么。掏出钱包，拿出两张 5 块钱的票子，递给李小雅。

李二宝：拿着。

李小雅：给我的？

李二宝：是啊。二哥给你的。拿着买几本书。

李小雅：发财了？

李二宝：发点小财。刚才赚了 100 块钱。

李小雅：谢谢二哥。

李二宝：记住了，以后缺钱花了，就找二哥要。

李小雅：真的？

李二宝一拍胸脯子，说：二哥是挣大钱的人。供你念书，那简直是小菜一碟！

李小雅：那我可当真了？

李二宝：尽管相信二哥的人品！

39. 西厢房，李大宝屋，内，日

李大宝再把那盒化妆品拍到了张朵朵面前。张朵朵一时间有点蒙了，没想到李大宝会来这一手。反应过来后，就有些恼怒。

张朵朵：李大宝，你什么意思，你到底想干什么？

李大宝：我什么也不想干，我就想给我自己的媳妇儿买盒化妆品，不行吗？

张朵朵：我不要。

李大宝：那我就送给车间的女工友们，她们不得美死。

李大宝要往回收。张朵朵舍不得了，一把从李大宝手中抢了过去。

40. 西厢房，李大宝屋，内，夜

张朵朵躺在被窝里，看着天花板发呆。

李大宝依然没忘了先闻闻自己身上的气味儿；还哈了一口气，看看嘴里还臭不臭。

李大宝爬上床，往张朵朵身边凑了凑。

李大宝：我们谈谈呗？

张朵朵：谈啥？

李大宝：文学、艺术或者干脆就谈舞蹈。

张朵朵：你嘴有一股味儿。

李大宝：我刷牙了。一直以来，我是严格按照你的要求来做的。除了 3 天洗 1 次澡外，每天肯定是刷两次牙早晚各 1 次、洗 1 次脚，然后才上床的。

张朵朵：刷牙了也有，一股臭蒜味儿。

李大宝扳着指头，算了半天，说：我还是 3 天前吃的蒜呢。

张朵朵：3 天前吃的，到现在还有味儿？你说，你的嘴得多臭啊，简直臭出 2 里地去了！

已经有点羞辱的意思了。李大宝彻底没了电。在张朵朵目光的拷问下，李大宝的脸皮终于由厚变薄了。

一生气，抱着枕头，掉头去睡了。

两个人谁都不出声，就这么躺了好大一会儿。

张朵朵突然坐起来，说：我觉得，这样的睡觉模式挺好，以后我们就采取这种模式；但你记住了，李大宝，上床之前一定要用香皂洗脚！

李下的旁白：自此，我爸和我妈就头对脚、脚对头地睡了。并且，一睡就是一辈子。说起来，我爸也够可怜的。当然了，这是后话。

第 11 集

1. 正房，妈妈屋，内，日

妈妈揪着李大宝的耳朵往屋里走。李大宝“哎哟、哎哟”地叫着。

姑奶奶早就端坐在床上了。

妈妈：站好。

妈妈也端坐在姑奶奶身边。

姑奶奶：看样子，他记性真不太好，再给他拿出来念念。

妈妈从兜里拿出一张对折了的纸，打开，念道：老李家生子计划——

李大宝：我求求你们了，别念了，再念，我真尿裤子了……

妈妈停下了。

姑奶奶：那我问你，朵朵那出戏唱完了，你这出戏唱得怎么样了？你到底当上主角了没有？

李大宝：还没有……

姑奶奶：你到底想怎么样？想把我和你妈气死，是不是！

李大宝：有件事……我……我实在是张不开口……

姑奶奶：有事跟姑奶奶说。

李大宝：在那方面，我有点那个……

姑奶奶：难不成你真有病？

李大宝：好像是。

姑奶奶和妈妈：朵朵知道吗？

李大宝：不知道。

姑奶奶和妈妈：这事绝对不能让她知道！

2. 胡同口，公共厕所，男厕所门口，外，日

姑奶奶做贼一样，溜过来。看四周没人，把墙上的一张性病小广告撕下，胡乱装在兜里。

然后，撒腿就跑……

3. 临街的楼房，男科小诊所，内，日

姑奶奶敲门进来。

一个50多岁的男人坐在一张破桌子后面。墙角有一个脏兮兮的屏风一类的东西。

姑奶奶：您这儿……看那个病？

50多岁的男人：是的。是您看吗？

姑奶奶：你会说人话吗？

50多岁的男人：我怎么不会说人话了？来我这儿的，都是看那个病的！

姑奶奶：我就不能帮别人打听打听了！

4. 李大宝家平房，西厢房，厨房，内，日

妈妈在灶上熬药。

李大宝进来了。

李大宝：神医最近又开始炼丹了？

妈妈：我这是给你熬的。

李大宝：我为什么要吃药？

妈妈：你说为什么！

李大宝突然想起了什么事。

李大宝：可悲惨！

5. 西厢房，厨房，内，夜

在妈妈的呵斥下，李大宝终于端起了药碗。努了半天劲儿，也没张开嘴。

妈妈：你要不想让别人看见，你就快点。

李大宝赴死一样，把药喝了。

妈妈：你瞅瞅你那张脸？

李大宝：怎么了？

妈妈：可悲惨！

6. 剧团，剧场，内，日

剧团在开动员会。副团长朱文在讲话。

朱文：……同志们，《画皮》这次能够代表纺织系统参加北京市的音乐剧、舞剧汇演，这是我们全团上下多年来拼搏、奋斗的结果。我代表团里，对大家近10个月的付出，表示衷心的感谢。我们再加把劲儿，争取在汇演中一炮打响！好了，散会！

大家纷纷站起来，退场。

谢娟却搂住身边的张朵朵。

谢娟：我有一个预感。

张朵朵：什么预感？

谢娟：你艺术生涯的第一个春天终于到来了。

张朵朵愁眉苦脸地说：谢谢你。

谢娟：那你怎么还不高兴啊？

张朵朵：今天没见高歌。这回，我怕她真不高兴了。

谢娟：你高兴了，她肯定不高兴。不然，她就不是气包肚子了。

张朵朵：可她毕竟是我的好朋友。

谢娟：醒醒吧，大姐。你早晚被这种小人给害了！

张朵朵：别老说人坏话！

两个人起身往外走。在靠门口的地方，丁茂向张朵朵点头示意。

谢娟：得，你的夫君在等你呢！

7. 茶馆，内，夜

灯光昏暗。音乐低回婉转。

张朵朵和丁茂面对面地，坐在一个角落里。

两个人一边喝茶，一边展望着未来。

张朵朵：你说，这次汇演，我们能成功吧？

丁茂：肯定会的。

张朵朵：没想到……

丁茂：没想到什么？

张朵朵：没想到，这辈子还能登上北京的文艺舞台。

丁茂：我早就说过，你一定会成为一个一流的艺术家的。

张朵朵：你说过吗？

丁茂：当然说过。

张朵朵：谢谢你，丁茂。

丁茂：为什么要谢我？

张朵朵终于向丁茂表达了一个女人藏在心底里的情感。

张朵朵：谢谢你，是你，给了我舞台上的生命。

丁茂：朵朵，你千万别那么说，没有你，同样也没有我……

8. 马路边，人行道上，外，夜

春天的北京温暖又温情。

行人不多。张朵朵和丁茂在路边漫步。

高歌不知道从哪儿钻出来了，不远不近地跟着两个人。

不小心，张朵朵崴了一下脚，丁茂赶紧去扶张朵朵。张朵朵就倒在了丁茂的怀里。

清醒过来的张朵朵要挣脱丁茂，却被丁茂死死抱住。

丁茂：朵朵，你今天太美了。

在张朵朵的眼里，丁茂逐渐幻化成了舞台上的王生。

张朵朵也情不自禁地说：美是为了欣赏美的人而存在的。

丁茂的嘴唇死死堵住了张朵朵的嘴唇。

用大树作掩护的高歌，已经来到了两个人的身后。

高歌用照相机及时地拍下了这一切……

9. 李大宝家平房，西厢房，厨房，内，夜

在妈妈的呵斥下，李大宝终于端起了药碗。努了半天劲儿，也没张开嘴。因为一看见药碗，就开始恶心了。

妈妈：你还想不想要儿子？

李大宝：想。

妈妈：想，你就快点。

李大宝把药碗放下。

李大宝压低声音喊：打倒日本帝国主义！

李大宝赴死一样，把药喝了。

妈妈笑着说：可悲惨！

10. 西厢房，李大宝屋，内，晨

在镜子前化妆的张朵朵，发现自己的脸上莫名其妙地起了几个红点。

张朵朵：李大宝，你进来。

李大宝嘴里含着牙刷进来了。

张朵朵：你看看我这脸，怎么了？

李大宝研究了半天，说：热痱子吧？没关系的。

11. 剧团，排练厅，内，晨

空荡荡的排练厅只有丁茂一个人在练功。

高歌推门进来。丁茂收起身体，来了个立正。

高歌：你用不着那么紧张，我又不会强暴你。

高歌“啪”地把几张纸甩在了丁茂面前的地上。丁茂捡起来一看，竟然是他和张朵朵亲吻的照片……

12. 剧团，排练厅，化妆室，内，晨

张朵朵在镜子前换装。她拿起一个头饰，准备去戴时，却发现了头饰下面的纸条。纸条上写：8点半，胡同口见。

13. 马路边，胡同口，外，日

张朵朵如约来到剧团附近的胡同口。丁茂早已等候在此了。

一见张朵朵，丁茂有些诧异。

丁茂：你的脸怎么了？

张朵朵：可能是起热痱子了吧？

丁茂：再有三个星期，就要去汇演了，你这样怎么能行？

张朵朵：到那时候早好了。找我什么事？

丁茂：就是想看看你的脸。

张朵朵：胡扯，我的脸昨天晚上才起的红点，你怎么知道的？

丁茂诡秘地笑了笑，说：自己琢磨去吧。

张朵朵还以为丁茂是想自己了，于是，脸红了……

14. 纺织厂，纺织 4 车间，内，日

李大宝在检修一台机器。宋燕子和女工友丁在边上焦急地等待着。

李大宝假模假式地鼓捣了半天，也没修好。

李大宝：让大裤裆来吧，只有他能修好。

宋燕子一脸狐疑地看着李大宝。

女工友丁：李师傅你是大拿啊，你都修不好，大裤裆能修好吗？

李大宝：前段时间，大裤裆出去学习了一个月，回来后比我厉害多了，绝对的大拿。

女工友丁：燕子，那你在这儿等着，我去给你打电话。

说着，去了。

宋燕子：李师傅，你不是托儿吧？

李大宝：什么托儿啊？

宋燕子一摆手，说：算了算了。只要快点给我修好就行了。我都让别人落下了！

15. 纺织 4 车间，内，日

大裤裆来了，一句废话没有，拿出工具，手脚麻利地开始干活。

三下两下，齐活了。

宋燕子：谢谢你，大……大……大师傅……

边上的人都笑坏了。

李大宝：大师傅。这个名字好。不但给我们修了机器，连饭也做了。

大裤裆红着脸，说：不客气。

女工友丁：行啊，大裤裆，长本事了。

大裤裆谦虚地说：我的水平也有限，要学的东西还多着呢。

李大宝怕大裤裆露怯，赶紧拉着大裤裆走了。

宋燕子：他怎么叫这么个名字？

女工友丁：据说，小时候他老提不起裤子来，他妈就给他起了这么个名字。

宋燕子：有意思。

16. 李大宝家平房，正房，妈妈屋，内，日

一碗黑乎乎的药汤子，放在小柜子上。姑奶奶和妈妈分坐在两张床上。

李大宝推门进来。

李大宝：妈，找我有事？

妈妈指了指药碗，说：喝药。

李大宝：喝药就喝药，怎么搞得跟开会似的。

妈妈：不给你开会，你又偷着给我倒了。

李大宝：我什么时候倒了？

妈妈：你再嘴硬？昨晚的药，你是不是倒了？

李大宝不吭声了，拿起药碗，但马上就反胃了。

李大宝：我都喝了整整十服了，实在是喝不下去了。

李大宝把药碗放下。

李大宝：妈，我没病。

妈妈：没病，你怎么生不出孩子来。

妈妈从床上拿起笤帚，“呼”地站起来，对准李大宝的脑袋“噼里啪啦”就打。

李大宝只好求饶了：别打了，别打了。实话跟你们说吧，我没病，是朵朵吃药……

姑奶奶：你说什么？

李大宝：她吃药。

姑奶奶：她吃什么药？

李大宝：避孕药……

妈妈：老天爷呀！

姑奶奶：那就是说，她不准备要孩子了？

李大宝：目前，现在，眼下，是这样的……

姑奶奶大叫：反了她了！

妈妈：反了她了！

姑奶奶：那你自己说你自己有病？

妈妈：是啊，那你自己说你自己有病？

李大宝：你们天天要孙子、要儿子，我不说我有病，我怎么办？

妈妈：我怎么生了你这么个窝囊货？

姑奶奶：十服药啊十服药，就这么让大宝喝下去了。姑奶奶我这回，真是掉了眼镜了。

妈妈咬牙切齿地说：我这就找她去！

李大宝一边作揖，一边说：妈，亲妈，不能去呀，千万不能去呀！

妈妈：别的事，我都可以商量；但是，关乎老李家传宗接代的事，我绝不退让！

李大宝：目前，现在，眼下，朵朵和你们的矛盾已经有点白热化了；如果再把这件事捅破，那她和你们真的就势不两立了！

妈妈：你怕她，我不怕她！

李大宝：这不是怕不怕的事。一家人在一个屋檐下过日子，干吗搞得那么僵？不怕二膀子妈妈笑话呀？老王见不得一村，一村见不得老王。彼此跟仇人似的，别说不利于生孩子了，就是吃口饭它都添堵。

妈妈：这么说，你每天在她面前低三下四、委曲求全，还是为了我们气顺呗？

李大宝：我为了大家气顺，包括你们，包括朵朵，更包括我。我完全是为了我们老李家的家庭和谐，才这么做的。妈，记住了，稳定才会带来安宁，安宁才是大局啊！

妈妈：我不能为了稳定，就丧权辱国，就割地赔款，就自掘祖坟，就断种绝后！

李大宝：没让你丧权辱国，没让你割地赔款，没让你自掘祖坟，没让你断种绝后。不就是生孩子吗，我们可以想办法呀！

姑奶奶：大宝说得有道理。这事不能搞僵了，一旦搞僵了，她就不给你生，可麻烦了。

妈妈这才消停下来。

妈妈：那您说吧，怎么办？

姑奶奶：现在只有一个办法了。

妈妈：什么办法？

姑奶奶：把她的药，给她掉包！

妈妈和李大宝：啊！

姑奶奶：大宝，我限你3天时间，把她的药偷1片给我。能完成吗？

李大宝战战兢兢地说：我可以负责偷，但我不负责换！

张朵朵的声音突然传来：李大宝，你过来！

李大宝撒腿就往外跑……

姑奶奶：记住了，大宝。太阳永远照耀李大宝！

17. 西厢房，李大宝屋，内，日

张朵朵情绪激动坐在镜子前。

李大宝一边喊着，一边冲进来：怎么了，怎么了？

张朵朵：你看看我这脸！

张朵朵脸上的红点越来越严重了。

张朵朵：我怎么看都不像热痱子！

李大宝：这就奇了怪了。

李大宝把目光落到了李二宝买来了的那盒化妆品上……

18. 正房，李二宝屋，内，日

李二宝也在照镜子。越来越像个京油子了。头发梳得一丝不乱。衬衣领子洗得惨白惨白。

李大宝进来了，上前就薅住李二宝的脖领子。

李二宝：干什么，干什么？

李大宝：我问你，你那化妆品是不是假的？

李二宝：不会吧？我花了4块多钱呢。

李大宝：4块钱的东西，你要了100块钱？你什么玩意儿呀！

李二宝：多要的96块钱是运费！

李大宝撩起李二宝的外套，把他的头蒙上，就是一阵拳打脚踢。“噼噼啪啪”的声音，很快惊动了妈妈和姑奶奶。

两个人先后跑了过来。

妈妈撕扯着把李大宝拉开。

妈妈：这怎么还动起粗来了？

李大宝：我让他给朵朵买了盒化妆品，他给我弄了盒假的，4块钱的东西，他要了100块钱。你说他什么玩意儿呀！

妈妈：朵朵的脸，不会是抹那东西抹的吧？

李大宝：那你说呢？

妈妈：二宝，你这次可是闯了大祸了。朵朵的脸，要是破了相，她还怎么跳舞呀？那不等于断送了她的生命吗！

李大宝：姓李的，你个二王八蛋，我媳妇儿的脸上要是留了疤儿，我非撕碎你的狗脸、砸烂你的狗头！

李二宝：你不姓李？

李大宝瞅了瞅在场的人，说：你们这一家人，简直是太坏了；我准备改姓，从今以后，我不姓李了；我姓猫，我姓狗！

就在这时，张朵朵捂着脸进来了……

19. 北京协和医院，皮肤科，诊室，内，日

医生甲在为张朵朵看脸。医生甲看完了，点了点头。张朵朵立马把下巴上的口罩戴在脸上。

李大宝凑过来，说：医生，怎么样，能治好吧？

医生甲：严重的皮肤感染。先开一个星期的药吧。一个星期以后再来看看。

李大宝：在外面排队的时候，我听人说，过两天您要去上海协和医院坐诊。那我们下次来了，找谁呀？

医生甲：还有其他医生啊。

李大宝：他们不会给我们看坏了吧？我们可是打听了，您是国内最好的专家。

医生甲：您这话说得，我们又不是江湖游医。我们即使看不好，也不会给你们看坏的。

李大宝：对不起，对不起。主要是我媳妇儿的脸比较特殊。

医生甲看了一眼张朵朵。

医生：演员呀？

李大宝：正是，正是。

医生甲：可是，我只能开一个星期的药。这些药用完了，得看看效果，再定治疗方案。

张朵朵：要不，我们去上海找您？

医生甲：你们随便。

20. 马路边，人行道上，外，日

李大宝边走，边嘟嘟囔囔地算账。

李大宝：这一去就得三四天，坐车的钱、住店的钱、吃饭的钱、看病的钱，怎么也得四五百块吧？

张朵朵恶狠狠地拿脚使劲儿跺了李大宝一下。

李大宝“哎哟”一声，像个大虾米一样，蹲在地上。

李大宝：这不是要命吗？

然后，又像个大螃蟹一样，很夸张地站起来。

张朵朵：李大宝，钱就是你妈。

李大宝对天叹了一口气，说：要命也得去，要命也得去……

21. 李大宝家平房，正房，李二宝屋，内，日

李二宝还在睡大觉。李大宝冲进来，把被子给他扯了。

李二宝：干什么，你又要干什么？

李大宝：都几点了，你还在这儿装死？你给我起来。

李二宝：我郁闷。

李大宝：你郁闷？我还迷惘呢。

李大宝把李二宝拽起来。

李大宝：还钱。还那 600 块钱。

李二宝：又来了。不是没到期呢吗？

李大宝：马上还。我要领我媳妇儿去上海看脸。

李二宝：还不上了，我的钱全砸在那批变色口红上了。

李大宝：那你赶紧把它们出手啊。

李二宝哭哭唧唧地说：出什么手啊，要是能出手，我还在这儿睡大觉吗？假的，全是鸡血做的。

李大宝：你怎么知道是鸡血做的？

李二宝又哭又笑地说：抹在嘴唇上，它招苍蝇……

李大宝：李二宝，我看你就是一只苍蝇。一只讨厌的、肮脏的、龌龊的苍蝇！

22. 西厢房，李大宝屋，内，日

李大宝拿下西山墙上挂着的那顶帽子，从衬里再掏出那个手帕包。

手帕包有点瘪了。打开，一数，不过30多块钱了。

李大宝一下子泄了。

妈妈推门进来了。

李大宝：妈，有事？

妈妈：去上海没钱，是吧？

李大宝：那可不，最近一段时间以来，我李大宝就是罗锅子上山——钱（前）紧。

妈妈从兜里掏出一沓钱，递给李大宝。

妈妈：300块钱。拿着。但不能告诉任何人。

李大宝：不告诉李二宝之流，那是怕他们也要；不告诉朵朵，又怎么讲？

妈妈：一个大男人，动不动就朝妈要钱，不丢人呀！

李大宝：妈，亲妈，只有你才这么体谅我、在乎我、心疼我！

妈妈：一边去！

23. 小院子里，柿子树下，外，日

李三宝在练功的场地上背书。

李大宝从屋里出来，说：李三宝，借一步说话。

李大宝把李三宝拉到柿子树下。

李三宝：既然都到这儿了，我先说。你看看，这树到现在还没绿呢。

李大宝：我已经到天坛公园找绿化工人咨询过了。第一年秋天移栽的树，第二年春天一般推迟三个星期发芽，要不，咱们再等等？总之，我相信，到了季节，世间万物自然都会开花结果的。

李三宝：它要是不发芽，我就把你的脑袋拧下来，种到这个坑里，然后再撒泡尿。

李大宝：那完了。

李三宝：你是想说，肯定会长出一棵狗尿苔来。

李大宝：恰恰相反，肯定会长出一棵参天大树来。

李三宝：好，我就睁大眼睛，看你怎么长成一棵参天大树。

李三宝转身要走人。

李大宝：我的事还没说呢。

李三宝：说。

李大宝：你大嫂的脸越来越厉害了，我真怕破了相；那样的话，咱们老李家的罪过可就大了，你大哥的罪过可就大了。在我认识的人当中，你肚子里的墨水最多了。这次，说什么，你得帮帮大哥。

李三宝：不是要去上海看吗？

李大宝：医生给开了一个星期的药。这些药用完了，有效果，才去上海；没效果，还不知该怎么办呢。这期间，我总得做点什么。

李三宝：你怕去上海花钱，是吧？

李大宝：此去上海，怎么也得四五百块。如果，不用花那么多钱，就把脸治好了，何乐而不为？

李三宝琢磨了半天，说：我从一本书上看过，用露水洗脸，一个丑女可以变成美女。要不，咱们试试？

李大宝：这个办法，听上去，怎么跟童话一般？

李三宝：你不觉得，张朵朵本来就是童话里的一个人物吗？

李大宝被李三宝说到云端上去了。

李大宝：我媳妇儿真有那么好吗？

李三宝：你都不知道，你媳妇儿简直是太好了。

李大宝：李三宝，记住了，再好，她也是你大嫂！

李三宝：李大宝，你个大王八蛋，你想什么呢！

24. 李大宝家平房，小院子里，外，凌晨

天还黑着。半个月芽儿挂在西天。

李大宝的屋门“咯吱”一声，响了。

李大宝悄悄地出来，拿起预先放在门口的脸盆和塑料桶，推着自行车，出了家门。

李二宝屋的窗帘掀开了一角，露出了李三宝的脸。

李三宝露出了一脸坏笑……

25. 小院子里，西厢房，李大宝屋，外/内，晨

天刚蒙蒙亮。

李大宝脑袋上顶着个脸盆，推着个自行车，悄悄进院。停放好自行车，拿下后座上的塑料桶，再潜入自己的屋里。

张朵朵刚好醒来。

李大宝拍了拍塑料桶，说：灵丹妙药来了。

张朵朵：你又要什么幺蛾子？

李大宝：这是我从南郊庄稼地里弄回来了的露水，专门给你洗脸用的。

张朵朵：你让我用露水洗脸？

李大宝：前天夜里，睡梦中，一个白胡子老头给了我一个秘方，那就是，露水可以治愈皮肤感染。

张朵朵：谁信你的鬼话？

李大宝：这是有医学根据的，但太复杂，一时半会儿说不清楚；我就从生物学的角度给你解释解释吧。我问你，花漂亮吧？

张朵朵：废话。

张朵朵：花用什么洗脸？

张朵朵：露水。

李大宝：张朵朵，从你的名字到你的脸蛋儿，你都是一朵花，你没有理由拒绝露水。

张朵朵被李大宝忽悠得脸上开了花。不过，这朵花，是一朵有病的花。

张朵朵：行，我洗。可是，李大宝，我的脸要是留了疤儿，我非撕碎你的狗脸、砸烂你的狗头！

26. 西厢房，李大宝屋，内，晨

张朵朵用露水轻轻地洗脸。

玻璃窗上，闪过了妈妈的脸。不过，张朵朵并未注意……

27. 剧团，剧场，内，日

空荡荡的剧场只有丁茂一个人。

观众席边上的侧门被推开了。张朵朵戴个口罩进来。

张朵朵：把我叫到这儿干什么？你不怕让别人看见。

丁茂板着面孔，说：鉴于你脸部的状况，汇演你就不能参加了，由高歌代替你。

张朵朵：这是谁的决定？

丁茂：当然是团里的！

28. 李大宝家平房，西厢房，厨房，小院子里，厨房，内 / 外 / 内，日

张朵朵发疯般地砸东西。老李家人一个个都不吭声，任凭其肆意妄为。

李大宝坐在椅子上，半闭着眼睛，不为所动，仿佛在听响儿。

该砸的都砸了。张朵朵还不解气，最后把药锅子也给端起来，摔了。

李二宝适时地把一摞铁碗递给张朵朵。

李二宝：有本事，你把它们也砸了。

张朵朵：滚！

李二宝吓得一激灵，乖乖地靠边站了。

姑奶奶实在看不下去了，大声道：张朵朵，你要有种，你就一把火把房子点了，再把我们老李家人都推出去斩了。大宝，姑奶奶知道你夹在当中，有难处，姑奶奶不埋怨你。你让她作，把我们都作死算了！

李大宝知道姑奶奶在激他。他告诉自己：这个时候，得忍，一定得忍。

李大宝小声嘟囔着：我不生气，我不生气；我不当蛤蟆，我更不当癞蛤蟆；自己惹自己生气的，那是蛤蟆；别人一惹就生气的，那是癞蛤蟆。

姑奶奶：癞蛤蟆？都这会儿了，你还说什么癞蛤蟆？

妈妈把姑奶奶拉到小院子里。

二膀子妈妈的脑袋，早就搁在东墙上了。

二膀子妈妈：都瓴了吧，这日子可咋过呀？

姑奶奶：滚！

二膀子妈妈的脑袋，“哧溜”一下，不见了。

妈妈：我的姑奶奶，您就别添乱了。

姑奶奶还要往屋里冲。妈妈死活把姑奶奶拽住。

两个人从窗子外往里看。

张朵朵把椅子上的李大宝薅起来。

张朵朵：我让你在这儿装死。我告诉你，李大宝，我是让你害惨了，我这辈子都断送在你手里了。一开始，你断送了我的贞操；现在，你又断送了我的容貌，进而断送了我的事业。李大宝，你还我贞操，你还我容貌，你还我事业！

张朵朵一边骂着，一边在李大宝脸上一顿划拉。

老李家人都把眼睛蒙住，不敢看了。大家都以为，这回完了，李大宝的脸肯定是花了。

其实，李大宝早就牢牢地攥住了张朵朵的手腕儿。张朵朵划拉，她也是瞎划拉。

终于划拉完了。张朵朵哭着，跑回自己屋里。

李小雅也跟了进去。

妈妈和姑奶奶又跑回厨房。

老李家人抱着李大宝的脸，仔细勘验一番，却没有发现一个手指印儿。

老李家人都不理解张朵朵了。

李二宝：这舞蹈演员，骂人不吐脏字儿，咬人不留牙印儿。不愧是搞艺术的。

姑奶奶：这只能说明一个问题。

李二宝：什么问题？

姑奶奶：张朵朵不是泼妇。

李大宝来了一句：还是姑奶奶英明。

李大宝十分不满地白了妈妈一眼。

妈妈：你瞪我干啥？

李大宝：都是你，不就是一盒来路不明的化妆品吗？你非得咬住不放，结果弄得全家鸡飞狗跳！

妈妈：你个大瓣蒜儿，我还不是为了你好！

29. 西厢房，李大宝屋，内，日

张朵朵哭泣。李小雅给张朵朵输送卫生纸。

李小雅：朵朵姐，你今天好吓人呀。

张朵朵：气死我了。

李大宝笑眯眯地进来了。

李大宝：小雅，你先出去，我跟你大嫂说两句话。

李小雅：你好好哄哄大嫂啊。

李小雅出去了。

李大宝：朵朵，我给你提个建议，行吗？

张朵朵：说。

李大宝：女人跟男人吵架，不应该以泼妇的方式。

张朵朵：那应该以什么方式？

李大宝：应该以小女人的方式。

张朵朵：小女人？听着有点肉麻。

李大宝：那就换个说法。应该以撒娇的方式。

张朵朵：姓李的，你觉得，我今天还能撒娇吗？

李大宝：那你也完全可以把今天的事，用戏剧的方式表演出来；我相信，如果是那样的话，全家人都会同情你的，我也会支持你的。

张朵朵"扑哧"一下笑了，说：你还气我，是吧？

李大宝：我主要怕你的形象受损。你吧，出身半知识分子家庭……

张朵朵：什么叫半知识分子家庭？

李大宝：你爸妈不是中专生吗？所以，我把你们家叫半知识分子家庭。你要不愿意，我就把它叫知识分子家庭。你吧，出身知识分子家庭，还是舞蹈家，你可以超凡脱俗但你不能目空一切，你可以尖酸刻薄但你不能庸俗不堪，你可以气焰嚣张但你不能无理取闹……

张朵朵：我目空一切了？我庸俗不堪了？我无理取闹了？

李大宝：那没有。但是今天没有，不等于以后没有。所以，我的建议是，应防微杜渐。所以，我的建议是，对今天的事，你应该找个机会给姑奶奶和妈妈解释一下……

张朵朵：你让我道歉？

李大宝：你怎么会道歉呢？你这种人根本就不用给别人道歉。

张朵朵：你又来了……

李大宝：找个机会解释一下，足以了。

张朵朵：我不！

30. 西厢房，厨房，内，傍晚

一家人围坐在饭桌旁准备吃晚饭。

李大宝清了清嗓子，说道：大家注意了，朵朵呢，想跟大家交流一下思想……

张朵朵偷偷地掐了一把李大宝。

一家人都看着张朵朵。

张朵朵：姑奶奶……妈妈……我……我今天有点激动……

李二宝：完了？

张朵朵红着脸，没搭话。

李大宝：完了。大家鼓掌。

李大宝带头鼓掌，李三宝和李小雅响应。

妈妈：朵朵，今天的事也不赖你。要赖就赖二宝。都是他那盒假冒伪劣化妆品惹的祸！

李二宝：嗨，妈，这怎么说到我头上来了！

姑奶奶冒出了一句：朵朵这样的人能有这个态度，不容易，请她今后继续发扬光大！

第 12 集

1. 小院子里，外，凌晨

天还黑着。半个月牙儿挂在西天。

李大宝的屋门“咯吱”一声，响了。

李大宝悄悄地出来，拿起预先放在门口的脸盆和塑料桶，推着自行车，出了家门。

2. 南郊，乡村的路上，外，凌晨

李大宝意气风发地骑着自行车……

3. 南郊，田野的边上，外，凌晨

地里的秧苗，刚刚盖住了地皮；但地外的杂草已经很高了。

李大宝把自行车扔在地上。

李大宝猫下腰来，一手拿着一个空盆，一手去拍打草叶。于是，草叶上的露水轻轻地落在空盆里。

那声音，就像美妙的音乐。

叠画：李大宝一只手端着盆，一只手拿着塑料桶，往里倒露水，

叠画：塑料桶快满了。而李大宝自己，头上、脚上都湿透了，像水洗的一样。

4. 李大宝家平房，小院子里，西厢房，李大宝屋，外/内，晨

天刚蒙蒙亮。

李大宝脑袋上顶着个脸盆，推着个自行车，悄悄进院。停放好自行车，

拿下后座上的塑料桶，再潜入自己的屋里。

张朵朵还蒙着头，躺在床上。

李大宝趴在床边，小心翼翼地说：起床吧，灵丹妙药回来了……

5. 西厢房，李大宝屋，内，晨

张朵朵用露水轻轻地洗脸。

张朵朵抬起头，朝镜子里仔细看，竟然发现：脸上的红点好像开始消退了。

张朵朵：李大宝，你进来。

李大宝嘴里含着牙刷进来了。

李大宝：怎么了，怎么了？

张朵朵：你看，小红点好像下去了？

李大宝研究了半天，说：奇迹，我李大宝天生就是创造奇迹的人。朵朵，我有这样一个想法，今天正好星期天，不上班，你每隔十分钟，记住了，十分钟，就洗一次。我保证，两天之后，你的脸又是一张白纸，能画最新、最美的图画了！

张朵朵：真是狗嘴里吐不出象牙来。你还嫌我脸上的图画少啊？

李大宝：我就是打个比方，可能没打好……

6. 小院子里，柿子树下，外，晨

姑奶奶在柿子树下拉弓射箭地跳舞。跳着跳着，停下了。她发现树枝冒出了新芽儿。

姑奶奶：大宝他妈，快来呀，快来呀！

妈妈从厨房里跑出来。

妈妈：怎么了，又怎么了？

姑奶奶把树枝上冒出的新芽儿指给妈妈看。

妈妈：活过来了，活过来了！

姑奶奶：我敢断定，我们老李家要有喜事了。

妈妈：能有什么喜事？

姑奶奶：我昨天夜里梦见了两个字：高中！

妈妈：谁高中？是三宝吗？

姑奶奶：自己琢磨去吧！

7. 西厢房，厨房，内，日

一家人坐在饭桌旁吃午饭。

李二宝背个军挎进来了。

李二宝：诸位，诸位；停停嘴，停停嘴。

一家人都不吃了，看着李二宝。

李二宝：我今天让诸位开开眼。

李二宝从军挎里拿出一把电子表，分发给大家。当然了，大家并不知道它是什么东西。

妈妈研究了半天，说：还蹦字儿，跟电表似的。

李三宝：妈，除了电表，您这辈子就没见过别的表。

李二宝：不过，妈已经不容易了，只差一个字，就说出了真相。

李大宝：电子表！

李二宝：算你聪明。

李大宝：那我得戴一戴。

李大宝撸起胳膊，把表戴在手腕上。

李二宝：感觉怎么样？

李大宝：不错。

李二宝：它还能报时呢。

李二宝把手里的一块调到八点整。果真，“嘀嘀嘀”地响了起来。

李二宝：你们也都戴一戴啊。

大家纷纷把表戴在手腕上。

李二宝：我敢保证，我们老李家是全北京第一个实现电子化的家庭。

李大宝：什么意思，又送我们了呗？

李二宝：每块10块钱，基本相当于送。

李大宝：啊，10块钱？我们要它干吗？

李大宝把表往下撸。

李二宝：你们都戴了，让我卖给谁呀？每个10块钱，一共60块钱，就从我欠李大宝的那600块钱里扣除！

李二宝夺门而出……

李大宝：这个二王八蛋，又想坑我？没门儿。都拿来，都拿来！

李大宝去收缴每个人手腕上的表。

妈妈：我想，二宝干点事业也不容易，我们得支持他一下。你跟朵朵的，你拿；剩下的，我拿。

李大宝：妈，你偏心眼儿啊。他李二宝这是五马倒六羊，有什么可支持的？

姑奶奶一锤定音：你妈说得对，我同意！

妈妈：这事听姑奶奶的！

8. 南郊，乡村的路上，外，凌晨

伴着细微的清风，李大宝意气风发地骑着自行车……

李下的旁白：这些天，我爸深感自己大祸临头，唯祈上天帮他渡过这一劫。见我妈的脸好转了，大喜过望。每天凌晨三点爬起来，骑车去南郊收集露水。然而，此时，不能入睡的还有一个人……

9. 李大宝家平房，正房，李二宝屋，内，夜

李三宝蒙着被子，在床上翻来覆去地折腾。

李二宝醒了，问：你不睡觉，鼓秋啥呢？

李三宝：我在思考，人活着有啥意义。

李二宝：不想活了，你？

李三宝：你说，人吃完了拉，拉完了睡，睡完了再吃，吃完了再拉，拉完了再睡。每天就干这三件事，有什么意义？

李二宝：那你说，人不吃、不拉、不睡，活着干啥？

李三宝：鸡对鸭讲，典型的鸡对鸭讲！

10. 西厢房，李大宝屋，小院子里，内/外，晨

张朵朵用露水轻轻地洗脸。李大宝在边上耐心地观察。

露珠流去，张朵朵的脸不但完美如初，甚至比原来还白了。

张朵朵从心底里对李大宝有点刮目相看了。

李大宝：美，真美。

张朵朵：你那医学和生物学的知识，哪儿来的？

李大宝：我从一本书上看的。

张朵朵：什么书啊，也给我看看。

李大宝：天书，但不能给你看，让其他女人知道了怎么办？我不能让任何女人比你漂亮。

张朵朵一边笑着，一边“呸”了一下。

张朵朵：臭美，真臭美。

李大宝：朵朵，我有一个不成熟的想法。

张朵朵：嘚瑟样儿。说。

李大宝：如果你愿意的话，我让你一辈子都用露水洗脸。

张朵朵：真的？

李大宝：真的！

张朵朵：你为什么要这样做？

李大宝：我希望我们家这朵花永远不败。

张朵朵：是花就得败。

李大宝：那就换句话，我希望你到50岁都不长褶子。

张朵朵的心里自然很美。但她克制着，尽量不表现出来。

李大宝从枕头底下，拿出一个账本，在上面记下了500块钱的收入。不过，马上又被支出了。事由是，为媳妇儿看脸。

张朵朵：你又偷偷摸摸记什么呢？

李大宝：我昨天夜里做梦，捡了500块钱。我把它记上。

张朵朵：李大宝，让我说你什么好！

妈妈（画外音）：大宝，大宝！

李大宝跑了出去。

李大宝：怎么了，妈？

妈妈指了指自己的脸。

妈妈小声说：朵朵这儿，是不是好了？

李大宝：这些情况你都掌握？你是又偷听了，还是又跟踪了？

妈妈举起手，说：我抽你！

李大宝缩着脖子，说：放心吧，好了！

妈妈用手捂住胸口。

妈妈：谢天谢地！

11. 马路边，胡同口，外，日

丁茂如约来到剧团附近的胡同口。张朵朵早已等候在此了。

丁茂：有事？

张朵朵：我的脸好了，我可以去参加汇演了。

丁茂沉默了半天，从兜里掏出了高歌拍的照片，递给张朵朵。

张朵朵这才弄明白，她被丁茂愚弄了，她不能去参加汇演，跟脸上的小红点根本就没有任何关系。

丁茂：你要是没跟那个铁匠结婚就好了，那样我们就是谈恋爱了；而谈恋爱谁也管不着。

张朵朵：我什么时候跟铁匠结婚了？他是工人，工人阶级，你懂不懂？这要是搁几年前，给你俩胆儿，你也不敢小瞧工人阶级！

12. 张朵朵父母家，小院子里，内 / 外，日

张朵朵的眼睛已经哭成了鲜桃。妈妈和张棵棵还在边上煽风点火。

张棵棵：我这辈子就没见过李大宝那么档次低、那么没出息的男人，跟他离了算了。不然，你永远没好日子过，你永远没好果子吃。

张朵朵妈妈：一个寡妇妈领着一大堆孩子还外带一个一辈子未嫁的姑奶奶，你这过的是什么日子呀？想想，我就心口疼，跟他离了算了。趁着没孩子。不然，你永远没好日子过，你永远没好果子吃。

张朵朵：你们以为离婚那么容易呢，要是说离就离的话，我早离了……

哭着哭着，有点恶心，赶紧往屋外跑。蹲在门口，干呕了一阵。

张朵朵妈妈跑出来，给张朵朵捶后背。

总算没吐出来。张朵朵站起身，闭着眼睛，轻轻地喘着气。

张朵朵的眼前出现了可怕的一幕——

在张朵朵眼里，李大宝逐渐幻化成舞台上丁茂扮演的王生。

张朵朵娇滴滴地说：过来……

李大宝：叫我？

张朵朵（念白）：过来呀，夫君……

李大宝慢慢地蹭过去。张朵朵死死地将李大宝缠住。

李大宝一边回应着，一边抽空儿说：哎哟，同志，灯还没关呢，让老李家人民看见呀……

……

张朵朵慢慢地睁开了眼睛。

张朵朵妈妈：朵朵，不是怀孕了吧？

张朵朵：别瞎想了，怎么会呢！

13. 医院，走廊，化验室窗口外，内，日

张朵朵坐在椅子上等候。

护士甲探出窗口，喊：张朵朵！

张朵朵紧张地站起来，说：来了。

护士甲：恭喜你，怀孕了！

张朵朵拿过化验单，一下子瘫坐在地上……

14. 马路边，人行道上，外，日

张朵朵目光呆滞地在街上走着。走着走着，感觉到有点天旋地转。

张朵朵踉跄着，抱住一棵大树。

张朵朵把脸贴在大树上。静默了半天，突然，一声干号……

路边的一个小伙子差点被吓趴了……

15. 李大宝家平房，西厢房，厨房，内，傍晚

姑奶奶、妈妈和李大宝在厨房里忙着。

16. 小院子里，厨房门前，厨房，外/内，傍晚

张朵朵轻飘飘地进了院。轻飘飘地来到厨房门口。

从厨房里传出来姑奶奶和李大宝的说话声。

姑奶奶（画外音）：大宝，朵朵的药片，你拿到手了没有？知道了她的药片长得什么样儿，我才好偷梁换柱啊。

李大宝（画外音）：还没有……

姑奶奶（画外音）：前几天，她的脸起了东西，我就没催你；现在，她的脸好了，你赶紧行动起来。

李大宝（画外音）：她把那药片看得特别紧，我不好下手……

姑奶奶（画外音）：那好办，我今天晚上安排一个人，藏在你们的床底下，由他来拿。

李大宝（画外音）：祖宗，活祖宗，还是我自己来吧，还是我自己来吧……

张朵朵吓得汗毛全竖起来了，她咬着后槽牙，一步跨进厨房。

看到张朵朵，姑奶奶、妈妈和李大宝彻底草鸡了。

李大宝：回来了？我去接你了，等了半天没等上，我估计你去你妈家了。

张朵朵：姑奶奶，对不起，都是我不好，您都这么大岁数了，还让您去偷鸡摸狗。

姑奶奶：你话说得有点难听了。我们老李家就是想要个孙子或者儿子……

张朵朵一拍肚子，说：已经有了，在这儿。

姑奶奶、妈妈和李大宝都愣了。

妈妈终于反应过来：我说什么来着？太阳永远照耀李大宝！

姑奶奶、妈妈和李大宝都一跃而起，来到张朵朵身边。

姑奶奶、妈妈和李大宝：真的吗！

张朵朵坚定地说：真的。可是我不会给你们老李家生的。你们就别做梦了！

姑奶奶：你既然是我们老李家的媳妇儿，你就有责任，也有义务，为我们老李家传宗接代！

张朵朵：那是您的看法。

姑奶奶：那你的看法呢？

张朵朵：是李大宝把我骗到这儿来的。我从来就没有喜欢过他，跟他结婚那是我一时发昏，想让我给他生孩子，白日做梦！

17. 正房，妈妈屋，内，夜

姑奶奶坐在床沿上，妈妈坐在小凳子上。

妈妈把姑奶奶的脚按进脸盆。

姑奶奶“妈呀”一声：你想烫死我呀！

姑奶奶的脚，扑腾着拿出脸盆。结果，弄了妈妈一脸的水。妈妈一阵划拉后，把双手伸进水里。

妈妈：这也不烫呀？

姑奶奶：就烫，我说烫就烫，烫得都可以褪猪蹄了。

妈妈：那我正好可以解解馋了。

妈妈做出了啃猪蹄的姿势。

姑奶奶：你说吧，安的什么心？

妈妈：捏不住鼻子揪耳朵。您这算什么本事？

姑奶奶：你走，我不用你洗了。我跟你这种女人没法儿喘气。

姑奶奶自己动手洗起来。

妈妈：对不起，是我让您添堵了。

就在这时，李大宝进来了。看样子，想跟姑奶奶和妈妈说点什么。

随后，李二宝和李三宝也怪模怪样的进来了。

李二宝：李三宝，蛤蟆怎么叫？

李三宝：呱。

李二宝：李三宝，癞蛤蟆怎么叫？

李三宝：呱呱。

李大宝转身，去追打李二宝和李三宝……

18. 小院子里，外，晨

清晨，一家人被乒乒乓乓的声音惊醒。一家人都爬起来从窗子往外看：原来，张朵朵在小院子里耍起杂技来了。

张朵朵在跳顶碟舞。一摞碟子，随着她的舞步，一个个飞出去，又一个个摔得粉碎碎骨。

姑奶奶和妈妈跟头溜星地从屋里跑出来。

妈妈：哎哟嗨，祖宗，活祖宗，这些碟子我刚买回来，还没用呢！

姑奶奶：多亏大宝有先见之明，给我们每个人都打了铁碗，不然，我们老李家人连饭都吃不上了！

二膀子妈妈的脑袋，又从东墙上探了出来。

一个碟子朝二膀子妈妈飞去，她“妈呀”一声，把头低了下去……

姑奶奶：活该，开了瓢儿才好，再让你偷看！

19. 小院子里，外，傍晚

张朵朵又拉开架势，准备开练了。李大宝上前抱住张朵朵。

李大宝：祖宗，活祖宗，你这么折腾，三宝怎么考大学呀？

张朵朵：他又不在家，我影响他什么了？

李大宝：他马上就回来了！

张朵朵：行，我不跳了，我明天就去医院打胎！

20. 剧团，朱团长办公室，内，日

朱文在看报纸，有人敲门。

进来的是张朵朵。

朱文：有事，朵朵？

张朵朵：朱团长，我想请几天假。

朱文：怎么了？

张朵朵：最近有点累，想休息休息。

朱文：没能去参加汇演，有情绪了？

张朵朵：不是。就是这段时间排练太累了。

朱文：真不凑巧，团里刚刚接到通知，我们要去郊区县的厂矿巡回演出。

张朵朵：那得多长时间？

朱文：大概三个星期吧。

21. 剧团，排练厅，化妆室，内，日

张朵朵坐在镜子前，愁眉不展。

谢娟走过来，抱住张朵朵的肩膀。

谢娟：这位女演员，这次下去演出，可别再让工人老大哥们看见光腚子了，不然，还得改嫁呢。

张朵朵：去去去……

22. 李大宝家平房，小院子里，外，日

李大宝、姑奶奶和妈妈在柿子树下巴心巴肝地看着张朵朵拎着包决绝地走出院门。

妈妈：李大宝，我要是你，我就追到通县去，跟她同吃同住同劳动。

姑奶奶：三不着两，净干些猫盖屎的事。

妈妈：我怎么猫盖屎了？

姑奶奶：你知道不，那样会把她彻底激怒的。

妈妈：我担心，她外出期间，去医院打了胎。

姑奶奶：绝对不可能。第一，她是不会让团里知道她怀孕的；第二，打一次胎，相当于做一次小月子，她是去演出的，哪有时间坐月子啊？

妈妈：也是！

23. 纺织厂，维修车间，内，日

女工友甲在接电话。

女工友甲：好的好的，我马上让他去。

女工友甲放下电话，大喊：大师傅，纺织二车间有一女的，机器有噪音，点名让你去呢。

大裤裆“哎哎”着，拎着工具袋，颠儿颠儿地去了。

二膀子：大裤裆最近还真成红人了。

李大宝有些失落了。

24. 维修车间，门前，内/外，日

工友们排着队从办事员手里接过工资、奖金。

轮到李大宝了。李大宝在签字时发现了问题。

李大宝：我的奖金怎么比大裤裆少了这么多，整整50啊。

办事员：大裤裆出工比你多啊。奖金当然就多了。

李大宝把大裤裆拽到门外没人的地方。

李大宝：把你的奖金分一半，给我。

大裤裆：凭什么？

李大宝：没有我做内应，你能拿那么多？

大裤裆：话没错，但我不能给。

李大宝：为什么？

大裤裆：我追宋燕子，你也是内应，我追到手了，是不是也有你一半啊？

李大宝：那是两码事。

大裤裆：我认为是一码事。

李大宝：我可告诉你，你今天严重违反了我的做人原则。

大裤裆模仿李大宝的口气，说：我给别人办什么事都行，就是不能让我搭一分钱。搭一分钱，我都肝儿颤！

李大宝：你个混蛋！

25. 李大宝家平房，西厢房，厨房，内，日

妈妈舀起一瓢凉水正准备喝。李大宝进来了。

李大宝什么也没说，掏出一沓钱，交给妈妈。

妈妈用手捏了捏，说：怎么比上个月少了好几十啊？

李大宝：我这个月出工少，奖金就少了。

妈妈：为什么？

李大宝：我把去纺织车间出工的机会都让给大裤裆了。

妈妈：这又是为什么？

李大宝：好让他多接触接触女工友们。

妈妈：你除了管闲事，拉黑牛，你还会干啥？

李大宝：我把自己招呼好了，顺便招呼一下身边的人，有什么错？

妈妈：关键是你没把自己招呼好！

李大宝：我觉得我把自己招呼得差不多了。老婆有了。孩子也有了……

妈妈：你那孩子在哪儿呢！

妈妈把一瓢凉水全泼到了李大宝的脸上……

26. 正房，李二宝屋，内，夜

李三宝蒙着被子，在床上翻来覆去地折腾。折腾了一溜够，还是没睡着。干脆坐起来，从枕头底下摸出烟和火柴。

李三宝竟然抽起了烟。

李三宝的咳嗽声把李二宝吵醒了。

李二宝：怎么着，又不想活了？

说完，才发现了黑暗中一闪一闪的烟火。

李二宝：嗨，你个小王八蛋，怎么还憋咕起烟来了！

李三宝：你要不要来一根？

李三宝又咳嗽起来。

李二宝：咳嗽，你就别抽了。不就是吃、拉、睡，那破点事吗，还没整明白呢？

李三宝：有一个人曾说过，喝酒就是图难受，抽烟就是图咳嗽。

李二宝：这个人是谁呀？逮住他，我非扇他个大嘴巴子。

李三宝：李二宝，实话跟你说吧，这段时间，我老失眠，成宿成宿的睡不着觉。

李二宝坐起来了。

李三宝：明白了，这是被高考吓得。再有1个月，就考试了，你这样不行呀，明天让妈领你去医院看看！

27. 医院，诊室，内，日

医生乙在为李三宝看病。妈妈六神无主地站在一旁。

医生乙：这是典型的高考恐惧症。无药可医，只能慢慢地调养。高考过去了，自然就好了。

妈妈：可是，他每天睡不着，咋考试啊？要不，您给开点安眠药？

医生乙：那可不行！

28. 李大宝家平房，正房，妈妈屋，内，日

妈妈在央求姑奶奶。

妈妈：您就给三宝配点药吧，好好给他调理调理。要不，这大学就虾米了。

姑奶奶：这种小毛病我可从来没研究过，恐怕没有绝对的把握。

妈妈：还小毛病呢，这是关系到您孙子、我儿子能不能考上大学的大问题！

姑奶奶：要不咱们试试？

29. 正房，妈妈屋，内，日

姑奶奶煞有介事地坐在李小雅的书桌前。面前摆着一堆书。

姑奶奶一边翻书，一边弯下腰，写写画画……

30. 西厢房，厨房，内，日

妈妈在灶上熬药。

31. 西厢房，厨房，内，日

李三宝端起药碗，像喝开水一样，“咕咚咕咚”把药喝下去。

32. 西厢房，厨房，内，日

一家人围坐在饭桌旁吃午饭。除了张朵朵外，其他人都在。

李三宝嘴里还嚼着饭，眼睛却迷离了，最后，干脆“扑通”一声，趴在饭桌上睡着了。

妈妈：管用了，姑奶奶下了三服药，就管用了。

李二宝：要不怎么是神医呢。

姑奶奶：只要我的小拇指稍微一动，一切尽在掌握。

妈妈：大宝，快把三宝弄回屋里去睡。

李大宝站起来，说：得了，您呐！

33. 纺织厂，食堂门前，院内的路上，外，日

一群女工友们拿着饭盆，向食堂走去。

大裤裆、二膀子和几个男工友骑着自行车从后面赶上来。

二膀子：大裤裆，看，你媳妇儿。

大裤裆、二膀子和几个男工友猛蹬了几下，超过了女工友们。再回过头来看，果真有宋燕子。

二膀子：露一手？

大裤裆突然从自行车上下来，推着向前跑，跑了几米远，不蹬脚镫子，一下子从左面飞上车座；又跑了几米远，飞身下到右面；又跑了几米远，一下子从右面飞上车座……

女工友们一片喝彩。

只有宋燕子侧目。

二膀子和几个男工友（念白）：抬起裤裆，走吧，路还长着呢；穿上鞋子，去吧，日子还远着呢。戴上墨镜，恨吧，谁让她甩了你；穿上风衣，爱吧，谁让你喜欢她……

女工友们一片欢笑……

34. 李大宝家平房，西厢房，厨房，内，日

妈妈在灶上忙着。姑奶奶倒背着手，东瞅瞅、西看看，一副事不关己的样子。

门开了，李大雅突然拎个提包，从天而降。

李大雅像变了个人似的，灰头土脸，完全没有了往日的光彩。

半天，妈妈和姑奶奶才认出李大雅来。

妈妈：你怎么跑回来了？

李大雅：什么叫“你怎么跑回来了”？难道这不是我家吗？

姑奶奶：大雅，不会出什么事了吧？

李大雅：姑奶奶，没事，我就是想你们了，回来看看……

35. 西厢房，厨房，内，夜

李大雅在奋力地洗着衣服。她的脚边还放着一堆脏衣服。

李大宝像个愤怒的公牛一样进来了。

李大宝：李大雅，你跟我说实话，是不是毛驴儿尥蹶子了，把你给踢了？

李大雅嘴还挺硬，说：他要敢尥蹶子，我就给他戴个嚼子！

36. 纺织厂，维修车间，门前，外，日

李大宝在停放自行车。大裤裆却不知从哪儿钻出来了。

李大宝：怎么着，给我送钱来了？

大裤裆：除了金钱，你就不能谈点别的了？比如说追求，比如说理想；比如说友情，比如说爱情。

李大宝：你没病吧，我跟你谈爱情？

大裤裆：是我跟你谈爱情。

李大宝做出要逃跑的姿势，说：别别别，你还是离我远点吧。

大裤裆：你想哪儿去了……事情它是这样的……我妈妈想儿媳妇都快想疯了，天天不睡觉，现在瘦成了一把骨头，我要是再不找对象，她老人家怕是时日不多了。

李大宝：你跟宋燕子谈得怎么样了？

大裤裆：宋燕子跟我好像不太来电。除了工作上的事，她多一句话也没有。但我坚信，你都把张朵朵追上了，我也一定会把她追上的。

李大宝：大裤裆，你可真是面带猪相，内心嘹亮。那就赶紧抓紧吧。

大裤裆：可是，我妈这儿怎么办呀？

李大宝琢磨了一下，说：看样子等宋燕子是等不上了，那就找个临时的，先对付一下？

大裤裆：哪能对付呢？一定得按正式相亲的标准，找个漂亮的啊！

37. 大杂院，大裤裆家，内，日

李大雅和大裤裆妈妈面对面地坐在床边。李大宝和大裤裆站在地上伺候着。

大裤裆妈妈把李大雅的脸蛋儿摸来摸去。李大雅心里虽然腻歪，但尽可能地配合着。

大裤裆妈妈：姑娘，你多大了？

李大雅：25 岁。

大裤裆妈妈小声说：漂亮是挺漂亮，脸蛋周正，眼睛又大又圆，就是年龄有点大。

李大雅看了一眼大裤裆。

李大雅小声说：你妈可真行，还想找个童养媳啊！

大裤裆妈妈：姑娘，你说什么？

大裤裆：她说，你身体还真行！

38. 李大宝家平房，正房，妈妈屋，内，日

李大雅在收拾提包，看样子要走了。姑奶奶、妈妈和李大宝都有点不舍的意思。

李大雅突然说：对了，李大宝，钱还没给我呢。

李大宝：什么钱？

李大雅：你借我的钱呀？

李大宝：我什么时候借过你钱，我怎么想不起来了。

李大雅：上次你去天津，逛劝业场，非要给张朵朵买连衣裙，你又没钱，借了我 30 块。都多长时间了。利息都快赶上本多了。

李大宝支支吾吾地说：好像、大概、也许，有这么回事。

李大雅：什么好像、大概、也许，本来就是，赶紧还钱。连本带息，35 块，少一分都不行。

李大宝不耐烦地说：行行行，我还，我这就还，等着。

李大雅：还有，我告诉你，李大宝，一个大男人，不能动不动就朝别人伸手借钱，这毛病以后你得好好改改！

李大宝回自己屋拿钱去了。

而妈妈则把嘴岔子都撇到耳根子上去了……

39. 正房，李二宝屋，内，日

李三宝在看书，看着看着，眼睛又迷离了，最后，干脆“扑通”一声，趴在书桌上睡着了。

黏糊糊的口水流到了书上。

40. 正房，李二宝屋，内，日

妈妈端着一碗鸡汤进来，见李三宝又睡过去了，火冒三丈。放下碗，拿着筷子猛敲李三宝的脑壳，可是怎么敲，他都不醒。

妈妈：这孩子，最近这是怎么了，脑子钻进瞌睡虫了？姑奶奶，姑奶奶，你赶紧过来！

声音刚落，李大宝、李二宝和姑奶奶相继跑了进来。

妈妈拿着筷子猛敲李三宝的脑壳。

妈妈：你们快看看，怎么跟冬瓜一样，敲起来没一点反应啊？

李二宝趁机使劲儿弹了李三宝几个脑瓜蹦儿。李三宝的脑门都被弹红了。

李二宝：完了，可能是得了嗜睡病。

妈妈：什么叫嗜睡病？

李二宝：就是一觉睡过去，就不醒了；少则十多天，多则十多年。

妈妈：那怎么办？

李二宝：找把锥子来吧。

妈妈丢丢地去了。

姑奶奶：大宝，没事吧？

李大宝：没事，让他好好睡吧，十多年以后又是一条好汉。

妈妈拿着一把锥子回来了。身后还跟着风尘仆仆的张朵朵。看样子，去郊区县的厂矿巡回演出归来了。

大家这会儿已经顾不上张朵朵了。所以，她的到来，并没有引起大家的注意。

李二宝从妈妈手中接过锥子，分别对准李三宝的两个大拇指，就是两下子。

血，汩汩地流出来。

李三宝慢慢地睁开了眼睛。

李三宝：你们怎么都在这儿？

李大宝：你一连睡了五六个小时，怎么敲脑袋都不醒，李二宝就给你放了血。

李三宝这才发现了手上的血流了一地。

李三宝：妈，我刚才梦见我自己死了，被人扔进河里了。下次，你们就去鱼肚子里找我吧！

妈妈用手指了指姑奶奶。

妈妈：您这哪儿是没把握，简直就是把握太大了。

姑奶奶：我说这种小毛病我从来没研究过，是你非让我下药的。

妈妈：庸医，杀手。

李三宝指了指姑奶奶。

李三宝：没错，就是庸医，就是杀手，我差点儿就死在你的手里。

李下的旁白：我奶奶有一个原则，那就是，自己跟太姑奶奶怎么吵都可以，但绝对不允许孩子们对太姑奶奶有一点点不敬……

妈妈：三宝，怎么跟姑奶奶说话呢！

于是，动手扇了李三宝一个大嘴巴子。

张朵朵看出要有故事了，竟然从身上的书包里摸出一个照相机，准备抓拍了。

姑奶奶：三宝的脑袋，也是你打的吗？

于是，动手扇了妈妈一个大嘴巴子。

张朵朵抓拍到了这个镜头。

李二宝也跟着起哄，大叫：打倒庸医，打倒杀手；还我囫囵个的李三宝，还我正常的李三宝！

李大宝：李二宝，你个倒霉催的，你丫是不是欠揍啊！

于是，动手扇了李二宝一个大嘴巴子。

在一边观战的张朵朵，笑得前仰后合不说，继续拿着照相机，把这些场面全都给拍了下来。

张朵朵：李大宝，你知道什么叫罗圈架吗？这就叫罗圈架。好玩，好玩，真是太好玩了！

李大宝被张朵朵激怒了，抬手要扇张朵朵。

张朵朵眉眼一竖，说：你敢！

最终，李大宝只好扇了自己一个大嘴巴子。

张朵朵笑得简直背过气去了……

激动和疯狂的一家人，逐渐冷静下来。于是，都发现了张朵朵的存在。

妈妈：你什么时候回来的？

姑奶奶：你拿个破照相机在这儿干什么呢？

李二宝：她把我们挨大嘴巴子的场面全拍下来了。

姑奶奶：你拍它干什么？

张朵朵：我准备把它们洗出来，在街道搞个展览！

姑奶奶：你敢。大宝二宝三宝，去把她的破照相机抢过来！

张朵朵把照相机抱在怀里，往后退了一步。

张朵朵：你们敢？我现在可不同往常了，你们要是碰了我，正好，我省得去医院了！

姑奶奶和妈妈投鼠忌器，只好软了下来。

张朵朵趁机抱着照相机撤了……

41. 医院，诊室，内，日

医生丙在为张朵朵检查。

医生丙：孩子太大了，以你现在的身体情况，容易出意外不说，这次做掉了，恐怕以后想怀孕也难了。要不你再想想？

张朵朵挣扎着坐起来，说：谢谢。

张朵朵下了床，强作镇定，但是，心早就悬在了半空……

42. 李大宝家平房，西厢房，李大宝屋，厨房，李大宝屋，内，夜

李大宝仰面躺在床上，腿耷拉在地上，呼呼地睡着了。

张朵朵推门进来，看到李大宝那样儿，火“腾”一下子上来了。跑进厨房，舀了满满一瓢水，端回来，不由分说，就往李大宝半张的嘴里灌。

李大宝被呛醒了，爬起来，蹲在地上使劲儿咳嗽……

第 13 集

1. 小院子里，外，晨

老李家人还在睡梦中，张朵朵却已经开始在小院子里练功了。

奔跑、跳跃、劈腿，就差翻跟头了。

张朵朵这么一折腾，老李家人终于醒了。姑奶奶和妈妈光着脚、李大宝光着上身，分别从自己的屋里跑出来。

妈妈：我的孙子啊，我那没见面的孙子啊。我求求你了，朵朵！

李大宝：我的儿子啊，我那没见面的儿子啊。我求求你了，祖宗！

姑奶奶：人是人，鳖是鳖，喇叭是铜锅是铁。该是啥是啥，该咋地咋地。都给我闭嘴，我们犯不上这么低三下四的！

张朵朵突然消停了。

张朵朵渐渐地收回了身体。目光虚着。目光的尽头，是缥缈、高远的天空。

张朵朵突然感觉到孩子在肚子里动了一下。屏住呼吸。孩子又动了一下，再动了一下。

张朵朵的目光变实了，逐渐焕发出了动人的光彩。

张朵朵：他在动。

大家也屏住了呼吸。

张朵朵：李大宝，他在动。

李大宝：谁在动？

张朵朵轻轻地抚摸着肚子，说：他在动。

李大宝连滚带爬地跑到张朵朵身旁，用双手抚摸着她的肚子。

李大宝：我的儿子，我的儿子啊！

张朵朵连连说：太神奇了，太神奇了！

2. 小院子里，西厢房，李大宝屋门口，外，晨

一家人像捧着月亮一样，几乎是把张朵朵捧回了屋里……

3. 西厢房，厨房，内，日

一家人围坐在饭桌旁开会。除了张朵朵，其他人都在。

妈妈搓着双手，还在嘟嘟囔囔：我的孙子啊，我的大孙子啊。这可怎么好啊。我有孙子了，我有大孙子了！

姑奶奶：别跟这儿瞎咋呼了，怀里抱个西瓜，还不知道它什么瓤儿呢。什么孙子啊什么大孙子啊！

妈妈：什么瓤儿他也是我孙子我大孙子！

李大宝：诸位，诸位；停停嘴，停停嘴。今天把大家召集在一块，就是商量商量、研究研究，如何应对我媳妇儿张……张……

李大宝使劲儿拍了拍自己的脑袋。

李大宝：哎，我媳妇儿叫啥来着？

李三宝：张朵朵。

李大宝：对，张朵朵。我媳妇儿张朵朵怀孕和生孩子这一伟大的、崇高的事业。

李二宝：人家还没同意给你生呢，你瞎激动个啥。

姑奶奶：生男生女还不知道呢，你瞎激动个啥。

李大宝：暂时放弃这些争执，我们现在面对的应该是可以掌控的问题。妈，你找纸记一下。

妈妈转身从橱柜的抽屉里拿出纸和笔，煞有介事地做起记录。

李大宝：我认为可以掌控的问题无非就是——我媳妇儿张朵朵从明天开始吃什么、喝什么，什么时候静卧、什么时候运动，什么时候起床、什么时候睡觉，这些都要制订出详细的、完整的、可操作的计划来……

李二宝：孙子，真孙子！

4. 西厢房，厨房，厨房门口，厨房，内／外／内，日

一家人围坐在饭桌旁准备吃午饭。

饭桌上一溜摆开八个碟子。八个碟子都有不同的内容。

李大宝逐一地给张朵朵介绍菜品。

李大宝：酱猪蹄，炒鸡肝，韭菜鸡蛋，菠菜豆腐，醋熘白菜，红烧茄子，臭豆腐，酸黄瓜……

李二宝：舞蹈演员，看好了，你呐。这回可是没有油条啊。

张朵朵突然反胃，转身就往外面跑。

李大宝颠儿颠儿地跟上。

张朵朵蹲在台阶上，一阵干呕。

李大宝吓坏了，举起手，想拍张朵朵的后背，但又下不了手。

李大宝一声接一声地问：没事吧，没事吧？

张朵朵：酱猪蹄，一股洗脚水味儿；炒猪肝，一股鸡粪味儿；韭菜臭了；豆腐馊了……马上给我倒掉！

李大宝：没有吧？这些个东西都是我亲自去买的，绝对新鲜。

张朵朵：我让你给我倒掉！

李大宝：好好好，我马上倒掉！

李大宝跑回厨房，把菜一股脑全倒进了垃圾桶里……

姑奶奶：干什么，干什么？不让人家吃了，不让人家吃了！

李大宝：朵朵说有味儿。

姑奶奶：好好的东西，能有什么味？

李大宝端着垃圾桶，往外走。

李大宝：朵朵说有味儿，那肯定就有味儿！

李二宝：孙子，太孙子了！

5. 西厢房，李大宝屋，内，夜

张朵朵对着镜子，研究自己那张漂亮的脸蛋。李大宝在边上手足无措地伺候着。

张朵朵：一股臭味儿。

李大宝像个狗一样，把自己闻了个遍。

李大宝：今天可是真没有。一直以来，我是严格按照你的要求来做的。除了三天洗一次澡外，每天肯定是刷两次牙早晚各一次、洗两次脸也是早晚各一次、洗一次脚，然后才上床的。这不，为了配合你完成怀孕和生孩子这一伟大的、崇高的事业，我又加了一次刷牙，现在已是早中晚各一次了。

张朵朵：我说，你的话有一股臭味儿。

李大宝：我琢磨着，你是说我，说话像放屁……

张朵朵：你看看，我还像朵花吗？

李大宝：什么像朵花啊？你根本就是一朵花。

张朵朵：你看看，我的眼睛、皮肤和头发现在都是干干的，哪儿还有一点水分了。是花，我也是一朵晒蔫了的花。

李大宝：你到底什么意思……我是越急越不出汗……

李大宝一拍脑袋，恍然大悟。

李大宝：明白了，明白了。露水，是露水。

张朵朵：算你聪明。

李大宝：这些天被你吓蒙了，把这事给疏忽了。明天凌晨，我立马去弄。从明儿往后，每天都弄，雷打不动！

李大宝拿起闹钟，定好了4点的铃声，然后，塞到自己的枕头底下……

6. 正房，妈妈屋，内，夜

屋里黑着灯。月光斑斑驳驳的照进来。

姑奶奶和妈妈都在睡梦中。

李小雅突然坐了起来，把妈妈摇醒。

李小雅：妈，我饿，我睡不着。

妈妈：一顿不吃，饿不死，睡吧。

妈妈刚说完，李二宝和李三宝也揉着眼睛进来了。

李二宝和李三宝：妈，我们饿，我们睡不着。

妈妈：看看你们那没出息样儿，将来都是些戳狗牙的货。一顿不吃，还能饿死呀？

妈妈伸手开了灯，坐起来，穿衣服……

妈妈：等着！

7. 正房，妈妈屋，内，夜

李小雅坐在床上生闷气。

一直蒙着头的姑奶奶，突然把头探出被子。

姑奶奶：别跟她生气，她就是再小气，她也是你妈。

李小雅：姑奶奶，你说，我是不是她亲生的？

姑奶奶：你当然是，二宝……

姑奶奶说到半道，又憋回去了……

8. 西厢房，李大宝屋，内，凌晨

李大宝被“嗡嗡嗡”的闹钟铃声震醒。拿出枕头底下的闹钟，趁着月光看了看。

李大宝：这才四点呀……

李大宝又躺下了。眯了一会儿，突然，想起了什么，“腾”地一下，坐起来。

李大宝：差点儿误了大事……

9. 西厢房，李大宝屋，内，晨

张朵朵抱着塑料桶，往杯子里倒露水。边上的李大宝有些不解。

杯子满了，张朵朵端起来，一口气喝了下去。

李大宝：你这是唱的哪一出啊？

张朵朵（念白）：《露水记》。

李大宝：你怎么属蚊子的，还喝露水来了。

张朵朵：是你给我定的目标，到 50 岁都不长褶子。

李大宝：是我定的。

张朵朵：我想了又想，要想实现这个目标，只有喝露水这一个办法了。喝露水，养颜、养肤，养肺、养心。

李大宝：可是，你给我增加了巨大的工作量啊。

张朵朵（念白）：你弄半桶也是弄，弄一桶也是弄，你就辛苦一下了。

李大宝：我这真是自己给自己上套呀。

张朵朵（念白）：不愿意？

李大宝：愿意，我当然愿意。您能这样使唤我，那是给我脸了，那是给我机会了！

10. 西厢房，厨房，内，日

一家人围坐在饭桌旁准备吃午饭。饭桌上摆着一个大铝盆，里面赫然放着一个煮猪头。当然，还有一盆白白的馒头。

李大宝小心翼翼地看着张朵朵。

李大宝：朵朵，你闻闻，有味儿吗？

张朵朵：有一点。

李大宝从兜里掏出一个口罩，给张朵朵戴上。

妈妈：你给她戴个口罩，让她怎么吃呀？

李大宝把口罩左面的带子摘下来，让它耷拉着，然后做了一个往嘴里喂饭的姿势，再把带子戴上。

李二宝：孙子，太孙子了。

李大宝：姑奶奶，朵朵好不容易有点胃口，主动提出要啃猪头，今天咱们打破家规，让她吃第1口？

姑奶奶一撩眼皮，说：我没意见，看你妈吧。

妈妈底气不足地说：那就听姑奶奶的吧。

李大宝：哎哎哎……

11. 西厢房，厨房，内，日

张朵朵吃得慢条斯理，而李二宝和李三宝则吃得热火朝天。

张朵朵看着李二宝那副吃相，突然又反胃了。李大宝立马把口罩给张朵朵戴上。

李二宝：刚还好好的，怎么一下子又不行了？

张朵朵：你们吃那么多饭干什么，吃完这顿就没下顿了，是吧？我郑重宣布，你们以后要是再往死里吃，我就绝食。

李二宝：还有没有天理啊，你不吃，还不让我们吃了？

李二宝和李三宝咧开腮帮子，继续狼吞虎咽。转眼间，一个鼻子冒汗，一个满嘴流油。

李大宝：你俩知道一个囫囵个儿的猪头，外加一锅馒头，可以制造出什么东西吗？

李二宝：什么东西？

李大宝：两个吃货。

李二宝：什么意思？

李三宝指了指张朵朵。

李三宝：大嫂说过，他们家邻居，就那个吃货，一顿能啃一个囫囵个儿的猪头，外加一锅馒头……

李二宝：太损了，太不把人当人了。我就不信了，当个有为的好青年我可能差点事儿，当个吃货我总是还有些天分吧！

李二宝一手拿起一个馒头，左右开弓地往嘴里塞……

姑奶奶拿起筷子拍到桌子上，说：张朵朵，你说吧，你到底安的什么心！

妈妈把筷子拿起来塞到姑奶奶手里。

妈妈：您吃肉，您吃肉……

李下的旁白：我二叔李二宝一气之下，啃了半个猪头，外加15个馒头。我奶奶这次不敢用擀面杖给我二叔擀肚皮了，而是命令我爸和我三叔李三宝用折叠床抬着我二叔，奔了家属区卫生所……

12. 西厢房，李大宝屋，内，夜

李大宝拿着闹钟，定好了四点的铃声，塞到自己的枕头底下。然后，端着牙缸出去刷牙了。

张朵朵从李大宝枕头底下把闹钟拿出来，将他定好的四点铃声改成了五点，再把闹钟放回原处……

13. 南郊，田野里，外，晨

一望无际的绿色，像块巨大的毯子。

李大宝在没了小腿的庄稼地里收集露水。他猫着腰，一手拿着一个空盆，一手去拍打草叶。于是，草叶上的露水轻轻地落在空盆里。

那声音，就像美妙的音乐。

叠画：李大宝一只手端着盆，一只手拿着塑料桶，往里倒露水，

叠画：塑料桶满了。而李大宝浑身上下上都湿透了，简直像个落汤鸡。

叠画：李大宝拍打着秧苗，在给自己洗脸。晶莹的露珠在李大宝的脸上一跳一跳的。

叠画：李大宝笑得像个孩子……

14. 南郊，乡村的路上，外，晨

迎着初升的太阳，李大宝意气风发地骑着自行车前行……

李下的旁白：被我爸誉为“天书”的，其实是一本童话书。这是我三叔李三宝后来跟我讲的。我三叔用一本童话书，糊弄了我爸大半辈子。不过，我

妈到了50岁，脸上真的都没什么褶子。这也许都是喝露水喝的。因此，对我爸来说，他被骗一事，是好事还是坏事，我实在是搞不明白了……

15. 李大宝家平房，西厢房，厨房，内，日

妈妈在灶上忙着。姑奶奶倒背着手，东瞅瞅、西看看，一副事不关己的样子。

姑奶奶又发现了问题。

姑奶奶：这两天，你怎么顿顿清水煮白菜豆腐？孩子们不是做工的、就是念书的，他们能吃饱吗？连我也只能吃个半饱啊。

妈妈：朵朵不是怕油腥味儿吗？

姑奶奶：什么怕油腥味儿？她那是作我们呢。

妈妈：我知道，她就是不想痛痛快快地给我们老李家生孩子。

姑奶奶：知道你还跟着溜？

妈妈：这直接关系着您能不能有重孙子，我能不能有孙子，你说，我不溜行吗？

姑奶奶用鼻子“哼”了一声。

妈妈：您最近是怎么了？在这件事上，我们的目标是一致的啊！

16. 正房，妈妈屋，内，夜

屋里黑着灯。月光斑斑驳驳的照进来。

姑奶奶和妈妈都在睡梦中。

李小雅突然坐了起来，使劲儿摇晃着妈妈。

李小雅：妈，我饿，我睡不着。

妈妈睡得很沉，没有任何反应。

一前一后进来两个黑影儿。是李二宝和李三宝。

李二宝和李三宝：妈，我们饿，我们睡不着。

妈妈依然睡得很沉，没有任何反应……

17. 西厢房，厨房，内，夜

李二宝和李三宝在碗橱里翻腾。李二宝抢到了半碗稀粥，李三宝抢到了一根葱。

转眼间，都进了各自的肚子。

李三宝也许真是饿急眼了，又抄起了酱油瓶子。

李二宝：那是酱油啊，齁死你呀。

李三宝：齁死也比饿死强。

李二宝抄起了醋瓶子。

李二宝：行，你喝酱油我喝醋！

18. 正房，妈妈屋，内，夜

李小雅拿着手电筒，蹑手蹑脚地来到姑奶奶的床头，蹲下来，把一个小木箱子往外拉了拉，打开，从里面摸出一个葡萄糖瓶子。

里面有半瓶药酒。

李小雅小声说：李小雅，喝了这半瓶药酒，你可千万别成仙呀！

19. 小院子里，外，晨

醉醺醺的李小雅手中拿个空酒瓶子，满院子耍酒疯。一家人被她撵得到处乱跑。

李小雅：姑奶奶，你要再欺负我后妈，我跟你没完。

姑奶奶一边跑，一边说：我什么时候欺负她了。

妈妈在边上骂道：兔崽子，我怎么就成你后妈了。

李小雅却一把逮住了看热闹的李大宝。抱着他的脑袋又拍又颠，像是在挑西瓜。

李小雅：一瓣，两瓣，三瓣……哟，一共五瓣。还真是个名副其实的大瓣蒜儿。

李小雅打了个嗝儿。

李小雅：哟，一首诗。李三宝，不要以为就你会写诗，我也会。我打个嗝儿，就是一首诗。

李小雅又打了个嗝儿。

李小雅：哟，又一首。

李三宝：恶心。

张朵朵过来拉住李小雅。

张朵朵：小雅，别闹了，回屋去。

李小雅：我不回，我要像姑奶奶那样，我要得道，我要成仙。

突然，又盯上了张朵朵的脸。

李小雅：朵朵姐，你有青白眼。

张朵朵：什么叫青白眼？

李小雅：就是眼睛一会儿青，一会儿白。魏晋时，有个诗人叫阮籍，竹林七贤之一，就是青白眼。碰上喜欢的人，就给青眼；碰上不喜欢的人，就给白眼。看看看，青了，青了，你喜欢我，你喜欢我……

张朵朵被说得满脸通红。

张朵朵：我不管你了。

姑奶奶：自从进了这个家门，我就没见她的眼青过。

李小雅：我给你们讲个故事吧。讲个什么故事呢……干脆，我就给你们讲讲我们班郭小柱吧。我们班郭小柱去年暑假，去延庆他姥姥家，不小心掉进井里去了。

姑奶奶：那不把脑袋摔坏了？

李小雅：没有。毫发未损。可是，从此以后，数理化考试经常得大鸭蛋。

姑奶奶：还是把脑袋摔坏了。

李小雅：没有。我们老师说，郭小柱脑子进水了。

一家人终于被逗得哈哈大笑。

李小雅：好玩吧？

姑奶奶：好玩。

李小雅突然话锋一转，说：要我看，某些人脑子也进水了。

姑奶奶白了妈妈一眼。

姑奶奶：我看也是，某些人脑子肯定进水了……

20. 正房，妈妈屋，内，晨

姑奶奶手中拿着那个空酒瓶子，长吁短叹。

姑奶奶：白瞎了我的药酒。

妈妈：您什么意思？

姑奶奶：什么意思？我实话告诉你吧，那个张朵朵怀的是个丫头片子！

妈妈：你也喝醉了？

姑奶奶：这点小事，还能瞒得了我？

妈妈：这回您要是算错了，我就掐了你的伙食！

21. 西厢房，厨房，内，晨

一家人围坐在饭桌旁吃早饭。

李小雅：妈，你今天头疼吗？

妈妈：我好不秧地，为什么要头疼呢？

李小雅：那好。我八年级马上毕业，就要升九年级了……

妈妈：这我们知道。

李小雅：因为都在一个学校就读，所以学校决定，把八年级最后一次家长会和九年级第一次家长会放在一块开。你准备准备，下午四点，准时到达。别耽误了。

李二宝：完了，这李小雅喝了点药酒，真变成狐仙了，把妈这么精明的人都给绕进去了。

妈妈：我怎么就被她绕进去了？

李二宝：去开会就得交钱啊，原来欠的、将要交的，那可得老鼻子了。

妈妈的脸色变了。她拿眼角向四周瞥了瞥，在想着应对策略。她发现身后碗橱的门竟然开着。

妈妈假装站起来盛饭，"砰"地一声，脑袋撞到了橱门上。

妈妈龇牙咧嘴地捂住后脑勺。姑奶奶站起来，抱着妈妈的脑袋摸了半天。

姑奶奶：完了，包，大包，比鸡蛋还大，这次是真头疼了。

妈妈：小雅，这次是真去不成了。

李小雅用乞求的目光看着李大宝。

李小雅：大哥，怎么办？

李大宝：我们厂最近设备大检修，我也不好请假啊……有了，我鼎力推荐李二宝去。

李二宝：为什么是我？

李大宝：你现在有钱，有身份，有地位，更能整体代表我们老李家。

李二宝被李大宝忽悠得有点飘飘然了。

李二宝：我去也行，不就是破费一点碎银子吗？可是我有一个条件。

李大宝：说。

李二宝：我这儿还压着25块电子表，你拿到厂里帮我处理了。

李大宝：凭什么呀？拿我的钱做本钱，我还得帮你推销，你真把我当成傕巴了。

李二宝：把自己招呼好了，顺便招呼一下身边的人。这是谁说的？

李大宝：我说的。可是按照妈的观点来看，我好像还没把自己招呼好呢。

李二宝：媳妇儿有了，儿子也有了，你还想要什么？

李大宝又被李二宝忽悠得有点飘飘然了。

李大宝不停地搓着双手，说：说的也是啊，姑奶奶。那我就再招呼一下身边的人们？

姑奶奶：招呼，赶紧招呼！

22. 纺织厂，维修车间，内，日

工友们或坐椅子或倚操作台，一个个都睡着了。

李大宝憋着笑，给大家一一地戴上了一块电子表……

23. 纺织厂，维修车间，内，日

大裤裆首先醒来了。伸了个懒腰，就发现了手腕上的电子表。

大裤裆：嗨，睡一觉怎么还睡出个表来？

其他工友也都发现了这个问题。

正在翻看工具袋的李大宝突然大叫：哎哟，不好了，不好了！

大裤裆凑过来，说：怎么了，怎么了？

李大宝：我袋里的表一块都不见了，一共 25 块。我准备下了班，在厂门口推销呢。

大裤裆举起手腕，说：是不是它？

李大宝：就是就是。怎么跑到你们手腕上去了？

二膀子：我们哪知道呀？

工友们纷纷要往下撸手腕上的表。

李大宝：你们都戴了，让我卖给谁呀？

大裤裆：那你说怎么办？

李大宝：我也不多要，按批发价，每块 10 块钱，你们拿钱吧……

李下的旁白：就这样，维修车间的每一个人被都我爸强卖了一块电子表。我爸拿到了钱，也没给我二叔李二宝，直接把我二叔欠他的钱，扣下了……

24. 李大宝家平房，小院子里，外，傍晚

李大宝刚停放好自行车，李小雅就跟在李二宝屁股后进来了。

李小雅：李大宝，我们回来了。

李大宝：还行吧？

李小雅：太行了。二哥替我整整交了80块钱。还作为家长代表发了言。我们班女生都说二哥长得帅，口才也好。二哥今天是盖了帽儿了。

李二宝：抬爱了，抬爱了。

李二宝往屋里走。

李小雅：二哥，你等等我，二哥……

李大宝突然之间，觉得丢了点什么，心里有些不得劲儿了。

妈妈从屋里出来了。她把李二宝拽到柿子树下。

妈妈：真交了80？

李二宝：那是。

妈妈把手伸进兜里。

妈妈：我把钱给你吧？

李二宝：可以啊。

妈妈在兜里掏了半天，结果，手里空空如也。

妈妈：哎哟，今天去商店花完了。哪天再给你吧。

李二宝：我知道你不是虚头巴脑的人，肯定是要真心给我。

妈妈：你什么意思？

李二宝：我的意思是说，这钱我出了，你别有什么负担。不过，我有一点不太明白，你好像是对小雅有点苛刻啊？

妈妈：我这么做，是想让她知道，钱来得不容易，一个女人从小就要学会过日子！

25. 西厢房，李大宝屋，内，夜

李大宝在给张朵朵洗脚。洗完了脚，又捶肩。捶得细致入微。

张朵朵突然感觉到孩子在肚子里动了一下。她轻轻地抚摸着肚子。目光也变得凄美、柔和又不乏热度了。

张朵朵：李大宝。

李大宝：哎。

张朵朵：想要孩子，是吧？

李大宝：太想要了。

张朵朵：想要男孩儿，还是女孩儿。

李大宝：只要是你生的，什么都行。

张朵朵：放屁。

李大宝扇了自己一个大嘴巴子。

李大宝：我的意思是说，只要是你生的，男孩儿女孩儿都行。

张朵朵指了指地上那盆洗脚水。

张朵朵：李大宝，你要是把这盆洗脚水喝下去，我就痛痛快快把孩子给你生下来。

李大宝强忍着胸中的怒火。张朵朵淡定的目光，一点一点地把李大宝的怒火浇灭了。

李大宝：你这是想在肉体上作我死啊！

张朵朵：肉体算什么，我的心灵早被你作死了！

李大宝：明白了，你就没打算给我留一点后路啊。

张朵朵：你给我留后路了吗？

李大宝：英雄气短，马瘦毛长。我李大宝这辈子在你面前是抬不起头来了。

张朵朵：自从来到你们老李家，我在我自己面前，就再也抬不起头来了。

李大宝：什么也别说了，我喝！

李大宝视死如归地端起洗脚盆。

李下的旁白：当然了，我爸喝我妈洗脚水的事，是我奶奶后来跟我讲的。但是，我一直心存疑虑。疑虑归疑虑，我爸在我妈面前的确能干出那种事来。

李大宝：太阳永远照耀李大宝！

李大宝闭上眼睛，咕咕咚咚地喝洗脚水……

26. 正房，妈妈屋，小院子里，内/外，夜

一家人都被李大宝叫起来，连夜开会。

李大宝双腿哆嗦着，双手在胸前划拉着，声泪俱下，不能自已。

李大宝：我知道，这一年多来，你们对我在张朵朵面前的表现，不满、不屑、甚至不齿，可是我低三下四、委曲求全去博得她的笑脸、赢得她的欢心，我完全是为了我们老李家。

李二宝：愿闻其详。

李大宝：我这么做，无非有三个目的。一，让她成为我真正意义上的老婆；二，让她为我生孩子……

李三宝：这两个目的都是为了满足你个人的欲望，跟我们老李家没任何关系。

李大宝：我找了老婆，你李二宝和你李三宝才有资格找老婆；我生了孩子，我们老李家才能续上香火，妈妈和姑奶奶死了才能闭上眼睛。这就是我要说的第三个目的——也是最重要的目的——我这么做，完全是为了我们老李家的家庭希望！

姑奶奶：你就咒我们吧。

妈妈：你生不了，得朵朵生，可是人家还没答应你呢，主动权还在人家手里攥着呢。

李大宝：她要是答应了，你给我 50 块钱。

妈妈一使劲儿，说：她要是答应了，我给你 100 块。

话音刚落，张朵朵推门进来了。

张朵朵：您拿钱吧。

妈妈一愣，说：这么说，你答应了？

张朵朵：是。

妈妈脖子一梗，说：拿就拿。

李三宝不满地看着张朵朵。

妈妈脱了鞋，从鞋窠儿里摸出一沓钱。一家人全呆了。

李二宝：妈你怎么还把钱藏鞋窠儿里了？

妈妈：安全。

李二宝：难怪你兜里没钱。

妈妈一鼓作气地数钱。

妈妈把数好的钱递给张朵朵。

张朵朵：麻烦您把它分成两份。

妈妈按要求做了。一手一份，再次把数好的钱递给张朵朵。

张朵朵：麻烦您，一份给三宝，一份给小雅。

妈妈不明白张朵朵是什么意思，但还是机械地照做了。李三宝和李小雅每人拿到了50块钱。

张朵朵：三宝和小雅，这是大哥大嫂给你们的零花钱，拿去买书吧。

天上掉下了个大馅饼。李三宝和李小雅别提多高兴了。

李小雅：谢谢朵朵姐。

李三宝：谢谢朵朵姐。

李二宝：有奶便是娘啊，有钱便是爹呀。这个社会完了，全完了。

姑奶奶：吴王好剑客，百姓多疮疤；楚国好细腰，宫中多饿死。最近一段时间，我们老李家的风气导向出了问题，出了大问题呀。看样子，又得开会了！

李大宝：散会，散会。

张朵朵：别，我的话还没说完呢。

姑奶奶：洗耳恭听。

张朵朵：我爸妈还不知道我怀孕呢，劳烦您去知会他们一声呗？

姑奶奶：没问题。我明天就去！

妈妈：我陪你去。

张朵朵：妈，您就免了吧？

妈妈：那不行，这么大的事，我当然得去。

李大宝：散会，散会。

李三宝：朵朵姐，你出来，我跟你说句话。

李大宝：嗨，有什么话，不能在这儿说啊？

张朵朵还是跟着李三宝出来了。

李三宝：对不起，前一段时间，我对你的态度有点不好……

张朵朵：我看出来了。

李三宝：你知道为什么吗？

张朵朵：不知道。

李三宝：因为你怀孕。

张朵朵：啊？

李三宝：你怀孕了，就变丑了。我不想看到你变丑，我希望你永远冰清玉洁，希望你永远妩媚动人。

张朵朵有些感动：三宝……

李三宝：不过现在看到你高兴了。我也为你高兴。还有，我盼望着你肚子里的孩子，早点出来。这样，我就有小侄子了。

张朵朵用手摸了摸李三宝的头。

张朵朵：谢谢你，三宝……

27. 李大宝家平房，小院子里，外，日

妈妈跟在姑奶奶身后往外走。

妈妈：就我俩，行吗，我心里没底呀？

姑奶奶：你平时跟我吵架怎么像打了鸡血似的，这会儿㞞了？走，赶快走。

妈妈：要不，把阿黄叫上吧？

姑奶奶：又不是狗掐架，你叫它干吗？

妈妈：还是叫上吧。阿黄，阿黄！

阿黄跳上东墙，“砰”的一声，落了地……

第 14 集

1. 张朵朵父母家，内，日

四盒糕点像小山一样，摆在八仙桌上。

张朵朵的爸爸妈妈分坐在八仙桌的两侧。张朵朵妈妈闭着眼睛，张朵朵爸爸则瞪着眼睛。

姑奶奶脱了鞋，盘着腿端坐在床上；李大宝妈妈则比较低调地站在姑奶奶身边。

张朵朵妈妈：他姑奶奶，您能不能不盘腿？

姑奶奶：咋了？

张朵朵妈妈：床单都被您压皱了……

姑奶奶：不行，不盘腿我坐不住。

张朵朵爸爸：那您就自便吧。

姑奶奶：那我接着说？

张朵朵爸爸：您说。

姑奶奶：你们老张家富，我们老李家穷；你们老张家大门大户，我们老李家不过是草根之家；你们老张家书香门第，我们老李家不过是平头百姓……这些都是不争的事实，我们家大宝娶了你们家朵朵，的确是高攀了。要不是亲家关系，我们今天真应该再给你们送一面锦旗……

张朵朵爸爸：您客气了。

张朵朵妈妈：您不用给我们戴高帽儿，我们不稀罕你们什么破锦旗，您有话就说。

姑奶奶：我们是来报喜的。

张朵朵爸爸：报喜？

姑奶奶：朵朵怀孕了。

张朵朵爸爸：真的？多长时间了？

姑奶奶：快三个月了。

张朵朵爸爸：太好了。

张朵朵妈妈却如刺猬下坡，一下子就翻了。

张朵朵妈妈：闭嘴，好什么好！

张朵朵爸爸的热情，被张朵朵妈妈一句话打压下去了。

张朵朵妈妈：你们这是要害死我们家朵朵呀！

姑奶奶：您这话是怎么说的？

张朵朵妈妈：她的理想是要跳到35岁，这么早就生孩子，你们这不是要她的命吗！

姑奶奶：孩子才是女人的命。

张朵朵妈妈：那你怎么没孩子？

姑奶奶：我……

张朵朵妈妈：打掉，这孩子必须给我打掉！

李大宝妈妈：已经去过医院了。打不掉了，孩子都这么大了，朵朵容易出意外不说，这次打掉了，以后就怀不上了。

张朵朵妈妈：那我就把你们打掉！

张朵朵妈妈抽出裤腰带，对准姑奶奶和李大宝妈妈“噼里啪啦”就是一通乱抽。

姑奶奶和李大宝妈妈抱头鼠窜。

张朵朵爸爸更坏，还把门给关上了。

李大宝妈妈：哟，这还打算关门打狗呀！

张朵朵妈妈一把揪住了李大宝妈妈的衣服，准备往死里抽了。

阿黄突然从窗子跳了进来。它狂吠着，跃上了八仙桌，咬住了张朵朵妈妈的胳膊就不撒嘴儿了。

李大宝妈妈到底腿脚利索一些，拽着姑奶奶，夺路而逃……

2. 马路边，人行道上，外，日

阿黄断后，姑奶奶和妈妈在前，惊魂未定地跑着。

姑奶奶：这老张家的头也太难剃了，这回我们老李家可真碰到硬茬子了。

妈妈：你还想剃他们的头呢，别让他们把我们老李家的头剃了就不错了。

人和狗逐渐慢了下来。

姑奶奶发现什么地方有些不对劲儿。瞅了半天，原来是自己光着脚丫子呢。

姑奶奶：我的鞋……

妈妈笑得差点背过气去。

妈妈：你可真行，光着脚丫子，还能跑出2里地来。

姑奶奶有点耍赖了：你背着我。

妈妈：为什么？

姑奶奶：我脚疼，走不了啦。

妈妈不情愿地蹲在地上。姑奶奶爬上了妈妈的后背。

妈妈：哎哟，这么沉，你压死我呀。

妈妈迈开双脚，开始了忍辱负重的跋涉。

姑奶奶：今天是有点现了。张朵朵这是故意整我们呀。

妈妈：是啊……不过……好像是故意整你，不是整我。

姑奶奶：为什么？

妈妈：你忘了，她一开始不让我来，是我自己非要来的。她是不想看到我来受辱。

姑奶奶：你就美吧！

姑奶奶在妈妈脑袋上一阵划拉。

妈妈：你给我下来吧！

妈妈摇晃着，想把姑奶奶甩下来。姑奶奶却死死地搂住了妈妈的脖子……

3. 西厢房，李大宝屋，内，傍晚

妈妈在灶上忙着。姑奶奶坐在饭桌旁看报纸。

有人开门进院了。

姑奶奶：大宝回来了。千万别说走嘴啊。

妈妈：我非得让你见见太阳曝曝光。

姑奶奶：你敢！

李大宝和张朵朵一前一后进来了。

张朵朵：您二位还顺利吧？

姑奶奶：非常顺利。

张朵朵：我爸妈都说什么了？

姑奶奶：他们对你的怀孕，非常高兴，非常重视，非常支持。

张朵朵：就这些？

姑奶奶：还留我们吃了饭。你爸亲自下厨，做了六个菜。

张朵朵：真的？

妈妈：那可不？连阿黄都上桌了……

张朵朵冷笑了一声，出去了。

妈妈哈哈大笑。

姑奶奶举起手，说：我抽你！

4. 马路边，人行道上，外，晨

李大宝的自行车在人流中自如地穿梭。前边的李小雅叽叽喳喳，后边的张朵朵闭目养神。

李小雅：李大宝，告诉你个好消息。

李大宝：说。

李小雅：二哥说了，他要给我买辆自行车，还是“飞鸽”的。

李大宝：他的话，你也信？

李小雅：我当然信了。我俩都拉钩了。

李大宝一走神，车轱辘碾过了一个石子。

张朵朵：李大宝，你想颠死我呀！

都不说话了。又走了一段。

李大宝：李小雅，完了大哥教你骑自行车吧？

李小雅：好啊好啊。

5. 胡同里，外，傍晚

李小雅自己掌把，李大宝扶着后座，在练习上车……

6. 胡同里，外，夜

昏暗的路灯，有一搭无一搭地照着。

李小雅自己能够上车了，不过，还得李大宝扶着后座。

扶着扶着，李大宝悄悄撤了手；李小雅顺坡溜下去，差点儿摔倒。

李小雅扔下自行车，上前去打李大宝。李大宝也不躲闪，情愿挨李小雅的小拳头。

李小雅打累了，弯下腰，喘着气。

李大宝：我一撒手，你不就会骑了吗？

李小雅一想，也是，就“扑哧”一下笑了。

李大宝：你说，有人教你骑车重要呀，还是有人给你买车重要呀？

李小雅：都重要。

李大宝：为什么？

李小雅：不会骑，要车有什么用；会骑了，没车也是白搭！

7. 马路边，胡同口，外，日

李二宝推着一辆崭新的“26——飞鸽”，招摇过市地走着。他想碰见个熟人呀、街坊呀什么的，可是没有，跟他擦肩而过的都是些路人。

就在这时，阿黄叼着一双鞋，从后面跟上来了。

李二宝：阿黄，你这怎么个意思？

阿黄“呜呜”了两声。

李二宝：阿黄，这不是姑奶奶的鞋吗？

阿黄“嗯嗯”了两声。

8. 李大宝家平房，小院子里，外，日

李二宝摁着自行车的铃，进了院。

李二宝：李小雅，出来！

话音刚落，李小雅、李三宝和李大宝已经从各自的屋里蹿出来了。

李二宝：李小雅，送你了！

李小雅围着崭新的“26——飞鸽”，溜溜地转了好几圈。

李小雅：二哥万岁，二哥万岁！

李小雅推着自行车就往院外跑。

李三宝：李大宝，你什么时候发财啊？

李大宝酸溜溜地说：怎么了？

李三宝：也好送我一辆啊！

李大宝：等着吧！

9. 西厢房，厨房，内，傍晚

一家人围坐在饭桌旁吃晚饭。

李二宝突然停下筷子，说：诸位，诸位；停停嘴，停停嘴。我有事要说。

妈妈：吃饭也堵不住你的嘴。

李二宝：妈，把你去他们老张家的情况，向大家汇报汇报呗。

妈妈：凭什么向你们汇报？

李二宝：这是外交活动，关乎着我们老李家的声望和地位，我们需要了解情况。

妈妈看了姑奶奶一眼。姑奶奶点了一下头。

妈妈：他们对你大嫂的怀孕，非常高兴，非常重视，非常支持。还留我们吃了饭。你大嫂的爸爸亲自下厨，做了六个菜。

李二宝：您就瞎掰吧。

妈妈：我瞎掰什么了？

李二宝：你们是被他们老张家赶出来的，以为我不知道？

妈妈：胡说八道。

李二宝：姑奶奶连鞋都没来得及穿，是光着脚跑出来的。

妈妈：信口雌黄。

李二宝：阿黄，阿黄！

阿黄跳上东墙，"砰"的一声，落了地。嘴里竟然叼着一双鞋。

阿黄跑过来，把鞋扔在厨房门口。

李二宝扔给阿黄一块馒头。阿黄叼着走了。

妈妈和姑奶奶知道这次是彻底崴了泥，说什么都没用了，于是，都老老实实低下了头。

其他人都瞠目结舌了。

李大宝：可悲惨！

妈妈：那鞋是我的。不是姑奶奶的。

李二宝：你就别替别人顶杠子了。姑奶奶的鞋我认识。

妈妈：是我借姑奶奶的。

李二宝：谁穿都不重要了。重要的是，你们的确被人家打出来了！

姑奶奶：那鞋是我的，那天也是我穿的……可是，在他们老张家，是你妈让我脱的。她说，我脱了鞋，盘着腿坐，有气势。为了打出我们老李家的气势，我就脱了……走的时候，有点着急……

李二宝站起来，在有限的空间里，走了两圈，身子就挺直了。他觉得自己从来没有这么高大过，从来没有这么正义过。

李二宝：太跌份了，太现眼了，太丢脸了。再这样下去，我们老李家以后在北京怎么混呀？因为妈妈的软弱、无能和无力，我建议我们民主选举家长！

短暂的尴尬。短暂的沉默。短暂的凝重。

李三宝：我同意。我们老李家早就该结束家庭专制统治了，早就该进行家庭政治体制改革了；早就应该由一位有群众基础、有能力、有公心的人来领导我们这个家庭了。

李小雅低下头说：我也同意。

李二宝：李大宝，就看你的了，这个时候你千万别站错队呀。

李大宝没有表态，他还在判断着形势。

妈妈指着李二宝、李三宝和李小雅，半天说不上话来。

妈妈：大宝，你别跟他们起哄架秧子，他们是串通好了的。

李二宝：姑奶奶，这个时候，您得说句话了。

姑奶奶：大宝妈，有的时候也得听听不同的声音。老不听别人说话，老不让人说话，会出问题的。就像那个路易十几来着，三宝？

李三宝：路易十六。

姑奶奶：对，就那个路易十六。给你妈讲讲他垮台那天的事。

李三宝：1789年7月14日，法国人民进攻巴士底狱，拉开了法国大革命的序幕。可是，在国王路易十六的记事本上却是这样写的——“14日，星期二，无事”。当有人把情况告诉他时，他吃惊而困惑地问——“怎么，造反了”。大臣说——“不，陛下，这是一场革命”。最终，路易十六被送上了断头台。

姑奶奶：这个路易十六挺逗的。临死了，还喜欢听好话、唱赞歌、搞个人崇拜。

李二宝：姑奶奶，我是这么理解的，目前，我们家不同的声音——那就是改选。

妈妈一拍桌子，说：李二宝，你不要以为你有俩糟钱儿，你就有群众基础、你就有能力、你就有公心了！

李二宝却举手说：我没那个政治野心。我这么做，纯粹是为了大局。我推选李大宝。

李三宝举手说：我也推选李大宝。

李小雅举手说：我也推选李大宝。

李大宝被这场游戏彻底弄懵了。

姑奶奶口头复议：李大宝本来就是长孙和长子，当家长那是再天经地义不过的事了。

李二宝：舞蹈演员，你选谁？

人生经验匮乏的张朵朵，在这个时候，显得有些茫然了。

张朵朵：我……我……弃权。

这恐怕是最好的选择了。

李大宝这才明白：在没有任何征兆的情况下，一场家庭政变完成了。

李大宝：可是我没经验，我怕我不能胜任啊？

李二宝：如果掌声足够热烈的话，鲸鱼都会跳舞。

于是，带头鼓起了掌。除了妈妈，其他人都响应了。

妈妈把铁碗摔在饭桌上，然后，叫嚣道：不是在说姑奶奶的那双鞋吗，怎么就扯到改选家长上来了？

李二宝：革命往往就是这样，形势瞬间就会发生逆转。问题的关键是，你得下得了狠手！

妈妈：反了，彻底反了！

10. 西厢房，李大宝屋，门前，内 / 外，夜

张朵朵已经躺在了床上。洗漱干净的李大宝抱着枕头，凑到张朵朵身边。

张朵朵：真找不着北了？

张朵朵示意李大宝：他的枕头应该放在她的脚边。

李大宝：哟，一激动，把这茬儿忘了。

李大宝乖乖地与张朵朵头脚相对的去睡了。

李大宝躺在床上，反复思量着，一时没了睡意。

张朵朵：一顿饭的工夫，你妈被推翻了，你上台了、掌权了，没有任何思想准备吧？

李大宝：是啊，我自己都没发现我还有领导才能，却被李二宝发现了。在家里，我这就到头儿了；那么，在厂里呢？我现在是班组长，以后是不是还可以当个车间主任、副厂长什么的。

张朵朵：没想到你还是个官迷儿。

李大宝：当家长是一种权力，更是一种义务。我如果在仕途上还有发展的话，就能更好地行使我的权力，履行我的义务。

张朵朵骂道：傻帽儿，你还来劲儿了；实话告诉你吧，都被人家卖了，还帮着人家数钱呢。

李大宝：什么叫被卖了，这叫被拥戴了。

张朵朵：我建议你，先别算计能当多大官了，你还是算计算计你能涨多少工资吧，看看涨多少工资才够他们祸害的？

有人在外面敲窗子。

李大宝：谁？

李二宝（画外音）：我。

张朵朵小声说：我说的没错吧？要债的上门了。

李大宝披上衣服，来到门外。

李二宝：怎么样，感觉还行吧？

李大宝：什么感觉？

李二宝：当官的感觉呀。

李大宝：少废话。找我干啥？我可没钱借你啊。

李二宝：你这人忒俗，一张嘴就是钱。

李大宝：不是借钱？那就是帮你吆喝、帮你推销。

李二宝：还是你了解我。事情它是这样的，我想用用你们纺织厂的货车，往内蒙古赤峰倒一次落地电风扇。

李大宝：我就是一个小工人，上哪儿给你弄货车去？你知道跑一趟赤峰得多少钱吗？

李二宝：不用专门跑，是捎带脚儿；你们厂的焦煤都是从赤峰拉回来的，去拉煤的时候，给我捎上即可，一举两得。

李大宝：你是怎么知道的？

李二宝：只要我的小拇指稍微一动，一切尽在掌握！

11. 西厢房，厨房，内，晨

一家人围坐在饭桌旁准备吃早饭。

妈妈却把一沓钱和几个小本本，扔到李大宝面前。

李大宝先拿起那沓钱捏了捏，随后又把几个小本本翻了翻。

李大宝：就这 80 块钱？

妈妈：76。这个月和下个月的生活费，还剩这么多。

李大宝：户口本，粮油本，账本。

妈妈：这个家都在这儿了。我可都交了。

李大宝：诸位，我也算正式表个态啊。一，在日常管理上，我会延续妈妈的做法，大家该干啥干啥。姑奶奶还是啥也不用管，就是待着。

姑奶奶：合着在你眼里，我就是白吃饱儿了。

李大宝：那您高兴了，就指导指导我。妈妈呢，还是负责一家人的吃喝拉撒。

妈妈：好，从今以后，我就是你们家的老妈子了。

李大宝：妈，我们家的生活费是两个月一收吧？

妈妈：明知故问。

李大宝把那沓钱又扔给妈妈。

李大宝：钱还是您管，生活费还是您收。10 块钱以上的开销，让我知道就行了。

妈妈：你还真把自己当领导了？

李大宝：二，在大政方针上，我会有一些重大改变。怎么改变，到时候，我再和大家商议。因为，这个家不是我李大宝一个人的。

李三宝：说得好。

12. 院门口，胡同，马路边，人行道上，外，晨

李大宝推着自行车站在院门口。张朵朵背着包出来。

张朵朵：走吧。

李大宝：李小雅还没来呢。

张朵朵：人家早就骑着“飞鸽”飞走了。

李大宝有些惆怅地拍了拍脑门子，然后，骗腿上车。张朵朵随后坐了上去。

无声无息地出了胡同。

李大宝：这丫头，说大就大了，一眨眼，都上九年级了。

张朵朵：当爹还没当够呢吧？

李大宝：别那么刻薄好不好，我只是个大哥，并且，还是个不称职的大哥。
张朵朵：这会儿知道谦虚了。
李大宝：本来就是嘛。
李大宝腾出一只手来，摸了摸张朵朵的肚子。
李大宝：我是他爹还差不多。
张朵朵：你还是他妈呢。
李大宝：那你呢？
张朵朵：对了，忘告诉你了，在孩子上小学之前，我是什么都不会管的。
李大宝：那喂奶呢？
张朵朵：喂奶粉。
李大宝：你是什么时候做的这个决定？
张朵朵：你喝那盆水的那天晚上。
李大宝：那你怎么不早说呢？
张朵朵：我现在说，晚吗？

13. 纺织厂，维修车间，内，日

李大宝背着工具袋正要出门，一个油头粉面的人却推门进来了。
李大宝：您找谁？
油头粉面的人笑眯眯地看着李大宝，并不说话。
李大宝：杨开明，大学生，你怎么来了！
杨开明：我怎么就不能来了？
李大宝：是专门来看我的？
杨开明：美得你。我分到这儿来了。
李大宝：哪儿？
杨开明：厂办公室，来做秘书。
李大宝把杨开明拽到操作台附近。
李大宝：来来来，同志们，都过来，都过来！
工友们聚拢过来。
李大宝：我给大家介绍一下，这位叫杨开明，我高中同学，我们学校帅哥，就是女生们都想追到手玩一玩的那种帅哥。当年，高中应届毕业，和我一样，他也没考上大学，是吧，开明？

杨开明点了点头。

李大宝：可是，和我不一样的是，他又补习了两年，又蹦高又上吊的，终于考上了海淀师范专科学校中文系。如今，毕业分配到了咱们纺织厂，来当秘书……

14. 小饭馆，内，日

两个小菜，两壶白酒，已经摆在桌上了。

李大宝一边倒酒一边说：今天不喝死，不罢休。

杨开明：不喝死，不罢休。

李大宝端起酒杯，说：来，我先敬你。

两个人把酒一口干了。

杨开明：听说，你找了个漂亮媳妇儿？

李大宝美滋滋地说：还成吧。

李大宝：你呢，没在学校勾搭一个？

杨开明：没有，净念书了。

李大宝：这年头，有了大学文凭，啥都不愁。纺织厂除了妇女就是妇女，你又是妇女爱好者，一定会如鱼得水的。据我推测，你这块腊肉，不久就会有成群的苍蝇追逐的……

杨开明：你才是妇女爱好者呢，你才是一块臭腊肉呢！

15. 李大宝家平房，小院子里，外，夜

李大宝扛着自行车跌跌撞撞地进了院。

李大宝：张朵朵，张朵朵，我回来了！

妈妈从屋里跑了出来。

妈妈：哎哟嗨，这怎么车把人骑回来了！

李大宝：我天天骑它，总该让它骑我一回吧？

张朵朵从屋里出来了。其他人也都从屋里出来了。

李大宝把自行车扔在地上。

李大宝：张朵朵，我要写诗，我要写诗……

李大宝像抱麻袋一样，把妈妈抱住。妈妈趔趄了一下。

张朵朵：李大宝，放手，你就不怕摔着你妈！

李大宝：张朵朵，我要给你写诗，我要给你写诗……

张朵朵磕磕绊绊地把李大宝拽到柿子树下。然后，把他的手掰开，搭在树上。

张朵朵：来，你抱着它。

李大宝像抱麻袋一样，把树抱住。

李大宝：我愿意是个电扇，每天为你送去凉风；我愿意是个火盆，每天为你送去温暖。我愿意是个皮球，时常被你拍打；我愿意是个车铃，时常被你按响……

李大宝一屁股坐在地上。

妈妈：二宝，快把你大哥抱回屋去。

李二宝：让他在那儿凉快一会儿吧。

妈妈拉着张朵朵往屋里走。

妈妈：你还是回屋给我歇着去吧。

李大宝：李二宝，李二宝！

李二宝：怎么着，也给我写首诗？

李大宝：杨开明你知道吧？

李二宝：好像听你说过。

李大宝：我那个高中同学。大专毕业了，分配到咱们纺织厂来当秘书。

李二宝：那是你们纺织厂。我郑重地通知你，我今天已经正式地办理了停薪留职的手续。

李大宝：分配到我们纺织厂来当秘书。

李二宝：那好啊。这回你有烟儿抽了。

李大宝：他进厂报到的第三天，也就是今天，就请我喝了顿酒。在我的及时的、正确的、全面的、系统的忽悠下，他艰难地、坚定地、及时地把货车的问题解决了……

李二宝上前抱起李大宝。

李二宝：哎哟嗨，不愧为一家之长，还真办人事，今天我说什么也得把你抱回屋去！

16. 西厢房，李大宝屋，内，夜

李大宝被张朵朵一脚踹醒。

李大宝“呼”地坐起来，迷迷糊糊地说：怎么了，怎么了？

张朵朵：我要吃鸡爪子。

李大宝：吃什么？

张朵朵：鸡爪子。

李大宝：都这会儿了，我去哪儿给你弄鸡爪子呀？

张朵朵：我要吃鸡爪子。

李大宝把手伸给张朵朵。

李大宝：干脆你吃我的爪子算了。

张朵朵一拍肚皮，说：是他要吃。

李大宝完全清醒了。

李大宝：二膀子他妈喜欢一个人在家偷吃鸡爪子，不知她有没有存货，要不我去看看？

李大宝伸手把灯打开了……

17. 西厢房，李大宝屋，内，夜

被子上铺了张报纸，报纸上放了个盘子，盘子里全是被蚕食后的鸡爪子骨头。

张朵朵嘴里还叼着一个，努力地啃着。李大宝在边上眼巴巴地看着。

张朵朵把最后一个鸡爪子骨头扔进盘子里。

李大宝把盘子拿了过去。

李大宝：要不，我再溜溜？

李大宝抓起鸡爪子骨头一个一个地唆拉……

18. 小院子里，李大宝屋，外/内，晨

李大宝蹲在屋门口刷牙。

二膀子妈妈的喊声从东院传来（画外音）：二膀子，是不是你偷吃了鸡爪子？

二膀子（画外音）：你的鸡爪子一天换好几个地方，我去哪儿偷啊？

二膀子妈妈（画外音）：那怎么一个都不见了，真是活见鬼了！

李大宝吞了一口牙膏沫，干呕着，跑回屋。

显然，正在照镜子的张朵朵也听见了二膀子妈妈的喊声。

两个人一阵偷笑。笑着笑着，张朵朵突然又翻脸了。

张朵朵：姓李的，你过来！

李大宝凑到镜子前，说：怎么了，又怎么了？

张朵朵：你看看我这妊娠斑都出来了！

李大宝：我已经注意到了……我已经查过书了，每个怀孕的女人都要长妊娠斑。

张朵朵：我要是破了相怎么办？

李大宝：不至于吧……

张朵朵：我现在已经变丑了，再这样下去，生出来的孩子也肯定难看。

李大宝：那你就多看点赏心悦目的东西。比方说，多看看花草树木；比方说，多看看蔬菜水果……

19. 西厢房，厨房，内，傍晚

妈妈在灶上忙着。张朵朵在边上扇动着鼻翼，东闻闻、西看看，逮住什么都恨不得咬上一口。

李大宝背个工具袋从外面回来了。

李大宝：祖宗啊，你赶紧出去，油烟子呛着我儿子呀！

张朵朵：我要找吃的。

李大宝：妈，你赶紧给朵朵做点好吃的呀。

妈妈：算上这顿，今天这都是第5顿了。你还要我怎么样？

李大宝：你多炖点肉，你肯定没炖肉啊。

妈妈撸起裤腿，说：再炖肉，就得从我这上面拉了。

李大宝突然想起了什么。

李大宝：我这儿有，我这儿有。

李大宝从兜里掏出一把东西递给张朵朵。

李大宝：一种什么糖。一个姐妹儿给的，据说，还是有人从香港带回来的。

张朵朵：巧克力，还是美国货！

李大宝：是吗？那给李小雅留两块啊。

李大宝倒了一杯"凉白开"，"咕咚咕咚"喝了下去。再去看张朵朵，已经把所有的巧克力都吞到肚子里去了。

李大宝：张朵朵，我现在是明白了，原来你嘴也挺馋，只是以前没碰到好吃的罢了。

张朵朵一拍肚皮，说：是他吃的。

李大宝：我现在是明白了，是人就喜欢吃，在嘴上，是不分高低贵贱的。

妈妈举着勺子过来了。

妈妈：你这个没出息的东西，哪有自己说自己低人一等的！

20. 西厢房，厨房，内，夜

李大宝胳肢窝里夹点东西，鬼鬼祟祟地进屋了。

李大宝把东西在张朵朵面前一一展开：原来，是六张《画皮》的剧照。

剧照里的张朵朵妖娆妩媚，美丽动人。

张朵朵：你这哪儿弄来的？

李大宝：我刚从你们团橱窗里偷来的。

张朵朵：你最近怎么老干些偷鸡摸狗的事？

李大宝：我还不是为了你。

张朵朵：为了我？

李大宝：我要把它们贴到墙上。你想看自己，就不用再照镜子了。对你、对孩子，都有好处。

李大宝从木箱子里找出一盒按钉，就往西墙上去张贴了……

21. 正房，妈妈屋，内，夜

张朵朵的剧照被李大宝张贴在姑奶奶和妈妈的床头上了。

姑奶奶和妈妈同时侧目。李小雅却觉得好玩。

姑奶奶：你说你把《画皮》的剧照贴到我们床头，这不是闹妖吗，我们睡不着觉怎么办啊？

李大宝：你们得提高一下对朵朵的认识了。

妈妈：我们又怎么着她了？

李大宝：大裤裆的妈妈说，像朵朵这样漂亮的女人就应该供起来。

姑奶奶：什么什么？

李大宝：大裤裆的妈妈认为，朵朵长得跟画上的人似的，如果进了他们家的门，她一定把朵朵贴在墙上。一个跟我们家没有任何关系的人，都有了这样的思想认识，何况是我们呢？

姑奶奶：那你干脆把它贴到天安门上去算了。

李大宝：人家不让我贴。让我贴，我一刻都不会耽误。

李二宝和李三宝进来了。

李二宝和李三宝：我们强烈要求，我们屋也贴两张。我们保证能睡着觉。

李大宝：你们真能睡着？

李二宝：有它辟邪，我们肯定能睡着。

李大宝：拉倒吧，您呐。你们这两个王八蛋睡着了，我李大宝就睡不着了！

22. 李小雅的学校，校门口，外，傍晚

李大宝推着自行车，站在校门口。

李小雅推着她的新“飞鸽”，跟同学们有说有笑的出来了。

李大宝这才醒悟：李小雅已经不用他接送了，人家开始自己上下学了……

李大宝赶紧低下头，躲到另外几个家长身后。

有人喊：李大宝，你藏什么藏？

原来，李小雅发现了李大宝。他只好推着自行车，走近她。

李大宝：我晕头了，忘了不用接你了。

李小雅：明天早晨出门的时候，我会提醒你的，今后你只管接送大嫂就行了。

李大宝：接送了你这么多年，现在，你单飞了，冷不丁地，我还真有点不习惯……

李小雅：那我是不是得谢谢你呀？这么多年，让你受累了！

李大宝腾出一只手来，拍了拍李小雅的脑袋。

李大宝：连你也逗大哥玩呀！

23. 纺织厂，纺织4车间门前，外，日

李大宝背着工具袋往外走，宋燕子追了出来。

宋燕子低低地叫了一声：李师傅！

李大宝回头看了看，以为宋燕子在喊别人。

李大宝：喊我？

宋燕子：嗯。

李大宝：有事？

宋燕子：嗯。

李大宝：是不是同意跟大师傅处一处了？

宋燕子脸色绯红，低着头用脚尖碾着地。

李大宝：你快跟他处一处吧，他妈盼儿媳妇把眼睛都盼瞎了。

宋燕子：您可真是个活宝。他妈的眼睛本来就看不见。

李大宝：都知道了？

宋燕子：他都跟我说了。我找您，是别的事。这儿说话不方便。这样吧，中午吃完饭，我们大门外见吧？

李大宝：好的好的！

24. 纺织厂，大门口，外，日

李大宝像是吃了几个红辣椒，心里火烧火燎，因为他实在想象不出，除了大裤裆的事，宋燕子找他还能有什么事。

宋燕子远远地走来了。

李大宝越发紧张了，下意识地弄了弄领子，还提了提裤子。

李大宝那样儿，把宋燕子逗笑了。李大宝也跟着傻笑。之后，就是沉默。

宋燕子先打破了僵局。

宋燕子红着脸说：李师傅，我也就不跟你拐弯抹角了，听说你跟厂办秘书杨开明是高中同学，我想让你给我牵个线，我要跟他交朋友。

李大宝傻眼了，半天才说：那恐怕不行，全厂上下都知道大裤裆在追你，你已经归大裤裆了。

宋燕子：我早知道，你们在背后算计我；我也知道，大裤裆是真心喜欢我；可是，那不可能，我跟他不是一路人。

李大宝：这事……我得好好想想。

宋燕子：李师傅，我知道您心眼儿好，爱帮人，就算我求您了……

宋燕子头也不回地走了……

又傻站了半天，李大宝才醒过闷儿来。于是，哈哈大笑……

25. 李大宝家平房，小院子里，外，傍晚

李三宝站小在院子里，仰天大笑。

姑奶奶、妈妈、李二宝和李小雅远远地站着，谁都不敢上前。

李三宝：我十年磨一剑啊，我十年寒窗苦啊，我十月怀孩子啊，老天啊，你就这么对我……

李大宝推着自行车和挺着肚子的张朵朵一块进院了。

李大宝：这次麻烦了，连公牛都怀孕了。

张朵朵用胳膊肘捣了一下李大宝。

李三宝：我十年磨一剑啊，我十年寒窗苦啊，我十月怀孩子啊，老天啊，你就这么对我……

第 15 集

1. 西厢房，厨房，内，日

除了李三宝，一家人都围坐在饭桌旁。一个个愁眉苦脸的。

妈妈抻着脖子，往李三宝屋的窗子上看了又看。

妈妈：这都不吃不喝把自己关了三天啦，不会出事吧？要不，大宝，你们去把门砸开？

李二宝：死不了，我刚才不是去听过了吗？还喘着气儿呢。

李大宝：不死也得扒层皮。

姑奶奶在打盹儿。妈妈对准姑奶奶的耳朵干咳了一声。姑奶奶浑身一激灵，但依然没睁眼睛。

妈妈：您不是说，柿子树活过来了，我们老李家要有喜事了。您还说什么，您夜里梦见了两个字，高中。难道这就是高中吗？

姑奶奶：难道大宝没有高中吗？

妈妈：他高中什么了？

姑奶奶指了指张朵朵的肚子。

李大宝：那肯定是高中。

李二宝：你们现在扯这些，还有用吗？

李大宝：是啊，得想办法把李三宝的死穴打开。

李二宝：有点家长的意思了。

李大宝：李二宝，李三宝最近有什么反常的地方吗？

李二宝：其实，没考试之前，他就不想活了。

妈妈：什么什么？

李二宝：有那么一阵吧，他半夜里睡着睡着，突然就坐起来，像诈尸一样。还问我，人吃完了拉，拉完了睡，睡完了再吃，吃完了再拉，拉完了再睡。每天就干这 3 件事，有什么意义？

李大宝：那你怎么说的？

李二宝：我说，人不吃、不拉、不睡，活着干啥？

李小雅：那他怎么说？

李二宝：他说，鸡对鸭讲，典型的鸡对鸭讲。

李小雅：说得一点没错。

张朵朵和李小雅都“咯咯”笑了。

妈妈：你们还笑得出来！

李大宝：我知道该怎么办了？

妈妈：怎么办？

李大宝：待我出去透口气，整理整理思路，好好策划策划，回来再跟他谈！

李下的旁白：其实，我爸是去请教了杨开明叔叔。用我爸的话来说，杨开明当年高中毕业，也是大学漏子，也曾心死灭活儿的，后来不知怎么的，又去补习了，还补习了两年。我爸认为，如果杨开明叔叔开导开导我三叔李三宝，那肯定是鸡对鸡讲、鸭对鸭讲了……

2. 李大宝家平房，小院子里，外，日

李大宝站在李二宝屋的窗前，朝里面说话。

李大宝：李三宝，你不是在夜不能寐时，老问自己吗？人吃完了拉，拉完了睡，睡完了再吃，吃完了再拉，拉完了再睡。每天就干这三件事，有什么意义？

其他人都趴在厨房的门上或窗子上往外看。

李大宝：那我告诉你，它有什么意义。你每天干了这三件事，你就得了 382 分。这 382 分是什么概念？离大专的分数线差 5 分，离本科的分数线差 25 分。你每天如果不干这三件事，那你的结局就跟李小雅他们班的郭小柱一样了。

李大宝似乎听见了屋里面有一点动静。

李大宝：李三宝，你肯定想问，郭小柱怎么了？这你是知道的，他掉井里了，脑子进水了，经常得大鸭蛋呀。我知道，这几天，你把自己关屋里在干什么？你在思考什么是最美好的人生。当你出生时，你在哭泣，而周围的人在微笑；当你离开时，你在微笑，而周围的人在哭泣。我个人认为，这才是最美好的人生。

张朵朵和李小雅开始抹眼泪儿了。

李大宝：哭泣你是哭泣了，但你微笑过吗？你没有，你一次都没有。你吃了那么盐都白吃了；念了那么多书都白念了？你总得让我们老李家的人民，看看你的微笑吧！

李二宝的屋门开了。李三宝胡子拉碴、面黄肌瘦地出来了。

明晃晃的太阳光，几乎把李三宝吹了个跟头……

3. 李大宝家平房，西厢房，厨房，内，傍晚

厨房里没人。锅灶也是冷的。

李二宝像个饿狼一样，在寻找吃的。

李大宝背个工具袋进来了。

李大宝：人哪，都去哪儿了？

李二宝：姑奶奶不在家，妈好像在睡大觉呢。

李大宝：没人做饭？

李二宝：好像没有……

4. 正房，妈妈屋，内，傍晚

妈妈正在蒙头睡觉。李大宝一把将被子掀开。妈妈醒了。

李大宝：您这是罢工了呗？

妈妈坐起来，揉了揉眼睛。

妈妈：我罢什么工？

李大宝：您没罢工，为什么不做饭啊？

妈妈：我拿啥做呀？米面没了，买菜的钱也没了，就剩下不到半斤油了。合着我怎么也不能热一碗油，让您喝下去吧？

李大宝：你是管家，出现这种情况，你要及时向我汇报啊。

妈妈：我把账本和粮油本都给过你。

李大宝：给过吗？

妈妈：前天晚上，我给过你。你看都没看，又扔给我了。

李大宝：好像有这么回事。可是你没提醒我看啊？

妈妈：记住了，我是你妈，不是你秘书。

李二宝、李三宝和李小雅都进来了。

李大宝：别人不吃，朵朵不吃了？

妈妈：她你就不用操心了。

李二宝、李三宝和李小雅：谁说我们不吃了？

李大宝从兜里摸出一把零钱，递给李三宝。

李大宝：得得得，今天晚上我请客。李三宝，你去买点买烧饼，再买点猪头肉。

李二宝和李三宝：这还差不多。

李大宝：撑死你们！

5. 张朵朵父母家，内，傍晚

一家三口正在吃饭。

张朵朵爸爸：也不知道朵朵怎么样了？要不，我明天过去看看？

张朵朵妈妈：你敢？

张朵朵爸爸：我不是不放心吗？

张朵朵妈妈：有什么不放心的？他们老李家要是敢磕打我闺女儿，看我不掘了他们的祖坟！

6. 纺织厂，大门口，外，日

李大宝站在那儿等人。

宋燕子远远地走来了。

宋燕子：麻烦你啊，李师傅，又让你跑一趟。

李大宝：也麻烦你啊，也让你跑一趟。

宋燕子“扑哧”一下，笑了。

李大宝：经过这段时间激烈的、缜密的思想斗争，我决定帮你这个忙。

宋燕子：太谢谢您了。

李大宝：但你得答应我，这事要烂在肚子里，说什么也不能让大裤裆知道。他要是知道了，非得把我吃了。

宋燕子：我答应你。

李大宝从兜里掏出一张电影票，递给宋燕子。

李大宝：明天晚上的电影票。杨开明的那张，他已经拿到了。以后的事，就看你自己的了。

宋燕子：太谢谢您了。

李大宝：你喜欢杨开明，是不是因为他是大学生？

宋燕子：是。

李大宝：也是，你这样的人才，应该找个大学生。

宋燕子把票揣起来，要走人了。

李大宝：宋燕子，我还有件事……

宋燕子：您说。

李大宝吭哧了半天，才说：我必须让你知道，这电影票是我买的。一张 4 毛钱，两张 8 毛钱。

宋燕子：要不，我把钱给您？

李大宝：那倒不用。但我必须让你知道盐打哪儿咸，醋打哪儿酸。

宋燕子：我觉得，应该是花打哪儿香、蜜打哪儿甜更贴切。

李大宝：大概就那意思。

宋燕子：那好吧，就算我欠你一个人情。

李大宝：那个主意好。

宋燕子"咯咯"地笑着走了。

李大宝还站在那儿愣神。

李大宝突然嘟囔道：我不生气，我不生气；我不当蛤蟆，我更不当癞蛤蟆；自己惹自己生气的，那是蛤蟆；别人一惹就生气的，那是癞蛤蟆……

7. 张朵朵父母家，院子里，屋内，外 / 内，傍晚

李大宝推着自行车，肩上挎着工具袋，前把上挂着一个大网兜，后座上驮着张朵朵，进了老张家院里。

张朵朵爸爸从屋里跑了出来。

张朵朵爸爸：我前天还念叨朵朵来着呢。

李大宝：我就知道您惦着她，所以，特意带她回来看看。

张朵朵爸爸扶着张朵朵下了自行车。

几个人进屋。

张朵朵妈妈和张棵棵也都在屋。

李大宝把大网兜的东西一一拿出来：有肥皂、洗衣粉，白糖、茶叶，手套、工服……

李大宝：这都是我们厂发的。肥皂、洗衣粉，白糖、茶叶，一个季度一发；手套、工服，半年一发。我以前，没机会往这儿拿；以后，再发了，两家一家一半。

张棵棵：我知道，我们厂也发东西。

张朵朵：一边去，你们那破厂，一年只发一次，并且只发土豆和大白菜。

张朵朵妈：土豆和大白菜怎么了？北京人离不了这两样东西！

8. 李大宝家平房，正房，妈妈屋，内，夜

姑奶奶躺在床上一声声地“哎哟”着。整个一副五脊六兽的样子。

妈妈跑进来，问：怎么了，怎么了？

姑奶奶：头疼，头疼；索密痛，索密痛……

妈妈拿起姑奶奶挂在墙上的褂子，从兜里摸出一个小药瓶，晃了晃。

里面是空的。

妈妈：没了，您就忍一忍吧。

姑奶奶：你安的什么心，你为什么要断我的药？

妈妈：这事，您应该去找大宝。

姑奶奶：我为什么要去找他？

妈妈：他多一分钱都不给我，我拿啥去给你买药片！

9. 正房，妈妈屋，内，夜

李大宝半跪在姑奶奶的床头。

李大宝：姑奶奶，都是我不好，让你遭受到了如此大的痛苦，如此大的磨难……

姑奶奶的“哎哟”声越来越大了。

李大宝：我知道您常年炼丹，哪知道您还嗑药片啊。

姑奶奶像唱戏一样说：我嗑药片怎么了，不行啊？

妈妈：姑奶奶嗑药片已经有五六年了，每天一片，不然睡不着觉。她不想让你们知道，我就没说。

李大宝：可是，买药片的经费从哪儿来啊？

妈妈：能从哪儿来？当然是从你们上缴生活费里一点一点往外抠了。

李大宝琢磨了一下，说：看样子，抓大政方针，我没问题，完全有这个能力；处理鸡毛蒜皮的琐事，我的经验还是不足啊。妈，你看这样成不成？这个家以后还是你来当，平时你说了算，我就应个名，碰到大事了，我们底下一商量，你再具体去落实。

姑奶奶像唱戏一样说：我看成。

妈妈：你想垂帘听政呗！

李大宝：我就那意思……不不不，我不是那意思……

10. 西厢房，厨房，内，日

饭桌上摆着 4 个水果盘。里面分别放着洗净的苹果、鸭梨、冻柿子和大萝卜。

张朵朵的肚子明显地大起来了。她挺着不太方便的身躯，横扫着水果盘里的东西。

吃到尽兴处，张朵朵竟然一手拿起苹果、一手拿起大萝卜，左一口苹果、右一口大萝卜。

在边上扒眼的姑奶奶和妈妈完全目瞪口呆了。

姑奶奶：朵朵，擦鞋的布擦嘴了，串味了。

张朵朵：是吗？我没闻到。

姑奶奶：对了，朵朵，给孩子起名字了吗？

张朵朵：起了。叫李下。我起的。

妈妈：为什么叫这么个名字？

张朵朵：瓜田李下。取了后半截儿。

妈妈：这名字好吗？

姑奶奶：好什么好？瓜田李下，总有嫌疑啊。

张朵朵：我是管不了那么多了，我现在就想吃。这会儿如果有香瓜和李子吃，那得有多好啊！

李下的旁白：我妈刚开始怀我的时候，什么东西都不吃；后来，见什么吃什么。有一次，要吃云彩。这可难倒了我爸。一宿没睡觉，才想出了这样一个辙儿……

11. 小院子里，外，日

李大宝举着一个大棉花糖回家……

叠画：张朵朵的脑袋钻进了大棉花糖里……

12. 正房，妈妈屋，内，夜

妈妈坐在床上咬牙切齿地掷硬币。李大宝、李三宝和李小雅在边上观战。姑奶奶则闭目养神。

妈妈有的时候兴奋，有的时候无奈，有的时候懊恼。

李小雅：怎么样，到底是男孩儿还是女孩儿？

妈妈：平账。

李三宝：什么叫平账呀？

妈妈：掷了10次。5次男孩儿，5次女孩儿。

李三宝：你这不是白耽误工夫吗？

李小雅：妈，再来一次，一脚定江山。

妈妈：不掷了，太折磨人了。大宝，朵朵想要个什么？

李大宝：当然是儿子了。她不希望自己生个女儿，因为女儿将来还得和她一样，承受怀孕和生子的痛苦。

妈妈：那你呢？还是儿子吧，没改变吧？

李大宝：我原来想要儿子，现在无所谓了。只要是朵朵生的，女儿儿子，都好。说不定，我更喜欢女儿呢！

妈妈：没出息的东西。你忘了，生儿子可是我们老李家的大政方针啊！

李大宝：太折磨人了。我实在受不了啦。

妈妈：三宝，去找一张红纸，再把毛笔和墨汁拿来。

李三宝去了。

妈妈把李小雅的书桌收拾干净了。

李三宝拿着毛笔、墨汁和红纸回来了。

妈妈：三宝，我说，你写。可是，写个啥呢？

姑奶奶突然冒出了一句：生儿子才是大道理啊！

13. 西厢房，李大宝屋，门前，外，日

一个大红标语贴在了屋门上。上写：生儿子才是大道理。

张朵朵和李大宝站在门前端详着标语。

李大宝：你要看着不顺眼，我现在就把它扯了。

张朵朵：他们爱写啥写啥，我现在只关心一件事，那就是，吃。

李大宝：别吃了，祖宗，再这么吃下去，你恐怕就得吃我了。

张朵朵：你臭烘烘的，我吃你干吗？我要吃月亮。

李大宝：你要吃什么？

张朵朵：我要吃月亮！

李大宝：你又不是天狗，你吃什么月亮啊？

张朵朵：不行，我就要吃月亮！

14. 西厢房，厨房，外，傍晚

李大宝在灶上炖鸡汤。

李三宝和李小雅馋得流口水了。

李大宝把李三宝和李小雅轰到厨房外面。

李三宝（画外音）：朵朵姐不是要吃月亮吗，你炖鸡汤干吗？难道鸡汤不是给我们炖的吗！

15. 西厢房，厨房，内，夜

一大铝盆清凌凌、亮晶晶的鸡汤摆在了饭桌上。妈妈在边上不停地“啧啧”着。

李大宝：别学鸟叫了。来，妈，帮我把桌子挪挪。

两个人把桌子挪到了窗子边。待盆里的鸡汤静止了，不动了，一个硕大的月亮出现了。

李小雅扶着张朵朵也进来了。

瞬间，张朵朵被李大宝别出心裁的创意打动了。

张朵朵：李大宝，我要是以后想吃星星呢？

李大宝：只要是银河系里的东西，你随便点。谁让咱是铁匠呢，咱打个云梯，把它一架，爬上去，随便摘！

李大宝小心翼翼地一碗一碗地盛“月亮”。

叠画：张朵朵心满意足的一碗一碗地喝“月亮”……

叠画：张朵朵突然感觉到肚子疼痛，一只手端着碗，一只手捂住肚子……

张朵朵：李大宝，我……

李大宝：怎么了，怎么了，是不是要生了！

16. 北京妇产医院，产房门口，走廊，产房门口，内，晨

李大宝和妈妈都心力交瘁地坐在椅子上。从两个人的表情上来看，一定度过了一个难熬的夜晚。

姑奶奶也慌里慌张地出现在走廊上了。

姑奶奶：怎么着，还没生？

妈妈：没有，都折腾七八个小时了！

李大宝站起来，攥着姑奶奶的手。

李大宝：姑奶奶，朵朵没事吧？

姑奶奶：能有什么事？二膀子他妈生二膀子折腾了二十几个小时呢。

产房里又传出来撕心裂肺的叫声。那叫声如刀子一样划过李大宝的心头。

李大宝：老天啊，让我替她去受这个罪吧，让我替她去受这个罪吧……

撕心裂肺的叫声，一下紧似一下。

李大宝靠着墙，捂住脸，一点一点往下出溜。

李大宝：……老天爷，救救我吧，救救我吧。只要快点生下来，是猫是狗我都认了。哪怕提前十分钟是小狗，推后十分钟是小孩儿，我们宁可生个小狗我们也不要小孩儿了！

姑奶奶：口吐莲花。满嘴燎泡。

产房里又静了下来。好像有婴儿的啼哭。

三个人同时乍起耳朵谛听。

产房的门开了。护士乙抱着一个婴儿探出身子。

护士乙：张朵朵的家属。是个女孩儿。母女平安啊。

三个人都本能地挤过去。还没怎么看明白呢，护士乙抱着婴儿转身回去了。

随之，门也关上了。

妈妈：生了个什么？

姑奶奶：我也没听清楚。

李大宝：是个女孩儿。

姑奶奶和妈妈终于反应过来，上前揪住李大宝就是一顿痛打。

妈妈：你还说什么你更喜欢女儿，你还说什么生猫生狗你都喜欢，这次遂了你的愿了！你这个窝囊废，你个没出息的东西，连个儿子你也生不出来！

17. 李大宝家平房，西厢房，厨房，内，傍晚

一家人围坐在饭桌旁吃晚饭。除了张朵朵，其他人都在。

六个月的李下坐在李大宝的怀里。李大宝每夹一口菜，都把它拿到李下的嘴边，假装喂她，然后，自己再吃。

每个人吃得都很认真，很努力，也很勤奋。因此，嚼饭的声音，彼此起伏的，像一个多声部的合唱。

李二宝趁夹菜的机会，说：怎么着，这舞蹈演员，还绝食呢？

李小雅：什么叫绝食？人家朵朵姐这是减肥。你不知道啊，为了怀下下，朵朵姐足足长了30斤肉。朵朵姐说了，不把这30斤肉减掉，誓不为人。

李大宝：我看我还是有必要，把我媳妇儿的减肥计划跟诸位通报一下。是这样的，目前，现在，眼下，她每天只吃一顿早饭是第一轮减肥计划。这个计划，预计1年完成。根据具体情况，再决定第二轮减肥计划是否实施、怎么实施。

妈妈：你还挺美。老不吃饭，要出人命的。

李大宝：她以前的身材，那才叫一个玉树临风，那才叫一个亭亭玉立，那才叫一个婀娜多姿。现在确实是胖了点啊？要不，我们就支持支持她，让她回到美丽的从前？

李三宝：你这纯粹是为了满足你个人的私欲。

张朵朵端着水杯进来了。看见一家人吃得热火朝天，不免皱了皱眉头。

在张朵朵的目光下，老李家人都不自在了，都放慢了嚼饭的速度，声音也没有原来那么大了。

李下突然放了个臭屁。李大宝和妈妈都使劲儿蹙了蹙鼻子。

李大宝：我闺女的屁香，有一股牛奶味。

妈妈：我孙女的屁香，有一股水果味。

姑奶奶：何止屁香，我重孙女的屎都像刚出锅的鸡蛋羹。

张朵朵突然来了一句：李大宝你就该吃屎！

李二宝也跟着瞎起哄：是啊，李大宝就是吃屎的玩意儿！

姑奶奶挺直了身子，准备教训教训张朵朵。妈妈赶紧拽了拽姑奶奶的衣襟……

张朵朵倒了杯水，若无其事地走了。在出门的一瞬间，使劲儿吧嗒了一下嘴。

李二宝突然想起了什么：对了，怎么没见舞蹈演员给孩子喂过奶呀？

妈妈：不是跟你们说过吗，你大嫂没奶，下下喝奶粉。

李二宝：她可不像没奶的样子，绝对不像。

李大宝：你丫废什么话，就是喂奶，也不能让你看见呀！

18. 西厢房，厨房，内，夜

妈妈在收拾厨房。姑奶奶在边上唠叨。

姑奶奶：你怕她干什么？

妈妈：大宝跟她不对等，你不知道？

姑奶奶：知不道。

妈妈：你就别老惹她了，看她哪天跑了。

姑奶奶：跑了才好，我再给我大孙子找个更好的，找个能生重孙子的。

妈妈：她都生不出来，我看别人也没戏。

姑奶奶：为什么？

妈妈：人家是搞艺术的，种儿（基因）特殊啊。别人的种儿能比她好？

姑奶奶：在这儿等着我呢！

19. 西厢房，李大宝屋房，内，夜

孩子在李大宝怀里哇哇大哭，把李大宝哭得肝肠寸断。

张朵朵披着外衣，面对着山墙的西北角，在忙活着什么。

李大宝：那你快点呀，孩子都哭抽过去了。

张朵朵终于转过身来，把一碗奶递给李大宝。原来，张朵朵在挤自己的奶。

李下的旁白：我妈担心给我喂奶，她的乳房会下垂，竟然想出了这么一个损招儿，挤奶给我吃。我这个妈呀，也算是个天才了！

李大宝把孩子放到床上，往奶瓶里灌奶。

李大宝：你这纯粹是脱了裤子……

张朵朵：你说什么？

李大宝只好把后半截儿话，自己吞下去了。

20. 正房，李二宝屋，小院子里，李大宝窗前，内/外，夜

李三宝的咳嗽声把李二宝吵醒。

李二宝开了灯。

原来，李三宝跷着二郎腿，坐在床边抽烟呢。竟然还用鼻孔冒起了烟儿。

李二宝：哎哟嗨，你个小王八蛋，怎么还学会了用上边两个窟窿冒烟儿啊？怎么着，又不想活了？

李三宝：辗转反侧，夜不能寐……

李二宝披上衣服，跑了出去。

李二宝猛砸李大宝屋的窗子……

21. 正房，李二宝屋，内，夜

李三宝跷着二郎腿，依然坐在床边抽烟。依然用鼻孔冒烟儿。对身旁的李大宝和李二宝视而不见。

李大宝：给我也来一根。

李三宝把烟和火柴递给李大宝。

李大宝给自己点上了一根。抽了两口，就吸引了李三宝的目光。原来，李大宝的烟儿，是从耳朵眼儿里冒出来的。

李三宝：没想到你还多才多艺，不但会一只眼流泪，还会耳朵眼儿冒烟。教教我呗？

李大宝：你得答应我，别再梦游了，好好睡觉。

李三宝：我答应你。

李大宝：一个星期以后，你正常了，我一定教你！

22. 纺织厂，维修车间，内，日

大裤裆在擦拭扳子。二膀子嬉皮笑脸的凑过来了。

二膀子：听说了没？你媳妇儿被人抢走了。

大裤裆举起扳子，骂道：我削你！

二膀子：不知好歹。我可是亲眼所见，她被别人牵着手进电影院了。

大裤裆：被谁？

二膀子：就那个大学生，杨开明。

大裤裆放下了扳子。

二膀子：我听四车间的一个姐妹儿说，两个人都好了有一段时间了。你知道是谁，给他们拉的皮条吗？

大裤裆：谁？

二膀子：你的哥儿们，李大宝！

23. 纺织厂，篮球场上，外，日

大裤裆和李大宝两个人在打篮球。

大裤裆只要拿到了球，就后退几步，使劲儿往篮板上磕。而弹回来的篮球，每次都砸到李大宝的脑袋上或者身上。

李大宝有点急了，大叫：大裤裆，你打球还是打人啊！

24. 小饭馆，内，日

大裤裆和李大宝已经喝得面红耳赤了。

大裤裆：……是你把杨开明介绍给了宋燕子，对吧！

李大宝：都在一个厂，我不介绍，他们早晚也会认识的。

大裤裆：你可真是我的好哥儿们。

李大宝：人对脾气狗对毛。你跟她不合适，不对付。早放下，早解脱。

大裤裆：她跟他就合适？

李大宝：郎才女貌，当然合适。

大裤裆把两个人的酒杯都倒满了。

大裤裆：来，喝了这杯酒，我有话说。

两个人把酒喝了。

大裤裆：从今以后，我们大路朝天，各走一边。

李大宝：不至于此，不至于此。

李大宝又把两个人的酒杯都倒满了。

李大宝：来，喝了这杯酒，我也有话说。

大裤裆：先说，后喝。

李大宝：我不想因此失去你这个哥儿们。

大裤裆：那好，拿出一个月工资和奖金来，我们喝酒。

李大宝：为什么？

大裤裆：赔偿我的精神损失。

李大宝：你这不是讹人吗？

大裤裆：拿不拿？

李大宝：拿拿拿，绝对拿！

25. 纺织厂，维修车间，内，日

大裤裆在磨钢锯。磨着磨着，就走神了。差点儿割了手……

26. 李大宝家平房，小院子里，外，夜

一个黑影儿在院子里逡巡。

黑影儿站定了，咳嗽了一声，之后，清了清嗓子。从声音上判断，是李三宝。

李三宝突然一声嚎叫，唱起了费翔的《故乡的云》：

天边飘过故乡的云，它不停地向我召唤；当身边的微风轻轻吹起，有个声音在对我呼唤。

老李家的人被吵醒了。每个屋都开了灯。大家纷纷披着衣服跑了出来。

李三宝一边用手在胸前东一下、西一下地比画，一边继续唱：

归来吧，归来哟，浪迹天涯的游子；归来吧，归来哟，别再四处漂泊……

李二宝：他那是在划拉啥呢？

妈妈：闭嘴！

李大宝上前去拉李三宝，却被李三宝一左一右扇了两个大嘴巴子……

老孙家的人也被吵醒了。孙友来、二膀子妈妈和二膀子的脑袋都出现在东墙上。

二膀子妈妈：他不是要“归来吗，归来哟”赶紧地呀，大宝，把他弄回屋里去呀！

李大宝捂着脸，痛苦地说：要弄，弄你们家屋里去吧，我们家屋里是不要他了……

27. 西厢房，厨房，内，夜

一家人愁眉苦脸地围坐在饭桌旁开会。除了李三宝，其他人都在。

妈妈：去年，考前失眠；今年，厌食加失眠。这不要命吗，这可咋办呀？

李二宝：要命倒不至于，主要是要脸啊！

妈妈：你又想说什么？

李二宝扭过身子，用双手捧起李大宝的脸。

李二宝：可悲惨。去年挨了俩，今年又挨了俩。看样子，要想治好李三宝的“恐高症”，李大宝，你的脸皮恐怕要多担待一点了。

李大宝：滚！

姑奶奶：大宝，你拿个主意吧？

李大宝给妈妈使了个眼色。

李大宝：妈，你看呢？

妈妈：这个家你当。我们听你的。

张朵朵：我有个主意。

李大宝：说说看。

张朵朵：对三宝来说，最后这一个月，主要是放松心情。你应该多领三宝出去散散心。远点去爬爬长城，爬爬香山；近点去参观参观周口店，参观参观宛平城。

姑奶奶：我看成！

妈妈：这事听姑奶奶的！

28. 公交车上，内，日

街景在李大宝和李三宝面前晃过。

李三宝的神情没有以前那么苦大仇深了。

29. 宛平城外，南墙下，外，日

李大宝领着李三宝围着城墙转圈，最后在南墙下停了下来。

李大宝表情沉重地望着墙上的五个弹坑儿。

李大宝：好好看看。这就是“卢沟桥事变”留下来的。

李三宝：你拽着我，倒了四五趟车，花上了大半天时间，就是为了看这五个弹坑儿吗？

李大宝：这仅仅是五个弹坑儿吗？这是日本侵略中国的铁证。作为中国人，被日本人欺负成这样，这就是国耻！

李三宝：哟，有羞耻心了，知道要脸了？不容易。

李大宝：作为老李家人，你仅仅因为怯场因为失眠，今年再考不上，那就是家耻！

李三宝：我觉得，我考大学跟这“卢沟桥事变”没啥关系。

李大宝：当然有关系，这两件事都发生在七月七日。

李三宝对李大宝刮目相看了。

李大宝：大哥希望你放下包袱，轻装上阵，好好复习，正常发挥，考它个清华北大，将来为国家服务，为爸爸争光！

李三宝：有点扯了啊。

李大宝：那好，我们不说国耻，也不说家耻，单说己耻。

李三宝：可以啊。

李大宝：大哥这辈子，就这样儿了。大哥上学的时候没好好念书，到头来只能当个小工人，让人瞧不起，可悲惨。

李三宝：你可以了。一个小破工人，找了那么一个漂亮媳妇儿，还是个大艺术家。

李大宝：你要这么说，就更悲惨了。你知道，我跟你大嫂结婚后，过的是什么日子吗？

李三宝：那我太知道了。辛酸的日子，屈辱的日子，暗无天日的日子，猪狗不如的日子。

李大宝：你知道，这是为什么吗？就是因为我没什么文化。我要是个大学生，你大嫂她敢瞧不起我？

李三宝：这倒是。

李大宝：所以说，为了让妇女们瞧得起你，今年说什么你也得考它个清华北大。

李三宝：为妇女们考？哎，这倒是个新思路。

李大宝：为妇女们考！

李三宝：为妇女们考！

李大宝：其实，当年，好多男人去当兵打小日本，也是为了保护妇女们。

李三宝：你又来了。

李大宝：那好，我们就不扯那么远了。从今天晚上开始，什么也别想了，好好睡觉。

李三宝：其实，姑奶奶给我支了一招儿，我一直没用，我看这回是时候了。不过，还需要你的紧密配合啊。

李大宝：你只要好好睡觉，让我当牛做马我都乐意！

30. 李大宝家平房，正房，李二宝屋，内，夜

书桌上的闹钟正好七点。

原来靠墙摆放的两张床，现在都挪到了地中央。四周被空了出来。

李大宝在前，李三宝在后，绕着空地儿，像驴一样地，一圈圈儿拉磨。

再仔细看：李大宝的后背上还背着一张写满复习要点的白纸；李三宝手里还拿着一根树枝，一边吆喝着，一边念念有词。

姑奶奶、妈妈和李小雅等三人轮番从门口探进脑袋、睁大眼睛、张着嘴巴来看热闹……

叠画：书桌上的闹钟已经九点了。

李大宝和李三宝还在圈圈儿。李三宝明显转晕了。突然，身子一软，“咕咚”一声，倒在地上。

妈妈和李小雅跑进来，帮助李大宝把李三宝抬到床上。然后，脱掉鞋子和外套，让其安然入睡。

妈妈悄悄起身，准备撤离，却发现李大宝已经靠在自己身上睡着了……

李下的旁白：我三叔李三宝还真给我爸找了个当牛做马的活儿，那就是，每天晚上陪着他拉磨。这一拉，就拉到了高考前夜。要说，我爸也真够可怜的……

31. 纺织厂，食堂门前，院内的路上，外，日

工友们拿着饭盆，三三两两的，有的向食堂走去，有的从食堂出来。

大裤裆和李大宝从远处走来，要穿过马路时，却发现宋燕子和杨开明很亲昵地从食堂里出来。

宋燕子趁人不注意，从自己的饭盒里舀了一勺东西，喂到杨开明嘴里。

恰好，大裤裆看到了这一幕。他站在路中央不动了。

一辆面包车开过来。本来应该躲闪的大裤裆，却迎面撞了上去……

等李大宝反应过来时，已经晚了……

32. 医院，手术室门口，走廊的拐弯处，内，日

李大宝和孙友来等人焦急地在门口等待着。

孙友来突然抱着脑袋，痛苦地倚到墙上。

李大宝：师傅，您怎么了，不舒服吗？

孙友来：最近不知怎么了？吃不下饭，睡不着觉；嘴没味儿，腿没劲儿；浑身无力，四肢发麻……

有一个人从走廊的拐弯处探出头来。那人是宋燕子。她犹豫再三，也没敢现身……

33. 纺织厂，大门口，外，日

李大宝站在那儿等人。

宋燕子飞快地跑来了。

宋燕子：怎么样，听说他醒了？

李大宝：捡了一条命。司机在最后关头打了方向盘，他只是被捎带了一下。但被诊断为严重脑震荡，还断了八根肋骨……

宋燕子：我想去看看他……

李大宝：还是缓缓吧。先别刺激他了。

宋燕子：对不起……

李大宝：这事赖我，我就不应该把你介绍给杨开明。也不知他从哪儿听说了，这些天都气疯了。

宋燕子：真是对不起……

李大宝：这事对他的打击太大了，最近他一直恍恍惚惚的，我预感着早晚得出事。我真不知道，怎么跟他妈交代……

34. 大杂院，大裤裆家，内，日

李大宝拎着一篮子菜，和张朵朵一前一后进了屋。

大裤裆妈妈一个人在床上坐着呢。听到动静，马上起身。

大裤裆妈妈：是大宝吧？

李大宝：大娘，是我。大裤裆被厂里派去出差了，我来告诉你一声。

大裤裆妈妈：他去哪儿了？

李大宝：新疆。

大裤裆妈妈：那么老远？

李大宝：是啊，怎么也得个把月才能回来。这段时间，买粮买菜的事儿就归我了。

大裤裆妈妈：那可劳烦你了。

李大宝：没事，大裤裆给我加班费了，不然我才不干呢。

大裤裆妈妈：你就逗你大娘吧。对了，刚才我听见还有一个人，是朵朵吧？

张朵朵一惊，问：您怎么知道是我……

35. 马路边，人行道上，外，日

李大宝推着自行车，和张朵朵漫步而行。

张朵朵：大裤裆他妈跟姑奶奶似的，也挺神的。

李大宝：那是啊，姑奶奶每天炼丹，大裤裆妈妈每天画画儿。

张朵朵：一个瞎子画画儿？

李大宝：我们厂大姑娘、小媳妇少说也得 2000 多人，她都能把她们惟妙惟肖地画出来。

张朵朵：为什么要画她们？

李大宝：为了给大裤裆找一个像你一样漂亮的媳妇儿！

张朵朵：真的假的？

李大宝：绝对真的。刚才你进屋后一声没吭，她就知道是你来了。

张朵朵：这么说，她也画过我呗？

李大宝：岂止是画？早把你供起来了。

张朵朵：什么意思？

李大宝：她说，像你这样漂亮的女人就应该供起来。还说，你长得跟画上的人似的，如果进了他们家的门，她一定把你贴在墙上。

张朵朵：我喜欢这个老太太，下次你再来看她，还叫上我！

36. 马路边，霞光烟酒副食品商店门前，外，傍晚

李大宝一个人骑着自行车慢悠悠地走着。一抬头，看见了副食品商店，好像想起了什么，犹豫着下了车，来到门前……

37. 马路边，霞光烟酒副食品商店，内，傍晚

李大宝在饮品柜台前踅摸。

年长的女售货员：请问，您在找什么？

李大宝：我……

年长的女售货员：我看您在这儿晃悠好长时间了？

李大宝：要不，我买一桶麦乳精吧……

38. 李大宝家平房，小院子里，外，傍晚

李大宝推着自行车进了院。

李大宝：李三宝，出来！

话音刚落，李三宝、妈妈分别从屋里和厨房出来了。

李大宝从工具袋里摸出那桶麦乳精。

李大宝：李三宝，送你了！

妈妈：那么大声儿，我还以为怎么着了呢，原来就送一桶麦乳精！

李大宝：你可千万不要小瞧它，大补！

39. 正房，李二宝屋，内，夜

李大宝看着李三宝把满满一杯麦乳精喝下去。

40. 孙友来家，孙友来屋，内，夜

孙友来穿着衣服、穿着鞋、脑袋上搭一条湿毛巾，横躺在床上。

二膀子妈妈拿个大萝卜，一边啃着，一边进来了。

二膀子妈妈：起开。

孙友来没有反应。

二膀子妈妈：我让你起开，我要睡觉了。

孙友来还是没有反应。

二膀子妈妈：听见没有，别跟这儿装死了。

二膀子妈妈把大萝卜叼在嘴里，往边上推孙友来。二膀子妈妈力气好大，竟然把孙友来翻了个个儿。

孙友来还是没有一点反应。二膀子妈妈有点毛了。把手指放在孙友来的鼻孔下，想看看，还有没有气儿。

孙友来突然哼哼唧唧地说：最近不知怎么了？吃不下饭，睡不着觉；嘴没味儿，腿没劲儿；浑身无力，四肢发麻……

二膀子妈妈：吓死我了。你怎么跟西院的老太太似的，也学会闹妖了！

孙友来又哼唧了一遍：最近不知怎么了？吃不下饭，睡不着觉；嘴没味儿，腿没劲儿；浑身无力，四肢发麻……

41. 正房，李二宝屋，内，夜

书桌上的闹钟正好七点。

李大宝在前，李三宝在后，又绕着空地儿，像驴一样地，一圈圈儿拉磨了。

李大宝：李三宝同学，喝了大哥给你买的麦乳精，肚子里全是锦绣文章吧？

李三宝：狗屁锦绣文章，李三宝同学肚子里全是尿！

在门口看热闹的姑奶奶简直笑坏了。

突然，李三宝把手里的树枝一摇，叫道：吁！

李大宝就站住了。

李大宝：干吗？

李三宝：我忘了守卫卢沟桥的是多少军了。我得查查书。

李三宝去床头翻书。

李三宝大声喊：我的书被人撕了。这是谁干的，这是谁干的！

李大宝小声说：可能是我干的吧……

李大宝从兜里拿出了那几页书纸。已经揉得稀巴烂了。

李三宝：为什么！

李大宝：我想弄清楚“卢沟桥事变”是怎么回事，就把这几页书纸给撕了。

李三宝：你可以拿书看啊，为什么要撕呢！

李大宝：撕下来，装到我兜里，看着方便……要不，你借同学的书，再抄一遍吧……

42. 西厢房，厨房，小院子里，内/外，夜

一家人围坐在饭桌旁开会。除了李三宝，其他人都在。

李大宝：同志们，李三宝再有十四天就要过堂了。他们学校今年来了个邪的，补习班从明天就放羊了，在家复习了。这对我们来说是个考验。

妈妈：你快别啰嗦了，你就说怎么办吧？

李大宝：我们就一个任务，要给李三宝营造一种轻松的、没有任何压力的家庭气氛。具体点说，就是——一，不准任何人在他面前提考试的事，谁提了，就罚谁 50 块钱；二，今天晚上睡觉提前 5 分钟，明天提前 10 分钟，六天以后提前 30 分钟，提前这 30 分钟足可以了；三，今天晚上开始收起挂历，藏起手表，过两三天他一定会问我们"今天是几号"，记住了，我们要统一口径，要少说一天 。

李大宝的目光扫过所有人。

李大宝：什么意思呢？今天是 24 号吧？那在我们老李家，就是 23 号，以此类推。都明白了吧？

除了李二宝，大家都认真地点了点头。

李二宝：那我要是说走了嘴，怎么办？

李大宝：那你就是故意的。一切后果都由你负。

李二宝：大不了我滚蛋，我不在家待着，行了吧？

李大宝：我也是这么想的。这些天，你最好穿着你的皮裤和棉裤，牵着你的五马和六羊，滚得越远越好，要不广东、要不内蒙古。

姑奶奶：二宝，要不你出去躲躲？

李二宝：我又没犯事，我出去躲什么呀？

李二宝用哀求的眼光看着妈妈。妈妈却漫不经心地用指甲刮着衣袖上的油污。

李二宝：妈，我还是不是你儿子呀？

李大宝：这次配合了，你就是；不配合，你就不是。

李二宝：那好，我现在就滚。

李二宝怒气冲冲地站起来。

姑奶奶和妈妈都没有一丝挽留的意思。

李二宝眼圈红了，哽咽着说：你们也太欺负人了吧？在你们眼里，我李二宝从来就没有鼻梁，只有鼻涕，是不是！

李二宝摔门而去。

妈妈追到小院子里。

妈妈：二宝！

李二宝站住了，问：干什么？

妈妈：这二半夜的，你去哪儿？

李二宝：我去大街上溜达。我去桥洞里猫着。实在不行，我去天安门广场坐着。

妈妈：二宝，别怪妈！

李二宝：我不怪你，我只怪自己生在这样一个没有平等和爱的家庭！

第 16 集

1. 李大宝家平房，正房，李二宝屋，内，夜

李大宝在前，李三宝在后，又绕着空地儿，像驴一样地，一圈圈儿拉磨了。

李三宝：李大宝，今天几号了？

李大宝：4 号。

李三宝：还有两天了……

2. 西厢房，厨房，内，日

一家人围坐在饭桌旁吃早饭。除了李二宝，其他人都在。

李三宝咽了一口饭，问：今天几号了？

李小雅：5 号吧。是吧，朵朵姐？

张朵朵：昨天是 4 号吧？对对对，是今天 5 号。

李三宝：还有一天了。对了，这些天，怎么没见李二宝啊？

李大宝：去内蒙古放羊去了。

李大宝说完了，才意识到自己又多嘴了。

李三宝：什么意思？

张朵朵：别听你大哥胡说了。你二哥去内蒙古要货款去了。

李三宝：是这样……

3. 正房，李二宝屋，内，晨

酣睡中的李三宝被李大宝捏着鼻子给憋醒了。

李大宝：起床了，起床了。吃饭了，吃饭了。吃了饭，该去考试了。

李三宝“呼”地一下坐起来。

李大宝：今天不是6号吗？

李大宝把手中的电子表，递到李三宝眼前。

李大宝：睁大狗眼，看清楚了。现在是七月七日早晨7点。你有10分钟穿衣服、刷牙和洗脸。你有20分钟吃饭！

李三宝：你敢骗我！

4. 西厢房，厨房，内，晨

李三宝一边吃鸡蛋，一边收拾书包，一边骂人。

李三宝：李大宝，你个大王八蛋，我今天要是迟到了，我把你脑袋揪下来，当蛋吃了！

李大宝：从家里到你们学校，我骑自行车驮一个人，只用18分钟，我和小雅已经演练8遍了；要是迟到了，别说把我脑袋当煮鸡蛋了，你就是把我当成烧鸡烤了，我也心甘情愿！

5. 马路边，人行道上，外，晨

李大宝骑着自行车驮着李三宝，意气风发地飞奔。

李大宝：借过了，您哪！

李大宝一口气蹿出了数十米……

6. 李三宝的学校，大门口，外，日

李大宝的自行车从从容容地到了。

大门正好打开。

学生们都如临大敌一般，聚精会神、摩拳擦掌地涌进校门。

李大宝却拉住了李三宝。

李大宝：我还有句话。

李三宝：有话就说，有屁就放。

李大宝：李三宝，我们穷人家的孩子，没钱没权没势，就有命；不管干什么，我们只有靠自己，懂吗？我们穷人家孩子的命，越拼越结实，越拼越硬气，懂吗？

李三宝：不懂。

李大宝：李三宝，这么跟你说吧，就像打铁，打一千锤你是铁，打一万锤你就是钢了！

李三宝眼圈红了，说：懂了！

李三宝义无反顾地走进校门……

李大宝的旁白：李三宝，记住了，打一千锤你是铁，打一万锤你就是钢了！

李三宝像长后眼似的，又喊了一句：懂了！

李大宝的眼圈一下子湿润了。

李下的旁白：结果，在我爸的精心策划和忽悠下，我三叔李三宝还真克服了“恐高症”，每个科目都正常发挥。还有，考试期间，他的睡眠别提有多好了，每天都是被我爸捏鼻子捏醒的。就这样，我三叔完成了一个工人家庭的孩子一生中最重要的一件事……

伴随着李下的旁白，是李三宝在考场上奋笔疾书的画面和李大宝骑着自行车驮着李三宝意气风发地飞奔的画面……

7. 李三宝的学校，大门口，外，日

李大宝和几个家长模样的人在门外安心地等候。

考生们三三两两得出来了。

终于看到了李三宝。

李大宝张了半天嘴，竟然不知道说什么好了。

李三宝：李大宝，你个大王八蛋，我今年要是考不上大学，我就把你脑袋揪下来，当蛋吃了！

8. 医院，病房，内，日

宋燕子推门进来时，大裤裆正躺在床上假寐呢。

宋燕子小声说：大……大……师傅……

大裤裆睁开眼睛。他说什么也没想到，宋燕子会来看他，激动得不知所云。

大裤裆：来了……

宋燕子：嗯。

宋燕子把手里的网兜，放在床头柜上。网兜里是两瓶罐头。

宋燕子：早就想来看看你，可又怕打搅你。

大裤裆挠挠脑袋，说：要是知道你能来看我，我早就撞了。

宋燕子“咯咯”笑着说：你可真逗。

长时间的沉默。大裤裆甚至听见了宋燕子的心跳。

宋燕子：有两句话，不好意思说，我给你写了个条。你看了后，不要生气呀。

宋燕子从兜里掏出一张纸条，递给大裤裆。大裤裆浑身直哆嗦着，把纸条打开。

宋燕子的旁白：我很感动，因为能有一个人这样喜欢自己，我打算把这份喜欢收下，藏在心底。但有一个条件，以后，我们两个人得像兄弟姐妹那样，摒弃前嫌，坦诚相见。

大裤裆一边抖着，一边点头。

宋燕子：没生气吧？

大裤裆：我高兴还来不及呢……好，好……像兄弟姐妹那样，摒弃前嫌，坦诚相见……

宋燕子：我一直想告诉你，我的一些情况。初中毕业，我原来想上高中的，我的理想是考大学。可是家里的条件不允许，于是就上了技校，为的是早一天工作；因为没上成大学，总想找个……找个大学生，希望你能理解……

大裤裆一边抹着眼泪，一边点头……

9. 纺织厂，维修车间，内，日

女工友甲也怀孕了。她挺着个肚子为李大宝倒了杯水，端给他。

女工友甲：大宝，我生了孩子，没奶怎么办？

李大宝：你怎么知道会没奶呢？

女工友甲：我妈生我的时候，就没奶。

李大宝看了看女工友甲的胸脯子。

李大宝：没奶分两种情况。一种是假没奶；一种是真没奶。

女工友甲：什么叫假没奶？

李大宝：第一次生孩子的女人，奶头有可能是堵塞的。这个时候，得找个有劲儿的人，给你通通。

女工友甲：怎么通啊？

李大宝：好好嘬嘬。

女工友甲：你就缺德吧。

李大宝：真没奶呢，就得补了。太肥的人熬王八汤、鲫鱼汤喝；不太肥的人熬猪蹄汤、排骨汤喝。不管熬什么汤，都不要放作料，加黄豆就可以了。你不肥不瘦，喝哪种汤我看都可以。

在边上干活的二膀子冒出了一句：不愧是奶过孩子的人哪，说起来头头是道。

李大宝：你姥姥。

二膀子：我姥姥早死了！

李大宝：你那死去的姥姥！

10. 李大宝家平房，西厢房，李大宝屋，小院子里，妈妈屋窗前，内/外，夜

孩子手舞足蹈地大哭。最终吵醒了张朵朵。

张朵朵开了灯。却看到李大宝把一只脚搭在自己的胸上，呼呼大睡呢。张朵朵捏着鼻子，把李大宝的脚扔到边上。

李大宝依然没醒。孩子依然大哭。

张朵朵一气之下，把孩子抱起来，放到地上。

孩子不哭了。李大宝却醒了。

李大宝揉了揉眼睛，拍了拍脑袋，感觉到哪儿不对劲儿了。再一看，孩子不见了，吓得半死。

爬起来，疯狂地找。在床的那边，找到了孩子。

李大宝指着张朵朵，气得半天说不上话来。没办法，抱着孩子在地上走溜子。走着走着，一团怒火，再次涌上心头。喘气粗了，脚步重了，腰杆儿也硬了。

张朵朵“呼”地一下，坐起来。

张朵朵：你走路怎么还带响儿的？

李大宝：爷们儿吗，脚脖子上就应该挂个铃铛，走到哪儿响到哪儿。

张朵朵：哟，什么时候变成爷们儿的？

李大宝：我本来就是爷们儿。

张朵朵：哟，没看出来。

李大宝：在你张朵朵眼里，合着我李大宝，就应该是个娘们儿，是吧？

张朵朵：李大宝，我必须负责任地告诉你，目前在我眼里，你的性别还不是特别明朗、特别清晰。从前面看吧，抱着孩子，唠唠叨叨的，你像妈；从后面看吧，躬着个腰、驼着个背，你像爹；从整体上看吧，既不像妈，又不像爹。

李大宝：那像什么？

张朵朵：像个物件。论脾气，你像个皮球；论性格，你像个板凳；论人性，你又像个大瓣蒜儿。反正，不是爷们儿。

李大宝咬着牙，走近张朵朵。

李大宝：你！

张朵朵：怎么着，要起义啊，要暴动啊？

李大宝冷笑了一声，说：你还真把我当成奴隶，把你自己当成奴隶主了！

张朵朵：李大宝，你看你现在说话的口气，从里到外都透着一种要造反的情绪。我来给你分析一下啊，你这种情绪是什么时候出现的？应该是在我生了下下的那一天。从我来到你们老李家那天起，你在我面前一直忍气吞声、委曲求全，趋炎附势、卑躬屈膝。你那全是伪装的。而你的伪装，就是为了欺骗。你先骗我跟你结婚，接着骗我让你上了这张床，再接着骗我怀了孕，最后骗我把孩子给你生下来。一旦我生了孩子，你的目的全部达到。于是你就露出了本来面目，那就是，不打算装孙子了，也不能装孙子了，要解放了、要彻底解放了！

张朵朵的目光像探照灯一样，把李大宝的内心照耀得无比光明，再也藏不住任何阴暗和龌龊的东西了。

张朵朵：没话说了吧！

李大宝只好干咳了几声。

张朵朵：李大宝，我给你提个建议。一个爷们儿，或者说一个真正的爷们儿，不管在任何时候，如果做不到胸有成竹，最好的办法，就是把嘴闭上！

就在这时，有人“砰砰砰”地敲妈妈屋的窗子。

李大宝披上衣服就往外跑。

原来是二膀子。

李大宝：怎么了，怎么了？

二膀子：我爸好像是中邪了，快让姑奶奶过去瞧瞧吧！

11. 孙友来家，孙友来屋，内，夜

孙友来目光空洞、呆滞，魔魔怔怔地，一会儿躺下，一会儿坐起。

姑奶奶、李大宝妈妈、李大宝、二膀子妈妈和二膀子着实吓着了。

孙友来：有鬼，有鬼。

姑奶奶：她长什么样儿？

孙友来：我也不知道。我一闭上眼睛，就感觉身后有两股凉风，不，有两股光亮。我跑到哪儿，它跟到哪儿；我藏到哪儿，它找到哪儿……

姑奶奶握住孙友来的手腕，一阵把脉。然后，又扒开孙友来的眼皮和嘴巴，看了又看。

姑奶奶：你身后的东西不是凉风，也不是光亮，是一双眼睛……

孙友来：眼睛？好像是……对了，就是眼睛，一双蓝幽幽、亮闪闪的眼睛……

姑奶奶动了动两个小拇指，做出了一个一切尽在掌握的动作。

12. 孙友来家，二膀子屋，内，夜

姑奶奶侃侃而谈。在场的人洗耳恭听。

姑奶奶：……二膀子爸爸是金命，干了一辈子铁匠的活，身上全是火，火克金。一场灾祸是不可避免了。

二膀子妈妈：姑奶奶，您是神仙，快救救我们吧！

姑奶奶：你不背地里，老说我闹妖儿吗？

二膀子妈妈扇了自己一个大嘴巴子。

二膀子妈妈：您还不知道，我这张破嘴，从来就没个把门儿的。

姑奶奶：先辟邪吧。

二膀子妈妈：好的好的。

姑奶奶环视了一下房间，说：你看看你这个家，简直就是垃圾场，一股瘴气味，这要是在乡下，把黄鼠狼也招来了。明天把该扔的扔了，该洗的洗了，把房子里里外外打扫一新，然后通风三七二十一天。

二膀子妈妈：哎哎哎。

姑奶奶：再去打三七二十一斤白醋，一天往房子里泼洒一斤，每个犄角旮旯儿都不能放过。

二膀子妈妈：姑奶奶，您知道，我这辈啥都吃，就是不吃醋，我怕那东西，一闻见它，我就浑身发麻，就要不行了……

姑奶奶：你怕？有人更怕。

二膀子妈妈：谁呀？

姑奶奶：女鬼！

13. 李大宝家平房，小院子里，外，夜

姑奶奶、妈妈和李大宝往屋里走。

妈妈小声问：成吗？

姑奶奶：走着瞧吧！

14. 小院子里，外，日

李三宝在院子里漫步。他已经一扫考前的颓废气，变成了一个阳光的青年。

李三宝一边走着，一边朝李大宝的窗子上看。原来，张朵朵对着窗台上的梳妆镜化妆呢。

李三宝突然清了清嗓子，念道：水光潋滟晴方好，山色空蒙雨亦奇；欲把西湖比西子，淡妆浓抹总相宜。

屋里的张朵朵被李三宝逗笑了。

张朵朵：怎么这么酸呀？

李三宝凑近李大宝屋的窗子。

李三宝：那是东院。

张朵朵：东院？

李三宝：三七二十一天，每天一斤白醋，往房子里泼洒，你说它能不酸吗？

张朵朵：你就跟我贫吧。

李三宝：那我跟你说点正事，朵朵姐。

张朵朵：说。

李三宝：我觉得你吧，现在胖瘦正好，不需要减肥了，再减，就破坏你的美了。

张朵朵：真的？

李三宝：绝对。我觉得你吧，没怀孩子之前，你太瘦，稍微有一点点空，那句话怎么说来，对，不盈一握；怀了孩子以后，你太胖，稍微有一点点满了，那句话怎么说来，对，流光溢彩；现在呢，不胖不瘦、不肥不腻，正好，是丰盈，是丰满，是丰富，是一种赏心悦目的美、是一种让人流连忘返的美。

张朵朵“咯咯咯”地笑着。

就在这时，李大宝从妈妈屋跑出来了。

李大宝：大学篓子，又在这儿作诗呢？

李三宝：去去去，有你啥事？

李大宝一把抓过李三宝。

李大宝：再估估分呗？

李三宝：都估 800 遍了，就在 505 分左右。

李大宝：这不又下了一场雨吗？一切都会变化的。再估估，再估估，看看我们能不能再找补回几分来？

李三宝：你拉倒吧。你以为分数是狗尿苔啊，下了一场雨，它就长出来了。

李大宝：我昨天做了个梦。你不是这些分。

李三宝：真的？

李大宝：绝对！

15. 正房，李二宝屋，内，日

李大宝和李三宝的脑袋凑到一块。两个人又在一分一厘地估分了。

李二宝在边上扒眼儿。

李三宝一手拿着《招生专刊》，一手拿着笔，嘴里还念念有词。

李三宝：怎么着，还是 505 分吧？

李大宝：这个分数比较难受。填一类中的好学校吧，不敢；填二类中的大多数学校吧，又不甘。要是再有 15 分，情况就不一样了。

李二宝突然来了一句：我十年磨一剑啊，我十年寒窗苦啊，我十月怀孩子啊，老天啊，你就这么对我……

李三宝一声怒吼：滚！

16. 孙友来家，孙友来屋，内，日

孙友来还是一副被抽空的样子。但看姑奶奶和李大宝妈妈的眼神不再那么散淡了。

二膀子妈妈：东西是吃了，可是还是不怎么睡觉。

姑奶奶：二七一十四天过了，效果甚微啊。看样子，是你的问题了。

二膀子妈妈：我的问题？

姑奶奶：你还记得二膀子爸爸身后的那双蓝幽幽、亮闪闪的眼睛吗？

二膀子妈妈：记得。

姑奶奶：冲你来的。

二膀子妈妈打了个寒噤，问：为什么要冲我来啊！

姑奶奶：都是你的眼睛和嘴巴惹的祸。你说你没事你老偷窥干什么？我们家的事，你们东院的事，甚至是胡同口的刘大妈的事，有你不知道的吗？

二膀子妈妈：我这辈子，就这么一个爱好，喜欢探究别人的私处……

姑奶奶：祸从口眼出。一个人眼里可以看到好事，也可以看到坏事，你眼里看到的全是臭狗屎；一个人嘴里，既有三斗米，又有三斗沙，从你嘴里出来的，岂止是沙子，简直就是飞沙走石。

二膀子妈妈：那灾祸是不是，真的会落到我头上呀？

姑奶奶：我给你写三道符吧。记住了，两只眼睛和一个嘴巴，各贴一道，贴完三七二十一天，才能拿下来。

二膀子妈妈：那醋呢？

姑奶奶：继续泼洒！

17. 李大宝家平房，小院子里，外，日

东墙上摆了两个笸箩。笸箩里面晾了角瓜片之类的东西。

姑奶奶和妈妈从两个笸箩中间的缝隙儿，向东院偷看。

二膀子妈妈在晾衣服。两只眼睛和嘴巴上各贴一道符。一喘气，一扇一扇的。别提多滑稽了。

姑奶奶和妈妈憋着笑，从墙上滑下，坐到地上。

妈妈：我觉得，您这是在故意整治她。

姑奶奶：传耳过舌、搬弄是非的东西，气人有笑人无、见不得别人好的东西。这些年，我就一直想整治整治她。老天今天总算给我机会了！

18. 正房，李二宝屋，小院子里，柿子树下，内／外，傍晚

李大宝和李三宝的脑袋凑到一块。两个人又在一分一厘地估分了。

李二宝在边上扒眼儿。

李大宝抢过李三宝手中的笔和纸。

李大宝：我总觉得，你少算了。来，今天你念，我算。

叠画：两个人继续在一分一厘地估算。

李大宝把纸和笔一扔，说：怎么着，是515分吧！

李三宝：我看看，我看看！

李三宝抢过记分纸，研究了一会儿，惊叫道：这道数学题本来是18分，我每次加的时候，都加了8分。真是活见鬼了！

李二宝：真是活见鬼了！

李大宝：李三宝，你那是太紧张了！

李三宝：灯下黑，灯下黑！

李大宝：多出了这10分，咱们是不是就可以报中国人民大学了？

李三宝：太可以了！

李三宝跃上窗台，从窗子跳到外面。

李三宝仰天长啸：我十年磨一剑啊，我十年寒窗苦啊，我十月怀孩子啊，老天啊，老天……

19. 西厢房，厨房，内，傍晚

妈妈在灶上忙着。李大宝在妈妈屁股后面溜着。

李大宝：妈，我跟你说话呢，你听见没？

妈妈：听见了，听见了。

李大宝：李三宝这次如果真能考500分以上，这其中至少有我250分。

妈妈：那肯定。因为你做人是“250”，做事是“251”。

李大宝不明其意。

妈妈：你忘了，当年你高考得了251分？

李大宝上前捂住妈妈的嘴巴。

李大宝：妈，亲妈，我们不是说好的吗，这事就你我知道，这辈子我们都把它烂在肚子里吗？

妈妈：那你说什么，李三宝的500分里有你250分！

20. 小院子里，西厢房，厨房门口，外，日

门上贴着李三宝的录取通知书。上写：李三宝同学，你已被中国人民大学政治系国际政治专业录取，请于1984年8月29日至31日持本通知书报到。

逾期一周不报到者，取消入学资格。　　年　月　日。

赫然盖着“中国人民大学”的红色公章。

一家人在门前抻着脖子、张大嘴巴、瞪着眼睛，一个字一个字地盯着看。除了李二宝，其他人都在。

李大宝：李三宝，那句话怎么说来的……

李三宝：哪句话？

李大宝一拍脑袋，说：从今以后，你就是，就是……反正，你就不是老李家的儿子了，你就是老天的儿子了！

李小雅：天之骄子。

李三宝认真地说：现在只能说是半个天之骄子，等报了到、注了册，才算是一个完整的天之骄子。

姑奶奶：我三孙子终于修成正果了！

张朵朵：三宝，感觉怎么样？

李三宝：还行吧……

李三宝后退了几步，感觉还真不一样了，走路有点腾云驾雾不说，看人也缥缥缈缈了。

李三宝：李大宝，你屁股后面长了个小尾巴。

李大宝把屁股又摸又拍。

李大宝：没有啊，哪有什么小尾巴？

李三宝：不信，你们看看？

大家都低头去观察李大宝的屁股。

姑奶奶：影影绰绰地，好像有个小尾巴。

妈妈：三宝说有，那肯定有了。

李大宝：妈，你什么人哪，你都这么大岁数了，怎么见着大树就想抱啊？李三宝不就是考上个破大学吗，他还能改变物理现象吗？看好了，我还是原来的我，没变，能量守恒。

妈妈：我抱大树怎么了？他是我儿子，我愿意抱。

李三宝：妈妈妈，你别说了，你也有问题。

妈妈：我能有什么问题？

李三宝：你的腿好像短了一截儿。

妈妈：我好不秧的，腿怎么会短呢？

李三宝：不信，你们看看？

大家又低头去观察妈妈的大腿。

姑奶奶：好像短了一截儿。

李大宝：李三宝说短了，那肯定短了。

妈妈：李大宝，你公报私仇。

张朵朵简直是笑坏了。

张朵朵：我看我还是进屋吧，一会儿，说不定我的脑袋还能长出犄角来呢。

张朵朵回屋了。李二宝却背着大包小包进院了。李三宝哪还顾得上妈妈，一把就逮住了李二宝。

李三宝：这是个新情况，我得好好研究研究。不好了，李二宝，从 45 度角看，你的脑袋像一个大狗头。不信，你们看看？

大家都按照李三宝提供的视角，抬头去观察李二宝的脑袋。

姑奶奶：跟阿黄的脑袋还真有点像。

李大宝：李三宝说像一个大狗头，那肯定像一个大狗头了。

李二宝已经注意到了厨房门上的通知书。

李二宝大骂：李三宝，你个小王八蛋，纯粹是狗眼看人低！

东墙上两个笸箩中间的缝隙儿，有一双眼睛正在向院子里偷看。

背对着东墙的姑奶奶突然来了一句：你要是再偷看，我就通知那些女鬼们，让她们半夜来拍你的肩膀。

那双眼睛“倏”地一下，消失了。

除了妈妈和李三宝，其他人都有点发毛了。

李二宝：姑奶奶，你什么意思？这大白天的，你可别吓我们呀！

李三宝看了看东墙，说：只有我知道姑奶奶是什么意思。

妈妈：完了完了，这个家里，又出了个闹妖儿的！

姑奶奶薅住妈妈的衣领。

姑奶奶：你再给我说一遍！

21. 西厢房，厨房，内，日

一家人围坐在饭桌旁准备吃午饭。

妈妈把一大铝盆炖排骨，摆在了饭桌中央。李二宝随后站了起来。

李二宝：诸位，诸位，既然这十斤排骨，是我出钱买的，那我得说两句。为什么要请大家吃排骨呢，我不说，大家也知道，那就是庆祝李三宝同学考上大学。考个大学不容易啊。所以，我买了十斤排骨。今天呢，大家甩开腮帮子吃，直到撑死为止。

李大宝：我看你主要是为了堵住李三宝的嘴。怕他说你长了一个大狗头。

李二宝：那你还长了个小尾巴呢！

李小雅：你们还有完没完？

李大宝：对对，开吃开吃。

李三宝突然伸出双手，做了一个阻拦的姿势。

李三宝：为了表达我此刻的心情，我给大家朗诵一首诗。

张朵朵和李小雅：好啊好啊。

李三宝站起来，清了清嗓子：《打开和关闭的屋子》，作者，瑞典特朗斯特罗姆。我开始了？

张朵朵和李小雅：开始吧，开始吧。

李三宝朗诵道：有人专用手套来体验世界 / 他白天休息一阵，把脱下的手套放在架上 / 手套突然变大，舒展身体 / 用黑暗填满整栋房屋 / 漆黑的房屋在春风中站着 / "大赦"，低语在草中走动，"大赦" / 一个小男孩儿捏着斜向天空的隐线，在奔跑 / 他疯狂的未来之梦，像一只比郊区更大的风筝在飞 / 从高处能看见北方无边的蓝针叶地毯 / 那里云影 / 静止不动 / 不，在飞！

朗诵完了。全家人都像呆鸡一样，一句没听懂。

李三宝：彻底傻了吧，同志们？

环视了一周，李三宝说：张朵朵同志，你也一句都没听懂吗？

张朵朵红着脸，说：也就听懂一两句。

李三宝：那你说说。

张朵朵：你好像说自己在飞。

李三宝点了点头，说：到底是小知识分子家庭出身的，到底是搞艺术的，也算一知半解地读过点书；在老李家，从出生那天开始，我就是孤独的；还有你们，长个脑袋就知道吃，一帮吃货！

李三宝挨着个儿，把大家指了一遍。甚至，连姑奶奶都没放过。

李三宝：吃吧，你们！

大家哪还有脸吃啊，都面面相觑，不敢动筷子了。

李三宝：朵朵姐，他们不吃，我们吃。这么好吃的东西，不吃都浪费了！

张朵朵面露难色，说：东西是好吃。可是我中午不吃饭的……

李三宝：我跟你说什么来？你现在胖瘦正好，不需要减肥了，再减，就破坏你的美了。

李大宝干咳了一声。李三宝瞅都没瞅李大宝。

李三宝：再说了，一顿肉，又影响不了你的减肥大业。

张朵朵：要说也是。要不我就吃点？

李三宝拿起一串排骨，递给张朵朵。随后，自己也拿起一串。

李三宝啃了一口，说：真香，要是有酒就好了。

姑奶奶：小雅，给他们上酒。我的药酒！

李三宝：那可谢谢姑奶奶了！

李小雅站起来去拿酒了……

22. 西厢房，厨房，内，日

李三宝和张朵朵的面前，各有一堆啃剩下的骨头。看样子，一锅排骨几乎全进了两个人的肚子。并且，两个人的脸也都红得像块红布了。

张朵朵努力把最后一口咽下去。

张朵朵：简直是罪过，简直是饕餮；简直是美食，简直是享受。我算是知道你们老李家人为什么那么喜欢吃了，为什么一个个都吃得那么胖了。原来都是因为嘴馋。

李二宝：哪有你这样的？一锅排骨都让你吃了，还反过来骂我们嘴馋？

李三宝也啃完最后一块，用手背来回地擦了擦嘴巴。

李三宝：酒足了，饭饱了，谢谢李二宝了。趁大家都在，我要宣布一件事。妈，你先把桌子上的残渣余孽收拾收拾。太埋汰了。

妈妈撅着个嘴巴，把桌子上的东西，划拉到盆子里。

李三宝：诸位，在上大学之前，我决定要改个名。

妈妈：为什么要改名啊？

李三宝：我要化蝶，我要涅槃，我要重生。

李二宝：这是又不想活了。

李三宝：我给自己起了这样几个名字——村上一乌，村上一木，村上一夫，大家帮着参谋参谋，用哪一个。想好了，就可以发言了。

李二宝：我要求发言。

李三宝：很踊跃吗。说。

李二宝：这几个名字全跑到日本国的村里去了，除了鸟，就是树，再不就是种地的农民，不好。

李小雅：日本人起名字有个规律，生在什么地方的房子里，就起什么样的名字。比如生在山上的，就叫山田；生在河岸的，就叫渡边；生在井旁的，就叫井上。

李大宝：要我看，不是全跑到日本国的村里去了，而是日本鬼子进我们的村了。

李三宝：一知半解。断章取义。囫囵吞枣。不知所云。

李大宝：李三宝，你既然这么看重日本名字，我免费给你起几个吧，保证你都喜欢。

李三宝：我看你狗嘴能不能吐出象牙来？

李大宝：眼角净屎（岩角敬史），下唇净饭（夏纯敬范），脚跟净皴（角根敬村）。你看怎么样，随便挑一个吧。

没把一家人笑死。

李二宝：我看脚跟净皴（角根敬村）不错。

李大宝：其实，我也最喜欢这个。

李三宝恼羞成怒地说：一帮吃货加一帮市侩再加一帮文盲，我恨死你们了！

李大宝慷慨激昂地说：我恨死小日本了。请你以后不要在我跟前，提什么一乌一木一夫！

李下的旁白：我三叔李三宝一直认为自己生在工人家庭算是投错了胎。上了大学后，努力蜕掉老李家这层皮。从他改名这件事开始，我爸逐渐认清了他的本质，就一直想把他拉回来……

23. 正房，妈妈屋，内，夜

姑奶奶眯缝儿着眼睛半躺在床上。李大宝妈妈坐在床边。

孙友来、二膀子妈妈、二膀子、李大宝和李二宝站在地上。

三道符还在二膀子妈妈的脸前贴着。李大宝和李二宝怎么看，怎么可笑。

二膀子妈妈：……姑奶奶，多亏了您，救了二膀子爸爸一命。

姑奶奶：好了呗？

孙友来：好了，完全好了。能吃了、能喝了、能睡了，有力气了、有精神了。多谢姑奶奶救命之恩。

姑奶奶：小事情，张张嘴的事。

孙友来示意二膀子妈妈把手里的东西呈上。

二膀子妈妈把手里的网兜放在床上。

二膀子妈妈：这是我们的一点心意。

姑奶奶：那是什么呀？

二膀子妈妈：甘草片。没事的时候，您嚼一嚼。

二膀子凑近李大宝。

二膀子耳语了一句：别人送我妈的。都放了两年多了。

这句话竟让姑奶奶听见了。

姑奶奶：别人送你的，你留着吃呗。我不喜欢嚼那东西，像牛倒嚼似的。我还以为是索密痛呢，索密痛我倒可以每天吃一片。

二膀子妈妈：怎么，除了炼丹，你还吃药片啊？

李大宝妈妈：还不是二膀子爸爸闹的。姑姑这些天食不甘味、坐卧不宁，这不就犯了头疼病，每天睡觉前得吃一片索密痛。我买了一小瓶，都吃完了。

李大宝差点儿笑出来。

孙友来：既然这样，这两瓶甘草片先放下，改天我再去医院买两大瓶索密痛拿过来！

姑奶奶：那不让你破费了……

二膀子妈妈：姑奶奶，那我这三道符呢？

姑奶奶：我跟你说过的，三七二十一天，才能拿下来。

二膀子妈妈：哎哎……

24. 正房，妈妈屋，内，夜

姑奶奶已经坐起来了。妈妈、李大宝和李二宝在边上伺候着。

妈妈：也没见您杀小鸡、做法事啊，二膀子爸爸怎么就好了呢？

姑奶奶：还杀个小鸡、做做法事，那些都是封建迷信。我是谁呀，我是姑奶奶，我能搞那些个玩意儿？

李大宝：请问，那您用了什么科学的手段？

姑奶奶笑了，说：也谈不上什么科学的手段。二膀子爸爸一辈子跟钢啊、铁啊打交道，肺里吸进了大量的污染物；加上他们家常年不打扫、空气污浊，致使身体的气孔堵塞；又赶上了最近的感冒、发烧。所以出现了食欲不强，萎靡不振，甚至幻听幻觉的情况。我就是用白醋给他们家消了毒、杀了菌。他的毛病就好了。

李二宝：您不但是神医，还是巫婆！

姑奶奶：我抽你！

25. 小饭馆，内，夜

李三宝和李大宝面对面地，坐在一个僻静的角落里喝酒。

李三宝端起酒杯，说：……李大宝，知道不，我明天就开学了。

李大宝：你都说了八百遍了。

李三宝：所以，我要请你出来喝酒。知道不，我的522分里头，的确有你22分。

李大宝：不是10分吗？我就帮你找补回来10分呀？

李三宝：还有一道历史题呢，这道题整整12分呀。

李大宝：什么题啊？

李三宝：你要是猜不出来，你就是头猪。

李大宝吭哧憋肚，想了半天，说：往小里说，是卢沟桥事变；往大里说，是抗日战争？

李三宝：你比猪聪明点。李大宝，你知道不，因为你的缘故，我对这道题印象太深刻了。你领我去了卢沟桥，我有了直观的感受；你把书给我撕了，我只好找同学借书把抗日战争这部分抄了一遍。你说，这道题，我能答不好吗？

李三宝说完，坐过去，抱住李大宝就是一阵哭泣。

李三宝：大哥，我要跟你说一件事，我有今天，全靠你了，等我大学毕业了，等我工作了，等你老了，我来养你……

李下的旁白：尽管我三叔李三宝在二十多年后才想起自己的诺言，尽管我三叔的话有时比我二叔李二宝的还不可靠，可是我爸李大宝每每想起我三叔的话来，就激动不已、感慨万千……

李大宝抹着眼泪儿，说：我也得跟你说一件事。

李三宝：说。

李大宝：我希望，我给你大嫂弄露水的事，你不要跟任何人讲。

李三宝：你要承认你是天下最窝囊的男人，我就替你保守这个秘密。

趁着酒劲儿，李大宝拍着胸脯子，说：我李大宝是天下最窝囊的男人。

李三宝：真不要脸，我都替你害臊，替我们老李家害臊！

李大宝坚定地说：在自己心爱的人面前窝囊点，我从来不觉得是什么丢人的事。再说了，我如果不窝囊点，我能哄住那么漂亮的媳妇儿；再说了，我如果不窝囊点，我媳妇儿她能给我生那么漂亮的女儿；再说了，我今天窝囊点，未必我永远这么窝囊！

26. 中国人民大学，校园内，外，日

虽然是秋天，却到处洋溢着春天的气息。

李三宝背着书包，气宇轩昂地在校园内走着。

李大宝在后面背着行李，屁颠儿屁颠儿地跟着……

27. 中国人民大学，李三宝的宿舍，内，日

李三宝和李大宝一前一后走进宿舍。宿舍里有四张上下床，其他人还没有报到。

李三宝自言自语：都没到啊？

李大宝：要不，我先给你铺床吧？

李三宝：你自己掌握吧。

李大宝猫腰撅腚地去打扫铺床……

28. 中国人民大学，李三宝的宿舍，内，日

李大宝跟其他七位同学一一握手。

李大宝：我是李三宝同学的大哥，叫李大宝，希望同学们对李三宝多多关照，欢迎同学们以后去我们家里玩……

29. 中国人民大学，校门口，外，日

出了校门的李大宝，看见有几个学生在学校的牌子旁照相，就停下来观看。

照相的学生走了。

李大宝瞅人不注意，也来到牌子旁边，摆了个照相的姿势……

第 17 集

1. 李大宝家平房，西厢房，厨房，内，晨

一家人围在饭桌旁吃早饭。李下（2岁多，建议此集换演员）坐在李大宝的腿上。

妈妈端上来一盆烩菜，里面竟然有肉。

李三宝（21岁，建议此集换演员）首先拿起了勺子。

李三宝：哟，妈，过年了，早饭还有肉？

李二宝凭着自己力气大，把勺子从李三宝手里抢过来。

妈妈呵斥道：二宝，没规矩，把勺子给我！

李二宝把勺子交了出来。

于是，妈妈开始盛菜。烩菜里的肉，大部分进了张朵朵的碗里，小部分进了李下的碗里。

李大宝一个劲儿地说：承让，承让。

李二宝不干了，说：凭什么啊？凭什么偏向他们家啊？

妈妈：你大嫂养孩子呢，当然得补充营养。

李二宝：妈，你可真逗，孩子都断奶1年半了，她养什么孩子？

妈妈：拉扯孩子也辛苦，吃点肉怎么了？

李三宝：那是。

姑奶奶：如果是这样的话，这肉该我们大宝吃。因为孩子是大宝拉扯的。

妈妈不高兴了，说：这话您以后千万别再说了，传到二膀子他妈耳朵里，大宝还做不做人了？

李二宝：是啊，孩子她妈还做不做人了？

妈妈拿筷子狠狠地敲了李二宝脑袋一下。

在兄弟姐妹们的注视下，张朵朵心安理得地吃上了。

姑奶奶一直在边上冷眼旁观。

妈妈：我有事跟大家商量。

李二宝：刚才还那么独裁，这会儿怎么又民主了？

妈妈：小雅这不是要高中毕业了吗，我跟她们班主任商量了，打算让她报考高中中专。

妈妈此言一出，一家人都呆住了。

李小雅：为什么让我报考高中中专？

妈妈：你成绩一般，能考上高中中专就不错了。

李小雅：你怎么知道我成绩一般？

妈妈：你要是成绩好，早听你说了。

李小雅：自从我上了高中，你什么时候问过我的成绩、问过我的学习？

妈妈：反正你没有三宝成绩好。再说了，一个女孩子，书念得差不多就行了，找个工作挣口饭吃就可以了。

李小雅嘟囔了一句：偏心眼儿。

李小雅眼巴巴地看着李大宝。妈妈也盯着李大宝。

李大宝：这事再议，这事再议。

李三宝把筷子一摔，说：这个家太没意思了，越来越没有公正和自由了！

2. 院门口，胡同里，外，晨

李大宝推着自行车，与张朵朵并排走着。

张朵朵：小雅的事，你打算怎么办？

李大宝：我妈说的也有道理。上个高中中专，早点出来工作，也不是一件坏事。

张朵朵：你为什么这么想？

李大宝：这个家也得有人替我分担一下了。两个性格各异的单身老人，一个不着四六的倒爷，一个不知天高地厚的大学生，还有一个嗷嗷待哺的孩子。你说，我容易吗？

张朵朵：这点累，就受不了啦？

李大宝：你来受受？

张朵朵：我又不是长子，我又不是大哥，凭什么让我受啊？再说了，你不是每天喊着，替别人着想吗？怎么不替你妹妹想想？

李大宝：自从娶了你，我就决定改变我的人生信条了——在“替别人着想”后面加一句话——“为自己活着”。只是，我怕引起家庭内乱，不敢说出来罢了。

张朵朵：现在说你妹妹呢，怎么说到我这儿来了！

李大宝：……

张朵朵：我只是想提醒你，李大宝，你可就这么一个妹妹！

3. 李小雅的学校，教室里，内，日

同学们都在聚精会神听数学老师讲题。

只有坐在中间位置上的李小雅低头写着什么。原来，她在画画儿：画儿上的人，竟然是妈妈；妈妈在喊着什么；喊出来的不是话，而是一张张一元钱的纸币……

4. 剧团，排练厅，内，日

一个普通的集体舞的排练场景。

张朵朵处于中间的位置上。

在边上默默看着的丁茂喊了一声：停。

丁茂走近靠边的戴亭。

丁茂：你最近胖了。

戴亭原地转了一圈，说：导演，没有啊。

丁茂：还没有呢，像刚生完孩子似的。一个月之内减五斤肥肉，不然，最后的演出，你就别上了。

哄堂大笑。

笑完了，都拿眼角的余光去看张朵朵。张朵朵早就低下了头。

戴亭嗲声嗲气地说：导演！

5. 李大宝家平房，西厢房，李大宝屋，内，傍晚

张朵朵对着梳妆台上的镜子研究自己的腰身。

李大宝推门进来了。

李大宝：吃饭了，就差你了。

张朵朵：从今天起，我要实施第三轮减肥计划。我晚上不吃饭了，我要喝麦乳精。

李大宝：什么什么，还减啊？

张朵朵：你看看，我的小肚子一直居高不下。

李大宝：在我们眼里，你的身材根本就没什么变化，你还是窈窕朵朵，我还是大宝好逑。

张朵朵：少来这套。一边待着去。

李大宝：再说了，你的第一轮计划每天只吃一顿早饭，第二轮计划每天只吃早、中两顿饭晚上喝凉水，这都很好啊，既经济又实用，为什么要改革呢？

张朵朵：当然要改革了，不吃东西我饿，老喝凉水没营养，我的皮肤现在都没光泽了；听好了，从明天起，我晚上要喝麦乳精！

6. 西厢房，厨房，内，傍晚

妈妈把饭菜端上来了，却是稀粥、馒头和咸菜，不见丁点油腥。

李二宝：早晨烩菜，晚上稀粥，这都是什么套路啊？难道让我们都去学跳舞吗？

李大宝：你还想跳舞，你跳大神儿还差不多！

7. 正房，妈妈屋，小院子里，西厢房，厨房，小院子里，内/外/内/外，夜

妈妈在铺床。姑奶奶在看报纸。

妈妈突然想起了什么：怎么一晚上都没见小雅啊？

姑奶奶：没在二宝他们屋？

妈妈：没有。我刚从他们屋过来。

姑奶奶：去大宝他们屋了吧？

妈妈：这么晚了，她去那儿干什么？

妈妈预感到情况不妙，慌里慌张地跑了出去。到厨房里找了一圈，不见李小雅的踪影。又从厨房里跑了出来。

妈妈猛砸李大宝的窗子。

李大宝（画外音）：妈，怎么了，怎么了！

妈妈：不好了，小雅不见了！

8. 正房，妈妈屋，门口，内/外，夜

姑奶奶和张朵朵在床上坐着。妈妈像无头苍蝇一样，在地上来回地走。

妈妈：她是什么时候不见的？

姑奶奶：你问我，我问谁？

张朵朵：吃晚饭时，她在不在？

妈妈：好像在吧？

姑奶奶：什么人哪？闺女儿在不在家吃饭都不知道，还是当妈的呢！

妈妈：您不是跟她最亲吗，您不也没注意吗？

姑奶奶：我跟她再亲，我也是一个姑奶奶，我也不是她妈！

就在这时，李大宝和李二宝进院了。几个人赶紧往外跑。

看见两个人垂头丧气地的样子，就知道什么结果了。

妈妈：没找着？

李大宝：该找的地方都找了，没有。

妈妈：那你们回来干什么，不继续找！

李大宝：回来商量一下，要不要去派出所报案？

姑奶奶：报什么案？你们想让全世界都知道啊？

妈妈：报案！

李大宝：好。我们先去报案，然后再分头去找。

李大宝和李二宝转身往院外走。

张朵朵看了看妈妈。

张朵朵：您把孩子抱过去，跟您睡吧。我也跟他们去找……

9. 马路上，外，夜

寂静的街道上，几乎无人。

李大宝和张朵朵边走边喊。

李大宝：李小雅，李小雅——

张朵朵：小雅，小雅——

李大宝有点害怕了，靠在路边的一根电线杆子上，“呜呜”地哭了起来。

李大宝：小雅丢了，我妹妹丢了……

张朵朵：都赖你和你妈，让她考什么高中中专，这次跑了，你安心了！

李大宝抹了抹眼泪儿，说：你说，我妹妹没事吧，不会丢了吧？

张朵朵的眼泪也出来了，说：别瞎想了，小雅不是那种不懂事的孩子，她也许就是跑出来散散心……

10. 西厢房，厨房，内，晨

一家人围坐在饭桌旁准备吃早饭。除了李小雅和李三宝，其他人都在。

每个人的饭都盛好了。但却没人动筷子。

李二宝突然来了一句：姑奶奶，要不，你给算一算呗，看看李小雅现在在什么方位？

李大宝：你丫有病啊！

张朵朵突然想起了什么：姑奶奶，您的药酒在哪儿放着呢？

姑奶奶：怎么了？在我床底下的一个小木箱子里……

11. 正房，妈妈屋，内，晨

姑奶奶床底下的小木箱子已经打开了。里面放着 3 个葡萄糖瓶子。

张朵朵看了看姑奶奶。

张朵朵：您看看，少了没？

姑奶奶底气不足地说：少了一瓶。

张朵朵趴下来，往床底下窥探，并没有李小雅……

12. 西厢房，李大宝屋，内，晨

张朵朵趴下来，往床底下窥探，也没有李小雅。

张朵朵站起来，仔细琢磨着。最后，把目光落在了靠西山墙边的木箱子上。

木箱子被打开了。

张朵朵：李大宝，李大宝！

李大宝、李二宝、妈妈和姑奶奶先后跑了进来。

张朵朵指了指木箱子，说：你们看吧。

李小雅竟然真的抱个空葡萄糖瓶子，睡在里面。

一家人这才松了一口气。

妈妈：快把她弄出来，快把她弄出来啊！

李大宝和李二宝合力把李小雅抬了出来，放在床上。李小雅随后醒了。

清醒过来的李小雅像中了邪似的，一句话不说，傻呵呵地看看这个，看看那个。然后，下了床，要往外走。

张朵朵：小雅，你怎么了，你怎么不说话？

李大宝：李小雅，你怎么了，你别吓大哥啊！

李小雅木木地摇了摇头，出去了……

13. 西厢房，厨房，小院子，内 / 外，日

一家人围坐在饭桌旁开会。除了李小雅和李三宝，其他人都在。

姑奶奶和李大宝都恨恨地看着妈妈。妈妈为了转嫁矛盾，竟然怪罪起姑奶奶来了。

妈妈：您看着我干吗？都赖您。

姑奶奶：你这才叫捏不住鼻子揪耳朵呢，这跟我有啥关系？

妈妈：都是因为您，每天炼丹、配酒，开方、下药，才导致了今天这样的恶果。

姑奶奶：你要是不让她考什么中专，她能这样吗？

妈妈：你要是每天不装神弄鬼的，她能这样吗？

姑奶奶：我怎么装神弄鬼了，你给我说清楚了！

妈妈：还用我说吗？事实都在这儿摆着呢！

姑奶奶：大宝、二宝，你们说！

李大宝：我只能说，您不是一般人。

李二宝：您确实挺神的。

张朵朵没憋住，终于笑出来了。妈妈也跟着笑了。

姑奶奶咬着牙，说：好啊，你们……

李大宝看见李小雅背着书包从妈妈屋里出来了。

李大宝：还知道去上学？看样子，脑子没什么大问题。所以，你们也别吵了……

李大宝跑出门外。

李大宝：大哥送你去吧？

李小雅摇了摇头，没说话，朝墙边的自行车走去……

14. 小饭馆，内，傍晚

李大宝和李小雅面对面地坐着。

服务员把饭菜端上来了。

李大宝拿起筷子，说：吃吧。

李小雅看着李大宝，无动于衷。

李大宝：先吃饭，完了，大哥跟你说考大学的事。

李小雅眼巴巴地看着李大宝。

李大宝：你是想先说后吃？

李小雅像小鸡啄米一样地点着头。

李大宝：首先呢，大哥向你道歉。妈妈昨天突然提出来，让你考高中中专，我当时没有反对，这说明，我在心里赞成她的想法。经过这一夜的反思，我发现我错了。

李小雅紧张地搓着双手。

李大宝：你大嫂说得对，我就你这么一个妹妹。我李大宝就是砸锅卖铁，我也得供你念完大学。当然了，你也得自己考上。

李小雅从书包里拿出一个作业本和一支笔。把作业本翻到新的一页。低下头去写字。

李小雅拿给李大宝去看。

李小雅的旁白：这是你说的！

李大宝：只要你愿意，别说今年考上大学，就是以后考上硕士、考上博士、考上博士后，大哥都供，一供到底！

李小雅继续低下头去写字。

李小雅的旁白：把你的话写下来，签个字！

李大宝把作业本拿过去，哆哆嗦嗦地边写边说：字据。李大宝承诺，只要李小雅愿意……

叠画：李小雅接过李大宝手中的作业本。

李大宝：还有，妈妈也知道她自己错了。让你考大学也是她的主意！

李小雅继续低下头去写字。

李小雅的旁白：我不信！

15. 李大宝家平房，小院子里，外，傍晚

张朵朵在练功。

李大宝和李小雅都推着自行车，一前一后进来了。

两个人把自行车放好了，张朵朵的动作也暂告一段了。

张朵朵走近李小雅。

张朵朵：小雅，没事吧？

李小雅把头埋在张朵朵的肩膀里。李大宝向张朵朵努了努嘴巴。

张朵朵：好好学吧，你肯定能考上大学……

16. 西厢房，李大宝屋，内，夜

张朵朵已经躺在被窝里了。孩子也靠边睡了。正在洗脚的李大宝看出了今晚的形势对他有利了。于是，按捺不住内心的躁动了。

李大宝觍着个脸，擦了脚，脱了外套，从床尾拿起枕头，向张朵朵靠近。

张朵朵：一股臭味……

李大宝：主要是这段时间，我们两个没有好好沟通沟通了，你可能都不习惯了……

李大宝往被窝里钻。

张朵朵：还没关灯呢……

李大宝随手把灯关了。

有人猛砸李大宝的窗子。

两个人都“腾”地坐起来。

李大宝：怎么了，怎么了！

妈妈（画外音）：不好了，姑奶奶又不见了！

17. 正房，妈妈屋，内，夜

姑奶奶床底下的小木箱子已经打开了。里面放着两个葡萄糖瓶子。

李大宝看了看妈妈。

妈妈：我的天爷啊！

18. 西厢房，李大宝屋，内，夜

李大宝在穿外套。又准备出去找人了。

张朵朵：几个屋都找了？

李大宝：是。

张朵朵：也喝了一瓶酒？

李大宝：是。

张朵朵：你等等。

张朵朵下了床，鼓足勇气，把木箱子打开。姑奶奶竟然真的抱个空葡萄糖瓶子，睡在里面。

李大宝：哎哟嗨，祖宗，我的活祖宗哟，这话怎么说的？你怎么也跑这里面来了！

李大宝：妈，妈，快过来呀！

妈妈和李小雅应声跑了进来。

妈妈看到姑奶奶的样子，又气又笑。“砰”的一声，把木箱子盖子盖上了。

妈妈：走，小雅，今晚就让她睡在这里面。

张朵朵：睡在这里面，算怎么回事呀？

李大宝和张朵朵合力把姑奶奶抬了出来，放在床上。姑奶奶随后醒了。

姑奶奶：哟，我怎么在这儿啊？

张朵朵：您说呢？

李大宝：姑奶奶，你这是唱的哪一出？

姑奶奶：我本来是要离家出走的，包裹我都收拾好了。

李大宝：你为什么要出走啊？

姑奶奶：我的名誉权受到了侵害，受到了严重的侵害。我忍无可忍，只好离家出走。

张朵朵：那您怎么又没出走呀？

姑奶奶：这不是喝了瓶酒吗？晕晕乎乎地就跑这儿来了……

突然间，妈妈哈哈大笑。

张朵朵：您还真笑得出来！

19. 西厢房，李大宝屋，内，夜

张朵朵又躺回被窝里了。

李大宝觍着个脸，说：要不我们继续？

张朵朵：滚！

李大宝老老实实抱着枕头，掉头去睡了……

20. 正房，妈妈屋，内，夜

妈妈的情绪还沉浸在可乐的事情当中。一边脱衣服，一边暗自发笑。

一屁股躺到床上。床板子却掉了。妈妈一下子滚到地上。

床那头的李小雅像是有准备似的，一只手早就扳住了床沿儿……

21. 剧团，排练厅，走廊，内，日

张朵朵一边练功，一边瞥着丁茂。

丁茂出去了。

张朵朵开门追到走廊上。

张朵朵：请你站住。

丁茂站住了，但没回头。

张朵朵：我生孩子犯法吗？

丁茂：……

张朵朵：我告诉你，丁茂。我结婚，我生孩子，那是我自己的事，别说你就是个团长助理，你就是团长，你也管不着！

丁茂：算我多嘴。你不就愿意当个家庭妇女吗，你去当啊，没人拦着你！

22. 马路边，霞光烟酒副食品商店，内，日

李大宝在饮品柜台前踅摸。

年轻的女售货员：请问，您在找什么？

李大宝：麦乳精。

年轻的女售货员：有啊，一瓶6块钱。

李大宝嘟囔道：一瓶6块钱，一个月她得喝4瓶。这样一来，我一个月工资的三分之一没了。这跟抽血也差不多了。

年轻的女售货员：你说什么？

李大宝：为了媳妇的减肥事业，砸锅卖铁再抽血。

年轻的女售货员被李大宝逗得几乎笑破了肚皮。笑完了，想起了什么。

年轻的女售货员：我想起来了，你大概三年前来过。那次，好像是给你丈母娘买东西。

李大宝：不好意思。你记性还挺好。

年轻的女售货员：怎么着，还买吗？

李大宝：买买买，先买两瓶吧。

李大宝掏出 20 块钱，递给年轻的女售货员。年轻的女售货员先把两瓶麦乳精给了李大宝，然后找钱。

李大宝接过钱，用眼角瞥了一下，赶紧装兜里了……

23. 马路边，人行道上，电线杆子旁，人行道上，外，日

李大宝骑着自行车飞快地跑着。看前后没人了，停下来，躲到电线杆子后面，把年轻的女售货员找他的钱，拿出来猛数。

李大宝：……15,16,17,18。白捡了 10 块钱！

李大宝把钱装到兜里，一骗腿，又上了车。跑了一段，怎么琢磨怎么不对劲儿。又掉转车头……

24. 马路边，霞光烟酒副食品商店，内，日

年轻的女售货员从李大宝手上接过了 10 块钱。

年轻的女售货员：太谢谢你了。

李大宝：你这一笑吧，挺好看；可是笑一次，损失 10 块钱，就不划算了；以后注意啊，对别人可别这么笑了。

年轻的女售货员：你还逗我！

李大宝：好了，走了。

年轻的女售货员：你等等。我给你透露了一个秘密吧。

年轻的女售货员把脑袋凑近李大宝。

年轻的女售货员：我们商店每个月月底，都有一批快到期的商品从货架上拿下来，被内部职工买走。说是买，其实就等于白送。

李大宝：真的？

年轻的女售货员：你要什么，我给你留着。

李大宝：目前，现在，我只要麦乳精！

25. 李大宝家平房，西厢房，李大宝屋，内，傍晚

李大宝看着张朵朵把满满一杯麦乳精喝下去。

李大宝：记住了，以后就在我们吃晚饭的时候喝。

张朵朵：为什么？

李大宝：不能让老李家人民发现呀。他们的鼻子一个比一个尖。你这个时候喝，他们也在吃东西，鼻子没那么灵敏，不容易暴露。

张朵朵：我又不是做贼。

李大宝：听我的，没错。得，我去吃饭了。

26. 西厢房，厨房，内，傍晚

一家人围坐在饭桌旁吃晚饭，除了张朵朵和李三宝，其他人都在。

李下坐在姑奶奶怀里。

李二宝：我们家这脚跟净皴（角根敬村），还真跟我们断绝关系了啊，有好长时间没回家了啊？

妈妈：你知道个啥，人家学习忙。

李大宝放下碗筷，说：得，我吃完了。姑奶奶，把孩子给我。

李大宝把李下抱过去，顶在脖子上。

张朵朵端着水杯进来了。

李二宝突然蹙了蹙鼻子，说：这怎么一股麦乳精味儿，谁喝麦乳精了？

没有人搭茬儿。

李二宝：舞蹈演员，不是你吧？其实，我一直怀疑你，你每天不吃饭，靠什么活着？不会是一直在偷喝奶粉啊麦乳精啊什么的吧？

就在这时，李下尿了，流了李大宝一脑袋。

李大宝一边划拉着脸上的尿水，还一边吧嗒着嘴。

李大宝：什么麦乳精味儿？是我闺女的尿水味儿。

一句话，把李二宝的话给岔过去了。

张朵朵却来了一句：李大宝，你恶心不恶心？

李大宝：恶心什么？我闺女的一泡尿，就是一杯麦乳精。

姑奶奶：是啊，下下的尿还真有一股甜味儿。

张朵朵小声地骂了一句：一家子贱坯子。

妈妈：朵朵，你这打击面有点大了吧？

张朵朵：我没说您……

李二宝：什么叫恼羞成怒？这就叫恼羞成怒！

27. 西厢房，李大宝屋，内，傍晚

张朵朵和李大宝都已经躺在被窝里了。张朵朵看着西山墙下的木箱子，还是有点不放心。下了床，打开，往里瞧了瞧。

并没有异常情况。

张朵朵上了床，拿脚踹了一下李大宝。

张朵朵：请你明天把箱子的锁换一换！

28. 正房，妈妈屋，内，夜

妈妈脱了衣服，一屁股躺到床上。床板子又掉了。妈妈一下子滚到地上。

床那头的李小雅还像是有准备似的，一只手早就扳住了床沿儿。

妈妈爬起来，一把薅住李小雅。

妈妈：是不是你捣的鬼？

李小雅默默地看着妈妈。

对面的姑奶奶坐起来了。

姑奶奶：放开她。

妈妈：您没看见她在背后使坏吗！

姑奶奶：我们小雅可不是你想象的那种人。肯定是床有问题。

妈妈一气之下，抱起被子，跑到姑奶奶的床上去了。

姑奶奶：干吗，你干吗？

妈妈：往那边点。那个床有问题，从今以后，我跟您睡一张床！

姑奶奶一百个不愿意地往边上挪了挪……

29. 剧团，排练厅，内，日

刚刚排练完毕的舞蹈队员们纷纷往外走。

丁茂喊了一句：张朵朵，你留一下。

舞蹈队员甲凑近张朵朵。

舞蹈队员甲：你俩最近是不是又续上了？

张朵朵：去去去。

舞蹈队员甲：这种男人，还是离他远点为好。

说完，赶紧走了。

只剩下丁茂和张朵朵了。

张朵朵：丁助理，有何贵干？

丁茂：你别阴阳怪气地好不好？是这样，演员部副主任的位置空了好长时间了，团里打算把它补上。我觉得你条件可以，我希望你争取一下。

张朵朵：谢谢了。我可不像某些同志那么官迷。

丁茂：张朵朵，我在跟你谈工作。这件事，两个月之内启动，我希望你好好考虑考虑！

30. 纺织厂，维修车间，内，日

女工友甲挺着肥胖的身躯，为李大宝倒了杯水，端给他。

女工友甲：大宝，我生完孩子都一年半了，身上还这么多肉，怎么办啊？

李大宝：你过来，我闻闻。

女工友甲不解其意，但还是凑了过去。

李大宝在女工友甲身上闻了闻。

李大宝：完了，我帮不了你啦。

女工友甲：为什么？

李大宝：你说你身上肉多，我就想，干脆我弄一块吃，也算帮你减负了。没承想你的肉是酸的，没法儿吃。

女工友甲像鹞子抓小鸡一样，把李大宝抓过来，给他来个了“开飞机”。

工友们都围拢过来。

李大宝嗷嗷直叫：大姐饶命，大姐饶命……

女工友甲：说，我身上的肉，怎么办？

李大宝：往下减……

女工友甲：怎么减？

李大宝：你得把我放下来……

女工友甲把李大宝松开，放下。

李大宝一边哎哟着，一边说：骨头都碎了。

女工友甲：快说，不然，再给你坐老虎凳。

李大宝：根据我媳妇儿的经验和教训，这减肥，得分三轮实施……

31. 李大宝家平房，西厢房，李大宝屋，内，傍晚

李大宝看着张朵朵沏好了一杯麦乳精。

张朵朵：你每天看着我干什么？

李大宝：你喝了，就等于我喝了。

张朵朵：德性。

张朵朵刚举起杯子，姑奶奶却推门进来了。张朵朵被抓了现行，别提多狼狈了。

姑奶奶：张朵朵，你知道，我一直对你保留着意见和看法，但我在心里也一直高看你一眼。今天，你真是让我掉了眼镜了。

张朵朵：……

姑奶奶：原来，你跟我们，跟二膀子妈妈，也没什么两样。

李大宝：姑奶奶，你怎么能把朵朵跟二膀子妈妈相提并论呢，她俩没有可比性啊！

姑奶奶：你知道二膀子妈妈有个什么习惯吗？

李大宝：什么习惯？

妈妈：老偷吃！

姑奶奶转身出去了。

李大宝：我说什么来着？不能让老李家人民发现。这次麻烦了吧？

张朵朵：发现了又怎么样，难道我喝一杯麦乳精也犯法吗？走，去厨房！

32. 西厢房，厨房，内，傍晚

李大宝和张朵朵进来时，姑奶奶、妈妈、李二宝和李小雅已经吃上了。

张朵朵大摇大摆地在自己的座位上坐下，还把手中的那杯麦乳精放在桌子上。

李二宝惊呼：我说什么来，我说什么来？有猫腻儿吧，有猫腻儿吧！

张朵朵也不说话，端起杯子，细水长流地喝起来。姑奶奶气得呼呼带喘。喘完了，站起来，舀起一瓢凉水，“咕咚咕咚”地喝起来。

李大宝赶紧制止姑奶奶。

李大宝：祖宗，活祖宗，不至于此，不至于此！

一瓢凉水还是灌下去了。

李二宝：妈，姑奶奶，这件事我是这么看啊，舞蹈演员为了减肥喝点麦乳精，我认为也没啥，谁让人家是搞艺术的呢？

李大宝过去，抱住李二宝的后脑勺就亲。

李大宝：老李家总算还有个知书达理的人。

李二宝：去去去，我话还没说完呢。但是，你们不应该偷着喝。你们喝了，那李小雅呢？李小雅现在是最要命的时候，她是不是也应该补补啊？

李大宝：该补该补。我明天就去买！

33. 纺织厂，维修车间，内，日

李二宝头上戴个鸭舌帽、脸上戴个墨镜，晃晃悠悠地进了车间。

只有李大宝一个人在。

李二宝用广东腔儿问：请问，哪一位是李大宝先生啊？

李大宝颠儿颠儿地跑过来，说：先生……哎哎哎，我是我是。请问，您是哪一位？

李二宝用广东腔儿说：我是从香港来的。按照你们大陆的说法，我还是你的远房二叔的啦。

李大宝：没听说啊，我们家海外还有亲戚啊？

李二宝用广东腔儿说：姑奶奶没提起过吗？

李大宝：哟，您还知道姑奶奶？姑奶奶说有，那肯定有了。

李大宝扯过一把椅子。

李大宝：二叔，那您请坐。

李二宝变成京腔儿了：李大宝啊李大宝，原来见着钱，你也叫二叔呀。

李二宝，摘下了墨镜。

李大宝气得咬牙切齿：孙子，太孙子了！

李二宝用广东腔儿说：不要骂人吗。我找你有事的啦。

李大宝：滚蛋。一有事就来找我。我是你爹呀！

李二宝用广东腔儿说：这次你必须帮我。

李大宝：凭什么？

李二宝用广东腔儿说：昨天我可是帮了你的啦。

李大宝没话说了。

李二宝用广东腔儿说：事情是这样的啦。我从福建拉回来一车皮茶叶。你帮我在你们厂销一点。还找那个杨开明。

李大宝：我们厂又不是饭店，也不是茶馆，我们要茶叶干吗？

李二宝用广东腔儿说：你忘了，厂里每年这个时候，都给职工发茶叶呀。

防暑降温的啦……

34. 马路边，霞光烟酒副食品商店，内，日

李大宝在饮品柜台前掏钱。

李大宝：既然1块钱一瓶，干脆我来4瓶。

年轻的女售货员：要那么多干吗？下个月还有，我还给你留着。

李大宝：一旦没有呢，那我不亏了？

35. 李大宝家平房，西厢房，李大宝屋，内，傍晚

李大宝把4瓶麦乳精摆在张朵朵面前。

李大宝：你喝“新买的”，把没喝完的给李小雅喝。

张朵朵：那不好吧？反正这么多，给小雅拿过去两瓶。

李大宝：她能喝上就不错了，还管什么新的、旧的。

张朵朵：完了，姑奶奶又得说我。

李大宝：你既然有这个心，干脆，你出点钱，咱请全家吃顿烤鸭，也算给李小雅改善改善生活。

张朵朵：……

李大宝：舍不得？

张朵朵：我是个小气的人吗？

李大宝：你肯定不是啊。你多大方啊，女人堆里我就没见过比你大方的！

张朵朵从抽屉的钱包里拿出一沓钱，递给李大宝……

36. 正房，妈妈屋，内，夜

李大宝看着李小雅把满满一杯麦乳精喝下去。李小雅喝完了，抱本书，又去看了。

在床上看报的姑奶奶抬起头。

姑奶奶：小雅，你说句话呗，你老不说话，姑奶奶心里没底呀。

李小雅摇了摇头。

李大宝：喝了大哥给你买的麦乳精，肚子里全是锦绣文章吧？

李二宝进来了。

李二宝：狗屁锦绣文章，李小雅同学肚子里全是尿！

李小雅羞得满脸通红，眼泪都快出来了。

姑奶奶把手中的报纸放下，拿起鸡毛掸子，把李二宝抽了好几下……

37. 西厢房，厨房，内，日

一家人围坐在饭桌旁吃午饭。除了李三宝，其他人都在。

切好的烤鸭和各种作料，也都摆放在饭桌上了。

李大宝站起来，说：诸位，诸位，今天的饭钱，是我们家朵朵出的，所以我得说两句。朵朵为什么要请大家吃烤鸭呢？因为李小雅再有一个月就要参加高考了，朵朵认为该给她加点营养了。一个外姓的同志都这么有爱心，何况我们老李家人呢？

李二宝：你话太多了。烤鸭都快凉了。

李大宝：那我就长话短说。我宣布一件事情，从今天起，一个月之内，我们都不吃肉，把肉都留给李小雅吃。当然了，我闺女随便吃。朵朵如果赶上排练，我是说赶上排练啊，也可以吃一点点，只是一点点……

门被推开了。李大雅像是从天而降了。

李大雅：好东西还紧着她吃呢！

一家人一时间都没反应过来。

李大雅已经自己搬凳子坐下了。

妈妈：你怎么又跑回来了？

李二宝：你脸上怎么还挂着花？

张朵朵：是不是毛驴儿给打的？

李大宝：那还用说，毛驴儿肯定是又尥蹶子了。得，这烤鸭也别吃了！

李大雅：你傻啊？你大脑痴呆，还是小脑萎缩啊？这么好的烤鸭，凭什么不吃啊！

李大雅筷子也不用，就动手抓了起来。

叠画：李大雅左右开弓，满嘴流油。

叠画：一家人都傻呵呵地看着李大雅一个人吃。

饭桌上的东西所剩无几了。李大雅也终于吃完了。

一抹嘴巴，李大雅趴在饭桌上“呜呜”大哭。

姑奶奶：毛驴儿这是欺负我们老李家人老实啊。大宝，你说怎么办？

李大宝：您说！

姑奶奶：男人面软一世熊，女人面软裤带松啊。你知道该怎么办！

李大宝：得，我明个儿一早就去火车站，买张票，杀天津，我收拾丫的去！

第 18 集

1. 天津，李大雅家，内，日

饭桌上摆着酒菜。毛驴儿坐在旁边，并不动筷，像是等着什么人。

李大宝破门而入。

毛驴儿点头哈腰地迎上前去。

毛驴儿：来了，大哥，我等你好久了，估摸着你也快到了。你看，酒菜都备好了。来，坐。

李大宝推了毛驴儿一把。

李大宝：少来这套！

毛驴儿：我知道，你是来收拾我丫的。可是，你跑了二百多里路，来了，总该喝口水吧？

毛驴儿双手端过来一杯水。李大宝真渴了。接过来就喝了。

毛驴儿：我知道，你是来收拾我丫的。可是，你跑了二百多里路，来了，总该喝口酒、吃口菜吧？

毛驴儿拉李大宝坐下。

李大宝：你少来这套，上回你打我妹，我来找你算账，结果被你灌醉了，这次你丫休想。

毛驴儿：你知道我为什么打她吗？

李大宝：为什么？

毛驴儿：说出来，都能气死你。别说你了，只要是个爷们儿，就能气死。

李大宝：你还知道你是爷们儿啊？

毛驴儿：我让她给我去打散啤酒，她怕花钱，给我弄回一桶马尿来，喝得我现在还一嘴臊呢。

毛驴儿向李大宝吹了一口气。李大宝真被熏着了，赶紧躲闪。

李大宝：你半个月不刷一次牙，嘴都呕臭了，它能不臊吗？

毛驴儿：现在更臊了。

李大宝：再说了，这是天津城又不是乡下，她去哪儿弄马尿？

毛驴儿：不是有很多赶马车进城卖菜的乡下人吗，她给了人家 5 毛钱，人家就让她接了满满一桶！

李大宝：真的？

毛驴儿：我能骗你吗？

2. 天津，李大雅家，内，日

李大宝和毛驴儿明显都喝多了，舌头大了，话也说不清楚了。

李大宝：……要说这李大雅，还挺有才，还能自制啤酒。

毛驴儿被李大宝逗乐了。

毛驴儿：简直是气死我了。

李大宝：就是她不对，你也不能动手打她啊。知道不，大哥？因为咱是爷们儿。你知道我是怎么对我媳妇儿的吗？

毛驴儿：我当然知道，大哥。你在她面前那是忍气吞声、委曲求全，那是趋炎附势、卑躬屈膝……

李大宝：这话听着这么耳熟？

毛驴儿：你每天给她洗脚、梳头，捶背、按摩，接送她上下班，还陪她逛大街……

李大宝：等等，等等，我给她梳过头吗？

毛驴儿：你没梳过吗？

李大宝：忘了。

毛驴儿：李大雅那句话是怎么说的来？对了，你就差用舌头舔去她脚上的泥巴了。

李大宝：李大雅说，我用舌头舔去我媳妇儿脚上的泥巴？

毛驴儿：大概就这意思。

李大宝：大哥，这话不好听。应该是，我用睫毛拂去她舞鞋上的灰尘。怎么样？

毛驴儿：大哥，好。有感情，有文化，有思想。

李大宝（念白）：我用睫毛拂去她舞鞋上的灰尘……（道白）再这样喝下去，我都要成诗人了……

3. 天津，火车站，站台上，外，日

李大宝和毛驴儿都已经醉醺醺的了。他们彼此搀扶着，往车厢门口走。

到了车厢门口，李大宝一摆手，说：大爷，您先走。

毛驴儿也一摆手，说：大爷，您先走。

两个人干脆一块上，结果，给夹住了……

4. 李大宝家平房，西厢房，厨房，内，日

一家人围坐在饭桌旁开会。除了李三宝，其他人都在。当然，多了个李大雅。

只有毛驴儿乖乖地在地上站着。

姑奶奶：……我们老李家跟你们老毛家一样都是草根之家，几代都是做工的；可是我们跟你们不一样的是，我们绝不动手打人，更不用说打人脸了。毛驴儿，大宝打你了吗？

毛驴儿：没有没有，他净给我讲道理了。

姑奶奶：你知道为什么吗？

毛驴儿：知不道。

姑奶奶：因为我们是人，我们不是畜生。

毛驴儿：您要这么说，我还是自己打吧。

毛驴儿猫腰脱下左脚的鞋子，拿它扇了自己两个大嘴巴子。

姑奶奶：你还真打呀？

毛驴儿：必须得打。

姑奶奶：那就是说明你知错了？

毛驴儿：绝对知错了。

姑奶奶：那好，大雅，今个儿再住一晚上，明个儿跟毛驴儿回天津去。

李大雅：我不跟他回去。

李二宝：李大雅，毛驴儿是专程来接你的，你就借坡骑驴、见好就收吧。

李大雅：打死我也不跟他回去。

妈妈：为什么？

李大雅拿眼睛剜了一下毛驴儿。

李大雅：你问他！

毛驴儿：有什么事回家说……

李大雅：我就在这儿说。

姑奶奶觉察出，这其中还有隐情。

李大雅：我跟他打架是有深层原因的，他在家聚众赌博。把家里所有的钱和值钱的东西，都赌了不说，还欠了一千多块钱赌债！

姑奶奶：有这事？

毛驴儿：姑奶奶，我这辈子，就这一个爱好……

李大宝：你丫怎么还跟大裤裆似的，有这样的爱好！

5. 正房，妈妈屋，内，夜

姑奶奶和妈妈坐在床上，李大宝站在地上。三个人在开小会。

姑奶奶：……一赌、二抽、三嫖，一个男人不管染上哪样儿，这辈子注定虾米了。毛驴儿这病得治，还得连根儿拔。

李大宝：姑奶奶，你说怎么拔，我去落实。

姑奶奶：设个局吧。

李大宝：设个局？

姑奶奶：对，在大裤裆家设个局吧。找几个高手，伺候伺候他！

李大宝：得了，你哪。大裤裆今个儿值夜班，明个儿正好歇着。一会儿，我领毛驴儿去厂里转转。让他们认识认识！

6. 剧团，排练厅，内，日

空荡荡的排练厅只有张朵朵一个人。她拿一块抹布在擦把杆和窗台什么的。

丁茂进来了。

丁茂：早啊？

张朵朵：早。

丁茂：怎么，想通了？

张朵朵：我也不知道……我行不行？

丁茂：我觉得你没问题。

张朵朵：要不，我就试试？

丁茂：我支持你。不过，从现在开始，你各方面都得积极点了。

张朵朵：听说，上级部门要来我们团检查工作。

丁茂：是啊，团里对这件事非常重视。据说，这次检查过了以后，团长还有可能高升呢。你正好以此为契机，好好表现表现！

张朵朵：我知道了！

7. 大杂院，大裤裆家，内，日

大白天的，门和窗子紧闭不说，还用被子呀、褥子呀捂了个严丝合缝。

屋子里乌烟瘴气。

毛驴儿和另外三个赌徒赌得正酣。大裤裆在边上端茶倒水的伺候着。

赌徒甲赢了一把。其他三个人，数钱。

叠画：赌徒乙赢了一把。其他三个人，数钱。

叠画：赌徒丙赢了一把。其他三个人，数钱。

叠画：赌徒乙又赢了一把。其他三个人，数钱。

毛驴儿门前的钱，已经所剩无几了……

8. 大杂院，大裤裆家，内，夜

毛驴儿赤膊上阵了。

叠画：赌徒丙又赢了一把。赌徒甲乙，数钱。毛驴儿脱掉了身上的新裤子和脚上的新皮鞋，递给赌徒丙。

赌徒丙很不屑地收了。

赌徒丙：算了，别玩了吧。再玩，你就剩下裤衩了。

毛驴儿：我还得翻盘呢。大裤裆，出去找地儿给李大宝打个电话，让他送钱来！

9. 大杂院，大裤裆家，内，夜

李大宝在数钱。赌徒甲乙丙也趁机歇会儿。

毛驴儿一把夺过去，说：拿来吧，数什么数？有这工夫已经打完一把了。

毛驴儿把手里的钱捏了捏。

毛驴儿：不够。

毛驴儿干脆起身，把李大宝胳膊上的手表也给撸了下来。

10. 大杂院，大裤裆家，内，夜

毛驴儿真的只穿一个裤衩了。他已经彻底输红了眼，

赌徒甲又赢了一把。赌徒乙丙，数钱。毛驴儿咬着牙，思考着，恨不得从身上割下一块肉来。

赌徒甲：算了，毛驴儿兄弟，你欠我的，我也不要了。我们就到这儿吧。

赌徒乙丙：我们也不要了。就到这儿吧。

毛驴儿：慢。我押我天津的房子！

赌徒甲乙丙，像打了强心剂，都来了精神……

11. 李大宝家平房，小院子里，外，日

大裤裆架着已经恍惚的毛驴儿进了院……

12. 西厢房，厨房，内，夜

躺在椅子上的毛驴儿醒了，揉了半天眼睛，终于从赌博的情境中回到了现实世界。可是为时已晚，等待他的，将是一场严酷的审判。

老李家一家人已经整整齐齐地坐在饭桌旁了。

李大雅把一纸离婚申请书拍在了毛驴儿面前。

李大雅：除了我的衣服，我什么都不要，签字吧。

李二宝：他也什么都没了。身上这身皮，还是人家大裤裆的呢。

毛驴儿拿着一纸离婚申请书，像条狗一样，扑倒在姑奶奶面前。

毛驴儿：姑奶奶，我不跟大雅离婚，我不跟大雅离婚。您老人家就饶了我这回吧，您老人家就饶了我这回吧……

姑奶奶：那是她个人的事。

毛驴儿：我知道，姑奶奶，你是祖宗，她最听您的！

姑奶奶：不假，我是老李家的祖宗，可我不是你们老毛家的祖宗。

毛驴儿：您是啊，您是啊。你也是我们老毛家的祖宗。我也听您的！

姑奶奶：那你打算以后怎么办？

毛驴儿：我毛驴儿要是再赌，就不是个人，是个畜生！

李二宝：你这毒誓没用，毛驴儿本身就是个畜生。

毛驴儿又猫腰脱下左脚的鞋子，准备拿它扇自己大嘴巴子。

李大宝上前夺过了鞋子。

姑奶奶：大雅，要不就给他一次机会？再让他蹦跶几天？

李大雅没吭声。

姑奶奶：姓毛的，那就写悔过书吧，签了字、画了押，放我这儿。我们家大雅再跟你过一年，你若无彻底悔改，决不饶恕！

毛驴儿：哎哎哎……

姑奶奶：那三个人，你认识吗？

毛驴儿：回姑奶奶，不认识，都是大裤裆帮我纠结的。

姑奶奶：你还挺有本事，刚来了北京城两天，就把业务拓展到这儿来了。大宝，劳烦大裤裆出面，请那几位吃顿饭，让他们把押房子的字据退给我们，总不能让我们睡大马路吧，都是道上混的人……

李大宝：那钱和物呢？

姑奶奶：赌场上也是买卖，输出去了，还能都要回来啊！

李大宝：得了，您哪。我一会儿就去落实！

13. 开往天津的火车，车厢里，内，日

毛驴儿搂着李大雅，占据着一个大卡座。

李下的旁白：我爸在北京又请我大姑父毛驴儿喝了一顿酒。于是，我大姑父拿着押房子的字据，领着我大姑李大雅，回天津了……

瞅人不注意，毛驴儿亲了李大雅额头一下。不过，这一亲，实在是很蹩脚，像啃大萝卜似的。但李大雅还美得不行……

14. 李大宝家平房，正房，妈妈屋，内，日

李二宝对着镜子，一丝不苟地抹头油。妈妈尾随其后，捡李二宝身上的头皮屑。

姑奶奶在看报纸。

姑奶奶：哎哎哎，差不多就行了，他都多大了，难道还要你给他扎小辫吗？

门推开了。孙友来和二膀子妈妈进来了。二膀子妈妈怀里还抱着两大瓶索密痛。

没说话，先把两大瓶索密痛墩在李小雅的写字桌上。

二膀子妈妈：姑奶奶，你慢慢嗑。

姑奶奶：哟，您二位还当真了。

李二宝凑过来，说：我想啊，还是那三道符起作用了。

二膀子妈妈：油嘴滑舌……哟，这脑袋怎么跟狗舔的似的……

李二宝：您可真老土。这是发乳，懂不懂？

二膀子妈妈：怎么看，你这身打扮，都像个街溜子儿。

孙友来用胳膊肘捣了二膀子妈妈一下。

孙友来：你懂什么呀？人家二宝现在是大买卖人。

李二宝：到底是车间主任，认识水平就是比一般的家庭妇女高。

孙友来：二宝，那车皮茶叶都倒出去了？

李二宝：那是啊。

孙友来：现在又倒什么呢？

李二宝：茶叶出手了，就剩下空车皮了，自然是倒"车皮"了。

孙友来：倒"车皮"？那还了得？我听说，现在有门路的人，都倒在"车皮"。

李二宝：那是啊。您二位待着，我得去铁道部了，领导们还等着我开会呢！

15. 正房，妈妈屋，内，夜

李小雅坐在写字桌前看书，看着看着，眼睛就迷离了。而闹钟的指针，才指向七点半。

李大宝跑进来，上前去捏李小雅的鼻子，把她憋醒。

李大宝：你又偷懒！

李下的旁白：我三叔李三宝高考前睡不着觉，而我小姑李小雅恰恰相反，一打开书就瞌睡，每天的觉都不够睡。我爸这次又有事干了，他得时时刻刻盯着我小姑……

16. 正房，妈妈屋，内，夜

姑奶奶和妈妈已经躺在床上了。

在李大宝的监督下，李小雅还在学习。很明显，李小雅是在硬撑着，因为李大宝手里举着鸡毛掸子呢。

李大宝：看样子，我也得领你出去散散心了。

李小雅突然墩一下杯子，李大宝知道她要喝水了，拿起杯子屁颠儿屁颠儿地出去了。

妈妈一撇嘴巴，小声说：枣核解板儿不是大料。念什么书啊，趁早，该干吗干吗。

李小雅听了以后，攥着拳头，使劲儿挥舞了几下，然后，挺直了腰身，接着看书。

这一次，竟然有了精神。

姑奶奶早把妈妈的举动看在眼里。

妈妈翻身碰着了姑奶奶。

姑奶奶抬腿就是一脚，差点儿把妈妈踹到床下。

妈妈小声说：干什么，干什么，怎么还翻蹄亮掌的！

姑奶奶：你把我的地方都占了！

妈妈：那你昨晚儿还把脚伸我被窝里了呢！

17. 西厢房，厨房，内，晨

一家人围坐在饭桌旁吃早饭。除了李三宝，其他人都在。

李下坐在姑奶奶的怀里。

张朵朵：李大宝，你快点，从今天起，我要提前10分钟走。

李大宝：为什么？

妈妈：团里又上新戏了？

张朵朵：没有。团里要求演员部的人7点40分就到单位，好做一些排练前的准备工作。这些年，我一直是踩着点去的。前两天，终于被人家点了名。

李二宝：那就是说，从今天起，你要求进步了。好，我看挺好。李大宝，这事你得支持。

李大宝：我支持，我支持；这就走，这就走。

李大宝把半根油条塞进嘴里，站起身来。

李下突然说了一句：大宝，明天见。

一家人都傻了。

李大宝让油条噎得“呕呕”的。张朵朵赶紧过去给李大宝捶背。

这个不经意的动作，被姑奶奶捕捉到了。

李大宝一口气终于捯上来了。

李大宝：她说什么？

张朵朵：大宝，明天见。

李大宝：这是一句广告词啊！

张朵朵：对啊，她怎么知道的？

妈妈：胡同口的刘大妈家不是买了个电视吗？二膀子他妈非拉我去看。昨天我就抱着下下去了，莫不是她跟那儿学的……

李大宝：哎哟嗨，我们家已经出了一位神医，现在又出了一位神童，真是祖坟冒青烟儿了！

李大宝走过去把李下抱在怀里，就是一顿乱亲……

18. 宛平城外，南墙下，外，日

李大宝领着李小雅围着城墙转圈，最后在南墙下停了下来。

李大宝表情沉重地望着墙上的五个弹坑儿。

李大宝：好好看看。这就是“卢沟桥事变”留下来的。

李小雅拿出纸和笔，低下头去写字。

李小雅拿给李大宝去看。

李小雅的旁白：你拽着我，倒了四五趟车，花上了大半天时间，就是为了看这 5 个弹坑儿吗？

李大宝：这仅仅是 5 个弹坑儿吗？这是日本侵略中国的铁证。作为中国人，被日本人欺负成这样，这就是国耻！

李小雅继续低下头去写字。

李小雅的旁白：哟，有羞耻心了，知道要脸了？不容易。

李大宝：作为老李家人，你如果因为懒惰因为贪睡，今年考不上，那就是家耻。

李小雅继续低下头去写字。

李小雅的旁白：我觉得，我考大学跟这“卢沟桥事变”没啥关系。

李大宝：当然有关系，这两件事都发生在七月七日。

李小雅对李大宝刮目相看了。

李大宝：大哥希望你振作起来，集中精力，好好复习，超常发挥，考它个清华北大，将来为国家服务，为爸爸争光！

李小雅继续低下头去写字。

李小雅的旁白：有点扯了啊。

李大宝：那好，我们不说国耻，也不说家耻，单说己耻。

李小雅继续低下头去写字。

李小雅的旁白：可以啊。

李大宝：大哥这辈子，就这样儿了。大哥上学的时候没好好念书，到头来只能当个小工人，让人瞧不起，可悲惨。

李小雅继续低下头去写字。

李小雅的旁白：你可以了。一个小破工人，找了朵朵姐那么一个漂亮媳妇儿，还是大个艺术家。

李大宝：你要这么说，就更悲惨了。你知道，我跟你大嫂结婚后，过的是什么日子吗？

李小雅继续低下头去写字。

李小雅的旁白：那我太知道了。辛酸的日子，屈辱的日子，暗无天日的日子，猪狗不如的日子。

李大宝：你知道，这是为什么吗？就是因为我没什么文化。我要是个大学生，你大嫂她敢瞧不起我？

李小雅继续低下头去写字。

李小雅的旁白：这倒是。不过，搁我，我也瞧不起你！

李大宝：你你你……

李小雅继续低下头去写字。

李小雅的旁白：对了，李大宝，你说的国耻我没意见；但我认为你喝朵朵姐的洗脚水，那才是我们老李家最大的家耻！

李大宝半天才反应过来，说：我喝洗脚水的事，你怎么知道？

李小雅继续低下头去写字。

李小雅的旁白：大瓣蒜儿，你那些狗肉上不了台面的事，我全知道！

李大宝扇了自己一个大嘴巴子，说：我明白了，我领李三宝来这儿的经过，他原原本本地都给你讲了！

李小雅幸灾乐祸地点了点头……

李大宝抱着拳，一通作揖。

李大宝：小雅啊小雅，其他的事你知道就知道了，讲也就讲了。可是，洗脚水的事，是万万不能对任何人讲啊，一旦讲出去，大哥我在北京人民面前是真抬不起头来了……

19. 马路边，人行道上，胡同口，外，日

李小雅骑着自行车从人行道上拐进了胡同口。

张朵朵突然从墙后跳出来。

张朵朵：李小雅，你给我站住！

李小雅吓了一跳，赶紧来了个急刹车。

李小雅：你吓死我了！

张朵朵：我要跟你聊聊。

李小雅：跟我聊？

张朵朵：再有三天就考试了，你准备得怎么样了？

李小雅从自行车上下来。

李小雅：还行吧？

张朵朵：准备报清华还是北大？

李小雅：北大。哎，你怎么知道我要报北大？

张朵朵：你的事我全知道，一件都瞒不了我，包括你装聋作哑。

李小雅：啊！

李小雅用手把嘴巴捂上。

张朵朵：我不会告诉别人的。

李小雅：谢谢朵朵姐。

张朵朵用手抚摸了一下李小雅的头。

张朵朵：有什么需要我做的？

李小雅：目前没有。你就等我的好消息吧！

20. 李大宝家平房，西厢房，厨房，内，傍晚

妈妈在灶上忙着。李大宝抱着李下给妈妈打下手。

妈妈：怎么没看见朵朵回来？

李大宝：她今天加班。完了，去她妈家住。

妈妈：她最近有点不对劲儿啊，早出晚归的，到底忙什么？

李大宝：就蹦蹦跶跶那点破事呗。

妈妈：你还是小心点吧。

李大宝：又让我小心什么呀？

妈妈停下手中的活计，说：这女人的心，总跟我们隔着一层啊。

妈妈指了指窗外柿子树上的一只鸟。

妈妈：看见那只鸟没？我总觉得，这女人的心，就像那只鸟，一有高枝，一定会攀上去的。

李大宝：你又来了，孩子都这么大了，她往哪儿攀啊？

妈妈：她什么时候对孩子上过心啊，这哪儿像个当妈的啊？说不定，她还以为自己是十八九岁的小姑娘呢！

妈妈最后一句话，终于触到了李大宝的痛处……

妈妈：我早就想提醒你，可是怕影响你们之间的关系。但愿我的担忧是多余的……

21. 剧团，传达室，内，日

屋门开着。

李大宝探头探脑地进了传达室。

白大爷正在听半导体。

李大宝：大爷，您好。

白大爷：挺好。找人？

李大宝：路过看看。

白大爷：你拉倒吧。我早就知道你是谁了？

李大宝：我是谁？

白大爷：张朵朵的爱人。纺织厂的工人，纺织厂乃至北京纺织系统最年轻的八级工，北京市纺织系统劳模。

李大宝虚张声势地握住白大爷的手。

李大宝：没想到我李大宝知名度还挺高，连你们文艺圈儿的人都知道我。

白大爷：你本事挺大呀，一个铁匠，把我们团的台柱子都骗到手了。

李大宝：准确点说，是维修工，维修工……

白大爷看了看桌子上的闹钟。

白大爷：怎么着，今天这么早就来接她呀？

李大宝：我下午来这面办事。这不，办完了，顺便来看看她，如果单位没事的话，就早点回去呗。

白大爷：她最近忙着呢。

李大宝：是吗？

白大爷：听说，快要当演员部的副主任了。

李大宝：是嘛！

22. 李大宝家平房，正房，妈妈屋，内，日

李大宝和姑奶奶在开小会。

李大宝：……我说什么也没想到，她竟然还有政治抱负。

姑奶奶：古今中外的历史证明，女人不能掌权，女人一旦掌了权，保证坏菜。

李大宝：得了，您哪。我知道该怎么办了！

23. 西厢房，厨房，内，晨

一家人围坐在饭桌旁吃早饭。除了李三宝，其他人都在。

张朵朵：李大宝，你快点，一会儿，送我去单位。

李大宝：星期日还上班啊？

张朵朵：上级部门要来我们团检查工作。我今天得帮助办公室的人去整理档案。

李大宝：没问题，没问题；我这就得，我这就得。

24. 院门口，胡同里，外，晨

李大宝推着自行车站在院门口。自行车前梁上绑了个小凳子。凳子上坐着李下。

张朵朵背着包从小院子里出来了。

张朵朵：你带她干什么？

李大宝：我带她兜兜风。

张朵朵：真是多事。

李大宝：不影响啊。我送了你，带了她，一举两得啊。

张朵朵很不高兴地坐了上去。

李大宝：起飞了。

自行车蹿了出去。

妈妈出了院门口，望着李大宝他们远去的背影，满嘴“啧啧”着……

25. 剧团门口，传达室，外，日

李大宝的自行车从从容容地停在了门口。

张朵朵“噌”地一下，从后座上跳下来。

张朵朵：你赶紧走吧。

李大宝掉转车头。

白大爷从窗子探出半个身子。手里还拿着半导体。

白大爷：大宝，慢着。

李大宝：哟，白大爷，您有事？

白大爷：它吱吱啦啦的，又找不到台了，快进来给我看看。

李大宝：好嘞。

李大宝将自行车停到边上。把李下抱下来。

张朵朵小声问：你什么时候跟白大爷认识的？

李大宝：有一段时间了吧？具体什么时候我也忘了。

张朵朵：你这是有预谋的！

26. 剧团，会议室，内，日

各种档案资料小山一样地，堆在圆桌上。

张朵朵和几个中年妇女埋头在资料中间，写写画画的。

门开了。白大爷领着李下进来了。

李下：妈妈。

张朵朵被吓了一跳。半天，才反应过来，李下是在叫自己。

张朵朵：下下，你们怎么还没走啊？

白大爷：我没让你们家大宝走，我跟他聊来着，聊得挺好。我刚刚沏了砖茶，我们还没喝呢，孩子就要找你。

中年妇女甲：哟，朵朵，这是你闺女啊，好漂亮啊！

中年妇女甲起身，过来，抱起李下。

中年妇女甲：叫阿姨。

李下：阿姨。

中年妇女甲：多乖啊。白大爷，孩子的爸爸是不是也在啊，他怎么不进来？

白大爷：这人讲究，别看是个工人。

中年妇女甲：怎么讲究了？

白大爷：人家说了，作为家属，不能动不动就来老婆的办公室，那样没成色。这不，孩子要找妈，他都不陪着，让我来送。他宁可在传达室等候！

张朵朵的嘴角浮出的却是不屑和愤怒……

27. 李小雅的学校，大门口，外，日

李大宝骑着自行车驮着李小雅，从从容容地到了。

大门正好打开。

学生们都如临大敌一般，聚精会神、摩拳擦掌地涌进校门。

李大宝却拉住了李小雅。

李大宝：祖宗，我的活祖宗，我希望你今天开开恩，跟我说句话，你不说话，我跟姑奶奶一样，心里没底呀。

李小雅给李大宝做了个鬼脸，然后，在半空中画了一个大大的鸭蛋……

28. 李小雅的学校，大门口，外，日

李大宝和几个家长模样的人在门外安心地等候。

考生们三三两两地出来了。

终于看到了李小雅。

李大宝上前抓住李小雅的胳膊。

李大宝：怎么样，怎么样？

李小雅拿出纸和笔，低下头去写字。

李小雅拿给李大宝去看。

李小雅的旁白：感觉很好。考政治时，我在考场上睡着了，做了个梦，梦见把孙大妈那只下蛋的鸭子给煮着吃了。真香！

李大宝：哎哟嗨，祖宗，我的活祖宗，你的政治要真考个“大鸭蛋”，你让我跟北京人民怎么交代呀！

29. 李大宝家平房，小院子里，外，日

李大宝推着自行车和李小雅刚一进院，一家人都纷纷跑了出来。

姑奶奶和张朵朵：怎么样，怎么样？

李大宝来了一句戏文：八年了，别提了！

妈妈：小雅，真的考（烤）糊了？

李大宝：你们快去看看，东院的鸭子还在不在吧？

张朵朵：这跟鸭子有什么关系呀？

李大宝：李小雅同学考政治时，在考场上睡着了，做了个梦，梦见把二膀子妈妈那只下蛋的鸭子给煮着吃了！

一家人全蒙了。只有张朵朵，趁人不注意，朝李小雅笑了一下。

妈妈一拍脑门子，说：我的天爷啊！

姑奶奶在原地转了两圈，说：不行，说什么我也得找个眼镜戴上！

姑奶奶回屋去了。

李二宝发神经似的，突然仰天长啸：我十年磨一剑啊，我十年寒窗苦啊，我十月怀孩子啊，老天啊，你就这么对我……

李大宝：姓李的，你给我闭嘴！

李二宝：哟，这么说，你不姓李了？你还真改姓了？我想想，你姓什么来着？嗨，姓猫，也可能姓狗……对对对，叫猫大宝，这也不太好听啊，还是叫狗大宝吧！

李大宝：你丫找死呀！

李大宝挥着拳头扑过去，对准李二宝的脸就是一阵乱捶。李二宝被打得只有满地找牙的份儿了……

李二宝：妈，妈，救命啊，救命啊！

妈妈这次没有伸出援手，而是一甩袖子回屋了……

30. 正房，李二宝屋，内，日

李二宝躺在床上。头上包着纱布，脸上到处是血。

妈妈拿块湿毛巾和姑奶奶一前一后进来了。妈妈要给李二宝擦脸上的血，被他拒绝了。

李二宝：不擦，就这么待着。

李二宝从兜里掏出一张折叠的纸，递给妈妈。

李二宝：妈，这是赔款协定。医药费、营养费、误工费，加到一块，240 块。让李大宝签字，拿钱。

妈妈：医药费我出，剩下两项就算了。

李二宝：妈，你偏心眼儿。

妈妈：我怎么偏心眼儿了？

李二宝：他把我打成这样，你还不给我主持公道？你要是我亲妈，你现在就得站出来！

妈妈看了看姑奶奶。

姑奶奶：这钱让大宝出。

李二宝：还是姑奶奶对我好！

姑奶奶：那是啊。

李二宝：妈，我对你有意见啊！

妈妈：你对我有什么意见？

李二宝：你立场有问题。

妈妈：你少给我上纲上线。

李二宝：你不是不希望李小雅考上大学吗？今天说她学习不好，明天让她考高中中专。刚才是怎么了？听说她在考场上吃了一只鸭子，你都要崩溃了！

妈妈：废话。哪个当妈的不希望儿女有出息！

31. 剧团，会议室，内，日

各种档案资料小山一样地，堆在圆桌上。

张朵朵和几个中年妇女埋头在资料中间，写写画画的。

门开了。白大爷拎着一个饭盒进来了。

中年妇女甲：哟，朵朵，你们家跟屁虫又来给你送饭了。

白大爷：跟屁虫怎么了？你找个跟屁虫我看看，这么年了，我没见你男人送过你、接过你，更甭说给你送饭了。

中年妇女甲：那倒是。

张朵朵“腾”地站起来，说：白大爷，他走了吗？

白大爷：人家今天放下东西就走了……

32. 李大宝家平房，小院子里，院门口，小院子里，西厢房，厨房门前，外，日

院门敞着。

李小雅坐在柿子树下，入迷地看着书。

李大宝从屋里出来，走近李小雅。

李大宝：看什么书呢？

李小雅把书的封面给李大宝看了看。是《罪与罚》。

李大宝：要不，我跟你一块估估分呗？

李小雅诡秘地摇了摇头。

李大宝：估估吧。两年前，李三宝就是在我的多次估分下，才考上人大的。

李小雅又去埋头看书了。

就在这时，一个骑着自行车的邮递员出现在院门口。

邮递员：李小雅，通知书！

李小雅一跃而起，像一只小鹿一样，蹦蹦跳跳来到邮递员跟前。接过通知书，签了字。

李小雅小声说：谢谢叔叔。

邮递员一摆手，骑车走了。

一家人早都闻风而动。纷纷从屋里跑出来了。

妈妈：是不是自动漏到高中中专去了？是不是还得去外地念啊，那可费老钱了？

妈妈从李小雅手中抢过通知书。顿时，瞪大了眼睛。以为自己看错了，揉了又揉。

妈妈：我的天爷。北京师范大学哲学系！

其他人惊呼：什么什么？！

瞬间，通知书在每个人手上转了一圈。轮到张朵朵时，李小雅跟她会心的一笑。

李大宝：李小雅，你到底考了多少分？

李小雅用手指比画了几个数字。

李大宝：602分！

李二宝：满分是多少？

李小雅又用手指比画了几个数字。

李二宝：640分。乖乖！

妈妈攥着通知书，满院子转悠，说：不会是搞错了吧？

李大宝从妈妈手中把通知书抢过去，仔细把玩。

李大宝：没错。白纸黑字。李小雅的！

妈妈捂着脸，一边哭，一边叫：他爸，他爸……

妈妈跌跌撞撞地跑到厨房去了。

没有人注意到妈妈。

李二宝：作弊了，肯定是有人作弊了！

姑奶奶顺手拿起一把笤帚，在半空中一通划拉，说：撒气了，肯定是有人撒气了！

李小雅从李大宝手中把通知书抢过去，还朝他撇了一下嘴，拉着姑奶奶，回屋了。

李大宝在小院子里转圈拉磨。

李大宝：掉眼镜了，这次是真掉眼镜了。她为什么要给我来这一手，她什么意思？我刚才还要跟她估分呢，通知书却来了？你说，她作我干什么，我哪儿对不起她？

张朵朵：这是明摆着的，她就是想告诉你，她能考上大学，跟你一点关系都没有！

李大宝：这个人是我吗？不是啊，是妈才对啊！

李大宝突然想起了什么。

李大宝：对啊，妈去哪儿了？

张朵朵：刚才好像哭着去厨房了。

李大宝转身来到厨房门前。推门。里面却被插上了。从门玻璃望进去：妈妈正趴在饭桌哭呢。

张朵朵也凑过来了。

李大宝一边拍门，一边说：妈，开门啊；妈，开门啊！

妈妈不为所动。

李大宝：她这是怎么了？

张朵朵：激动得呗。

李大宝：不对呀？她一直反对李小雅考大学啊！

张朵朵：你懂什么呀？我去叫小雅！

33. 西厢房，厨房，内，日

李小雅一边哭着，一边摇晃着妈妈的胳膊。妈妈终于抬起了头。

妈妈擦了擦红肿的眼睛。

妈妈：好了，哭够了，不哭了。

李小雅“扑哧”一下，笑了。

妈妈：小雅，妈知道，你对妈有误解。妈对你，是严厉了的点、苛刻了的点，可这不代表妈不疼你。这几年，妈一直以为你学习不好，又着急、又生气，所以，才故意用考高中中专的事来刺激你。没想到，你学习这么了得。这下好了，一下子考上了北师大。你爸如果还在，不知道该多高兴哪！

李小雅替妈妈擦了擦眼角。

妈妈：小雅，好好念书，毕了业，帮你大哥好好操持这个家！

李小雅：小事！

妈妈感慨万千地望着墙上。

那里挂着两张照片，一张是老李家的全家福；另一张是李大宝爸爸的。

妈妈把目光落在了李大宝爸爸那张永远年轻、英俊的脸上。

妈妈：他爸，孩子们都长大了、都成人了、都出息了，特别是大宝，还娶了一个漂亮、贤惠的媳妇儿，还给你生了一个聪明、可爱的孙女儿，你放心吧……

张朵朵眼圈湿润了。她伸过右手，攥起李大宝的左手……

第 19 集

1. 李大宝家平房，正房，妈妈屋，内，日

电话局的人在拉电话线。

一家人都在边上紧张地看着。

叠画：电话局的人在安电话。

一家人都在边上紧张地看着。

电话局的人拿起了听筒，按在耳朵上，说：通了！

2. 正房，妈妈屋，内，日

一家人都守在电话机旁边。

李二宝：通了，怎么没人来电话呢？

李大宝：是啊。

张朵朵：你们就这样等一辈子，也不会有人来电话的。

李大宝：为什么？

张朵朵：没人知道你们的电话号码呀！

李二宝和李大宝同时拍了拍脑袋，说：哟，把这茬儿给忘了。

李二宝：赶紧，广而告之。有电话号码的，打过去；没电话号码的，发传单！

3. 小院子里，外，日

李二宝隔着墙，把一张纸片递给二膀子妈妈。

李二宝：这是我们家的电话号码，想着给我们打电话啊！

边上的孙友来说：快给我看看，快给我看看。

二膀子妈妈：哟，真发财了？

李二宝：小财，小财。最近，这不是倒“车皮”吗，赚了钱，给家里安个电话。一是为了我联系业务；一是为了两个老人找我们方便！

二膀子妈妈眼皮一耷拉，把脑袋缩回去了。

李二宝一回身，发现姑奶奶已经站在身后了。

李二宝：您有事？

姑奶奶：好像有点事。

李二宝：您现在说话的口气，越来越像李大宝了。

姑奶奶：应该是李大宝越来越像我了吧？

李二宝：也是。先有蛋，后有鸡吗。

姑奶奶打了李二宝一巴掌。

姑奶奶：二宝，你现在也算小有成就了。

李二宝：那是。我说过的，我要在我手上实现我们老李家的伟大复兴。

姑奶奶：你说的那是长期的工作，得慢慢来；目前，有一个短期的工作，你得抓紧。

李二宝：什么？

姑奶奶：这都好几年了，你还没给我安排呢！

李二宝一拍脑门子，说：哎哟嗨，我把这事给忘了。该死，该死！

李二宝凑到姑奶奶的耳边。

李二宝：咱有，现成的。一个副局长，十多年前就离婚了，有房子，有存款，儿女也都单过了。

姑奶奶：小官僚啊？

李二宝：您担心他没品？

姑奶奶：反正，这类人我不太喜欢。

李二宝：那我告诉你，这个人很有品。据说口才非常好，面对两三百人，能脱稿讲三个小时。还写得一手好字。

姑奶奶：是吗？

李二宝：怎么着？等我忙过这段时间，安排你们见面！

姑奶奶：好啊！

4. 孙友来家，小院子里，外，日

二膀子妈妈和孙友来从墙根儿站起来，往屋里走。

二膀子妈妈：烧包。

孙友来：又看人家眼红啊。

二膀子妈妈：真不怕风大闪了舌头，还倒"车皮"？我早都摸清楚了。他一个初中同学的爸爸是铁道部的一位科长，他把这位科长介绍给了一个高中同学的爸爸，那人是做生意的。剩下的事，跟他一点关系都没有了。人家赚大发了，只给了他一点鞋底钱。还倒"车皮"？真不要脸！

孙友来：你小点声吧！

二膀子妈妈：傻帽。还"我要在我手上实现我们老李家的伟大复兴"。你姓不姓李，还两说着呢！

孙友来一把捂住二膀子妈妈的嘴。

孙友来：又嚼舌头！

二膀子妈妈：我也就是搬来得晚，我要是早搬来两年，就两年，我早把这事给它调查清楚了，我早知道他亲爹亲妈到底是谁了！

5. 李大宝家平房，正房，妈妈屋，内，夜

李大宝、李二宝、姑奶奶和妈妈守在电话机旁边。

电话终于响了。李二宝眼疾手快，第一个把听筒拿到。

李二宝大声地说：喂，哪里？这里是李二宝家呀。您再说一遍……什么……找李大宝同志！

张朵朵进来了。

李二宝把电话的听筒甩给李大宝。

李二宝：找你的。

李大宝笑嘻嘻地说：估计是我们厂长打来的。

李大宝接听：喂，哪里？这里是李大宝家呀。对对，我就是李大宝同志。您是哪里……什么什么……我知道了。

李大宝把电话的听筒狠狠地扣上。

妈妈：谁呀？

李大宝：那个小王八蛋，那个脚跟净皴（角根敬村），明天要回家！

妈妈：回家好啊。他都两三个月没回家了。

李大宝：他给我来这一套！

妈妈：怎么了？

李大宝：他让我带领你们，把家里的卫生彻底打扫一遍，再把个人的卫生也搞一搞，迎接他回家！

张朵朵被逗笑了。

妈妈笑着说：吴王好剑客，百姓多疮瘢；楚王好细腰，宫中多饿死。张朵朵，我们老李家的风气都是你带坏的。

张朵朵：我看我还是回我屋吧，一会儿，说不定我的脑袋又长出犄角来了。

张朵朵笑着跑了。

姑奶奶却说：行，还是我们家三宝有谱儿，将来指不定爬到什么位置呢？出门铺红地毯、有警车开道不说，弄不好清场子、几十里戒严也未可知！

李大宝不无忧虑地说：我现在关心的是，再这样下去，这李三宝真的要腐化变质呀！

6. 小院子里，外，夜

小院子里灯火通明。

每个屋都有人在擦窗子玻璃……

7. 西厢房，厨房，内，日

一家人围坐在饭桌旁，像是要开会的样子。

院门开了的声音。

妈妈抻着脖子，往外看。

李大宝：妈，淡定，坐好。

妈妈又把脖子缩回来了。

进来的却是一个披头散发的人。脸也脏兮兮的，像个乞丐，那样子有几个月都没洗澡了。

李大宝站起来，问：您怎么还进院来了……干你们这行的不是有个规矩吗，不进人家的家门呀……

披头散发的人：为什么？

李大宝：您只要在院门口敲敲盆儿、敲敲碗儿，我把吃的给您端出去就行了……

披头散发的人：你把我当成要饭的了？

李二宝：难道您不是吗？

披头散发的人把头发捋到脑后，眼睛露了出来。竟然是李三宝！

李大宝：这话怎么说的？你让我们把卫生搞了一溜够，你自己却变得这么不卫生！

8. 小院子里，外，夜

李三宝一边漫步，一边沉思，那样子就像一个痛苦而又快乐的哲人。

每个窗子都有人向外窥探。

李三宝发现厨房窗台上有一个空啤酒瓶子，顺手拿了，来到柿子树下。

李三宝突然把空啤酒瓶子举起，对准嘴巴，一声吼叫，唱了起来：我曾经问个不休，你何时跟我走，可你却总是笑我，一无所有……

张朵朵和李小雅分别从各自的屋里跑了出来，而其他人早都吓瘫了。

李小雅：崔健！

张朵朵：《一无所有》！

李三宝：我要给你我的追求，还有我的自由；可你却总是笑我，一无所有。啊，你何时跟我走；啊，你何时跟我走……

李三宝、张朵朵和李小雅：脚下的路在走，身边的水在流；可你却总是笑我，一无所有……

其他人也都从屋里跑出来了。

妈妈：他没病吧？

李大宝：有病，还病得不轻。

妈妈：那赶紧的呀，去把啤酒瓶子给他夺过来啊！

李大宝冲上前去，撕扯着，把李三宝手中的啤酒瓶子拿下。

李三宝攥着拳头继续吼叫：是谁抢走了我的麦克风，没关系，我还有我的喉咙……

李三宝、张朵朵和李小雅：是谁抢走了我的麦克风，没关系，我还有我的喉咙……

妈妈：疯了，都疯了。

几个人终于消停了。

李大宝却来到柿子树下。一把将李三宝推到边上。

李大宝：走开！

李大宝把空啤酒瓶子举起，对准嘴巴，一声吼叫，也唱了起来：抬起裤裆，走吧，路还长着呢；穿上鞋子，去吧，日子还远着呢。戴上墨镜，恨吧，谁让她甩了你；穿上风衣，爱吧，谁让你喜欢她……

所有人都被震了。包括李三宝。

半天，李三宝才说：大哥，你这跟哪儿学的？

李大宝：做个有为的好青年，我现在可能差点事了。装疯卖傻吗，谁不会啊？装疯卖傻吗，谁不会啊！

张朵朵由衷地赞叹道：李大宝，没想到，你还有点文艺范儿啊！

李三宝：大哥，这段你得教教我啊。我去学校一唱，肯定盖！

妈妈：疯了，全都疯了！

9. 正房，妈妈屋，内，夜

李大宝在教李三宝唱那首《抬起裤裆》。

李三宝：为什么要戴上墨镜，才去恨呢？

李大宝：男孩儿大概是不想让女孩儿看见自己的眼睛吧？

李三宝：为什么要穿上风衣，才去爱呢？

李大宝：穿风衣多盖啊。

李三宝：没想到。

李大宝：没想到什么？

李三宝：原来你们工人阶级也不全是“傻大黑粗”？也有会思考的人啊。李大宝，你知道吗，这已经不是歌了，是哲学思考了。

李大宝：别跟我提哲学，一提哲学，我就浑身发麻，就要不行了……

李三宝：都是李小雅闹的吧？

李大宝：她的事你都知道了？

李三宝：她去学校找过我。

李大宝：你说她学什么不好，非要学哲学，简直不可理喻吗。

李三宝：哲学怎么了？

李大宝：哲学太个路，太深奥。

李三宝：我们要是跟你一路的话，我们也去当铁匠去了。

李大宝：你说什么？

李三宝：我说，我们要是跟你一路的话，我们也去当铁匠去了！

李大宝：孙子，太孙子了！

10. 西厢房，李大宝屋，内，夜

李大宝坐在椅子上，怀里抱个葡萄糖瓶子，已经半醉了。

李大宝：……我也没别的意思，我这辈子是念不成书了，李三宝和李小雅能考上大学，我高兴，我高兴还有错嘛？他们怎么都这样我对我啊？

半躺在床上的张朵朵，只顾看她的书。

李大宝：我也去箱子里睡呀。

李大站起来，把葡萄糖瓶子放在椅子上，朝木箱子走去。掀开盖子，就往里爬。一边爬，还一边回头看着张朵朵。

李大宝：你怎么不拉我呀？

张朵朵眼皮都没抬，说：你又不是没睡过木箱子……

11. 剧团，丁茂办公室，内，日

丁茂和张朵朵站着说话。

丁茂：……我看档案整理得差不多了。从今天，你抽出来，专门负责展览室的布置吧。这一块也很重要，它是我们团对外的窗口。

丁茂边说边往窗外的传达室方向看。

张朵朵：你好像心里有事。

丁茂：有吗？

张朵朵：你说呢？

你看我，我看你，气氛一下子尴尬起来。

张朵朵：最近到底怎么了？

丁茂：我听说，你们家那位铁……那位劳模，最近总在咱们团门口转悠……所以，我总觉着，门房那儿，有一双眼睛在监视着我们……

张朵朵有点羞愧难当了。

12. 马路边，人行道上，外，日

李大宝骑着自行车，驮着张朵朵，在人行道上随波逐流。

张朵朵：李大宝，我跟你说个事。

李大宝：说。

张朵朵：我郑重地通知你，请你以后不要再去我们团“站岗”了。

李大宝：是下下想去。

张朵朵：还不是你教唆的？

李大宝：那你小瞧我了，到任何时候，我都不会拿孩子当挡箭牌的。不信，你问下下……

13. 李大宝家平房，小院子里，外，日

李大宝领着李下在院子里玩。

二膀子妈妈从东墙上探出半个脑袋。

二膀子妈妈：我不是偷看啊，我听见了下下的声音。

李大宝：我又没说你偷看。

二膀子妈妈：朵朵又去加班了？

李大宝：是啊。

李下叫道：找妈妈！

李大宝蹲下来，说：妈妈上班了。找爸爸啊，下下找爸爸啊。

李下突然躺在地上打滚。

李下：找妈妈，找妈妈！

李大宝：下下，那我们去妈妈单位的传达室玩，不进妈妈的办公室，好不好？

李下：好！

14，剧团，传达室，内，日

桌上摆着猪头肉、小菜和几瓶啤酒。

李大宝跟白大爷很正式地喝上了。李下一个人在地上玩。

白大爷端起茶杯，说：来，喝一个。

两个人干了一杯。

白大爷：大宝，今天让你破费了。

李大宝：嗨，这段时间，我们爷儿俩净蹭你的饭了。

朱文推着自行车要进院，无意中往传达室里看了看。于是，就看见了李大宝举杯的情形。

李大宝扯着嗓子喊：哟，一看您就是领导，要不您也喝点！

朱文皱着眉头进院了。

15. 剧团，会议室，内，日

几个中年妇女正在装档案。

朱文推门进来。

朱文：张朵朵呢？

中年妇女甲：去图片社拿照片去了吧？您找她有事？

朱文：在传达室里折腾的，是她的家人吧？

中年妇女甲：好像是吧……

朱文：真讨厌。把这儿当成自个儿家了！

16. 小饭馆，内，夜

李小雅和李大宝面对面地，坐在一个僻静的角落里。

李小雅拿着菜单点菜。

李小雅：……好了。就这四个吧，有鱼有肉，有荤有素。再来 8 瓶啤酒。

服务员：好嘞。

李大宝：麻烦您给看看，大概得多少钱？

服务员：24 块钱。

李大宝暗暗叫苦。

李小雅：大瓣蒜儿，你甭害怕，今天我请你。

李大宝：你哪儿来的钱？

李小雅拍了拍口袋，说：大瓣蒜儿，你放心，我有钱。为了奖励我考上北大，姑奶奶给了我 50 块钱。

李大宝：妙极，妙极。

李大宝突然拍了拍脑袋，大叫：不对呀，你什么时候会说话的？

李小雅：废话，我两岁时就会了。

李大宝：我是说，自从上次喝醉了以后，你就不说话了。我们都以为你出毛病了。

李小雅：我那是心灰意冷，不想说。

李大宝：你装疯卖傻，你报复妈妈。

李小雅：……

李大宝：妈妈对你的关心是少了点。可是，你要理解她。

李小雅：我知道。

李大宝：爸死得早，她一个女人家带我们这么多孩子，她当然希望儿子们个个都有出息，也好帮她分担一点家庭的重负。所以呢，她对儿子们的关心，就多了一点。

李小雅：说白了，她还是有重男轻女的思想。

李大宝：你这么说，大哥就得批评你了。你考上大学，你知道妈妈有多高兴吗？

李小雅：我知道。

李大宝：这不结了。咱不说这个了。明天你就要开学了，来，大哥敬你一杯。

两个人都干了。

李大宝：行啊你，小雅。

李小雅：别忘了，我能喝一瓶药酒呢！

17. 小饭馆，内，夜

两个人的门前，各摆了三个空瓶了。

李大宝：我有一件事不明白，得向你请教。你这次太神了，怎么考得这么好？

李小雅：这就是我平时的成绩。

李大宝：你平时不才考400多分吗？

李小雅：那是我没好好考。

李大宝：为什么？

李小雅：不为什么。

李大宝：明白了，你是怕被妈妈盯上，你担心她要是知道了你能考上大学，肯定逼着你去考高中中专。是吧？

李小雅：刚才不是说了吗，不说这个吗？

李大宝：好，不说了。不过，就你这分数，都可以上北大了。亏了，真亏了。

李小雅：我也有点后悔了，报低了。不过，没关系，北师大的哲学专业也很厉害。

李大宝：我还有一件事不明白，还得向你请教。在家里，没怎么见你学习啊？

李小雅：我都是在学校学的。自从上了高中，我从来不玩。这么跟你说吧，我连走路、吃饭我都在想问题。这么跟你说吧，连上趟厕所，我都舍不得去。这么跟你说吧，到最后，所有的《历史》和《地理》课本，我闭着眼睛都能背下来……

李大宝一口气灌了一瓶啤酒，然后，眼泪就出来了。

李大宝：小雅，大哥对不起你，我代表我自己和妈妈向你道歉！

李小雅也一口气灌了一瓶啤酒。

李小雅：大哥，你千万别那么说，我知道，没有你，我这辈子不可能考上大学！

18. 北京师范大学，校园内，外，日

虽然是秋天，却到处洋溢着春天的气息。

李小雅背着书包，气度不凡地在校园内走着。

李大宝在后面背着行李，屁颠儿屁颠儿地跟着……

19. 北京师范大学，李小雅的宿舍，内，日

李小雅和李大宝一前一后走进宿舍。宿舍里有四张上下床，其他人还没有报到。

李小雅自言自语：都没到啊？

李大宝：要不，我先给你铺床吧？

李小雅：我自己来吧。

李大宝：那哪儿行？这些粗活当然由我来干了。

李大宝猫腰撅腚地去打扫铺床……

20. 北京师范大学，李小雅的宿舍，内，日

李大宝跟其他七位同学一一握手。

李大宝：我是李小雅同学的大哥，叫李大宝，希望同学们对李小雅多多关照，欢迎同学们以后去我们家里玩……

21. 北京师范大学，校门口，外，日

出了校门的李大宝，看见有几个学生在学校的牌子旁照相，就停下来观看。

照相的学生走了。

李大宝瞅人不注意，也来到牌子旁边，摆了个照相的姿势……

22. 李大宝家平房，西厢房，厨房，小院子里，内/外，日

一家人围坐在饭桌旁吃午饭。除了李二宝和李三宝，其他人都在。

姑奶奶：小雅，学校那面都安顿好了？

李大宝抢着说：安顿好了。跟李三宝一样，宿舍都是八个人，一人一个小柜子，两个人共用一个小桌子。出门走十来步，就是洗脸房和厕所。下楼走两分钟，就是澡堂子。是吧，小雅？

张朵朵：你可真够心细的，半天的时间，摸了个门清儿。

门开了。李二宝领个姑娘进来了。

李二宝：哟，都在，都在。我给大家介绍一下。牛琴，纺织厂纺织一车间的工人。

李二宝又挨个指着家里人。

李二宝：这位是姑奶奶；这位是我妈；这位是李大宝，也可以叫大哥；这位是张朵朵，也可以叫大嫂；这位是小侄女李下；这位是李小雅，也可以叫妹妹。

李大宝站起来，说：牛琴？我认识呀。

牛琴：我也是认识你，李大宝，你还是劳模呢。

妈妈站起来，搬凳子，拿碗筷。

妈妈：来，坐下来，一块吃。

牛琴：阿姨，我们吃过了。

李二宝：我们吃过了，你们慢用。牛琴，你去外面等我一下。

牛琴很乖巧地摆了摆手，出去了。李二宝随手把门关上。

李二宝：诸位，怎么样？

张朵朵：不错，不错。就是五官稍微小气了点。

李小雅：还行。不过照朵朵姐差远了。

妈妈觉得李小雅今天怪怪的。

李二宝：女人们天生都有嫉妒心。妈，姑奶奶，你们的意思呢？

妈妈：我们就不是女人了？

李二宝：你们是女人，但更是妈妈和姑奶奶。

妈妈：姑娘是不错，就怕人家不跟你。

李二宝：为什么？

妈妈：谁会跟一个没谱儿的人？

李二宝：妈，我是看明白了，你的快乐完全都建立在打击我李二宝的自信心的基础之上。

李二宝：李大宝，你觉得呢？

李大宝：不错，不错。如果个子再高那么一点点，就更好了。

李二宝：你也嫉妒我？

李大宝：胡扯。哪有太阳嫉妒月亮的？

李二宝：真的？

李大宝：绝对。

李二宝：那好，太阳，借给月亮点钱吧。

李大宝：你一个倒“车皮”的人朝我借钱，开玩笑吧？

李二宝：我身上不是没现金了吗？我一会儿跟人家出去，总不能让人家花钱吧？

李大宝：那你身上是什么，全是支票吗？拿出来我们看看。

姑奶奶终于说话了：大宝，拿钱！

李大宝磨磨蹭蹭地从兜里掏出一沓钱，数出了 20 块，递给李二宝。

李大宝：你什么人呀！

李二宝接过钱，发出了一声怪叫，就像一条狗冷不防被人拿烟头烫了一下屁股……

妈妈突然又盯上了李小雅。

妈妈：我说你今天哪儿不对劲儿呢？原来你会说话了。说，你是什么时候会说话的！

李小雅：妈，您这是什么话？我两岁时就会了。

其他人都笑了。

妈妈：合着你们早都知道了，就瞒我一人儿！

23. 剧团，剧场，内，日

演员部的人，纷纷进到剧场。见了在前排就座的高歌，都热情地握个手或点个头。

相反，早在四、五排就座的张朵朵却被人冷落了。

朱文和丁茂随之进来了。会场马上安静下来。

丁茂：好了，人到齐了，我们开会吧。现在，请朱团长讲话。

朱文：同志们，尽管我们事先没有通知开什么会，但大家可能都猜出来了。是啊，演员部副主任的位置空了好长时间了，已经影响到了工作。经过群众推荐、组织考核，现在这位人选终于水落石出。

朱文使劲儿清了清嗓子。

朱文：我宣布，高歌同志任演员部副主任，任期两年，享受副科级待遇……

热烈的掌声。

很多人一边鼓掌，一边侧目看着张朵朵。

张朵朵的脑子一片空白……

24. 剧团，剧场，内，日

剧场里只有张朵朵一个人傻呵呵地坐着。左边的侧门开了。丁茂进来了。

张朵朵：你回来干什么？热闹还没看够啊？

丁茂：……

张朵朵：你为什么不早告诉我，让我像傻子一样丢丑？

丁茂：这是组织纪律，我不能泄密。

张朵朵：全团除了我以外，都知道了，还有什么秘密可保？

丁茂不言语了。

张朵朵：明白了，你是怕我坏了高歌的事。

丁茂：其实，是你们家铁匠坏了你的事……

张朵朵：我们家铁匠怎么坏了我的事？

丁茂：他在传达室跟白大爷又吃又喝的，让朱团长碰见了……

张朵朵：我们家铁匠跟白大爷喝一次酒，我的副主任就黄了？你哄鬼呢！

丁茂的声音小了：上面……上面……有领导替高歌说话，你竞争不过她的……

第 20 集

1. 李大宝家平房，正房，妈妈屋，内，日

李大宝在教李下数数儿。姑奶奶和妈妈在边上笑呵呵地看着。

李大宝：5 加 6 是多少？

李下一边嘟囔着，一边数着手指头。结果数到 10，不够数了。

李大宝：下下，哪儿还有指头啊？

李下：脚。

李大宝：下下好聪明。

李大宝脱掉李下的袜子。

李大宝：刚才已经数到了 10，来，下下，继续数。

李下把脚搬了起来，数了一个趾头。

李下：是 11。

姑奶奶和妈妈：下下好聪明。

张朵朵正好气哄哄地进来，看到了这一幕。

张朵朵上前一把推开李大宝。

张朵朵：你个不识数的东西，就你这样教孩子，孩子早晚会变成白痴。我郑重警告你，李大宝，请你以后不要染指我女儿的教育！

张朵朵拽着李下就走了。

姑奶奶：这又抽什么疯啊！

2. 西厢房，李大宝屋，小院子里，厨房，小院子里，李大宝屋，内，日

李大宝的腿耷拉在地上，身子半躺在床上，又睡着了。还打着小呼。

李下自己地上玩着。

张朵朵进来，一下子就看见了李大宝那副丑态，越看越来气，于是，转身去了厨房，拿水舀子接了一舀子凉水。又回到屋里。对准李大宝的半张开的嘴，就开始猛灌。

李大宝被呛醒了，爬起来，大叫：什么情况，这是什么情况，我怎么掉水缸里了？

再看张朵朵手上的水舀子，就明白怎么回事了。

李下攥着小拳头，走到张朵朵跟前，对准她的肚子，打了好几下。

张朵朵：下下，你怎么打妈妈呀？

李大宝：你谋害她爸爸，她当然得打你了！

李下又打了好几下。

张朵朵的眼泪出来了，说：下下，我是妈妈呀！

3. 西厢房，李大宝屋，内，日

张朵朵坐在梳妆台前哭泣。李大宝手忙脚乱地在边上连蒙带哄。

张朵朵：……都是你搅和的，我的副主任没戏了，你知道不？

李大宝：我知不道。

张朵朵：你每天领着下下去我们团里折腾，你那是存心的，你是存心在祸害我。

李大宝：我觉得一个女人，最好不要去当什么破官。

张朵朵：为什么？

李大宝：古今中外的历史证明，女人不能当官，女人一旦当了官，保证变态，保证变得男不男、女不女的。

张朵朵最怕一个女人没有女人味儿了。于是，就没有那么生气了。

李大宝：我一直觉得，你跟别的女人是不一样的。

张朵朵：是吗？

李大宝：先说你的漂亮——干脆，用那个小王八蛋李三宝的话来说，你的美——那是看得见、摸得着的。你看，你的皮肤，又白又嫩，简直天生丽质；眼睛又大又亮，简直像一潭秋水；头发又黑又长，简直像一条瀑布；五官的搭配恰到好处，耳、鼻、口、眉、齿，即使单独拿出来，哪一件又不是工艺品？一句话，你的美既是传统的，又是现代的，弄不好还是未来的。

张朵朵：李大宝，你是什么时候开始研究女人的？

李大宝拉过李下的小凳子。坐下。

李大宝：实话告诉你吧，自从认识你那天起，我就开始研究女人了。

张朵朵：流氓样儿。

李大宝：我研究女人，可都是为了你。

张朵朵：德性。

李大宝：我得知道你美在哪儿，别的女人丑在哪儿；我还得知道你为什么美，别的女人为什么丑？

张朵朵终于破涕为笑了。

张朵朵：为什么？

李大宝又站了起来。

李大宝：你的长相，是你爹妈给的，自然条件天生就无比的好；你的社会条件也不差啊……

张朵朵：什么社会条件？

李大宝：你在我们老李家的熏陶下，性格越来越纯朴，心地越来越善良，你变得越来越可爱、越来越让人喜欢！

张朵朵：这么说，我还得感谢这个没文化的家庭了？

李大宝：我们老李家，以前文化氛围是差了点儿，但是我们已经出了两个名校大学生，你还能说我们没文化吗？再说了，我们家的温柔敦厚，你能否认吗？

张朵朵眨了眨眼睛，实在是找不出反对的理由了。

李大宝：你知道高歌之流为什么丑吗？

张朵朵：连高歌你也知道？

李大宝：就你们单位蹦蹦跶跶那点破事，还瞒得了我？

张朵朵：你说什么？

李大宝不停地抖着双手。

李大宝：对不起，对不起，不说你们单位，不说你们单位，单说高歌之流，单说高歌之流。她们传耳过舌、无事生非，气人有、笑人无，见不得别人好，这哪像个搞艺术的？连个农村老娘们们都不如。我把话搁这儿，她们要是当了官，只会把你们单位搞得鸡飞狗跳、猪喊狗叫；她们自己也会变得人不人、鬼不鬼的。知道这是为什么吗？

张朵朵：为什么？

李大宝：因为她们从里到外，都是不堪的、龌龊的、丑陋的！

张朵朵：行啊，你没白研究啊！

李大宝：还是那句话，你要是一直能保持目前的心态，与世无争、与人为善，到了50岁，你也不会长一点褶子。也就是说，到那时候，高歌她们都成老太太了，你才比小姑娘略大一点！

张朵朵“咯咯咯”地笑了。

张朵朵：我凭什么信你？

李大宝：你不信我，你得信露水啊。这都五年了，你光露水喝多少了！

张朵朵被李大宝忽悠得满脸绯红，不能自已。很显然，人早去了云里雾里啦。

李大宝：你说说，古今中外有哪个女人，有你这样的福气？每天用露水洗脸，并且靠喝露水活着！

4. 西厢房，厨房，内，傍晚

一家人围坐在饭桌旁吃晚饭。除了张朵朵、李三宝和李小雅，其他人都在。

李大宝：李二宝，你跟那个“对牛弹琴”怎么样了，最近没听你说起她呀？

李二宝：闭上你的狗嘴。

妈妈：这么大火气，是不是吹灯了？

李二宝痛苦地说：吹灯了。这回你们高兴了？

姑奶奶：愿闻其详。

李二宝：她嫌我没品位，说什么，两个人约会就会下饭馆。下饭馆怎么了？下饭馆，见了面、拉了手、聊了天、吃了饭，既解决了精神饥渴，又解决了肚子问题，这不挺好吗！

妈妈：是啊，品位能当饭吃吗？

张朵朵端着水杯进来，看样子是要冲麦乳精。姑奶奶斜对着门坐着，没有听见张朵朵的声音。

姑奶奶：愚蠢。品位当饭吃，那还叫品位吗？你们可以没品位，但你们不能小瞧品位；就像你们可以不喜欢张朵朵，但你们不能小瞧她一样！

张朵朵说什么也没想到姑奶奶会这样看自己，心里是既激动，又兴奋。

竟然，紧张地咳出了声儿。

姑奶奶回头看见了张朵朵。

姑奶奶突然来了一句：吃饭了，吃饭了；人可以不看戏，但是不能不吃饭啊！

5. 马路边，人行道上，外，日

李大宝骑着自行车，驮着张朵朵，在人行道上随波逐流。

张朵朵：李大宝，我给李二宝弄了两张音乐会的票，让他领着牛琴去吧。

李大宝：太好了。他不像我啊，找个对象不容易。既然人家有文化需求，我们就得满足人家。

张朵朵：你又来了。

李大宝：不过，说真的呀，姑奶奶和妈妈知道了，肯定高兴。

张朵朵：据我观察，你妈对李二宝好像比对你好啊。

李大宝一惊，问：是吗，我没觉得呀？

张朵朵：对了，票由你来转交，就说你弄来的。

李大宝：我知道，你是怕他没完没了！

6. 正房，妈妈屋，小院子里，内 / 外，夜

妈妈在给姑奶奶洗脚。李大宝抱着李下在地上溜达。李二宝兴冲冲地进来。二话不说，抱着李大宝的后脑勺就亲。

李大宝：干什么，干什么！

李二宝：说什么我也得好好亲亲你这拨乱反正、改革开放的后脑勺儿！

李大宝：这么说，牛琴今晚很高兴呗？

李二宝：太高兴了。下周，就下周，再给我搞一次票。

李大宝：你以为那么好搞啊，你知道这次我花了多大的代价吗？

李二宝：你只要能搞到，我拿“车皮”给你换。

李大宝：你看，你还是拿牛皮吧。

李二宝过去攥住姑奶奶的手。

李二宝：姑奶奶，我也得感谢您呀。我今天是明白了，品位完全可以当饭吃，并且还是一桌好饭！

姑奶奶：去去去，吃你个六。

李二宝：我已经是一个有为的好青年了，我还要做一个有品位的好青年！

李二宝一边抖擞着身子，一边吹着口哨出去了。

妈妈也端着脸盆出去倒洗脚水了。

李大宝：姑奶奶，给您报告个好消息。

姑奶奶：说。

李大宝：在我的大力关心和支持下，朵朵当副主任的事，彻底黄了。

姑奶奶：还有这事？你这么干不好吧？

李大宝：这也是您的意思呀？

姑奶奶：是我的意思吗？

李大宝：不是吗？

姑奶奶：反正事情都这样了。以后我们谁都不要再提了。

李大宝：是啊，是好是坏、是对是错，交给历史去评判吧。

姑奶奶：不过，你将来要是发达了，可不能对不起人家朵朵啊！

李大宝：那是肯定的。不过，姑奶奶，你说，我以后能发达吗？

姑奶奶：这不好说！

李二宝突然又回来了。

李二宝：姑奶奶，我差点儿忘了一件大事。

李二宝朝姑奶奶挤了挤眼睛。

李二宝：我已经安排好了。明天下午。

姑奶奶：是不是太仓促了？

李二宝：仓促什么？您都准备了快一辈子了！

李大宝：你俩说什么呢？

李二宝：隐私，个人隐私！

7. 饭馆，卡座，内，日

姑奶奶和老头甲面对面地坐着。

姑奶奶穿了一件花格褂子，一条毛料裤子，一双缎面布鞋，并且都是全新的。头发梳得锃亮，像是抹了猪油。

老头甲穿得也比较讲究，更讲究的是，手里拿个小梳子，不停地梳着他那几根为数不多的头发。

桌子上的菜早就凉了。但老头甲却一直在发表着演讲。只不过这场演讲只有一个听众，那就是姑奶奶。

老头甲：……当官的诀窍之一，就是得让领导信任你。领导用你，就是因为你比别人听话。遇事你比领导还有主意，那还要领导有什么用啊？作为下级，对上级的指示，你能做到“必须照办”“认真贯彻”“坚决执行”就足够了。

老头甲说话时有一个毛病：那就是，唾沫星子飞溅。有的时候，干脆飞到了姑奶奶的眼前。可是，老头甲自己并没有意识到。所以，姑奶奶也不好意思去躲闪。

老头甲：您在听吗？

姑奶奶：在听。

老头甲：当官的诀窍之二，就是得让领导舒服。

老头甲的一个唾沫泡沫竟然落到了姑奶奶鼻尖上，姑奶奶擦也不是，不擦也不是。

唾沫泡沫最终自己破裂。

姑奶奶别提多恶心了。

老头甲：一句话这样讲了，领导就舒服了；那样讲了，领导就不高兴了。

老头甲又梳了梳头发。

老头甲：我们是干啥吃的？不就是为了让更高一级的领导高兴的吗？这一点都看不明白，你还瞎混什么？别说“不好”，要说就说“欠佳”；别说“涨价”，要说就说“调价”；别说“贫困”，要说就说“不富裕”；别说“父母官”，要说就说“公仆”；别说“贪财好色”，要说就说“禁不住诱惑”；别说“腐败”，要说就说“作风不正”；别说“经济损失”，要说就说“交学费”；别说“出国旅游”，要说就说“境外考察”；别说“个人意志”，要说就说“组织安排”；别说“打击报复”，要说就说“工作需要”；别说“跑官要官”，要说就说“要求进步”；别说“权力是上级给的”，要说就说“权力是人民赋予的”；别说“一人说了算”，要说就说“敢于拍板”……知道这是什么吗？这就是官场哲学！

姑奶奶不耐烦地说：你说的这些，都是官场潜规则。我全懂。那句话是怎么说的来？会议没有不隆重的，讲话没有不重要的，决议没有不通过的，领导没有不重视的，进展没有不顺利的，问题没有不解决的，成就没有不巨大的。对吧？你们这些人就是靠着这些，混日子、往上爬的。对吧？

老头甲：你原来是干什么的？

姑奶奶：我给您说过了。我没念过书，没上过班，当了一辈子“家里蹲儿”。

老头甲：是吗？

姑奶奶：是妈（吗）你叫大娘！

老头甲：你说什么？

姑奶奶：我说，是妈（吗）你叫大娘！

老头甲哆哆嗦嗦地说：岂有此理！

姑奶奶一拍桌子，叫道：服务员，结账！

8. 饭馆门前，外，日

姑奶奶愤然走出了饭馆。

李大宝从饭馆门前的一棵树后，探出了脑袋……

9. 李大宝家平房，正房，妈妈屋，内，日

姑奶奶坐在床沿儿上，把花格褂子扒下来，一把扔了；一抬脚，缎面布鞋也飞出去了；再抓起毛巾，使劲儿地蹭脸。

姑奶奶：气死我了！

姑奶奶扯过被子，躺下，把自己蒙上……

叠画：姑奶奶依然蒙在被子里……

妈妈进来了。

妈妈：起来吧，吃饭了。

姑奶奶一把撩开被子。

姑奶奶：长个脑袋，你就知道吃！

妈妈：这又是怎么了？

10. 妈妈屋，内，夜

姑奶奶依然蒙在被子里。

李大宝抱着李下进来了。

李大宝：我的姑奶奶，别生气了，起来吧。

半天，姑奶奶撩开被子。

姑奶奶：谁说我生气了？

李大宝：我说的。我还知道您为什么生气？

姑奶奶“腾”地一下坐起来。

姑奶奶：你跟踪我！

李大宝：准确地说，我在保护您。

姑奶奶：什么意思？

李大宝：我不是怕李二宝瞎给你安排吗？现在，有好多老头、老太太，一听说哪有便宜可占，拿着存折就去了。结果呢，便宜没占着，钱被骗走了。

姑奶奶：姑奶奶是那么容易上当的吗？

李大宝：那老头虽然没骗您钱，但差点儿骗了您色。

姑奶奶打了李大宝一巴掌。

姑奶奶：神经病！

李大宝：骂谁呢？

姑奶奶：还有谁？给我开了一中午会不说，还老往我脸上喷唾沫星子。

李大宝：岂止是神经病啊。我下午去打听了，那老头退了休以后，一度变成了精神病。

姑奶奶：为什么？

李大宝：官没当够呗。人家给我说了几件事，没把我笑死。他在位的时候，不是老有人给他送礼吗？退休了，没人送了，他见人就骂忘恩负义。儿子和女儿，只好买了礼品给他，还得说别人给他送的，不然，他不要。他在位的时候，不是老签字吗？退休了，没字可签了，他浑身难受。于是，他就要求保姆每天不管干什么，都记账；特别是，出去买东西，哪怕一把青菜，都要有收据或者发票。之后，拿给他，他要签上“同意”二字。

姑奶奶：没见过这样的官迷。这二宝，都给我介绍了一些什么人呀？

李大宝：我的妈爷子，介绍了一些？难道除了这个，还有很多？

姑奶奶：就一个。是个教授。

李大宝：教授可以啊。怎么没跟人家谈谈？

姑奶奶：别提了。没等见面呢，那教授出事了。剽窃，论文剽窃！

李大宝：所以说，您以后，千万别听李二宝瞎忽悠了！

姑奶奶：我知道了。不过，这事别跟别人说啊，尤其是朵朵。

李大宝：明白。

就在这时，外面传来二膀子妈妈的哭声。李大宝抱着李下，就往外跑。

二膀子妈妈已经进院了。

李大宝：哎哟嗨，这大半夜的，您嚎什么呀？

二膀子妈妈：大事不好了，大宝，二膀子出事了……

11. 小院子里，外，夜

二膀子妈妈一把鼻涕一把泪地诉说。老李家人在倾听。

二膀子妈妈：二膀子和食堂的一个人，拿了一三轮车三角钢，准备弄出厂，去卖掉。你说倒霉吧，被值班的干部发现了。两个人被扭送到经警队去了。

李大宝妈妈：什么叫拿了，那叫偷了。

二膀子妈妈：大宝，说什么你也得救救二膀子啊。

李大宝：让我师傅出面呀，他好歹是车间主任，中下层干部呢；我小工人一个，什么都不是，我哪儿救得了他啊？

二膀子妈妈：那个“假积极”，知道这事以后，怕丢人，早就躲出去，不见人影儿了。

李大宝：那怎么办呀？说不定，经警队明天一早就得把他们送到派出所去啊！

二膀子妈妈：我听说，抓他们的领导干部叫杨开明，是你的高中同学！

李大宝：明白了，明白了！

李大宝把李下递给张朵朵，跟头溜星就往外跑。

李大宝妈妈：你穿的是拖鞋，你穿的是拖鞋……

12. 纺织厂，办公楼，厂办公室，内，夜

李大宝急得火烧火燎了。杨开明却跟没事人似的。

李大宝：……你千万手下留情，别把他们二人移交派出所啊。

杨开明：你管这闲事干什么？

李大宝：那个二膀子，是我的邻居，发小儿。

杨开明：听说他爸也在咱们厂，他爸都不管，你操什么心？

李大宝：你到底帮忙不帮忙吧？

杨开明：我真的爱莫能助，因为车间证人的笔录对他们很不利，他们的行为已属偷盗……

13. 纺织厂，供应库房，内，日

孙有来站在货架旁，研究一个什么配件。

一只手轻轻地拍在了孙有来的肩膀上。随后，又是一股阴风吹来。

孙有来吓得魂儿都快没了。

李大宝不知从哪儿跳了出来。

李大宝：你往哪儿躲？你跑到哪儿，我跟到哪儿；你藏到哪儿，我找到哪儿……

孙有来：找我干吗？

李大宝：您说呢，二膀子您不管了？

孙有来：事实在那儿摆着呢，你让我怎么办。再说了，他小偷小摸也不是第一次了，再不教训教训他、收拾收拾他，敢把工厂搬家去了。

李大宝：我去现场看过了，他们偷的都是一些次品，派不上大用场。

孙有来：派不上大用场，也不等于没用场；就是废品，它也是国家的财产。

李大宝：可是您想过没有，他们一旦被送进了派出所，这辈子就成真废品了。二膀子成了废品，您这个当爹的，就高兴了？

孙有来不说话了……

14. 纺织厂，办公楼前，布告栏旁，办公楼门口，外，日

一纸“关于对孙二膀和王阔海等二人的处理决定”已经贴出来了。

工友们在布告栏前看热闹。宋燕子也在其中。

有人说：偷了一三轮车三角钢，就留厂察看一年，处理得够狠的。

有人说：还要“发配”到环保队去打扫一年卫生。好。

有人说：活该。

有人在轻轻地喊：燕子，燕子……

宋燕子转身一看，是杨开明在楼门口喊她。于是，就跑过去了。

杨开明：你来这儿凑什么热闹？

宋燕子：我来看看吗。

杨开明：我正要给你打电话呢，晚上去看电影吧，《英雄本色》，港片。

宋燕子：好啊好啊。

这时，一个50多岁的矮胖子从楼里出来了。

杨开明：曾厂长，出去？

矮胖子：去一趟区纺织局。

矮胖子虽然跟杨开明说话，却把目光落在了宋燕子的胸脯子上。宋燕子赶紧把头低了下来。

好在矮胖子没有停留，走了。

宋燕子：他就是曾厂长？

杨开明：是啊。

宋燕子：听说，他是个老色鬼，经常找一些漂亮女工给他读报，然后，逮住机会就占人家便宜。

杨开明：你听谁说的？

宋燕子：老一点的职工都知道。

杨开明：一个党的干部怎么会干那种不要脸的事？你以后千万别瞎说啊！

宋燕子：我也就跟你说说！

15. 李大宝家平房，小院子里，外，日

李大宝在停放自行车。

二膀子妈妈从墙上探出半个脑袋，低声喊：大宝，大宝。

李大宝：有事？

二膀子妈妈把手里的两瓶二锅头举起来。

二膀子妈妈：东西，给你的。

李大宝：你赶紧拿走吧。我如果收了您的东西，我李大宝就不是东西了。

二膀子妈妈：真不要？

李大宝：不要。

二膀子妈妈：那我就不客气了。

“刺溜”一下，二膀子妈妈的半个脑袋不见了……

16. 西厢房，李大宝屋，内，夜

张朵朵突然从梦中惊醒，猛地坐起来。借着月光，再看李大宝睡得正美，嘴角上还有笑意。

张朵朵抬腿就是一脚。李大宝被踹醒了。

李大宝：什么情况，这是什么情况？

张朵朵：什么情况？我踹了你一脚。

李大宝：又怎么了！

张朵朵：我做噩梦了。梦见小雅了。

李大宝：她怎么了？

张朵朵：她又不说话了。

张朵朵使劲儿揉了揉太阳穴。一副难受的样子。

张朵朵：自从开了学，她就没回来过，我有点想她了，要不，我们明天去学校看看她吧？

李大宝：好啊好啊！

17. 北京师范大学，李小雅的宿舍，内，日

三四个女同学在宿舍里。有的在看书，有的在照镜子，有的在吃零食。

有人敲门。

女同学甲：请进。

李大宝和张朵朵推门进来。

女同学甲：请问，你们找谁？

李大宝：我们找李小雅。如果我没记错的话，你是老大，家是江苏的……

女同学甲：你是……你是……小雅的大哥！

李大宝：李大宝……李大宝。

女同学甲：小雅去图书馆了。要不要，我们去把她叫回来？

李大宝：不急，不急；我们先看看，我们先看看。

其他几女同学也都站起来了。

女同学乙指了指张朵朵。

女同学乙：这位是大嫂吧。

李大宝：正是，正是。

张朵朵：你们好……

女同学甲：到底是跳舞的，条儿就是顺。

女同学乙：听说您还主演过舞剧《画皮》，那我应该是看过的。

张朵朵：你家肯定是北京的了。

女同学乙：这屋就我和小雅两个北京的。

女同学甲：小雅说，你对她可好了。

张朵朵不好意思地说：是吗？

李大宝：她没说我吗？

女同学甲：说了。

李大宝：她是怎么说的？

女同学乙：她说你对大嫂可好了。你每天给大嫂洗脚、梳头，捶背、按摩，接送大嫂上下班，陪伴大嫂逛大街，还不用大嫂管孩子……

李大宝讪笑着说：有点夸张啊，有点夸张啊。

张朵朵红着脸说：这个小雅，净瞎说……

张朵朵把目光落在了靠窗子的一张下床上。

张朵朵：这是小雅的床吧？

张朵朵和李大宝一块走到李小雅的床边。

女同学甲：你一眼就看出来了？

张朵朵：她从小就爱干净，但又喜欢乱。一看床上这么多东西，就知道了。

李大宝被墙上贴着的一张纸吸引了。纸上的字，是手写的。题目是“约定”。内容却是：经李小雅本人同意，现制定如下作息时间表。一，早晨，6：30起床、洗漱，6：40—7：20跑步，7：20—7：40吃早饭；二，上午，有课上课，无课去图书馆看书；三，中午，12：00—12：20吃饭，之后小睡20分钟……。立约人：李小雅。　　年　月　日。

墙上这张纸，在李大宝眼里，逐渐幻化成了另一张纸。

闪回画面：

墙上贴着一张纸。题目是“约定”。内容是：经李大宝和李小雅二人同意，现制定如下合约。一，李大宝大，李小雅小，李大宝一切都要让着李小雅，有好吃的李小雅先吃，有好玩的李小雅先玩；二，只准李小雅打李大宝，不准李大宝打李小雅……。立约人：李大宝，李小雅。　　年　月　日。

六七岁的李小雅骑着十三四岁的李大宝，在地上爬。李小雅手里还拿根树枝，一下一下地抽打着李大宝。不小心，树枝落到了李大宝的脸上。李大宝疼得哇哇大哭。

妈妈和姑奶奶跑了进来。

妈妈把李小雅从李大宝身上推下去。

妈妈：你个窝囊废，你都多大了，还让她欺负！

李大宝指了指墙上贴着的“约定”。

妈妈看了之后，更加恼火。

妈妈：李小雅，你是“八国联军”呀？这么欺负人！

妈妈要去扯墙上的“约定”。

姑奶奶拽住了妈妈。

姑奶奶：孩子们的事，你不要插手！

李小雅过去把李大宝拽了起来。

李小雅：不许哭，走，找二膀子去。

李大宝：找他干吗？

李小雅：他昨天不是抢了你的溜溜球吗，你不要了！

李大宝：要要要！

李大宝抹了抹眼泪儿，颠儿颠儿地跟着李小雅出去了……（闪回完）

李大宝强忍着眼泪，没让它流出来。

李大宝弯腰去整理李小雅的床铺，借此掩盖自己的失态。

女同学们都惊异地看着李大宝熟练地干着这一切。张朵朵别提多窘迫了，上前轻轻地把李大宝推开。

张朵朵：今天我来吧。

女同学们都“咯咯”笑了。

张朵朵也笑了。

18. 北京师范大学，李小雅的宿舍，洗脸房，内，日

张朵朵和女同学甲、乙一边洗衣服，一边聊天。

女同学甲：小雅是我们系有名的书虫。她每天除了上课、看书，什么都不干。

女同学乙：她有时候在图书馆一坐就是五六个小时。她怕耽误学习，有时候一天才吃一顿饭。

女同学甲：什么舞会呀、聚餐呀、夜聊呀，她就更不参加了。

李大宝出现在门口，本想进来，却发现女同学乙穿了件露肩膀的衣服，赶紧退了出去。

张朵朵：小雅从小就不爱热闹，爱看书。

女同学甲：她说，爸爸死得早，大哥供她念书不容易。她一定得念出个名堂来。

张朵朵：是吗……

19. 北京师范大学，李小雅的宿舍，洗脸房门口，走廊，内，日

李大宝倚在墙上，用手抹着眼泪。

女同学甲端着盆出来了。

女同学甲：大哥，你回来了？

李大宝：嗯。

女同学甲：见到小雅了？

李大宝：我就在门外往里瞧了瞧，见她看书那么专心，就没打搅她。

女同学甲：大哥，你哭了？

李大宝：听了你们的话，有点激动。

女同学甲：你别担心，其实，小雅特别乖巧、懂事、心地也好，我们大家都很喜欢她。

李大宝：我妹妹年龄还小，你们就多多担待，也多多照顾。拜托了！

女同学甲：你放心吧，大哥！

20. 纺织厂，纺织四车间，内，傍晚

织机都转着。声音有些嘈杂。

宋燕子一边走着，一边检查着自己负责的所有织机。

女工友丁从更衣室的窗子探出脑袋，大叫：燕子，电话！

宋燕子大叫：来了！

21. 纺织厂，纺织四车间，内，傍晚

女工友丁在织机前忙着。宋燕子匆匆走近女工友丁。

宋燕子：是曾厂长的电话，让我去办公室给他读报。你说，我能去吗？

女工友丁把脑袋摇成了拨浪鼓，说：那我可不知道……

说着，低头去干活儿了。

22. 纺织厂，办公楼，曾厂长办公室，走廊，内，夜

曾厂长仰躺在沙发上，宋燕子坐在椅子上，中间隔着一个小茶儿。

宋燕子端着一张报纸在读：《“铁饭碗”真值得留恋吗？——谈劳动制度

改革》。正在进行的劳动制度改革，触动了一些人手里端着的“铁饭碗”，也激起了一些人较为复杂的心理活动。简言之，他们对端“铁饭碗”的弊端并不喜欢，但很留恋。“铁饭碗”真那么值得留恋吗？前两年，人们曾把当时经济体制改革的任务概括为打破“铁饭碗”、改变“吃大锅饭”的状况：干部不再吃国家的“大锅饭”，职工不再吃企业的“大锅饭”。这个说法通俗形象，深入人心，也深得人心……

曾厂长：这《人民日报》，太严肃了，没劲儿，咱们聊点轻松的。

曾厂长坐起来，并拍了拍沙发。

曾厂长：来，燕子，坐过来。

宋燕子：厂长，我还是坐这儿吧……

曾厂长：你这个女同志，让你坐过来，你就坐过来。

宋燕子磨磨蹭蹭坐过去。把两腿并拢，并且把身子挺直，一副蓄势待发的样子。

曾厂长：想没想过来机关工作？

宋燕子：没想过。

曾厂长：那得想，你这么年轻，这么漂亮。

曾厂长抬起屁股，坐到宋燕子身边。同时，伸手去摸宋燕子的胸脯子。

曾厂长：只要你听我的，这个厂，除了厂长，你想干啥干啥。

宋燕子“腾”地站起来。

宋燕子：您别这样。我不是您想象的那种人！

曾厂长：你是哪种人？只要晚上进了我这屋，你们都是一种人。别装了，说吧，你想要什么？

曾厂长站起来，抱着宋燕子就啃。

宋燕子大喊：救命啊，救命啊！

曾厂长一边啃着，一边腾出嘴来，说：叫也没用，我这窗玻璃和门板，都是特制的，隔音。

宋燕子突然咬了曾厂长鼻子一口。

曾厂长捂着鼻子，说：你这个女同志，怎么属狗的！

宋燕子趁机从曾厂长手中挣脱出来。

宋燕子稍微镇定之后，抄起了木制的报夹子，一边准备与曾厂长周旋，一边伺机往门口跑。

就在这时，响起了急促的敲门声，还伴以低沉的声音：老曾，开门；老曾，开门……

趁曾厂长愣神儿的工夫，宋燕子打开门，冲了出去。

敲门的人已经不在了。

走廊尽头的拐弯处，伸出了一个黑乎乎的脑袋，正在向曾厂长门口张望。

宋燕子来不及多想了，撒腿往楼下冲去……

23. 纺织厂，职工宿舍，走廊，内，夜

宋燕子猛敲杨开明宿舍的门。

隔壁的门，开了。

探出一个女人的脑袋，说：杨秘书那会儿回来拿了个包，好像是出差了。

宋燕子：我把这事给忘了，他下午给我打电话，说是要临时去趟洛阳。谢谢你啊……

24. 纺织厂，办公楼前，外，夜

宋燕子站在楼前，向楼上张望。

秘书科办公室所在的二楼一片漆黑。

站在这浓浓的深夜里，宋燕子的心情，也更加暗淡、凄凉和委屈了……

第 21 集

1. 纺织厂，大门口，外，日

宋燕子和李大宝在低声交谈。宋燕子的神情激动又愤怒；李大宝的神情紧张而不安。

宋燕子：……不行，我非得去告这个混蛋。

李大宝：你有什么证据？

宋燕子：当时有人敲门了。

李大宝：你出去的时候，敲门的人不是跑了吗？

宋燕子：那恰好说明，敲门的人听见了里面的动静。

李大宝：你去哪儿找那个人？

宋燕子：我还咬了他的鼻子。这就是证据。

李大宝：他要说是在墙上撞的，或者是耗子咬的呢？一样有人相信。

宋燕子：谁会相信？

李大宝：公安局的人就会相信。

宋燕子：你怎么知道？

李大宝：你以为公安局的人，会为你说话吗？

宋燕子不吱声了。

李大宝：燕子，听我一句劝，他既然没得逞，我们也没什么损失，这事就此打住。不要再让第三个人知道了，尤其是杨开明，他心眼儿小。以后我们小心就是了。

宋燕子：我本来以为你能帮我，没想到你这么怯懦！

李大宝：这不是怯懦不怯懦的问题！

宋燕子极其失望地走了。

2. 纺织厂，纺织4车间，内，日

织机都转着。声音有些嘈杂。

织机旁的宋燕子变得有些恍惚了……

3. 纺织厂，食堂门前，院内的路上，外，日

工友们拿着饭盆，三三两两的，有的向食堂走去，有的从食堂出来。

宋燕子一个人端着饭盆走着，迎面碰上了女工友丁。女工友丁像是猛然间被蜜蜂蜇了，“倏”地一下，跑开了。

有人对宋燕子指指点点了……

4. 剧团，排练厅，走廊，内，日

高歌站在正中央。

舞蹈队员们分成两拨坐了。左边的人多一些；右边的人少一些。张朵朵和谢娟坐在右边。

高歌：……我左手边的人将参加市工会组织的元旦文艺汇演，从今天开始排练；我右手边的人，听候团里安排，这段时间呢，可以去地下室练练功。好，解散……

坐在右边的人都气哄哄站起来，往外走。

戴亭大声说：高歌姐，我想去趟厕所。

高歌：快去快回。

戴亭：好嘞。

戴亭咋咋呼呼地跑出去了。

张朵朵和谢娟来到了走廊上。

谢娟：得，这就开始给我们小鞋穿了。

张朵朵走神了，没搭茬儿。

谢娟：跟你说话呢！

张朵朵：啊？

谢娟：从今天开始，你就是块闲（咸）腊肉了。

张朵朵：闲（咸）腊肉？

谢娟：被挂起来了！

张朵朵：挂起来好啊，我正好练练功、看看书！

5. 剧团，地下室，内，日

所有的东西都蒙上了一层灰尘。

到处都是大大小小的蜘蛛网。

只要张朵朵和谢娟动一动，就会扬起一股股尘烟。在阳光下，尘烟瞬间化成了千万条舞动的小虫子。

谢娟：都快有一万年没人来过了。我们还是走吧……

张朵朵：我看这地方挺好，至少肃静。

说着，把围巾从脖子上拿下来，将头紧紧蒙住。

谢娟：你干什么？

张朵朵：打扫卫生啊！

6. 纺织厂，纺织 4 车间，更衣室，内，日

织机都转着。声音有些嘈杂。

宋燕子进了更衣室。两个聊天的女工友像躲瘟疫似的，丢丢地出去了。

宋燕子对别人的反应已经有点麻木了。只管拿起电话，拨通号码。

宋燕子：麻烦您，我找杨秘书……又下车间了……请您转告他，我打过电话……啊，我姓宋……

7. 纺织厂，纺织 4 车间，内，夜

织机都转着。声音有些嘈杂。

宋燕子一边走着，一边检查着自己负责的所有织机。不过，她的脸色苍白，动作也有些机械。

女工友丁一直在不远的地方，拿眼睛瞄着宋燕子。

宋燕子走着走着，又有些恍惚了。最后，干脆，摔倒在地……

女工友丁慌慌张张地跑了过来……

8. 医院，病房，走廊，走廊拐弯处，内，夜

李大宝和两个女工友焦急地坐在椅子上。

杨开明从楼梯口匆匆地跑上来了。

杨开明：大宝，燕子怎么样！

李大宝站起来，说：输了液，还没醒。

杨开明要往病房里冲。李大宝拦住杨开明。

李大宝：医生不让进去！

杨开明从门上的小窗子往里看。就看见了宋燕子那张憔悴的脸。

杨开明抱着脑袋倚到墙上，痛苦不堪。

杨开明低声说：我要杀了那个老混蛋！

李大宝低声说：你瞎嚷嚷什么！

李大宝把杨开明拉到走廊拐弯处。

李大宝：你都听说了？

杨开明：有个女工友给我打了个匿名电话。我才知道出了这样的事。

李大宝：看来，想保密也保不住了。

杨开明：这么说，你早就知道了！

李大宝：出事的第二天上午，燕子就找过我。

杨开明：那你为什么不告诉我？

李大宝：告诉你，你能怎么样，你去找他算账？这种事，你还是不知道为好。

杨开明：我要告发他！

李大宝：又没有目击证人，你怎么告发他？

杨开明：不是说当时有人敲过那个老混蛋的门吗？

李大宝：燕子出来时，那人早跑了。

杨开明五内俱焚地闭上了眼睛。

李大宝：开明，我还是那个意见，这事不宜再纠缠。如果你真的心疼燕子，就想办法，让她尽快忘了此事，这才是最重要的……

9. 剧团，地下室，内，日

地下室被打扫一新了。

张朵朵和谢娟等五、六个人在练功。

突然，顶棚上的一只大蜘蛛掉下来，落在了谢娟的脸上。

谢娟简直吓得丢了魂儿。一边大叫着，一边在脸上划拉着。

其他的人早都躲到墙角去了。

惊魂甫定的谢娟大叫：不行，我找高歌去！

10. 剧团，排练厅，内，日

舞蹈队员们正在排练。谢娟怒气冲冲地破门而入。

走了一圈，没有发现高歌。

谢娟：高歌呢？

大家都瞪眼瞅着谢娟，但没有人搭话。

谢娟：瞅什么瞅，我跳得一点不比你们差。高歌她凭什么剥夺我工作的权利！

戴亭：谢娟，像你这样的人，早该改行了。

谢娟：你什么意思？

戴亭：我的意思很明确，你就不应该跳舞，而是应该去跳点别的什么……

谢娟：我知道你想说，“像谢娟这样的人就应该去跳大神儿”，是吧？

戴亭：这不是挺有自知之明的吗？

哄堂大笑。

谢娟：我还知道，这句话，是从高歌那长舌头里吐出来的。

戴亭：那我不能告诉你。

谢娟指着戴亭的鼻子。

谢娟：戴亭，你丫千万别高兴得太早了。还有人跟我说过“像戴亭这样的人就应该去跳大神儿”呢。想知道是谁说的吗？

戴亭：谁？

谢娟：这是高歌亲口对我讲的。

戴亭：你造谣，你挑事。

谢娟又指着其中的两个女舞蹈队员。

谢娟：你，还有你，高歌都这样说过你们。你们谁去把她找来，我敢跟她当场对质。

两个女舞蹈队员一块说：撕她！

戴亭：撕就撕。也好让她长点记性！

戴亭张牙舞爪地扑过来。谢娟轻轻一闪身，把戴亭让开了。戴亭差点儿弄了个狗啃屎。

谢娟：别看我现在走了背字儿，戴亭，可我收拾你丫还富富有余！

谢娟双手抓住戴亭，一较劲儿，把她摔趴下了，然后，骑在身上，薅住头发，就是一顿抓挠……

有人一边往外跑，一边喊着：打人了，打人了！

正好跟进门的丁茂撞了个满怀。

丁茂：干什么，这是干什么！

丁茂跑过去拉架。

丁茂：放开，都放开！

谢娟终于被丁茂拽起来了。

丁茂：斯文扫地，简直是斯文扫地！

戴亭爬起来，胡乱地整理衣服，却发现地上的一绺头发，于是，疯狂地把它抓起来。

戴亭：我的头发，我的头发！

谢娟：戴亭，下次再落到我手里，我给你丫拔光了！

说着，一把将那绺头发夺过来。

谢娟：对不起，我收藏了！

11. 剧团，地下室，内，日

谢娟欣喜若狂地回到地下室。

谢娟：朵朵，快看！

谢娟把那绺头发递给张朵朵。

张朵朵：这是谁的？

谢娟：戴亭的。

张朵朵：哪儿弄的？

谢娟：我拔下来的！

张朵朵：啊？！

12. 李大宝家平房，西厢房，李大宝屋，内，夜

张朵朵倚在床头看书。李大宝在地上奋力地洗脚。

张朵朵不知想起了什么，“扑哧”一下笑了。

李大宝：笑什么呢？

张朵朵抬起头，说：还真被你说着了。

李大宝：我说什么了？

张朵朵：高歌自从当上副主任以后，我们演员部就炸锅了。

李大宝：怎么个情况？

张朵朵：她先通过闲言碎语、传耳过舌，来搬弄是非、制造矛盾，让人们互相斗起来；然后，她再利用小恩小惠拉拢其中的一拨人，去打压另一拨人。

李大宝：那结果呢？

张朵朵：结果，今天两个女人终于像泼妇一样抓到一块了。那场面真是鸡飞狗跳、猪喊狗叫。简直是太丢人了！

李大宝：怎么着？你不掺和这些屁事，肯定成好人了吧？

张朵朵：是啊，打架的双方都来找我倾诉。

李大宝：你可什么也不要说啊。

张朵朵：可是，有一方是我的朋友。

李大宝：对朋友，多安抚，但不表态。对其他人，安抚都不用，光听着。

张朵朵：我就是这么做的。

李大宝：做得对。

张朵朵：李大宝，不知自己为什么，今天我突然就感觉到超脱、感觉到自由了。

李大宝：你这是学会生活了。会生活的人，最大的特点，就是置身是非之外，跟谁都不较劲儿，包括别人、也包括自己。单位的同事对你来说，就是过客，你说你跟一个过客较什么劲儿啊？还有你自己，善待自己还来不及呢，你说你跟自己较什么劲儿啊？

李大宝擦干了脚，站了起来。看见张朵朵在认真地听，还来劲儿了。

李大宝：你肯定想知道什么是真正的生活？我可以负责任地告诉你，真正的生活就是想吃就吃，想睡就睡；该工作就工作，该歇着就歇着；有钱多花点，没钱少花点；不跟别人较劲儿，更不跟自己较劲儿。一句话，顺其自然；两句话，强扭的瓜不甜。

张朵朵：是吗？

李大宝：那是啊。

张朵朵：我看强扭的瓜挺甜，不然，有些人这些年怎么吃得那么有滋有味，都舍不得撒嘴啊！

李大宝彻底憋茄子了。

李大宝：在这儿等着我呢！

13. 剧团，地下室，内，日

张朵朵坐在地板上，捧一本书在看。丁茂进来了。

丁茂：哟，跑地下躲清闲来了？

张朵朵：地上没我地儿了。我不来地下去哪儿？

丁茂：对不起，我前段时间去上海出差了，昨天才回来。听说这事，我就跟团长反映了。高歌这么做，肯定不合适。我想，团里会解决的。

张朵朵：那个汇演我参加不参加都无所谓，在这儿练练功、看看书，挺好。

说着，把书合起，放在腿上。

丁茂：你一向想得开。

丁茂半蹲下来。

丁茂：看什么书呢？

张朵朵：《疯狂女郎》的剧本。

丁茂：哟，这是百老汇的一个经典剧目啊，你哪儿弄的？

张朵朵：我打扫这里时，从土堆里捡出来的。还是一九四几年出版的。一开始，我也不知道它这么有名，回去问了我们家小姑，才弄清楚它是怎么回事。

丁茂：你看完了，给我看看啊。

张朵朵：没问题。到时候，我放到白大爷那儿……

14. 纺织厂，篮球场上，外，日

这一次，大裤裆没用篮球来砸李大宝，而是直接动用了拳头。

一阵铁拳过后，李大宝被打趴下了。

大裤裆蹲下来，薅住李大宝的衣领。

大裤裆：说，你为什么阻止杨开明调查此事？如果找到敲门的人，燕子就可以告倒那个老混蛋了！

李大宝：如果敲门的人想挺身而出的话，在当时，他就会冲入那个老混蛋的办公室，直接擒拿他了！

15. 剧团，地下室，内，日

丁茂进来时，张朵朵正在练功。

张朵朵：来了。

丁茂：我来拿书。

张朵朵：我刚刚看完。想着中午吃饭的时候，放在白大爷那儿呢。

丁茂：多此一举。难道我们之间借本书，还要通过中间人吗？

张朵朵走到书包旁，打开，拿出了那本书，递给丁茂。

丁茂拿了书，并没有马上走。欲言又止的样子。

张朵朵：还有事？

丁茂：红桥市场后面新开了一家咖啡厅，听说很好。什么时候，我请你去喝一次吧？

张朵朵犹豫着。

丁茂：你不方便，就算了。

张朵朵：没什么不方便的……

16. 咖啡厅，内，傍晚

灯光昏暗不明，音乐低回婉转。

丁茂和张朵朵面对面地，坐在一个僻静的角落里。

张朵朵：音乐声太低了，像蚊子在飞，不舒服。

丁茂把手指放在唇上，“嘘”了一声：这地方，音乐就放这么大；还有，说话也要小点声。

张朵朵把声音压低了。

张朵朵：为什么？

丁茂：喝咖啡是外国人的饮食文化，他们大概就习惯这样吧。

张朵朵：看样子，你经常领我们团的女孩儿来这里啊。

丁茂：别胡扯了。

张朵朵：我是第一次来，还不会喝呢，一会儿，你要教教我啊。

丁茂：没问题。

服务员把两杯咖啡端了上来。先把张朵朵的放下，然后，再放丁茂的。

张朵朵熟练地放了伴侣，又用小勺轻轻地搅动了几下，然后把小勺轻轻地放下，端起杯子，细细地喝了一口。

丁茂：你这不是会喝吗？

张朵朵：你以为呢？我如果连咖啡都不会喝的话，在你眼里，不真成土鳖了？

丁茂：也是。像你这样的人，怎么会没喝过咖啡呢。

丁茂也端起杯子，细细地喝了一口。

丁茂：有一件事，一直想跟你解释一下。

张朵朵：如果是副主任的事，那就请你免开尊口了；你是知道的，我最在乎的，并不是当个什么破官……

丁茂干咳了一声，说：那好吧……

17. 李大宝家平房，西厢房，李大宝屋，夜

快乐无比的张朵朵哼着曲子，进了屋。

孩子已经睡着了。李大宝抱一个黑乎乎的玻璃罐头瓶子，在呼呼地喝茶。

李大宝的声音有点粗鲁甚至无礼。

张朵朵白了一眼李大宝。李大宝正沉浸在酽茶的美味中，不可能发现这一眼。

张朵朵骂了一句：李大宝，你饮驴呢！

李大宝：你说什么？

张朵朵：我说，李大宝，你饮驴呢！

莫名其妙地挨了骂，搞得李大宝很是郁闷。

半天，李大宝才说：我喝口茶，碍着谁了！

李大宝故意“呲溜呲溜”地喝了两口……

18. 西厢房，李大宝屋，夜

屋子里异常安静。偶尔传来轻风舞动树梢儿的声音。

李大宝悄悄地爬起来，凑到张朵朵头上仔细去闻。于是，闻出了不一样的味道。

李大宝再悄悄地下床，摸到门口的衣架旁边，去闻她张朵朵的衣服……

19. 纺织厂，维修车间，内，日

车间里只有李大宝一个人。他在打电话。

李大宝：……三宝，这会儿能听清吗？啊，好了，好了，我听见你了。有点苦，还有点香……对，反正挺邪性，这种味以前没闻见过……

李三宝（画外音）：应该是咖啡的味道。如果我没猜错的话，有男人请她喝咖啡了。

李大宝：咖啡能喝吗，没听说过呀？

李三宝（画外音）：你只听说过喝醋。

李大宝：喝醋我也没听说过，我只听说过吃醋。

李三宝（画外音）：那你就去好好吃醋吧。还有事吗？

李大宝：目前，现在，眼下，没了。如果有了，再打给你。

李三宝（画外音）：你还“目前现在眼下”。我告诉你啊，李大宝，以后除非死人了，否则，永远不要随便给我打电话，我忙着呢！

电话在那面“咣当”一声挂了。把李大宝吓了一跳。

李大宝：嗨，这个小王八蛋！

20. 小饭馆，内，日

几个小菜，一瓶白酒。李大宝和杨开明就这样喝上了。

两个人举起酒杯，什么都不说，碰了一下，又干了。

李大宝一边倒酒，一边问：听说，燕子出事那天晚上，你出差了？

杨开明：是啊，那天上午，临时决定去趟洛阳，考察管道设备。

李大宝：你一个秘书怎么管起生产来了？

杨开明：我有个同学的哥哥在洛阳纺织机械设备厂工作，曾厂长听说了，就让我和设备科的人一块去了。怎么突然问起这个来了？

李大宝：我只是想，那天，你要和燕子在一起就好了。

杨开明突然想起了什么，特意强调说：对了，那天下午两点钟的时候，我给燕子打过电话，告诉过她，我要出差。

李大宝：我听她说了。

杨开明：你不是说，这事不再纠缠了吗？今天这是怎么了？

李大宝：我昨天又去医院了。燕子的情绪还不是太好。我现在想，我们是不是犯了个错误？

杨开明：什么错误？

李大宝：我们当时想压住此事，不让它扩散，怕是燕子再次受到伤害。现在，弄得全厂都知道了，伤害在所难免了。所以，我就想，我们是不是当初真的应该讨个说法？

杨开明一个人把酒喝下去，说：我不知道……

21. 医院，病房，内，日

宋燕子倚着床头躺着。大裤裆在床前站着。两个人的表情都有些凝重。

大裤裆……经过调查，我发现，那天敲门的人应该是杨开明。杨开明大约是6：30左右离开的办公楼，过了不久，可能又回来了。你是在7：15被那个老混蛋叫去的。按时间推断，你给他读报时，杨开明应该在办公室。

宋燕子：为什么是可能，为什么是应该？

大裤裆：他6：30左右离开办公楼的时候，值班室的老头看见过他；可是7：30多一点，值班室的老头上完厕所出来，见一个人拎着东西，匆匆地出了楼门。那人好像是杨开明。可能是他忘了什么东西，又回来取了。于是，恰好，听见了你的喊声……

宋燕子：他是念过书的人，这点是非观念还没有？我不相信，他会眼睁睁地看着自己的女朋友被坏人欺负！

大裤裆：你是被他灌了迷魂汤。念过书又怎么样？大家都知道他是个官迷，他要是站出来告发，以后哪个当官的还敢用他？他不会为了你，断送了他自己的前途！

宋燕子：别看你说得有鼻子有眼儿的，可是我根本就不相信！

大裤裆：为什么？

宋燕子：你是嫉妒他，才故意中伤他！

大裤裆：我有那么坏吗？

宋燕子：那我不管。反正我不相信你说的这一套！

22. 李大宝家平房，西厢房，李大宝屋，晨

张朵朵站在床头收拾包，一扭头，被眼前的情景吓了一跳：李大宝竟然坐到梳妆台前了，正往脸上抹东西呢。

张朵朵：你那是在干什么？

李大宝：抹“大宝”。

张朵朵：抹什么？

李大宝：“大宝”，雪花膏。

张朵朵：嗨，一个老爷们儿，怎么还抹起那东西来了？

李大宝：这会儿，我成爷们儿了？别忘了，在你眼里，我可一直是个娘们儿。

张朵朵：这可是你自己说的。

张朵朵用手扇了扇鼻翼。

张朵朵：呛死了，呛死了。

李大宝：你不觉得，这种雪花膏天生就是为我制造的吗？

张朵朵：我不知道你想说什么？

李大宝：大宝抹“大宝”，天经地义。

23. 医院，病房，内，日

李大宝推门进来时，宋燕子正在发呆。宋燕子比前两天憔悴多了。

李大宝：这么着急叫我过来，出什么事了？

宋燕子咬了半天嘴唇，说：大裤裆前天来了，他怀疑敲门的人是杨开明。他走了以后，我连着两天夜里睡不着，脑袋生疼……

李大宝：这个大师傅，这才是多事呢！

宋燕子：我感觉他说的有点道理。

李大宝琢磨了一会儿，说：燕子，你是不是真的喜欢杨开明？

宋燕子：那还用说。

李大宝：杨开明喜欢你吗？

宋燕子：没出事以前，他是喜欢我的；出了事以后，我就不敢肯定了。

李大宝：你为什么有这种感觉？

宋燕子红着眼圈儿，说：他就来看了我一次。你都看了我四次了……

李大宝：他比我忙。

宋燕子：再忙，这点时间还没有啊？我看他是心里有鬼。

李大宝：别瞎想了。真的，燕子，这事不能再纠缠了。你想过没有，一旦有人证明那个老混蛋企图强奸你，杨开明以后怎么面对这件事？他可是那个老混蛋的秘书啊，他还怎么在办公楼里待下去？

宋燕子：这些天，我也一直这么说服自己。可是，就是过不了这道坎儿……

李大宝：我看这样吧，反正你身体没大碍了，咱们出院吧？

宋燕子：也行。

李大宝：你呢，出了院，回家先住几天，养养精神，然后，出去转转。你去天津，要不你就去承德。

宋燕子：为什么要去这两个地方？

李大宝：因为我只去过这两个地方。我觉得还成。

宋燕子：你可真逗……

李大宝：你笑了。你笑起来真好看。笑得满屋子都亮了。

宋燕子：是吗？

李大宝突然觉得话有点过了。脸红了。

李大宝：这些天，让你搞的，我都不会笑了……

24. 剧团，地下室，内，日

只有张朵朵和谢娟两个人在练功。张朵朵练得有板有眼，谢娟则有一搭无一搭。

心不在焉的谢娟，终于琢磨出了问题。

谢娟：哎哟，朵朵，你最近皮肤有点干啊？

张朵朵站定了，说：是吗？

谢娟：你原来像带露珠的葡萄，现在，露珠没了，就剩葡萄了……

张朵朵：明白了，可能是最近……

谢娟：我知道了，是工人阶级最近没浇灌你这朵花。

张朵朵：去去去……

25. 李大宝家平房，西厢房，李大宝屋，内，夜

张朵朵坐在梳妆台前，对着镜子，研究自己那张漂亮的脸蛋。

李大宝抱一个黑乎乎的玻璃罐头瓶子，在小心地喝茶。

张朵朵：李大宝，你看看，我这是怎么了？

李大宝凑过来，问：怎么了，怎么了？

张朵朵：眼睛、皮肤和头发都这么干，像一个晒蔫了的黄瓜。

李大宝：比喻不恰当。即使蔫，它也是晒蔫了的苹果，怎么会是晒蔫了的黄瓜呢？

李大宝上下左右的琢磨了半天。

李大宝：我没看出有什么不一样来。

张朵朵：你这是在为自己开脱罪责。

李大宝：罪责？

张朵朵：我都有多长时间不见露水了！

李大宝：我不是给你说了吗？现在露水不多了，只有向阳的地方才零零星星有一点，还不太好收集；向阴的地方已经变成霜雪了。

张朵朵：难道霜雪不能化成露水啊？

李大宝：罪责。罪过。罪孽。这个思路我怎么就没想到呢……

第22集

1. 南郊，田野里，外，凌晨

地里的庄稼早已收割了。垄沟的杂草上盖着一层厚厚的霜花儿……

李大宝猫下腰来，一手拿着一个空盆，一手去拍打草叶。于是，草叶上的霜花儿轻轻地落在空盆里。

叠画：空盆里的霜花儿快满了。

李大宝用手指轻轻地捻起一朵霜花儿，扔到嘴里。

李大宝：真甜……

2. 剧团，地下室，内，日

张朵朵坐在地板上，捧一本书在看。谢娟又欣喜若狂地拿着一绺头发进来了。

谢娟：朵朵，快看！

谢娟把那绺头发递给张朵朵。

张朵朵：怎么，你又给戴亭拔毛了？

谢娟：不是戴亭的。

张朵朵：那是谁的？

谢娟：高歌的。

张朵朵：你这是怎么了，又跟高歌打起来了？

谢娟：这次不是我。

张朵朵：那是谁？

谢娟：戴亭。

张朵朵：为什么？

谢娟：最近两个人不是伙穿一条裤子吗？

张朵朵：别说得那么难听。

谢娟：也就是说，高歌带着男人，戴亭带着男朋友，四个人经常一块吃饭、聊天。聊着聊着，戴亭就把高歌的男人聊到自己的床上去了。于是，高歌就不干了，扬言要撕了戴亭，结果，反被戴亭给拔了毛……

张朵朵：这不乱套了吗？

谢娟：好像是乱套了。

张朵朵：可是，头发怎么又落到你手上了？

谢娟：我就知道这两个玩意儿，早晚得狗咬狗一嘴毛，没事我就去看她们排练。这不，今天一上班，她们就抓到一块了，正好让我赶上了。于是我又收藏了……

张朵朵：谢娟，看看热闹就行了，你别瞎掺和了。再瞎掺和，你跟她们不是一路货色了吗？

谢娟：我知道。对了，这次丁茂的态度，倒是让我有些意外。

张朵朵：他什么态度？

谢娟：当场训斥了两个人不说，还扬言要撤掉高歌的副主任。

张朵朵：是吗，他还有这两下子？

谢娟：如果真像他说的那样，那岂不是高歌的屁股还没坐热呢，就可能被赶下台了。即使不被赶下台，她的日子也不好过了。

张朵朵：刚说完你，你又来了！

3. 咖啡厅，内，傍晚

丁茂和张朵朵仍然坐在原来的位置上。

丁茂：……这次你该高兴了吧？

张朵朵：我高兴什么？

丁茂：高歌被调到演出部去了。

张朵朵：跟她这种人为伍，我嫌丢人，请你以后别在我面前提她，我早就当没这个人了。

丁茂：也是，她这种人确实不值得一提。

张朵朵：明白就好。

丁茂：那我说一件高兴的事。团长已经找我谈过话了，估计半年之内，我的副团长职务可能就解决了。

张朵朵：是吗？那太好了。你懂业务，你当了副团长，对你个人，对团里，都是一件好事。

丁茂：谢谢你。

张朵朵：跟我还客气。

丁茂：对了，我托人又给你买了盒化妆品。

说着，从身边的包里，把盒化妆品拿了出来。

张朵朵：我觉得我们两个见见面、喝喝咖啡、谈谈业务，就挺好；如果老收你东西，我就不自在了。

丁茂：这是最后一次，这是最后一次……

张朵朵：说好了，这是最后一次。

丁茂：我保证。

张朵朵从丁茂手中把东西接过去。

张朵朵：不过，我还是很高兴，谢谢你……

4. 天坛，东门通往北门的一条路上，外，夜

清冷的月光，透过干瘦干瘦的树冠，落在地上。

寒鸦的叫声，平添了夜的寂静。

张朵朵和丁茂在路灯昏暗的小路上漫步。

丁茂：……看了《疯狂女郎》的剧本，我生出了一个想法，我想把它改编过来。

张朵朵：好啊。可是，就我们团的力量来说，能排好吗？

丁茂：我想试试。

张朵朵：我支持你。

丁茂：从现在开始动手，明年七八月份可以完成；如果一切都顺利的话，秋季就可以登台亮相。

张朵朵：让你这么一说，我都觉得，一定能排好了。

丁茂：我想让你来饰演莫利。

张朵朵：我不行，我不行。你知道，我歌唱得一般。

丁茂：唱歌可以训练吗？你又不是不能唱。再说了，我就是因为你，才生出了改编这部剧的想法。

张朵朵：那我就更不能答应你了。

丁茂：为什么？

张朵朵：你都是快要当副团长的人了，以后做事，千万要以单位的利益为重，不能掺杂个人感情。这是我对你的唯一的要求。

丁茂：你说吧，有谁的业务比你强？你以为，我会拿艺术创作过家家儿玩吗？

丁茂站定了，盯着张朵朵的眼睛。

丁茂：放心吧，你演女主角，所有的人都会口服心服的！

丁茂的一番话，让张朵朵如坐云端。张朵朵本来已平静的内心，又一次被丁茂搅起波澜了。

丁茂：看，流星！

张朵朵按照丁茂的所指，抬头望去。果然，一颗流星，悄然划过天际……

张朵朵：都好几年不见流星了。哎，你说，为什么现在流星少了。我记得小时候，只要夜里一出门，就能看见啊。

丁茂：也可能是现在城市的天空太脏了，有流星，我们也看不见了；也可能是城里人眼中的东西太多了，有流星，我们也不想看了……

张朵朵：有道理。

说完了，两个人的目光就碰到一块了。没有躲闪和回避，没有犹豫和动摇，他们的手自然地握到一起，身体也自然地拥在一起。

剩下的，就是热烈的吻了……

5. 李大宝家平房，西厢房，李大宝屋，内，晨

张朵朵正在洗脸，李大宝风尘仆仆地拎着一桶由霜花化作的露水回来了。

李大宝：你怎么不等我啊？

张朵朵：以后别去弄了。我不需要了。

李大宝：为什么，是不是心疼我了？没事的，我早跟你说过，就当锻炼身体了！

张朵朵：自作多情！

6. 西厢房，李大宝屋，内，晨

张朵朵心情复杂地看着镜子里的自己。之后，使劲儿搓洗被丁茂亲吻过的嘴唇和脸蛋……

7. 纺织厂，篮球场上，外，日

杨开明抱个篮球匆匆赶到时，李大宝早已等候在此了。

李大宝：你怎么才来啊？

杨开明扔了篮球，说：什么事呀？

李大宝：燕子前两天出院了。医生建议回家休养。

杨开明：是这样……

李大宝：放心吧，回去静养一阵，就没事了。

李大宝递给杨开明一个纸条。

李大宝：这是她家的地址。抽个时间去看看她吧。

杨开明郁郁寡欢地说：知道了。

说完，扭头走了。

李大宝：篮球不要了？

杨开明：留给你玩吧！

8. 李大宝家平房，西厢房，厨房，内，日

一家人围坐在饭桌旁吃午饭。除了李三宝和李小雅外，其他人都在。当然，还多了个牛琴。

妈妈把每个人的饭都盛好了以后。李二宝却站起来了。

李二宝：诸位，诸位；先不着急吃，先不着急吃。我有件事要宣布。

李大宝：是要跟牛琴订婚了吗？

李二宝：跟牛琴订婚有关联……有关联……是吧，牛琴？

牛琴：我哪儿知道呀？

李二宝：事情是这样的。说话间，1987年的春节即将来临了，为了让北京人民过一个祥和的、快乐的、美好的春节，我决定倒一批鸭子进北京，以全面改善北京人民的生活。

李大宝：什么什么，你要倒腾什么？

李二宝：鸭子，“嘎嘎”叫的鸭子。

李大宝：不可思议。

妈妈：你倒什么不好，你倒鸭子？

李大宝：是啊，你倒服装，倒丝袜子，倒变色口红，倒电子表，倒电风扇，倒茶叶，甚至倒车皮，我们都理解了，我们也都忍受了。你倒鸭子，我们既不能理解，也不能忍受。

李二宝：为什么？

李大宝：太杂。

李二宝：这不是理由。

李大宝：做买卖跟谈恋爱一样，你得专一。你看看人家爆肚张、锅贴刘、烧饼王，一辈子就干一件事，才干出那么点名堂来。你今天干这个，明天干那个，纯粹五马倒六羊。太杂。成不了气候。绝对成不了气候。

李二宝：可我这是蝎子拉屎——独一份儿。

李大宝：再说了。你倒鸭子，太奇怪了。你说你挺大个男人，领一群鸭子，摇摇摆摆地，走在北京的大街上。这算什么？这不是给北京人民添堵吗？

牛琴站起来了。

牛琴：我来说两句吧。北京烤鸭现在是越来越受人们的欢迎；鸭子呢，也就越来越受北京烤鸭的欢迎；所以呢，倒鸭子也算顺应了市场的需求。密云有一个养鸭大户因为用钱，急着要出售他的鸭子，二宝想买过来，养一段时间，等过了年，再一倒手，大赚一把。

姑奶奶：原来是这样？

妈妈：那你们就去赚呗，跟我们说干吗？

李大宝：是啊，我也有同样的疑惑。

李二宝：还是妈妈敏感，我们本钱不够，打算向大家集资。这次不同以往，我准备用这一把赚来的钱结婚，你们要支持我结婚，就赶紧拿钱！

话说到这份儿上，一家人都不吭声了。

李二宝：李大宝同志，你现在是家长，你表个态吧。

牛琴：大哥大嫂你们放心。我们这是集资，有回报的。这么跟你们说吧，赔了，我们还本；赚了，大家一块分红。

李大宝：对李二宝，我们心里实在没底。

李二宝：这次还有牛琴的参与呢。

李大宝就去看张朵朵。

张朵朵：你看我干吗，我脸上又没贴着钱。

李大宝起身，回自己屋里了。

姑奶奶：有把握吗？

李二宝：养鸭的人是我的一个朋友。我们都去他那儿考察过了。姑奶奶，只要我的小拇指稍微一动，一切尽在掌握。

姑奶奶看着妈妈。

姑奶奶：你打算怎么办？

妈妈：我没打算。

李大宝拿一个手帕包回来了。打开，摊在李二宝面前。

李大宝：这是1000块钱，你大嫂攒的，是我们准备给下下上学用的，都拿去，就这些了。

妈妈闭上眼睛，咬着嘴唇，假寐，一副决绝的样子。

姑奶奶把后槽牙咬得咯吱咯吱响。

姑奶奶：大宝，二膀子爷爷不是早就惦记我的棺材板了吗，去找二膀子妈妈，1000块钱卖给他们。二宝，去凉房往外搬棺材板！

李二宝像太监一样给姑奶奶下了一跪，说：嗻，还是姑奶奶英明！

李下的旁白：我太姑奶奶把棺材本钱都拿出来了，我奶奶还能一毛不拔吗？她老老实实拿出了几乎一半的积蓄。即使这样，我二叔李二宝还说不够，又由我爸作保，朝纺织厂的工友们又借了5000块……

9. 正房，妈妈屋，内，日

妈妈在李小雅的写字桌上熨衬衣；牛琴蹲在地上擦皮鞋；李大宝对着镜子梳头。

李大宝喊了一声：李二宝，李二宝！

李二宝应声进来。

李二宝：哎哟嗨，你看看，有人熨衬衣，有人擦皮鞋，不就去密云看趟鸭子吗，不知道的，还以为你是出国访问啊！说，叫我干啥？

李大宝：把你那狗肚子里的油，拿来给我抹抹。

李二宝：你个土鳖，那是发乳，懂不懂！

10. 西厢房，李大宝屋，内，日

油头粉面、油光锃亮的李大宝推门进屋时，张朵朵正倚着床头看书。

李大宝在屋里踱了一圈，还故意咳了一声，期望引起张朵朵的关切，但她对此毫无反应。

李大宝只好臊眉搭眼地走了。

张朵朵骂了一句：驴粪蛋子——表面儿光！

11. 密云水库边上，养鸭场，池塘边，外，日

李大宝和李二宝在一男一女两个养鸭工的陪同下，在堤上漫步。

一塘又一塘白花花的鸭子，看上去美妙绝伦。

李大宝：你们的养鸭场办了多少年了？

养鸭男：有年头了，原来归大队管；后来由我们经理承包了。

李大宝：鸡经常闹个鸡瘟伍的，鸭子呢？

养鸭男：鸭子一般不得病。因为鸭子都得散养。

李大宝：有道理……

池塘里，一只鸭子突然扑腾着飞了起来。于是，一塘的鸭子都跟着扑腾起来。那场面别有一番韵味。

李大宝看得出神了。

养鸭女从兜里拿出了小本，递到李大宝面前。

养鸭女：李老师，给我签个名吧。

李大宝一时没反应过来。

李大宝：是让我签吗？

养鸭女：是啊。

李大宝：这不合适吧？我又不是明星。

养鸭女：可你是名人哪。

李大宝乐了，说：李二宝，看见没，我的知名度还挺高，连密云人民都知道我……

李大宝大言不惭地在小本上签上了自己的大名。

李大宝：我们想见见你们经理。

养鸭男：我们经理去天津送鸭子了。

李大宝：知道我们要来，还出门，这是什么意思？

李二宝把李大宝拽到边上。

李二宝：鸭子们，你也见着了，还有什么不放心的？

李大宝：见见经理，我心里踏实。

李二宝：签合同时，让你见，还不行吗？

李大宝：我还是想在这儿见！

12. 由郊区通往城区的路上，“面的”里，内，日

窗外的风景随着“面的”的前行而变化。李大宝虽然望着车窗外，但无心观赏。

李大宝：……李二宝，你跟人家是怎么谈的？

李二宝：都跟你说了800遍了。合同签了之后，一个星期之内，我付对方一半的钱；两个星期过后，如果鸭子本身没问题，再付另一半。

李大宝：从理论上看，没什么问题。可是我觉得这事还是有风险。鸭子是个活物，一旦得个病、闹个灾伍的，就虾米了。

李二宝：你就是受穷的命？这大冬天的，哪儿来的病啊？怎么就能虾米了啊？

李大宝自言自语：是啊，哪儿来的虾米啊？一切都会好起来的……

13. 剧团，丁茂办公室，内，日

丁茂和一个人在说笑。那个人白白净净、挺挺拔拔的。

有人敲门。

丁茂：请进。

张朵朵推门进来。

张朵朵：我来拿剧本。你有客人，要不，我一会儿再来？

丁茂朝张朵朵诡秘地眨了一下眼。

丁茂：没关系，我表哥。

丁茂把桌子上一沓油印的剧本递给张朵朵。

丁茂：这是前四场。我把丹尼为了躲避无数女友的骚扰，从纽约跑到了西部小镇亚利桑那，改成了，丹尼是为了追寻诗歌的梦想才去的。你看看这样好不好？

张朵朵站在那儿，认真地翻看。

丁茂的表哥：好了，我也该走了。

丁茂把表哥送到门口。

丁茂的表哥：你留步吧。等那批鸭子到手以后，我请你吃烤鸭！

丁茂：那我可等着了！

14. 李大宝家平房，西厢房，李大宝屋，内，夜

张朵朵倚在床头看剧本。李大宝在地上奋力地洗脚。

李大宝：是不是又要上新戏了？

张朵朵：你怎么知道的？

李大宝：刚才铺床的时候，我看见你的剧本了。

张朵朵：正在筹划，还没定。

李大宝：真为你高兴。

张朵朵：那你高兴得太早了。剧本还没改完呢。上不上还不一定呢！

李大宝：是吗？

15. 西厢房，李大宝屋，内，晨

李大宝端着牙缸进来的时候，张朵朵刚抹完护肤的东西。

李大宝蹙了蹙了鼻子，闻到了一种熟悉的味道。于是，多看了一眼：张朵朵正在往抽屉里放化妆品。

竟然跟上次的牌子一模一样！

16. 正房，李二宝屋，内，晨

李大宝在翻腾李二宝的东西。结果，放在桌子上的，只有洗漱用品。

再看抽屉，上了锁。

李大宝：这个二王八蛋，把擦脸的和抹头发的，都给锁起来了。

无意中，发现窗台上有一瓶花露水。二话不说，拿过来，倒了一把，撩起衣服，就往身上猛擦……

17. 马路边，人行道上，外，晨

李大宝骑着自行车，驮着张朵朵，在人行道上随波逐流。

一股风迎面吹来。张朵朵闻到了一种异味。

张朵朵：你身上什么味儿？

李大宝：闻着了，还行吧？

张朵朵：行什么行，这么难闻！

李大宝：不过就是花露水。有什么难闻的？

张朵朵：你抹花露水干什么？

李大宝：我发现你们这些搞艺术的，都喜欢抹点这个、擦点那个，我觉得挺好，就尝试着，自己也抹点、擦点。

张朵朵：那也不能抹花露水啊！

李大宝：我不是没什么可抹的吗……

张朵朵：我警告你，李大宝，你要再这么现，我就不坐你的自行车了！

李大宝没好气地刹住车，下来，跑到路边，敞开衣服，迎风吹晾……

张朵朵则背着包，头也不回地向前走了。

李大宝赶紧骑上自行车去追……

18. 李大宝家平房，西厢房，厨房，内，日

姑奶奶、妈妈、李大宝和李二宝并排坐在饭桌的一面，两个中年男人坐在饭桌的另一面。像是谈判的样子。

两个中年男人一个白净，一个黝黑。那个白净的，竟然是丁茂的表哥。当然了，老李家的人是不知道的。

白净男人和黝黑男人的身后放着一个大纸箱子。

白净男人举着手里的几张纸，说：李经理，如果对合同没什么异议，我们就签字、盖章了。

李二宝：没有了，没有了！

李二宝将几张纸拿过来，铺在饭桌上。趴下，“哗哗哗”地把字签了。

白净男人从身边的黑皮革包里拿出一枚印章，蘸了印泥，盖上。

白净男人把合同分成两份，大概看了看，确认无误后，递给李二宝一份。

白净男人：得，我们人手一份。现在就生效了。

李大宝：这就生效了？

白净男人：从现在起，我们双方都受法律保护了，任何一方有什么违背，都得负法律责任。

李大宝也把怀里的黑皮革包打开，拿出一摞摞的钱，拍在饭桌上。

李大宝：按照要求，先付一半。数数吧。

白净男人对黝黑男人点了点头。黝黑男人开始数钱。

叠画：黝黑男人继续数钱。

黝黑男人数完最后一张，说：一分不差！

黝黑男人把钱收进白净男人的黑皮革包里面。

黝黑男人起身，把地上的纸箱子搬到饭桌上。打开，原来，里面是三只活鸭。

白净男人：李经理，马上要过年了，带来三只鸭子，略表寸心。也算我们提前给两位老太太拜年了！

李二宝脸上的花真是开大发了。

李二宝：想得太周到了，你们想得太周到了！

白净男人：李经理，同时也祝愿你的生意越做越好，好到什么程度呢？狗撵鸭子——呱呱叫！

李二宝语无伦次地说：也祝愿你们狗撵鸭子——呱呱叫！

19. 西厢房，厨房，小院子里，内，晨

一家人坐在饭桌旁吃早饭。除了李三宝和李小雅，其他人都在。

妈妈：二宝，那事就那么地了？

李二宝：你就擎好吧，你就等着分红吧。

妈妈：我心里还是不踏实，这几天夜里老出虚汗。

李二宝：你跟李大宝一样，都是受穷的命。

妈妈：我昨天晚上做了个梦，梦见煮熟的鸭子飞了。

李二宝：哎哟嗨，这大过年的，你说点什么不行？说什么“煮熟的鸭子飞了”，太晦气了，太晦气了。

姑奶奶：赶紧用唾沫星子抹天灵盖。

张朵朵：那是干吗？

李大宝：祛邪！

妈妈乖乖地吐了点唾沫，抹在脑门子上……

李大宝朝李二宝挥了一下手。

李大宝：你出来。

两个人一前一后来到小院子里。

李大宝：再让你那个开“面的”的朋友，今天跟我们跑一趟密云，我还要去看望看望那些鸭子们。

李二宝：干吗呀？今天都腊月二十八了，还让不让人过年了？

李大宝：少废话，我这么做，就是为了让你过好这个年！

20. 密云水库边上，养鸭场，池塘边，外，日

只有一塘又一塘水了。水面上结了一层薄冰。还有很多鸭毛嵌在冰上。

李大宝和李二宝在堤上疯跑着……

21. 密云水库边上，养鸭场，空场上，外，日

李大宝和李二宝在空场上疯跑着。迎面碰上了那个养鸭女。李大宝和李二宝猛地收住蹄儿。

养鸭女：李老师，您又来采风了？

李大宝：我还采风啊，我发疯还差不多。你们经理呢！

养鸭女：在办公室呢。

李大宝：快，带我们去找！

22. 密云水库边上，养鸭场，经理办公室，内，日

李大宝和李二宝没头没脑地冲进来时，一个瘦弱男人正在打电话。

李二宝：你是养鸭场的经理？

瘦弱男人：是啊。

李二宝：为什么是你啊？

瘦弱男人把电话放下，说：为什么不是我？我承包这个养鸭场都五六年了。

李二宝：那些鸭子呢？

瘦弱男人：卖了。

李二宝：卖给谁了？

瘦弱男人：有必要告诉你吗？

李二宝一拍桌子，大叫：我问你，卖给谁了！

瘦弱男人被吓了一跳。

瘦弱男人：那是专供北京农贸市场的，5天前人家就拉走了，估计这会儿早上了市民的饭桌上了。

养鸭女也跟了进来。

李二宝：可是有人跟我签了合同，把它们卖给我了，我还付了一半的钱。

瘦弱男人：不可能，绝对不可能。养鸭场是我的，我只跟农贸市场签了合同。

李二宝：也许是你的副经理呢？

瘦弱男人：我没有副经理。你肯定上当了！

一直懵懵懂懂的李大宝，终于回过神来了。

李大宝：可是，经理，六天前，跟我们签合同的人，还安排我们来看过鸭子……

瘦弱男人：啊，来看鸭子的是你们啊？那天我正好去天津了。

李大宝：这又是怎么回事？

瘦弱男人：是这样的，在你们来看鸭子的前一天，有两个人来找我，给了我300块钱，说是第二天——也就是你们来的那天——有个作家要来养鸭场体验生活，希望我行个方便。我就答应了。

李大宝苦笑了一下，说：想得太周到了，他们想得太周到了！

李二宝：他们没再说别的？

瘦弱男人：说了。只要求工作人员领着转转就可以了，其他的什么也不要说。我们拿了钱，照办就是了。

李二宝：他们知道你第二天要出差吗？

瘦弱男人：我跟他们说了。

李二宝：你认识他们吗？

瘦弱男人：不认识！

23. 密云水库边上，养鸭场，经理办公室门前，外，日

李大宝弯腰在水龙头底下，用凉水浇着脑袋。可能是水太凉了脑袋太热了，脑袋上瞬间冒出好多热气来。

李二宝在边上哀求李大宝。

李二宝：大哥，水太凉了，看冰坏脑袋啊！

李大宝抬起头，水珠子甩得到处都是。阳光下的水珠子五彩缤纷的。

李大宝：从今以后，别叫我大哥，叫我作家，听见没？从今以后，我就是作家了，知道不！

李二宝：我知道，我知道……作家，作家……怎么办呀，那可是两万块钱呀……我现在哭的心思都有了……

李大宝：李二宝，我告诉你，我郑重地告诉你，我现在死的心思都有了！

第 23 集

1. 临街的房子，小卖店，公用电话旁，外，日

李大宝和李二宝在一次又一次地拨同一个电话号码。听筒里传来的全是忙音。

李大宝：算了，别打了，根本就没这个号码……

2. 马路边，人行道上，外，日

李大宝和李二宝坐在马路牙子上，看着眼前匆匆而过的行人和车辆。

李大宝：跟你签字的那个人，你是在哪儿认识的？

李二宝哭哭唧唧地说：别提了。

李大宝：不提怎么办啊，不提，不是更没线索了吗？

李二宝：大哥，不，作家，我说了，你可不能不管我啊！

李大宝：说。

李二宝：公共厕所里……

李大宝：你说……你是在公共厕所里认识他的？

李二宝：是。

李大宝：你傻啊，蹲坑儿时认识的人，你也信啊！

李二宝：因为我看他跟你一样，热情、热心。

李大宝：愿闻其详。

李二宝：有一次我上厕所，正好，那个人也在。紧跟着，又进来了一个脖子上挎个书包的人。一开始，我们三个人各做各的功课，谁都没说话。可过了一会儿，那个人就跟最后进来的那位聊上了——外地的吧？辽宁的。来旅游的？办点事。带手纸了吗？带了。没带您说话，北京人好客，知道吗——

我一看，这人不错啊；连手纸都随时给人预备着，多好啊；就跟他认识了……

李大宝：李二宝，您天生就是个作家。

李二宝：什么意思？

李大宝：就你这样的奇遇，让我这样的作家来编，我都编不出来！

李二宝：你可不能不管我啊！

李大宝站了起来。

李大宝：走，回家过年，一家老小还等着我们呢。

李二宝：那鸭子们怎么办？

李大宝：先回家过年，再怎么着，这个年也得过。记住了，把你那扇破门儿把好了，无论如何，这件事不能透露半个字！

3. 李大宝家平房，西厢房，厨房，小院子里，正房，妈妈屋，小院子里，西厢房，厨房，内/外/内/外/内，日

一家人已经围坐在饭桌旁了。除了李小雅外，其他人都在。

饭桌上摆满了大大小小的盘子和碗。每个菜都跟鸭子有关。

妈妈在灶上忙着。

李大宝张罗着倒酒。

妈妈把最后一道菜——炖鸭汤——端上来。随后，坐下。

妈妈：多亏了二宝，我们家才有机会吃上真正的全鸭宴。

妈妈动手为每个人盛菜。

姑奶奶：再等等小雅吧。

妈妈：都跟您说了八遍了，她晚上才回来。

姑奶奶：真是的，过年了，还不回家。

李大宝：她有个同学，家是外地的，没回去。她中午陪同学吃顿过年饭。

妈妈：我们开始吧。让姑奶奶说几句吧。

大家都把酒杯端起来。

姑奶奶：那我就说两句。首先，祝我们小下下，在新的一年平安、快乐。接着呢，祝朵朵在我们家里过的高兴、开心……

张朵朵连连点头：谢谢姑奶奶。我高兴，我开心。

姑奶奶：祝三宝学业有成。明年分配个好工作。

李三宝：我知道了，姑奶奶。

姑奶奶：祝二宝生意兴隆，买卖通达。但是呢，也别老想着往钱眼儿里钻。既然跟牛琴处了，就好好对人家，早点把婚订了。

李二宝：我保证不往钱眼儿里钻。我保证对牛琴好。我保证尽快订婚。

姑奶奶：大宝呢，别太累了，悠着点儿，这个家，还全指着你呢。

李大宝：只要家里人都好，我就不累。

姑奶奶：大宝妈，在这个家里，你最辛苦，可这是你应该做的，知道不。你没有怨言吧？

妈妈眼圈红了，说：我没有怨言，从来没有！

姑奶奶：那就好。我们把这杯酒喝了，就迈入新的一年了！

大家站起来，碰杯，把酒喝下。

李三宝坐定后，把李二宝和自己的酒杯倒满。然后端起来。

李三宝：李二宝，我做梦也没想到你能发达，我代表全家人敬你和密云那些鸭子们一杯，是你们让我们过了这样一个有吃有喝、有血有肉、有滋有味的大年！

李二宝像喝毒药一样，把酒喝了下去……

就在这时，妈妈屋的电话响了起来。

妈妈站起来，说：我去接，我去接。

妈妈一溜烟儿跑进自己屋里。接起电话。

妈妈：喂，喂……我是他妈妈……什么……好，好……我告诉他，我一定告诉他……

妈妈放下电话。心神不宁地回厨房。

李大宝：妈，谁的电话？

妈妈：啊……大雅的……她给大家拜年……

李二宝：嗨，这李大雅，今年的电话提前了，以前都是除夕夜放鞭炮的时候才打过来。

妈妈：是啊……

李三宝又把李大宝和自己的酒杯倒满。然后端起来。

李三宝：来，李大宝，我敬你。李二宝呢，今年春节让我们家吃上了的全鸭宴。你呢，明年春节有什么打算，是不是让我们家吃上全羊宴呀？

李大宝：我……

李大宝刚开口，却被外面的一声喊叫打断了。

孙友来（画外音）：大宝，走啊！

李大宝起身，来到厨房面口，就看见孙友来的脑袋从东院墙上露出来。

李大宝：去哪儿啊？师傅！

孙友来：你不知道吗，没给你打电话吗？厂里抢修蒸汽管道，发生了爆裂，大裤裆的腿都被炸折了；爆裂又引起了煤气管道爆炸，着火了，几十个学生被困在了俱乐部里面……

李大宝：你先走，我就来！

李大宝转身从衣架上拿外套，一边穿，一边说：妈，你刚才明明接到了厂里的电话，你为什么要撒谎，你为什么不告诉我？

妈妈：出了这种事故，有消防队呢，你逞什么能啊？再说了，厂里几千号人呢，非得你去吗！

李大宝：几千号人，她们不都是女人吗？你儿子是男人，你儿子不去谁去！

李大宝穿好了衣服，就往外跑。

妈妈跟到门口。

妈妈：就你积极，不要命的玩意儿……

姑奶奶：哎哟嗨，这话儿怎么说的，这大过年的。

妈妈：就是啊，这大过年的，他要是出点事，我该怎么好呀？

姑奶奶：大宝他妈，你给我坐下。

妈妈回到饭桌前，坐下。

姑奶奶：净给我们老李家丢脸。记住了，你今天这种行为，非常自私，非常没品位，你要进行深刻的反省和反思！

妈妈嘟着嘴说：知道了！

4. 纺织厂，大礼堂，楼后，外，日

大火已经把1楼都吞噬了。

4楼的窗子，早被打开。很多学生哭喊着，向外招手求救。有几个大一点的，干脆要跳楼，被老师给拽回去了。

不远处的锅炉房外面，被炸得一片狼藉。

老曾等一干所谓的厂领导们，早就束手无策了。瞅着大火干瞪眼儿。

孙友来、李大宝等工友们纷纷骑着自行车赶到。

孙友来：消防队啥时候到？

杨开明：今天都赶到一块了。因为放鞭炮，引起了十几起火灾，离我们最近的消防队出警了。远一点的，最少也得20分钟才能到……

李大宝：这大过年的，学生们来俱乐部干什么了？

杨开明：子弟学校组织了一场春节棋类比赛。学生们是来参加比赛的……

孙友来一招手，把李大宝等工友们叫到了一起。

孙友来：大宝，怎么办？

李大宝：火马上就到二楼了。二楼除了道具库、储物间就是服装间、化妆间什么的，都是些易燃物。没时间了，我们只能冲进去了，用绳子把学生们从4楼东侧的窗子顺下来吧……

孙友来：我也观察了，只有东侧火小一点。那赶紧准备湿被子吧……

5. 纺织厂，大礼堂，楼前，外，日

孙友来、李大宝等工友们披着湿被子冲进火海……

6. 纺织厂，大礼堂，四楼，活动室，内，日

孙友来、李大宝等工友们已经冲到了四楼活动室。

几根粗绳子从东侧的两个窗口被甩了下去。

学生们在工友们的帮助下，拽着绳子，有秩序的慢慢地溜下去……

7. 纺织厂，大礼堂，楼外，墙体上，外，日

李大宝最后一个从四楼活动室的窗子跳出来，当他下滑到三楼的时候，大火已经蔓延到了四楼……

8. 医院，手术室门口，内，日

孙友来、李大宝和几个工友在门口焦急的等待。

李大宝：师傅，你说，大裤裆的腿能保住吗？

孙友来：难说……

李大宝：他还没娶媳妇儿呢！

9. 纺织厂，大礼堂附近，锅炉房外面，外，夜

杂乱不堪的事故现场。到处是管道的残片和凝固在冰水里的斑斑血迹。

李大宝打着手电筒在仔细勘察。

远处有人打着手电筒跑过来了。

那人喊着：干什么的，干什么的！

李大宝翻墙而去……

10. 张朵朵父母家，内，日

李大宝光着脚站在床上，修理窗子的插销。张朵朵、张棵棵在边上凑热闹。

张朵朵爸爸妈妈在地上逗李下玩。

邻居女人推门进来了。

邻居女人：我看见朵朵和女婿回来了。

张朵朵：阿姨，请坐。

邻居女人：不坐了。还忙着呢。

张朵朵妈妈：下下，叫姥姥。

李下：姥姥。

邻居女人：哟，叫姥姥是不是把我叫老了。

张朵朵妈妈：那就叫阿姨。

李下：阿姨。

邻居女人：你看看你这人……

窗子的插销修理好了。

张棵棵：两个门的合页也松了。

李大宝手脚麻利地跳到地上，穿好鞋，继续修理门的合页。

邻居女人：啧啧，还是这样的女婿好，啥都能干。我们家那女婿，除了看书、算术，啥都不会。得，你们忙着，我回去了。

邻居女人开门走了。

李大宝：他们家女婿干什么的？

张棵棵：好像是数学家。

李大宝：了不起。那我没法儿比。

张朵朵妈妈：你还挺有自知之明。

李大宝“嘿嘿”一笑。

张朵朵妈妈：你还有脸笑。我们老张家的这点脸面，都让你丢尽了。什么时候，你把我们的脸面维修维修，才算你本事大呢！

张朵朵：妈你又来了！

11. 剧团，剧场，内，日

剧团在开动员会。副团长朱文在讲话。

朱文：……首先，我们先认识一位新同事。一秋，请站起来……

坐在最前排的一个朝气蓬勃的女孩儿，站起来跟大家打招呼。然后，坐下。

朱文：陈一秋，北京舞蹈学校的学生，来我们团实习。请大家对她多帮助、多指导。接下来，我宣布一件事，那就是，酝酿已久的音乐剧《疯狂女郎》，从明日起正式启动……

台下一阵骚动。

朱文拍了拍手，说：……安静，请安静。这是我们团第一次上国外的经典剧目，也算一次尝试。因此，团里对这次排演《疯狂女郎》，同样非常重视。同时决定，所有主创人员全部由年轻人来担纲。导演和男主角的A角，由丁茂同志来担任，男主角的B角待定。女主角的AB角这次是竞争产生。什么意思呢？大家自愿报名，排练两个月后，由专家委员会来确定最后的人选。希望舞蹈队的全体同志都积极地投入到本次排演中来。好，今天的会就到这儿，散会。

大家纷纷站起来退场。

张朵朵和谢娟一起往外走。

谢娟：得，你又多了个对手。

张朵朵：你说陈一秋啊。人家是来实习的。

谢娟：这个时候来实习，肯定是奔着这部戏来的。这丁茂也是，搞什么竞争呀？

张朵朵：我觉得这样挺好。

两个人随着人流到了走廊上。

有人喊：张朵朵老师。

张朵朵回头一看，是陈一秋。

谢娟：我说什么来？较劲儿的来了。

陈一秋伸出手，说：张老师，认识一下。

张朵朵犹豫着把手伸给陈一秋。

陈一秋：听说您是团里的台柱子，您得多帮帮我！

张朵朵：那不敢当。我听说你可是舞蹈学校的高才生！

12. 纺织厂，食堂门前，院内的路上，外，日

李大宝和孙友来拿着饭盒向食堂走去。

李大宝：师傅，市安全生产办的人进厂三天了，调查的结果怎么样了？

孙友来：据说，初步排除了设备问题，是不是操作失误，还有待于最后的调查和认定。

李大宝：他们在打擦边球。

孙友来：你什么意思？

李大宝：这次发生爆裂的蒸汽管道属次合格产品，也就是说厚度差了那么一丁点儿，在正常情况下使用，没问题；如果紧急断电和急剧降温这两种情况同时发生，就有可能会发生爆裂。

孙友来：说这话要有根据。

李大宝：我去了现场三次，收集到了每节管道的残片；我还去了供应库房，也看到了样品。

孙友来：他们让你看？

李大宝：我是从窗子偷偷爬进去的。

孙友来：样品拿到了吗？

李大宝：窗子有铁栅栏，弄不出来。第二天，我再从门进去的时候，样品就没了。

孙友来：是吗……我看这事，你还是别瞎掺和了！

13. 医院，病房，内，日

大裤裆躺在病床上。李大宝站在床头。

大裤裆摸着左腿，说：接是接上了，可是，它再也不能像以前那样走路了。

李大宝：我听医生说，没锯掉就是万幸了。

大裤裆：这帮王八蛋，真黑。大宝，这次的事故绝对是设备问题，你千万别听他们胡说八道。

李大宝：我知道。

大裤裆：你是不是拿到证据了？

李大宝：……

大裤裆：大宝，我是不指望那帮当官的了。你可是我哥们儿，你得想办法还我一个公道。我的操作绝对没问题！

李大宝：我知道！

14. 纺织厂附近的小饭馆，内，日

李大宝一个人坐在角落的一桌。喝闷酒。一只手拍在了他的肩膀上。抬头一看，是杨开明。

李大宝：哟，你怎么有工夫出来了？

杨开明：自从燕子出事以后，我就不想去食堂了，中午就来这儿吃一口。

说着，坐到了李大宝对面。

杨开明：服务员，请再加一个菜！

李大宝：请再拿个酒杯来！

服务员把酒杯拿来。

杨开明一边倒酒，一边说：大宝，来厂里多少年了？

李大宝：十几年了。

杨开明：凭你的技术和资历早该当个车间主任了。

李大宝：要我看，我都该当厂长了。我要当厂长，保证比老曾那个老混蛋强。

杨开明：我说的是真话。要不要我帮你运作一下？

两个人碰了一下酒杯，喝了。

李大宝：我干活可以，管不了人；再说了，我师傅刚当上主任没几天，他干得好好的，我为什么要拱他啊？

杨开明：你这人从小就仗义。

李大宝：那是没碰到利益呢。碰到利益，我跟那帮王八蛋一样，也会赤膊上阵的。

杨开明：你这话，刺多肉少啊。

李大宝：是吗？

杨开明：听说了吗？调查小组开了第一次关门分析会。

李大宝：什么情况？

杨开明：多数的专家认为是操作失误。

李大宝：那就是说，还有少数专家认为是设备问题？

杨开明：那我不知道。

李大宝：不过，有传闻说，购买设备的人员收受了厂家的回扣……

杨开明：那我就更不知道了！

15. 纺织厂，办公楼前，布告栏旁，外，日

宋燕子躲在布告栏后，时不时向外探一下头。杨开明快步走来。

杨开明：什么事？我正开着会呢。

宋燕子：晚上去看电影吧。我买票了。

杨开明：这两天这么忙，哪有闲工夫看电影。

宋燕子：我就是怕你心情不好，才买了票……

杨开明：你什么意思？我为什么心情不好？

宋燕子用关切的目光看着杨开明。

宋燕子：有传闻说，购买设备的人员收受了厂家的回扣。这事跟你没关系吧？

杨开明的目光有些软了。

杨开明：工人的素质忒低。

宋燕子：怎么低了？

杨开明：喜欢造谣，喜欢传谣，还喜欢信谣。

宋燕子忍无可忍地说：你的意思是说，我也素质低呗。

杨开明：对不起，我没说你。

宋燕子：人家替你担心吗……

杨开明：好了，别瞎担心了。调查小组不久就会有结论了……

16. 临街的房子，小卖店旁，外，傍晚

李大宝蹲在小卖店的窗前，两只眼睛不停地、贼溜溜地向斜对面观察。

原来，那里是一个公共厕所……

17. 李大宝家平房，小院子里，外，内

李大宝停放自行车。一只手拍在了他的肩膀上。吓了他一跳。

回头一看，是李二宝。

李二宝：你也害怕啊？

李大宝：我最近跟我师傅一样，就怕有人从后面偷偷拍我肩膀。

李二宝：我也怕有人从后面偷偷拍我肩膀。

李大宝：你是怕有人从前面偷偷拍你良心吧？

李二宝：我觉得，我们现在不是谈论良心的时候。

李大宝：那是谈论什么的时候？

李二宝：鸭子，"嘎嘎"叫的鸭子。

李大宝：你有什么线索？

李二宝：从正月初五，我跑到现在，一无所获，连个人影儿也没见着。

李大宝：我在那个公共厕所也是连续蹲了数天，连个人毛也没见着。

李二宝：作家，那怎么办？

姑奶奶从屋里出来了。两个人都没有发现。

李大宝：大裤裆的事加上你的事，实在是把我跑稀了，我是没劲儿了，先搁一搁吧。

李二宝：你的意思，是等着奇迹发生呗？

李大宝：哎，这倒也是个思路。

李二宝：如果没有奇迹发生呢？

李大宝：那你就认倒霉吧。

姑奶奶：你俩谈论啥呢？

两个人第一反应，都噤声了。

过了一会儿，李大宝说：我们在谈论良心。

姑奶奶：良心？

李二宝：是啊，我们在谈论良心在哪里，正义又在哪里？

姑奶奶：行啊，有长进呀，你们。这可是文化人关心的问题啊！

18. 纺织厂附近的小饭馆，内，日

李大宝和杨开明面对面地坐在一个角落里。

李大宝从服务员甲手里接过菜单。

李大宝：既然你请我，那我得把刀子磨得快点，好好宰你一顿。

杨开明：我今天把脖子伸出来。

李大宝：干什么？

杨开明：任人宰割。

李大宝：这可是你说的。服务员，都有什么下水？

服务员甲：猪肠、猪肺，羊腰、羊肝，牛心、牛肚。

李大宝：好，各点一个，都用辣子爆炒。料要足，火要大。再来一瓶二锅头！

19. 纺织厂附近的小饭馆，内，日

一桌子菜都上齐了。李大宝拿着筷子逐一品尝。

李大宝：好，好，好。你也先吃点，我们再喝。

杨开明板着个脸，迟迟不动筷子。

李大宝：对了，我忘了你不吃下水了；我还记得你跟我说过，你不吃的理由，是自己也有这些东西。其实你大可不必这样，你的跟它们的不一样，甚至跟我们的也不一样。你知道为什么吗？

杨开明恶狠狠地看着李大宝。

李大宝：你是个人，不但是个人，还是个念过书的人！

杨开明的脸变成了猪肝色。

李大宝：我知道你产生联想了。狼心狗肺，兔子杂碎。你想到了这句话。你们这些知识分子，就是有思想，什么简单的事，你们都能搞复杂了。我真没那个意思。来，喝酒。

两个人碰了一下酒杯，喝了。

杨开明被呛着了，一阵咳嗽。李大宝跑过去，假模假式地给杨开明捶后背。

没把杨开明捶死。

杨开明终于扛不住了，说：大宝，天地良心，我真没拿回扣，真的没拿，他们……

李大宝：他们什么？

杨开明：他们只是给我们每个人找了个“鸡”……

李大宝：为了一只“鸡”，你就出卖工厂的利益，你还大专生呢。

杨开明：他们把我们都灌醉了……我是最后一个才下水的……

李大宝回到自己的座位上。

李大宝：是吗？

杨开明：陪着我们的人，竟然问我，是不是残废？

李大宝：你为了证明自己不是残废，于是就从了？

杨开明：也可能是吧……

李大宝：你怎么可能是残废呢？

杨开明：我肯定不是啊。

李大宝把酒杯墩在桌子上，说：可大裤裆是！

杨开明：我也没想到事情会是这样……事情已经这样了，你说咋办吧……

李大宝：你什么意思？

杨开明：我知道你在暗地里调查。

李大宝自己干了一杯。

李大宝：你知道吗，我几次想去找调查小组……

杨开明：能放我一马吗？

李大宝眼泪出来了。

李大宝：可以。但我有一个条件。

杨开明：你说。

李大宝：你必须离开燕子。

杨开明：为什么？

李大宝：摸摸胸脯子，她是多么的爱你；再摸摸胸脯子，你真的爱过她吗？在她不知道事故真相之前，赶紧滚蛋，你也许还能留个全尸。

杨开明没电了。

杨开明憋了半天，没好气地说：我不相信你是为了我好。

李大宝：我是为了大家好。

杨开明：我知道，你也喜欢她。

李大宝：我喜欢她，怎么了？所以，我永远都不会去伤害她。

杨开明：我怎么跟她说？就说，我不喜欢她了？

李大宝：我是这么想的，你跟她分手的理由，既要科学，还要艺术。

杨开明：不就吹个对象吗？人类三大智慧，你用了两个……

李大宝：你甩她，她甩你，都不好。这样吧，你就说你那儿有毛病，不能结婚！

杨开明：嗨，我这说残废就残废了！

20. 天坛，东门通往北门的一条路上，外，日

宋燕子在前，“嗖嗖嗖”地走着；李大宝在后，倒着小碎步“颠儿颠儿颠儿”跟着。

李大宝一步三颠。

李大宝：燕子，你这哪是逛公园啊，这简直就是遛狗……

李大宝：燕子，你看，人家都躲着我们呢……

李大宝：燕子，你说句话吧，再这样下去，我就被你逼疯了……

宋燕子站住，大叫：李大宝，这次你高兴了？

李大宝：我高什么兴呀？

宋燕子：我和杨开明分手了！

李大宝：真的？

宋燕子：你还说你不高兴！

李大宝：三条腿的蛤蟆找不见，两条腿的人满大街都是。

宋燕子：都是你和大裤裆瞎捣乱，我和杨开明才到了今天这步田地！

李大宝也不辩解，只是“嘿嘿嘿”地傻笑。

宋燕子扑过去，在李大宝身上连咬带抓，一阵划拉。

李大宝一边躲闪，一边喊叫：嗨，嗨，这怎么还属狗的呀，这怎么还属狗的呀……

21. 李大宝家平房，西厢房，厨房，内，傍晚

一家人围坐在饭桌旁吃晚饭。除了张朵朵和李小雅，其他人都在。

妈妈突然问：二宝，你那些鸭子怎么样了？最近没听你说呀？

李二宝：好着呢。我前几天去看它们，它们还问你好呢。

妈妈：下次再去，也问它们好。

李二宝：一定一定。

妈妈：一定什么呀？你知道我什么意思？

李二宝：你什么意思？

妈妈：我的意思是，那鸭子确实不错。哪天再抓回几只来，给三宝改善改善生活。你看，三宝最近累的，都瘦了。

李三宝：这主意不错。

李二宝：李大宝，要不，抓几只回来？

李大宝：想抓你就去抓呗。

李二宝：我最近得出趟差，你去吧，反正鸭子们跟你也挺熟的了。

妈妈：大宝，这任务就交给你了。

李大宝：妈您知道跑一趟密云，得费多少汽油吗？八只鸭子，都买回了。

李二宝：是不太划算。李大宝，那你就把汽油钱省下来，直接去农贸市场买鸭子吧。

李三宝：我看成。

李大宝用脚使劲儿踩了李二宝一下。

李二宝“哎哟”，一声，大叫：你干吗！

22. 剧团，办公楼前，布告栏前，外，日

一群人在布告栏前围观。谢娟拉着张朵朵，也悄然而至。

原来，布告栏里贴出了一组《疯狂女郎》排练的照片。可是内容却只抓取了男主人公丹尼和女主人莫利的眼神，也就是丁茂和张朵朵两个人的眼神。你可以把那眼神看作是一对男女从相识、相知到相恋的过程，也可以看作是从引诱、上钩到交欢的过程。

有人发现了后面的张朵朵。张朵朵的红一阵、白一阵。

嘀嘀咕咕的议论声戛然而止。

围观的人散去。只剩下张朵朵和谢娟了。

张朵朵：原来，背后嚼舌头有很多方法。真是让我长见识了。

谢娟：肯定是陈一秋，她收买了拍剧照的摄影师。摄影师才拍了这么恶毒的照片。

张朵朵：我看陈一秋不像是那种人。

谢娟：那就去找摄影师问问，到底是怎么回事？

张朵朵：算了吧，这种事，越描越黑！

23. 剧团，排练厅，内，日

排练的场面。

扮演丹尼的丁茂和扮演莫利的张朵朵，在各自的表演区域活动。丹尼发现，自己完全被眼前这个漂亮的、奔放的女孩儿迷住了。可是莫利却莫名其妙地变得冷冰冰的。

扮演丹尼的丁茂步步紧逼，扮演莫利的张朵朵躲躲闪闪。但观众能感觉到，两个人的内心却开始贴近了……

24. 剧团，排练厅，化妆室，内，日

张朵朵和谢娟在镜子前卸妆。

谢娟：某位女同志现在的情况是，既迷乱、又清醒，既兴奋、又恐惧。怎么办啊？我都替她着急。

张朵朵绷着脸，不理谢娟。

谢娟：在某位女同志27岁的时候，她的爱情终于姗姗来迟了。多好啊，我都替她高兴。

张朵朵终于憋不住了，“咯咯咯”地笑起来。

张朵朵：你真是狗嘴里吐不出象牙来！

25. 李大宝家平房，小院子里，外，日

张朵朵脚尖点地，展开腰肢，寻找着节奏。四五个动作以后，渐入情境。

然后，张开双臂，搂着假想中的丹尼，把一连串的动作一气呵成。

站定了，就感觉到，真的有一双眼睛在火辣辣地看着她，她慢慢地把嘴唇伸过去……

猛然间，李下的哭声，把她拉回到严酷的现实中来。她摇了摇脑袋，仔细望去，姑奶奶、妈妈和李大宝都张大嘴巴在看着她。

李下则坐在地上，咧着嘴巴大哭。

张朵朵就那么看着姑奶奶、妈妈和李大宝。

妈妈终于反应过来，喊道：大宝，孩子，孩子！

李大宝这才跑过去，把李下抱起来。

张朵朵：李大宝，你是死人呀？

李大宝：我怎么又是死人了？

张朵朵：下下一会儿哭了，一会儿叫了；一会儿拉了，一会儿尿了。你让我怎么练呀！

妈妈一挥手，示意李大宝赶紧把孩子抱走。

李大宝照做了。

姑奶奶：得，本来还想学两个动作呢，这回彻底虾米了！

26. 天坛，东门通往北门的一条路上，外，夜

丁茂和张朵朵一走，一边聊。

突然，丁茂站着不动了。

张朵朵：怎么了？

丁茂仰起头，指了指天空。原来，两只飘飞的风筝缠在了一起。

张朵朵：你就坏吧。

丁茂：那我就坏了？

说着，上前抱住张朵朵。

半天，丁茂说：我想对你说一句话。

张朵朵：说。

丁茂：我爱你。

半天，张朵朵说：真心的？

丁茂：其实，这几年，我一直想对你说这句话。

张朵朵：你可能会为这句话付出代价的。

丁茂：什么代价？

张朵朵：要知道，我毕竟有家室了，我们再发展下去，可能会毁掉你的前途。

丁茂似乎变得比以往任何时候都执着而坚定。

丁茂：不就是一个副团长吗，大不了，我不当了！

张朵朵：有你这句话，就够了！

丁茂：远远不够，我要跟你在一起！

两个人拥抱得愈加紧了……

27. 剧团，排练厅，内，夜

陈一秋一个人在苦练。她已经浑身湿透了。

高歌推门进来，然后，站在门后，看着陈一秋把一个完整的段落跳完。

高歌走上前，伸出手，说：我叫高歌。

陈一秋点到为止地跟高歌拉了一下手。

陈一秋：我知道您。演出部的副主任。

高歌转着圈，把陈一秋从上到下一阵欣赏。

高歌：你比那个烂货，条件好了不止三倍。

陈一秋：您说谁？

高歌：还有谁？那朵即将凋谢的残花。

陈一秋：恕我直言。我不太喜欢您这样背后骂人。

高歌：你喜不喜欢我，不要紧。要紧的是，你得打败她；你要是不打败她，都辜负了你这漂亮的脸蛋、都辜负了你这年轻的身躯！

陈一秋：您放心，我一定会打败她的！

28. 剧团，排练厅，内，日

排练的场面。

扮演丹尼的丁茂和扮演莫利的陈一秋一直纠缠在一起，一直占据着排练厅的中心……

叠画：大汗淋漓的丁茂和陈一秋依然在跳着。两个人都进入了佳境……

叠画：张朵朵一直被晾在一边。但张朵朵没有焦虑和嫉妒，反而很冷静、很平淡。一边观看，一边用手比画着动作。

叠画：转到张朵朵身边时，丁茂无奈地给她做了一个自己被绑架的小动作。张朵朵淡然一笑。

陈一秋仿佛已经癫狂。大有一种语不惊人死不休的劲头儿了……

李下的旁白：在角逐的最后关头，我妈妈却成了看客。也许是上天保佑，这一看，我妈妈看出了自己的短处和别人的长处。我妈妈再去反复琢磨，修正自己；于是，她再进入角色，就如鱼得水，有如神助了……

随之展现的是，张朵朵张开双臂，搂着假想中的丹尼，把一连串的动作一气呵成的画面……

29. 剧团，剧场，内，傍晚

选拔的场面。

舞台下。选拔小组的专家们和观众们都屏住呼吸，目不转睛地观看。

舞台上。丁茂和戴亭在搭戏。

叠画：丁茂和陈一秋在搭戏。

叠画：丁茂和张朵朵在搭戏……

30. 剧团，剧场，内，夜

副团长朱文站在台上讲话。

朱文：……女主角的A角由张朵朵担任，女主角的B角由陈一秋担任。男主角的A角由丁茂担任，男主角的B角由王开阳担任……

陈一秋站起来，隔着一排座位，与张朵朵握手，向她表示祝贺……

31. 李大宝家平房，正房，妈妈屋，内，夜

李大宝趴在地上，李下骑在他后背上。两个人玩骑大马。

电话铃响了。妈妈接听。

妈妈：喂，您找谁……啊……我叫他……大宝，听电话！

李大宝爬过去，接电话：啊，燕子，怎么了……这会儿啊……好好好，半个小时后，我们家附近的胡同口见……

32. 剧团，剧场，内，夜

偌大的剧场，就剩下陈一秋和张朵朵了。两个人站在观众席上。远远地看过去，仍像站在舞台的空间里一样。

陈一秋有些失落。张朵朵有些忐忑。

张朵朵：谢谢你。

陈一秋：我还得谢谢你呢。

张朵朵：谢我什么？

陈一秋：剧照的事，你没有听信传言。

张朵朵：我知道那跟你没关系。

陈一秋：我知道是谁干的。但我不能告诉你。

张朵朵：我也不想知道。

陈一秋：这就是你跟别人不一样的地方。

陈一秋走近张朵朵。

陈一秋：朵朵姐，你要是不嫌弃我，我想跟你交个朋友？

张朵朵本来就是个单纯的人，被陈一秋的一番话感动得一塌糊涂。

张朵朵：从今以后，我们就是姐妹。

陈一秋：永远是姐妹。

两个人拥抱在一起。

陈一秋：真的，你跳得太好了。你比我大了六七岁，跳得却比我好，你知道这是为什么吗？

张朵朵：可能是我的经验比你的多吧。

陈一秋：错了，你是用情感在跳，你是用心灵在跳。

张朵朵：你不是吗？

陈一秋：我也是。可是你还是一个恋爱中的人。恋爱中的人诠释的角色，是有最生命力的。

张朵朵：是吗？

陈一秋：朵朵姐，要想当个好演员，一定要摆脱世俗的束缚，想爱就爱，想恨就恨，只有这样，才能找到艺术的真谛，才能找到心灵的归宿！

张朵朵：谢谢你的理解！

第 24 集

1. 街口，胡同里，外，夜

宋燕子终于等来了李大宝。

宋燕子：李大宝，你是死人呀？

李大宝：这女人们都怎么了，一张嘴都要死要活的？

宋燕子：我都等你半个小时了，我以为你死了呢。

李大宝：我得把孩子弄睡了吧。这么晚了，什么事？

宋燕子：什么事？你知道杨开明和我为什么分手吗？

李大宝：为什么？

宋燕子：他说身体有毛病，这辈子不能结婚。他也忒不是东西了，身体有毛病他跟我谈什么恋爱啊？他把我当成什么了？

李大宝：不会吧？我们上高中的时候，一块体过检，没听说他有毛病呀？再者说了，见着女的，他比谁的眼睛瞪得都大。

宋燕子：我也不太相信，他跟我说了以后，我心里一直打鼓，今天就觍着脸，又去问他了。他竟然给我拿出了一个证明。

宋燕子说着，从兜里掏出了一张纸。李大宝拿过来，凑到路灯下，一看，还真是医院开具的证明。

李大宝差点儿笑出声来。

李大宝：这小子真行，还准备了这么强有力的证据。

宋燕子：是啊，他这是有准备的。

李大宝：一个男人能这么做，说明他已经放弃了最后的尊严。可以看出来，他完全是为了你。

宋燕子：为了他自己吧。有两件事，大宝，你必须给我讲实话。一，我们要找的敲门人，是不是杨开明？二，杨开明是不是收了厂家的回扣？

李大宝：你不要瞎想了，既然两个人都已经分手了，就让一切都过去吧。

宋燕子：你什么也别说了，我都明白了，这两件事从头到尾你都清楚。

李大宝：我只能跟你说，别把他想得那么坏。依我看，他比一般的人好多了。只不过，有些事让他摊上了。

宋燕子：你知道，我是那么喜欢他，没想到他却是这样的人。如果他真的做了这两件事，那他还不如残废呢。

宋燕子说完，扑在李大宝怀里，“呜呜呜”地哭起来。

张朵朵从远处向胡同口走来。

哭完了，宋燕子说：谢谢你为我做的一切，到今天我才明白，在这个世界上，我能相信的人，除了我爸我妈，恐怕就是你了。

李大宝：不止吧，至少还有大裤裆呢。

宋燕子抬手给了李大宝一个大嘴巴子。

宋燕子：缺德吧你，李大宝，看上去你挺老实，其实你比谁都坏！

这个大嘴巴子，恰好被张朵朵真真切切地看见了。宋燕子和李大宝也真真切切地看见了张朵朵。

三个人一下子都僵住了……

2. 李大宝家平房，西厢房，李大宝屋，内，夜

张朵朵倚在床头看书。

李大宝刷牙，洗脸，洗脚。制造了很多动静，把嘴唇都快捅破了、把脸皮都快搓掉了、把脚趾头都快捏断了。可是张朵朵始终不为所动。

李大宝预感到，自己的末日真的到来了。

李大宝抱着被子、枕头，乖乖地爬上了靠西山墙边的木箱子上。

刚躺下，张朵朵就把灯熄了……

3. 西厢房，厨房，内，日

一家人围坐在饭桌旁吃早饭。除了李三宝和李小雅外，其他人都在。

张朵朵放下铁碗，说：妈，这两天晚上，麻烦您带一下下下？

妈妈：你要出差？

张朵朵：团里又上了一部新戏，这两天有点忙，我就住我妈家了。

妈妈：行啊，你就忙你的吧……

4. 中国人民大学，李三宝的宿舍，内，日

四个男同学在打牌。李三宝在边上扒眼儿。

有人敲门。

李三宝：请进。

推门进来的竟是张朵朵。

李三宝：姐，你怎么来了？

张朵朵：我来看看你。

张朵朵的到来，像一股清风吹动了一池春水，像一缕阳光催开了一枝花朵，像一簇焰火照亮了一片夜空。

一句话，整个世界都变得五彩缤纷了。

几个男同学的眼珠子都不转了。

李三宝：干什么，干什么！

男同学甲：三宝，她谁呀？

李三宝：我姐。没见过明星啊？

男同学甲：没见过。

李三宝：都走，都走。赶紧的，赶紧的。

李三宝往外轰几个同学。

男同学甲：让我们看看呗，让我们看看呗……

几个同学还是恋恋不舍地走了。

张朵朵：你们同学还挺有意思。

李三宝：都是些土鳖。没见过漂亮女人。

张朵朵一边“咯咯”笑着，一边把宿舍参观了一遍。

张朵朵：还行，挺干净的。

李三宝：这不是有我吗？要不，早就成猪窝了。

张朵朵：这我相信。

张朵朵坐在李三宝对面的床上。然后，从包里拿出钱包，掏出一沓钱，放到李三宝面前的桌子上。

张朵朵：拿着，你马上就四年级了，临近毕业，花费肯定大了。

李三宝眼圈有点发红，说：好，我跟你也不客气了。

李三宝把钱拿起，装在兜里。

张朵朵：毕了业，打算去哪儿工作？

李三宝：学了一回中文，如果能当一个作家，那最好。所以说，还是先去文化单位吧。

张朵朵：不怕你笑话，我还做过当作家的梦呢。

李三宝：是吗？你现在也不晚啊。

张朵朵：不可能了。读的书太少了。

李三宝：可以补啊。哪天，我给你开个书单。

张朵朵：那好啊。

李三宝：等你写出了东西，我当第一个读者。

张朵朵：那好啊。

沉默。

张朵朵：好了，我得走了。

李三宝：刚来，就走？

张朵朵：趁中午休息，跑出来的，下午还得上班呢。

张朵朵站起来，要走了。

李三宝：姐你找我是不是有事啊？

张朵朵：刚才有，现在没了。

李三宝：为什么？

张朵朵：在外面见到家里人，不知为什么，我有些无法启齿了。

李三宝：如果我没猜错的话，你是想跟李大宝离婚？

张朵朵：你怎么知道？

李三宝：其实家里人谁都清楚，这个家根本就留不住你。大家都不敢说出来，那是舍不得你走。

张朵朵：对不起，我不知道该怎么面对家里人……

李三宝：你跟李大宝已经过了五六年了，不错了。离吧……

张朵朵：你真这么想？

李三宝：真的，我支持你。你跟李大宝，天生就不是一路人。你们一个洋，一个土；一个是鲜花，一个是狗屎；一个在天上，一个在地下。离了好，散了好。各回各家，各找各妈！

李三宝眼泪出来了。之后，捂住脸，小声抽泣起来。

张朵朵上前搂住李三宝的肩膀。

张朵朵：三宝，对不起……

李三宝：你要真走了，李大宝肯定得伤心死。

张朵朵：我知道。所以，我一直下不了决心。

李三宝：还有，我和李小雅就再也不能叫你大嫂了。

张朵朵：还可以叫我姐姐呀，你们不一直这么叫吗？

李三宝：不一样了，以后，我们毕竟不是一家人了。

张朵朵眼圈也红了，说：三宝，姐跟你保证，一样的，一样的……有一件事还要答应姐，先别跟小雅说……

李三宝：明白……

5. 李大宝家平房，西厢房，李大宝屋，内，夜

李大宝抱着被子、枕头，爬上了靠西山墙边的木箱子上。

已经躺在床上的张朵朵，突然坐了起来。

张朵朵：李大宝！

李大宝差点儿从木箱子上摔下。

李大宝：哎！

张朵朵：我真是小瞧你了，没想到，你一个铁匠也有婚外情！

李大宝：我……

张朵朵：我们离婚吧！

李大宝张大嘴巴，却说不上话来。

张朵朵：我知道，你们老李家肯定不会给我孩子，那就给你，但在孩子上高中之前，跟着我。我就这一个条件！

尽管早就有了思想准备，但李大宝还是如同挨了一闷棍。傻坐了一会儿，想从木箱子上跳下来，结果，没站稳，摔了个大马趴。

李大宝趴在地上，抬头看着张朵朵。

张朵朵像看着一堵墙一样，看着李大宝。

李大宝爬起来，穿上外套，踉踉跄跄地出了屋门……

6. 正房，李二宝屋，内，夜

睡梦中的李二宝“呜呜呜”地哭了起来。

妈妈摸着黑儿跑了过来。

妈妈：二宝，怎么了，怎么了！

妈妈一边摇着李二宝，一边喊着。随后，把灯打开。

李二宝魇魇怔怔地醒了。

妈妈：做噩梦了？

李二宝：梦见二膀子了。

妈妈：怎么还梦见他了？

李二宝：我在路上走着呢，二膀子领着他们家的两只鸭子，摇摇摆摆从对面过来了。我就问，二膀子你的鸭子是公的还是母的？二膀子说，你丫傻啊？我说，我怎么傻了？二膀子说，鸭子肯定是公的嘛，鸡才是母的呢。我说，把你的鸭子给我玩两天呗。二膀子说，那可不成。然后，就离我而去了……

妈妈：你这都什么乱七八糟的！

李二宝：后来，我就到处乱跑、乱喊，可是怎么都找不见二膀子和他的鸭子了。

妈妈：你都把我哭醒了。你真的没事吧？

李二宝：应该没事吧？

妈妈：跟妈说实话，你那些鸭子到底怎么样了？

李二宝一咧嘴巴，哭哭唧唧地说：妈，飞了，它们全飞了，这回我可是赔到他姥姥家去了……

妈妈：啊！

7. 马路边，人行道上，外，夜

李大宝失魂落魄地走着……

8. 李大宝家平房，西厢房，李大宝屋，内，夜

张朵朵躺在床上辗转反侧。

叠画：张朵朵迷迷糊糊地睡去……

9. 西厢房，李大宝屋，小院子里，李大宝屋，内 / 外 / 内，凌晨

张朵朵被一阵猛烈地敲窗子声音惊醒。

张朵朵：谁呀？

姑奶奶：大宝，你妈不见了！

张朵朵：啊！

张朵朵来了一个“一字胯”，坐定，揉了揉眼睛，往木箱子上看去：李大宝还没回来。

张朵朵胡乱穿上衣服，开了门。

张朵朵：什么时候不见的？

姑奶奶：我醒来，她的被窝儿就是空的。

张朵朵：能去哪儿呢？

姑奶奶：我也不知道呀……不过，我最后一瓶药酒不见了……

张朵朵：啊！

张朵朵转身就往屋里跑。打开木箱子一看，果真，妈妈抱着一个空葡萄糖瓶子睡在里面。

姑奶奶伸手去揪妈妈的耳朵。

姑奶奶：你给我出来吧！

妈妈一边用手拨拉着，一边嘟囔着：讨厌，这是谁呀，我好不容易睡个踏实觉！

妈妈竟然在有限的空间里，翻了翻身，然后，又笑眯眯地睡去了……

10. 正房，妈妈屋，内，日

妈妈的酒好像还没有彻底醒。

李大宝半跪在妈妈身旁，伺候着。

李大宝：妈，你这么沉着的人，你这么冷静的人，你这么清醒的人，怎么也喝酒呢，怎么也睡木箱子里呢？

妈妈：大宝，妈妈累啊！

李大宝：妈，我知道，你一个人把我们兄弟姐妹五个人拉扯大不说，还要伺候姑奶奶，你怎么能不累啊？我们小时候，你给我们缝衣服，一缝就是一宿；我们五个都费鞋，你就没完没了地做，你把手掌都扎破了；李二宝淘气，把学校的玻璃打烂了，你没钱赔，就去给学校打扫卫生；李三宝发烧，你后面背着李小雅、前面抱着李三宝，一趟一趟地往医院跑……

妈妈：大宝，妈妈苦啊！

李大宝：妈，我知道，你三十几岁就守寡，一辈子全搭在我们身上了，你心里从来都没有自己；姑奶奶跟我说过，她多少次劝你再找个人，你死活都不干，妈，我知道，你是不想扔下我们……

妈妈：大宝，我的好儿子，我的好儿子！

李大宝：你千万别这么说，跟你比，我差得远了去了……

妈妈：大宝，飞了，它们全飞了。

李大宝：你说什么？

妈妈：我说，鸭子，飞了，它们全飞了……

李大宝：哎哟嗨，你知道了？

妈妈：这可怎么好啊，两万多块啊？

李大宝：我正在想办法往回追呢。

妈妈：你一个人的力量恐怕不行啊。

李大宝：那你说咋办？

妈妈终于睁开了惺忪的眼睛。

妈妈：我的意见是，把工厂的工友们都发动起来，像搂草一样，像梳头一样，把北京城的大街小巷全过一遍，不信找不到那两个骗子！

李大宝：成，就按你说的办。我这两天，手头有点麻烦事，等我忙完了，就去落实！

妈妈：你有什么麻烦事，不是跟朵朵闹矛盾了吧？

李大宝：没有，你别瞎想了。你要是无大碍，我得上班去了。

妈妈坐起来的时候，头猛地晕了一下。

妈妈：哎哟，真喝多了……大宝，我刚才都说什么了？

李大宝：你就说“大宝，飞了，它们全飞了”。

妈妈：就这一句？

李大宝：说完这句，你就清醒了，后来说什么你自己都知道了。

妈妈：真的？

李大宝：真的！

11. 中国人民大学，宿舍楼前，外，日

李三宝背着书包，往楼里走。

李大宝从树后探出脑袋。

李大宝：李三宝！

李三宝回过头，看见了缩头缩脑的李大宝……

12. 中国人民大学，小花园里，外，日

四月初的校园，到处传递着春天的气息。无论花草树木，无论鸟儿虫儿。

李三宝和李大宝漫步在小道上。

李大宝：……大哥也是觍着脸来找你，你说大哥到底该怎么办呀？

李三宝：我给你讲个故事吧。知道梁思成吗？

李大宝：不知道。

李三宝：那知道梁启超吗？

李大宝：知道啊。“戊戌六君子”之一啊。

李三宝：还行，还没有完全沦落成文盲。梁思成是梁启超的儿子，建筑学家。那么，梁思成的夫人呢，是个才女、也是美女，叫林徽因。在林徽因与梁思成结婚之前，爱林徽因的人就有很多，像诗人徐志摩。在林徽因与梁思成结婚之后，爱林徽因的人还有很多，像哲学家金岳霖。

李大宝：徐志摩我也听说过。

李三宝：有一天，林徽因对梁思成说，我苦恼极了，因为我爱上了我们的朋友金岳霖，我该怎么办？梁思成想了一宿，第二天对林徽因说，我是建筑学家，金岳霖是哲学家，比我有头脑，从长远来说，我不如他，你要选择他，我祝你们永远幸福。

李大宝：完了呢？

李三宝：两个人都哭了。

李大宝：再完了呢？

李三宝：林徽因把梁思成的态度告诉了金岳霖。金岳霖对林徽因说，看来思成是真正爱你的，我不能去伤害一个真正爱你的人，我应该退出。金岳霖真的退出了。还有，为了爱林徽因，金岳霖终身未娶！

李大宝：看样子，金岳霖还真是个君子。

李三宝：算你明白。

李大宝：可是，就我这样，怎么看，他也不像个君子呀！

李三宝：李大宝，那你就不会学习做个君子吗！

13. 小饭馆，内，日

李大宝和宋燕子坐在一个角落里喝酒。

几个小菜几乎一口没动，两瓶二锅头却所剩无几了。

李大宝又拿起了酒瓶子。宋燕子伸手去夺。

宋燕子：你放手。

李大宝：我就不放。

宋燕子：你放手。

李大宝：我就不放。我花钱，又不是你花钱。

宋燕子：借酒浇愁，你算什么爷们儿？

李大宝：我早就不是爷们儿了。

宋燕子：放手吧，如果你真爱她，为什么不让她去寻找幸福？

李大宝这才把酒瓶子松开。

李大宝：明白了，我李大宝如果再死乞白赖地不放手，这辈子不但做不了君子，还成大王八蛋了！

14. 李大宝家平房，西厢房，厨房，内，日

一家人围坐在饭桌旁准备开会。除了李小雅，其他人都在。

李二宝是最后一个入座的。

李二宝：李三宝都开始召集大家开会了，本事真是越来越大了。

李三宝：闭嘴。

李三宝正了正身子，清了清嗓子。

李三宝：我受李大宝和张朵朵二位委托，召集全家人开会……

老李家人都预感到了事情的不妙。

李三宝：会议就一个主题，那就是，李大宝和张朵朵决定离婚了。我们大家都知道，他俩的婚姻从一开始就有点别扭，有点拧巴，就不顺溜，就不和谐，硬是坚持了五六年，彼此都很痛苦……

妈妈插了一句：大宝，你痛苦吗！

李三宝：……妈，让我把话说完。与其每天这么煎熬着，不如，早分了，早解脱。既然他俩都决定了，我想，我们一家人，不管是谁，辈分高的也好，辈分低的也好，都应该理解他们，支持他们，让他们重获自由，去寻找各自的幸福！

老李家人知道早晚会有这一天，都很平静地接受了这一事实。

半晌，妈妈还是小声地哭了。

姑奶奶厉声道：哭什么丧，我又没死。

张朵朵：对不住了，姑奶奶；对不住了，妈妈。我知道，这些年，是我做得不好，一家人才不喜欢我。我还知道，一家人尽管不喜欢我，但都对我很好。这辈子，我恐怕没机会报答了……

姑奶奶：你千万别这么说，你就是跟我们大宝过一天，那也是我们老李家的媳妇儿；再说了，你还给我们生了下下，不管什么时候，你永远都是下下的妈妈！

张朵朵：下下是李家的后，我不要；但是呢，先跟着我，女孩儿，小时候跟着我，可能会好一点；等上了高中，我就让她回来……

张朵朵说完，拉起李下，就往外走。

李下一边回头，一边说：大宝，明天见。

姑奶奶突然来了一句：大宝，天天见。

姑奶奶说完，号啕大哭。

李大宝自始至终一言不发，他脑子已经完全麻木了。

不知什么时候，妈妈把一瓢凉水已经端在手里了。

妈妈：李大宝，我前两天还问你是不是有麻烦事了，你说你没有；还没有呢，你都麻烦到你姥姥家去了。你这个没用的东西，你倒说句话啊！

于是，一瓢凉水全泼到了李大宝的脸上……

15. 西厢房，李大宝屋，内，日

张朵朵站在木箱子前收拾东西。弄着弄着，就走神了。她想起了什么……

闪回画面：

张朵朵趴下来，往床底下窥探，也没有李小雅。

张朵朵站起来，仔细琢磨着。最后，把目光落在了靠西山墙边的木箱子上。

木箱子被打开了。

张朵朵：李大宝，李大宝！

李大宝、李二宝、妈妈和姑奶奶先后跑了进来。

张朵朵指了指木箱子，说：你们看吧。

李小雅竟然真的抱个空葡萄糖瓶子，睡在里面。

一家人这才松了一口气。

妈妈：快把她弄出来，快把她弄出来啊！

李大宝和李二宝合力把李小雅抬了出来，放在床上。李小雅随后醒了。

清醒过来的李小雅像中了邪似的，一句话不说，傻呵呵地看看这个，看看那个。然后，下了床，要往外走。

张朵朵：小雅，你怎么了，你怎么不说话？

李大宝：李小雅，你怎么了，你别吓大哥啊！

李小雅木木地摇了摇头，出去了……（闪回完）

张朵朵的脸上露出了微笑。

闪回画面：

李大宝在穿外套。又准备出去找人了。

张朵朵：几个屋都找了？

李大宝：是。

张朵朵：也喝了一瓶酒？

李大宝：是。

张朵朵：你等等。

张朵朵下了床，鼓足勇气，把木箱子打开。姑奶奶竟然真的抱个空葡萄糖瓶子，睡在里面。

李大宝：哎哟嗨，我的活祖宗哟，这话怎么说的？你怎么也跑这里面来了！

李大宝：妈，妈，快过来呀！

妈妈和李小雅应声跑了进来。

妈妈看到姑奶奶的样子，又气又笑。“砰”的一声，把木箱子盖子盖上了。

妈妈：走，小雅，今晚就让她睡在这里面。

张朵朵：睡在这里面，算怎么回事呀？

李大宝和张朵朵合力把姑奶奶抬了出来，放在床上。姑奶奶随后醒了。

姑奶奶：哟，我怎么在这儿啊？

张朵朵：您说呢？

李大宝：姑奶奶，你这是唱的哪一出？

姑奶奶：我本来是要离家出走的，包裹我都收拾好了。

李大宝：你为什么要出走啊？

姑奶奶：我的名誉权受到了侵害，受到了严重的侵害。我忍无可忍，只好离家出走。

张朵朵：那您怎么又没出走呀？

姑奶奶：这不是喝了瓶酒吗？晕晕乎乎地就跑这儿来了……

突然间，妈妈哈哈大笑。

张朵朵：您还真笑得出来！（闪回完）

张朵朵的眼睛潮湿了。

闪回画面：

张朵朵转身就往屋里跑。打开木箱子一看，果真，妈妈抱着一个空葡萄糖瓶子睡在里面。

姑奶奶伸手去揪妈妈的耳朵。

姑奶奶：你给我出来吧！

妈妈一边用手拨拉着，一边嘟囔着：讨厌，这是谁呀，我好不容易睡着踏实觉！

妈妈竟然在有限的空间里，翻了翻身，然后，又笑眯眯地睡去了……（闪回完）

张朵朵的眼里终于涌出了泪水，同时，“扑哧”一下，笑出声来。

张朵朵轻轻地把木箱子盖子盖上了。

身后响起了脚步声。张朵朵回头一看，是妈妈。赶紧用手指擦去眼角的泪珠儿。

张朵朵：妈……

妈妈：从现在起，别叫了，我受用不起了。

张朵朵：……

妈妈：都收拾好了？

张朵朵：差不多了，也没什么，就我和下下的衣服。

妈妈坐在椅子上。然后，轻轻地叹了口气。

妈妈：离开这个家，别忘了吃饭，别老想着减肥。知道你的第三轮减肥计划实施多长时间了吗？

张朵朵：具体记不清了。一年多了吧？

妈妈：一年零一个半月。

张朵朵心里一动。随后把目光移到别处。

妈妈：晚上得吃东西了。哪怕喝点粥。

张朵朵：我知道了。

妈妈：还有下下。我个人觉得，我们家的环境，可能比你们的家要好点，我没别的意思，是想说我们家人多，热闹。至于下下上了学，小雅可以抽空辅导她。你就先把下下领回去，如果发现你爸爸妈妈带她不合适，就送回来。下下跟谁都不重要，重要的是，得让她健康、快乐地成长！

张朵朵：我知道了……

16. 小院子里，院门口，胡同里，外，日

张朵朵背着大包小包，领着李下，往外走。

姑奶奶、妈妈、李二宝和李三宝的脸，都贴在窗子上，往外看。

李下感觉到了什么，回过头去张望。

李下：妈妈，看，太姑奶奶和奶奶她们！

张朵朵使劲儿拽着李下，说：走，我们走！

李下的旁白：我妈原打算跟我们老李家鱼死网破的，可是她没想到，我们老李家没做任何反抗，就放她走了。起初，她以为，我们老李家人怕她；后来，她才明白，那是我们老李家人老实、善良、厚道，我们就不会合起伙来欺负她一个人……

张朵朵拽着李下出了院门。

张朵朵泪流满面……

17. 西厢房，厨房，内，日

妈妈在灶上忙着。

妈妈一反以往小心、拘谨的样子，手、脚和身体的动作幅度都很大，嘴里还哼着小曲，从里到外都透着压抑太久之后获得了解放的快乐。

妈妈切完生肉以后，直接用手里的菜刀拍黄瓜。

叠画：妈妈在颠勺儿；

叠画：妈妈拿手抓一点菜，送到嘴里去尝；

叠画：妈妈用手里的抹布擦完菜刀再擦碗，这还不解气，又狠狠地擦了擦嘴巴……

妈妈自言自语：我就不信了，它还能得传染病？

18. 西厢房，厨房，内，日

一家人围坐在饭桌旁准备吃午饭。除了张朵朵和李小雅外，其他人都在。当然了，还多了一个牛琴。

妈妈逐一把大家的饭盛好。

姑奶奶端起碗，吃了一口，马上放下了。

姑奶奶：这碗怎么一股土腥味儿啊！

妈妈拿起姑奶奶的碗闻了闻。

妈妈：没有啊？

姑奶奶：你保证拿擦灶台的抹布擦碗了。

妈妈：没有，绝对没有。

姑奶奶：那就是擦嘴巴了。

妈妈：我是先擦的碗，才擦的嘴巴……

妈妈说完，吐了一下舌头。

姑奶奶：你看看，你看看，把细菌传染了吧！

李二宝模仿张朵朵的口气，说：你们老李家人太不讲卫生了，太恶心了。

李三宝吃了一口拍黄瓜，马上也不干了。

李三宝：妈，这黄瓜有一股羊膻味儿。你肯定是用切完生肉的菜刀拍的黄瓜。

姑奶奶也尝了一口。

姑奶奶：三宝说的一点不错。

妈妈把一盘拍黄瓜端到自己跟前。

妈妈：你们不吃，我吃。

姑奶奶：你是不会做饭了，还是不想做饭了？

妈妈：我……

姑奶奶：朵朵是走了，可是她给我们制定的厨房的公共卫生制度和个人的卫生制度，我们还是要坚定地执行。那句话怎么说来？至少三十年不变。对，至少三十年不变。

李二宝和李三宝：我们同意。

妈妈：完了完了，我们一个好端端的工人阶级家庭，被张朵朵这个小资产阶级给改造的面目全非了。

姑奶奶：被改造不是挺好吗？没有朵朵，大宝永远是土包子……

再看李大宝，后槽牙都快要咬下来了。姑奶奶这才不言声了。

19. 剧团，排练厅，化妆室，内，日

张朵朵和戴亭在镜子前化妆。

戴亭：朵朵，以后我们是不是得叫你副团长太太了？

张朵朵的脸色变了，说：戴亭，你什么意思？

戴亭：你不是在闹离婚吗？离了婚，不就可以跟丁茂光明正大地在一起了吗？

张朵朵：你听谁说我要离婚了？

戴亭：你不是都带着东西、领着孩子回娘家住了吗，这不是闹离婚是干吗？

谢娟推门进来了。

张朵朵：你……

谢娟：戴亭，你是不是又在这儿嚼舌头呢，你是不是又需要我给拔毛了？

戴亭：跟你有什么关系，多管闲事！

戴亭嘴上这么说，可内心还是有些忌惮。拿眼角的余光，瞟着谢娟，生怕她扑过来。之后，拿起包，赶紧溜了。

戴亭：她又说什么了？

张朵朵：没说什么……

20. 咖啡厅，内，傍晚

张朵朵和丁茂面对面地，坐在一个中间的位置上。

张朵朵看上去心情不错，而丁茂则有些心烦意乱。

张朵朵拿起“菜单”，问：想喝点什么？

丁茂：什么都不想喝。

张朵朵：今天怎么了，从一坐到这儿，你就不高兴？

丁茂：心烦。

张朵朵：到底怎么了？

丁茂：你是不是真的要离婚啊？

张朵朵：真的假的，你还不知道吗？

丁茂：这下麻烦了。

张朵朵：到底怎么了，你就别让我着急了！

丁茂：有人给上级部门写了匿名信，反映了我和你的事，还说我有作风问题。朱团长找我谈话了，说这可能影响我的提拔……

张朵朵：那怎么办？

丁茂：她说，除非……

张朵朵：除非什么？

丁茂：她说，除非你写一个书面材料，证明你和你爱人从一开始就不合适，你们根本就没有感情，你们的离婚与任何第三者无关……

张朵朵：真有意思！

丁茂：我觉得，这个要求也有点过分了。可是她说，我要是自己不跟你谈，她就出面找你。我一想，算了，还是我自己跟你谈吧，反正，横竖你都是骂我。

张朵朵：这个书面材料真管用吗？

丁茂迫不及待地说：管用，当然管用了！

21. 李大宝家平房，西厢房，厨房，内，傍晚

妈妈在颠勺儿。

妈妈拿手抓一点菜，准备送到嘴里去尝，却又下意识地停住了，扔了菜不说，还假装抽了自己一个大嘴巴子。

妈妈把菜盛到盘子里，去洗锅，然后，随手拿抹布去擦，擦之前，还没忘了看看上面拴的布条……

妈妈：你说你累不累啊？

妈妈：我不累。

妈妈：我就是不累……

22. 西厢房，厨房，内，傍晚

一家人围坐在饭桌旁吃晚饭。除了张朵朵和李小雅外，其他人都在。当然了，还多了一个牛琴。

妈妈小心地看着大家。大家都吃得津津有味。没有人对饭菜的味道提出任何异议。

妈妈小声说：我这辈子就是活该倒霉。

姑奶奶：你说什么？

妈妈：我说，我这辈子活得真值！

23. 西厢房，李大宝屋，内，夜

李大宝躺在木箱子上，抱一瓶二锅头，喝一口，哭一声，喊一句。像在唱戏。

李大宝：飞了，全飞了！

没想到张朵朵推门进来了。

李大宝想掩饰，也来不及了，干脆，一不做，二不休，彻底哭出来。

张朵朵：李大宝，说你不是个爷们儿，一点都没冤枉你。不就是离个婚吗，你至于吗？

李大宝不哭了，说：你回来干啥来了？是不是不想跟我离了？

张朵朵：我回来拿点东西。

李大宝：飞了，它们全飞了！

张朵朵：谁飞了？

李大宝：那些鸭子，那些"嘎嘎"叫的鸭子。姑奶奶的棺材本钱都搭进去了，这下可怎么办呀！

张朵朵：怎么回事？

李大宝：李二宝，让俩小子给骗了。

张朵朵皱了一下眉头。

张朵朵：那两个人岁数有多大？

李大宝：三十大几，四十不到。其中，有一个长得人模狗样的。

张朵朵终于想起了什么。

闪回画面：

张朵朵站在那儿，认真地翻看。

丁茂的表哥：好了，我也该走了。

丁茂把表哥送到门口。

丁茂的表哥：你留步吧。等那批鸭子到手以后，我请你吃烤鸭！

丁茂：那可我等着了！（闪回完）

张朵朵：我知道是谁了。

李大宝一个鲤鱼打挺，坐起来。

李大宝：真的！

张朵朵：准确点说，他叫什么名字、在哪儿工作、家住在哪儿，我不知道；但我知道，在哪儿能找到他！

李大宝：奇迹真的要发生了！

24. 小院子里，院门口，外，夜

张朵朵走出院门口，背后却有脚步声跟来。回头一看，是李三宝。

李三宝：姐，我在屋里听见有人来了，估计是你。还真是你。

张朵朵：三宝啊，怎么今天又回来了？

李三宝：我正要问你呢，你怎么又回来了？

张朵朵：我回来拿点东西。

李三宝：东西呢？

张朵朵这才发现自己的手是空的。

张朵朵：我……

李三宝：不是李大宝反悔了吧？

张朵朵：不是不是。

李三宝：你肯定又遇到了麻烦，不然，你不会半夜回来的。我能帮你什么？

张朵朵：我实在是张不开口……

李三宝：脸皮都撕破了，还有什么张不开口的？

张朵朵：因为我的离婚，可能会影响团里一个同事的提拔。团里希望我写一个书面材料，证明我的离婚与任何第三者无关……

李三宝：可以理解，这事交给我吧。我相信，李大宝既然已经同意离婚，这点小忙他也会帮的，举手之劳吗。你去胡同口等着我！

25. 正房，李二宝屋，内，夜

李三宝在灯下写证明材料。

写着写着，写不下去了。

李三宝把笔扔在桌子上。

蓦然，李三宝的内心响起了两个声音。

一个声音：李三宝，你在干什么？

另一个声音：李三宝，你做得对。

一个声音：别忘了，李大宝是你哥哥。

另一个声音：你不也叫过张朵朵姐姐吗？

一个声音：亏你还是知识分子，你简直就没有人性。

另一个声音：你知道什么最没有人性吗？

一个声音：是什么？

另一个声音：枷锁式的、绑架式的，没有爱的、没有自由的婚姻，是最没有人性的。

李三宝的眼里流出了泪水。

李三宝拿起笔，继续写。

李三宝：大瓣蒜儿，我这么做，可都是为了你，作为一个爷们儿，咱们就大度点吧，你不是常说“替别人着想”吗……

李三宝在纸上按了手印。

李三宝：李大宝，我知道，你爱她。李大宝，你不知道，我们也一样爱她。为了我们共同的爱，只好委屈你了、牺牲你了……

李三宝失声痛哭……

第 25 集

1. 剧团对面的街口，外，日

街口的树下，多了一个掌鞋的。掌鞋的头上戴个草帽子，不管手头有没有活儿，一双眼睛总是贼溜溜地盯着对面的剧团大门口。

掌鞋的竟然是李大宝……

2. 剧团，排练厅，走廊，内，日

张朵朵在前面走着，丁茂从后面追上来，把一张纸条塞到张朵朵的手里。

丁茂先于张朵朵进了排练厅。

张朵朵把纸条展开看了一下，上面只有4个字：老地方见。

张朵朵的心跳“怦怦怦”地加快了。

3. 咖啡厅，内，日

丁茂一个人心神不宁地坐在角落的位置上。

张朵朵背着包进来了。

丁茂：你怎么才来啊？

张朵朵一边落座，一边说：刚一出楼门，碰上高歌了，非拉着我说话。

丁茂：跟她那种人有什么好说的？

张朵朵：我现在跟她见了面，仅限于点头。谁知道，她今天发什么神经，非要跟我聊。

丁茂：这种人就应该当狗屎臭着她。

张朵朵：我知道了。找我干吗？是不是想我了？

丁茂：这个时候，哪有这份闲心？

张朵朵：又出什么事了？

丁茂：两个月之内，我们不要见面了。

张朵朵：为什么？

丁茂：这两个月是最关键的时刻。

张朵朵：我们又没做见不得人的事，你怕什么？

丁茂：七十二拜都拜了，就差一哆嗦了。

张朵朵：证明材料不是都交了吗？

丁茂：还是谨慎点好，就差一哆嗦了。不就是两个月不见面吗？忍一忍就过去了……

张朵朵：好，我听你的！

4. 剧团对面的街口，外，日

街口的树下，李大宝百无聊赖地坐着。

李大宝自言自语：李二宝，你个二王八蛋，你让我干点啥不好，你让我掌鞋？亏你想得出来？

一个熟悉的身影，从远处向剧团大门走去。

李大宝拉低帽檐儿，仔细观看，竟然真的是跟李二宝签合同的白净男人。

李大宝：奇迹真的发生了？

李大宝浑身上下来了精神……

5. 剧团对面的街口，外，日

白净男人从剧团大门走出来了。李大宝做好了“抓捕”的准备。

没想到白净男人过了马路，朝李大宝的掌鞋摊儿走来了。李大宝赶紧把头压低了。

白净男人：掌鞋的，能修外国产的皮鞋吗？

李大宝：不管是国产货还外国货，只要是破鞋，本大爷都能修理！

白净男人一听口气不对，弯腰低头看了一下李大宝的脸，然后，拿丫子就跑。

李大宝扔了草帽，拔腿就追……

6. 马路边，人行道上，街口，死胡同，外，日

白净男人在前面玩儿命地跑，李大宝在后面拼命地追。从步伐上看，白净男人跑得有点力不从心，李大宝则跑得游刃有余。

李大宝一边跑着，还一边喊着：我今天要不把你丫追出稀屎来，算你丫大便干燥！

路边有个多事的人也在喊：加油啊，谁跑不动，谁是孙子！

两个人，一前一后，拐进了一个街口。之后，白净男人钻进了一条胡同。

李大宝随后也钻进了胡同。没承想，白净男人喘着粗气、举着双手出来了。

李大宝往前一看，是条死胡同，于是，哈哈大笑。

李大宝：奇迹真的发生了！

7. 街道上，胡同里，外，日

李大宝给白净男人来了个大背挎。押着他往前走。如果我们细心一点，就会发现，李大宝走的都是小胡同。

李大宝：……小子，你知道这叫什么吗？

白净男人：叫什么？

李大宝：狗撵鸭子呱呱叫。怎么着，到底还不还！

白净男人：大哥，钱在我那个兄弟手上呢，我也找不见他了！

李大宝：想跟我玩青皮，是吧？

白净男人：大哥，你就是把我青皮了，那钱也拿不回来了！

李大宝把白净男人的脸抬起来，端详了半天。

李大宝：看样子，鸭子的事，还得由鸭子们自己来解决呀。

白净男人：大哥，你说什么？

李大宝：我说，看样子，鸭子的事，还得由鸭子们自己来解决呀！

8. 歌舞厅，包间里，内，夜

李大宝和白净男人坐在沙发上。白净男人的手已经从后面用绳子给绑了起来。

白净男人：大哥，你这是绑架呀！

李大宝：那我们把服务员叫进来，你让他们报警？

白净男人：大哥，我不要啊！

打扮得男不男、女不女得李二宝推门进来了。

李二宝款款地来到白净男人身边，坐下。从头到脚，从手到腿，从脸到胸，把白净男人一阵把玩、欣赏和研究。

李二宝：真白，真俊，真好。

李二宝动手去摸白净男人的脸。

白净男人：你要干什么，你要干什么！

李大宝：你还认识他吗？

白净男人：认识。

李大宝：因为什么认识的？

白净男人：鸭子。

李大宝：这就对了。你知道，他为什么要倒鸭子吗？

白净男人：我不知道。

李大宝：我这个不争气的弟弟，就好这一口，见着喜欢的，也就是你这样的，就猛追不放。有的时候，一追就是三四年。有一次，看上了一个搞国际贸易的，差点儿追到俄罗斯去。倒腾买卖赚点钱，全搭在这上面了。你要是把钱还了，我保证他不去追你、不去骚扰你……

白净男人：大哥，我……

李大宝：我保证他也不去追你表弟丁茂、不去骚扰你表弟丁茂，听说他要当副团长了，是吧？我们总不能给人家添乱吧，总不能让人家当官的事黄了吧？

白净男人终于告饶了：大哥，你连我表弟都知道了？大哥，什么也别说了，我还，我还还不行吗？大哥，我这就去前台打电话，让他们把钱一分不差地送过来……

9. 李大宝家平房，正房，妈妈屋，内，日

李二宝怀里抱着黑皮革包，李大宝甩着膀子要着叉，一前一后进了屋。

只有姑奶奶一个人在。

姑奶奶：怎么着，大宝，飞走的鸭子又飞回来了？

李大宝：哎哟嗨，您怎么知道这事啊？

姑奶奶：这点小事，早在我手里攥着呢。我不说，那是我相信你一定能摆平……

李大宝：伟大的神医，伟大的巫婆！

李二宝把黑皮革包的拉锁拉开，露出了里面的钱。

李二宝：伟大的神医，伟大的巫婆！

三个人美得都要开花了。

妈妈进来了。姑奶奶立马把嘴闭上了。

妈妈：二宝，把钱要回来啦？

李二宝：又一个神医，又一个巫婆！

李二宝抱着黑皮革包，就要跑。妈妈一把薅住李二宝。

妈妈：哪儿去？把钱拿来！

李二宝：别介呀，我还得用它去倒钢材呢。

妈妈：你还倒钢材？从今以后，你就是倒飞机大炮，你就是倒导弹原子弹，那是你自己的事，跟我们没一点关系！

李大宝：对，从今以后，你就是倒原子弹就是倒核武器，也别在家里集资，我们的钱还留着买醋打酱油呢！

李大宝一把抢过黑皮革包，掏出钱来，猛数。

叠画：李大宝把一沓钱，交给妈妈。

叠画：李大宝把两沓钱，分别装进自己的两个裤兜。然后，把剩下的，给了李二宝。

李二宝一边往外走，一边叫：气煞我也，气煞我也！

李大宝也跟出去了。

屋里就剩下姑奶奶和妈妈了。

妈妈：您刚才是不是，又把他们要钱的事算出来了？

姑奶奶：我算出来怎么了？

妈妈：您可真行，在我这儿听说的事，一转身，你写一道符，就成了您算出来的了。

姑奶奶：我……我不就是想逗孩子们高兴吗？

妈妈：您那哪是逗孩子们高兴呀，您那就是逗自己高兴。

姑奶奶：我逗自己高兴怎么了？难道你不希望我高兴？

妈妈：我当然希望您高兴。要不，这么多年，我就不配合你了。

姑奶奶：你拉倒吧。你一共才配合我几次？大多数的事情都是我掐指算出来的！

妈妈：伟大的神医，伟大的巫婆；我给您鞠躬了，我向您致敬了！

10. 剧团，丁茂办公室，内，日

丁茂一边喝茶，一边看报纸。

电话铃响了。

丁茂接听：喂，哪里？

张朵朵（画外音）：是我。

丁茂压低声音：不是说好，两个月之内，我们不联系了吗？

张朵朵（画外音）：戴亭又跟人家就撕扯起来了，你快来排练厅看看吧……

丁茂不耐烦说：你找朱团长吧。还有，以后别再给我打电话了！

11. 剧团，排练厅，化妆室，内，日

张朵朵坐在镜子前发呆。

谢娟换好了衣服，背起了包。

谢娟：走吧？

张朵朵：我再坐一会儿，你先走吧。

谢娟：你没事吧？

张朵朵：没事，就是有点累。

谢娟：那我先走了。我约了同学吃饭。

谢娟走到门口，还是有点不放心。

谢娟：你要是有事，就给我往家里打电话，我八点多就回去了。

张朵朵：谢娟，我有时候就想，有你这样的朋友真好……

谢娟：你到底怎么了？别吓我。

张朵朵：我真的没事。你快走吧，要不，晚了……

12. 剧团，剧场，内，日

剧团在开动员会。副团长朱文在讲话。

朱文：……首先，跟大家通报一个好消息，我们的《疯狂女郎》，下个星期五也就是 4 月 26 号，就要在保利剧院首演了。演出的时间为一个星期。

台下一片掌声。

朱文：接下来，我还要宣布一项剧组的人员变动。根据一些具体情况，团里决定，女主角的 A 角由陈一秋担任，女主角的 B 角由张朵朵担任。

台下一阵骚动。

张朵朵和陈一秋都感到很震惊。再看丁茂，却一脸的木然。

张朵朵顿感头晕，坐在她身旁的丁茂，想去扶她一下，试探了半天，把手缩了回去。

张朵朵终于从座位上滑落下去……

13. 张朵朵父母家，内，日

张朵朵躺在床上。她脸色苍白，像是大病初愈。

张朵朵妈妈端来鸡汤，用勺子喂张朵朵。张朵朵爸爸在边上伺候着。

张朵朵喝了两小口，就摇头，不喝了。

张朵朵妈妈：你都三天没吃东西了，这样下去，怎么能行啊？

张朵朵爸爸：不行，我去找那个姓朱的！

张朵朵爸爸转身要走。

张朵朵妈妈：你敢！

张朵朵爸爸：我不为了朵朵吗？

张朵朵妈妈：我还不知道你那一肚子杂碎？

张朵朵微弱地说道：妈……

李大宝却急匆匆地推门进来了。

李大宝：朵朵，你这是怎么了！

李大宝几乎扑到床前。

张朵朵妈妈：干什么，干什么！

张朵朵妈妈去拉李大宝。

张朵朵妈妈：滚一边去，滚一边去；都是你把我闺女害的，都是你把我闺女害的！

床上的李下被吓哭了。

李大宝：朵朵，你没事吧，你没事吧！

张朵朵微弱地喊道：妈，妈……

张朵朵妈妈这才不喊了。

张朵朵摆了摆手。张朵朵妈妈嘟嘟囔囔地抱着李下出去了。

张朵朵爸爸也知趣地回避了。

张朵朵：你怎么来了……

李大宝：棵棵去厂里找我了，说你病了，我马上就过来了。

张朵朵：答应我，别跟家里人说。

李大宝哽咽着：好，我不说。

张朵朵：这段时间，我怕是照顾不了下下了，你把她领回去，交给你妈……

李大宝：你放心吧。

张朵朵：我妈她不想见你，你就先别来了，行吗？

李大宝：我……

张朵朵：我没大事，躺几天就好了……

李大宝：好，我不来了……

14. 纺织厂，维修车间，内，日

工友们聚在一起聊天。李大宝一个人坐在边上的椅子上发呆。

二膀子推门进来了。

二膀子：同志们，我胡汉三又回来了。

男工友甲：这意思就是刑满释放了呗？

二膀子：去你大爷的！

李大宝突然来了一句：二膀子，我要是你，我绝对没脸回来。

二膀子：我怎么没脸了？我不过就是拿了厂里一点点东西，还是废品……

李大宝：说那些都没用。反正你是有污点的人了。

二膀子：那你说点有用的。

李大宝站起来，围着二膀子转了一圈。

李大宝：你要是自己出去干，也许还能干出点名堂来；你要是再这样在厂里混下去，早晚得瞎了。

二膀子：李大宝，你也忒王八蛋了，我扫了一年大街，你才告诉我，我不应该回来，应该自己去干，你早干吗来着？

李大宝：因为你犯了错误，犯了错误，就得为此付出代价，不然，你能长记性吗！

15. 张朵朵父母家，院门口，外，夜

李大宝趴在门缝儿向里窥探。

屋里的灯光亮着。偶尔有人影儿在窗上晃动。

叠画——李大宝在门前蹲着。

叠画——

李大宝突然站起来，举着拳头，对准嘴巴，一声吼叫，唱了起来：抬起裤裆，走吧，路还长着呢；穿上鞋子，去吧，日子还远着呢……

16. 张朵朵父母家，内，夜

张朵朵站在窗前，仔细谛听。先是一脸的苦笑，后是悲喜交集……

17. 张朵朵父母家，院门口，外，夜

李大宝还在声嘶力竭地唱着：……戴上墨镜，恨吧，谁让她甩了你；穿上风衣，爱吧，谁让你喜欢她……

张朵朵父母家邻居家的大门开了一条缝儿，邻居女人探出半个脑袋。

邻居女人低声骂了一句：神经病。大黑，去，咬死他！

一条大黑狗，蹿了出来，直扑李大宝。

李大宝听到呼呼声，知道事情不妙，拿丫子就跑……

18. 马路边，人行道上，街口，死胡同，外，夜

李大宝在前面玩儿命地跑，大黑狗在后面拼命地追。

李大宝一边跑着，还一边喊着：你这个狗东西，放着鸭子你不去撵，你撵我干吗！

一人一狗，一前一后，拐进了一个街口。之后，又钻进了一条胡同。

李大宝往前一看，是条死胡同。

竟然是前不久钻过的死胡同。

李大宝：奇迹又发生了！

19. 死胡同，外，夜

李大宝奇迹般地爬上了墙。但不过，也就是死狗上墙——双手扒着墙头，身子吊着，不能上也不能下了。

大黑狗一边狂吠着，一边一跳一跳地用嘴去够李大宝的脚。

李大宝：你这个狗东西，放着鸭子你不去撵，你撵我干吗！

李大宝：有本事，你上来！

李大宝：想吃了肉了，是吧？我就不让你吃上，我馋死你！

大黑狗猛地一蹿，咬到了李大宝的鞋。李大宝一挣扎，鞋落到了大黑狗的嘴里。

大黑狗又看了一会儿墙上的李大宝，终于失去了耐心，然后，叼着鞋，一溜烟儿跑了。

李大宝像一摊烂泥一样从墙上滑了下来……

20. 剧团，排练厅，内，日

舞蹈队员们跟着音乐，集体练功。

门开了，张朵朵悄然而至。

张朵朵加入了练功的行列。

舞蹈队员们都回头看着张朵朵。

张朵朵淡定的如一湖秋水。随着动作的入境，这湖秋水，逐渐变得波光粼粼、魅力四射了。

叠画：张朵朵占据了正中央的位置。其他的舞蹈队员们都退到了边上，默默地看着张朵朵一个人在跳……

21. 剧团，排练厅，化妆室，内，日

张朵朵在镜子前刚坐下。谢娟就进来了。

谢娟：他在排练厅呢。要见你！

张朵朵想了一下，站起来。

谢娟：你还去啊？

张朵朵：任何一部戏，都有谢幕的时候！

22. 剧团，排练厅，内，日

张朵朵进来时，丁茂面对窗子站着。听见了脚步声，丁茂迫不及待地转过身来。

丁茂：来了？

张朵朵：有事？

丁茂：经过这一个多月的思考，我最终想明白了，官不官的，对我来说无所谓，但我不能没有你。

张朵朵：是吗？

丁茂上前要去抱张朵朵。张朵朵却闪开了。

丁茂：朵朵，我爱你！

张朵朵：发生了什么事，让你思想转变得这么快？

丁茂：朵朵，我原本就是爱你的！

张朵朵：你真把我张朵朵当成傻瓜了。好了，丁茂，我们也该结束了。

丁茂浑身上下，抖成一团。

张朵朵：对了，你七十二拜都拜了，就差一哆嗦了。你赶紧去哆嗦吧。我就不打搅你了！

张朵朵转身往外走……

张朵朵的旁白：要哆嗦，你一个人去哆嗦吧！

23. 剧团，排练厅，化妆室，内，日

谢娟终于把张朵朵等回来了。

谢娟：怎么样，都说什么了？

张朵朵：一切都结束了。

谢娟：谢天谢地。

张朵朵：是啊。从排练厅出来，我一下就轻松了。这几年，都快把我累死了。

谢娟：你知道吗，丁茂当副团长的事据说要黄了，取代他的可能是高歌！

张朵朵：是吗！

24. 纺织厂，大门口，外，日

张棵棵抖擞着腿，望着云彩。一只手拍在了他的肩膀上。一回头，李大宝已经站在他身后了。

张棵棵：来了，姐夫。

李大宝：你姐怎么样了？

张棵棵：好多了，昨天已经去上班了。

李大宝：那太好了。谢谢你来通风报信。

张棵棵：我姐最近不再提离婚的事了。

李大宝：是吗？

张棵棵：我的意思是说，你去做做她的思想工作，把她接回去算了……

李大宝：她能回去吗？

张棵棵：那你得试试啊！

李大宝：好好好！

25. 张朵朵父母家，内，日

张朵朵的爸爸妈妈分坐在一个八仙桌的两侧。张朵朵妈妈闭着眼睛，张朵朵爸爸则瞪着眼睛。

李大宝内心在挣扎，尽量让自己显得镇定些。

张朵朵妈妈：……你说了算吗，你们家主事的不是姑奶奶吗？

李大宝：那我让她亲自出马，给您二老请罪！

26. 李大宝家平房，正房，妈妈屋，内，日

屋门关着。李大宝在给李小雅打电话。

李小雅（画外音）：出了这么大的事，你们怎么不跟我说呀！

李大宝：我们不是怕你伤心吗？

李小雅（画外音）：那你现在打算怎么办？

李大宝：我是这么想的，李小雅，你大嫂可能跟我没有那么深的感情，可是她漂亮、有才华，还跟我结了婚；她不但漂亮、有才华，还给我生了一个漂亮、可爱的闺女。所以，我离不开她，也离不开我闺女。我希望你能支持我。

李小雅（画外音）：我当然支持你了。可是，我大嫂要是不回来呢？

李大宝：如果姑奶奶和妈妈都出面，我相信，她会回心转意的。我今天晚上就召集大家开会，讨论这件事。姑奶奶和妈妈一定会支持我的。有了你这一票，最差的结局是3 ∶ 2。

李小雅（画外音）：可是我晚上有一个考试，我回不去呀！

李大宝：你可以打电话啊。

李小雅（画外音）：好的，跟大嫂说，我想她了，她必须回家！

李大宝眼圈红了，说：李小雅，有了你的支持，大哥就不孤立了！

27. 正房，妈妈屋，内，夜

一家人坐在床上开会。除了张朵朵和李小雅外，其他人都在。

李二宝：……李大宝，亏你想得出，让姑奶奶和妈妈去他们老张家负荆请罪。你别忘了，是张朵朵先踹的你。

李大宝：她这一脚把我彻底踹醒了，我不能就让她这么走了，必须得把她拽回来。

李二宝：你的口号不是“替别人着想”吗？你这样做，为我们老李家着想了吗？你这么低三下四的，我们老李家的脸往哪儿搁呀？

李大宝：以前，我的口号是“替别人着想”；可是，早就变了，“替别人着想”后面，我又加了一句话——“为自己活着！”

李二宝：你是什么时候加上的，我们怎么不知道啊？

李大宝：自从娶了张朵朵那天，我就加上了，我怕你们生气，一直没告诉你们，今天我终于可以堂堂正正地告诉你们了！

李二宝：孙子，太孙子了！

李三宝：李大宝，你长点志气行不行？只要是个爷们儿，这口气，它就咽不下去！

李大宝：我媳妇儿跑了，我就有志气了？我媳妇儿跑了，我咽下这口气有什么用？我早晚得被这口气憋死！

李大宝看着一言不发的姑奶奶和妈妈。

李大宝：您二位，倒是说句话呀？

姑奶奶和妈妈：我们无话可说。

李大宝：那就举手表决吧。

说着，跃跃欲试。

李二宝和李三宝：这次你没有表决权。

姑奶奶看了看妈妈。

妈妈：那就举手表决吧。二宝和三宝说得对，大宝，这次你没有表决权。

李大宝：为什么呀？

妈妈：连个媳妇儿都看不住，你活该；还有，这是你最后的一次机会！

李大宝：那要是投票的结果平账呢？

妈妈：要是平账的话，我们就不插手了，你爱咋地咋地！

李大宝看了看手表，说：休会15分钟，大家都出去透口气，一会儿接着开！

28. 正房，妈妈屋，内，夜

一家人又回到了开会现场。

李大宝：那就举手吧。不同意我离婚的人请举手。

姑奶奶和妈妈都怔了一下，然后，同时举起了手。

李三宝：你这个说法有点阴险。

李大宝：怎么阴险了？

李三宝：你应该说，同意姑奶奶和妈妈去他们老张家请罪的请举手。

李大宝：这有什么区别吗？

李三宝：那同意你离婚的人，不就背上不仁不义之名了吗？

李二宝：甭跟丫废话，他爱怎么说怎么说，赶紧，继续。

李大宝：那好，就按照李三宝的意思来。不同意姑奶奶和妈妈去他们老张家请罪的请举手。

李二宝和李三宝同时举起了手。

李大宝的脑门子上冒出了细汗。

李二宝：哈哈，平账，我宣布散会！

电话铃响了。

李大宝向大家摆了摆手，说：请稍后。

李大宝接听：喂，哪里……啊……你等着，我让姑奶奶接……姑奶奶，小雅。

姑奶奶跑过去接电话。

姑奶奶：哎哟嗨，我的心肝儿啊，你不要姑奶奶了，姑奶奶都想死你了！

李小雅（画外音）：姑奶奶，我也想你啊！

姑奶奶：那你怎么这么长时间不回家看我呀！

李小雅（画外音）：我这不是学习忙吗？

姑奶奶：这个星期日，给我回来！

李小雅（画外音）：我一定回去！姑奶奶，你们是不是开会表决我大哥大嫂的事呢？

李大宝擦了一把脑门子上的细汗。

姑奶奶：你怎么知道的？

李小雅（画外音）：这你就别管了。但你别忘了，还有我一票呢。

姑奶奶：对对对，还有你一票呢。

李小雅（画外音）：我同意你和妈妈出面去请我大嫂回家。

姑奶奶：我知道了，我知道了！

李小雅（画外音）：那我挂了！

姑奶奶把电话也挂了。

姑奶奶：你们都听见了。小雅还有一票。现在不是平账了，是3 ：2。明天我和你妈背着柳条，去他们老张家请罪！

妈妈：只好这样了！

李二宝和李三宝这才反应过来。

李二宝和李三宝：阴谋，一场彻头彻尾的政治阴谋！

29. 正房，妈妈屋，内，夜

妈妈、姑奶奶和李大宝又开上小会了。

妈妈：李大宝，你还真想让我和你姑奶奶背着柳条，去他们老张家啊？

李大宝：不至于此，不至于此。我有个好主意，您二位看看成不成？

妈妈：快说。

李大宝：我们以给姑奶奶过生日的名义，请朵朵来参加，她肯定不好意思拒绝。等她回来了，我就把她留下。

姑奶奶：我前些天刚过了生日。

李大宝：可是朵朵不知道啊。

姑奶奶：你这是折我的寿啊？

李大宝：我让您背着柳条去请罪，那才叫折您的寿呢！

妈妈：得，这次不听姑奶奶的了，这次听大宝的了！

30. 张朵朵父母家，内，日

张朵朵的爸爸妈妈分坐在一个八仙桌的两侧。这次，两个人都瞪着眼睛。

李大宝和张朵朵站在两个人面前。

李大宝：……是这样，我姑奶奶后天过生日，我妈妈和我姑奶奶想请您二老过去一块吃顿饭，在饭桌上，把有些事情念叨念叨，这样呢，既隆重，又亲切。您二老如果同意，我妈明天过来请您二老。

张朵朵爸爸看着张朵朵妈妈。

张朵朵爸爸：要不，我们去……

张朵朵妈妈：朵朵，你说吧。

张朵朵小声说：姑奶奶过生日，我当然得回去；你们呢，随意……

张朵朵爸爸：我们也去。大宝，不用你妈来请了，明天肯定很忙，后天我们跟朵朵一块去就是了。

李大宝：我听您的，我听您的！

31. 李大宝家平房，西厢房，厨房，小院子里，内/外，日

妈妈和李大宝里里外外地忙着。姑奶奶倒背个手，东瞅瞅、西看看，一副事不关己的样子。

李大宝：姑奶奶，你最好去别处转转，看油着你！

姑奶奶：我就在这儿，是我过生日，又不是你过生日！

二膀子妈妈吵吵嚷嚷进院来了。几个人赶紧出来。

二膀子妈妈上前揪住李大宝就不放了。

二膀子妈妈：都是你干的好事。我儿子没工作了，去打游飞去了！

李大宝：怎么了，怎么了？

二膀子妈妈："你要是自己出去干，也许还能干出点名堂来；你要是再这样在厂里混下去，早晚得瞎了。"是不是你说的？

李大宝：是啊。

二膀子妈妈：二膀子在你的蹿腾和忽悠下，办了停薪留职，和人一块成立了一家什么讨债公司，去当"黄世仁"了。

李大宝：我只是建议，最终做决定的是他自己。

姑奶奶：你别忘了，没我们家大宝，他早进去了！

二膀子妈妈不吭声了。

孙友来跑进来了，薅着二膀子妈妈的脖领子，把她拽走了……

姑奶奶：再来这儿捣乱，我还让她们拍你肩膀，你信吧……

32. 西厢房，厨房，内，日

一家人围坐在饭桌旁准备吃午饭。除了李小雅外，其他人都在。当然了，还多了张朵朵的爸爸妈妈。两个人坐的还是正座。

饭桌上错落有致地摆开八个碟子、八个碗。里面的内容各不相同。

张朵朵爸爸逐一地观察、欣赏、研究每一道菜。

张朵朵爸爸：醋椒活鱼、水爆羊肚、烧羊肉、烤鸭……8个碟子、8个碗……该有的都有了，尽力了……

张朵朵妈妈用胳膊肘碰了一下张朵朵爸爸。张朵朵爸爸友善地对大家笑了笑。

姑奶奶：这么多年了，您二位还是第一次登我们老李家的门，我们当然得尽力了。

李二宝：姑奶奶说了，我们要的就是这范儿，我们老李家不能在气势上输给你们老张家。是吧，李三宝？

李三宝撇了撇嘴。

张朵朵妈妈嘴角则浮出了一丝微笑。

李二宝：阿姨，听了我的话，您好像不生气啊？

张朵朵妈妈：我们又不是来寻气的，我们是来给姑奶奶祝寿的。

姑奶奶：到底是文化人，比我们有涵养、有正章、有见识。

张朵朵妈妈：再说了，你李二宝的话，我们就当一股风，听听就算了。

李二宝：为什么？

张朵朵妈妈：全北京都知道，你李二宝的话没谱儿啊。在你手里，牛皮会变成车皮，口红都招苍蝇，煮熟的鸭子也飞了。

哄堂大笑。

李二宝四处踅摸着，说：耗子洞呢，耗子洞去哪儿了？李大宝，你要给我这个面子，就一定帮我找个耗子洞！

气氛一下子变得活跃了。

妈妈给张朵朵的爸爸妈妈递上崭新的瓷碗和木筷子。而其他人很自然地，都拿走了自己的铁碗和铁筷子。

张朵朵爸爸马上发现了一个奇怪的问题。

张朵朵爸爸：这怎么是铁碗、铁筷子？这上面怎么还铸着每个人的名字？

妈妈：铁的结实，摔不烂；铸上名字，好辨认。

张朵朵爸爸：没那么简单吧？

李大宝：还是爸洞察力敏锐。朵朵，这事由我来解释一下？

张朵朵把头低下了。

李大宝：我们家原本人多，嘴杂，厨房的公共卫生和个人的卫生都不太讲究。朵朵嫁过来以后呢，建议彻底改善，为此，还制订了相关的制度。比方说，厨房的公共卫生是这样规定的：菜刀和菜板各四把、四张，用来切生肉、熟肉，切蔬菜、水果；抹布若干，分别用来擦碗、锅、菜板、菜刀、灶台；剩饭剩菜和垃圾当天一定要倒掉；厨房每天也要开窗通风一小时以上。

张朵朵妈妈：我们家就是这样做的。

李大宝：……比方说，个人的卫生是这样规定的：一周洗一次澡，每天必须刷两次牙早晚各一次、每天必须洗两次脸早晚各一次、每天洗一次脚。我呢，必须严格执行，雷打不动；其他人呢，不一定这么死板，洗澡可能十天八天一次，但刷牙、洗脸和洗脚必须按要求来。

张朵朵爸爸：那铁碗、铁筷子是怎么回事？

李大宝：朵朵希望分餐。我呢，就近水楼台，给每个人专门给打造了铁碗、铁筷子，并且铸上名字。就像我妈说的，结实，还好辨认。

张朵朵爸爸：朵朵，你做得有点过分了。

张朵朵羞得满脸通红。

姑奶奶：张老师，你们文化人有些讲究我看不惯，但卫生上的讲究，我看挺好。

张朵朵爸爸：是吗？

姑奶奶：朵朵前些日子，不是回你们家了吗？大宝妈擦什么都用一块抹布、切什么都用一把菜刀，结果搞得饭一股土腥味儿、菜一股羊膻味儿，根本没法儿吃。

妈妈小声说：我后来不是改了吗……

姑奶奶：所以说啊，朵朵对我们老李家生活习惯、居家观念的影响和改造，我认为是值得肯定的，也是值得推广的！

张朵朵终于抬起了头。

李下的旁白：一场尴尬的会面，就这样被我爸以独有的幽默方式化解了。老张家人不再为我妈闹离婚的事而尴尬，老李家人也多多少少地出了一口怨气……

姑奶奶举起酒杯，说：来，我们一家人一起敬朵朵的爸爸妈妈！

大家都站起来，与张朵朵的爸爸妈妈碰杯……

33. 小院子里，外，夜

张朵朵从屋里出来，要去厨房，正好碰上李三宝在门口刷牙。

张朵朵：三宝，今天吃饭，你一句话没说……

李三宝：你说你回来干啥？会我都给你开了，书面材料我都给你整了……

张朵朵：对不起……

半晌儿，李三宝又说：你回来就好。

张朵朵：我……

李三宝：我只是感到有点别扭、有点拧巴。你说我以后叫你什么好啊？

张朵朵：叫姐，叫姐……

李三宝天真地笑了。

34. 西厢房，李大宝屋，内，夜

张朵朵捧本书，倚在床头。很显然，并没有完全看进去。

李大宝在地上奋力地洗脚。

张朵朵：李大宝，这次算我欠你一个人情。

李大宝：你这话太生分了，说得我后背直冒凉气。两口子之间还讲什么欠不欠的，为你做任何事情，我都心甘情愿。

张朵朵：你心甘，可是我心不甘。

李大宝：我希望你以后不要再这样想了。你要是老觉得你欠我的，或者我欠你的，那我们还过个什么劲儿呀？

张朵朵：你把我忽悠回来了，你说这话了？

李大宝：我的意思是说，从今以后，我们好好过……

张朵朵：李大宝，你表面看起来窝窝囊囊的，其实你内心完全不是那么回事。

李大宝：你这话让我很感动，也很振奋。

张朵朵：你感动什么，你振奋什么？

李大宝：在你眼里，我好像有点爷们儿的意思了！

张朵朵：你想得美！

第 26 集

字幕：1990年秋天。

1. 李大宝家平房，小院子里，内，夜

李小雅（22 岁，建议此集换演员）在轻轻地敲李大宝屋的窗子。

李大宝披着外套出来了。

李大宝：李小雅，有事？

李小雅一勾手指，说：你过来。

李大宝跟着李小雅来到柿子树下。李小雅从一个信封里拿出了一张纸，递给李大宝。

李大宝断断续续地念道：硕士研究生录取通知书……李小雅……思想文化研究所西方思想史专业美国文化方向……清华大学……

李大宝又揉眼睛，又拍脑袋，看了好几遍，没错，就是李小雅的录取通知书。

李大宝：这是怎么个意思，李小雅？你不是说你要去文化研究所上班吗？你不是说你们所七八月份装修，暂时没有办公地点吗？你不是说你需要在家等待吗？

李小雅：我只是没说这个研究所是清华的，其他的都是实情。

李大宝：原来跟我们玩文字游戏呢。

李小雅：我怕妈妈知道了，唠叨我，那我这一个暑假还能好过吗？

李大宝：你对妈的误解还是那么深。

李小雅：没有。她不是希望我早点工作吗？我又违背了她的意愿。

李小雅指了指录取通知书。

李小雅：明天就开学了，我不知道怎么跟家里人说。

李大宝：这是好事啊。你们班有几个人考上了？

李小雅：就我自己。

李大宝：我说是好事吗。

李小雅：可是我怕妈不高兴……

李大宝：不要紧，有大哥在呢。明天我先送你上学，然后，我跟他们说。

李小雅：又让你为难了。

李大宝：你甭管了，一切都在我手里攥着呢。开学需要多少钱？

李小雅：上研究生不花钱，不交学费、不交住宿费，国家每月还发50多块钱生活补贴，够我吃饭了。

李大宝：好，真好。你等着，我去去就来。

李大宝回自己屋里了。

李小雅抬头看着夜空。好多星星在眨着眼睛。

李大宝又回来了，手里攥着一卷10块的票子。

李大宝把钱递给李小雅。

李大宝：国家一个月给你50多块，我没那能力，只能一次性给你100块。拿着，买件衣服，都大姑娘了，不能老穿一件衣服。知道的，你这是一般的衣服；不知道的，还以为是工作服呢。

李小雅：大嫂知道吗？

李大宝：你大嫂心眼儿没那么小，完了我跟她说。

李小雅：我是想说，大嫂比我更需要漂亮的衣服。

李大宝：别啰唆了。

李小雅：那好，就算我借你的，等我挣了钱，还你。

李小雅一边说，一边去数钱。

李大宝：数它干吗？

李小雅：是110块啊。

李大宝：真的假的？

李大宝抓过来，一数，还真是110块。李大宝又拿了一张塞进兜里，把剩下的给了李小雅。

李大宝：这10块我得留着，说好了，下周要领下下去动物园玩的。

李小雅：你真是太逗了，到啥时候，也改不了你那手掐把拿、抠抠搜搜的习惯。

一句话，说得李大宝眼圈红了。

李小雅：生气了，大哥？

李大宝：不是，从看到通知书，我就在想，我妹妹都念到研究生了，而我还是个高中毕业生，我们的差距是越来越大了，你离我也越来越远了。总有一天，你会跟我形同陌路的；总有一天，在公共场合，我见着你，都不敢上前打招呼的。

李小雅上前抱住李大宝。

半晌儿，李小雅说：李大宝，你别说傻话，到啥时候，你都是我最亲的大哥。

李大宝：我知道。

李小雅：对不起了，大哥，累都让你一个人受了，书都让我和李三宝两个人念了。

李大宝：大哥知道你愿意念书，只要有大哥在，你想念多久就念多久，你想念到哪里就念到哪里。我听说，现在有好多人，都去美国念书了，到时候咱们也去！

李小雅：等下下长大了，我来供她念书！

李大宝轻轻地拍了拍李小雅的后背。

李大宝：有你这句话，大哥就知足了！

2. 清华大学，李小雅的宿舍，内，日

李小雅和李大宝一前一后走进宿舍。宿舍里只有三张单人床，另外两个人还没有报到。

李小雅自言自语：我的两个同屋还没到呢。

李大宝：要不，我先给你铺床吧？

李小雅：我自己来吧。

李大宝：那哪儿行？四年前，这些粗活就归我了。

李大宝猫腰蹶腚地去打扫铺床……

3. 清华大学，李小雅的宿舍，内，日

李大宝帮李小雅把东西都归置好了，还舍不得走。

李小雅：大哥，要不你回去吧。

李大宝：你的同屋怎么还不来啊？

李小雅：你等她们干吗？

李大宝：我这儿准备了一大兜子话，要跟她们讲啊。

李小雅：讲什么呀？

李大宝：让她们好好照顾你啊。

李小雅：我又不是三岁两岁的小孩儿，凭什么要别人照顾？你赶紧走吧……

李小雅笑着往外推李大宝。李大宝这才悻悻地离开了李小雅的宿舍……

4. 清华大学，校门口，外，日

出了校门的李大宝，看见有几个学生在学校的牌子旁照相，就停下来观看。

学生们照完了。

李大宝：同学同学，能不能给我照一张？

拿照相机的男同学点了点头。

李大宝跑到牌子旁边，腼腆地站定。拿照相机的男同学按下了快门。

李大宝：同学，麻烦你洗出来，交给思想文化研究所的研究生李小雅。她是我妹妹，我让她把钱给你！

拿照相机的男同学又点了点头。

5. 李大宝家平房，西厢房，李大宝屋，内，日

李大宝回来时，却发现张朵朵在家呢。

李大宝：你怎么回来了？

张朵朵：你干什么去了？下下他们学校下午要开家长会，姑奶奶找不见你，就把我叫回了。我这正准备去呢。

李大宝：我送李小雅上学去了。

张朵朵：哟，她今天开学了。

李大宝：你知道她考上研究生的事？

张朵朵：她拿到通知书那天就告诉我了。

李大宝：嗨，这两堵不透风的墙。对了，我代表你，给了她100块钱，让她买件衣服穿。

张朵朵：你给小雅钱让她买衣服，我没意见；可是我也有三个月没买衣服了，你打算怎么办？

李大宝：月底发了工资，买！

6. 李大宝家平房，西厢房，厨房，小院子里，内 / 外，傍晚

一家人围坐在饭桌旁吃晚饭。除了李小雅，其他人都在。当然了，包括牛琴，因为，李二宝和牛琴早就结婚了；包括他们刚刚出生的、七八个月的女儿。女儿在牛琴的怀里；也包括把李下（7 岁，建议此集换演员）。

妈妈：二宝，给孩子起好名字了没有？

李二宝：起好了。

妈妈：叫什么呀？

李二宝：就在这儿说？

妈妈：不在这儿说，在哪儿说？

李二宝：我想找个正式的场合。比方说，专门开个会什么的。

妈妈：你拉倒吧，下下的名字就是你大嫂在抱个盆子吃东西的时候公布的。

李二宝：舞蹈家，那我们就步你们的后尘？

张朵朵：您随便。

李二宝：叫李上。

姑奶奶：叫什么？

李二宝：李上。上下的上。

张朵朵差点儿被一口稀粥呛着。

李大宝：李二宝，你是不是成心的？

李二宝：我怎么成心的了？

李大宝：你们叫什么不好，你们叫李上？我们叫李下，你们就叫李上？你们凭什么跑到我们上面去？

李二宝：我们凭什么就不能叫李上？我们凭什么就不能跑到你们上面去？我们就想做人上人，你管得着吗？

李大宝：不行，整改。我限你三天之内，把名字改了。不然，我不让你们上户口。

李二宝：李大宝，你少在这儿手指上夹瓣蒜装六指、裤裆里搁扫帚充大尾巴狼，你还限期整改，你还不让我们上户口，你以为你是谁呀？

姑奶奶：二宝，要不就改一下吧？

李二宝：姑奶奶，你不能偏心啊。妈，你得主持公道啊！

妈妈：大宝，要不就让他们叫吧。我相信，他们叫什么，也爬不到你们头上去……

李大宝：要爬上去，你负责啊！

妈妈：有朵朵在，他们保证爬不上去。

张朵朵：为什么？

妈妈：你是搞艺术的，基因特殊啊。

牛琴：您这话我不愿意听，我们当工人的，种儿就低贱了。

李二宝：甭跟他们废话，只要不让我改，他们爱说什么说什么。

李二宝一摩挲嘴巴，要起身走人了。

李大宝：李二宝，你坐下，我也有一件事要宣布。

李二宝：我倒要看看，你嘴里到底能不能吐出象牙来？

妈妈：闭嘴。

李大宝：事情是这样的，李小雅今年不是毕业了吗，她没有分配工作，而是考上研究生了……

妈妈一口稀粥喷了出来。喷了对面的姑奶奶一脸。姑奶奶一阵划拉。

姑奶奶：你干什么呀！

李大宝：她考取的是清华大学思想文化研究所西方思想史专业。今天已经报到了。她没跟大家说，那是不想张扬。因为他们班只有她一个人考上了。

李三宝：你知道什么呀，现在有几个人愿意考研究生啊？

李二宝：她还念起来没完了，谁供她呀？反正我和我媳妇儿除了生活费，多一分钱也不交。是吧，牛琴？

牛琴：你们的事，我不管。

李大宝：听我把话说完。她上研究生不交学费、不交住宿费，国家每月还发 50 多块钱的生活补贴。

李二宝：这还差不多。

姑奶奶：小雅行，不吭不哈地把这么大的事给办了，漂亮。

只有妈妈一个人愤怒了。

妈妈把铁碗往饭桌上一墩，说：她这是想干什么，给谁示威呢？

李大宝：妈，你别生气，你别生气。

妈妈：你打电话把她给我叫回来，她要是不把这事说清楚了，我就跟她断绝关系！

张朵朵给妈妈接了一杯凉水。

张朵朵：别着急，喝杯水。我理解你，你那是太在乎小雅了。当年，我来这个家，我妈也要跟我断绝关系；归齐了，现在怎么着，就怕我跟他们关系疏远呢！

妈妈把一杯凉水一口气灌了下去。

牛琴：大嫂，你跟来我一下。

张朵朵：有事？

牛琴已经站起来，往外走了。

两个人一前一后，来到小院子里。

牛琴：你现在的立场有问题啊。

张朵朵：有什么问题？

牛琴：看那意思，你还要跟他们家人打成一片呀？我俩应该联起手来，对付他们家人才对呀？

张朵朵：有那个必要吗！

牛琴：当然有这个必要了。不然，你早晚要吃大亏的！

牛琴一转身，回厨房了。

张朵朵透过窗子，看见李三宝站起来要走的样子，就停下来，等李三宝出来。

张朵朵：三宝。

李三宝：大嫂，有事？

张朵朵：这就回宿舍？

李三宝：是啊。

张朵朵：你最近好像无精打采的？

李三宝叹了口气。

张朵朵：是不是投出去的稿子还没消息呀？

李三宝：收到的全是退稿信。

张朵朵：别着急，慢慢来啊。

李三宝：我怎么能不着急啊，毕业都两年多了，离作家越来越远，离打杂的越来越近。

张朵朵：办公室还那么麻烦？

李三宝：一帮老娘们儿，除了谈论吃穿，就是东家长、西家短，庸俗不堪、无聊透顶。我现在真是后悔了，当初就不该去什么破文联。

张朵朵：要不，换个单位？

李三宝：我也这么想着呢。只是不知道去哪儿。

张朵朵：我也帮不了你什么……

李三宝：没关系的，我自己想办法。你回屋吧，我走了！

李三宝佝偻着身子，出了院门……

7. 某文联，某协会，办公室，内，日

屋子又小又乱。到处堆放着报刊、文件什么的。李三宝躲在一个角落里，苦思冥想地写着。四个中年妇女坐在靠门口的一张桌子打牌。

中年妇女乙：A 调主。

中年妇女丙：我跟上。

中年妇女乙：李三宝，跑趟腿儿呗。

李三宝：干什么？

中年妇女乙：去对面的商场给我买捆卫生纸呗。

中年妇女丙：顺便给我捎包火柴呗。

李三宝：你们欺负人，是不是？

中年妇女乙：什么叫欺负人啊，让你出去买点东西就是欺负人了？你闲着也是闲着，跑趟腿儿怎么了？

李三宝：没看见我在写东西吗？

中年妇女乙：你可别瞎写了，写了也发不了，哪天再把自己写残了。我们家楼上，就有一个小子，整天想当作家，结果作家没当成，疯了。

中年妇女丙：人家现在的小青年，每天都琢磨着怎么赚钱；你倒好，每天憋在屋里写东西，看哪天憋出犄角来，那你可真就不是东西了！

李三宝猛地站起来，把笔摔在桌子上。

李三宝：岂有此理！

李三宝愤然离去……

8. 马路边，临街的商场，门前的空场，外，日

李大宝妈妈和二膀子妈妈都挎个篮子，在马路边走着。忽见前面喇叭声喧，人头攒动。

再细看，一辆彩车被人们里三层、外三层的围住。

二膀子妈妈：抽奖的，抽奖的！

李大宝妈妈：抽什么奖？

二膀子妈妈：你花两块钱，买张彩票，就有可能变成2000块钱甚至20000块钱！

李大宝妈妈：有这样的好事？

二膀子妈妈：走，我们也去看看！

9. 马路边，临街的商场，门前的空场，抽奖的现场，外，日

李大宝妈妈和二膀子妈妈终于挤进了人群，涌到了一张大桌子前。

李大宝妈妈：我买1张。

二膀子妈妈：我买10张。

李大宝妈妈交给工作人员2块钱，二膀子妈妈则交了20块钱。

两个人被人领到了大桌子的另一头。

工作人员甲指了指一个抽奖的箱子。

工作人员甲：里面是蜡球。记住了，买几张，抽几个，抽多了，作废！

二膀子妈妈毫不犹豫地把胖手伸进了箱子。一气儿，拿出了10个小蜡球。

李大宝妈妈战战兢兢地把瘦手伸进了箱子。半天，拿出了1个小蜡球。

两个人被带到了开奖区。

二膀子妈妈咬着牙，把10个小蜡球一一打开，取出了10张彩票。

二膀子妈妈：屁也没有。

李大宝妈妈这会儿平静多了。她打开了小蜡球，把彩票展开。

李大宝妈妈：啊，一等奖！

二膀子妈妈：不会吧！

二膀子妈妈凑过来一看，还真写着“一等奖”。

二膀子妈妈：快拿我看看。

李大宝妈妈攥着彩票没撒手。

李大宝妈妈：怎么会呢！

工作人员甲过来了。

工作人员甲：大妈，我看看！

工作人员甲凑过来仔细看了一下。

工作人员甲：大妈，没错，就是一等奖，一万块钱！

李大宝妈妈：我的天哪，一万块钱！

李大宝妈妈说完，脖子一仰，晕了过去……

工作人员甲一把抱住李大宝妈妈。

工作人员甲：大妈，你别激动，你别激动……

10. 李大宝家平房，正房，妈妈屋，内，日

妈妈躺在床上，脑袋上还蒙块湿毛巾。除了李小雅外，一家人都在边上伺候着。

妈妈：……二膀子妈妈想从我手里抢过去，那我能给她吗？给了她，还能说清楚吗？在最后的关头，我是死死地攥住，然后，眼前就是一黑……

李二宝：那是啊，要是落到她手里，她肯定说是她抓到的了！

妈妈：你们都退下去吧，我要歇一歇！

李二宝：都走了，都走了，让妈歇着了！

一家人都出去了。

走在最后的李大宝，随手把门带上了。

妈妈听了听，门外没动静了，从枕头底下，拿出了一捆钱，呆呆地看着……

李下的旁白：我奶奶中了一万块钱以后，一直处于激动、疑虑、恐惧的情绪当中，搞得她三天三夜没睡着觉。然而，睡不着觉的岂止她一个人？还有我二叔李二宝和二婶牛琴……

11. 正房，李二宝屋，内，夜

李二宝和牛琴躺在被窝里，又在策划着一场阴谋。

李二宝：……不行，我得把这一万块钱弄到手。

牛琴：你怎么弄啊，如果我没猜错的话，你妈天天在被窝里搂着呢？

李二宝：只有一个办法，改选家长。只要我妈重新当了家长，我就好下手了。

牛琴：成吗？

李二宝：自从前几年我妈被夺权以后，她一直耿耿于怀。

牛琴：可是我们票不够呀？

李二宝：把李三宝拉过来。

牛琴：给他点好处，把他收买了？

李二宝：妇人之见。李三宝大小也是个知识分子，是一点好处就能收买的吗？

牛琴：那你说怎么办？

李二宝：我听姑奶奶说，他不想在文联待了，想调到政府去。我们认识这么多人，帮他想想辙儿。

牛琴：哎，有了，我有一个堂哥在一个区里当科长，说不定他能帮上忙！

李二宝：太好了。我们先把你堂哥介绍给李三宝。剩下的事，就看他的造化了！

12. 某文联，小礼堂，内，日

台上，一位领导模样的人在慷慨激昂地讲话。台下，黑压压的人们都在老老实实地听话。

李三宝坐在第一排把边的位置上。有趣的是，除了李三宝外，全场的人都在假模假式地做着笔记。

领导模样的人：……这几年的市场经济，搞得我们一切都向"钱"了，谁要是谈谈主义，讲讲政治，是不合时宜的，这正常吗？当然不正常……

领导模样的人突然发现李三宝有点另类。就用手指了指李三宝。

领导模样的人：这位同志，这么重要的会议，大家都在记，你怎么不记？

李三宝：我用脑子记呢。

领导模样的人：这么说，一屋子二百多号人，就你长人脑子呢，其他的人都是猪脑子，是吗？

台下的人们没有任何反应。

李三宝：我可没那么说！

领导模样的人：你给我滚出去！

李三宝：你凭什么骂人啊？

领导模样的人一拍桌子，大叫：我让你给我滚出去！

李三宝竟然真的站起来，挺胸抬头地出去了……

会场一下子鸦雀无声了……

13. 马路边，人行道上，外，夜

夜深了。

李三宝还在踽踽独行。

从路边的烧烤摊上儿，传来划拳猜令的声音。间或，也从某一个歌厅里，传来狼嚎鬼叫的声音。

一阵风刮来。又是一片片丢了魂儿的树叶落下来……

14. 李大宝家平房，西厢房，厨房，内，夜

一家人围坐在饭桌旁，像是要开会的样子。除了李小雅，其他人都在。

李二宝：人都到齐了，咱们开会。今天的会议，只有一个议题，那就是改选家长。

李大宝和妈妈都感到很震惊。

李大宝：为什么要改选？

李二宝：你这一届，早就超期了。

李大宝：家长还有期限吗？

李二宝：当然有了，中顾委都撤销了，你还想搞终身制啊？

牛琴：快开始吧。

李二宝举起手，说：我推选妈妈。

牛琴和李三宝也举起手，说：我们也推选妈妈。

妈妈皱着眉头，在极短的时间内，权衡着利弊。

妈妈：我也推选我自己。

姑奶奶：这好不秧地，改选什么家长呀，我不同意。

李二宝：姑奶奶，你不同意也没用了，我们现在是四票，占多数。

妈妈带头鼓掌。

姑奶奶：当家长有什么好的，你当它干吗使？

妈妈：我要是再不当家长的话，我闺女哪天跟人家跑了我都不知道。

姑奶奶：你要小心呀，看被他们算计了！

妈妈：算计我？我不算计别人就不错了！

李二宝：姑奶奶，你一向对我有偏见。我能算计我妈吗，那是我亲妈呀，要是算计的话，我也是算计别人哪！

姑奶奶：你要是能算计别人就好了！

15. 正房，妈妈屋，内，日

李二宝正在鬼鬼祟祟的打电话。从窗子上看见妈妈了，声音就大了。

李二宝：……放心吧，我这次是不见兔子不撒鹰，货到手才付款，就这样了，我挂了……

李二宝一回头，妈妈已经站在身后了。

妈妈：给谁打电话呢？

李二宝：牛琴。

妈妈：你又鼓捣啥呢？

李二宝：没鼓捣啥。

妈妈：那你刚才说什么不见兔子不撒鹰？

李二宝：生意上的事，你就别管那么多了。

妈妈：我当然要管了。你别忘了，前天晚上才开的会。

李二宝：我这真是，搬起石头砸自己的脚。是这样的，我准备从河南搞一批化肥运到河北。牛琴的一个亲戚听说了，也要拿钱入股。

妈妈：这么大的事，怎么不跟我说呀！

李二宝：你现在腰缠万贯，我跟你说了，其他人还以为我又惦记你那两个钱呢！

妈妈：这大冬天的，倒什么化肥呀！

李二宝：这会儿便宜啊。放上两个月，等到春天，再一出手，大赚一把。

妈妈：小心再上当呀！

李二宝：我还老上当啊？这次是货到手才付款。好了，我得走了！

李二宝不等妈妈把话说完，已经出了屋门……

16. 正房，妈妈屋，内，日

李下抱着李上在地上东倒西歪地走着。

一家人在边上看热闹。除了李大宝和李小雅，其他人都在。

门开了。打扮的油光锃亮的张棵棵踱着步进来了。

李二宝：您是谁呀，怎么还私闯民宅呀？

张棵棵：我找我姐。

张朵朵转过身来，惊叫道：棵棵，你怎么来了！

张棵棵：我怎么不能来呀？

张朵朵赶紧给大家介绍：对不起，这是我弟弟，张棵棵！

李二宝上前紧紧地攥着张棵棵的手。

李二宝：哟，八年以前，在李大宝和张朵朵二位同志的婚礼上，我们应该见过。

张棵棵：都是我爸我妈，他们总不让我来，我早就想来走动走动了。

姑奶奶：看看，看看，亲戚不走动，那还叫亲戚吗？到现在，我们之间还不认识呢！

李二宝拉着张棵棵在椅子上坐下。

张朵朵：棵棵，有事啊？

张棵棵：有点事……

张朵朵：什么事啊？

张棵棵：我……

张朵朵：说啊。

李二宝：瞅您这意思是，我们在场，您不方便说？

姑奶奶：都是一家人，有什么不方便的？说！

妈妈：对，说。说不定我们还能帮上忙呢！

李二宝给牛琴使了个眼色。

张棵棵：那我就说了，姐。我想自己办个公司，找你借点钱。

张朵朵：借多少？

张棵棵：两万。

张朵朵：你一借，就是两万。我哪有那么多钱借你，你以为你姐开银行呢？

张朵朵无意中看了妈妈一眼。

张棵棵：北京人民都知道你们家刚中了彩票，十万呀，那可是十万呀！

妈妈：哪有那么多？就一万！

张棵棵：一万也行啊！

张朵朵上前拽着张棵棵，就往外走。

张朵朵：走，去我屋说！

张棵棵：你拽我干吗，大婶都答应了！

17. 正房，妈妈屋，内，夜

妈妈躺在床上，脑袋上还蒙块湿毛巾。

妈妈一声一声地“哎哟”着。

妈妈听着门外没动静了，从枕头底下，拿出了一捆钱，呆呆地看着。

妈妈从床上爬起来……

18. 正房，李二宝屋，内，夜

李二宝和牛琴抱在一起，睡得很香。

妈妈一巴掌把李二宝打醒了。

李二宝松开牛琴，揉了揉眼睛。

李二宝：妈，你怎么摸进来了？

妈妈：我问你，那批化肥有谱儿吗？

李二宝：应该有谱儿吧。

牛琴也醒了。

妈妈从怀里拿出那捆钱，在李二宝面前晃了晃。

妈妈：你打算怎么分成？

李二宝：你四，我六。

妈妈：我拿这一万块钱入股。

李二宝：想好了？

妈妈：想好了。

妈妈把钱递给李二宝。

李下的旁白：在形势的逼迫下、在利益的驱使下，我奶奶终于把那一万块钱交给了我二叔李二宝……

李二宝和牛琴，抱在一起，这个乐呀……

19. 小饭馆，内，日

李二宝和张棵棵把酒杯碰在一起。

李二宝：演得不错。

张棵棵：我也就是不愿意当演员，愿意的话，我不比我姐差。

李二宝从兜里掏出一沓钱，递给张棵棵。

李二宝：这是300块。等我赚了，再给你这么多。

张棵棵：那我也不跟你客气了……

20. 李大宝家平房，西厢房，厨房，内，日

妈妈在灶上忙着。张朵朵端着水杯进来了。

妈妈主动拿起暖壶，给张朵朵倒水。

张朵朵：我自己来，我自己来！

倒完了水，妈妈拉张朵朵坐下。

妈妈：我得给你说点事。

张朵朵：您说。

妈妈：是这样的，那一万块钱吧，我借给二宝了，他要去河南倒化肥。其实，他早就说了，我一直没同意。

张朵朵：您借就借呗，跟我说干什么？

妈妈：你弟弟不是也要借吗？等二宝还我，我再借给他。

张朵朵：啊，是这样？我已经把他劝退了，他不借了。

妈妈：你是不是有什么想法了？你得理解我，当这个家，不容易，谁我都得考虑到。我既要考虑到二宝，也要考虑到你……

张朵朵：我理解，我太理解了……

21. 西厢房，厨房，内，日

一家人围坐在饭桌旁吃午饭。除了李小雅，其他人都在。

李下坐在李三宝的大腿上。

李三宝吃完了，放下碗筷。

李三宝：诸位，我也宣布一件事吧。

大家都抬起头来，仔细去听。

李三宝：我调工作了。

妈妈：调哪儿去了？

李三宝：调到区政府去了。

李三宝朝李二宝和牛琴点了点头。

李大宝：文联不是挺好吗？

李三宝：这种烂地方，有什么好的。那里的人，只会狗咬狗，其结果只有一种，两嘴毛。

李大宝：那不当作家了？

李三宝：这几年，我是悟出了一个道理。在这个社会里，要想不挨欺负，就得当官，要当官还得当有实权的官。

妈妈：三宝，调那儿干啥呀？

李三宝：先在秘书科做机要秘书，再找机会给领导做文字秘书，再再找机会给领导做生活秘书。现在呢，我算是迈出了我人生目标的第一步。

张朵朵：做生活秘书不是伺候人吗？

牛琴：大嫂，这你就不懂了！三宝如果有一天能伺候区长和区长的家人吃喝拉撒了，那才叫青云直上呢！

李大宝傻呵呵地看着李三宝。好像不认识似的。

李下的旁白：当我三叔李三宝把他日后的规划和盘托出时，我爸突然意识到，将来跟自己形同陌路的原来不是我小姑李小雅，而是我三叔。

姑奶奶终于说话了：我们家三宝这是真要走仕途了。

妈妈：您看这条道成吗？

姑奶奶：在朝不如在野，入世不如出世。

牛琴：姑奶奶这是什么意思？

李二宝：姑奶奶说，仕途险恶。

妈妈：三宝上大学的时候，您还说他走这条道好呢！

姑奶奶：我说过吗？

妈妈：您忘了？那会儿家里刚安上电话，三宝就给我们打过来了，让我们把家里的卫生彻底打扫一遍，迎接他回家。您说，“还是我们家三宝有谱儿，将来指不定爬到什么位置呢？出门铺红地毯、有警车开道不说，弄不好清场子、几十里戒严也未可知”！

李二宝：我作证，姑奶奶说过。

姑奶奶：此一时也，彼一时也。三宝，姑奶奶只能再送一句话了。

李三宝：您说。

姑奶奶：小隐隐于野，中隐隐于市，大隐隐于朝。你好自为之吧。

李三宝：姑奶奶，我记下了。

李大宝：李三宝，你说你好不秧地，不在文坛发展，你去仕途瞎混什么呀？

李三宝：我知道你们大家为我好，可是我意已决，什么都别说了！

李下突然来了一句：爸爸，什么是仕途？

李大宝：说你也不懂。

李下：告诉我嘛。

李大宝没好气地说：仕途就是一群猴子爬树。

李下：一群猴子爬树？

李大宝：一群猴子爬树，往上一看，全是屁股；往下一看，全是笑脸！

李二宝：一群猴子爬树，往上一看，全是屁股；往下一看，全是笑脸。精辟，太精辟了！

李下笑得前仰后合地说：一群猴子爬树，往上一看，全是屁股；往下一看，全是笑脸。好玩，太好玩了！

李三宝举起拳头，要打李大宝。

李大宝：是我闺女非要问的。

李三宝假装在李下的脸上拧了一下……

22. 纺织厂，维修车间，内，晨

李大宝背着工具袋，进了车间。

工友们正凑在一块议论着什么。

李大宝：这一大早，你们就怠工啊？

大裤裆：出大事了！

李大宝：怎么了，怎么了！

大裤裆：那个老混蛋昨天夜里死在办公室里了！

李大宝：真的？死有余辜！

大裤裆：一块死的还有一个女工友！

李大宝：啊？

23. 纺织厂，办公楼，厂办公室，内，日

杨开明一边喝着茶，一边看报。

有人敲门。

杨开明：进来。

门开了。来的人是李大宝。

杨开明：来了。

李大宝：啥事，还非得见面谈？

杨开明：我给你个机会。

李大宝：有机会，还是留给你自己吧。

杨开明：以前那点破事，还耿耿于怀呢？来，坐下。

杨开明拉李大宝坐下。

杨开明：那个老混蛋的事你都知道了吧？

李大宝：知道了。

杨开明：是这样的，女工友的家属从农村来了。

李大宝：她是农村的？

杨开明：是啊，我也是才知道。她是临时工。

李大宝：那这下麻烦了。

杨开明：是啊，现在的情况比较复杂，比较棘手，谁都不愿意出面去处理。什么工会啊，办公室啊，车间啊，都在推诿。所以，我向新厂长推荐了你。

李大宝：为什么推荐我啊？

杨开明：你嘴好啊，又爱管闲事。还是基层的班组长，你什么麻烦事没碰见过，什么麻烦人没遇到过？我相信，靠你的三寸不烂之舌，肯定会把方方面面都摆平了。

李大宝：你们这些当官的都缩回去，让我一个小工人跳将出来，去哄骗那个女工友的家属。亏你想得出！

杨开明：你又误解我。如果那个老混蛋没死，只是女工友死了，不用你们，我这次就把他送进去。可是他死了，不用偿命了。你说，现在，对女工友的家属最重要的是什么？

李大宝：钱。

杨开明：对了。新厂长已经发话了，只要你把他们安抚好了，别让他们上告，给多少钱都行！

李大宝：你不是戳傻狗上墙吧！

杨开明：这是件积德的事。过不了多久，女工友的家属就会彻底明白的！

24. 小饭馆，内，日

李大宝、大裤裆、宋燕子和一群工友们聚在一起喝酒。

李大宝激动地说：……女工友的爹妈拿到了钱，养老不愁了，女工友的妹妹被召了工，我也算是尽力了。

宋燕子：那是啊，这次，多亏了你呀。

大裤裆：最主要是那个老混蛋死了。

李大宝：他是死有余辜。

宋燕子把头低下去了。

李大宝：还有啊，没想到这次上面处理得这么狠，把厂里的领导全给撸了。

大裤裆：他们也是活该，要不是他们为虎作伥，那个老混蛋也不敢这么为所欲为呀！

李大宝：不过，有一件事，我还得征求一下大家的意见。

大裤裆：说。

李大宝：新厂长要把我调到厂工会当干事去。我不知道该不该去。

宋燕子：为什么不去呀？

李大宝：这是不是有点趁火打劫呀？

大裤裆：去，当然要去。你不去，是不给人家面子呀。再说了，你去了工会，还可以为我们这些工友们多说说话呢！

李大宝：那我就去？

工友们齐声说：去！

第 27 集

1. 纺织厂，办公楼，厂工会办公室，内，日

有人把李大宝领进了工会办公室。

办公室的人站起来，鼓掌欢迎李大宝。

李大宝笑容可掬地给大家鞠了一躬……

一个叫郭杰的男人，主动跟李大宝握手。

郭杰：我叫郭杰，我闺女郭画跟你闺女李下在一个班呢。

李大宝：是吗！

李下的旁白：用我二叔李二宝的话来说，我爸是鞋帮子改帽檐儿——一步登了天，摇身一变从工人成了干部，着实美了几天，我妈他们老张家也着实高看了我爸几天……

2. 马路边，人行道上，外，日

冬日里，李大宝骑着自行车，驮着张朵朵，在人流中飞奔。

张朵朵突然从后面拍了拍李大宝的肩膀。

李大宝慢了下来。

张朵朵：哎，我爸请你去家里吃饭呢。

李大宝：是吗？

张朵朵：你去不去？

李大宝：去，当然要去。我不去的话，那也太不给你爸面子了！

张朵朵：德性！

3. 马路边，霞光烟酒副食品商店门前，外，日

张朵朵在门前等着，李大宝一个人进了商店。

4. 马路边，霞光烟酒副食品商店，内，日

年轻的女售货员已不再那么年轻了，或者说，比以前成熟了、稳重了。见李大宝进来，赶紧从凳子上站起来。

年轻的女售货员：您好长时间没来了？

李大宝：是啊，好长时间没来了

年轻的女售货员：这次买点什么？

李大宝：有没有快过期的瓶装白酒？

年轻的女售货员：瓶装白酒放的时间越长，越值钱。

李大宝：不好意思，我这儿光顾着想着过期了，把这茬儿给忘了。

年轻的女售货员：这次该给老丈人买了吧？

李大宝：不好意思，还真是。

年轻的女售货员：我建议你买点烟吧。

李大宝：烟打折？

年轻的女售货员叹了口气，说：嗨，“霞光”下个月就要关张了，公司把一楼和二楼出租了，据说有人要把它开成北京最大的台球室，所以现在好多商品都开始打折了。你就买云烟吧。

李大宝突然之间有些伤感，就说：这些年净在你这儿买便宜货了，今天说什么也该正正经经地消费一次了。

年轻的女售货员：你看吧。

李大宝：茅台多少钱一瓶？

年轻的女售货员：10 块钱。

李大宝：来两瓶。

李大宝掏钱。

年轻的女售货员收钱，拿酒。

李大宝拿着酒，一边走，一边说：那就再见了。

年轻的女售货员：师傅……

李大宝站住了，问：有事？

年轻的女售货员：我叫马苏……

李大宝晃了晃脑袋，笑着说：你看，这么多年，我们都不知道彼此的姓名。我叫李大宝……

年轻的女售货员：下次，也不知道我们能在什么地方见了……

李大宝：那难说，茫茫人海……

年轻的女售货员：是啊，茫茫人海……

李大宝：不过，我相信，该见的时候，一定会见的！

5. 马路边，人行道上，外，日

李大宝骑着自行车，驮着张朵朵，随波逐流。

李大宝小声嘟囔着：马苏，多好的名字……

张朵朵：你说什么？

李大宝愣了一下，说：没什么……

6. 张朵朵父母家，内，傍晚

李大宝被张朵朵爸爸拉上了八仙桌的正座。

李大宝推辞说：这不好吧？

张朵朵爸爸：让你坐，你就坐。

张朵朵爸爸坐到了李大宝的对面。

张棵棵：爸，我坐哪儿，今天怎么就两把椅子呀？

张朵朵爸爸：今天没你的地儿，就我和你姐夫喝，你负责倒酒。

张棵棵：嗨，爸，你不但不让我上桌，还把我安排成跑堂儿的了。爸，你不对呀，你看人下菜碟儿呀。他李大宝不就是当了个破干事吗，他要是当了厂长，还不得上我们家牌位啊！

张朵朵爸爸：一边去，你懂什么！

张朵朵在边上“咯咯咯”地笑着。张朵朵妈妈则撇着嘴，一脸的不屑。

7. 张朵朵父母家，内，夜

李大宝和张朵朵爸爸都喝得脸色通红了。

李下的旁白：我爸这是第一次端起老张家的酒杯。你都不相信，我爸已经给老张家当了八年的女婿，这竟然是第一次。我爸后来跟我讲，他当时的心情，真是五味杂陈，感慨颇多。并且，一再告诫自己，切不可小人得志，切不可不知道自己姓啥。可是，你看他现在，已经把持不住了，开始晕乎了……

李大宝：张老师，我跟您说，我李大宝的处世哲学，就是：自己高兴了，别人才高兴；把自己招呼好了，顺便也得招呼一下身边的人。这一次，我能由一个小工人转成一个大干部，就是这一哲学在实践中的落地生根、开花结果。

张朵朵爸爸伸出大拇指，说：说得好！

李大宝：张老师，我跟您说，我李大宝的人生观，就是——想吃就吃，想睡就睡；该工作就工作，该歇着就歇着；有钱多花点，没钱少花点。一句话，要把清汤寡水的穷日子过出比每天大鱼大肉还美的滋味来。再一句话，普通人的日子最滋润、最美好！

张朵朵爸爸：胡说八道！

李大宝：我胡说八道了？

张朵朵爸爸：我必须得对你提出严厉的批判。一个男人安于过穷日子，那是最没出息、没成色的表现！

李大宝：我没出息、没成色吗？

张朵朵爸爸：我是说你这种人生观没出息、没成色！

李大宝：可悲惨。没想到，我的人生观出了问题。

张朵朵爸爸：你要是还想让我继续瞧得起你，你且得巴结呢！

李大宝：我巴结什么？

张朵朵爸爸：巴结着，当个这长那长什么的啊！

8. 清华大学，李小雅的宿舍，内，日

李小雅坐在桌子前看书。

有人敲门。

李小雅：进来。

推门进来的，竟是张朵朵和李大宝。

李小雅一下子蹦起来，说：大哥，大嫂。你们怎么来了！

张朵朵：我们来看看你呗。

李小雅还穿着开学时的那件旧衣服。

张朵朵：你大哥不是给你钱了吗？你怎么还穿着工作服啊！

李小雅：都让我买书了……

张朵朵：穿衣服，走，我们领你去商场！

9. 清华大学，校园内，马路上，外，日

李大宝骑着自行车，前面驮着李小雅，后面驮着张朵朵，走在校园内的马路上。

过往的行人好，奇地看着李大宝等三人。

李大宝：小雅，你看别人怎么看我们呢，我们这样儿是不是太矫情了，要不，你下去坐公交车吧？

李小雅：我就不下，我就矫情。

李大宝：朵朵，要不，你下去坐公交车吧？

张朵朵：我就不下，我就矫情。

李大宝：那好，我今天就豁出去了！

李大宝的自行车飞奔起来……

10. 商场里，女装区，内，日

李小雅在试一件风衣。

张朵朵：不错，不错。服务员，麻烦你包起来。李大宝，去交钱！

李小雅脱下风衣。

李大宝拎着几个纸袋子，不知从哪儿钻出来了。

李大宝：嗨，来了！

李小雅：朵朵姐，是不是买得太多了，都三套了！

张朵朵：对了，我都忘告诉你了，你大哥现在调厂工会去了，当干部了，涨工资了！

李小雅：是吗，大哥！

李大宝美滋滋地说：一般的小干部，也就是一般的小干部！

李大宝走路都一摇一摆的了。

张朵朵：李干事，还会走路吗？小心摔跟头呀！

张朵朵和李小雅相视一下，笑了。

李小雅：我看我还是和他一块去吧。他再晕了头，把钱丢了。

李大宝和李小雅往收款柜台走去。

李小雅：对了，妈还生我气吗？

李大宝：还生气呢？天天念叨你。今天，就是她让我们来的！

11. 纺织厂，食堂，内，日

宋燕子坐在靠窗子的一个桌子旁，埋头吃饭。不远处，有一双眼睛时不时地看她一眼。

那双眼睛是大裤裆的。

李大宝端着饭盆在中间的一个桌子旁坐下。

宋燕子无意中看见了李大宝，就端着饭盆过去了。大裤裆总算是逮住机会了，一条腿点着地，也过去了。

李大宝看看宋燕子，又看看大裤裆。

李大宝：干什么，干什么？都往我这儿凑，干什么？

大裤裆：我们向工会靠拢。

李大宝：怎么着，那层窗户纸还没捅破呢？

大裤裆故意问：哪层窗户纸？

李大宝和大裤裆都看宋燕子。

宋燕子却说：哎哟，这饭里有沙子，硌我牙了！

12. 纺织厂，办公楼，厂工会办公室，内，日

李大宝仰躺在椅子上，头上盖张报纸，打着盹儿。

电话铃响了。

李下的旁白：不管在哪儿，我爸最怕接到我二叔李二宝的电话了，因为总没什么好事。这不，怕什么，什么就来了……

李大宝被吵醒。接听。

李大宝：这里是纺织厂工会，您哪里……李二宝……你在哪儿……附近的小饭馆……

13. 小饭馆，内，日

李二宝急得像热锅上的蚂蚁，一会儿站起来，一会儿坐下。

李大宝终于来了。

李二宝拉着李大宝的手就不撒开了。

李二宝：大哥，我有事汇报，我有事向你汇报啊。

李大宝坐下。

李大宝：你先别说，等我喝杯水。服务员，给我倒温水。

服务员端给李大宝一杯温水。李大宝一气喝了。

李二宝：大哥，大事不好了……

李大宝脸一下子白了，说：我知道没好事，说……

李二宝：我从河南郑州运到河北保定的一批化肥，有一多半，它是沙土……

李大宝：你又倒化肥了，我怎么不知道？

李二宝：怕你不让……

李大宝：你哪来的钱？是不是把妈妈的那一万块钱让你骗去了？

李二宝：是……

李大宝：我的天哪！

李二宝：不过，这次我还有两个合伙人。两个合伙人占大股；我只拿了三万块钱，占小股。损失不是太大。

李大宝：三万块钱，你还损失不大，你真是太有钱了！

李大宝浑身冰凉。

李大宝：服务员，再给我倒凉水。

服务员端给李大宝一杯凉水。李大宝又一气喝了。

李大宝这才真正的缓过神来。

李大宝：李二宝，我希望，这是我这辈子最后一次听你汇报！

李二宝哭哭啼啼地说：我跟你的希望也是一样的。只要你这次救了我，下次哪怕天塌下来，我也绝不向你汇报了！

李大宝：现在问题的是，怎么跟妈妈和姑奶奶讲这件事。

李二宝：瞒，能瞒多久就瞒多久；实在瞒不住了，再一点点披露，到最后，她们也就老老实实地接受了；运气好了，坏事变好事，也未可知。

李大宝：那俩老太太的鼻子比记者的都灵，你根本瞒不住。既然瞒不住，不如让群众知道真相，也显示出我们还有一点点诚信、一点点良心。不然，以后，谁还相信我们呀！

李二宝：姑奶奶我倒不担心，她心大；可是，妈妈能受得了吗？中奖的时候，都晕菜了……

李大宝：所以说，我们得制订一套详细的急救方案。当然了，这套方案，还需要姑奶奶的配合。也就是说，首先，姑奶奶得经受住严峻的考验。这次，姑奶奶的工作，你来做……

李二宝：我去做，我去做！

14. 李大宝家平房，正房，妈妈屋，内，日

妈妈坐在床上，李二宝站在地上，又准备开小会了。

李二宝：妈，化肥的事情有消息了，我今天得向你做一个全面的汇报。你听了以后，千万不能激动啊。

妈妈：上次中奖，我是没思想准备，所以晕了；这次倒化肥，我有思想准备。说吧，赚了多少？

李二宝：我又被那帮王八蛋给骗了，有一多半，它是沙土……

妈妈：我的天哪，一万块钱！

妈妈脖子一仰，晕了过去……

姑奶奶和李大宝从外面跑了进来。

姑奶奶在妈妈身上又拍又打地鼓捣了半天，无济于事。

李大宝：姑奶奶，我妈这是真死假死？

姑奶奶：可能是真死。

李大宝把姑奶奶推到边上，趴在妈妈耳边。

李大宝大叫：妈妈，妈妈；你醒醒，你醒醒。要我看，你没什么损失，你那一万块钱本身就是捡来的！

妈妈竟然睁开了眼睛，慢慢地说：说的也是，那剩下的两万块钱怎么办？

李大宝：只要你人没事，其他的都好办，我们想办法还呗。

妈妈哭了，说：大宝，你要帮帮二宝啊，他可是你亲弟弟啊……

李大宝咬着后槽牙，说：我什么时候说过，他不是我亲弟弟呀！

15. 西厢房，厨房，内，日

一家人围坐在饭桌旁开会。除了李小雅，其他人都在。

妈妈拿着小本本，在讲话：……别的，我就不说了，欠债还钱，天经地义。为了节省开支，我制订了以下计划：一,一年内，一家人不准添新衣服，包括张朵朵；二,一年内，不出去下饭馆；三,一年内，不吃鱼肉，不买水果，不喝牛奶；四，植物油酱油醋以及花椒大料之类的，都用散装的；五，这一条是最主要的，挣工资的，自己留 15 块零花钱，剩下的，全部上缴！

李下突然问：爸爸，我和上上也不能吃水果、喝牛奶吗？

李大宝：宝贝，你们也一样。

李下突然站起来，上前把李二宝打了好几拳。老李家人全愣住了。

姑奶奶：上上和下下的牛奶，我看还是不能断。

妈妈：这个听姑奶奶的。其他的，你们都没意见吧？

没有人吱声。

妈妈：都不说话，那就是同意了？好的，那就这么定了。还有，我要求辞去家长一职。

李大宝：你这干得好好的，为什么要辞职呢？

李二宝：妈，你不能辞职啊！

李大宝：妈，这个家，还得你来掌舵啊！

妈妈：三宝，你的意见呢？

李三宝：他俩都觉得你行，那你肯定行了。

妈妈：我继续当可以，但你们得听招呼！

除了姑奶奶，大家都说：我们听招呼！

李下的旁白：1991 年的春节，在我二叔那批化肥的搅和下，就这么清汤寡水的过去了……

16. 街口，胡同里，外，日

李下躲在墙后，探头探脑。

李二宝从远处走来了。

李下跑过去，把手里的一张纸条递给李二宝。

李下：二叔，奶奶给你的。

李二宝打开一看，上写：拿丫子，快跑，别回家。

李二宝：这帮讨债鬼，这还不让人过年了！

17. 李大宝家平房，西厢房，李大宝屋，内，夜

李二宝和李大宝站在门口低声说话。张朵朵在镜子前研究自己那张漂亮、成熟的脸蛋。

李二宝：妈妈的财政紧缩计划，效果不是很明显啊。我们还得想想辙，不然，我连家都不敢回了。

李大宝：还有辙吗？

李二宝：我这儿有一个。

李大宝：不是让我去卖血吧？

李二宝：不至于此，不至于此。牛琴的爸爸妈妈有点存款，只是他们把得特别紧。我想把它抠出来。

李大宝：怎么抠？

李二宝：你和大嫂得帮我演一场戏。

李大宝：怎么演啊？

李二宝：你看啊，这场戏咱们这么演：我这儿准备好了5000块钱，其实，这5000块钱只有表面的几张是真钱，下面的则是一摞纸。我给你们，你们再给我，就说这钱是我大嫂从她爸爸妈妈那儿借来的。

李大宝：成吗，牛琴会上当吗？

李二宝：成啊，连你们都行动起来了，牛琴还能无动于衷吗？

张朵朵突然说话了：李二宝，你让棵棵当托儿来骗你妈，我还没说你呢，你又来了！

李大宝：啊，上次棵棵来借钱，那是给你当托儿啊？

李二宝：略施小计，略施小计！

李大宝：你还略施小计？妈都快让你坑死了，你这个二王八蛋！

李大宝把李二宝一把抓过来，给他来了个大背挎，狠狠地踹了他两脚……

18. 正房，妈妈屋，内，日

姑奶奶、妈妈、李大宝、李二宝和牛琴一起逗两个孩子玩。

张朵朵背着包，进来了。

李大宝：回来了？

妈妈：吃饭了吧？

张朵朵：在我妈那儿吃了。妈，跟你说件事吧？

妈妈：说。

张朵朵：前几天，我把李二宝倒化肥的事情，跟我爸妈讲了；他们觉得，我们家遇到了难处，他们应该帮帮；我妈今天给了我5000块钱，让我们先用着。你看，你需要吗？

妈妈：需要，太需要了！

张朵朵：李二宝，你过来！

李二宝颠儿颠儿地跑到张朵朵跟前。

张朵朵：打借条吧。我妈说了，什么时候有，什么时候还。

妈妈已经给李二宝备好了纸笔。

李二宝趴在李小雅曾经用过的写字桌上，哆哆嗦嗦地写好了借条。

张朵朵拿过去，仔细地看了看，打开包，把借条装进去。随后，拿出厚厚的一捆钱，递给李二宝。

李二宝拿着钱，痛哭流涕。

李二宝大叫：老嫂赛母啊，老嫂赛母啊！

张朵朵"扑哧"一下，笑了。

张朵朵：我有多老啊？

李二宝：对不起，对不起。就冲这5000块钱，我祝你永远年轻！

妈妈眼圈红了，说：没想到，朵朵也开始为这个家分忧了！

李大宝：妈，你这什么意思，就好像我们一直给你添乱似的？

妈妈：我不是那意思，我不是那意思。我是想说，朵朵也开始把这个家当自己家了！

张朵朵满脸通红。

张朵朵：我看我还是先回我屋吧……

张朵朵出去了。

一直躲在墙角的牛琴，"腾"地站起来，就往外走。

李二宝：你干什么去？

牛琴：我回娘家！

李二宝：这么晚了，你回娘家干什么？

牛琴：我回去问问我爸妈，他们还要不要我这个女儿？要，就痛痛快快地拿钱！

牛琴也出去了。

姑奶奶突然来了一句：好戏呀！

19. 纺织厂，办公楼，厂工会办公室，内，日

李大宝和郭杰在掰腕子。两个人都憋得满脸通红。

门被推开。大裤裆醉醺醺地进来了。

李大宝和郭杰松开了手。两个人都长舒了一口气。

李大宝：哎，你怎么不敲门呢？

大裤裆：我不砸你门，就便宜你了。你这个不仁不义的东西！

李大宝：我怎么不仁不义了？

郭杰：我去趟厕所。

郭杰出去了。

大裤裆哭哭唧唧说：你看着我每天痛不欲生的样儿，你就不能替我去说说呀？

李大宝：你自己去说呀，你又不是不认识她？

大裤裆：我明白了，到现在，你心里一直都放不下她，是吧！

20. 天坛，东门通往北门的一条路上，外，夜

李大宝和宋燕子在路灯昏暗的小路上漫步。

李大宝：……燕子，你跟大裤裆的事，都这么多年了，也该有个结果了。

宋燕子：我知道他对我好，可是我跟他在一起，总感觉缺了点什么。

李大宝：结了婚，也许那点什么就有了。

宋燕子：不可能，我了解我自己。

李大宝：不管怎么说，在当今这个社会里，他还是一个可以依靠、可以信赖的人。

宋燕子：其实，我也一直在说服自己嫁给他，可是我担心，一旦嫁给他，就失去了你……

李大宝走上前，轻轻地抱住了宋燕子的肩头。

李大宝：那我今天就告诉你，燕子，你早就在我心里扎下根儿了……

21. 纺织厂，小礼堂，内，日

大裤裆和宋燕子的婚礼现场。

大裤裆牵着宋燕子的手，一瘸一拐地走向主席台的位置。

工友们把碎纸花撒在了大裤裆和宋燕子的头上。

李大宝拿着个话筒，在边上傻呵呵地看着……

22. 李大宝家平房，西厢房，厨房，内，傍晚

一家人围坐在饭桌旁吃饭，除了李三宝和李小雅，其他人都在。

妈妈：听二膀子妈妈说，二膀子那个讨债鬼公司，还挺热闹。

姑奶奶：当今社会，到处都是“三角债”，讨债鬼公司肯定有事干了。

妈妈：当初，二膀子妈妈还来我们家闹。哼，要不是大宝，二膀子能有今天？

李二宝：李大宝，你也给我再指条道呗。

李大宝没搭茬儿。

李二宝：嗨，还不理我？

姑奶奶：大宝，到了工会，当了干部，感觉怎么样呀？

李大宝：就那样，婚丧嫁娶、保媒拉纤，婆婆妈妈，一地鸡毛。

牛琴：这些正好是你的专业啊。

妈妈：这么一说，我想起来了，听二膀子妈妈说，大裤裆结婚了？

李大宝：结了。上个星期日，还是我主持的。

妈妈：找了谁呀，漂亮吗，没听你说啊？

牛琴：啊，我知道，找了宋燕子，挺漂亮的。怎么说，比我大嫂差不到哪儿去。

张朵朵不动声色地说：李大宝，你最近好像有点沉默寡言，还有点伤感；你是不是丢东西了，要不要我去胡同口，帮你去找一找呀？

大家并不知道张朵朵在敲打李大宝。

牛琴：为什么要去胡同口找啊？

李二宝：他肯定是在胡同口丢的了。

张朵朵：是吗，李大宝？

李大宝使劲儿扒拉着饭，不说话。

妈妈：大宝，你一天到晚净管别人的闲事，你妹妹也二十多岁了，还没个对象，你怎么就不着急呀！朵朵，这事，你也得操点心啊！

23. 小饭馆，内，日

张朵朵和李小雅面对面地，坐在一个靠窗的位置上。

服务员把菜端了上来。

李小雅拿着筷子，吧嗒着小嘴。

李小雅：我都一个多月没怎么吃肉了，今天可得饱餐一顿。

张朵朵：小雅，别只想着学习，也得好好吃饭。你最近瘦了，也黑了。

李小雅：我跟你学的，减肥。

张朵朵：你拉倒吧，你是用脑子的人。听话，好好吃饭。

李小雅吃了一块肉，说：好好好。

李小雅突然想起了什么，从身旁的书包里，拿出一张照片，递给张朵朵。

李小雅：给我大哥。

张朵朵拿过来一看，是李大宝在清华大学校门口照的。

张朵朵：其实，你大哥也挺不容易的。

李小雅：才知道心疼他呀？

张朵朵：谁说我心疼他了？

李小雅：那你不心疼他，你心疼谁呀？

张朵朵：我心疼你，行了不？对了，今天除了看你，我还有一个任务。

李小雅：什么任务？

张朵朵：我代表你妈，来向你传达一个指示。

李小雅：什么指示？

张朵朵：你妈让你赶快找对象呢。

李小雅：与读书相比，我对男人没有一点兴趣。

张朵朵：小雅，你长得这么漂亮，在大学里不好好谈谈恋爱，真是可惜了。我建议你，还是谈一谈。也许谈谈恋爱会激发你的才情和才华呢！

李小雅：你说的也有点道理，那我就试试？

张朵朵：肯定得试试。

李小雅：可是我没谈过啊。你经验那么丰富，教教我。

张朵朵：别胡说了，我怎么经验丰富了？

李小雅：你经验不丰富，跟我大哥闹什么离婚啊？

张朵朵：（不好意思地笑了。）

张朵朵：那我就先教你一条，以后呢，碰到什么问题了，再具体指导。

李小雅：好啊好啊。

张朵朵：男人谈恋爱，往往靠的是眼睛；女人谈恋爱，往往靠的是耳朵。我希望你呢，在用耳朵的同时，更要用用脑子。

李小雅：为什么非让我一个人用脑子？

张朵朵：因为你太单纯，太容易相信人！

24. 李大宝家平房，西厢房，李大宝屋，内，夜

李大宝在清华大学校门口拍的照片，已经镶到了镜框里。

李大宝一边洗着脚，一边端详着木箱子上的镜框。

倚着床头看书的张朵朵，把头抬起来，说：哎哎哎，看看就行了，又不是你考上了清华的研究生？真有意思。

李大宝：我妹妹考上了，比我自己考上还高兴。不行？

李大宝奋力地洗着脚。因为用力过猛，甚至搓出了声响。

张朵朵：哎哎哎，你小心肉皮啊。

李大宝“嘿嘿嘿”地笑了。

李大宝爬上了床。

李大宝：有一件事，我憋了一晚上，现在必须得跟你讲了。

张朵朵：什么事？

李大宝：我分了个小房子……

张朵朵：什么？

李大宝：我说，我分了个小房子……

张朵朵：什么样的小房子？

李大宝：楼房，46 平方米，一大一小两个卧室，还带个过道。

张朵朵：真的？

李大宝点了点头。

张朵朵：太好了，那哪是小房子，那简直就是大房子。李大宝，我可以住楼房了，我可以在家里上厕所了！

李大宝：你知道吗？从你嫁给我那天起，我就有一个愿望。

张朵朵：什么愿望？

李大宝：早一天结束你上公共厕所的历史！

张朵朵：为什么？

李大宝：让你这样的人才上公共厕所，真是委屈你了！

张朵朵：谢谢你……

李大宝：那今天，我的脑袋是不是可以和你的脑袋并列的、平等地、公正地放在一起了？

张朵朵笑着说：滚一边去！

25. 纺织厂，家属区，一栋 4 层老楼，楼前，外，日

李大宝、姑奶奶和妈妈在楼前久久驻足。

26. 李大宝家楼房，内，日

李大宝领着姑奶奶和妈妈，逐个空间参观。

姑奶奶和妈妈连厨房、卫生间甚至壁橱都没放过。

李大宝：您两位再参观一遍，我得去趟卫生间。

李大宝钻进了卫生间。

27. 李大宝家楼房，过道，大卧室，卫生间，内，日

李大宝从卫生间里出来，来到大卧室，为眼前的情景所震惊：姑奶奶和妈妈并排躺在光秃秃且脏兮兮的床板上。

李大宝：哎哟嗨，两位祖宗，你们这是干什么？这床板子又凉又脏，赶紧给我起来！

姑奶奶一边往起爬，一边说：都是你妈，我不让她躺，她偏要躺；我看她躺下了，挺好，我也就躺下了。

妈妈：我就是试试在楼房睡觉什么滋味……

妈妈也爬了起来。

妈妈：走了，走了；回家了，回家了。

李大宝突然脑子一热，说：您二位等等，我有一个想法还没跟你们谈呢。

姑奶奶和妈妈都乍起了耳朵。

李大宝：我想让姑奶奶、妈妈和小雅，你们三个搬过来住。

姑奶奶和妈妈：你说什么？

李大宝：我想让姑奶奶、妈妈和小雅，你们三个搬过来住。

姑奶奶和妈妈都张大了嘴巴。

姑奶奶：那朵朵同意吗？

李大宝：当然同意了，这就是她的主意啊！

姑奶奶：那我得跟你妈交换一下意见。

姑奶奶拽着妈妈去边上嘀咕了几句什么。然后，又回来了。

姑奶奶：既然朵朵有这个孝心，那我们得领；不领的话，那不是不识抬举了吗！

李大宝：您二位再参观一遍，我还得去趟卫生间。

李大宝钻进了卫生间，就狠狠地扇了自己两个大嘴巴子……

李下的旁白：我爸躲在卫生间，把牙花子都嘬出了血。那哪是我妈的主意？她根本就不知道这件事。但是，大话说出去了，我爸就得想办法扛着了。他现在要做的是，怎么跟我妈讲。这不，在我爸的再三鼓吹下，我妈跟着我爸去郊外看星星了……

28. 马路上，外，深夜

李大宝驮着张朵朵在路上飞奔。

若明若暗的路灯。空旷的街道。一幢幢在睡梦中的楼房，院落。

张朵朵第一次发现：北京原来这么安详、宁静。

两个人渐渐地出了城……

29. 南郊，乡村的路上，外，深夜

黛青色的远天。黑绿黑绿的庄稼地。不知名的虫鸣声。潺潺的流水声。

张朵朵仿佛置身于另外一个世界了……

30. 南郊，田野的边上，外，深夜

两个人来到一片玉米地的边上。

李大宝把自行车扔在草地上。用盆在一小片草地上划拉了一会儿，露水就没了。然后，“咣叽”一声，仰面躺下。

张朵朵：你干什么？

李大宝：看星星啊。

张朵朵：看星星还用躺下吗，站着看不了啊？

李大宝：人站着，怎么能看见天？天多大，人多大？必须得躺下来，天才能看见你，你才能看见天。

张朵朵：真是一个农民。

李大宝：让你说着了。只有农民才会看星星，才配看星星，你要知道，这天和地，这山和水，本来就是属于农民的。

李大宝说出了各种星座。

李大宝：看，那儿，三星。看，那儿，北斗七星。

张朵朵仰着脖子，怎么看都有些似是而非。

张朵朵：在哪儿呢，在哪儿呢？

张朵朵也受到了李大宝的感染，干脆，也仰面躺下来。于是，一个不一样的星河展现在她的眼前……

张朵朵：我看到北斗七星了。像一个勺子。

李大宝：看，那儿，猎户座星系。看，那儿，仙女座星系……

31. 南郊，田野的边上，外，凌晨

张朵朵披着一件李大宝的衣服，抱着双膝，坐在一块空地上，默默地看着远方。

李大宝拎着一塑料桶露水和一个盆从庄稼地里出来的时候，浑身上下全湿透了。

张朵朵站起来，走近李大宝。

张朵朵被李大宝的样子吓住了。

张朵朵：这些年，你每天都是这样？

李大宝：是啊，你用露水洗脸，我用露水洗澡。

张朵朵眼圈红了，说：李大宝，我不知道，我真不知道你每天会弄成这样……

李大宝：不碍事的，我有办法。除了你披的上衣，我还带了裤子，一会儿，换上就可以了。

李大宝：朵朵，你都到这儿了，难道不想在现场洗洗脸吗？

张朵朵挽起裤腿，来到草地上，一边洗，一边说：李大宝，我一直以为你是俗人一个，现在看来，你好像也没那么俗气啊……

李大宝：你以为呢？我要是跟李三宝一样，念那么多书，我早就成诗人了！

32. 南郊，乡村的路上，外，晨

天已经蒙蒙亮了。

伴着细微的清风，李大宝意气风发地骑着自行车、驮着张朵朵前行。

在一个拐弯的地方，自行车慢了下来。

李大宝：朵朵，我想跟你商量件事？

张朵朵：说。

李大宝：要不，咱们……咱们……让姑奶奶、妈妈和小雅她们三个搬到楼房去住吧？

张朵朵：你说什么？

李大宝：要不，咱们让姑奶奶、妈妈和小雅她们三个搬到楼房去住吧……

张朵朵从自行车上跳了下来。李大宝也赶紧捏了闸，下了车。

李大宝：你要不愿意，就算我没说。

张朵朵：前几天，你还跟我说，要结束我上公共厕所的历史呢！

李大宝：我主要考虑姑奶奶岁数大了……我还有一个想法，等姑奶奶她们搬走，我让李二宝和牛琴搬到西厢房，正房咱们住一间，下下和上上住一间……

半晌儿，张朵朵才说：你是不是都跟姑奶奶和你妈说了？

李大宝：没有你的批示，我可不敢造次。

张朵朵：李二宝他们真的能搬到西厢房吗？

李大宝：他要是舰着脸不搬，我就想办法把他撵出去！

张朵朵：李大宝，你可不能骗我啊！

第 28 集

1. 李大宝家平房，西厢房，厨房，内，晨

一家人围坐在饭桌旁准备吃早饭。除了李小雅，其他人都在。

妈妈把每个人的饭都盛好了。

李大宝：诸位，诸位；稍候，稍候。朵朵有事要宣布。

张朵朵：你说吧。

李大宝：还是由你来说，还是由你来说。

张朵朵：姑奶奶，妈妈，是这样的，我和李大宝商量了一下，您二位和小雅搬到楼房去住。

听到这个消息，对所有人来说，不啻吃了一个炸子。

姑奶奶扔下饭碗，跑出去了。

妈妈：朵朵，这么说，真是你的主意啊？昨天，我和姑奶奶还以为大宝又忽悠我们呢。

张朵朵瞪了李大宝一眼。

姑奶奶竟然拿着一枚金戒指，跑回来了。坐下后，就把张朵朵的左手拽了过来，把金戒指给她戴到无名指上了。

张朵朵：您这是干什么？

姑奶奶：送你了！

牛琴和李二宝把眼睛瞪得跟牛眼睛一样大了……

张朵朵：这么贵重的东西，我可不敢要！

张朵朵说着，就往下撸。

姑奶奶攥住张朵朵的左手，不让她动了。

姑奶奶：给你的，你就收下！

妈妈：姑奶奶给你了，你就收下！

张朵朵：我……

李大宝：要不，就先收着……

就这样，张朵朵把一枚金戒指稀里糊涂地收下了……

牛琴满脸愠色。

妈妈：我说什么来着？朵朵已经把这个家完全当自己家了！

张朵朵笑着说：这本来也是我家。

妈妈：你这么想，最好。好了，赶紧吃饭吧，吃了饭，你们快去上班，我们今天在家打包装东西！

2. 小院子里，西厢房，李大宝屋门前，屋里，屋外，外 / 内 / 外，日

李大宝推着自行车和张朵朵一前一后进了院。两个人发现，他们屋前堆满了打包的东西。

两个人跑进屋里一看，屋里基本空了。

李大宝一边满院子乱窜，一边说：两位祖宗，两位活祖宗，这是怎么个意思……

姑奶奶从厨房里出来了。

牛琴也背着包进院了。

姑奶奶：朵朵，我跟你妈商量了，我们不去楼房住了，还是你们去。

张朵朵：不是都说好的吗？怎么又变了？

姑奶奶：我又想了一下，楼房不接地气，不如平房好。还那么高，等我腿脚儿不行了，爬起来也费劲儿。

张朵朵：可是楼房里有厕所呀，你们住着方便。

姑奶奶：我们腿脚儿好好的，上个厕所是什么难事？

张朵朵：姑奶奶，我……

姑奶奶：我们都老了，有个地方住就行了。楼房干净，还是由你们年轻人来住。朵朵，记住姑奶奶的话，只要你跟大宝好好过，我们怎么着都行！

张朵朵眼圈红了。

妈妈手里拿着一摞铁碗，从厨房里出来了。

妈妈：好了，这事就听姑奶奶的吧。

张朵朵：那好吧……

妈妈：对了，李下她妈，不过，铁碗我没给你们拿，你要是想要的话，走的时候，自己收拾。

姑奶奶：得了吧你，李大宝她妈，那些个铁碗早该扔了。

李大宝凑过来，说：别扔啊，别扔啊；我收藏，我收藏！

妈妈把那摞铁碗都塞到了李大宝的怀里……

牛琴在边上一直默默地看着，一股怒火早就烧满了胸膛。

李大宝：对了，妈，我们明天搬走以后，你搬我们屋去吧。

妈妈：我也是这么想的，赶紧离某些人远一点。

姑奶奶：得了吧你，李大宝她妈，那屋我还给小雅留着呢。

妈妈：小雅不是住校吗？

姑奶奶：住校她就不回家了？别忘了，她还没出嫁呢，她当然得有一间自己的屋子了！

妈妈：行，那我这辈子，就跟您挤一张床了！

3. 李大宝家楼房，过道，大卧室，内，日

张朵朵和李大宝欢欢喜喜地往里搬东西……

李下的旁白：通过搬家这件事，我妈又一次感受到了老李家人的朴实和善良……

4. 李大宝家平房，正房，李二宝屋，内，夜

躺在李二宝怀里的牛琴突然坐了起来。

牛琴：我越想越窝火。

李二宝：你又窝什么火了？

牛琴：她张朵朵不愧是演员，真会演戏，不但落了一个好名声，还白得了一个金戒指！

李二宝：也是，住进了楼房不说，还白得了一个金戒指。不行，哪天我得让她把金戒指吐出来！

5. 某区政府，某领导办公室，内，日

李三宝轻手轻脚地，用钥匙打开了屋门。

屋里没人。李三宝轻手轻脚地，把手中的文件放在了办公桌上。看见桌子上有点烟灰，就从衣服架上拿起抹布，仔细地去擦……

做完了这一切，李三宝几乎是倒退着出了门……

6. 某区政府，办公室，秘书科机要室，内，日

李三宝在整理文件。

电话铃响了。

李三宝接听：喂，王主任，您好……好好好，我马上来……

7. 某区政府，办公室，走廊，王主任办公室，内，日

李三宝小跑着。但他跑的很有技巧，快且没有声音。在一个门口停下来以后，喘了喘气，平静了一下，才敲门。

里面有人喊：进。

李三宝推门进去。

李三宝对坐在办公桌后面的王主任点了几下头。

李三宝：王主任……

王主任连头都没抬。

李三宝也不再什么说，拿起暖壶，又出来了。

8. 某区政府，王主任办公室，内，日

李三宝把沏好的茶恭恭敬敬地端到王主任面前。

李三宝：王主任，还有事吗?

王主任摆了摆手，做了一个赶快离开的动作。

李三宝几乎是倒退着出了门……

9. 李大宝家平房，西厢房，厨房，内，傍晚

一家人围坐在饭桌旁吃晚饭。除了李小雅，其他人都在。

每个人用的都是瓷碗了。

李二宝突然说话了：舞蹈家，我有一件事得向您请教。

张朵朵：说。

李二宝：那金戒指你打算怎么处置?

张朵朵：……

李大宝：处置什么？姑奶奶都给我们了！

李二宝：可是，我觉得姑奶奶和妈妈既然没搬进楼房，那你们就应该把它还给姑奶奶。

张朵朵：你说的没错。我正准备还呢。

张朵朵真的从在包里拿出了那枚金戒指，递给姑奶奶。

张朵朵：谢谢您了，姑奶奶。

姑奶奶：这这这……二宝，你瞎起什么哄！

李二宝：你要是给每个孙媳妇儿都发一个，我保证不再起哄。

姑奶奶：好。不送给朵朵，我送给别人，你不反对吧？

李二宝和牛琴的情绪都鼓胀起来。

李二宝：那我绝对支持。

牛琴：我也绝对支持。

姑奶奶：下下，这枚金戒指，太姑奶奶送你。

李下老气横秋地说：那好吧，我要。

姑奶奶：你现在还小，姑奶奶替你保存，好不好？

李下：好！

姑奶奶把金戒指揣到怀里了。

李二宝：你这老太太，太阴险了！

李大宝：李二宝，你现在是越来越像那个不要脸的戴亭了。

牛琴：戴亭是谁？

李大宝：你大嫂她们剧团的一个长舌妇。这个长舌妇，除了拉老婆舌头以外，还有一个特点，那就是：气人有、笑人无、见不得别人好。

牛琴：李大宝，你这嘴也忒损了！

突然，牛琴的目光在李二宝、李大宝和李三宝的脸上不停地“扫射”。

牛琴：哎，李二宝，你怎么跟李大宝和李三宝长得一点都不一样啊？

李二宝：不可能。

李二宝盯着李大宝和李三宝的脸去看。

牛琴：朵朵，你看看，是不是？

张朵朵研究了半天以后，说：还真不一样。大宝和三宝一看就是哥俩儿，二宝跟他们一点都不像。

牛琴：二宝，你不会是抱养来的吧？

妈妈和姑奶奶的脸色一下子变得铁青。

李二宝：你放屁！

姑奶奶：口吐莲花。满嘴燎泡！

妈妈：乌鸦嘴！

牛琴：二宝，就凭姑奶奶对你这样，你肯定是抱养来的。是吧，三宝？

李三宝：他爱哪儿来的哪儿来的，跟我有什么关系？

李二宝无意中看到了墙上爸爸的照片。

李二宝：可是我长得像我爸。

一家人都去看爸爸的照片。

张朵朵：我没看出来。

李二宝：那你再看看，他俩像吗？

张朵朵盯着李大宝和李三宝看了半天。

张朵朵：也不太像。

李二宝：既然都不像，为什么偏说我是抱养来的？

李大宝看看妈妈，再看看姑奶奶。

李大宝：牛琴，因为没有得到金戒指，你就怀疑李二宝的出处，这有点不善良、不仁义和不人道了啊！

10. 饭店，包房，内，夜

区政府办公室的人，在一起喝酒。一看那阵势，这顿酒，就是以主任王跃捷为中心而喝的。

王主任显然喝多了，挥舞着大手丫子，在大谈官场哲学。其他人抻着脖子在听。

王主任：……当官，手中有权力，可以获取比一般人多得多的利益，这是一种物质性享受；当官，手中有权力，可以熊别人，别人还不能不听，这是一种精神性享受。

有人附和：说得透彻。

王主任：物质性享受满足人的贪污欲，精神性享受满足人的虚荣心。

有人附和：王主任，我对后一种享受，不甚了了，请您再详细解释一下。

王主任顺手抓起了一个烟灰缸，对准身边的李三宝。

王主任：举个例子说吧。我王跃捷可以拿它，来砸李三宝的脑袋，你们信不信？

大家以为王主任开玩笑，都说：我们不信。

王主任：我是主任，我有权砸你的脑袋；李三宝，你信不信？

李三宝低声说：我信。

于是，王主任拿着烟灰缸，“咣咣咣”一连砸了李三宝的脑袋三下。

李三宝像个死人一样，没有一点反抗的意思。

大家都懵了。

王主任：疼吗？

李三宝：不疼。

王主任：大点声。

李三宝：不疼！

大家彻底笑翻了。一高兴，又多喝了三瓶酒……

11. 某区政府，办公室，走廊，内，日

李三宝拎着暖壶在走廊上轻手轻脚地走。

好几个门开了。好几个脑袋探了出来。

李三宝敲开了王主任办公室的门。

有人拿着个烟灰缸窜出来，对准另外一个人的脑袋，假装砸去。

李三宝无意当中发现了这一幕，但他默默地垂下眼帘，就当什么都没看见……

12. 李大宝家平房，西厢房，厨房，内，傍晚

一家人围坐在饭桌旁准备吃晚饭。除了李三宝和李小雅，其他人都在。

妈妈给每个人盛饭。

轮到李下了。李下却把碗推开了。

李下：我不吃。

姑奶奶：哎，怎么了，下下？

张朵朵：生气呢。

姑奶奶：生什么气？

张朵朵：今天考试，得了第2名。

李二宝：第2名可以了，下下。

李下：郭画得第 1 名，我不服气。

李大宝：嗨，你小小年纪，哪来的这么大气性？

姑奶奶：你懂什么？这叫人小志气大，知耻而后勇。我看挺好。

张朵朵：姑奶奶，您的观点我不同意。一个 2 年级的小学生处处争强好胜，事事急功近利。有什么好的？作业的红花要比别人多，得到的表扬要比别人多，甚至每天到校也要比别人早。这样下去，眼里只有她自己了，根本看不到别人。到最后，除了自私自利、以自我为中心，没别的了！

李二宝：那不挺像你的吗？

妈妈：二宝，你给我闭嘴。

大家都看妈妈了。

妈妈：朵朵，孩子还小，别太着急，她还是一棵小树，让她再往高了长长，然后再修理，我看也不迟！

13. 某区政府，王主任办公室，内，日

李三宝敲开了王主任办公室的门。

李三宝：王主任，您找我有事？

王主任这次竟然很客气，指了指办公桌对面的椅子，示意李三宝坐下。

李三宝受宠若惊地坐下了。

王主任：给你介绍一个对象吧。

李三宝：谢谢王主任。

王主任：有什么条件？

李三宝：我没什么条件，王主任，你看着办就行。

王主任从抽屉里拿出两张电影票和一张纸条，递给李三宝。

王主任：明天的电影票。纸条上有电话，你自己约吧！

李三宝：哎，哎！

14. 电影院门口，外，日

李三宝拿着一本杂志，站在台阶上。一个穿着连衣裙的姑娘上了台阶。

李三宝：王蔷吧？

穿着连衣裙的姑娘点了点头。

李三宝：我是李三宝，我们进去吧。

王蔷：好吧。

15. 电影院，内，日

放映的是一部法国电影，叫《最后一班地铁》。

李三宝和王蔷都很专注地看着电影。

16. 李大宝家平房，西厢房，厨房，内，日

一家人围坐在饭桌旁吃午饭，除了李三宝和李小雅，其他人都在。

牛琴：大嫂，什么时候再给我们搞两张音乐会的票呗？

张朵朵：行啊。明天上班我就去找。

17. 公园里，外，日

李三宝和王蔷在散步。两个人不但错开一点，而且都低着头，像是在寻找丢失的东西。

王蔷“哎哟”一声，差点崴了脚。

李三宝回过头，问：没事吧？

王蔷连连摆手，说：没事，没事。

李三宝这才算是正式看了一眼王蔷。王蔷依然穿着那件连衣裙。她长得不难看，只是身子有点瘦，皮肤有点黄，好像营养不良似的。

18. 李大宝家平房，正房，妈妈屋，内，傍晚

李大宝、张朵朵、妈妈和姑奶奶在逗李下和李上玩。

张朵朵隔着窗子看见李二宝进了院。马上藏到了姑奶奶的床后面。并且把姑奶奶拉到床边挡住自己。

张朵朵：李二宝进来了，你们就说我已经走了。

李二宝气冲冲地进了屋。

妈妈：你不是听音乐会去了吗？怎么跑回来了？

李二宝：张朵朵呢？

李大宝：回楼房了，怎么了？

李二宝：太坏了。给我们搞了两张票，它不是同一天的。

妈妈：什么什么？

李二宝：她给我们的两张票，有一张是今天的，还有一张是后天的。我傻呵呵驮着牛琴去了剧院，却被挡在了门外……

张朵朵哈哈地笑出了声，然后捂着肚子站了起来。

张朵朵：牛琴只是说搞两张票，她没说是同一天的呀……

李二宝：你还笑。真是太坏了。

妈妈：这可不像朵朵干的事。

李二宝：要不说，环境改变人呢。那么老实的人，在我们这个家里，都变坏了！

妈妈：你傻啊，还是精啊？你到底想骂谁呀？

19. 电影院，内，夜

放映的是一部日本电影，叫《复仇的牙》。

李三宝和王蔷都很专注地看着电影。

20. 小饭馆，内，夜

桌子上只摆了一盘饺子。

李三宝在吃，王蔷在看。

李三宝：你也吃一点啊。

王蔷：我不吃羊肉。

李三宝：你早说呀。再给你点点儿别的。

王蔷：算了算了。反正我晚上吃不吃都行。

李三宝：你又不是跳舞的，你减什么肥啊？

王蔷：这跟跳舞有关系吗？

李三宝没搭茬儿，埋头去吃了……

21. 某区政府，王主任办公室，内，日

李三宝恭恭敬敬地站在王主任面前。

王主任：跟王蔷谈得怎么样？

李三宝：就那样？

王主任：什么叫就那样？

李三宝：还行吧……

王主任：你知道她是谁的女儿吗？

李三宝：不知道，她没跟我说，我也没问。

王主任：她是我的女儿。

李三宝的脑子在瞬间变成空白。

王主任：她刚刚专科毕业，在市财政局工作。

李三宝：您没跟我说……

王主任：现在说，晚吗？

李三宝：不晚，不晚！

王主任：找个时间，双方家长见个面吧！

李三宝：哎，哎！

22. 饭店，包房，内，日

王主任、王主任老婆和王蔷坐在桌子的一面；姑奶奶、妈妈、李大宝、张朵朵和李三宝坐在桌子的另一面。

那阵势，又像是以主任王跃捷为中心在开会了。

王主任挥舞着大手丫子，在讲着。

叠画：王主任喝了一口水，继续讲着……

老李家的人都很克制地听着……

23. 马路边，人行道上，外，日

老李家一家人，都心情沉重地走着，谁也不说话……

24. 咖啡馆，内，日

张朵朵和李三宝坐在靠窗子的一个位置上。

张朵朵：……三宝，事情为什么会是这样？你快跟姐说说呀。

李三宝：我只能说，生在我们这样一个家庭，好多事由不得我们自己选择。

张朵朵：在我眼里，你原来是一个有理想、有追求的青年。上大学那会儿，想当一个作家，指点江山、激扬文字；刚刚工作，想当一个弄潮儿，改变环境、改造社会。这才几天的工夫，为什么一下子变得这么消沉啊？

李三宝咬着嘴唇，向窗外看了看。

一个爸爸牵着一个小男孩，正好路过。小男孩朝李三宝吐了一下舌头。

张朵朵：人生消沉，会迷失自己；你如果再把这种消沉带到恋爱和婚姻当中，会害了自己，也害了别人……

李三宝：姐，你说的没错，可是，我真的没有选择。我必须得跟王蔷谈，还必须得跟她结婚……

张朵朵：没有余地了？

李三宝：没有了。

张朵朵：不过王蔷这女孩儿，长得不难看，只是有点瘦。还有，虽然只是见了一面，但我能感觉到，她跟他爸不太一样，她应该是个心地善良的人。

李三宝：你说得没错。

张朵朵：那姐……就只能祝福你了……

李三宝终于流出了眼泪。他捂住了脸。

李三宝：我受够了……自从进了区政府，我对工作兢兢业业、勤勤恳恳，对领导唯唯诺诺、言听计从，对同事敬而远之、客客气气，一句话，低着脑袋做事、夹着尾巴做人……我不能再过这样的日子了，姐，我得想办法尽早地成熟起来……姐，我可能让你失望了……

张朵朵：姐理解，可是成熟不一定都是好事。我记得《麦田里的守望者》里面有一句话说“一个不成熟男人的标志，是为某一事业英勇地死去；相反，一个成熟男人的标志，是为某一事业卑贱地活着…”你这么一个有才华的人，选择了这样一条路，姐觉得可惜……

李三宝把双手从脸上拿开。

李三宝：让我试试吧，反正我才25岁，不行，我再回头……

张朵朵伸手去擦李三宝的眼泪……

张朵朵：那姐……就只能祝福你了……

25. 马路边，人行道上，外，夜

夜深了。

李三宝还在踽踽独行。

从路边的烧烤摊上儿，传来划拳猜令的声音。间或，也从某一个歌厅里，传来狼嚎鬼叫的声音。

一阵风刮来。又是一片片丢了魂儿的树叶落下来……

又是一个萧瑟的晚秋了……

李下的旁白：不久，我三叔李三宝就和王蔷正式订婚了。订婚不久，我三叔迈出了他人生目标的第 2 步：当上了某一位副区长的文字秘书。这对我三叔来说，是福是祸，只有天知道了……

26. 李大宝家平房，西厢房，厨房，内，日

一家人围坐在饭桌旁准备吃午饭。除了李小雅外，其他人都在。当然了，包括王蔷。也包括坐在牛琴身边的李上（3 岁，建议此集换演员）。

妈妈把每个人的饭都盛好了。

李二宝突然站起来，说：诸位，诸位；既然这顿饭是我花的钱，那我得说两句。

牛琴带头鼓掌。只有王蔷一个人响应。王蔷显得有点尴尬。

李二宝：两年多来，经过我和牛琴砸锅卖铁又卖血的努力，我们终于还清了两万多块钱的外债，我们总算头皮清了……

李大宝：打住！

李二宝：怎么了？

李大宝：什么叫“你和牛琴砸锅卖铁又卖血”啊？那是“我们老李家全家砸锅卖铁又卖血”，当然了，不包括下下和上上。

姑奶奶：我同意大宝的意见。

李二宝：好好好。两年多来，经过我们老李家全家砸锅卖铁又卖血的努力，我们终于还清了两万多块钱的外债，我们总算头皮清了。所以从今天开始，我李二宝要打出了一个响亮的口号——那就是，我李二宝在哪儿摔倒，就在哪儿爬起来！

张朵朵刚好喝了一口水，全喷到了对面的牛琴的脸上。牛琴一阵划拉。

牛琴：干什么，干什么！

李大宝：我坚决反对你打出这样的口号，坚决反对你爬起来！

姑奶奶：我同意大宝的意见。

李二宝：你们有什么权利，不让我爬起来？

李大宝：你要是再爬起来的话，我们就该彻底地趴下了；你要是再爬起来的话，我们就该彻底遭殃了。这个道理，连三岁的孩子都明白，是不是，上上？

李上大声喊：是，不许李二宝爬起来！

李二宝：哎，上上，你是谁闺女呀？

李上大声喊：我是北京人民的闺女！

一家人差点儿笑翻了。

牛琴猛敲桌子。一家人这才安静下来。

牛琴：妈，你说两句吧？

妈妈：二宝这辈子既然是倒腾的命，那就让他倒腾去吧。

牛琴：是啊，这跟淘金差不多，你不以身试水，那狗头金怎么会从泥沙里跳出来呢？

李二宝：伟大的神医，伟大的巫婆！

李大宝：妈，你什么时候跟他站一队了？

妈妈：我的话还没说完呢。

李二宝：您说。

妈妈：李二宝、牛琴，你们听好了，从今天起，不管你们倒腾什么，这个家、这个家里的任何人，都不再给你拿1分钱。你们赚了，那是你们的；你们赔了，也是你们的！

李二宝：妈，闹了半天，你也没跟我一头啊？

妈妈：李二宝，你要还有皮，还有脸，你就不要再给这个家添乱！

李二宝：您既然把话说到这个份上，那我也表个态。从今天起，我和牛琴除了交生活费、在家吃饭外，我们跟你们没有任何关系！

妈妈：但愿您能遵守您的诺言！

27. 西厢房，厨房，内，日

妈妈在洗碗。姑奶奶在看中医书。

姑奶奶：你真准备给二宝来狠的了？

妈妈：不来狠的行吗？这些年，一家人净给他还债了，多亏朵朵不是个小心眼儿，不然，不知跟大宝打成什么样呢？三宝已经跟王蔷谈了1年多了，差不多也该结婚了，我们能不攒点钱吗？你没看见，那个王跃捷，眼睛都长屁股上去了，他压根儿就没把我们当回事，我们家要是有钱，他敢吗？为了三宝，我也得想办法攒点钱！

姑奶奶：成。

妈妈：成什么成？

姑奶奶：我说，你这人在大事上，有主意，有正章，不简单。

妈妈：我有什么主意，我有什么正章啊？您才是伟大的神医，伟大的巫婆。一切都在您手里攥着呢！

姑奶奶：你明明知道，我也就是嘴上的功夫。不跟你说了！

妈妈：真是不识逗。对了，我这两天想去趟天津。家里您还得多照看着点。

姑奶奶：哟，可不是，算一算，大雅快生了。去吧，去吧，赶紧让大宝买票吧，家里有我呢。

妈妈：看看，说着说着，又攥您手里去了！

姑奶奶举起书本。

姑奶奶：我抽你！

28. 剧团，排练厅，化妆室，内，日

张朵朵和谢娟坐在镜子前化妆。

谢娟：听说我们舞蹈队，又调来一个人，还听说，长得特别帅。

张朵朵：是吗？现在文艺团体开始改革了，像我们这种剧团早晚会解散的，怎么还有人来啊？

谢娟：听说，从工厂上来的。

张朵朵：啊，难怪，是一个文艺青年。

29. 剧团，排练厅，内，日

舞蹈队员们跟着音乐，集体练功。

队列中果然多了个新人——一个帅气的小伙子。

帅气的小伙子很卖力气地跳着，看样子是想引起大家的关注。

变换队形的时候，帅气的小伙子恰好来到了张朵朵身旁。

帅气的小伙子：朵朵姐吧？我就叫刘文品，我非常喜欢你演的《画皮》。

张朵朵朝帅气的小伙子点了点头。

队形又变换回去了。

谢娟一边跳着，一边小声跟张朵朵说话。

谢娟：白白嫩嫩的，干干净净的，简直像根剥了皮的葱。

张朵朵：那你快去吃葱蘸酱吧。

谢娟：不过，我怎么看着，都有点像个女人。

张朵朵：干我们这行的，哪个男人没有点女气？

谢娟：说得好。我怎么就没发现呢？

领队的人好像长后眼儿了，叫道：谢娟，别说话了！

30. 剧团，排练厅，内，日

短暂的休息。

舞蹈队员们都靠着把杆调整情绪。

刘文品走近张朵朵和谢娟。

刘文品把手伸到张朵朵面前。

刘文品：朵朵姐，认识一下。

张朵朵蜻蜓点水地跟刘文品碰了一下手。

张朵朵：你好。

刘文品：来之前，就知道你非常漂亮，没想到你还非常年轻。

谢娟：你这叫什么话？张老师本来就很年轻。

刘文品：对不起，我是想说，在我眼里，三十岁的女人，是另一个概念。是朵朵姐让我改变了这一想法。

谢娟：三十岁的女人就不是女人了？

刘文品：你肯定是给戴亭拔毛的谢娟吧？

谢娟羞得满脸通红。

谢娟：连这你都知道？

刘文品：朵朵姐，我不是科班出身，是自学成才的。您是专家，以后请多多指点。

张朵朵：不客气。

刘文品已经转身走了，却又回来了。

刘文品：朵朵姐，我本来想下次再告诉你的，可是我还是忍不住了。

张朵朵：告诉我什么？

刘文品：你非常有女人味。我非常喜欢你。

张朵朵瞪大了眼睛，说：上帝啊，不会吧！

刘文品挺着腰身走了。

谢娟：有病！

第 29 集

1. 李大宝家平房，正房，妈妈屋，小院子里，内 / 外，日

姑奶奶、李大宝、张朵朵、李二宝和牛琴看李下教李上学跳舞。

李大宝突然说：朵朵，学校昨天体检了，老师说，下下缺铁。

张朵朵：是吗？

李二宝：我知道怎么回事了。

张朵朵：怎么回事？

李二宝：下下没用过铁碗，哪天我得专门打一个铁碗，上面再铸上下下的名字，当礼物送给她。

李上：爸爸，我也要！

李下：二叔，我不要这个礼物，我要维尼熊！

张朵朵：李二宝，麻烦你出来一下。

李二宝跟着张朵朵来到屋外。

张朵朵：你别在孩子们面前，说过去的那些事，行不？

李二宝：我也想让她们受受教育。

张朵朵：行了，就算我求你了。

李二宝：其实，要想堵住了我的嘴，也好办。

张朵朵：你什么意思？

李二宝：给我弄十张音乐会的票。

张朵朵：你要那么多干什么？

李二宝：分五次，每次两张。

张朵朵：行。这件事，那就永远不再提了。

李二宝：一言为定。但不能再出现上次的事故了。两张的是同一场的。

张朵朵笑着说：知道了。

院门开了。妈妈拎着包进来了。

张朵朵：妈，你回来了，大雅怎么样？

妈妈：生了个大胖小子，八斤。母子平安！

李大宝从屋里跑出来了。

李大宝：哎哟嗨，这李大雅和毛驴儿还真行，真给我们弄出个小毛驴儿来！

张朵朵：起名字了吗？

妈妈：起了，叫什么毛里求斯。

李二宝：这又是个外国名啊？

张朵朵：这是一个国家名。为什么叫这么个名字啊？

妈妈：毛驴儿说，跟孩子的三舅学的，将来也上名牌大学。

李大宝：不行，这叫什么呀？整改，我限他们3天之内，把名字改了。不然，我不让他们上户口。

妈妈：我已经让他们整改了。

李大宝：改成什么了？

妈妈：毛毛雨。

李大宝：还是没解决问题呀。

妈妈：怎么没解决问题呀？

李大宝：毛毛雨能解决什么问题呀？

姑奶奶不知什么时候出来了。

姑奶奶：那要是毛毛雨天天下呢？

2. 剧团，排练厅，内，日

短暂的休息。

舞蹈队员们都靠着把杆调整情绪。

刘文品走近张朵朵和谢娟。

刘文品：朵朵姐，我今晚想请你看个电影？

张朵朵：为什么？

刘文品：请你看个电影，还需要理由吗？

舞蹈队员们都善意地笑了。

张朵朵：那好吧……

3. 电影院，内，夜

放映的是一部法国电影，叫《阴谋的代价》。

张朵朵很专注地看着电影。刘文品却侧着脸，很专注地看着张朵朵。

张朵朵小声说：看电影。

刘文品：是……

4. 马路边，人行道上，外，夜

基本没什么行人了。张朵朵和刘文品在漫步。

刘文品突然站住了。

刘文品：朵朵姐，我必须得干一件事了，我本来想下次再干这件事的，可是我还是忍不住了。

张朵朵：干什么？

刘文品抱住张朵朵，在脸上就是一顿乱亲。

张朵朵挣扎着，说：你干什么？放开我，不然，我就恼了！

刘文品：谁让你这么漂亮来，谁让我这么喜欢你来……

于是，张朵朵被一个比她小六七岁的大男孩儿亲得晕头转向了……

张朵朵终于推开了刘文品。

张朵朵弯着腰，一边喘着粗气，一边说：我告诉你，小刘，绝对不能有第2次！

5. 李大宝家平房，西厢房，厨房，内，日

一家人围坐在饭桌旁吃晚饭，除了李小雅，其他人都在。

张朵朵不知想起了什么，“扑哧”一下笑了。

李大宝：笑什么？

张朵朵：没笑什么。

门外响起了脚步声。却是李大雅抱着孩子出现了。一家人都大为惊奇。

妈妈站起来，问：这刚出满月才几天哪，怎么就颠儿回来了？

张朵朵上前接过孩子。

张朵朵：哎哟，快让舅妈看看我们的小毛驴儿！

其他人也都涌了过来……

6. 西厢房，厨房，内，日

毛毛雨在王蔷的怀里已经睡着了。

妈妈：说吧，回来干啥来了？

李大雅脸上笑开了花，说：有好事。

妈妈：什么好事？

李大雅：我要跟毛驴儿离婚了。

一家人都傻眼了。

妈妈：都要离婚了，还笑？都要离婚了，还是好事？你也成郭小柱了？

李大雅：郭小柱是谁？

妈妈：你还有闲心管郭小柱啊，先管你自己吧！

李大雅：我们是假离婚。

妈妈：为什么要假离婚？

李大雅：因为房子。我们单位要分房子，这次可以轮到我了。只要我跟毛驴儿离了婚，就可以分到一套50平方米的房子。房子到手以后，我们再复婚。用毛驴儿的话来讲，我这次回来，就是为假离婚做舆论上的准备的。

李三宝：你们这是钻政策的空子，占国家的便宜。

李大雅：不占白不占。

姑奶奶：大雅，毛驴儿已经坏了杂碎，这次他是真离婚！

李大雅当然不相信，其他人也不相信。

李大雅：姑奶奶，你可不能造谣啊！

李二宝：姑奶奶，你怎么也跟那个戴亭学啊？

李大雅：戴亭又是谁？

李二宝：大嫂他们剧团的一个长舌妇。这个长舌妇，除了传耳过舌、搬弄是非以外，还有一个特点，那就是：气人有、笑人无、见不得别人好。

妈妈：李二宝，闭嘴！

姑奶奶：大雅，听姑奶奶的话，赶紧回去，大宝，你也跟着。

李大雅：可是，我那套50平方米的房子……

姑奶奶：是房子重要还是脸面重要？快点吧，不然，你就成了天津人民的笑柄了！

妈妈把李大雅推出门外。

王蔷：孩子，孩子！

7. 天津，李大雅家，内，夜

李大宝一脚踹开了李大雅家的门。

毛驴儿怀里搂着中年妇女丁。正在撕扯中年妇女丁的衣服。

听到声音，毛驴儿和中年妇女丁马上分开了。

李大宝随手把门关上。

李大雅哆哆嗦嗦地指着毛驴儿的鼻子，说不上话来。

李大宝：你说多悬哪，再晚半分钟，衣服就扒下来了！

李大雅：毛驴儿，你个混蛋，还真让姑奶奶说着了，你果真坏了杂碎！

李大宝：说，这是第几次？

毛驴儿：第一次……

李大宝：不说实话是不是？

毛驴儿：第二次……

李大雅：我的妈呀！

中年妇女丁已经悄悄地系好了衣扣，偷偷地盯着门。

李大宝：想溜，是不是？罚款！

中年妇女丁人没听明白。

李大宝：想不想让你男人知道这事？

中年妇女丁摇了摇头。

李大宝：那就罚款200块钱。

中年妇女丁：我身上没带钱……

李大宝看见了中年妇女丁手腕上的手表，上前一把撸了下来……

8. 李大宝家平房，西厢房，厨房，内，日

一家人围坐在饭桌旁开会。除了李小雅、李下和李上，其他人都在。

只有毛驴儿乖乖地在地上站着。尽管他身后放了个凳子。

李大宝：毛驴儿，你也坐啊。我们坐着，你站着，不合适啊，都一样是人，这也不平等啊。

毛驴儿：我不是人……

李大宝：毛驴儿，你知道你跟那个女人的破事，是什么行为吗？

毛驴儿：是不正当的行为！

李大宝和李二宝都被气乐了。

李二宝：死到临头了，你还在这儿转呢！

李大宝：民间的说法，叫苟合；官方的说法，叫非法同居；既非民间、也非官方的说法，叫通奸。你知道吧？

毛驴儿：我知道……

李大宝：知道早让你偷着吃了！

张朵朵、牛琴和王蔷都笑了。

李二宝：你丫说，咋办吧？

毛驴儿：我这次是把脑袋掖在裤腰里来的。我任凭姑奶奶和妈妈发落……

姑奶奶：那好，我们就给你一次机会，再让你蹦跶几天。

毛驴儿：我这就写悔过书。

姑奶奶：不用了。我们相信你。

毛驴儿：谢谢姑奶奶。

姑奶奶：若下次再犯，被我们捉了奸，你就背着你的铺盖卷儿，从你天津的房子里滚出去！

毛驴儿：我滚，我滚……不不不……我不滚，我不滚……

9. 西厢房，厨房，内，日

一家人围坐在饭桌旁看着毛驴儿和李大雅狼吞虎咽地吃饭。

毛驴儿：……姑奶奶，我有一事不明？

姑奶奶：说。

毛驴儿：您是怎么掐算出来的？

姑奶奶：你是说你憋坏屁这事，是吧？

毛驴儿：是啊……

姑奶奶：上次你来北京给孩子拿奶粉，眼神就不对；本来说好住一宿的，可是你心里像长了草，最后还是坐着大巴连夜颠儿了。我就知道，你被女人绊住了……

毛驴儿竖起大拇指，说：难怪大雅说你神，真神。我是再也不敢落到你手里了，如果再落到你手里，老天都不饶我了！

10. 正房，妈妈屋，内，日

李大雅趴在妈妈肩头哭泣。透过窗子可以看到，毛驴儿背着包，站在小院子里等候李大雅。

李大雅：妈，对不起，这些年，我没给家里帮什么忙，还净给你添麻烦了。

妈妈：你这话说的，就好像你不是妈亲生的似的。

李大雅抬起头，破涕为笑。

妈妈：回去跟毛驴儿好好过。

李大雅：我知道了。

妈妈：你以后别老张牙舞爪的，你越是这样，越是收不住男人的心。

李大雅：行，我听你的。这次回去，我找个笼头给他戴上，我天天牵着他。

妈妈：你又来了。

李大雅：那我走了。

妈妈：走吧。

李大雅走到门口，又返身回来了。

李大雅：妈，我想知道，我爸是怎么死的？

妈妈：这个……

门开了，姑奶奶进来了。

妈妈只好把话憋回去了……

11. 剧团，排练厅，内，日

舞蹈队员们跟着音乐，集体练功。

一个强劲的动作完成了。

领队的人：好，休息20分钟。

大家散去。

刘文品突然喊：张老师，请留步！

张朵朵愣了一下，才意识到，刘文品在叫自己，就站住了。

张朵朵：有事。

刘文品：我想拜您为师。

刘文品竟然当着众人给张朵朵深深地鞠了一躬。张朵朵没想到刘文品会来这一手。想拒绝也来不及了。

刘文品：大家也为我做个见证。从今以后，张老师就是我师傅了。

谢娟：刘文品，哪有你这样拜师的？要拜师，你得摆拜师宴，行三拜九叩大礼的。

刘文品：这个仪式我会补的。师傅，从今天中午开始，给我上课，行吗？

张朵朵：……

12. 剧团，排练厅，化妆室，内，日

刚吃完午饭的张朵朵和谢娟在补妆。

张朵朵：丹丹，周六下午，陪我去趟西单商场吧，我都好长时间没买衣服了。

谢娟：半个月前，刚陪你去过的。

张朵朵：是吗？那我怎么觉着好长时间没去了。

谢娟：你没觉得你最近变化特别大吗？

张朵朵：是吗？

谢娟：在班上，你不再消极地待在办公室，而是一有时间就往排练厅跑；在班下，你又开始频繁地出入服装店和化妆品店。你是不是以为，你的第2春已经不可阻挡地到来了？你是不是以为，你感情的大坝又注入新水了？

张朵朵：我只是觉着他好玩。

谢娟：我倒觉得他是在找奶吃。

张朵朵：干吗说得那么难听？

谢娟：姐姐，这种大男孩儿，比丁茂之流还不可靠！

张朵朵：是吗？

谢娟："是吗"，这么一会儿，你都用了3次了。这说明，你又开始找不着北了！

13. 剧团，排练厅，内，日

张朵朵在教授刘文品《画皮》的一个段落。

刘文品忙里偷闲地说：这回你就可以公开的、手把手心贴心地教我了。

张朵朵：别看我，好好学。

刘文品：我不看你，怎么学？

张朵朵笑了。

叠画：在张朵朵眼里，刘文品逐渐幻化成了王生……

叠画：刘文品和张朵朵抱在一起了，随后就是一番热吻……

叠画：刘文品去抓张朵朵的前胸。张朵朵终于清醒，一把将刘文品重重地推倒在地。

张朵朵：我们不能这样，我已经有家了，我女儿都10岁了……

刘文品：我知道你已经有家了，我知道你女儿都10岁了……

张朵朵坚定地说：既然我们都知道，就不应该越了最后这一条线！

刘文品：那条线在哪儿呢，我怎么没看见？

张朵朵：它在我心里呢！

14. 李大宝家楼房，大卧室，内，夜

李下趴在写字桌上写作业。

李大宝端个大茶缸子，一边喝着水，一边踌躇满志地溜达着。

张朵朵倚着床头看书。

李下拿过橡皮，把郭画的名字写在上面，然后，用铅笔刀一刀一刀地去切橡皮。

张朵朵：李大宝，你看你那样儿，越来越个科长了。

李大宝：看出来了？

张朵朵：看出来了。

李大宝：哟，你也够神的。我们主任，今天上午才跟我谈过，让我好好干，下半年有可能提我当副科长。我正琢磨着，怎么跟你汇报这事呢。

张朵朵不无讽刺地说：哟，你要当了副科长，那我不就成了领导的家属了吗？

李大宝：应该是吧？

张朵朵：你还当真了。

李大宝把大茶缸子放到写字桌上。却发现李下已经把橡皮成切碎末了。

李大宝：下下，为什么把橡皮都切了？

李下：上面有郭画的名字。我在切郭画。

李大宝：为什么？

李下：这次期中考试，我总算得了第1名，超过了她。

李大宝：你说你小小年纪，心里怎么全是恨呀，这是随谁了？

张朵朵：随我了，怎么了？

李大宝：我可没这么说。

张朵朵：是我说的。下下那是爱憎分明，那叫嫉恶如仇。都跟你似地，见个人，就想叫妈，那就好了？

李大宝：我管谁叫妈了？

张朵朵：管谁叫妈，你自己知道！

李大宝：我不知道！

15. 李大宝家平房，西厢房，厨房，内，日

一家人围坐在饭桌旁吃午饭。除了李小雅，其他人都在。

妈妈：王蔷，你多吃点。

王蔷腼腆地说：阿姨，我吃呢。

牛琴：王蔷，什么时候叫妈呀？

王蔷：我不知道……

牛琴：李三宝，你知道吗？

李三宝：想什么时候叫，就什么时候叫。

有人拍打院门。

李二宝：可能是找我的，给我送钱的。

李二宝起身往外走。

拍打院门的人，已经来到了厨房门口：竟然是刘文品。他还招摇过市地捧着一束鲜花。

张朵朵惊叫道：小刘，你怎么来了？

刘文品：张老师，我来给你过生日啊。

张朵朵：今天是我生日？

一家人都有点发蒙。只有李三宝点了点头。

李三宝：好像是。

王蔷吃惊地看了李三宝一眼。

李大宝拍了拍脑袋，说：还真是！

张朵朵：可是我从来没过过生日。你快走吧！

刘文品：所以，我才来给你过啊！

李大宝：如果我没猜错的话，你是刘文品了。

张朵朵：你怎么知道的？

刘文品：如果我没猜错的话，你是李铁匠了。

李二宝：嗨，这丫也够损的，铁匠还不行，还弄了李铁匠。

李大宝：我还知道，你是想借着这个机会，来家里专门拜我媳妇儿为师的。

刘文品：算是吧……

李三宝冷静地观察刘文品、李大宝和张朵朵三个人的外部表情和内心活动。

张朵朵终于想清楚，该怎么应对了。她站起身，接过鲜花，递给王蔷。然后。拉着刘文品，就往外走。

张朵朵：拜师的事，去团里再说。你赶紧走，你赶紧走！

李三宝：李大宝，如果我没猜错的话，你本来就风雨飘摇的婚姻又遇到大麻烦了，如果这个小白脸有胆儿的话，你将面临一场决斗也未可知。

妈妈：三宝，别胡说！

姑奶奶突然来了一句：枸杞、当归补一点！

李二宝：可是，补什么呢？

姑奶奶：补气！

这要搁过去，面对这种情况，李大宝早就恼羞成怒、狗急跳墙了。可是，听了姑奶奶的话以后，好像一切都攥在手里了。

李大宝：姑奶奶，我明白了！

李大宝从容地站起来，追了出去。

李大宝：朵朵，人家既然都来了，就把人家收下呗！

16. 西厢房，厨房，内，日

张朵朵坐在饭桌旁的正座上，家里其他人则站在她的两边，包括姑奶奶。

再看刘文品则在张朵朵面前跪着。

李大宝：一叩首！

刘文品铁青个脸，给张朵朵磕了第一个头。

李下的旁白：我爸把刘文品又给拽了回来。按照他们工厂师傅收徒弟的规矩，为他主持了拜师仪式。于是，刘文品走着进来了，却跪着出去了。一场突如其来的尴尬，就这样被我爸轻松地化解了。我三叔李三宝说，李大宝这张嘴损是损了点，但有的时候，还真能办点大事……

李大宝：二叩首！

刘文品铁青个脸，给张朵朵磕了第二个头。

李二宝：张老师，你身子好像歪了。

李二宝上前为张朵朵正了正身子。

李大宝：三叩首！

刘文品铁青个脸，给张朵朵磕了第三个头……

17. 李大宝家楼房，大卧室，内，夜

张朵朵已经躺在床上了。洗漱之后的李大宝也爬上了床。然而却被张朵朵一脚踹到床下。

李大宝扶着床沿儿，问：怎么个情况，这又是怎么个情况？

张朵朵质问：你为什么跟踪我？

李大宝：我李大宝好像还没那么下作。

张朵朵：那你怎么知道刘文品拜师的事？

李大宝：连白大爷都知道了，还能瞒得住我吗？

张朵朵：这个白大爷真是多事。

李大宝：你就感谢白大爷吧。如果今天不是拜师为你遮了羞，你打算怎么跟姑奶奶和妈妈解释这件事？

张朵朵：我……

李大宝：那个小混蛋，他把李大宝我当成什么了，还杀到家里来了！

张朵朵：我听三宝说，你说这事还没完？

李大宝：你说呢？

18. 咖啡馆，内，日

一个留长发、戴墨镜的女人坐在角落的一个卡座里，悠闲地喝着咖啡。

李大宝进来了，服务员把他领到了留长发、戴墨镜的女人的隔壁座位。

因为卡座的靠背较高，李大宝没有注意到留长发、戴墨镜的女人。

李大宝首先研究“菜单”。

刘文品也背着包进来了。

李大宝很热情地朝刘文品招手。

19. 咖啡馆，内，日

窗外下起了雨。

李大宝和刘文品已经喝上咖啡并且聊上了。

李大宝：……首先，我得感谢你。如果不是你，我这辈子，可能都不会到这种地方来。

刘文品：可以理解。

李大宝：我们也别说废话了，进入正题吧。

刘文品：行啊。

李大宝：文的武的？你选吧。

刘文品：文的怎么讲？武的又怎么讲？

李大宝：文的，就是我们坐下来好好谈谈张朵朵的主权归属问题。

刘文品：我觉得归属这个词不合适，张朵朵又不是一个东西或者一块土地。

李大宝：那就按照你们文艺圈的说法，看看我们谁更爱她。

刘文品：武的呢？

李大宝：打，往死里打，被打趴下的那一个，滚蛋。

刘文品：还是抢东西、夺土地吗？

李大宝：那就再按照你们文艺圈的说法，看看我们谁的拳头硬，谁更有能力保护她。

刘文品：我选文的。

李大宝从上衣兜里拿出了两张折叠的纸，打开，递给刘文品。

李大宝：这上面，写的是我上个星期都为她做了些什么，并且这只是抽样调查。有的时候，可能比这复杂得多。你先看看。

刘文品念道：星期一到星期五，早晨送她上班，晚上接她下班；星期六陪她做头发，星期日陪她逛商场；每天夜里睡觉前，给她捏脑袋，不少于200下；每天凌晨去郊外的田野里收集露水，给她洗脸，不少于5000滴……

刘文品的手开始抖了。

刘文品：她用露水洗脸？

李大宝：对，已经洗了10多年了。

刘文品：为什么？

李大宝：不为什么。我就觉着，她这样的人，只能用露水洗脸。

刘文品：我明白了，所以，她至今看上去，还那么年轻、漂亮。

李大宝：也许是吧。怎么着，纸上写的这些，你能做到吗？你要能做到，我可以考虑退出。当然了，还得她愿意。

刘文自言自语地说：我只是想找个比我大一点的，玩一玩。玩一玩就行了，我可没想找妈。

李大宝：你说什么？

刘文品：我说，我只是想找个比我大一点的，玩一玩，我可没想找妈。

李大宝：小子，就凭你这句话，我就该一拳把你送回你妈的妈家。

刘文品：那是哪儿呀？

李大宝：你姥姥家！

刘文品：我没姥姥。

李大宝：那就对了。你这种人，连妈都不配有，你就是从石头缝儿里蹦出来的！

留长发、戴墨镜的女人突然从座位上站起，摘掉长发和墨镜，扔在桌子上。原来竟是张朵朵！

张朵朵来到了两个人的面前。

李大宝：你怎么在这儿！

张朵朵：刘文品，你个混蛋，我真该给你当一回妈，教教你怎么做人！

张朵朵说完，双手捧起刘文品的咖啡杯，把剩下的半杯咖啡，全泼到了他的脸上……

刘文品的脸，顿时花了。

刘文品站起来一边跑，一边说：泼妇，简直就是一个泼妇！

雨越下越大了。雨水从窗子玻璃上流下来，一道道的，像一个受委屈的孩子在止不住地哭。

张朵朵拿起了桌子上的那两张纸，内心感慨万千，但她努力克制住自己的情绪。

张朵朵：李大宝，对不起……

李大宝一摆手，说：没事……

李大宝站起来往外走。

张朵朵：你去哪儿，外面下着雨呢！

李大宝：那正好让上帝给我洗洗我这戴罪的身子！

20. 马路边，人行道上，外，日

李大宝甩开膀子，在大雨中走着。

21. 马路边，人行道上，外，日

李大宝已经被淋成了一个落汤鸡。

道路两边避雨的人们，都好奇地看着李大宝。

李大宝举着拳头，对准嘴巴，一声吼叫，唱了起来：我曾经问个不休，你何时跟我走，可你却总是笑我，一无所有。我要给你我的追求，还有我的自由；可你却总是笑我，一无所有。啊，你何时跟我走；啊，你何时跟我走……

叠画：李大宝蹲在雨中号啕大哭……

22. 医院，急诊室，走廊，内，夜

李大宝躺在临时的加床上打着吊瓶。脸烧得红扑扑的。人还在昏睡。

张朵朵坐在床边，痴呆呆地看着李大宝。

李下的旁白：我妈第一次发现我爸的脸有点英气，还有点孩子气……

李大宝动了一下嘴角，开始说胡话。

李大宝：我就这么死了，我心不甘啊……我闺女还没长大呢……我妹妹还没找对象呢……我还一个妈和一个姑奶奶……我媳妇儿是跳舞的，她年轻、漂亮……我就这么死了，她肯定得改嫁呀……

张朵朵捂住脸，抽泣起来。

张朵朵：李大宝，你好傻呀……

第 30 集

1. 李大宝家平房，小院子里，外，日

张朵朵和李大宝进来的时候，姑奶奶正在跳舞。

姑奶奶一身黑衣服，一双黑布鞋，还束了一个红腰带。跳得有模有样，有型有款，有滋有味。甚至都没发现有人进来。

张朵朵拉着李大宝退到了门后。

两个人从门缝儿往里面看。

姑奶奶终于跳完了。最后还来一个亮相。

李大宝情不自禁地鼓起了掌。

姑奶奶一惊，问：门后何人？

张朵朵和李大宝出来了。

姑奶奶：你俩！

李大宝：跳得不错。

姑奶奶：哪里。我就是瞎跳。

张朵朵：真不错。

姑奶奶：朵朵再三肯定，那我得当真了。

张朵朵：我骗您干吗？

姑奶奶：你不是说过，可惜我没有受过专业训练吗；你教教我呗，趁我还能跳得动。

张朵朵：好啊。我去换衣服！

2. 小院子里，外，日

张朵朵和姑奶奶一前一后地坐在地上。

张朵朵一招一式地示范着。

姑奶奶一板一眼地学习着。

姑奶奶：朵朵，我有一个秘密一直想告诉你。

张朵朵：您说。

姑奶奶：我小的时候，最大的愿望就是学唱戏。

张朵朵：那怎么没学呀？

姑奶奶：我爹死活不让。

张朵朵：为什么？

姑奶奶：在过去，不都认为唱戏的低人一等吗。

张朵朵：老脑筋。

两个人连续做了几个弯腰的动作。

张朵朵似乎想起了什么。

张朵朵：对了，您还一直没给我讲您的那些苍蝇们呢。

姑奶奶：苍蝇们……不对吧……是蜜蜂们吧……

张朵朵笑着说：对对对，是蜜蜂们！

姑奶奶：咱们这就回屋去讲。要不然，你妈过一会儿回来了！

张朵朵：好啊好啊！

3. 正房，妈妈屋，内，日

姑奶奶从床底下把木箱子拖出来，打开，从中摸出一本书，再从书里拿出一张老照片，递给张朵朵。

老照片上是一个意气风发的年轻人。

张朵朵：好帅呀。比三四十年代的那些电影明星还帅呢！

姑奶奶：用现在的话来说，这就是姑奶奶的初恋。他姓冯，是大户人家的少爷……

姑奶奶一抬头，发现妈妈挎个菜篮子进院了。

姑奶奶：哎哟嗨，她还真不禁念叨，真回来了！

姑奶奶从张朵朵手里拿过老照片，夹到书里，

又飞快地把书放回木箱子。

姑奶奶：散了，赶紧散了，以后再讲吧……

4. 李大宝家楼房，大卧室，内，夜

张朵朵和李大宝头对脚、脚对头地睡下了。她有意无意地往他这边靠了靠。但他未做任何反应。

张朵朵小声说：你把身子掉过来呗？

李大宝没吭声。

张朵朵小声说：我说，你把身子掉过来呗？

李大宝坐了起来，尽量平静又冷静地看着张朵朵。

李大宝：你是说，你让我跟你头挨头、脚挨脚地睡？

张朵朵：是……

李大宝：为什么呀？内疚了，因为那个吃奶的孩子刘文品的事，内疚了？

张朵朵：你……

李大宝：如果不是因为那个吃奶的孩子刘文品，那就是你知道自己以前的做法错了，现在想用实际行动来弥补你过失了？

张朵朵：我……

李大宝：既然你有这个态度，我可以考虑不计前嫌、放弃争执，跟你并列地、平等地、公正地，头挨头脚挨脚地，耳鬓厮磨地睡在一起。

李大宝躺在了张朵朵身边。

李大宝：我还可以考虑再跟你干点别的……

李大宝钻进了张朵朵的被窝。

李大宝终于憋不住了，“哈哈哈”地大笑起来。

张朵朵：你干什么，你干什么……

5. 大卧室，内，夜

张朵朵依偎在李大宝的怀里。

张朵朵：跟你商量件事？

李大宝：您说。

张朵朵：咱们给姑奶奶介绍个对象吧？

李大宝：你怎么想起这事来了？

张朵朵：其实，我很早就想给她介绍个对象，可是一直不好意思的。

李大宝：现在怎么好意思了？

张朵朵：对姑奶奶了解得越多，就越觉得她好玩；越觉得她好玩，就越想给她介绍个对象。

李大宝：你想给她介绍个什么人？

张朵朵：一个老舞蹈演员。

李大宝：艺术家？有点意思……

6. 李大宝家楼房，卫生间，内，日

张朵朵在给姑奶奶化妆。

张朵朵放下眉笔，拿起唇膏。

姑奶奶：我都这么大岁数了，嘴唇就别画了吧？

张朵朵：多大岁数，您都是女人！

7. 李大宝家楼房，过道，内，日

张朵朵和李大宝坐在过道的小沙发上，焦急地等待着。

有人敲门。

张朵朵小声说：姑奶奶回来了。我心里突然没底了，我看还是躲起来吧！

张朵朵躲到小卧室去了。李大宝去开家门。果真是姑奶奶。

李大宝把姑奶奶迎进屋里。

李大宝：怎么着？

姑奶奶：朵朵呢？

李大宝：团里的人来电话把她叫走了。

姑奶奶一屁股坐到沙发上。

姑奶奶：晕菜了。

李大宝：真晕菜了？

姑奶奶：彻底晕菜了。

李大宝搓着手，说：到底是艺术家，有影响，有魅力，见了一面，就让您晕菜了。

姑奶奶用双手扇着鼻翼，说：你知道我为什么晕菜吗？

李大宝：为什么？

姑奶奶：有狐臭。

李大宝：您说什么？

姑奶奶：我说，他有狐臭，有一股扑面而来的、势不可挡的狐臭！

李大宝：啊？

姑奶奶：这顿饭吃的，简直了，没把我熏死。吃饭就吃饭吧，他还老给我夹菜。他一抬胳膊，一股臭味，就随风飘来。简直了！

李大宝：一个堂堂的艺术家，有狐臭，不太可能吧？是不是您的鼻子出了问题？

姑奶奶：我的鼻子跟阿黄的一样灵，绝没问题。

李大宝：等朵朵回来，我得问问她。她怎么跟李二宝一样，也不靠谱了儿！

姑奶奶：算了，她也是好心。她要问起来，你就跟她说，人家条件太高，姑奶奶主动退避三舍了。不然，她面子上过不去……

8. 李大宝家楼房，小卧室，内，日

张朵朵在门后听得瞠目结舌……

9. 李大宝家平房，正房，妈妈屋，内，夜

姑奶奶捧一本书在看。

李大宝鬼鬼祟祟地进来了，还随手把门关上。

李大宝：朵朵去找了中间人，把问题搞清楚了。您的鼻子没问题，是您对象的鼻子有问题。

姑奶奶打了李大宝脑袋一下。

李大宝：可悲惨，那狗东西的确有狐臭。因为影响登台，从年轻的时候就四处寻医问药，治了一辈子，也没治好，最后一生气，就做了个手术，把自己鼻子的神经系统给破坏掉了。

姑奶奶：为什么？

李大宝：自己闻不见了，也不苦恼了，爱谁谁了。日子一长，他还真把这事给忘了。最可笑的是，现在，他竟然以为，狐臭没了！

姑奶奶：这都些什么人呀。真是身在臭中不知臭啊！

姑奶奶合上书，琢磨了一会儿。

姑奶奶：我就是倒霉催的。你说，好不秧地，去相什么对象。真是晚节不保。

李大宝：我刚才在路上，也一直在想您这三个对象。一个知识分子，一个政客，一个艺术家，按说，都是有身份、有地位的人，可是，一个人品有问题，一个性格有缺陷，一个心理不健康。所以，我得出了两个结论。第一，男人没一个好东西！

姑奶奶：第二呢？

李大宝：您这辈子，天注定，就该干干净净、清清爽爽地一个人，在这世界上走一回！

姑奶奶笑着说：这两个结论靠谱儿，绝对靠谱儿！

10. 西厢房，厨房，内，日

一家人坐在饭桌旁开会。除了李小雅和王蔷，其他人都在。

妈妈：一个50多平方米的房子、房子里的家具和所有的生活用品，都是女方家一手为女儿准备的；婚礼也是女方家一手操办。不用我们老李家花一分钱。这是打我们的脸啊！

牛琴：不用我们花钱，不挺好吗？

李二宝：你知道什么呀！

姑奶奶：看样子，从现在起，权和钱，真的要开始横行霸道了！

李大宝：我是明白了，王跃捷这么做，是为了完全控制住李三宝。

李三宝：废话少说，事已至此，刀山火海，我早就不在乎了！

11. 饭店，大厅，走廊，客房，内，日

李三宝和王蔷的婚礼现场。

亲朋满座，笑语喧哗。

李三宝和王蔷还站在大厅的门口，迎接着嘉宾。

区政府办公室的一个熟面孔，凑近李三宝，小声说了句什么。

李三宝跟着那个熟面孔，来到了大厅外面的一个客房。主任王跃捷竟然在里面坐着。

熟面孔带上门走了。

李三宝：您找我？

王主任：找我女儿，你后悔吗？

李三宝：不后悔。

王主任：你知道，我为什么要把女儿嫁给你吗？

李三宝：不知道。

王主任：你适合当一种东西。过去叫狗，现在叫马仔。

李三宝的脸上一下子没了血色。

王主任：以我多年的经验来看，官场上有两种人最吃得开。一种是骗子，他能忽悠，把没的说成有的，把死的说成活的，把白的说成黑的，领导都要政绩，他会把领导说得很舒服，领导就会重用他。另一种就是马仔，领导说什么他听什么，领导放个屁他都觉着香，他就是跟班、就是拎包、他就是狗腿子，他会把领导伺候得很舒服，领导也会重用他。你呢，属于后一种。李三宝，我希望你别辜负了我，我希望你扎扎实实地当好马仔，一步一个脚印儿地爬上去！

李三宝（咬着牙发出地）旁白：王主任，我一定不会辜负您的期望的……

12. 饭店，大厅，内，日

李三宝和王蔷的婚礼现场。

李三宝牵着王蔷的手，走向主席台的位置。

亲友们把碎纸花撒在了李三宝和王蔷的头上。

李大宝拿着个话筒，在边上傻呵呵地看着……

李下的旁白：我三叔李三宝在迈进婚姻的殿堂后不久，又迈出了他人生目标的第 3 步：当上了他跟随的那位副区长的生活秘书……

13. 李大宝家平房，正房，李二宝屋，内，日

李二宝和牛琴又在密谋着什么。

李二宝：……李三宝这次总算是巴结上去了，真正的跟了那位副区长。

牛琴：我们给他帮了那么大的忙，他总该回报我们了吧？这次倒钢材，让他出面去首钢找人。

李二宝：你是不是太着急了？

牛琴：我能不急吗，都三四年没见着钱了？

李二宝：也是，这几年光看着别人赚钱了。好，今天晚上就去找李三宝。

门开了。姑奶奶进来了。

姑奶奶：二宝，你是不是在打三宝的主意？

牛琴：您怎么偷听呀？

姑奶奶：我要不是偶尔偷听这一次，麻烦就大了。

牛琴：怎么就麻烦大了？他通过我们的关系，调到了区政府，现在终于巴结上去了，给我们办点事，不应该吗？

姑奶奶：那看办什么事？你们做的是买卖。古往今来，官商勾结在一起的，没有一个能憋好屁的。二宝，你要不想害死你妈、害死你弟弟，你就别去找三宝办这种事，并且，永远都不要找三宝办这种事！

李二宝不耐烦地说：我知道了。

牛琴很是生气，说：离了臭鸡蛋还不做槽子糕了呢。我自己想办法！

牛琴一甩袖子，出去了。

14. 长城饭店，餐厅包房，内，日

李二宝和牛琴怯生生地坐在一个大包房里面。

李二宝：在这儿吃一顿，这得多少钱啊？

牛琴：真是没见识。这些年，你走南闯北的真是白混了。

李二宝：我不是不喜欢摆谱儿嘛！

牛琴：那我告诉你，最低消费500块钱。

李二宝：啊？要不换个地方吧？

牛琴：你知道，你要见的是谁吗？是首钢的领导。你知道，人家管着多少人吗？管着四五千人。如果真是这样的话，人家至少是一个分厂厂长。

李二宝：那到底是不是分厂厂长？

牛琴：我也是拐了九九八十一道弯，才找到了这样一个关系。最后一道弯上的人，我也不认识，他在电话里说，我们要见的人的确管着四五千人。等他俩来了，就知道了……

15. 长城饭店，餐厅包房，内，日

李二宝和牛琴要等的两个人已经来了。一个老的，一个年轻的。两个人都穿着脏兮兮的工作服。

李二宝凑近牛琴。

李二宝：看穿这样儿，不像啊。

牛琴：也许人家每天都泡在生产一线呢？

李二宝：也是。

酒菜上来了。两个人看上去比李二宝还紧张。

两个人同时问：这顿饭，夺（得多少）钱啊？

牛琴：这您就不用管了？

两个人又同时问：肯定得100多块吧？

李二宝：最低消费500块钱。

老的说：啊？要不换个地方吧。不就认个老乡吗，花这么多钱干吗？

李二宝感觉到了事情的不妙。

服务员把酒倒上了。

李二宝端起酒杯，开始招呼老的。

李二宝：厂长，来吧，还没请教您贵姓呢？

老的说：厂长，谁是厂长？

牛琴：您不是吗？

老的说：我可不是厂长。

李二宝：那您是总经理？不是说您管着四五千人呢吗？

老的把目光转向年轻的。

老的说：你说的？

年轻的说：每天上班的时候，你都查人家的入厂证。哪天不得查个四五千个啊？

李二宝：你是把大门的？

老的说：是啊！

李二宝把目光转向年轻的。

李二宝：那你是干什么的？

年轻的说：我是排水车间的临时工。

李二宝：管下水道的呗？

年轻的说：差不多吧。

李二宝瞅着天花板，哈哈大笑起来。

李二宝：伟大的神医，伟大的巫婆。你知道吗？奇迹又发生了！

老的说：他这是怎么了……

李二宝：我去趟卫生间。

牛琴：我也去趟卫生间。

两个人先后出去了。老的给年轻的使了个眼色，年轻的跟上了……

16. 长城饭店，卫生间门口，走廊，内，日

李二宝和牛琴在洗脸台前洗手。

李二宝：跑吧？

牛琴：你没看那个年轻的一直在盯着我们。就这么点钱，算了，别给咱北京人民丢脸了。

李二宝：那就让大瓣蒜儿来结账吧。

牛琴：谁是大瓣蒜儿啊？

李二宝：李大宝啊。

牛琴：也好。谁让他们不让我们找李三宝给我们办事来。

李二宝：你回包房吧。我去服务台，给李大宝打电话。

牛琴朝包房走去了。年轻的也从沙发上站起来，跟进去了……

17. 长城饭店，餐厅服务台，内，日

躲在墙角的李二宝把正在上楼梯的李大宝，指给服务员看。服务员迎上前，跟李大宝说了两句什么。

李大宝频频地点头。

服务员领着李大宝去了包房……

18. 李大宝家平房，正房，妈妈屋，内，日

李大宝冲进屋里时，只有姑奶奶、妈妈和李上在。

李大宝：那个二王八蛋回来了吗？

妈妈：没有啊。他和牛琴出去了，一直没回来。这又怎么了？

李大宝：又怎么了？他给我打电话，说是请我去长城饭店吃饭。我屁颠儿屁颠儿地去了，结果他和牛琴早溜了，只有一桌子残羹剩饭了。

妈妈：不就是没吃上吗，至于这么生气吗？

李大宝：他连钱都没付。一顿饭，520块钱，520块钱啊！我只好把手表和外套都押在那儿了……

妈妈：这个造孽的！

李大宝：妈，你这个亲儿子，你真的该好好管管了，不然，他哪天就要开始诈骗了！

妈妈：你这是什么话？你不是我亲儿子呀？

19. 剧团，剧场，内，日

主席台上挂着横幅，上写：剧团改制动员会。

台下坐着的人，一个个，都垂头丧气的。

团长朱文坐在台上讲话：……女的45岁、男的50岁以上的，一刀切，提前退休；不到年龄的人，有一定学历、职称的，下到各区县文化馆当管理员；不到年龄的人，没有学历、职称的，轮岗，半天上班，半天休息……

坐在前排的戴亭举起手，示意有问题要问。

朱文：戴亭，你有什么问题？

戴亭：我听说，市歌舞团要来我们团挑人。请问，有这事吗？

朱文：他们来过电话，有这个意向。

戴亭：那团里为什么不告诉我们？是不是，又想玩什么猫腻儿？

台下一阵骚动。

朱文：市歌舞团的电话，是我接的。他们说，如果有可能，他们会挑选1—3人，到他们团去。但条件是，业务能力强、人品好、有一定影响的优秀演员。你觉得，你够条件吗？

戴亭：我觉得这3个条件，我都够。只要你们公开选拔！

台下有人发出“嗤嗤”的笑声。

朱文：戴亭，你放心，他们要是挑选能打架的、能拉老婆舌头的，我一定第一个推荐你！

哄堂大笑……

20. 剧团门口，外，日

张朵朵背着包，胳肢窝里夹着几个档案袋子，心情沉重地走了出来。

白大爷从传达室探出脑袋，说：朵朵，走了？

张朵朵：再见，白大爷！

白大爷：常回来啊！

李下的旁白：最终，我妈和另外两个人作为优秀人才，被市歌舞团选中，从而成了一个真正的专业演员。然而，等待她的，又将是什么呢……

21. 李大宝家楼房，大卧室，内，夜

张朵朵倚着床头看书。

李大宝端个大茶缸子，一边喝着水，一边踌躇满志地溜达着。

李大宝：……去市歌舞团也未必是一件多好的事。我建议你，利用业余时间，先办个少儿舞蹈学校试试，如果成了，后半生也就找着方向了，你那个破班上不上都两可了。

张朵朵：你让我后半辈子去教小孩儿？

李大宝：不然你干啥？你们跳舞的本来就是吃青春饭的。

张朵朵：到了市歌舞团，我可以当导演啊？

李大宝：我都调查了，市歌舞团光导演就十几号人，并且多数都是大学毕业，你没戏。

半天，张朵朵说：办学校，我行吗？

李大宝：可以先从办班做起呀。

张朵朵：当老师教小孩儿，我行吗？

李大宝：当然行了，连刘文品这样的大孩儿，你不都教过了吗……

张朵朵：把你的茶缸子给我。

李大宝：干吗，你喝啊？

张朵朵：你拿来吧。

李大宝把大茶缸子递给张朵朵。张朵朵拿手指试了试水温。

然后，双手捧着茶缸子，把剩下的半缸子水，全泼到了李大宝的脸上……

22. 李大宝家平房，小院子里，外，夜

李小雅在轻轻地敲妈妈屋的窗子。

李小雅：李大宝，你出来一下。

李大宝披着外套出来了。

李大宝：李小雅，有事？

李小雅一勾手指，说：你过来。

李大宝跟着李小雅来到柿子树下。李小雅从一个信封里拿出了一张纸，递给李大宝。

李大宝断断续续地念道：博士研究生录取通知书……李小雅……欧美文学专业美国文学方向……北京大学……

李大宝又揉眼睛，又拍脑袋，看了好几遍，没错，就是李小雅的录取通知书。

捧着通知书，李大宝一个趔趄，差点儿摔倒。

李小雅赶紧去扶。

李大宝：没关系，我能行，我能行。

李小雅：不好意思，我又考上了。

冷静了一会儿，李大宝说：这是怎么个意思，李小雅，一网打尽了？

李小雅：你说的是打鱼吗？这儿，哪儿来的鱼？哪儿来的网？

李大宝：我是说，北师大、清华、北大，北京就这3所学校最有名了，你上遍了；文科就文史哲这3个主要学科，你通吃了……

李小雅：好像是这个意思。

李大宝：用姑奶奶的话来说，李小雅，你也算是前无古人、后无来者了。

李大宝上前抱住李小雅，说：大哥虽然不才，但大哥以你为荣。放心地去念，一切有大哥呢！

李小雅：大哥，只是辛苦你了！

23. 北京大学，李小雅的宿舍，内，日

李小雅和李大宝一前一后走进宿舍。宿舍里只有两张单人床，另外一个人还没有报到。

李小雅自言自语：我的同屋还没到呢。

李大宝：要不，我先给你铺床吧？

李小雅：我自己来吧。

李大宝：那哪儿行？ 7年前，这些粗活就归我了。

李大宝猫腰蹶腚地去打扫铺床……

24. 北京大学，李小雅的宿舍，内，日

李大宝帮李小雅把东西都归置好了，还舍不得走。

李小雅：大哥，要不你回去吧？

李大宝：你的同屋怎么还不来啊？

李小雅：你等她干吗？

李大宝：我这儿准备了一大兜子话，要跟她讲啊。

李小雅：讲什么呀？

李大宝：让她好好照顾你啊。

李小雅：你又来了，我又不是三岁两岁的小孩儿，凭什么要别人照顾？你赶紧走吧……

李大宝：我跟你说呀，李小雅，读博士期间，一定不要忘了谈恋爱啊！

李小雅笑着往外推李大宝。李大宝这才悻悻地离开了李小雅的宿舍……

25. 北京大学，校园内，林荫道上，外，日

李大宝边走边观察着每一个从身边过去的男同学。碰到年龄稍大一点的，就主动上前打招呼。

李大宝：同学，你认识李小雅吗？

被问的人往往都摇摇头。

李大宝有点失望了。

男同学乙过来了。男同学乙长得高大帅气。李大宝又拦住男同学乙。

李大宝：同学，你认识李小雅吗？

男同学乙：认识呀，一个特漂亮的女博士，北师大的哲学学士、清华的史学硕士、北大的文学博士……

李大宝攥着人家的手，连连说：那是我妹妹，那是我妹妹呀……

李大宝踉踉跄跄地跑到一棵大树后，抱着树干，“呜呜”地哭……

李大宝边哭边说：爸爸，爸爸，小雅考上北大的博士了，你不说过吗，你这辈子最喜欢的，就是那些有学问的人吗，小雅现在就是最有学问的人了……

李大宝停止了哭泣，倚着树干，呆呆地站着。

一只手，拍在了李大宝的肩膀。回头一看，是李小雅。

李小雅：你怎么在这儿？

李大宝：没事，歇一会儿。

李小雅：眼睛怎么红了？

李大宝：刚才飞进了一只小虫子。你怎么跑出来了？

李小雅：我同屋来了，她有相机，我就借来了，看看能不能追上你……

26. 北京大学，校门口，外，日

天真活泼的李小雅，搂着笑容可掬的李大宝，站在学校的牌子旁边。

一个陌生的女同学，拿着照相机对准两个人，按下了快门……

27. 李大宝家楼房，大卧室，内，日

李大宝和李小雅在北京大学校门口拍的照片，已经镶到了镜框里。

姑奶奶、妈妈和李大宝端详着桌子上的镜框。

妈妈：你说，她念书怎么还念不够了？

姑奶奶：她喜欢念，你就让她念；别人想念，他还没长我们家小雅的脑子呢！

妈妈：我的意思是，难道她不想嫁人了？

李大宝：我已经把这个任务给她布置下去了——在读博士期间，一定不要忘了谈恋爱！

第 31 集

1. 纺织厂，小礼堂，内，日

厂长在主席台上讲话。台下坐着100多号各个层面的干部。

厂长：……如果说，两年前，推行现代企业制度，是国有企业改革的前奏的话；那么，今天，引入市场竞争机制，就意味着国有企业改革已经正式拉开了大幕。两年前，我们虽然喊出了“开源节流，减员增效”的口号，可实际上，并没有减员，一线车间的冗员全跑到劳动服务公司去了，到最后还得厂里养着。这一次，就得动真格的了。怎么动真格的？分两步走，首先把生产指标进行层层承包，然后再把生产成本落实到每个人头。这样一改，每个班组、科室到底需要多少人，我们就清楚了；说得难听一点，到底有多少闲人，我们也清楚了……

台下一阵嗡嗡声。

厂长敲了敲桌子。台下安静下来。

厂长：闲人怎么办？那就只好下岗分流。下岗分流的人，有一次培训的机会，培训3个月之后，重新竞争上岗；再上不来的，只好拿着基本工资回家待着去了……

台下又是一阵嗡嗡声。

厂长瞪了瞪眼睛。台下又安静下来。

厂长：为此，厂里已经成立了下岗分流办公室。这个办公室，就相当于改革领导小组了，直接挂在厂部下面，由副厂长杨开明同志具体分管。办公室的成员，由部分车间主任和部分科室负责人组成……

2. 纺织厂，办公楼，大会议室，内，日

副厂长杨开明召集下岗分流办公室的成员开会。

杨开明：……这都半个小时了，怎么还没人说话？

杨开明看着坐在斜对面的李大宝。

杨开明：大宝，你是工会劳动科科长，又是从基层上来的，你了解情况，要不，你先说？

李大宝讪笑了一下，说：我还是先听听大家的意见吧。

杨开明：那好，就轮流发言，一个也不能落。从我右手边开始。我也不点名了，大家挨着来。

成员一：按照厂长讲的，首先把生产指标进行层层承包，然后再把生产成本落实到每个人头。这样一来，每个班组、科室到底需要多少人，就一目了然了。

成员二：这个工作好办。不过就是个算数的问题。难办的是，哪些人下岗分流，怎么让他们下岗分流？我想，还得通过考试。

成员三：考试得分工种，不能“一勺烩”。

成员二：那是自然。

成员四：可是，有些人，会考试；有些人，不会考试。会考试的人，未必就适合他的岗位；不会考试的人，未必就不适合他的岗位。

成员五：那就加一道面试。

成员四：不是加一道面试，而是本来就应该有面试。

成员六：谁当考官？这可是得罪人的活。

杨开明：当然是以我们在座的各位为主。

成员六：如果人家说我们暗箱操作怎么办？上去的人，自然高兴；下来的人，还不得拿板砖拍我们？

成员七：杨厂长，你知道，工人们把下岗分流办公室叫什么吗？

杨开明：叫什么？

成员七：“下流办”。

大家都笑了。

杨开明：这帮文盲，早就应该让他们“下流”了。

成员七：这也就是说，我们还没动手呢，他们已经开始对抗了。

成员八：依我看，改不下去。哪次改革，不都是雷声大、雨点小，最后不了了之？

成员七：对了，杨厂长，我还要反映一个情况。自从我们这个办公室成立半个多月来，在岗的人不但一个没少，反而增多了。

杨开明：为什么？

成员七：那些请长假的、病休的、停薪留职的，都跑回来上班了……

孙友来：没错。我儿子二膀子昨天已经到车间报到了……

杨开明：这么重要的情况，你们为什么不早点反映？

3. 小饭馆，内，日

杨开明和李大宝在喝小酒。

李大宝：……你知道，人们怎么议论我们“下流办”吗？

杨开明：怎么议论？

李大宝：在工人眼里，“下流办”下流无耻；在干部眼里，“下流办”下流无能。

杨开明：都是站着说话不腰疼。现在“盘子”已经摸清楚了。每个班组、科室都有至少三分之一的人，是多余的，是吃闲饭的。你让我怎么办？

李大宝：这么多年来，他们每个人都觉得自己是顶顶重要的。其实，他们都是可有可无的。

杨开明：这个现状真得改了，再不改，国家早晚得让他们吃空了、拿完了。

李大宝：可是，一旦改革，就会触及某些人的利益。

杨开明：是啊，一提改革，就像掘了他们的祖坟一样。

李大宝：我给你出一个主意吧。可能会帮你渡过难关。

杨开明：都开了多少次会了，你在会上始终一言不发。我就知道，你又憋着坏呢。

李大宝：笔试以后，不搞面试了。

杨开明：那怎么办？

李大宝：让各班组、各科室内部，互相打分、综合测评。这一项得分，再加上笔试分，一平均就可以了。末尾的，淘汰。谁也没说的。

杨开明：就像评选劳模一样，评选下岗分流人员？

李大宝：有点这个意思。

杨开明：这个主意有点馊，也有点损。这是典型的挑逗群众斗群众。

李大宝：我们一直以来，不就喜欢这样吗？还有啊，你不觉得，这是目前最公平、最公正、最公开的办法吗？

杨开明：也是……

4. 李下的学校，教室里，内，日

数学课上。

数学老师在讲台上讲话：这次其中考试，我们一班的平均成绩，是 80 点 5 分，比第一名——三班，低了整整 4 点 5 分。有的人，竟然考了 50 分，严重的拖了班级的后腿。现在，我公布一下具体成绩。李下，100 分。郭画，98 分……

同学们都把目光落在了坐在中间位置的李下（12 岁，建议此集换演员）身上。李下一点都不谦虚，表现出了一种舍我其谁的英雄气势。

坐在李下斜对面的郭画，则斜着眼睛看李下……

5. 李下的学校，校园里，内，日

李下在和同学玩耍……

上课铃响了。

同学们纷纷往教室里跑……

6. 李下的学校，教室里，内，日

李下发现自己的书桌上，有很多碎纸片，预感到了什么。马上打开书包，把数学书拿出来一看，没气死。数学书被人扯掉了好多页。再去看郭画，郭画正咬着牙看她呢……

李下趴在书桌上，小声地哭了……

7. 李下的学校，教师办公室，内，日

李下站在语文老师乙面前哭泣。

语文老师乙：你说是郭画干的，谁看见了？

李下：就是她，没别人。

语文老师乙：你没有证据，我管不了！

8. 李大宝家平房，西厢房，厨房，内，傍晚

一家人围坐在饭桌旁吃晚饭。除了李小雅，其他人都在。当然了，李上（5岁，建议此集换演员）又长大一点了。

牛琴：……大哥，这次下岗分流，你可得帮我呀，千万不能把我流下去啊！

李二宝：是啊，大哥，我媳妇儿的饭碗，可别砸在你手里啊！

李大宝：牛琴，你人缘怎么样？

牛琴：一般吧。

李大宝：那可能有点麻烦。

妈妈：竞争上岗跟人缘有什么关系？

李大宝：妈，这你就不懂了……

9. 李下的学校，教室里，内，日

李下透过窗子，非常羡慕地看着同学们在外面玩。

叠画：李下内急了。她一边动着身子，一边在想，该不该去厕所。

叠画：李下夹着双腿，跑出教室……

10. 李下的学校，教室里，内，日

李下手中的数学作业本，已经被人撕了个稀巴烂。这次，她没有哭，而是咬着牙，去看郭画。

郭画则做出了一副幸灾乐祸的样子……

11. 街口，胡同里，外，日

李下和三个比她大的男同学嘀咕着什么。

其中一个黄毛儿使劲儿拍了拍胸脯子。

李下竟然从书包里掏出三盒红塔山香烟，分发到三个男同学手上。

三个男同学骑上自行车，打着口哨，呼啸着去了……

12. 公共汽车站，人行道上，外，晨

以黄毛儿为首的三个男同学堵住了从公共汽车下来的郭画。

郭画：你们干什么？

黄毛儿：我们不干什么，我们就想帮你“复习复习”语文。

郭画：我不要。

郭画往人行道上跑。三个男同学形成犄角之势，把郭画围住。

黄毛儿：把你的语文书拿出来。

郭画乖乖地把语文书掏出，递给黄毛儿。

黄毛儿翻了翻，找到一篇课文，又递给郭画。

黄毛儿：念。

郭画念道：西湖的碧波漓江的水，比不上韶山的清泉美。

黄毛儿：错。

郭画怯怯地说：没错啊。

黄毛儿：我给你念一遍，你跟着我学。“西湖的碧，波漓江的水，比不上韶山的清泉美”。

郭画：……

黄毛儿：念。

郭画：“西湖的碧，波漓江的水，比不上韶山的清泉美”……

三个男同学哈哈大笑。

黄毛儿：不错。再来一遍。

郭画：“西湖的碧，波漓江的水，比不上韶山的清泉美”……

黄毛儿又把郭画手里的语文书拿过去，翻了翻，又找到一篇课文。

黄毛儿：稻花香里说丰年，听取蛙声一大片。

黄毛儿又把书递给郭画。

黄毛儿：念。

郭画哭着念道：稻花香里说丰年，听取蛙声一大片……

黄毛儿：就这样。再来一遍。

郭画哭着念道：稻花香里说丰年，听取蛙声一大片……

13. 李大宝家平房，西厢房，厨房，内，傍晚

一家人围坐在饭桌旁吃晚饭。除了李小雅和牛琴，其他人都在。

李二宝：牛琴怎么还不回来？

李大宝：他们1车间，今天下午内部投票。

李二宝：投什么票？

李大宝：评选下岗分流人员。

院门口响起了脚步声。

李二宝：我媳妇儿回来了。

说话之间，牛琴像诈尸一样进来了。

牛琴指着李大宝的鼻子就骂。

牛琴：李大宝，都是你干的好事！

李大宝：我干什么了？

牛琴：干什么了？我被“下流”了！

李二宝：快说说，被谁“下流”了？

牛琴：你说他们多缺德呀，投票评选下岗分流人员。

李大宝：这是目前最公平、最公正、最公开的办法了。

牛琴：这种损招儿，也就是你李大宝才能想出来！

李大宝：这是集体讨论决定的……

牛琴：前些天，你就问我“人缘怎么样”，这说明你早就知道了！

李二宝：牛琴，我们现在想知道投票的结果。

牛琴：我，你媳妇儿，牛琴，全班组得票第一。从明天起，到劳动服务公司上班，挨家挨户收水费、收电费！

李下的旁白：我二婶牛琴和我二叔李二宝都愤怒了。他们把这一切的不幸，都赖在我爸头上……

牛琴：李大宝，从明天起，我就去你们家吃！

李大宝：自从搬到楼房，我们家还没怎么开过火呢，你去我们家吃什么？

李二宝：那好，你要是想让姑奶奶和妈妈不得安生，我们就在平房这儿祸害！

牛琴：对，我们就在平房这儿祸害！

14. 李大宝家楼房，厨房，过道，卫生间，内，日

牛琴在四处翻腾。李大宝在边上伺候着。

最后，牛琴只在碗橱里找到了3根胡萝卜。胡乱地洗了两下，就开吃了。

牛琴：你们家3口人，都是属驴的？

李大宝：你张口就骂人，不好吧？

牛琴：因为你们跟毛驴儿一样，只吃胡萝卜。

李大宝：你大嫂自从去了市歌舞团以后，比原来忙了。我们很少做饭，基本都是瞎凑合。

牛琴一边嚼着胡萝卜，一边来到卫生间。

牛琴盯上了张朵朵梳妆镜下面的卫生巾和化妆品。

牛琴：这是什么？

李大宝：卫生巾吧……

牛琴拿起来看了看，说：不错，跟我们用的不一样，一看就是高档的。这又是什么？

李大宝：护肤水吧……

牛琴拿起来看了看，说：不错，我还从来没用呢。

牛琴把护肤水和卫生巾划拉进自己的包里。李大宝想制止也来不及了……

牛琴：我拿走了，张朵朵回来，你跟她说一声啊……

15. 街口，胡同里，外，日

以黄毛儿为首的3个男同学，又在帮助郭画“复习”语文了。

黄毛儿：“两个黄鹂鸣翠柳，一江春水向东流”，念。

郭画哭着念道：两个黄鹂鸣翠柳，一江春水向东流……

黄毛儿：就这样。再来一遍。

郭画哭着念道：两个黄鹂鸣翠柳，一江春水向东流……

16. 李下的学校，教室里，内，日

语文课上。

语文老师乙：郭画。

郭画：到。

语文老师乙：请你把这首诗朗读一遍。

郭画慌张地站起来。挪动椅子时，差点儿摔倒。

郭画：“西湖的碧，波漓江的水，比不上韶山的清泉美”……

哄堂大笑。

语文老师乙：你说说，“什么是西湖的碧，什么又是波漓江的水”？

郭画：我……

语文老师乙：我什么我？我要是你，我就去西湖照照镜子，看看自己是不是没羞没臊。可惜，我们这儿没有西湖，只有什刹海。

又是哄堂大笑。

叠画：下了课。语文老师乙在讲台上收拾教案。同学们纷纷往教室外面走。

有同学喊：走啊，去什刹海照镜子呀！

有同学喊：走啊，去什刹海洗澡呀！

有同学干脆喊：走啊，去跳什刹海呀！

……

17. 李下的学校，女厕所里，内，日

郭画一个人躲在厕所里哭泣……

18. 李大宝家楼房，过道，内，傍晚

牛琴坐在饭桌旁，守着两盘菜和两瓶啤酒，大吃二喝。系着围裙的李大宝在边上伺候着。

张朵朵站在大卧室门口，冷眼观看。

牛琴：张朵朵，这么多年，你还没学会做饭？

李大宝：朵朵是舞蹈家，用不着学做饭。

牛琴：什么舞蹈家呀，你快歇着吧。你以为我们不知道呀？她自从调到了市歌舞团舞蹈队，就一直坐冷板凳。前些天又去导演部当了一名统筹。什么叫统筹，知道不？统筹就是办事员，不过就是接接电话、拿拿报纸、扫扫卫生。跟我牛琴现在的角色定位差不多，不过就是个跑腿的、打杂的。

张朵朵的眼里几乎全是眼白了。

牛琴依然低头吃着，全然没有看见张朵朵的目光。

两盘菜和两瓶啤酒全部下肚了。牛琴好像还没饱。

牛琴：李大宝，国家不是正在整顿吃喝风吗？

李大宝：是啊。

牛琴：我看有一项规定就挺好。

李大宝：哪项规定？

牛琴：用公款请客，不超过四菜一汤。

李大宝：确实挺好。

牛琴：下次我再来，也是这个规格，四菜一汤。

李大宝咬着牙，说：可以，只要你不怕撑死。

牛琴：只有饿死的，没有撑死的。我今天才划拉个半饱儿。得，交钱吧。

牛琴从身旁的包里，拿出一个本子。

牛琴：水费8块钱，电费20块钱，一共28块钱。

李大宝从兜里掏出30块钱，甩给牛琴。

李大宝：不用找了！

牛琴：哟，还有小费，不错。

牛琴把钱收了，站起来，走到门口穿鞋。

牛琴：哟，我好像把钱包落在卫生间了。张朵朵，你去给我拿来。

李大宝：没见你往外掏钱包啊？

张朵朵：我去给她找！

牛琴趁机脱掉自己的鞋，飞快地穿上了张朵朵的高跟鞋。等李大宝反应过来时，牛琴已经开了门，拿丫子跑了。

李大宝：嗨嗨嗨，你怎么穿别人的鞋呀……

张朵朵听见喊声，也跑了出来。见自己的鞋没了，别提多生气了。拿起牛琴那双破鞋，顺着楼梯口扔了下去。

张朵朵：李大宝，你为什么要给她开门？

李大宝：她在门外又喊又骂的，我能不给她开吗？

张朵朵：那好，从明天起，你也别回来了。

李大宝：我不回来？你能对付得了她吗！

张朵朵：你！

19. 纺织厂，办公楼，小会议室，内，日

副厂长杨开明召集下岗分流办公室的成员开会。

杨开明：……尽管有诽谤的、告状的、写匿名信的甚至还差点儿出了人命，这些都阻挡不了我们改革的步伐。对车间的分流已经基本完成了，下一步，就该轮到机关了。工人毕竟好对付。对付干部，我们就得谨慎了。大家说说吧，先从哪个部门下手？

沉默。

杨开明：又不说话了？
叠画：开会的人们，依然保持着沉默。
杨开明：那好，我们就这么耗着，啥时候问题解决了，啥时候散会！
李大宝突然来了一句：我不下地狱，谁下地狱？
杨开明：大宝，你的意思是从工会开始呗？
李大宝看了一眼坐在身边的胖乎乎的男人。
李大宝：如果我们主任同意的话。
大家都把目光都集中到胖乎乎的男人身上了。
胖乎乎的男人：那就从我们工会开始……

20. 纺织厂，办公楼，厕所，内，日

胖乎乎的男人站在小便池旁撒尿。
郭杰鬼鬼祟祟地进来了。一边解腰带，一边站到了胖乎乎的男人身边。
郭杰：主任，你知道投票评选的主意是谁出的吗？
胖乎乎的男人：谁？
郭杰：李大宝。
胖乎乎的男人：肯定吗？
郭杰：若有半点假话，我愿意第一个被“下流”。
胖乎乎的男人：这个狗东西！
郭杰：我觉得我们应该联合起来，把李大宝给选下来。
胖乎乎的男人：这不合适吧？
郭杰：这事不用你出面，我去串联。不过……
胖乎乎的男人：不过什么？
郭杰：李大宝要是被选下来的话，那科长的位置，是不是可以考虑考虑我？
胖乎乎的男人：单从能力来说，你当个科长，好像也够格了啊！
郭杰：谢谢主任！

21. 纺织厂，办公楼，小会议室，内，日

工会的人们，在背对背写票。
叠画：有人唱票。有人画票。
李大宝的得票一路飙升……

22. 马路上，外，夜

李大宝失魂落魄地在马路中央走着。

来往的车辆，避让着李大宝……

李下的旁白：一个在厕所里谋划出来的阴谋，就这样实现了。我爸被一举拿下。这在当时，成了全国纺织行业爆炸性的新闻。但我爸平静地接受了这个结果。一个工会劳动科科长都分流了，何况其他人呢？于是，纺织厂改革的形势也就发生了突转。这件事，我爸本想瞒着我奶奶来，没想到二膀子妈妈早就告诉了我奶奶……

23. 李大宝家平房，正房，妈妈屋，内，夜

李大宝抱着脑袋，坐在床边；妈妈和姑奶奶都站在地上。无疑，这又是一场“批斗”会了。

姑奶奶：……你说你一个堂堂的工会劳动科科长，被“下流”了，去工厂俱乐部把门、收门票去了。你知道，你这叫什么吗？

李大宝：知不道。

姑奶奶：帽檐儿改鞋底子——一下子又落了地啊。

李大宝嘟囔道：杨开明说了，等他日后真正掌了权，一定会重新打捞我、安排我，报答我、重用我。

姑奶奶：那些当官的说话，就是放屁。放屁你也信啊？

妈妈终于说话了：事情已经这样了，说啥也没用了。现在的关键是，这事得保住密，千万不能让朵朵和李下知道。

李大宝：妈妈英明。

妈妈：闭嘴！

姑奶奶：纸里还能包住火？

李大宝：您用牛皮纸呀，再给牛皮纸多浇点水。

妈妈做出要去薅李大宝头发的姿势。李大宝这才老老实实闭上嘴。

妈妈：能瞒几天算几天吧！

24. 纺织厂，大礼堂，俱乐部，售票处，内，日

李大宝脸上盖一张报纸，仰躺在椅子上，睡大觉。

宋燕子拎着饭盒，推门进来。

宋燕子：醒了，醒了。

李大宝鼾声依旧。

宋燕子看见桌子上有一面旗子，就拿起来，把李大宝脸上的报纸给替换了。

宋燕子（念白）：李大宝同志的一生，是革命的一生，战斗的一生，他的逝世，对我们的事业来说，是一个重大的、不可估量的损失……

李大宝醒了。把旗子划拉到一边去。

李大宝：这怎么还开上追悼会了？

宋燕子：不然，你不醒啊。来，吃豆包。

宋燕子打开了饭盒。

李大宝抓起了一个，说：我现在的样子，就像个豆包！

宋燕子：是啊，他们现在是典型的拿豆包不当干粮！

25. 李大宝家平房，西厢房，厨房，小院子里，内/外，日

一家人围坐在饭桌旁吃午饭。除了李二宝、牛琴和李小雅，其他人都在。

王蔷一会儿给李三宝夹菜，一会儿给李三宝倒水。而李三宝把王蔷的伺候，看成了理所当然，连眼皮都不抬一下。

这引起了姑奶奶和妈妈的不满。

姑奶奶：蔷蔷，坐下。

李三宝：坐什么坐，我马上就吃完了，该走了。

妈妈：三宝，你不能对你媳妇儿这样！

李三宝：你们要是看不过眼，就让她跟你们过。

李三宝站了起来。王蔷马上从门后的衣架上，拿起李三宝的外套，给他穿上。

李大宝来了一句：李三宝，你还真以为你自己是皇上啊？

张朵朵用手碰了一下李大宝。

李三宝头也不回地走了。

王蔷低声说：姑奶奶，对不起。

王蔷悄没声儿地去追李三宝了。

透过窗子，却看见李二宝和牛琴咋咋呼呼地进院了。两个人还举着个横幅。

大家都放下碗筷，往外面跑。

李二宝和牛琴举着横幅，先来到厨房门口，停留了片刻。大家终于看清了横幅上写着：小气鬼＋大瓣蒜＋冤大头＝李大宝。

然后，李二宝和牛琴打着横幅，在小院子里转圈。

李下：二叔、二婶，你们这是干啥呀？

李二宝：干啥呀？你爸的事，你们还不知道吧？

李下：我爸什么事？

李二宝：你爸，也就是李大宝，科长被撸了，人也被“下流”了，去工厂俱乐部把门、收门票去了！

牛琴：这就叫，搬起石头砸自己的脚！

张朵朵：这是真的吗？

李大宝：可能只是暂时的……

26. 李大宝家楼房，大卧室，内，夜

张朵朵依着床头照镜子。李大宝洗漱完毕，爬上了床。刚躺下，却被张朵朵一脚踹到床下。

李大宝一边“哎哟”着，一边抱着被子爬起来。

李大宝：李下都这么大了，你还让我去过道把门呀？

张朵朵：把门不正好是你现在的岗位吗！

27. 过道，内，夜

李大宝窝在门后的小沙发上，抱着一瓶二锅头，嘴对嘴地喝。

一会儿的工夫，就醉醺醺的了。

李大宝开始没完没了地说车轱辘话：作为工厂的干部，我下岗了，可悲惨呀；作为丈夫，我曾经，曾经差点儿下岗，可悲惨呀！好在，作为爸爸，这辈子我下不了岗……

忍无可忍的张朵朵从大卧室出来了。

张朵朵：李大宝，我告诉你，在我心里，作为丈夫，你早就下岗了！

忍无可忍的李下从小卧室出来了。

李下：李大宝，我告诉你，在我心里，作为爸爸，你从来就没上过岗！

再看李大宝，早已经呼呼地睡着了……

28. 李下的学校，教室里，内，日

语文课上。

语文老师乙在讲台上讲话：……李下，100分。孙逸晨，98分。戴思远，97分……

叠画——

语文老师乙：郭画，58分！

有同学喊：稻花香里说丰年，听取蛙声一大片！

有同学喊：两个黄鹂鸣翠柳，一江春水向东流！

郭画趴在桌上，“呜呜呜”地哭了起来……

29. 李下的学校，操场的看台上，外，日

郭画一个人孤单单地坐在看台上。李下沿着跑道走来。在看台下站住了。

李下：找我什么事？

郭画站起来。

郭画：我想告诉你，你的书和本都是我撕的，对不起。我以后再也不这样了。

李下：那我也告诉你，那三个帮助你“复习”语文的高年级的男生，是我找的。你要不再整我，我也保证不再整你。

郭画：我说了，我以后再也不这样了。

李下：我得看你实际行动。

郭画：我想和你成为朋友！

李下：不可能。我都恨死你了！

30. 李下的学校，教室里，门前，内/外，日

教室里就剩下李下和郭画了。两个人都在收拾书包。

郭画犹豫着，走到李下身边，递给她一个纸条。

郭画：等我走了，你再看。

郭画把书包背在肩上，小跑着去了。李下很不屑地把纸条扔在地上。可是，想了想，又了捡起来。

李下打开纸条，只见上面写着：我已经为自己所做的事情后悔了，我要用实际行动让你也后悔，反正我活着也没什么意思了！

李下麻爪了。冲到教室外面去找郭画。

郭画早就没了人影儿。

31. 马路边，临街的房子，公用电话旁，外，日

李下一边哭着，一边打电话。

李下：……爸，她不会去死吧？

李大宝（画外音）：下下，别着急。你先自己回家，我这就去什刹海！

32. 什刹海，湖边，垂柳下，外，日

郭画抱着膝盖、坐在垂柳下，望着湖水发呆。

汗流浃背的李大宝奋力地跑来……

33. 公园里，外，日

李下和郭画一人拿着一个雪糕，蹦蹦跳跳地在前面走着。李大宝在后面跟着。

郭画：……我本来是要跳下去的，可是想到，还没有得到你的原谅，我不甘心。

李下：你多亏没跳下去。你要是跳下去，上不来，我得伤心死。

郭画：我错了。

李下：我才错了呢。

郭画：我们以后不吵架了。

李下：不吵了。

郭画：我们要成为朋友，并且是最好的朋友。

李下：最好的朋友。

郭画：拉钩。

李下：拉钩。

两个人把小拇指钩在一起。

郭画：盖章。

李下：盖章。

两个人把大拇指贴在一起……

34. 李大宝家楼房，过道，小卧室，内，夜

李大宝窝在门后的小沙发上，准备睡了。李下从小卧室出来了。李大宝赶紧从小沙发坐起来。

李下：爸爸，沙发上睡着不舒服，你去我的床上跟我睡吧。

李大宝连滚带爬地抱着铺盖，来到小卧室，睡到了李下的并不宽敞的床上。

李大宝：我不会挤着你吧？

李下：没事的。

李大宝：要不，我俩头对脚、脚对头睡吧，这样既不占地方，又互不影响。

李下：李大宝，你把我当成张朵朵了吧？

李大宝：祖宗，这事你也知道呀！

李下：你们那点破事，我全知道，只不过我不愿意说罢了！

李大宝一抬头，看见张朵朵已经站在小卧室门口了……

第 32 集

1. 纺织厂，大礼堂，门前，外，日

李大宝猫腰蹶腚地打扫卫生。

郭杰嬉皮笑脸地出现了。

郭杰：大宝，谢谢你啊。孩子的事，多亏你了。

李大宝也不言语，拿着扫帚，就去“扫”郭杰。

郭杰：嗨嗨嗨，我这可是新皮鞋！

2. 纺织厂，大礼堂，俱乐部，售票处，内，日

宋燕子从兜子里一样一样往外拿东西。有饭盒、蒲扇和蚊香什么的。

李大宝打开饭盒，抓起豆包就吃。

宋燕子：洗手再吃啊。

李大宝：我都快饿死了。

宋燕子：不至于吧？

李大宝：好吃，好吃。

宋燕子拿起蒲扇，给李大宝扇凉风。

李下的旁白：在我爸日后 5 年多的把门生涯里，正是宋燕子阿姨给了他很多默默地支持和无言的安慰。夏天的一把扇子也好，冬天的一双棉鞋也好，对我爸来说，那就是清凉，那就是温暖。因为我爸常说，一个人的一生，不正是在这清凉和温暖的无限循环中过来的吗？

3. 纺织厂，大礼堂，俱乐部，售票处，内，日

李大宝又在跟宋燕子白话。

李大宝：……燕子，我跟您说，我李大宝的人生观，就是——想吃就吃，想睡就睡；该工作就工作，该歇着就歇着；有钱多花点，没钱少花点。一句话，要把清汤寡水的穷日子过出比每天大鱼大肉还美的滋味来。再一句话，普通人的日子最滋润、最美好！

宋燕子：讲得好！

李大宝：盲目崇拜！

宋燕子“咯咯咯”地笑了起来……

4. 李大宝家平房，西厢房，厨房，内，傍晚

一家人围坐在饭桌旁吃午饭。除了李小雅，其他人都在。

牛琴：李大宝，你这次被谁黑的，你知道吗？

李大宝：知不道。

牛琴：你可真是窝囊，被人家整成这样，都不知道谁下的黑手。我告诉你，郭杰。现在郭杰替了你，当上了工会劳动科科长。

李大宝：我知道。

李二宝：你到底是知道啊还是知不道啊？

李下：郭杰是郭画她爸。明天我问问郭画。

张朵朵：下下，大人的事，你少掺和。

妈妈拿筷子敲了敲桌子。

妈妈：我宣布一件事。从今天起，你们任何人都不许说李大宝窝囊，包括张朵朵。

李下：奶奶，那你怎么老说我爸窝囊呢？

妈妈：我说可以，太姑奶奶说可以，其他人不可以，听见没？

姑奶奶：我同意！

李二宝驴唇不对马嘴地说：李大宝是开放的弄潮儿，是改革的马前卒。他怎么会窝囊呢？他绝对不窝囊。

李下：二叔，这么一会儿，你就说了我爸两个窝囊。

李二宝：嗨，你这个鬼丫头！

李三宝放下碗筷，说：妈，姑奶奶，我吃完了。

李三宝站了起来。

姑奶奶：蔷蔷还没吃完呢！

李三宝：她可以继续吃！

王蔷也站起来，从门后的衣架上，拿起李三宝的外套，给他穿上。

李三宝头也不回地走了。

王蔷低声说：姑奶奶，对不起。

王蔷悄没声儿地去追李三宝了。

李下的旁白：我三叔李三宝和我三婶王蔷的婚姻本来就是一个错误。我三婶以为，结了婚，两个人可能会培养出感情来。可是感情这种事，恰恰一个巴掌拍不响。因此，他们家里的锅灶经常是冷的，屋子里更没个热乎气，两个人有时候一天也说不了三句话。你今天看到的情形，就是他们婚姻的常态。唉，我三婶也够可怜的……

5. 李大宝家楼房，楼道，家门口，内，夜

李大宝、李下和张朵朵3个人先后上楼。

家门口有一个人。竟然是李小雅。

李大宝惊叫道：李小雅，你怎么来了？

6. 大卧室，内，夜

李小雅已经和张朵朵躺在一个被窝里了。李小雅在挪动枕头时，发现了下面的两团毛线。

李小雅大叫：朵朵姐，你也学会织毛衣了？

张朵朵有些窘迫，赶紧拿过毛线，塞到床底下了。

张朵朵：不是我来织，我想让朋友给下下织。

李小雅：我说吗，你一个舞蹈家，不会沦落至此呀。

两个人并排躺下了。

李小雅一直“嘿嘿嘿”地傻笑着。

张朵朵：傻样儿。说吧，是不是谈恋爱了？

李小雅：你怎么知道？

张朵朵：不然，你半夜三更地往我这儿跑干吗？

李小雅：已经谈了3个月了。

张朵朵：让我猜猜。他长得肯定人模狗样的，小嘴也挺会说的。

李小雅：你怎么知道？

张朵朵：除了这句，你不会别的了？

李小雅又“嘿嘿嘿”地笑了。

李小雅：他叫吴宏伟，比我小3岁。长得高大、帅气。也是个博士生，读的是古典文学专业，刚上1年级。

张朵朵：语无伦次。完全被他的甜言蜜语蒙蔽了。

李小雅：别提了。他把他所学的所有的专业知识，什么唐诗啊、宋词啊、元曲啊，凡是跟女人的美貌和气质有关系的，全都献给了我！

张朵朵：完了完了。

李小雅：怎么就完了？

张朵朵：你用了耳朵，用了眼睛，就是没用脑子！

李小雅：你又不是不知道，热恋的时候，有几个女人长脑子呀！

张朵朵：这倒也是！

7. 李大宝家楼房，过道，家门口，过道，内，晨

李小雅背着书包，要走人了。

张朵朵：我送送你。

李大宝：我送吧，我送吧。

李大宝趿拉上了鞋，跟着李小雅往外走。在楼梯口，李大宝往李小雅手里塞了一卷钱。

李小雅冲李大宝做了个鬼脸。

李大宝喊道：下楼慢点啊！

李大宝回了屋。

张朵朵：这次又给了多少呀？

李大宝：什么呀？

张朵朵：钱啊。

李大宝讪笑着说：200块。

张朵朵把手伸出来，说：行啊，一个下岗的人，还这么有钱。也给我200块。

李大宝：我没那么多了……

张朵朵：拿来！

李大宝只好掏出钱包，数了200块钱，递给张朵朵……

8. 北京音乐厅，售票处，窗口，外，傍晚

人们排队买票。

轮到李小雅和吴宏伟了。

李小雅：您好，我买两张，要中间一点的。

售票员甲：18 排的，两张 36 元。

李小雅掏出钱包，拿钱。

吴宏伟：我来吧。

吴宏伟一边掏钱包，一边与李小雅撕扯。最终，高高大大的吴宏伟没有撕扯过文文弱弱的李小雅……

9. 新华书店，音像部，收银台，内，日

李小雅和吴宏伟在音像部的货架前徜徉。

叠画：吴宏伟的怀里抱了一大堆唱片。

两个人来到收银台旁。

吴宏伟：我家里又来信了。

李小雅：没事吧?

吴宏伟：没什么大事。就是我爷爷住院了，可能得做一个小手术。

李小雅掏出钱包，拿钱。

吴宏伟：我来，我来。

吴宏伟一边掏钱包，一边与李小雅撕扯。最终，高高大大的吴宏伟依然没有撕扯过文文弱弱的李小雅……

10. 李大宝家平房，小院子里，外，夜

李小雅站在柿子树下等人。

李大宝从妈妈屋里出来了。

李大宝：有事?

李小雅：也没什么大事。

李大宝：你的任何事，对我来说，都是大事。

李小雅：我的钱花完了……

李大宝：200 块钱，这么快就花完了?

李小雅：是啊。

李大宝：是不是谈恋爱了？

李小雅脸红了。

李小雅：你千万不能告诉家里人啊。

李大宝：不对呀，谈恋爱应该男人花钱啊？

李小雅：可是，我不愿意花男人的钱。

李大宝：这倒是你的性格。

李小雅：其实，我知道你手头也不宽裕。要不，我朝李三宝去要吧。

李大宝：算了吧。你以为我不明白，你平时最瞧不上李三宝了。这会儿了，朝他要钱，在他面前不是矮了一截儿吗，你心里能舒服？

李小雅：我以后还他就是了。

李大宝：你先回屋去，等着我，我再琢磨琢磨。

李小雅：好啊好啊。

李小雅进屋去了。

李大宝从正房的东山墙根儿拿起一把镐头，来到柿子树底下，刨出了一个罐子。打开，取了一沓钱，装在兜里，又把罐子埋了，再把镐头放回原处。

李大宝去敲妈妈屋的窗子。

李小雅紧跟着出来了。

李大宝哆哆嗦嗦把钱掏出来，递给李小雅。

李大宝：这是400块钱。这次省着点花。用这400块钱，把恋爱谈透、谈完、谈好。记住了，大哥家里外头就这400块钱了，大哥这次是真的破产了……

李小雅抱着李大宝，在他脸上美美地亲了一口。

李大宝：哎哎哎，我是你大哥，你亲错人了！

李小雅：大瓣蒜儿，我亲的就是你！

11. 王蔷父母家，客厅，内，日

一家人围坐在饭桌旁吃午饭。李三宝和王蔷也在。

李三宝盛汤的时候，也给王蔷盛了一碗。

王蔷：谢谢。

看到李三宝和王蔷恩爱的样子，王蔷妈妈很开心。

王主任：三宝，你不是在文联待过吗？

李三宝：啊？

王主任：想办法找10位在京的书法家，分别写一幅字。

李三宝：没问题。写什么呢？

王主任：都写“佛祖保佑，升官发财”。

王蔷：爸，为什么要写这句话？

王主任：一位领导喜欢这句话。这位领导已经跟我念叨两次了。

王蔷：爸，这也太露骨了吧？

王主任：这是官场的事。你懂什么？

12. 王蔷父母家，家门口，楼道，内，日

王蔷给李三宝穿上外套。李三宝给王蔷戴上遮阳帽。

李三宝：爸妈，我们走了。

王蔷妈妈：慢点。

李三宝和王蔷手拉手出了家门。走了几级台阶，听见家门关上了，两个人不约而同地松开了对方的手。

王蔷：好了，戏演完了。

李三宝也不说话，甩开膀子，快步下楼。

两个人又像陌路人一样了……

13. 马路上，汽车里，内，日

汽车在等绿灯。

坐在副驾驶位置上的李三宝，回头看了看正在假寐的副区长。

副区长仿佛知道李三宝在看他。

副区长：我们家的那个女人，真是烦人……

李三宝：怎么了，区长？

副区长：最近每天叫嚷着，让我陪她去买裙子，我哪有时间啊？

李三宝：阿姨喜欢鲜艳一点的还是素净一点的？

副区长：都那么大岁数了，肯定不能花里胡哨的……

14. 某区政府，副区长办公室，内，日

李三宝推门进了副区长的办公室。副区长从报纸的后面抬起了头。

李三宝：区长，裙子已经买了，三件，放在车的后备厢里了。

副区长微笑着说：多事。

李三宝随后掏出了发票，递给副区长，让他签字。

李三宝：花了600块钱。

副区长一看，脸色变了。从抽屉拿出一摞钱，甩给李三宝。

李三宝吓得浑身哆嗦。

李三宝：怎么能让您个人掏钱呢？

副区长：你发票上写着“裙子”，难道让国家掏吗？

慌乱中，李三宝把发票夺过去，

李三宝：对不起，对不起；我来处理，我来处理！

15. 商场，收银台，内，日

李三宝把发票递给收银员。

李三宝：麻烦您，把它改成“文具”，行吗？

收银员一脸鄙夷地说：“裙子”报不了，是吧？

李三宝：是……

收银员：你们这些人，可真行，买条裙子还想让国家给你们报销？是不是以后买裤衩和乳罩也要报销啊？

李三宝伸手夺过发票，一把撕了。

李三宝：我不报了，行吧！

收银员：哟嗨，总算碰到一个要脸的！

16. 商场，滚梯上，内，日

李三宝跟头溜星地往下走，随时都有可能要摔倒的样子。

李下的旁白：在理论上，我三叔李三宝也许悟到了官场之道；可是，在实践上，还远远没有融入官场之间。因此，在工作中经常犯错误，也就在所难免……

17. 马路上，汽车里，内，日

汽车在行驶。

坐在副驾驶位置上的李三宝，回头看了看正在假寐的副区长。然后，把手里的书，小心翼翼地打开，低头看了起来，副区长仿佛知道李三宝在看他。

副区长：小李。

李三宝：哎！

副区长：又在学习啊？

李三宝：没事，随便翻翻。

副区长：年轻人，看书学习是好事啊。这样吧，哪天去书店给自己买个五六百块钱的书。

李三宝：哎！

副区长：记住了，别忘了开发票啊！

18. 北京人民艺术剧院，售票处，窗口，外，傍晚

人们排队买票。

轮到李小雅和吴宏伟了。

李小雅：您好，我买两张，要前面一点的。

售票员乙：8 排的，两张 40 元。

李小雅掏出钱包，拿钱。

吴宏伟：我来吧。

吴宏伟一边掏钱包，一边与李小雅撕扯。最终，高高大大的吴宏伟还是没有撕扯过文文弱弱的李小雅……

19. 某区政府，副区长办公室，内，日

李三宝推门进了副区长的办公室。副区长从报纸的后面抬起了头。

李三宝：大事不好了，区长，第三小学发生了食物中毒事件！

副区长：死人了吗？

李三宝：目前还没有，但有 3 个很危险！

副区长：那你慌什么嘛！

20. 医院，病房，内，日

副区长在王主任等人的陪同下，看望食物中毒的孩子们。

副区长与正在输液的孩子们一一握手……

21. 某区政府，副区长办公室，内，日

李三宝战战兢兢地推开副区长办公室门的时候，副区长正在地上愤怒地踱步。

副区长一巴掌拍到桌子上，然后，拿起一份材料。

副区长大叫：你这是写的什么调查报告？又没有死人，影响有那么坏吗？

李三宝：40多个孩子都中了毒，有3个还差点儿死了。受害的家庭和社会都很关注这件事……我只是实事求是而已……

副区长：你还“而已”。拿回去重写，把事故的恶劣程度控制在原有情况的三分之一之内！

李三宝像捏起一条毒蛇一样，战战兢兢地捏起那份材料。

副区长：李三宝，我一直怀疑，你是不是适合干这个工作！

22. 咖啡馆，内，夜

李三宝和张朵朵坐在中间的一个位置上。

李三宝：……朵朵姐，你说，我是不是做错了？

张朵朵：你一点都没有错。你之所以这样做，那是你良心未泯。

李三宝叹了口气，说：嗨，在目前的现实里，你讲良心，会让人笑掉大牙的。

张朵朵：我们不能因为别人笑话，就放弃去做一个好人。

李三宝：可是，在目前的现实里，做一个好人也许只能是一种理想了。

张朵朵：既然是理想，就得有人坚持。你念了那么多书，总该比我明白这个道理！

李三宝：朵朵姐，那你告诉我，你还有理想吗？

张朵朵：说你的事，怎么说到我头上来了？

23. 市歌舞团，导演部，办公室，内，日

办公室里的几个女人都在织毛衣，包括张朵朵。张朵朵织着织着，走神了，钩针差点儿扎了手。

闪回画面——

张朵朵：既然是理想，就得有人坚持。你念了那么多书，总该比我明白这个道理！

李三宝：朵朵姐，那你告诉我，你还有理想吗？（闪回完）

张朵朵望着窗外枝叶繁茂的槐树，发起了呆……

24. 街道上，外，日

张朵朵在研究贴在电线杆子上的租房广告……

25. 某机关，临街的传达室，外 / 内，日

张朵朵敲开了传达室的门。

一个肥胖男人出来了。

张朵朵：您这儿有房子出租？

肥胖男人：是啊。

张朵朵：是个大教室，木地板，有临街的门？

肥胖男人：是啊。

张朵朵：我能看看吗？

肥胖男人：可以啊。

26. 某机关，办公楼，一个废弃的文体活动室，内，日

在肥胖男人的带领下，张朵朵参观着几乎废弃了的文体活动室。

张朵朵拿脚跺了跺木地板。木地板很有弹性。

张朵朵：不错，不错。我们一会儿能签合同吗？

肥胖男人上下打量着张朵朵。

肥胖男人：你租它干吗使？

张朵朵：我要办个舞蹈班。

这么一说，肥胖男人的疑虑，终于打消了。

肥胖男人：好吧，我这就给你联系办公室的人……

27. 李大宝家楼房，家门口，过道，大卧室，内，夜

李大宝坐在饭桌旁，抱个大茶缸子喝茶。

有人敲门。

张朵朵从大卧室出来，小声说：问问是谁？

李大宝：谁？

李小雅（画外音）：是我，大哥。

李大宝开了门。李小雅背个大书包进来了。

李大宝：这么晚了，你怎么来了？

李小雅：没事干，就来了。我今晚要住这儿。

李大宝：不对呀，今天是星期三，你只有星期五晚上才会外出的，你肯定有事。

张朵朵：你管那么多闲事干吗？小雅，我先洗，你后洗，咱们一会儿好好聊聊。

李小雅：好嘞。

张朵朵一头钻进了卫生间。

李大宝把李小雅拽进了大卧室，随手把门关上。

李大宝：难道又没钱花了？

李小雅不好意思地说：好像是……

李大宝：400块钱，3个月就造光了。

李小雅：小吴的姥姥又做手术了。

李大宝警觉地问：为什么是“又”啊？难道那个“小吴”的姥姥经常做手术吗？

李小雅：我的意思是说，小吴的爷爷刚做完手术，他姥姥又做了。

李大宝：难道他们做手术，还需要你拿钱吗？

李小雅：那倒不用。

李大宝：那你说他们做手术干吗？你真是急死我了。

李小雅：这么跟你说吧。小吴喜欢音乐，我们经常去音乐厅听音乐、去剧院看戏、去书店买唱片。这些钱，多数是我拿。

李大宝：为什么？

李小雅：因为小吴他们家人老住院做手术，他钱紧张嘛。

李大宝：这些事，是他告诉你的？

李小雅：不是。都是我无意中听到的。

李大宝听得后背直冒凉气。

李大宝冷静了一会儿，说：这个小吴是个虚伪的人、自私的人，已经可以定性了。

李小雅：小吴不是那样的人。

李大宝：李小雅，根据我有限的人生经验，女大男小的感情没有好结果；你赶紧跟他吹灯拔蜡。

李小雅：你哪儿来的这种人生经验？朵朵姐又跟你闹离婚了？

李大宝：没有的事！

28. 李大宝家平房，正房，李二宝屋，内，日

李大宝进屋的时候，牛琴正枕着李二宝的肚子躺着呢。

李大宝赶紧把眼睛蒙上了。

李大宝：嗨嗨嗨，大白天的，你们好意思啊？

牛琴：我们是合法夫妻，有什么不好意思的？倒是你应该注意点，进屋也不敲门。

李二宝：有事吗？

李大宝：没什么事。

李二宝：没事赶紧出去。没看这是私人领地吗？

李大宝：我想问你们借点钱。

李二宝：你一个被“下流”的人，一个看大门的人，借我们钱，你拿什么还我们？

李大宝：你过去怎么老借我钱呢？

李二宝：我什么时候借过你钱？牛琴，我借过吗？

牛琴：没借过。

李大宝：嗨，昨天晚上真是没做好梦，出门碰上了一对青皮！

29. 正房，妈妈屋，内，日

李三宝坐在椅子上看书。李大宝觍着个脸凑上前去。

李大宝：看书呢？

李三宝：明知故问。有事吗？

李大宝：没什么事。

李三宝：没事一边待着去。

李大宝：我想问你借点钱。

李三宝：李大宝，你这辈子除了四处借钱以外，还能干什么？

李大宝：嗨，我什么时候问你借过钱？

李三宝：那我不管，反正在我的印象里，你这辈子除了四处借钱以外，你就没干过别的！

李大宝也急了，说：孙子，我还不借了，我让你还钱总行吧？把你上大学时花我的钱，统统还给我！

李大宝竟然从兜里掏出一个账本，嘟嘟囔囔地去算了。

李三宝竟然也从包里找出一个笔记本，拿计算器去算了。

边上的王蔷，被两个人弄得目瞪口呆……

30. 正房，妈妈屋，内，日

李大宝和李三宝几乎同时算出了结果。

李大宝：你那儿多少？

李三宝：你那儿多少？

李大宝：816 块零 5 毛。有整有零。

李三宝：816 块零 5 毛。有整有零。

李大宝：妙极。

李三宝：妙极。

李三宝从包里拿出一个大纸袋子，打开，取出几捆钱来，去数。

王蔷：你包里怎么装那么多钱？

李三宝：这是给领导报销的，还没给人家呢。

说话间，816 块零 5 毛，已经数出来了。

李三宝把钱甩给李大宝。结果，撒了一地。李大宝猫腰撅腚去捡。

李三宝：李大宝，从今往后，我跟你姓李的，一刀两断，势不两立！

31. 长城饭店，餐厅包房，内，日

吴宏伟和李小雅怯生生地进入包房的时候，李大宝已经正襟危坐地在里面了。

李大宝咋咋呼呼地跟吴宏伟握手。

李大宝：小吴！

吴宏伟：大哥！

李大宝：坐坐坐！

李小雅和吴宏伟一边环顾着四周，一边落座。

吴宏伟：在这儿吃一顿，这得多少钱啊？

李大宝：没多少钱。之所以来这儿，就是因为这儿的环境好。第1次请我妹妹的男朋友吃饭，我当然得找个差不多一点的地方了。

吴宏伟：大哥，我请你！

李大宝：哎，你一个穷学生，怎么能让你请我呢？

吴宏伟：大哥，第一次见面，我一定得请你。不然我会坐卧不宁、寝食不安的！

李大宝：小吴，你既然这么真诚、这么大方，那我也就不跟你客气了。好，你请。

吴宏伟：这就对了！

李大宝对门外喊：来，服务员，点菜！

服务员乙进来了……

32. 长城饭店，餐厅包房，内，日

李大宝把菜点完了。

李大宝：您给我大概算一下，这顿饭得多少钱？

服务员乙：大概600多块钱吧。

吴宏伟的脸，一下子绿了。

李大宝：好了，我知道了。我再看看酒水。

吴宏伟：我得去趟卫生间！

吴宏伟几乎夹着双腿出去了。

李大宝：服务员，先别下单，先别下单；这顿饭暂停，这顿饭暂停！

服务员乙：为什么要暂停呀？

李大宝：麻烦您去厕所看看，刚才那个高个子先生去没去厕所？

服务员乙颠儿颠儿地去了。

李大宝：估计这个小吴已经借着尿道跑了。

李小雅：怎么会呢？

李大宝：李小雅，别看你大哥没读过多少书，可是看人，我一般不会走眼。

服务员乙小跑着回来了。

服务员乙：师傅，那位高个子先生不在厕所里面。

李大宝从钱包里掏出5块钱，递给服务员乙。

李大宝：这是水钱。我们再坐 10 分钟，你去跟前台说一声。

服务员拿着钱出去了。

突然间，李小雅脸色煞白，浑身哆嗦。

李大宝：其实，你早就知道吴宏伟是个什么样的人了，但你一直没有戳穿他。

李小雅：是。

李大宝：为什么？

李小雅：一旦戳穿了，就等于撕开了脸皮；一旦撕开了脸皮，最难堪的不是别人，是我自己。

李大宝：这又是为什么？

李小雅：别人如果知道我找了一个这样的人，会怎么看我？他们一定会怀疑我的智商、怀疑我的学问甚至怀疑我的人品，那我这些年的书不是白念了吗！

李大宝：你说说，你怎么这么傻呀？

李小雅语无伦次地说：我就是不能否定历史，否定历史，就等于否定现在了；同样，我也不能否定现在，否定现在，也就等于否定历史了！

李大宝：嗨，你什么时候还长了政治智慧了！

李小雅站起来了。在挪动椅子时，差点儿摔倒。

李大宝：你没事吧？

李小雅：大哥，我求你件事。

李大宝：都这个时候了，什么求不求的！

李小雅：我的事，千万别跟家里人说！

33. 李大宝家平房，西厢房，厨房，内，傍晚

一家人围坐在饭桌旁吃晚饭。除了李小雅，其他人都在。

又是李三宝第一个放下碗筷。

李三宝：妈，我下个星期 2，要去趟美国。

妈妈：去美国干吗？

李三宝：陪领导考察。

妈妈：你怎么不早说啊？我们好给你准备准备。

李三宝：该准备的，单位都准备了。什么西服啊，领带啊，皮鞋啊，还有常用药啊。

李二宝：单位还给准备这些？

李三宝：政府官员出国，都是这个待遇。

妈妈：看看，还是走仕途好吧？不走仕途，能有这些待遇！

34. 小院子里，外，日

妈妈往东墙上晒豆角丝。二膀子妈妈的脑袋探上了东墙。

二膀子妈妈：听说，三宝去美国了？

妈妈：是啊，一走就是12天，陪领导考察。估计得把美国考察个底掉儿。

二膀子妈妈：听说，什么西服啊，领带啊，皮鞋啊，都是国家给准备的。

妈妈：那可呗。整整两套。我看，够穿个10年8年的了。

二膀子妈妈：真的假的？

妈妈：我什么时候撒过谎？

二膀子妈妈摇了摇脑袋，撇了撇嘴巴，撤退了。

这么一来，妈妈有点忘乎所以了。出来进去的，不再低着脑袋，而是扬起高高的头颅。

姑奶奶适时地出现了。

姑奶奶：在二膀子妈妈面前显摆了吧？

妈妈：她问我，我就如实相告了。

姑奶奶：我奉劝有些人，不要太浮太飘，太浮太飘的人迟早是要摔跟头的！

妈妈：只许州官放火，不许百姓点灯。

姑奶奶：放什么火，点什么灯？

妈妈笑着说：有些人浮了一辈子，飘了一辈子，我从来都没说过什么；我就浮这一回，飘这一回，有些人就不舒服了！

35. 美国，旧金山，Marriott Hotel，餐厅，内，晨

人们排队取早餐。北京考察团的大多数人也在其中。

王跃捷一手端个大盘子，见着什么取什么。一会儿，两个盘子都堆得像小山一样了。

有的白人见了王跃捷，都很惊讶，但之后，都很有礼貌地朝王跃捷点点头。

36. 美国，旧金山，Marriott Hotel，餐厅，内，晨

北京考察团的大多数人坐到了一起。

王跃捷一边吃，一边大声说：5 美金，随便吃，太合算了，这老美真傻！

王跃捷又喝起汤来，声音无比的大。

邻桌的一个很有派头的人低声跟副区长说话。

很有派头的人：那个大呼小叫的人是谁？

副区长：我们区政府的办公室主任。

很有派头的人：败兴。喝个汤，搞出这么大动静来，净给中国人丢脸。买张票，让他立马滚回中国去！

37. 美国，旧金山，Marriott Hotel，大堂，休息区，内，晨

副区长跟几个人商量着什么。李三宝也在座。

副区长：这事就由李三宝跟他谈。

李三宝：我谈不合适吧？

副区长：你谈最合适。我要是跟他谈，他脸往哪儿搁？

李三宝：……

副区长：你今天留下来，把他弄走，明天再去洛杉矶找我们！

38. 美国，旧金山，Marriott Hotel，王跃捷房间，内，日

王跃捷像困兽一样暴跳如雷。

王跃捷：我抗议，我严重抗议！

李三宝：您抗议也没用。

王跃捷：我也没比别人多吃多少啊。不过就是，他们分几次拿的，我一次拿的！

李三宝：吃西餐就是这样。每次少拿，吃完了再要。

王跃捷：他凭什么呀？他让我回去，我就回去？

李三宝：他凭什么，你应该知道。

王跃捷：我知道什么呀？

李三宝不软不硬地说：他手中有权力，可以熊别人，别人还不能不听……

王跃捷：你！

王跃捷瘫坐在椅子上。

李三宝的内心，既兴奋又难受。

闪回画面——

王主任：物质性享受满足人的贪污欲；精神性享受满足人的虚荣心。

有人附和：王主任，我对后一种享受，不甚了了，请您再详细解释一下。

王主任顺手抓起了一个烟灰缸，对准身边的李三宝。

王主任：举个例子说吧。我王跃捷可以拿它，来砸李三宝的脑袋，你们信不信？

大家以为王主任开玩笑，都说：我们不信。

王主任：我是主任，我有权砸你的脑袋；李三宝，你信不信？

李三宝低声说：我信。

于是，王主任拿着烟灰缸，“咣咣咣”一连砸了李三宝的脑袋三下。

李三宝铁青着脸，没有一点反抗的意思。

大家都懵了。

王主任：疼吗？

李三宝：不疼。

王主任：大点声。

李三宝：不疼！（闪回完）

王跃捷：三宝，别让我回去了，我好不容易来趟美国，还哪儿都没去玩呢！

李三宝：跟您说了，这是市领导的决定，我哪儿做得了主。

王跃捷：不行，你去哪儿，我去哪儿！

李三宝：别忘了，你现在只有回北京的机票，你哪儿都去不了啦。不然，你就在宾馆待着吧。反正，我晚上得去追考察团了。

王跃捷：别介呀，你一走，我不彻底虾米了吗，我一句英语都不会说。我走，我走还不行吗！

39. 马路上，外，夜

深夜了。

李三宝一手拎一个包，在马路上踽踽独行。

马路两边的居民楼上，偶尔还有若明若暗的灯光……

李下的旁白：我三叔李三宝回国以后，以倒时差为名，搬到了他家的小客厅去睡，从此，开始了他和我三婶王蔷的分居生活……

40. 李大宝家楼房，过道，内，夜

李大宝又睡在过道的小沙发上了。

睡梦中的李大宝，又意气风发地骑着自行车，行进在南郊的田野间了——

地里的秧苗，刚刚盖住了地皮；但地外的杂草已经很高了。

李大宝把自行车扔在地上。

李大宝猫下腰来，一手拿着一个空盆，一手去拍打草叶。于是，草叶上的露水轻轻地落在空盆里。

那声音，就像美妙的音乐。

李大宝一只手端着盆，一只手拿着塑料桶，往里倒露水，

塑料桶快满了。而李大宝自己，头上、脚上都湿透了，像水洗的一样。

一抬头，发现有一个人站在面前。仔细看去，竟然是爸爸。

爸爸还是那么年轻、英俊。只是目光里多了一层忧郁和乡愁。

李大宝：爸，你在那边还好吗？

爸爸：爸很好。

李大宝：我们也很好。姑奶奶和妈妈的身体也都不错，你放心。对了，我的闺女，下下，上 5 年级了；二宝的闺女，上上，都 6 岁了，也快上学了……

爸爸：我知道。小雅怎么样？我就是有点想她，可是又找不到她……

李大宝：小雅……

忽然间，爸爸就不见了。

李大宝：爸，爸！

李大宝从睡梦中惊醒，“忽”地一下坐起来。

李大宝：小雅，小雅！

李大宝终于清醒过来，胡乱地穿上衣服，跑出了家门……

41. 北京大学，李小雅的宿舍，门口，内，夜

李大宝使劲儿地敲门。

隔壁宿舍有一个女生的脑袋探出来，说：深更半夜的，你敲什么呀？她们

屋好像没人。

李大宝往后退了两步，再去撞门。门轻而易举地开了。根本没锁。

借着走廊的灯光，李大宝看见：李小雅躺在床上，已经烧得满脸通红，正在说胡话。

李大宝扑到床前……

42. 北京大学，李小雅的宿舍，内，晨

李小雅的床头立着输液用的支架。虽然胳膊上还插着输液管，但人已经醒来了。

李大宝：……我是没什么好药，我相信医生除了输液也没什么好药；你要是愿意为一个虚伪透顶的王八蛋、自私透顶的王八蛋这样作自己，我也没办法……

李小雅依然闭着眼睛，不为所动。

李大宝突然大笑起来。

李小雅：你抽风啊。

李大宝：我觉得吴宏伟比我有才。你说吧，我就够小气的了，他比我还小气。我小气了半天最后亏了钱不说，还背了骂名；他小气得一毛不拔，可结果表现得比谁都大方，谁都得说他好。到底是博士，有水平！

李小雅：博士个屁！

李小雅"咯咯咯"地笑起来。

笑完了，李小雅下床，拉开窗帘，让明媚的阳光照射进来……

李下的旁白：我小姑李小雅念了那么多书，但在感情上却是那么幼稚、那么无知，因此才遭受了如此的打击，我都替她冤得慌！

第 33 集

字幕：2002年秋天。

1. 北京大学，校园里，外，日

李小雅拉着董承志的手，走在明媚的阳光里。

过往的学生们都很亲切地跟李小雅打招呼。

有人说：李老师好。

李小雅：你好。

还有人说：小雅老师好。

李小雅：你好。

李下的旁白：我小姑李小雅博士毕业留校当了老师，快6年了，已经破格评上了教授。除此之外，她还进行了第2次恋爱。男朋友叫董承志，在一所中学当副校长，同样比她小3岁，同样长得高大帅气。董承志也是个博士，读的也是古典文学专业。同样被我小姑所迷倒，把他所学的所有的专业知识，什么唐诗啊、宋词啊、元曲啊，凡是跟女人的美貌和气质有关系的，都献给了我小姑。于是，我小姑又被打动了……

2. 天坛，北门通往南门的一条路上，外，日

李小雅挎着董承志的胳膊，随着人流往前走。

前面的一个老头，突然停住，低下脑袋，一个咳嗽之后，一大摊秽物被吐到地上。

李小雅恶心得差点儿吐了。

董承志：哎，你怎么随地拉呀？

老头有点耳背，问：你说什么？

董承志：我说，你怎么随地吐痰？

老头：碍着你了？

董承志：没碍着我，碍着大家了。

老头：谁是大家？

李小雅：难道您在自己家里也随地吐吗？

老头：那不。在家里，我都憋着。我这是憋了一宿，才来这儿吐的。

董承志：你为什么要这样做？

老头：这儿吐着方便，这儿吐着舒坦，这儿吐着高兴。不行啊？

又有一个老头过来，也大大地吐了一摊。差点喷到李小雅的鞋上。

老头义正言辞地说：看见没有，很多老人都跟我一样，来这儿就是为了吐痰的！

3. 天坛，南门西侧的公共厕所，外 / 内，日

人们排队等着上厕所。李小雅和董承志也在其中。

两个人逐步从外面进到了里面。这才发现了排队的原因：原来去往男女间过道的墙上按了一个铁盒，铁盒里装了卫生纸，很多老人在没完没了撕扯卫生纸。有的抱在怀里。有的装进兜里。有一个老太，干脆拎了一个买菜的篮子；已经撕扯一篮子了，还在锲而不舍地撕扯。

董承志的火又上来了。

董承志：哎，你怎么还没完了？

老太根本就没理董承志，继续撕扯。

董承志：占这点便宜，你拿家吃去呀？

老太来了一句：一边待着去，又不是你们家的！

边上有人帮腔儿：就是啊，一边待着去，又不是你们家的！

4. 马路边，公共汽车站，外，日

李小雅和董承志在等车。

董承志：……到什么时候，中国人不再随地吐痰、随地大小便了，不再闯红灯了，不再在公共场合大声喧哗了，不再排队加塞儿了；什么时候，中华民族才算在世界上真正的抬起头来了。

李小雅：难道经济的发展，还不能让我们抬起头来？

董承志：古今中外，没有一个国家、一个民族，是靠卖地、卖山，盖楼、修路，掘煤、挖矿，而强大起来的。

李小雅：有道理。那你说，中国人要解决随地吐痰随地大小便、闯红灯、在公共场合大声喧哗、排队加塞儿这些问题，还得多少年？

董承志：也许50年，也许100年，也许永远解决不了！

李小雅：没那么夸张吧！

5. 纺织厂，办公楼，厂工会，主任办公室，走廊，内，日

李大宝一边喝茶，一边看报纸。

有人敲门。

李大宝：进来！

门开了，郭杰把半个身子探进来。

郭杰：李主任，人齐了，开吧？

李大宝：你先去。我就来！

李大宝慢条斯理地，把报纸叠好，端起茶杯，迈着四方步，向外走去……

李下的旁白：两年前，杨开明叔叔终于当上了厂长。他没有食言，一当上厂长，就把我爸调回厂机关，还给他了个工会办公室主任干干。我爸说什么也没想到，这辈子还能当个小官。尽管这个小官非常短命，但在我姥爷、姥姥眼里，它毕竟是个官啊！

6. 张朵朵父母家，内，日

李大宝和张朵朵爸爸又坐在八仙桌旁喝上了。李大宝坐的依然是正座。

张朵朵妈妈在边上伺候着。

张朵朵爸爸：来，大宝，再走一个。

张朵朵爸爸与李大宝碰杯。

张朵朵：爸，你不至于吧？

张朵朵妈妈：一边待着去，男人们的事，你少掺和！

张朵朵：李大宝，被人尊重的滋味怎么样？

李大宝大着舌头，说：爽！

7. 李大宝家平房，西厢房，厨房，内，傍晚

一家人围坐在饭桌旁吃晚饭。除了李小雅和李下，其他人都在。李上已经13岁（建议此集换演员），上7年级了。王蔷怀里还坐着一个不到两岁的闺女。

妈妈：三宝，给孩子起名字了没有，也不能老叫宝贝呀？

李三宝：没有。

王蔷：他早起好了。

妈妈：叫什么？

王蔷：李中。

妈妈：怎么起这么难听的一个名字？

李三宝：生在我们这样一个家庭里，别无选择。

姑奶奶：三宝，你什么意思？

李大宝：对啊，李副局长，你什么意思？

张朵朵：他的意思大概是，我们的叫下下了，李二宝他们的叫上上了，他们的没办法了只好叫中中了。

妈妈：三宝，是这样吗？

李三宝：也许是吧。

张朵朵放下了碗筷。

张朵朵：我也宣布一件事吧。

李二宝：哟，不会是又要上新戏了吧？

牛琴：你拉倒吧，她都多大岁数了，再去台上乱蹦跶，真成妖怪了。

李大宝：牛琴，你怎么说话呢？

张朵朵没搭理牛琴。

张朵朵：我准备停薪留职了。

大家异口同声叫道：啊！

李二宝：也想跟我一样，单干，独挑，打游飞？

张朵朵：我准备去办少儿舞蹈班。

李三宝：确切一点说，7年前你就开始办了，只不过是一直别人在替你管理着。现在呢，你打算全身心地投入了。

张朵朵：三宝，你怎么知道这事？

李三宝指了指在座的人。

李三宝：也就是他们，一群傻瓜，什么都看不出来。尤其是李大宝，媳妇儿哪天跟人跑了，都不知道去哪儿找。

姑奶奶：朵朵，说说看。

张朵朵：姑奶奶，这个舞蹈班我确实办了六七年了，一直是别人在替我管理着。有的星期六和星期日，我说去我妈家，其实，我是去了舞蹈班。替我管理的那个女孩儿呢，最近要生孩子了，我想，干脆，我自己接过来算了。

妈妈：办这个班，赚钱吗？

张朵朵：赚啊。我早就准备好了1万块钱，准备上缴呢。

妈妈乐不可支地说：赶快上缴，赶快上缴！

李三宝：妈，人家辛辛苦苦赚的钱，凭什么给你呀！

张朵朵：如果没有妈这些年替我照顾下下，我也没那么多精力去办这个班。

妈妈：说得是啊！

李大宝：朵朵，这么大的事，你应该跟我商量一下啊？

张朵朵同样没搭理李大宝。

李二宝：李大宝，又不是去买醋打酱油，跟你商量什么？是不，张老师？

李大宝：办舞蹈班，还是我给她出的主意呢。是不是，朵朵？

张朵朵笑着说：也许是吧！

8. 北京大学，校园里，林荫道上，外，日

李下（18岁，建议此集换演员）背着坤包，莺莺燕燕地走在林荫道上。

李下的旁白：得，其他的人都已经介绍差不多了，该说说我自己了。我小姑李小雅，念到了博士，才进了北大；我呢，一步到位，高考填志愿，直接填了北大。你都看到了，我现在已经是经济系2年级的学生了……

李下那派头，怎么看，都有点像李三宝了……

9. 李大宝家楼房，大卧室，内，夜

张朵朵倚着床头打电话。

张朵朵：……你记住了，爱情对女人来说是职业，对男人来说不过是业余爱好。你不能陷得太深，拔不出来；即使拔出来了，也遍体鳞伤了……

10. 李大宝家楼房，过道，内，夜

李大宝从卫生间里出来了。他隐约地听到了张朵朵说话声，就乍起了耳朵。

张朵朵（画外音）：……还有啊，男人就是宠物狗。你对他好，他就人来疯；饿他几顿，再丢给他一根骨头，他就朝你摇尾巴……

听电话的人大概在笑。

张朵朵（画外音）：还笑？你啊，太天真，太绵善，太软弱。女人有的时候也该像汽水一样冲鼻子，像威士忌一样辛辣，像刺猬一样放毒针！

听电话的人大概在问为什么。

张朵朵（画外音）：因为每个男人的心里都藏着30条蟒蛇，10条饿狼。女人要做的就是，把这些蟒蛇和饿狼引出来，让男人学会去爱，让男人变得温顺，让男人变得专一。这样，女人的爱才有着落！

李大宝听得后背又冒了凉气……

11. 北京大学，教工宿舍，李小雅的房间，内，日

李小雅坐在书桌前看书。

有人敲门。

李小雅：请进。

门开了。来人却是李大宝……

12. 北京大学，教工宿舍，李小雅的房间，内，日

李大宝背着手在地上来回地走着。

李小雅：李大宝，你快坐下吧。

李大宝：我坐不下。

李小雅：你那样子，越来越像个小科长了。

李大宝：我本来就是科长。

李小雅：我最烦那些小科长、小处长了。没事总端着。一辈子没当过官似的。真没出息。

李大宝：那好，我放下。

李大宝把手放下了。

李大宝：李小雅，请你立即跟那个董承志吹灯拔蜡。

李小雅：为什么？

李大宝：那句名言是怎么说的来？

李小雅：哪句名言？

李大宝：就是……就是……人不能……不能……

李下的旁白：我爸大概先想引用哲学家赫拉克利特的那句名言——人不能两次踏进同一条河流——来着，可是，最后，没成功……

李大宝：人不能两次在同一条河沟里翻船！

李小雅：你怎么知道我要翻船啊？

李大宝：根据我有限的人生经验，女大男小的感情没有好结果！

李小雅：李大宝，我就不明白了，你哪儿来的这种人生经验？

李大宝：李小雅，事到如今，我也就不瞒你了。前几年，你大嫂就差点儿被一个比她小10来岁的男人骗了。

李小雅：你说的是那个刘文品吧？

李大宝：你怎么知道的？

李小雅：他去家里，要跟你决斗，你却摁着人家，给大嫂磕了3个响头。

李大宝：谁给你说的？

李小雅：那你甭管了。

李大宝：你既然知道了，还要重蹈覆辙？

李小雅：大嫂是大嫂，我是我，不一样。这个小董跟那个小吴，也不一样。小董从来没有主动让我花过钱，更重要的是，他有正义感，对一切不良的现象和不公的事情随时准备发出自己的声音、付出自己的行动！

李大宝：你看准了？

李小雅：我这次要是再走眼，以后不管什么样的男人，我保准一眼都不瞅！

13. 王蔷父母家，客厅，内，日

李三宝和王蔷进门的时候，王跃捷一手抓着黄瓜，一手抓着尖椒，正在左右开弓地啃、吃。

王跃捷被辣得满脑门子汗。

李三宝和王蔷都很不解。

王蔷：我爸那是干啥呢？

王蔷妈妈端着一盘菜从厨房出来。

王蔷妈妈没好气地说：不争气的玩意儿，烟瘾又犯了，就拿其他东西填那个窟窿。

王蔷：那你给他买啊。

王蔷妈妈：好烟买不起，赖烟他又不想抽。

李三宝用鼻子“哼”了一声。

王跃捷把象征着自己地位的正座让给李三宝坐。还一口一个“李局长”的叫着。

王蔷：爸，你不至于吧！

王跃捷：我当然至于。人家三宝现在可是教育局的副局长！

李三宝随手从兜里掏出一盒中华烟扔在饭桌上。王跃捷摸出一根，递给李三宝，并且给他点上。

李三宝也不客气，任凭王跃捷伺候着。李三宝吐出了一个烟圈儿。王跃捷这才给自己点上。

李三宝又从包里掏出半条中华烟，扔在王跃捷面前。王跃捷屁颠儿屁颠儿地拿起来，跑到卧室去了。

王蔷和王蔷妈妈相对无语。

王跃捷又回来了。

王跃捷：李局长，什么时候给我平反呀？

李三宝：平什么反？

王跃捷：就因为我在美国喝汤的声音大了点，他们就把我的区政府办公室主任给撸了，还让我提前办了病退。现在他们都犯事了，都倒台了，都虾米了，是不是该给我平反了！

李三宝：那你找他们去吧！

14. 王蔷父母家，家门口，楼道，内，日

王蔷给李三宝穿上外套。然后，自己穿好衣服。

王蔷：爸妈，我们走了。

王蔷妈妈：走吧，走吧。中中还在她奶奶那儿呢。

李三宝和王蔷先后出了家门。走了几级台阶，家门就被关上了。

王蔷：李三宝，我给你提个建议。

李三宝：说。
王蔷：你别那么小人得志，好不好？
李三宝：我就小人得志了，怎么着？
王蔷：李三宝，我觉得你越来越陌生了，你一点都不像你们老李家人。
李三宝：我们老李家人，也不全像李大宝那么窝囊、那么没用。
王蔷：你要是有大哥那两下子，我一定高看你一眼。
李三宝：少拿我跟他比。
王蔷：等着吧，有你哭的那天！
李三宝：那我告诉你，王蔷，我李三宝早就哭过了，现在该轮到我笑了！

15. 纺织厂，小礼堂，内，日
主席台上方挂着横幅，上写：棉纺企业改制动员会。
一位领导模样的人在主席台上讲话。
台下坐着100多号各个层面的干部。包括厂长杨开明和其他几个厂领导。
大家的神色，都像呆鸡。唯独杨开明和其他几个厂领导在心里偷着乐……

16. 纺织厂，小礼堂，门前，内/外，日
人们一边往外走，一边议论纷纷。那样子，已经是惶惶不可终日了。
有人说：什么股份制？说白了就是卖厂子。
有人说：听说那姓杨的，要一个人买走。
有人说：他哪儿来那么多钱？

17. 饭店，包房，内，夜
偌大的包房，只坐了杨开明和李大宝两个人。
服务员把菜上来了，把酒也倒好了。
杨开明端起酒杯。
杨开明：来，大宝，我敬你。
李大宝却无动于衷。
杨开明：咱们先喝酒，然后说说纺织厂的事。
李大宝：不喝，你这酒里有毒。
杨开明：那我们就先说说纺织厂的事，后喝酒。

李大宝：这行。

杨开明：国有企业是没救了。

李大宝：那是你们不想救它。

杨开明：这些年，该用的招数都用了。奖金试点，优化组合；节能降耗，减员增效；竞争上岗，轮流坐庄；下岗分流，买断重组……怎么改，都是大锅饭，都调动不起来人的潜在的积极性；怎么改，都是政府管企业，管来管去，就把企业办成衙门了，效益没上去，吃闲饭的人却越来越多，连个车间都有机关，除了人整人还是人整人。一句话，怎么改，都摆脱不掉计划经济的阴影，都不能真正的走上市场经济的轨道。

李大宝：那你说，怎么办？

杨开明：只有实行股份制，才能救我，救你，救大家，救工厂。

李大宝：那你就救呗。

杨开明：你得支持我。

李大宝：我一个小科长，怎么支持你？

杨开明：工人们都懒散惯了，舒服惯了，对这种新生事物，不一定理解；你是从车间上来的，人缘又好，你去做工作，那就是小雨湿地皮，润物细无声。这场小雨咱就先从你们维修车间下起，好不好？

李大宝：不好，上次我都被你“下流”一回了，你还想害我。再说了，让我带头出卖工人们的利益，坚决不干！

杨开明：实行股份制是大势所趋，谁也阻挡不了。希望你审时度势，助改革一臂之力。你的利益，我会考虑，我们毕竟是从小玩到大的；工人们的利益，我会考虑，他们是你的兄弟姐妹，也是我的兄弟姐妹！

18. 李大宝家楼房，过道，家门口，内，夜

过道上挤满了厂里的工友们。有的坐在椅子上，有的坐在马扎上，有的干脆站着。

李大宝：……你们都说完了？

孙友来：说完了。

李大宝：那我谈三点意见：一，改革如果改好了，对大家都有好处，可以盘活企业、造福工人；二，大家不要轻信谣言，实行股份制不是卖厂子；三，再怎么改，工厂也不会不管大家的。

孙友来：大宝，你现在是工会办公室主任，说话管用，你得站在我们这一边。有什么内部消息，要及时通报，我们好一起应对。

大裤裆：李大宝，我是不指望你站在我们这一边。我只希望你别带头出卖我们的利益！

李大宝：大裤裆，你对我的误会太深、太深，我怎么做，都消除不了我们之间的误解！

工友们纷纷起身，走人。

听见大家都走远了，李大宝打开门，并且，拿块毛巾，往楼道里轰赶烟气。

张朵朵从大卧室里出来了。

张朵朵：李大宝，看你打官腔儿的样子，我真想抽你一巴掌。

李大宝：张朵朵，我当个工人，你嫌我没出息；我当个干部，你又嫌我打官腔儿。你对我的不解太深、太深，我怎么做，都消除不了我们之间的隔阂！

张朵朵：看你那狗德行！

19. 马路边，人行道上，外，晨

李三宝一身运动装、李大宝一身工作服，一前一后地跑。

李大宝"呼哧呼哧"地喘着。

李大宝：我跑不动了。

李三宝"哼"了一声。

李大宝：咱们走两步吧。

李三宝：你不是来陪我跑步的吗？

李大宝：我还是陪你走两步吧。

李三宝慢了下来。

李下的旁白：关于工厂的事，我爸决定问计于我三叔李三宝。问计就问计吧，我爸非要拿我三叔的家庭生活做药引子……

李大宝：一直想跟你谈谈你和王蔷的事。

李三宝：谈吧。

李大宝：这几年，你为什么一直跟王蔷分居？

李三宝：在班上，我要处理各种事务、还要没完没了的开会；下了班回到家，我要看材料、写材料、读书和思考。没有良好的体力和精力，行吗？

李大宝：官迷，没见过你这样的官迷。为了当个小破官，竟然还要保持体力和精力，竟然还要跟老婆分居，真是骇人听闻，真是不知羞耻，真是令人发指，我和全家人都替你臊得慌！

李三宝：都像你似的，就好了？娶个老婆恨不得天天搂在被窝里，这么多年了，天天晚上折腾，都嫌不够本，是吧？你瞅那吃相，看着都恶心，真是骇人听闻，真是不知羞耻，真是令人发指，我和全体北京人民都替你臊得慌！

李大宝用双手在脸部上下撸了好几遍。

李大宝：自取其辱。这回我是知道什么叫自取其辱了。

李三宝抬腿，又要开始跑。李大宝将其拉住。

李大宝：正式的谈话还没开始呢。

李三宝：要改制了，害怕了？

李大宝：是啊。

李三宝：这次你躲不过去了。

李大宝：你是人大的高才生，还在政府部门工作过，有水平、有见识、有思想，我想听听你对国有企业的看法。

李三宝：我们目前最大的问题，就是政府管企业，甚至是政府办企业。政府直接插足企业的结果，除了巨大的浪费，还是巨大的浪费。计划经济时期，条条管理，统购统销。就拿你们纺织厂来说，隔壁就是纺织设备厂，但你们还要从苏州纺织设备厂进货。北京的棉纺产品大多销到了西北，而北京人用的棉纺产品又大多来自上海。这是资源的巨大浪费。

李大宝：这个我懂。

李三宝：市场经济时期，行业间的壁垒打破了，成本下降了，效益上去了，国有企业的确红火了几年。红火的结果，让人们确立了一个思想，只知道追求利益。这一追求利益，不但破坏了自然环境，比如工业污染；还破坏了人文环境，比如腐败的滋生。

李大宝大眼瞪小眼地看着李三宝。

李三宝：不知道什么是人文环境了吧？利欲熏心的思想，让大家都学坏了。大家都觉得自己亏了。当官的认为，我付出了心思，才比工人多拿这么一点；工人们认为，我付出了血汗，竟然比当官的少拿了这么多。这就产生了官腐和民腐。官腐是贪污，是权力寻租，是中饱私囊，是公车私用，是公款吃喝，是各种名目的出国考察。民腐是没有责任心，是怠工，是瞎混，是厂子垮了他才高兴，反正它也不是我们家的。

李大宝：可是，实行股份制，就是变相把厂子卖了。

李大宝：也可以这么讲。

李大宝：一些年龄大的人、没什么文化的人，饭碗就没了。难道，除了卖厂子，就没别的辙儿了？

李三宝：股份制的实行，可能会牺牲一代产业工人的职业生涯，但却能救活整个国家的经济！

李大宝使劲儿琢磨着。

李三宝：听明白了？

李大宝：差……差不多吧……

李三宝：你现在不明白，过10年，过20年，你会明白的！

20. 李大宝家楼房，家门口，过道，内，日

正在爬楼梯的李大宝，一抬头看见王蔷站在家门口。

李大宝：王蔷，这么早，有事？

王蔷欲言又止。

李大宝：快快快，进屋。

李大宝拿出钥匙开门，把王蔷请进屋里。

李大宝：朵朵，王蔷来了。

张朵朵一脸露珠的从卫生间里出来了。

张朵朵：王蔷，这么早，是不是有什么事？

王蔷坐在小沙发上，半天不说话。

张朵朵：有什么事你就说呀！

王蔷的眼泪出来了。

王蔷：我是来跟你们商量一件事的。我打算跟李三宝离婚。

沉默。

王蔷：婚姻就是两个不相干的人，非要凑到一块，互相折磨，直到把对方折磨疯了为止。

张朵朵和李大宝对王蔷的言论瞠目结舌。

半天，李大宝说：李三宝这个小王八蛋……

张朵朵：这个婚早就该离了。

王蔷：对不起，大哥大嫂。

张朵朵：别那么说。这不是你的错。

李大宝：你走了，中中怎么办？

王蔷：我带着呗。

张朵朵：你带个孩子，以后怎么找啊？

王蔷哽咽着说：可是她还不到两周岁……就要没妈了……我舍不得……

李大宝：你先自己带着，等你找了，不方便带了，再给我们送回来，放我们这儿，或者放两个老太太那儿，都行。你看呢，朵朵？

张朵朵眼圈也红了，说：我没问题！

21. 过道，内，日

李三宝坐在沙发上。李大宝和张朵朵站在地上。

3 个人都闷着。

半天，李三宝说：我同意离婚，并且什么都不要，房子什么的都给王蔷。但我有个条件，这个婚得由我来提出离。

李大宝：李三宝，你个小王八蛋，你要还是个爷们儿，你就收回你说的话；这些年，你是怎么祸害王蔷的，难道你还没祸害够吗？

22. 李大宝家平房，西厢房，厨房，小院子里，院门口，内/外，日

一家人围坐在饭桌旁开会。所有的人都在，因此，显得有点挤。

李二宝：李大宝，今天开什么会呀，人这么齐？

牛琴：是啊，人比过年还齐。

李大宝：闭嘴！

妈妈和姑奶奶也一脸的狐疑。

李大宝：王蔷，你说吧。

王蔷：姑奶奶，妈，我打算跟三宝……

妈妈：你打算跟三宝怎么着……

王蔷：我打算跟三宝离婚！

满座皆惊。

李大宝：我个人认为，这个婚早就该离了。大家的意见呢？

李小雅和李下互相看了看，然后，使劲儿地鼓掌。李上也盲目地跟随。

李二宝：上上，你跟着起什么哄？

姑奶奶和妈妈都哭了。

张朵朵：姑奶奶，妈，三宝也同意，你们看呢？

妈妈：蔷蔷，我知道三宝对不起你，可是，非得离吗？

王蔷：离了，对大家都好。

妈妈：我们不好。再说，中中还那么小……

姑奶奶擦干了眼泪，说：蔷蔷，离开了这个家，别忘了吃饭，看你瘦的；以后各方面都安顿好了，来告诉我们一声，别让我们为你担心……

姑奶奶哽咽了，说不下去了。

哭了一会儿，姑奶奶又说：蔷蔷，三宝对不起你，我们老李家对不起你，姑奶奶在这儿给你道歉了……

王蔷：是我对不起您，对不起妈妈！

王蔷哭着，抱起了中中，快步走出了厨房。

妈妈不知什么时候，已经舀了一瓢凉水。

妈妈把一瓢凉水全泼到了李三宝的脸上。

妈妈后骂道：你这个没良心的东西！

李大宝跑出小院子，追上了王蔷。

李大宝：王蔷，别记恨三宝。其实，他本来是个心眼儿挺好的人，不知道为什么他这些年变化这么大。

王蔷：我知道，都是我爸他们把他拐带坏的。

李大宝：好好的作家不当，非要走什么仕途，弄得人不人、鬼不鬼的。好了，不说他了。

沉默。

李大宝：你就这么走了，你不知道，我心里有多难受……

王蔷：我也一样。这一家人都这么好，以后不管走到哪儿，再想碰到这样一家人，难了……

李大宝：那你还非得走……

王蔷：大哥，以后，我要是有事了，还能不能来找你？

李大宝拍着王蔷的肩膀，说：当然了。这些年，在我眼里，你跟小雅一样，都是我亲妹妹……

李下的旁白：就这样，我三婶王蔷和我三叔李三宝离婚了。我也和家里人一样，对三婶的离开，有些伤感，但同时也庆幸她有了自由，并且真心祝福她……

王蔷走远了。

李大宝一个人蹲在墙角里，捂着脸，低声哭泣。

李小雅来到李大宝身边。

李小雅轻轻地叫了一声：大哥……

李大宝擦干了眼泪，站起来，说：你说，他怎么变成这样了？

李小雅：李三宝吗？

李大宝：除了他，还有谁？

李小雅：是啊，想当初，他也是个有理想、有追求的青年。上大学时，想当作家，指点江山、激扬文字；刚刚工作，也想改变环境、改造社会。可是，在现实社会里碰壁之后，就变得异常世俗甚至庸俗，再后来就变得极其自私甚至冷酷，心里只有自己了。最终成了一个典型的犬儒式的知识分子。

李大宝：犬儒式的又是什么式的？

李小雅：就是实用式的。

李大宝：也就是说，有奶便是娘了。

李小雅：李大宝，按你这种文化程度，理解到这个地步，也不容易了。

李大宝破涕为笑。

李大宝：李小雅，都什么时候了，你还拿你大哥开涮啊……

23. 纺织厂，子弟学校，操场上，外，日

纺织厂的改制措施终于出台。告示就贴在工厂子弟学校操场临时搭起的布告栏上。

布告栏的周围，挤满了工友。

孙友来念道：……厂长杨开明占百分之五十二的股份。其他 6 位厂领导各占百分之三的股份。余下的百分之三十的股份，工人们可以购买；不愿意购买的，可以以买断工龄的方式，一次性拿到补偿款……

男工友甲：国家的财产，凭什么，就成了他杨开明的了？

女工友甲：什么买断工龄？还不是打发我们滚回家去？

女工友丁：我在这儿干了几十年，我不走！

大裤裆挤到了布告栏的前面。把拐杖举起来。

大裤裆：誓死保护国有资产，坚决抵制卖厂子！

工友们群情激奋。

工友们：誓死保护国有资产，坚决抵制卖厂子！

大裤裆：走，我们到市政府请愿去！

工友们挥舞着拳头，高喊：请愿去！

工友们裹挟着孙友来和大裤裆，“呼呼啦啦”地往操场外走。

男工友甲：誓死保护国有资产，坚决抵制卖厂子！

工友们：誓死保护国有资产，坚决抵制卖厂子！

喊声震天。

工厂经警队的人突然“从天而降”。他们仨俩一伙，把大裤裆和男工友甲等人按在地上。

工友们都有点懵了。

大裤裆：你们凭什么抓人？

经警队的一位负责人：你们聚众闹事，扰乱了学校的教学秩序，我们要把你们送到派出所去！

李下的旁白：人们这才明白，杨开明叔叔为什么要把告示贴到工厂子弟学校去了，原来这里面是个陷阱……

24. 派出所，门口，外，日

李大宝和郭杰等人在外面等着。

孙友来和大裤裆等六七个人，被警察领了出来。

李大宝上前跟警察握手。

孙友来和大裤裆等六七个人，对李大宝和郭杰等人视而不见。

李大宝干笑着……

第 34 集

1. 孙友来家，孙友来屋，内，夜

电灯上蒙了一张报纸。窗帘也捂得严丝合缝儿。

工友们在密谋着什么。

突然，响起了敲门声。

工友们都噤声了。

半天，孙友来问：谁啊，都睡了。

李大宝（画外音）：开门吧，就我一人儿，我知道你们都在。

大裤裆低声说：他这是看火化场打折，自己主动找死啊。给他打开。

孙友来出去了。

男工友甲：大裤裆，你先别激动，看看他憋什么坏屁？

大裤裆：我知道。

孙友来和李大宝进来了。

李大宝：都在啊？

没人搭理李大宝。

李大宝：我也不坐了。

大裤裆：本来也没你座儿。

李大宝：我知道你们是在商量购买股份的事。

大裤裆环顾了一下四周。

李大宝：放心吧，没人告密，是我猜出来的。我来这儿，是帮助你们的。

大裤裆：你不给我们挖坑儿，就不错了。

李大宝：我去咨询了律师。律师告诉我，既然实行股份制，只要是工厂在职的职工谁都可以购买股份，只要有钱，买多少都行。

孙友来：可是，只允许工人们购买百分之三十啊？

李大宝：你们知道杨开明的钱，是从哪儿来的吗？

工友们都摇了摇头。

李大宝：他也得把厂子抵押，再找人担保，去银行贷款；然后，解决后续问题。现在，如果工人们先拿出了钱，那就占先机了。

大裤裆：废话，我们哪来那么多钱？

李大宝：你们可以分头去各车间动员，号召工友们筹钱；如果每个人拿出10万块，问题就解决了。

大裤裆：你让我们卖血呀？

李大宝：你们也可以去银行贷款啊。

男工友甲：银行会贷给我们吗？

李大宝：那得有东西抵押。

孙友来：我们能抵押什么？只有房子了！

李大宝笑了，说：我李大宝可没让你们抵押房子！

2. 李大宝家平房，西厢房，厨房，内，日

一家人围坐在饭桌旁准备吃午饭。除了王蔷和李中，其他人都在。

妈妈给每个人都盛好了饭。

姑奶奶：吃吧！

妈妈：再等一会儿吧，王蔷还没回来。

李二宝：妈，你做梦呢吧？人家已经走了，不会回来了！

牛琴拿胳膊肘碰了一下李二宝。

妈妈这才醒悟过来，脸上现出了无尽的失望与无奈。

妈妈：那就吃吧……

3. 李大宝家平房，小院子里，外，日

李大宝倒背个手，踌躇满志地在小院子里溜达。

二膀子妈妈突然从东墙上蹿过来了。

李大宝：师母，你怎么也跟阿黄学呀，有门不走专跳墙啊？

二膀子妈妈一把薅住李大宝的脖领子。

二膀子妈妈：我要有阿黄那两下子，我非咬断你的大动脉！

李大宝：放开我，你干吗？

妈妈和姑奶奶闻声跑出来了。

二膀子妈妈：是不是你鼓动你师傅卖房子的？

李大宝：那是抵押，不是卖。

二膀子妈妈：要是还不起呢，那房子不就是银行的了吗？

李大宝：那不还有股份吗？

二膀子妈妈：股份是个屁。我告诉你，李大宝，他孙友来要是敢卖房子，我就跟他离婚！

姑奶奶：你放开我孙子！

二膀子妈妈松开了李大宝的脖领子。

姑奶奶：你不嫌丢人啊，都多大岁数了，你还离婚！

4. 纺织厂，办公楼，门口，外，日

李大宝正要往楼里走，却被里面出来的郭杰拦住了。

郭杰：李主任，你不能回去。

李大宝：为什么？

郭杰把李大宝拉到门前的一辆面包车后面。

郭杰：出大事了！

李大宝：又怎么了？

郭杰：来了好多闹事的。有要上吊的、有要离婚的，有要打架的、有要告状的！

李大宝：怎么闹这么大呀？

郭杰：听说有人在暗中串联，鼓动大家拿房子作抵押，去银行贷款，跟杨厂长争厂子股份。

李大宝：有这事？

郭杰：有的人要去贷款，老婆却不同意，担心将来这事弄不成、弄不好，赔了夫人又折兵；有的人不但决定抵押自己的房子，还要抵押爸爸妈妈的房子，为的是多拿出 10 万块钱；还有的人四处活动，已经准备进入董事会了……

李大宝：这不乱套了吗？

郭杰：肯定乱套了！

5. 某机关，办公楼，一个废弃的文体活动室 / 张朵朵舞蹈班，内，日

张朵朵在教孩子们练基本功。

门轻轻地开了。王蔷进来了。

王蔷上身穿着一件米黄色的风衣，下身是一件黑色的紧身裤，脚上是一双白靴子，头上扎一条兔黄色的围巾。简直就是一个新人！

张朵朵看了半天，才认出了王蔷……

6. 美容院，内，日

张朵朵和王蔷并排躺着。有人分别给她俩做脸部按摩。

张朵朵：别人离婚脱层皮，你离婚换了个人儿。

王蔷：不换个人儿怎么办？我也不能每天以泪洗面啊。

张朵朵：这些年真是委屈你了。

王蔷：其实，三宝的日子也不好过。

张朵朵：那还用说。你说你们两个这是干啥呀？

王蔷：他还好吧？

张朵朵：你走了以后，他自己贷款买了个房子，搬过去住了，很少回家了，我也很长时间没见他了。

王蔷半天没说话。

张朵朵：他好像喜欢喝酒了。其实，离婚的事，对他来说，也是一个不小的打击。我猜想，他有内疚，有不安，也有说不清、道不明的痛苦。

王蔷的眼圈红了。

张朵朵：心疼了吧？

王蔷：没有。对了，他喜欢你，你知道不？

张朵朵：怎么会呢？

王蔷：怎么不会呢？碰到你这样的女人，哪个男人不动心？

张朵朵：我进这个家的时候，他还小。也许，是我跟他相处时间长的原因吧……

王蔷：才不是呢。他知道你的生日。连大哥都不知道。

张朵朵：……

王蔷：他还有一张你20多岁时候的照片。

张朵朵：怎么会呢？我从来没给过他！

王蔷：在他的一本书里夹着，我亲眼所见。

张朵朵：这个李三宝！

王蔷：有你这朵花在他心里开着呢，你说，他怎么会喜欢我呀！

7. 纺织厂，办公楼，厂长办公室，内，日

杨开明坐在办公桌后面，玩着铅笔。李大宝坐在沙发上，拍着茶几。

李大宝：你怎么还不着急啊，这样下去，会死人的！

杨开明：放心吧，死不了人！

李大宝：你们这些人，简直是没一个好鸟儿！

杨开明：闹一闹也行。到最后，他们就知道我是为他们好了！

8. 纺织厂，子弟学校，操场上，外，日

买断工龄的补偿告示又贴在了工厂子弟学校操场临时搭起的布告栏上。

布告栏的周围，挤满了工友们。

现场鸦雀无声。

看着告示，大家久久不愿意离去，都在默默地盘算着小九九。

男工友甲的嘴里一直小声叨叨着。

男工友甲：……工龄最高者可拿到12万块钱，工龄最低者可拿到3万块钱。可能吗？

女工友甲：有什么不可能的，我们在这儿干大半辈子了。

二膀子不知从哪儿冒了出来。他挤到人前。

二膀子：大家赶紧醒悟吧，早点醒悟也许还能拿到几万块钱；如果还在睡梦中玩尿泥，也许不久就光着屁股滚出工厂了！

人群里，发出一阵骚动。

孙友来一声大喝：这儿有你什么事，哪儿凉快哪儿待着去！

9. 李大宝家平房，西厢房，厨房，内，日

一家人围坐在饭桌旁吃午饭。除了李三宝和李小雅，其他人都在。

突然，传来了二膀子妈妈骂人的声音。

二膀子妈妈（画外音）：姓孙的，你都快“6张”了，你知道吧！

孙友来（画外音）：我“6张”怎么了！

二膀子妈妈（画外音）：你都快“6张”了，你就是英雄，你气也短了；你骨头再硬，膝盖也软了！

孙友来没动静了。半天，长出了一口气。

二膀子妈妈（画外音）：放着那么多钱，你不要。一会儿，要卖房子买股份；一会儿，要请愿要游行。你就装孙子吧！

一家人几乎都放下了碗筷。

妈妈：大宝，厂子真的保不住了？

李大宝：看样子是保不住了……

10. 纺织厂，办公楼，财务科，走廊，内，日

里面挤满了人。

队伍已经排到了走廊上。

大家一个一个地领钱。秩序井然。

李下的旁白：不到1个月的时间，工友们的临时组织就彻底瓦解了。很多人陆陆续续地去办了买断工龄的手续……

11. 纺织厂，维修车间，内，日

孙友来一个人坐在操作台上发呆……

李下的旁白：就在孙友来爷爷为失去工厂伤心的时候，孙奶奶却又得了胃癌……

12. 医院，病房，内，日

二膀子妈妈躺在病床上。

孙友来半跪在病床前，握住二膀子妈妈的手。

孙友来：……我这就去签字，拿钱！

二膀子妈妈：这就对了。人跟命对抗，那能抗得过吗？

孙友来：其实，我也想明白了，工厂改制，对国家、对工人，也许真的是件好事！

13. 纺织厂，纺织4车间，内，夜

人声鼎沸。

工友们在紧锣密鼓地拆除设备。

宋燕子和女工友丁等人默默地站在边上观看。

女工友丁：就这么拆了？

女工友甲：可不拆了。听说，即将淘汰的，要当作废铜烂铁卖掉；能继续使用的，准备拉到顺义纺织园区的新厂。

女工友丁：听说，杨开明拿老厂作抵押，去银行贷了款。

女工友丁：不然，他哪儿来那么多的钱？又是建新厂子，又是买断工人们的工龄。

宋燕子：我不到17岁，来到纺织厂。除了那年病休了几天外，再没耽误过。我每天围着这些机器，走45公里，我整整走了16年……

女工友丁：我不到16岁，来到纺织厂。除了年假，再没耽误过。我每天围着这些机器，走45公里，我整整走了24年……

14. 纺织厂，厂区院内，外，夜

下起了漫天的大雪。

女工友们默默地向厂外走着。她们踏雪的声音，悄然而起，到了半空中，聚集到一块，形成了一片轰响，仿佛穿透了云层，奔着久远的历史去了……

15. 纺织厂，办公楼，小会议室，内，日

厂领导们在开紧急会议。

杨开明：大家都说话呀，到底怎么跟市政府汇报这件事？

厂领导一：实话实说。设备拆除了，完成不了这次的任务了。

厂领导二：我早就说过，不要操之过急。按照我们跟轻工局签的协议，现在还不能拆除设备。

厂领导一：这时候了，说这些话，还有用吗？

厂领导二：别忘了，我们纺织厂的牌子还挂着呢。只要挂着，支援灾区的事，我们就责无旁贷！

杨开明：那我们也不能用牙去织布、去嘴缝被子吧！

16. 火锅店，内，日

孙友来、大裤裆和七八个工友在涮火锅、喝烧酒。

大裤裆：这次杨开明傻眼了。

男工友甲：是啊，他要是赶制不出这批棉衣棉被，上边饶不了他。

李大宝突然晃晃悠悠地出现了。

李大宝：哟，都在呢？

大裤裆：你来干什么？

李大宝：喝酒啊。

大裤裆把椅子往身边的空地儿拉了拉，以防止李大宝“插足”。李大宝还不信邪了，从边上的桌子旁拉过一把椅子，塞到大裤裆和孙友来中间，然后，一屁股坐下。

李大宝给自己倒了杯酒。

李大宝：来，喝酒。

没人响应。李大宝自己喝了。

李大宝：在这个时候喝酒，不用说，是想看杨开明的热闹了。

大裤裆：他活该。弄死他才好！

李大宝：我也承认他活该。可是，南方的那些挨冻的兄弟姐妹们活该吗？

大裤裆：……

李大宝：这可是二十年不遇的大雪啊。弄不好，今天晚上就可能冻死人！

工友们面面相觑。

李大宝：可是你们作为纺织厂的工人，还在这儿涮火锅、喝烧酒，你们的良心何在！

李大宝把酒杯摔在地上……

17. 纺织厂，纺织四车间，内，夜

人声鼎沸。

孙友来和李大宝带领着维修车间的全体工人，在紧锣密鼓地安装设备。

杨开明和其他几位厂领导已经闻风而到了。

杨开明挨个给工人们作揖。

杨开明：感谢你们顾大体、识大局，感谢你们高风格、高情操；感谢你们的雪中送炭，感谢你们的大恩大德……

孙友来：你们滚蛋，我们不是冲着你们才来的，我们是冲着国家。国家遇到了困难，我们不能袖手旁观！

18. 纺织厂，厂区院内，外，夜

李大宝一个人站在雪地里。

从远处看，锯齿车间灯火通明：那是，纺织女工们在加班加点地工作。

李下的旁白：我爸后来跟我讲，都多少年了，不见那热火朝天的劳动场面了……

杨开明背个包，来到李大宝的身旁。

两个人相对无语。

清冷的月光照着两个人的脸。

半天，杨开明说：大宝，这次，谢谢你。

李大宝：你甭谢我，我不是对你，我是对这个厂子。在国家有难时，我不愿意看到我们这么大一个厂子束手无策。

杨开明：我知道你对厂子有感情。

李大宝：知道就好。

杨开明：我对工厂也有感情，我对工人更有感情。

李大宝：我没看出来。

杨开明：就在刚才，来见你之前，我做出了两项重大决定—— 一，顺义纺织园区的新厂招工时，优先考虑已经买断的、年龄在40岁以下的老厂工人；二，为所有买断的工人购买“五险一金”，所用费用我出一半，工人出一半！

李大宝：自己要给自己放血呗？

杨开明：就算是吧。

李大宝：你让我怎么相信你？

杨开明指了指头上，又指了指脚下。

杨开明：上有天，下有地，我杨开明如果说话不算数，死后一定下地狱！

李大宝：好，记住了你说的话；从现在起，神在看着你呢！

杨开明：我还打算给你百分之零点三的股份。

李大宝：我不要股份，你把它给我换成钱吧。

杨开明把身上的包拿下来，递给李大宝。

杨开明：你个土鳖。我就知道，你肯定不要股份。得，钱已经给你准备好了。

李大宝：那我也不跟你客气了。

李大宝把包抱在怀里。

李大宝：走吧，陪我在厂子里转转！

19. 纺织厂，维修车间，内，夜

李大宝和杨开明站在车间门口。

面对着偌大的厂房、熟悉的机器，李大宝感慨万千。

李大宝：你还记得当年二膀子偷钢材的事吗？

杨开明：当然记得。

李大宝：一三轮车废钢材，就差点儿把他开了。

杨开明：他是最有应得。国家的财产，岂容他随便往家拿？

李大宝：可是，这才几年的工夫呀，整个厂子都快成你家的了！

杨开明底气不足地说：不是给你说了吗，实行股份制是大势所趋，是谁也阻挡不了的……

20. 纺织厂，大门口，外，夜

李大宝站在大门口，久久地向厂区瞭望。

看着看着，李大宝的眼睛就虚了。他仿佛看到了维修车间的工友们，骑着自行车向他奔来。

工友们（念白）：抬起裤裆，走吧，路还长着呢；穿上鞋子，去吧，日子还远着呢。戴上墨镜，恨吧，谁让她抛弃你；穿上风衣，爱吧，谁让你喜欢她……

李大宝不觉潸然泪下……

21. 李大宝家楼房，过道，内，夜

李大宝贼眉鼠眼地把几捆钱放在小沙发上的枕头底下，然后，钻进被窝里。

过了一会儿，觉得不放心，又起来，把钱都放到了身子底下。

过了一会儿，又觉得硌得慌，干脆，把钱都抱在怀里……

22. 医院，病房，内，日

二膀子妈妈躺在病床上。

孙友来愁眉苦脸地站床头。

二膀子妈妈：是不是做手术的钱不够啊？

孙友来：不是，够了。

二膀子妈妈：够什么够啊，我又不是不识数，还差一半呢。

孙友来：你就别瞎操心了。我去想办法。

二膀子妈妈：要不，别做了？

孙友来：胡说八道。

门开了。李大宝背个包进来了。

孙友来：大宝来了。

李大宝拍了拍身上的包。

李大宝：关键是钱来了。

孙友来：什么钱？

李大宝：师母做手术的钱啊！

23. 李大宝家楼房，过道，内，日

李大宝背着工具袋，进了家门。

张朵朵和李下听到动静，从各自的卧室出来了。

张朵朵：光着屁股回来了？

李下：妈，你怎么说得这么难听？

李大宝：你妈说的也是事实。

李下：爸，不是有买断的钱吗？

李大宝：暂时还拿不到。

李大宝坐在沙发上，收拾他的工具袋。

张朵朵：下下，走，咱们去逛商场，给你买衣服，然后去奶奶家。

李下：妈，我以为我爸下岗，你会暴怒的；没想到，你好像挺高兴啊。

张朵朵：像你爸这种人，早就该下岗了。

李下：为什么？

张朵朵：国家养活了他们多少年啊，创造不了价值不说，白拿工资，还有这个福利那个待遇的。

李大宝：张朵朵，我下岗对你有什么好处？

张朵朵：对社会有好处。这就证明，社会再也不养闲人、不养懒人了。

李大宝：既然我下岗你这么高兴，那我在家待着，你养活我！

张朵朵：你一个大老爷们儿，要是好意思，你就在家待着！

24. 大卧室，过道，厨房，内，日

李大宝已经“移师”到大卧室的床上，蒙着被子，大睡特睡。

叠画：李大宝醒来了。从被窝里伸出一只手，去摸床头柜上的水杯。然后，把水杯拿进被窝里……

叠画：李大宝披着被子，下床，去厨房找吃的……

25. 过道，内，傍晚

李大宝早早地坐在饭桌旁了。

张朵朵把两个菜端到饭桌上。之后，又去厨房拿来两双筷子。

没想到，李大宝竟然从饭桌底下，摸出一瓶牛栏山二锅头。

李大宝一边倒酒，一边念闲秧儿：有酒有菜，神仙的日子，也不过如此了……

26. 过道，内，日

李大宝早早地坐在饭桌旁了。

张朵朵把一个菜、一碗米饭端到饭桌上。之后，坐下来吃。

李大宝：为什么只有你一个人吃？

张朵朵：对不起，我没做你那份。

李大宝：为什么不做我这份？

张朵朵：你已经在家白吃白喝整整半个月了。家里有米、有面，有油、有菜，从今天起，你想吃，自己做。

李大宝：那我去我妈家吃！

李大宝站了起来，要走。

张朵朵：你要是不怕牛琴给你甩脸子，你就去。

李大宝老实了。

张朵朵：李大宝，我还想去你妈家吃呢，每月交两个钱，多省事。可是，你现在下岗了，我不能去。明白吗？

李大宝：明白了。让你张朵朵养活我半个月，那是你给我脸了；让你养活我下半辈子，那是我不要脸！

张朵朵：明白你还死到炕上！

27. 天桥劳务市场，外，日

所谓的劳务市场，其实就是外地务工人员聚集的地方，都是一些散兵游勇。

人们打出的牌子，往往是：住家保姆，小时工，保洁员，装修工……

三三两两的雇主看到牌子后，走上前，跟打牌子的人交谈……

李大宝漫无目的地转着。

李大宝突然喊了一嗓子：车、钳、锻、铆、焊！

人们像看怪物一样，看着李大宝。

28. 李大宝家平房，西厢房，厨房，内，傍晚

姑奶奶、妈妈、李二宝、牛琴和李上围坐在饭桌旁吃饭。

李大宝风尘仆仆地进来了。

妈妈：大宝，吃了吗？

李大宝看了看一桌子的饭菜，然后，咽了口唾沫。

李大宝：吃了。跟朋友在外面吃的。

妈妈：真吃了？

李大宝：真吃了。

李大宝故意打了个饱嗝。

牛琴拿手扇了扇鼻翼。

牛琴：肯定是刚从东来顺回来。一股涮羊肉味儿。

姑奶奶：什么涮羊肉？你看看这是几点？他去哪儿涮羊肉？

牛琴：是他自己说的，他吃了。

姑奶奶拍了拍身边的座位。

姑奶奶：来，大宝，坐这儿。

李大宝坐到了姑奶奶身边。妈妈给李大宝拿了碗筷。然后，给他盛饭。

李二宝突然一声大叫：苍天有眼啊！

李上：爸，什么苍天有眼啊？

李二宝：某个大王八蛋，跟我媳妇儿一样，终于下岗了！

李上“扑哧”一下笑了。

妈妈举起筷子，对准李二宝的脑袋。

妈妈：我抽你！

29. 天桥劳务市场，外，日

李大宝漫无目的地转着。

李大宝突然又喊了一嗓子：车、钳、锻、铆、焊！

一个矮小男人拦住了李大宝。

矮小男人哭丧着脸问：你会打棺材吗？

李大宝：你怎么觉得我会打棺材呢？

矮小男人：我认为，“车钳锻铆焊”好像跟打棺材有关。

李大宝：现在的棺材不都用现成的吗？

矮小男人比画着说：我妈忒胖，280多斤，现成的都放不进去。

李大宝：吃那么多干什么，少吃点不行吗？

矮小男人：你丫欠揍啊！

李大宝没敢奓毛。矮小男人骂骂咧咧地走了。

又往前走了一点，李大宝突然看见大裤裆拄着拐杖迎面过来。赶紧东躲西藏地避开了。

30. 天桥劳务市场，外，日

李大宝实在是跑累了，就在路边小摊儿上买了四个羊肉串，刚要往嘴里放，却被人抢走了。

原来是大裤裆。

大裤裆：不要脸，还偷吃？

于是，四个羊肉串都进了大裤裆的肚子。

大裤裆：走，找地方，请我喝酒去。

李大宝：我哪有钱请你喝酒啊？

大裤裆：你丫别装穷了，谁不知道，杨开明给了你百分之零点三的股份。

李大宝：我没要！

大裤裆：你没要？鬼才信呢！

第 35 集

1. 苏苏饭馆，内，日

李大宝和大裤裆坐在里面的一个位置上。

大裤裆拿着菜谱点菜。

大裤裆：红烧鲤鱼，糖醋排骨，羊肉炒粉，油焖茄子，再来一瓶牛栏山二锅头。

李大宝又出现了肝颤的症状。大裤裆才不管他那一套呢。

大裤裆：怎么样，找到活儿了？

李大宝：找到了。

大裤裆：什么活，快说说。

李大宝没好气地说：打棺材！

2. 苏苏饭馆，内，日

李大宝和大裤裆吃完了。

李大宝：服务员。

服务员丙过来了。

李大宝：你给算算多少钱？

服务员丙：58 块钱。

李大宝：好，我知道了。你先去吧。我们再聊会儿。

服务员丙去了。

李大宝：要不你先走，我去趟卫生间，然后，结了账再走。

大裤裆：为什么不一块走啊？

李大宝：你不是残疾人吗？我让残疾人优先，怎么了？

3. 苏苏饭馆，卫生间，走廊，饭厅，内，日

李大宝掏遍了衣兜，才凑了30多块钱。他把30多块钱放在窗台上，准备跳窗逃跑。

却被服务员丙给拖了回来。

原来，李大宝早被人家盯上了。

服务员丙：还想跑？走，见我们老板娘去！

服务员丙薅着李大宝来到饭厅。

服务员丙：老板娘，有人吃完了不给钱还想跑，被我给逮回来了！

从后厨里出来一个人。

李大宝抬眼一看，竟是马苏……

4. 苏苏饭馆，内，日

李大宝和马苏坐在李大宝他们原来的位置上。

看那样子，两个人刚刚笑闹完了。

马苏：下岗了？还找不着工作？又不好意思回家？觉得全世界都在看你笑话？是不是？

李大宝不吭声了。

马苏向服务员丙招了招手。服务员丙过来了。

马苏：你去仓库里，把门后的那个掌鞋机拎来。

李大宝：干什么？

马苏：一会儿你就知道了。对了，厂子倒了多长时间了？

李大宝：快两个月了。

马苏：不是拿到买断的钱了吗，干吗不开个小买卖啥的？

李大宝：别提了。我师母得癌症了，我把钱都拿给她做手术了。

马苏：现在的社会，像你这样有情有义的人太少了。

服务员丙拎着掌鞋机回来。交给马苏。

马苏：当年我用过的。现在给你了。

李大宝不解。

李大宝：你掌过鞋？

马苏：商店倒闭以后，我掌了两年鞋。

李大宝：不容易。

马苏：你掌上一年半载的鞋，什么都想明白了，什么都看明白了。

李大宝：此话怎讲？

马苏：鞋挤不挤脚，只有脚知道；脚走什么路，只有心知道。每个人都有每个人的活法儿，只要你觉得顺畅、舒心就好。

李大宝：有点意思。

马苏：不过，干这个活，要离家远点。

李大宝：得多远？

马苏：以家为圆心，至少在方圆三公里之外。

李大宝：以家为圆心，至少在方圆三公里之外。记住了。

5. 某高档小区，大门口，对面，外，日

李大宝戴个大檐儿帽，在马路边的大树下掌鞋。

如果我们细心一点，就会发现，大树对面的小区，就是张朵朵原来的剧团所在。只不过，剧团早烟消云散，变成住宅了。

但四周的景物却还是原来的模样……

李大宝每天在这个地方出没，肯定是别有一番滋味了……

6. 李大宝家平房，西厢房，厨房，内，傍晚

一家人围坐在饭桌旁吃晚饭。除了李三宝和李小雅，其他人都在。

妈妈：……大宝，三宝都多长时间没回家了？

李大宝：有一阵儿了吧。

妈妈：弟弟离婚了，你连问都不问？

姑奶奶：是啊，大宝，你得多关心关心三宝。

李大宝随口应付道：我明天就去找他谈话。

牛琴嘴里的一口饭全喷到了张朵朵脸上。张朵朵恶心得一阵划拉。

张朵朵：你干什么？

牛琴：你没听见吗？他还要跟人家谈话。

姑奶奶：这很可笑吗？

牛琴：您让一个整天流浪街头的人去关心一个副局长，您不觉得可笑吗？

李大宝：我什么时候流浪街头了？我找到工作了！

妈妈：真的，找了个什么工作？

李二宝：不会是捡破烂儿吧？好多下岗的人，都去干这个了。

李大宝：这个工作带有点保密性质，不能说。

本来内心还有点期待的张朵朵，一下子泄了气。

妈妈：挣多少钱，上班远不远？这总能说吧。

李大宝：也是计件；上班的地方，以家为圆心，至少在方圆三公里之外。

李二宝：捡一件算一件；以家为圆心，至少在方圆三公里之外转悠？这不就是捡破烂吗！

李二宝和牛琴一阵狂笑。

7. 饭馆，内，傍晚

李大宝和李三宝坐在中间的一个位置上喝酒。

李三宝：……其实，王蔷是个很不错的姑娘。

李大宝：那你为什么还那样对待她？

李三宝：都是这个可恶的官场。大瓣蒜儿，你不知道，在官场上，谁都可以作践我。你说，我能怎么办？

李大宝：那你就去作践王蔷？

李三宝：我不是个东西，我不是个人！

李三宝一扬脖，又喝了一杯。

李大宝：李三宝，咱们不当这个破官，行吗？

李三宝：晚了，我把我的青春和才华、自尊和自由全都搭上了，我投资太大了，退不出来了……

8. 马路边，人行道上，外，夜

李大宝和李三宝两个人互相搀扶着，往前走。

李三宝：……你还记得吧，那一年，我刚调到区政府当机要秘书时，你说过一句话。

李大宝：我说过的名言警句多了去了。

李三宝：仕途就是一群猴子爬树，往上一看，全是屁股；往下一看，全是笑脸。

李大宝：我还说过这么有思想的话？

李三宝：现在想起来，还挺有道理的。可是，我当时不信啊！

李三宝踉跄了一下，差点儿摔倒。

李三宝：晚了，说什么都晚了；这条道，我只有走到黑了！

李下的旁白：我爸到这个时候才明白，原来在这个世界上，并不是只有他这样的小人物难受，难受的人多了去了……

9. 李大宝家楼房，卫生间，过道，内，夜

张朵朵和李下在卫生间里，一个洗脸，一个刷牙。

李下：我爸怎么还不回来？

张朵朵：找他有事？

李下：我想朝他要点钱。

张朵朵：要钱干吗？

李下：我想买个笔记本。

张朵朵：是笔记本电脑吗？

李下：是啊。

张朵朵：你朝他要钱买笔记本？他就是把自己卖了，也买不了一个笔记本。

李下：妈，我爸怎么说也是个男人，你在心里就不能给他留点面子吗？

张朵朵：他要真是个男人，我连里子都给他留着。

家门口响起了脚步声。李下出来开门。

李大宝醉醺醺地进来了。

李下：爸，你怎么又喝酒了？

李大宝“扑通”一声，坐在小沙发上，一边脱鞋，一边说：挣那么多钱，不喝酒干吗？

张朵朵从卫生间里出来了。

张朵朵：这么说，你还挺有钱呗？

李大宝：我有钱，我当然有钱。

张朵朵：你闺女要买笔记本呢，你拿钱吧。

李大宝把所有衣兜都翻了一遍，七七八八凑了一大堆零钱。

张朵朵幸灾乐祸地看着李下。

李大宝：拿去，总有七八十吧？买十个笔记本也够了！

张朵朵：李大宝，你闺女要买笔记本电脑！

李大宝：笔记本电脑？那你不说清楚了？那得多少钱？

李下：最便宜的，也得七八千。

李大宝：这下麻烦了……

李大宝赶紧往起收那些零钱。

张朵朵却看出了问题。

张朵朵：你又不是卖菜的，哪来的这么多零钱？

张朵朵凑到那堆钱上去闻，差点熏了个跟头。

张朵朵：这怎么一股臭鞋烂袜子的味道？

李大宝此地无银三百两地说：不可能，我又没去掌鞋，怎么会有臭鞋烂袜子的味道！

张朵朵：下下，你回屋去，笔记本，妈妈给你买。我跟你爸说点事。

李下白了一眼李大宝。

李下：谢谢妈妈。

李下回小卧室去了，还随手关了门。

张朵朵压低声音说：李大宝，我真没想到，你会沦落为一个掌鞋匠。

李大宝：我只是过渡过渡。至于以后干啥，我还没设计好呢。

张朵朵很平静地说：那你就好好过渡吧，那你就好好设计吧。但有一点，请你记住了——以家为圆心，方圆三公里之内，不要让我们见到你那“过渡”和“设计”的身影。还有，你要是不想让你闺女知道这事，从明天起，你最好去平房住！

李大宝突然想到了马苏叮嘱他的话。

闪回——

马苏：不过，干这个活，要离家远点。

李大宝：得多远？

马苏：以家为圆心，至少在方圆三公里之外。

李大宝：以家为圆心，至少在方圆三公里之外。记住了。（闪回完）

李大宝大笑不止，笑得眼泪都出来了。

10. 某高档小区，大门口，对面，外，日

宋燕子背着包，从小区出来。她站在大门口茫然四顾。突然，看到了马路对面有一个掌鞋摊儿，就走了过来。

宋燕子：师傅，钉一个掌儿，多少钱？

戴个大檐儿帽的李大宝，抬起了头。

宋燕子：大宝，你怎么在这儿！

李大宝乐不可支地说：我在这儿掌鞋呀。那你怎么也在这儿呀！

宋燕子指了指身后的小区。

宋燕子：我来“陪聊”。

李大宝：“陪聊”？

宋燕子：就是陪孤寡老人聊天。

李大宝：还有这种工作？

宋燕子：你不知道啊，这种工作现在很时髦的。

李大宝：我一直在这儿，怎么没碰上你呀？你干了多长时间了？

宋燕子：今天第3天。可是，已经被主顾给辞退了。

李大宝：为什么！

宋燕子：因为我笑不上来！

11. 某高档小区，大门口，对面，外，日

李大宝扔下活不干了，彻底跟宋燕子聊上了。

宋燕子：那个主顾是个老太太，听说原来还是什么大学教授。

李大宝：知识分子应该好聊啊，怎么还被人家给辞退了呢？

宋燕子：好聊什么呀？聊天就聊天吧，她还有讲究——每3分钟要有一个兴奋点，每5分钟要有一个小高潮，每10分钟要有一个中高潮，直到推向大高潮；配合着每一个时间点，还得大笑一次。你说，这是演戏呀，还是拍电视剧呀？

李大宝：是挺矫情。

宋燕子：这帮王八蛋，吃饱了撑的，有什么可笑的；我们连饭都吃不上了，我们能笑得上来吗？

李大宝：是啊，这帮王八蛋，让他们笑去，哪天一口气上不来，憋死他们也未可知！

两个人哈哈大笑。

笑完了，李大宝说：没关系的，这个活不能干了，咱再找别的。

宋燕子：我也是这么想的。我不缺胳膊不缺腿，到哪儿找不到一口热饭吃？

李大宝：就是呀。只要内心不塌，我们的身体就不会垮；只要身体不垮，我们到哪儿找不到一口热饭吃！

宋燕子：听你这么一说，我浑身都是劲儿了！

李大宝：一切都会好起来的！

宋燕子：一切都会好起来的！

12. 李大宝家平房，西厢房，厨房，小院子里，内 / 外，傍晚

一家人围坐在饭桌旁吃晚饭。除了李三宝、张朵朵和李下，其他人都在。

妈妈：小雅，你今天不在家里住吧？

李小雅：怎么了？我不住。

妈妈：从今天起，你大哥在家里住一段时间。

牛琴看了看李大宝。

牛琴：怎么着？被扫地出门了？

李二宝：那肯定是啊，被扫出来了。

妈妈：扫什么扫？平房离你大哥现在的单位近，他住这儿是为了上班方便！

李小雅放下了碗筷。

李小雅：得，我吃完了，走了。

李小雅站起来往外走。

李小雅：李大宝，你出来一下，我跟你说点事。

李大宝跟着李小雅来到小院子里。

李小雅：有一件事，我想来想去，还得告诉你一声。

李大宝：没出什么事吧？

李小雅：没有。就是，董承志要利用寒假的时间，去巴基斯坦的小学教中文。我也要跟着去。我们都在办手续了。

李大宝：他疯了吧？不在中国老实待着，去什么巴基斯坦，不知道那儿老打仗呀？再说了，我也没法儿跟姑奶奶和妈妈汇报这件事啊！

李小雅：在新闻里，看见中国南方下大雪很多孩子受冻，董承志恨不得立马把衣服脱下来，给他们送去；在新闻里，看见巴基斯坦的孩子没学上，董承志就觉得自己有责任去教他们。你知道这是什么吗？这就是爱心，这就是善意……

13. 饭店，包房，内，日

一个大圆桌旁坐了20多个人。

一看那阵势，这顿饭，就是以李三宝为中心而吃的。

四五个服务员在往桌上摆菜。

李三宝：这顿饭至少也得两千块。太浪费了吧？

坐在李三宝对面的一个高大男人点头哈腰地站起来。

高大男人：请李局长吃饭，花多少钱都不浪费。

李三宝的手机响了。

李三宝接听：说……啊……跟去年一样，准备10斤猪肉、20斤土豆、30斤白面、40斤大米，50斤大白菜！

李三宝挂了手机。

大家不解其意。

高大男人：李局长，你这是要干什么？

李三宝：吃完了饭，要去看一个退休多年的老头儿。我在区政府的时候，他给我当过几天领导。

高大男人：要不要我们准备点别的东西？

李三宝一摆手，说：你把这桌子饭菜给他端去，他保证没见过，他保证不知道怎么吃；即使吃了，他也保证消化不了！

14. 李大宝家平房，正房，妈妈屋，内，日

李大宝一边喝水，一边接听电话。

李小雅（画外音）：……放心吧，董承志决定不去巴基斯坦了。因为前两天，有两个中国人在那儿遭到了绑架；董承志觉得那儿不太安全了，就取消了这次计划……

李大宝：我说吗，没事瞎跑什么？去那儿找死呀。好了，挂了！

李大宝刚把电话放下，李二宝就进来了。

李二宝：找你汇报点事。

李大宝：滚蛋！

李二宝：自从下岗以后，脾气见长呀！

李大宝：忘了你那年说的话了？

李二宝：哪年？我说什么了？

李大宝：那年倒化肥出事，你说，“只要你这次救了我，下次哪怕天塌下来，我也绝不向你汇报了”。

李二宝：小肚鸡肠，典型的小肚鸡肠。这点破事，都多少年了，还记着呢？

李大宝：下辈子我都忘不了。

李二宝：这几年，我没折腾你吧？

李大宝：那是因为，再折腾，你自己就杆屁了。

李二宝：所以吗，我今天绝对不跟你谈金钱。

李大宝：那你跟我谈理想？

李二宝：还真让你说着了。通过这几年的反思、自醒，我发现我少年时候的理想其实是搞艺术。

李大宝差点儿被一口水呛死。

李二宝上前为李大宝捶背。还借机猛捶了几下。

李大宝：你要搞艺术？

李二宝：是的。我要进军影视业了。我已经成立了一家影视公司，最近一直忙着拉资金、找剧本、谈导演。我们公司首先要上的是一部历史剧，估计不久的将来就要开拍了。

李大宝：很好。我同意。

李大宝站起来要走。

李二宝：我话还没说完呢。现在，有一个地产商准备给我出钱，但他希望我再找一家投资方，每家各出800万元，这样会降低风险。

李大宝：你看我像是有800万的人吗？

李二宝：但你可以扮演一个有800万的人嘛。

李大宝：扮演？

李二宝：你扮演一个煤老板，这个煤老板是要投资电视剧的。这样，我不就把地产商的钱套出来了吗？

李大宝：让我跟你一块去骗人，是吧？不干。

李二宝：你要不干，我就把你掌破鞋的事说出来。

李大宝：你知道了？

李二宝：我和牛琴早就知道了。

李大宝：那我也不干！

李二宝：我这部戏如果真的成了，大嫂至少可以演一个“女二号”。

李大宝：如果是这样的话，我倒可以考虑考虑。不过，就我这样，也不像煤老板啊。

李二宝：你什么意思？

李大宝：你至少得给我弄身行头吧！

15. 小院子里，外，日

西装革履的李大宝在前面走，李二宝在后面跟着。

李二宝：你别说，还有点意思。

李大宝：你以为呢，我当年也是英俊有为的好青年呢。

李二宝向前跨了一步。

李二宝：我听说那个宋燕子长得不错，把她也叫上。

李大宝：为什么？

李二宝：煤老板都有小蜜。我觉得你也应该有一个。

李大宝：你要是再放屁，我就不去了！

16. 饭店，包房，内，傍晚

地产商一伙人完全被李大宝忽悠住了。他们都带着崇拜的表情，听李大宝侃侃而谈。

李大宝：……一般来说，一部电视剧要播 20 来天，这对我们是个考验。你得有一条主线，把人勾住。这条主线，要一步三叹、一波三折，要大起大落，大开大合。开端要拍“惊堂木”，中间要设无数个埋伏和陷阱，结尾要“一锤定音”。

地产商：讲得好。来，我敬您！

两个人把酒喝了。

李大宝：每一集还有讲究，每 3 分钟要有一个兴奋点，每 5 分钟要有一个小高潮，每 10 分钟要有一个中高潮，直到推向大高潮，大高潮平息之后，再留一个悬念。

地产商：讲得好。来，我再敬您！

两个人又把酒喝了。

地产商：那您觉得一部电视剧的拍摄，是导演重要还是编剧重要？

李大宝：有一句话，你肯定听说过——影视的艺术就是导演的艺术。

地产商：听说过，听说过。

李大宝：还有一句话，你肯定没听说过——导演的艺术就是大言不惭的艺术。

大家都笑坏了。

李大宝：真的。98%的导演都是蒙事，他们既没有才华、也不敬业，他们既不懂艺术、更不懂文学，他们拍片子就是为了骗钱。他们什么牛都敢吹，什么钱都敢要，什么戏都敢接，所以，现在的荧屏上，才充斥着那么多垃圾电视剧。说了归齐，得抓剧本。剧本剧本，一剧之本。剧本妥了，全齐活了！

地产商拍了拍李二宝的肩膀。

地产商：李总，我见了那么多制片人和投资方，就你这波人最专业。这钱，我投了。不过，我有个小妹妹，得做这部戏的主演！

李二宝：只要适合，绝没问题！

17. 饭店，电梯里，内，夜

电梯里只有李大宝和李二宝两个人。

李二宝：不错，不错。说得头头是道。

李大宝：忽悠呗，谁不会？

李二宝：你是不是每天晚上都跟张朵朵在被窝里切磋艺术啊？

李大宝：放屁！

18. 李大宝家楼房，过道，内，夜

李大宝轻飘飘地开门进了屋。连鞋都没脱，就躺在小沙发上。

李大宝吐了一口酒气，说：原来，谈买卖、做生意就这么容易，知道这样，我早就下海去了！

张朵朵从大卧室出来，说：你怎么还回来了？

李大宝：这是我家，我凭什么不能回来？

张朵朵：你看你那德行！

李大宝：我这德行怎么了？我觉得我挺好。

张朵朵：你还觉得挺好？

李大宝：想吃就吃，想睡就睡；该工作就工作，该歇着就歇着；有钱多花点，没钱少花点。一句话，要把清汤寡水的穷日子过出比每天大鱼大肉还美的滋味来。再一句话，普通人的日子最滋润、最自在、最美好！不服啊？

张朵朵：神经病，都快喝西北风了，还滋润、还自在、还美好呢！

李大宝：有张校长在呢，我绝对喝不了西北风。

张朵朵：讨厌，我什么时候成校长了？

李大宝：在我心里，你就是校长；或者说，我希望你成为校长。

张朵朵：你知道个啥？一个掌鞋匠，别瞎转了。

李大宝：我知道，你现在有四个班，两个基础班和两个中级班；我知道，你雇了4个老师；我还知道，因为场地的原因，导致你不能扩招。

张朵朵：你听谁说的，我可从来没告诉过你。

李大宝：你不关心我，我得关心你呀！

张朵朵没话说了。

李大宝：我建议你扩大规模，干脆办个舞蹈学校！

张朵朵：你拉倒吧，办舞蹈学校又得有手续，又得有场地，那么容易呢？

李大宝的破手机响了。李大宝使劲儿甩几下，再去接听。结果“啊啊啊”了半天，也没听清对方说什么。

李大宝干脆挂了电话。

李大宝：我可以帮你呀！

张朵朵：等我鞋帮儿坏了，你再帮我吧！

19. 李大宝家平房，小院子里，正房，妈妈屋，外/内，日

张朵朵进院的时候，李上领着李中正在往各屋门上贴“福”字。

李上：伯母好。

张朵朵：奶奶呢？

李上：在她屋里呢。

张朵朵进到妈妈屋。

妈妈正在床上躺着呢。

张朵朵：您不舒服？

妈妈：干了一天活，有点累，躺着歇一歇。

妈妈坐了起来。

张朵朵：您快躺着吧，年夜饭，我和牛琴来做吧。

妈妈：有张老师这句话，我老太太就很高兴了。

张朵朵闹了个大红脸。

妈妈：跟你开句玩笑。有你这句话，我就知足了。

张朵朵从随身的大包里，拿出一个鞋盒子，递给妈妈。

张朵朵：一双皮鞋，您给李大宝吧，就说是您买的。

妈妈：为什么要这样呢？

张朵朵：我不想理他，看见他就麻烦。

张朵朵又掏出了一双皮手套。

张朵朵：这是给您买的。

妈妈：花这个钱干吗！

话是这么说，手套早就戴在手上了……

20. 西厢房，厨房，内，夜

饭桌上摆满了大大小小的盘子和碗。

一家人围坐在饭桌旁。准备吃年夜饭了。

妈妈从身后拿出一个鞋盒子，递给李大宝。

妈妈：送你的，希望你在新的一年里，穿新鞋、走新路，勇往直前、永不回头。

也是邪了门儿，妈妈一带头，其他人也纷纷给李大宝送礼物。

牛琴从包里拿出一件米黄色的夹克，递给李大宝。

牛琴：大哥，送你的。听二宝说，你还挺会演戏，等我们的电视剧开了机，你也去跑个龙套什么的，劳务肯定比别人多。

妈妈：二宝，真要拍电视剧了？

李二宝：我什么时候吹过牛啊？

李下：您什么时候没吹过牛啊？

牛琴：这孩子！

李大宝穿上夹克，再去穿皮鞋。

李大宝：李二宝，别忘了你可答应过我，请你大嫂演“女二号”呢？

李二宝：我记着呢。

张朵朵：我什么时候说过，我要演“女二号”来？

李二宝：李大宝，拍马屁拍到马腿上了吧？

李大宝嘟囔了一句：不知好歹。

李大宝站起来试皮鞋。

李小雅：等等，李大宝。

李小雅从身后拿出一条红色的领带，递给李大宝。

李大宝一边比画着领带，一边说：今年过年这是怎么了，都对我这么好！

李三宝不怀好意地说：还差一条腰带，得，我的腰带今天才扎上，给你吧，李大宝。

李三宝站起来去解腰带。

李三宝：不过，这腰带800多块钱呢，你出摊儿掌鞋的时候，不能扎它啊，它跟你的身份不匹配！

此言一出，大家都愣住了。

妈妈：你怎么知道你大哥掌鞋？

李三宝：你们不知道吗？

半天，李小雅说：我不知道。

其他人都没吱声。看样子，除了李小雅以外，其他人早就心知肚明了。

姑奶奶：掌鞋怎么了，掌鞋它也是靠手艺吃饭！大宝一没抢，二没偷，碍着谁了？

妈妈：再说了，你大哥掌鞋只是过渡过渡。至于以后干啥，他还没想好呢。大宝，把东西放回去，我们吃饭。

张朵朵突然说话了：怎么着，你们这是扶贫呀？东西我们不要了！

李下：是啊，看见我爸下岗了，你们同情他，是不是？

牛琴：你们怎么这么敏感干吗？不要的话，我们收回。

妈妈：干吗不要？要，大宝。

李大宝：我听妈的！

张朵朵小声说：没出息样儿！

李二宝打岔说：我们也给姑奶奶准备了礼物。

姑奶奶把手一伸，说：拿来。

李二宝：这两年，您不是老念叨，您百年之后去哪儿住吗，等我的电视剧赚了钱，我准备在西面的山上给您买块墓地。

姑奶奶：那敢情好。我要一个朝阳的地方！

李上：奶奶，这次可以开饭了吧？

妈妈站起来给大家盛饭。张朵朵和牛琴帮助大家倒酒。

大家端起酒杯。

妈妈：来，我们大家一块敬姑奶奶！

在众星捧月的情境下，姑奶奶把酒喝了。

放下酒杯，姑奶奶却说：每年过年，人都挺齐，今年却把王蔷给丢下了。也不知道，这个年，她和中中是怎么过的！

一句话，弄得老李家人都有些伤感。

张朵朵：您别替她担心了，前几天，我还给她打了个电话，她和同学合伙，准备在方庄附近开一家咖啡店，目前正在装修呢。

李三宝：是吗，大嫂？

张朵朵：是。我俩老通电话。

妈妈：三宝，你也抽空儿去看看她们娘儿俩。

李三宝：我知道了。

姑奶奶：王蔷这个孩子心事太重，去外面闯闯，也有好处。

妈妈：牛琴，把酒再倒上。

牛琴站起来倒酒。

妈妈：来，小雅，妈跟你喝一杯。

李小雅：妈，你什么意思？

妈妈端起酒杯，说：今年，一定要把男朋友领回家。你都34岁了，再不找，真嫁不出去了。

牛琴：是啊，你已经是老姑娘了！

李大宝：我妹妹到44岁也能嫁出去。

妈妈：女人40豆腐渣，男人40一朵花！

李大宝：那是别的女人，不是我妹妹！

张朵朵和牛琴：李大宝，你说谁呢！

21. 正房，妈妈屋，内，夜

妈妈和姑奶奶并排躺在床上。

姑奶奶用肩膀碰了一下妈妈。

姑奶奶：你发现没有，朵朵这两年心里好像有大宝了。

妈妈：不然，她还想怎么着，一辈子压着我们大宝啊？我再说一遍，女人40豆腐渣，男人40一朵花。我们家大宝现在就是一朵花。知道不？

姑奶奶：知不道。

妈妈：我再说一遍，我们家大宝现在就是一朵花。知道不？

姑奶奶：跟你这种女人简直是没法儿沟通！

第 36 集

1. 小院子里，柿子树下，外，日

李大宝一手攥一个牙膏类的东西，一手拿牙刷刷牙。越刷越不对劲儿，最后，干脆，呕吐到树坑里。

妈妈从厨房里跑了出来。

妈妈：怎么了，这又怎么了？

李大宝扬了扬手里攥的东西。

李大宝：这是什么破牙膏啊！

妈妈把李大宝手里的东西拿过去研究。

妈妈：这是谁的？

李大宝：李二宝的。

妈妈：这不是牙膏吧？

李二宝恰好进院了。一眼就看到了妈妈手里的东西。

李二宝：哎哟嗨，李大宝，你怎么偷用我的洗面奶？

李大宝：这是什么？

李二宝：洗面奶。

李大宝：你丫一个男的，怎么还用洗面奶啊！

李二宝：我愿意啊！

妈妈笑着说：完了，你大哥把它当成牙膏了。

李二宝：土鳖。十足的土鳖！

李大宝的破手机又响了。李大宝使劲儿甩几下，再去接听。

李大宝：三宝啊，怎么了……你说……啊……

李大宝一边慌慌张张地摇晃着手机，一边接听着……

李大宝终于挂了电话。

妈妈：是不是王蔷出事了？

李大宝：还真让你说着了。李三宝今天去王蔷的咖啡店了。

妈妈：这我知道。是我催他去的。

李大宝：咖啡店前天已经关张了。

妈妈：为什么？

李大宝：一个叫什么老流氓的人，不知怎么的看上了王蔷，非要让王蔷跟他好；不好，就砸了她的店、灭了她的人。王蔷只好躲起来了。

妈妈：哎哟嗨，我说我这右眼今天为什么老跳呢！

2. 正房，妈妈屋，内，日

姑奶奶和妈妈坐在床上。李大宝、李二宝和李三宝一字排开，站在地上。

姑奶奶：你们哥儿仨说吧，这事该咋办？

李二宝：报警吧。

李三宝：赶快报警吧。

妈妈：我不同意。

李二宝：那您想咋办？

妈妈：那个老流氓目前只是放出风来，还没动手，警察拿他也没辙；再说了，警察又不能24小时保护你；还有，三宝，那个老流氓是不是已经蹲了好几次了？

李三宝：好像是。

妈妈：这种人啥没见过呀？对付他们，必须以恶治恶，以黑打黑！

李二宝：那就是黑吃黑呗。可是，在您和姑奶奶多年的教导下，我们哥儿仨也不黑呀。

姑奶奶：你妈说得有道理。我同意。

妈妈：大宝，我们老李家这些年太对不住王蔷了，这次无论如何我们得表现表现，要不，我们以后怎么见人家呀？

李大宝看了看李三宝。

李大宝：怎么样，半个爷们儿，那我们就表现表现？

李三宝：只要你敢，我就敢！

李下的旁白：我爸竟然给老流氓下了战书。战书里说，我方将有三人参加，我方建议只用棍棒、不用刀枪，战斗地点选在南郊；还有，我方已经给自己准备好了三个轮椅，建议你们也做好预案……云云。

3. 南郊，乡村的路上，外，日

李大宝、李二宝和李三宝一人骑一个摩托车，肩膀上都背着两根木棒，杀气腾腾地往南开进。

走在最前面的李三宝突然喊了起来：抽烟就是图咳嗽，喝酒就是图难受，打架就是图挨揍！

李大宝和李二宝：你说什么？

李三宝：我说，喝酒就是图难受，抽烟就是图咳嗽，打架就是图挨揍！

李二宝哈哈大笑。

李二宝：喝酒就是图难受，抽烟就是图咳嗽，打架就是图挨揍。绝，真绝！

李大宝：谁揍谁，还不一定呢！

4. 天坛北门派出所，外，日

李下的旁白：就在我爸、我二叔李二宝和我三叔李三宝向南郊进发的时候，我奶奶却跑去找警察了……

妈妈疯狂地冲进了派出所……

妈妈：警察同志，不好了，不好了；火拼了，火拼了……

5. 南郊，铁路桥下，外，日

李大宝、李二宝和李三宝拎着木棒已经站立在一架铁路桥的下面了。

有三个人，一字排开，由远而近，向李大宝、李二宝和李三宝他们走来。

李二宝低声问：大哥，为什么把地点选在这儿？

李大宝：这儿的地形我熟悉，一旦打不过，你们就跟着我跑，他们保证抓不到。

李三宝：我才不跑呢？

李大宝：好汉不吃眼前亏。到时候，你必须跑！

李二宝：那为什么只用棍棒，不用刀枪呢？

李大宝：动刀犯法，动枪咱没有。

那 3 个人在距离李大宝、李二宝和李三宝 10 来米远的地方站住了。

中间的胖子，一抱拳，说：在下老流氓，52 岁，蹲过三次。

左边的：在下老狗，42 岁，蹲过两次。

右边的：在下老鸭，40 岁，蹲过一次。

李二宝“扑哧”一下笑了，说：狗和鸭子怎么又跑这儿来了。

李三宝：狗撵鸭子呱呱叫。

李大宝：在下李大宝，原来是铸造工人，刚刚失业，目前修鞋。

李大宝：在下李二宝，原来是政治老师，十几年前就辞职了，现在单挑。

李三宝：在下李三宝，公务员。

中间的胖子：嗨，成分挺复杂呀。还从来没跟这样的人打过呢。

左边的：老大，什么是公务员？

中间的胖子：连这都不知道？

右边的：老大，公务员是黑道上的人吗？

李大宝：开打吧！

中间的胖子：请！

李大宝闭上眼睛，大叫一声，抡起木棒，冲向对方。李二宝和李三宝也号叫着，跟了上去……

李下的旁白：结果，我爸他们的木棒还没落到老流氓他们的头上，房山区的警察就赶到了……

6. 房山区，某派出所，门口，外，日

李大宝、李二宝和李三宝从派出所出来的时候，姑奶奶、妈妈、张朵朵和王蔷等人已经在外等候了。

李大宝：妈，亲妈，都是你干的好事，本来我这辈子是可以成为一个英雄的；你这一报警，我这个英雄瞎了。

姑奶奶：大宝，你们哥儿仨，这回已经很英雄了，姑奶奶对你们的表现很满意。

张朵朵：行了，姑奶奶，你就别跟这儿瞎起哄了，他们哥儿仨差点就成了罪犯，还英雄呢？

王蔷走到李三宝跟前。

王蔷：谢谢你啊，三宝。你没事吧？

李三宝挺了挺腰身，捋了捋头发，说：跟爷叫板，打不死你们！

那三个人依然呈原来的队形，从后面追上来。

中间的胖子：大宝兄弟，请留步。

李大宝：怎么着，老流氓，还要接着约呀？

中间的胖子伸出了胖手。

中间的胖子：交个朋友。

李大宝与中间的胖子握手。

李大宝：交朋友可以。我李大宝这辈子，别的没有，就是朋友多！

中间的胖子：我都知道了，王蔷过去是你弟媳妇儿，现在跟你弟弟离婚了；为了她，你敢跟我拼命，这说明你仗义。我愿意交你这个朋友；还有，从今以后，我绝不再骚扰王蔷！

李大宝：那就谢了！

左边的：大宝兄弟，我想问你个事。

李大宝：说。

左边的：你们真的给自己准备了轮椅？

李大宝：绝对。我们哥儿仨，一人一个！

7. 马路边，人行道上，外，傍晚

李大宝骑着自行车，驮着掌鞋用的家伙什，向前飞奔。突然，看到一个熟悉的身影儿，那身影儿推着一个坐轮椅的人，慢慢前行。

李大宝超过了轮椅，慢下来，向后看。

竟然是大裤裆和宋燕子。

李大宝下了自行车。

李大宝：大裤裆，这是怎么了？

大裤裆不耐烦地说：拄拐忒麻烦，让人推着多舒服啊。所以，我就置办了轮椅。

李大宝：你没事吧？

宋燕子：事大了去。

李大宝：到底怎么了？

宋燕子：他的那条腿，发生了病变，已经彻底坏死了。后半辈子，只能坐轮椅了……

李大宝：出了这么大的事，你怎么也不告诉我？

宋燕子：告诉你，顶什么用？

李大宝：我也好帮你搭把手呀。

大裤裆：你拉倒吧。你现在不过就是一个掌鞋匠，拿什么帮她？

8. 李大宝家平房，西厢房，厨房，内，傍晚

一家人围坐在饭桌旁吃晚饭。除了李小雅和李下，其他人都在。

妈妈：……三宝，你帮你大哥找个挣钱多点的工作呗。

李三宝：他一个铁匠兼掌鞋匠，能干什么？

李大宝：我能干得多了。

李三宝：车、钳、锻、铆、焊，是吧？

李大宝不吭声了。

妈妈：要不，二宝，你帮帮你大哥？

李二宝：我的戏已经开始筹备了，哪有时间管这些闲事？牛琴，这事交给你吧。

牛琴：没问题。我明天就去办。

妈妈对牛琴投去怀疑的目光。

李大宝：像我这样的人，还真有点低不成、高不就啊？

张朵朵：李大宝，别看你是掌鞋的，你自己的鞋一辈子也跟不上脚！

9. 大杂院，大裤裆家，外间屋，内，傍晚

外间屋原来是厨房兼饭堂，现在已经变成了宋燕子和大裤裆的卧室兼厨房了。

宋燕子蹲在地上，清洗鱼肚子和鱼肠子。

大裤裆妈妈从里面出来了。

大裤裆妈妈：燕子，晚上吃什么？

宋燕子：鱼汤面。

大裤裆妈妈：买鱼了？

宋燕子小声说：是！

10. 李大宝家平房，正房，妈妈屋，内，日

姑奶奶、妈妈、李大宝和李上正在逗李中玩。牛琴背着包进来了。

牛琴：哟，把中中抱来了？

妈妈：王蔷的咖啡店打算重新开业了，她忙不过来，就把中中送过来了。

牛琴：大哥，工作找到了。一共三个地方，你挑一个吧。

牛琴从兜里掏出一张纸，递给李大宝。李大宝打开，看了以后，脸色变了。

姑奶奶把那张纸抢过去。

姑奶奶：厕所维修工，厕所保洁员，厕所服务员。牛琴，你是想恶心我大孙子，是吧？

牛琴：这我还费了半天劲呢！

姑奶奶：你费多少劲，有什么用？连厕所都没出去！

妈妈：算了，别跟她一般见识了，她也就是这个交际范围，也就是这个办事能力！

牛琴：你这什么话！

11. 大杂院，大裤裆家，外间屋，内，日

一家三口人，围坐在饭桌旁吃午饭。

桌上摆的是一大碗烩菜。

大裤裆：今天没酒吗？

宋燕子：家里就剩下300块钱了，你还要喝酒？

大裤裆：你干吗吃的，我连酒都喝不上？

大裤裆拿筷子把菜碗翻腾了一遍。

大裤裆：你这是做的什么？

宋燕子：大骨头烩白菜啊……

大裤裆：还大骨头烩白菜？全是骨头渣子和白菜帮子。说，这些东西哪来的？

宋燕子：我买的呀……

大裤裆：你拿我当傻瓜呀？这些东西，全是你从菜市场上捡来的。还有那些鱼肚子和鱼肠子，也是。你把我们娘儿俩当成叫花子了，是吧！

宋燕子：能捡着，就不错了。

大裤裆：不要脸的个东西，你还有理了！

大裤裆一把把桌子给掀翻了。

宋燕子“腾”地一下，从座位上站起来。

宋燕子：你有能耐，把房盖也掀了；正好，我们就不用过了！

大裤裆妈妈：作孽啊。

宋燕子从衣柜上拿下一个包，打开柜门，收拾东西。

大裤裆妈妈去拉宋燕子。

大裤裆妈妈：燕子，你干什么？

宋燕子：我走！

大裤裆妈妈：他那条腿坏死了，脾气也跟着坏了。别理他！

宋燕子：每天喝大酒、生闷气、砸东西，我都忍了。现在，竟然嫌我挣钱少。我挣多少钱，也不够他喝酒的！

大裤裆：你本来就是挣钱少！

宋燕子：我给人家做饭、打扫卫生、接送孩子，每天干三份工作，你还要我怎么样，难道要我去当三陪吗？

大裤裆：当三陪怎么了？当三陪现在它也是正经工作。

宋燕子：大裤裆，这可是你说的啊？我明天，就去当三陪！

大裤裆妈妈：作孽啊，真是作孽啊！

12. 洗浴中心，休息大厅，内，夜

灯光昏暗。烟雾缭绕。

男男女女们穿着浴服，躺在小床上，一边休息，一边让所谓的“技师”们给他们或洗脚，或按摩，或推拿。

这些“技师”当中，竟然有宋燕子。

宋燕子在给一位男客洗脚。

又从中门进来两个人。

却是李三宝和李大宝。

有服务员引导李三宝和李大宝在小床上躺下。

李大宝：电话里还不说。这会儿可以告诉我了吧，干吗非要请我洗澡呀？

李三宝：为了表彰你在本次打架事件中的表现。再说了，洗脚也是你专业范围内的事啊？

李大宝：滚！

13. 洗浴中心，休息大厅，内，夜

宋燕子和另一位技师端着木盆，拿着洗脚用的东西，来到李三宝和李大宝的床位前。

宋燕子和另一位技师分别为李大宝和李三宝服务。

正在假寐的李大宝睁开眼睛，一看，即将为他洗脚的竟然是宋燕子。

李大宝简直不敢相信自己的眼睛了。

借助自己带来的工作灯，宋燕子也发现了李大宝。

两个人谁都不知说什么好了。边上又有李三宝，最后，只好装作不认识了。

宋燕子：师傅，请您把脚放到盆里。

李大宝很听话地照做了。

宋燕子为李大宝揉脚。

半天，宋燕子低声说：行啊，你还挺有钱，还来这种地方？

李大宝低声说：都是我们家李三宝这个倒霉催的。我哪儿洗得起脚啊？

恰好李三宝说话了：舒服吗，李大宝？

李大宝：舒服。

宋燕子小声说：我叫你舒服，我捏死你！

李大宝被捏得如杀猪一样叫唤了……

14. 大杂院，大裤裆家，外间屋，内，日

李大宝进来时，大裤裆正在就着咸菜喝小酒。

李大宝：大妈和燕子呢？

大裤裆：不知道去哪儿了，反正都不在。有事？

李大宝：听说你现在活得挺滋润，过来看看你。

大裤裆：要喝就坐下，不喝就滚蛋。

李大宝一把夺过大裤裆的酒杯，墩到桌上。然后，把大裤裆的手掌摊开，放到自己的脸上。

大裤裆：干吗！

李大宝：请你抽我！

大裤裆：我干吗抽你？

李大宝：因为，一会儿我要抽你；你是个残废，还不了手，所以我先请你抽我。

大裤裆：抽多少个？

李大宝：十个。

大裤裆：这可是你丫说的！

大裤裆铆足了劲儿，可着半面脸，着着实实地抽了李大宝十个大嘴巴子。

抽得李大宝眼前直冒金星。

李大宝：你就不会两面抽吗？

大裤裆：我就一面抽，我抽死你！

李大宝：该我了！

李大宝铆足了劲儿，可着半面脸，作作实实地抽了大裤裆二十个大嘴巴子。

抽得大裤裆眼前直冒金星，几乎晕菜。

大裤裆：你就不会两面抽吗？

李大宝：跟你学的。我就一面抽，我抽死你！

大裤裆：你丫说话不算数，好像多抽我了十个！

李大宝：那十个，我是替燕子抽的！

大裤裆：怎么着，你俩又续上了？

李大宝：你说，你丫算个什么玩意儿？蹿腾自己的老婆去当三陪！

大裤裆：她真去了？

李大宝：差一点，就差那么一点点！

大裤裆又抽了自己两个大嘴巴子，然后说：我不是个东西，我不是个东西啊！

15. 李大宝家平房，西厢房，厨房，小院子里，内 / 外，傍晚

一家人围坐在饭桌旁吃晚饭。除了李二宝、李三宝和牛琴外，其他人都在。

李小雅放下了碗筷。

李小雅：得，我吃完了，走了。

李小雅站起来往外走。

李小雅：李大宝，你出来一下，我跟你说点事。

李大宝跟着李小雅来到小院子里。

李小雅：有一件事，我想来想去，还得告诉你一声。

李大宝：没出什么事吧？

李小雅：没有。就是，董承志要利用暑假的时间，去埃塞俄比亚的难民营做义工。我也要跟着去。我们都在办手续了。

李大宝：这个董承志肯定是疯了。寒假要去巴基斯坦，暑假要去埃塞俄比亚，不是疯了是什么？再说了，我也没法儿跟姑奶奶和妈妈汇报这件事啊。

李小雅：在新闻里，看见中国南方下大雪很多孩子受冻，董承志恨不得立马把衣服脱下来，给他们送去；在新闻里，看见巴基斯坦的孩子们没学上，董承志就觉得自己有责任去教他们；在新闻里，看见埃塞俄比亚难民营的孩子们遭受那样的苦难，董承志是坐卧不宁、食不甘味。知道这是什么吗？这就是爱心，这就是善意……

李大宝：你在这儿等着，我去跟姑奶奶和妈妈说说，看看她们什么意见……

16. 西厢房，厨房，内，傍晚

其他人围坐在饭桌旁。李大宝和李小雅站在地上。

妈妈：……我还没见过那个董承志长得什么人模狗样呢，你就要跟他去非洲，你想干什么，想气死我吗？我不同意！

李小雅：您不同意，我可能也得去！

妈妈：李小雅，那我就跟你断绝母女关系！

姑奶奶：小雅，别怕，她跟你断绝母女关系，还有我呢！

李大宝：活祖宗，你就别跟这儿瞎起哄了！

17. 花店，内，夜

李大宝和十多个工友在花店里参观。女工友甲在招呼着大家。

李大宝：不错，不错。风吹不着，雨淋不着，就把钱挣了。

男工友甲：应该说，一边赏着花，一边就把钱挣了。

还有工友陆续进来。大家互相打着招呼……

18. 花店，内，夜

花店里已经聚集了四十多个工友。

李大宝拍了拍手，大家安静下来。

李大宝：今天请大家来这儿，是为了给原来维修车间的大裤裆捐钱。他的情况，大家都知道了，我就不再啰嗦了。

李大宝指了指小柜台上的一个纸箱子。

李大宝：一会儿，关了灯，大家按顺序把钱放在那里面就可以了。5 块钱可以，50 块钱可以，500 块钱也可以。只要你尽了心……

有人关了灯。

一阵细小的声音响起……

19. 花店，内，夜

一阵细小的声音响过。

李大宝：完了没？

工友们：完了。

灯又开了。

李大宝走到纸箱子前看了看，然后又指了指两个工友。

李大宝：麻烦你俩数一数。

被指定的两个工友一块数钱。

叠画：一个工友数着，另一个工友监督着。

叠画：两个工友数完了。

李大宝：在报数之前，我来猜猜。

数钱的两个工友笑呵呵地望着李大宝。

李大宝：大概 4000 块钱出头。

两个工友：4250！

工友们：大宝，你够神的！

李大宝：数钱是我的专业！

工友们都笑了，说：那你应该去开银行。

李大宝：下辈子吧。好了，钱已经捐了。现在，我们想想办法，给宋燕子找个工作吧。

有人说：跟我去新世界百货当保洁员吧。

有人说：跟我去百老汇电影院当领座员吧。

有人说：我干活的那家对门，托我给他们找个做饭的……

女工友甲：我叔叔在津巴布韦的首都卡拉雷开饭店，我和我爱人要去那儿帮忙，下个月走。这一去，可能就不回来了。这个花店我们租了五年，这样吧，大宝，把它转给燕子吧。

李大宝：那她哪儿租得起啊？

女工友甲：让她给我们买两张机票，余下的钱，我们就不要了。

李大宝：不行，你们的日子也比她的强不了多少。

女工友甲：我们到了那儿有吃的、有住的，一时半会儿要钱也没啥用。就这么定了！

李大宝的眼圈红了。为了掩饰自己的窘态，煞有介事地走上前握住女工友甲的手。

李大宝：那我得代表纺织厂的全体工友们谢谢你！

20. 大杂院，大裤裆家，外间屋，内，日

李大宝进来的时候，大裤裆刚刚摔了一个碗。不用说，大裤裆又和宋燕子吵架呢。

大裤裆看见李大宝来了，气哄哄地转着轮椅的轮子就往外走。

李大宝：你干什么去？

大裤裆：我给你们腾地方！

大裤裆真的走了。

李大宝和宋燕子别提多尴尬了。

李大宝：大妈呢？

宋燕子：去邻居家了。

沉默。

李大宝：你说他什么了？

宋燕子：我就说了他一句"没用"，他就摔东西。摔呗，都摔了，正好不过了。

李大宝：你在这个时候说他没用，他能不生气吗？

宋燕子：他生气？我还生气呢！

李大宝：他现在这样，你就迁就迁就他呗。

宋燕子：你还让我怎么迁就他？我给人家做饭、打扫卫生、接送孩子，每天干三份工作。干完了这些，还得去菜市场捡白菜帮子。怕他再发现了，又跟我吵，我就把零散的白菜帮子，捆成一棵棵白菜的模样，然后，才拿回家……

李大宝无语了……

21. 苏苏饭馆，内，日

大裤裆一个人在喝闷酒。

马苏从厨房里出来，坐到大裤裆对面。看样子，两个人已经很熟了。

马苏：来了。

大裤裆：嗯。

马苏：听服务员说，你都喝了一瓶了？

大裤裆：我又不是不给你钱？

马苏：你的腿都那样了，还是少喝点吧！

马苏去夺大裤裆的酒杯。

大裤裆：老婆都快跟别人跑了，我不喝酒，能干什么？

马苏：大裤裆，你可别胡说八道了，你们家燕子可不是那种人！

22. 大杂院，大裤裆家，外间屋，内，夜

大裤裆醉醺醺地转着轮椅的轮子进到屋里时，李大宝早走了。

宋燕子过来扶大裤裆，被大裤裆一把推到边上。

大裤裆：他没住这儿？

宋燕子回身接了一瓢凉水，泼到大裤裆的脑袋上……

23. 李大宝家平房，正房，妈妈屋，内，夜

李大宝一边喝水，一边接听电话。

李小雅（画外音）：……放心吧，董承志不去埃塞俄比亚了。因为听说那儿最近有一种专吃大脑的水生寄生虫，特别厉害，一周可毙人性命；董承志觉得那儿不太安全，就取消了这次计划……

李大宝：真的吗？

李小雅（画外音）：真的。

李大宝：李小雅，我觉得，这个董承志也是一个很不靠谱儿的人。什么也别说了，我得跟他见一面！

24. 海鲜酒楼，大厅，内，日

李大宝和董承志聊得热火朝天。边上的李小雅笑呵呵地听着。

董承志：……大哥，我得去趟卫生间。

董承志起身去了。

李小雅：怎么样？

李大宝：长得倒是挺体面，能聊，知识面也宽，给人的第一印象还不错。

李小雅一边给李大宝倒水，一边说：你还不相信我的眼光。

李大宝：这也不能完全说明问题。

董承志又回来了。

李大宝：我们也差不多了。服务员，结账！

服务员过来了。

董承志手中的电话响了。李大宝不动声色的瞄了一眼董承志手中的电话。

董承志：大哥，抱歉，我得接个电话。

董承志又起身，去边上了。

李小雅从服务员手中接过账单，看了看，然后给了服务员320块钱。

服务员刚走，董承志就回来了。

董承志：大哥，抱歉，埃塞俄比亚方面的电话，我跟他们解释了半天。

李大宝：小董，要不你先走？我想跟我妹妹说点事。

李小雅：大哥，你什么意思？

李大宝：我不是说了吗，我要跟你说点事。

董承志：没关系的，没关系的。

董承志很知趣地走了。

李大宝：小雅，每次都是你结账吗？

李小雅：差不多吧。

李大宝：什么叫差不多？

李小雅：我的意思是说，小董从来没有主动让我花过钱，也没在我面前说过自己缺钱，他们家也没有病人什么的……

李大宝：每次你俩出来玩，该花钱了、要结账了，他的电话就响了，是不？

李小雅：你怎么知道？

李大宝：如果我没猜错的话，他的来电，是事先设置好的。

李小雅：不可能。

李大宝：李三宝的手机，就有这样的设计。

李小雅：小董跟小吴真的不一样，他有正义感，对一切不良的现象和不公的事情随时准备发出自己的声音、付出自己的行动！

李大宝：可是，他的两次正义行动都流产了。我的傻妹妹，你这次又走眼了！

李小雅有些底气不足地了：我不可能走眼，我怎么可能走眼呢！

李大宝：你跟他的关系，到此打住，不要再向前发展了。等我考察考察他再说，行吗，祖宗？！

第 37 集

1. 李大宝家平房，正房，李二宝屋，内，日

李二宝、牛琴和李大宝在开小会。

李二宝：……大哥，你呢，就负责组里的物资采购，包括服装、道具啊，食堂的原料、现场的盒饭啊……

李大宝：原来说的，不是跑个龙套什么的吗，现在怎么变成跑腿的了？

牛琴：花钱的事，还是交给自家人稳妥。再说了，你跑腿一点都不耽误跑龙套。

李大宝：那我还得想想。

姑奶奶推门进来了。

姑奶奶：你们三个又嘀咕啥呢？

李二宝：我们在商量剧组管理的事。

姑奶奶：你就知道忙你的戏，我那块地呢？

李二宝：哪块地？

姑奶奶：忘了？你说，等你的电视剧赚了钱，你在西面的山上给我买块墓地，还是朝阳的。

看样子，李二宝早把这事给忘了。

李二宝：啊啊啊……花钱的事，我已经交给了李大宝，您跟他谈。

牛琴给李二宝使了个眼色。

牛琴：二宝，走吧，去火车站吧。

姑奶奶：去火车站干吗？

李二宝：啊，我们去保定看外景。

李二宝和牛琴趁机溜了。

李大宝也想溜，却被姑奶奶一把拽住了。

姑奶奶：我那块地呢？

李大宝：您说您好不秧地，要墓地干吗？

姑奶奶：不行，我非得要。

李大宝：我的姑奶奶，您能吃能睡，能掐会算，能文能武，这说明您身体硬朗、健康，您说您好不秧地，要什么墓地呀？我看我还是代表全家人，不，我还是代表北京人民，祝您长命百岁、长生不老，祝您福如东海、寿比南山吧！

2. 正房，妈妈屋，内，日

妈妈和姑奶奶在地上逗李中玩。李大宝坐在沙发上品茶。

牛琴却怒气冲冲地杀回来了。

姑奶奶：不是去保定了吗？怎么又跑回来了？

牛琴：去个六！

牛琴把李大宝手中的茶杯夺过来，墩到茶几上。

牛琴：别喝了！

李大宝：又怎么了？

牛琴：李大宝，你得给我做主！

妈妈：又出什么事了？

牛琴：又出什么事了？说好了，我跟你们家那个二王八蛋一块去保定看外景，到了火车站，我才知道，他还要领个女秘书。我不让那个女秘书去，你们家那个二王八蛋就把我给撵回来了！

李大宝：李二宝现在是老板了，领个女秘书也是正常的吗。

牛琴：可是那个女秘书，她是个大胸脯子！

李大宝：大胸脯子怎么了？

牛琴：你们家那个二王八蛋的那双狗眼，老是盯着那个大胸脯子！

妈妈、姑奶奶和李大宝差点儿笑死。

姑奶奶：女人变坏就有钱，男人有钱就变坏。

牛琴上前拉住姑奶奶的双手。

牛琴：您老真是成精了，足不出户、眼不出屋，却是天下知、世界通，什么事都瞒不了您，您得给我做主！

姑奶奶：影视圈（读 jùan 音）就这样……

李大宝：那个字，读圈（qūan），影视圈。

姑奶奶：我就读影视圈（读 jùan 音）。影视圈就这样，有高人、也有烂人，既是精英荟萃、又是乌合之众。你别太往心里去，他看两眼就看两眼，他又没跟那个大胸脯子怎么着。

牛琴：其实我知道，你们家那个二王八蛋也就过过眼瘾。他这个人胸中无胆、腰下无卵，你让他干那种事他也不敢！

姑奶奶：姓牛的，你才胸中无胆、腰下无卵呢！

3. 某高档小区，大门口，对面，外，日

李大宝在马路边的大树下掌鞋。

一辆汽车停在李大宝的摊位儿旁边。从车上下来一个穿着一身名牌的男子，手里拎着一双看上去很普通的皮鞋。看样子，是要请李大宝修鞋。

来修鞋的男子：师傅，您干这行多长时间了？

李大宝：半年多了。您就放心，我原来干设备维修；现在修理一双小鞋，那是小菜一碟。

来修鞋的男子把手中的皮鞋，递给李大宝。

来修鞋的男子：您看看，这鞋您能修吗？

李大宝把手中的皮鞋把玩了半天。

李大宝：这鞋修不了。

来修鞋的男子：为什么？

李大宝：这鞋三万多块钱，修坏了，我赔不起。

一听这话，来修鞋的人立马蹲下来。

来修鞋的人：高人呐，我今天真是遇到高人了。这鞋是我专门从意大利定做的，整整三万零二千块，没一个人长眼珠子，没一个人能看出来。这不，刚穿了几天，就被一个王八蛋故意用玻璃给我划了一个小口。您无论如何，得给我修复成原样！

李大宝：修复不成原样，我可不负责！

来修鞋的男子：您一定能，肯定能！

李大宝：那不一定！

来修鞋的男子：修坏了，我绝对不让您赔。再说了，你怎么能修坏呢！

李大宝琢磨了一下，说：我如果能给你修复成原样，你给我 500 块钱；如果不能，我分文不要！

来修鞋的男子：好，就按您说的来！

4. 某高档小区，大门口，对面，外，日

李大宝在马路边的大树下，专心致志地研究着那双鞋。

李下的旁白：我爸拿出了他北京市纺织系统劳模的水平，竟然真的把那双皮鞋修复成了原样……

5. 某大厦，大厅，内，日

李大宝一手拎着一个纸袋子，一手拿着一张名片，进了大厦。

从墙上的指示牌上可以看出：大厦下面五层是商场，上面十层是一个五星级的饭店。

站在大厅里，李大宝看着忙忙碌碌的人们和光怪陆离的霓虹灯广告，有点找不着北了。

定了定神，李大宝走到保安甲跟前。

李大宝大呼小叫地说：我找刘险锋！

保安甲白了李大宝一眼。

保安甲：你是谁呀，刘险锋是你叫的吗？

李大宝：让你找你就找。哪儿那么多废话？

一句话，竟然把保安甲吓唬住了。

保安甲用对讲机低声呼叫了两句。一个漂亮小姐就被呼出来了。

漂亮小姐微笑着来到李大宝面前。

漂亮小姐：您找刘总什么事？

李大宝：你说的是刘险锋吗？

漂亮小姐：我们老总是叫刘险峰。

李大宝：你就说一个叫李大宝的师傅找他。

漂亮小姐掏出手机，走到边上，去打电话……

6. 某大厦，电梯内，楼梯上，走廊，地下一层大厅，密室，内，日

漂亮小姐带着李大宝坐电梯上了三层，出来；又换了个电梯，下到地下一层；再出来，穿过了一个走廊，走了几层步行梯，曲里拐弯地来到了一个偌大的大厅里。

大厅装修得很是典雅，木地板、浅黄色壁纸，墙上挂着一些油画。

漂亮小姐领着李大宝来到一个角落。角落里有一个屏风。漂亮小姐把屏风推了一个180度，后面出现了一个门。

敲门之后进去。

去李大宝鞋摊儿上修鞋的男子——也就是刘险锋，有些焦虑地坐在桌子后面。漂亮小姐跟刘险锋耳语了几句，出去了。

李大宝：鞋修好了，等了你好几天，你也不来取。我还以为你跑了呢。多亏你给我留了张名片。要不，我去哪儿找你呀？

刘险锋哈哈大笑，说：我又不欠你钱，不存在跑不跑啊？

李大宝一拍脑门子，说：我是想说，我要是找不着你，去哪儿挣那500块钱呀。

李大宝从纸袋子里把皮鞋拿出来。

刘险锋看了以后，一阵欷歔。

刘险锋：很好，很好。

李大宝：听他们说，你还是“总儿”？

刘险锋：这个大厦是我的。下面五层是商场，上面十层是一个五星级的饭店。

李大宝：我在大厅的指示牌上看到了。

刘险锋给李大宝看座。

李大宝：你好像在躲什么人呐。

刘险锋一惊，说：你怎么知道？

李大宝诡秘地笑了笑，说：怎么，欠人钱了？欠人情了？欠人命了？

刘险锋摇了摇头。

李大宝：那就是职工给你找麻烦了。

刘险锋上前攥住李大宝的手，说：高人呐，我今天真是遇到高人了！

李大宝：说说看。

刘险锋：五天前，一个女清洁工在打扫厕所时，滑倒了，磕在洗脸台上，当场就摔死了。

李大宝：倒霉。

刘险锋：说得是啊。本来呢，都解决得差不多了。可是，亲属昨天突然变卦了，赔偿额由四十万元涨到了一百万元。他们还来了几十号人，如若不答应，就住下不走了。他们还在大厦内外布了人，防止我走脱。我只好藏在这儿来了！

李大宝：你不是“总儿”吗？这点事不至于难倒你呀？

刘险锋：嗨，这个大厦是我叔叔的，我叔叔去年去世，留给了我。我原来净四处浪荡了，我哪有经验处理这种事啊！

李大宝：你要是相信我，我来给你处理。

刘险锋：你行？

李大宝：这是我的专业。我在工厂时，每天对付的就是这种事。

刘险锋：那你有什么条件？

李大宝：我帮别人从来不讲条件。

刘险锋：那就是说，你有瘾？

李大宝：有瘾？这个解释有新意，我喜欢。

刘险锋：行，你要把这事给我摆平了，我一定拿出一笔钱来，好好谢谢你！

李大宝把手伸了出来。

李大宝：那倒不用，你把鞋钱给我就行了！

刘险锋：你看，我差点儿把这事给忘了！

刘险锋从抽屉里拿出一沓钱，数了 500 块，递给李大宝。

李大宝：可是，我以什么身份展开工作呢？

刘险锋琢磨了一下，说：新任总经理助理。怎么样？

李大宝：我看行！

7. 某大厦，4 层商场，女装部，内，日

李大宝攥着 500 钱，在女装部徜徉。

李大宝被一款连衣裙吸引了。

女售货员笑着向李大宝走来。

女售货员：先生，看中哪一件了？

李大宝：把那件兔灰色的拿下来，我看看。

女售货员一边拿衣服，一边说：先生，如果我没猜错的话，你夫人的身材和气质一定都是超好的那种……

李大宝红着脸“啊啊啊”着……

8. 燕子花店，门前，外，日

燕子花店开张了。

宋燕子站在门前，迎接着前来祝贺的工友们。

那件兔灰色的连衣裙已经穿到了宋燕子的身上。连衣裙兔灰色的底上开着零零星星的小紫花，样式简约合体，颜色典雅而不张扬。

宋燕子莺歌燕舞地笑着……

李大宝也忙里忙外地跑着……

9. 街口，外，日

大裤裆坐在轮椅上，探头探脑地向燕子花店方向张望。

大裤裆的表情十分复杂……

10. 燕子花店，内，日

店内就剩下宋燕子和李大宝了。两个人看着焕然一新的花店，都很感慨。

李大宝：有什么感想？

宋燕子：感想很多，但最想说的还是“谢谢你”。

李大宝：跟我还客气？这都是我应该做的。

宋燕子：没想到，我这辈子还当老板了。

李大宝：注意啊，是小老板。

宋燕子笑着说：小老板也是老板。

李大宝：那是。

宋燕子坐到小柜台后面。

宋燕子：大宝，你知道我这辈子最大的愿望是什么吗？

李大宝：是什么？

宋燕子：坐着上班。

李大宝有些激动地说：我应该想到的。

宋燕子：我1984年进纺织厂，2002年下岗，我整整在厂里待了18年，我也整整走了18年。每周三班倒，一个班8小时，看10台机器；一个班下来，我就得走90里。你说吧，我上半辈子走了多少路？

李大宝：很崇高，很伟大，很了不起！

宋燕子：我现在终于不用站着了，不用走路了，我终于可以坐着上班了！

李大宝：我说过的，一切都会好起来的！

两个人对视了一下。

宋燕子：那你今后怎么办？

李大宝：我还掌我的鞋。不过，我想把修鞋摊儿挪到你花店的斜对面来。

宋燕子：那敢情好，我这儿人气多旺啊！

11. 李大宝家楼房，过道，卫生间，内，日

李大宝躺在小沙发上，往一个小本上记账。收入一栏，写了500块钱；支出一栏，写的是460块钱；事由，写的是“买裙子”；备注，写的是“外财”。

张朵朵开门进来了。

慌乱之中，小本掉在了地上。李大宝赶紧爬起来去捡。再往兜里装时，却又滑到了地上。

李大宝看着张朵朵，不敢再捡了。

张朵朵：这是明显的做贼心虚啊！

张朵朵把地上的小本捡了起来。一下子，就翻到了李大宝刚才写下的那一页。

张朵朵念道：收入，500块钱；支出，460块钱；事由，“买裙子”；备注，“外财”。

张朵朵：行啊，还有外财。

李大宝：给人家修了一双特殊的鞋。

张朵朵：裙子呢，给闺女买的？

李大宝：给李小雅买的。

张朵朵：行，你这大哥当得不错。

张朵朵把小本递给李大宝，换上了拖鞋，进了卫生间。

张朵朵（画外音）：小雅最近干什么呢，我都好长时间没见她了。

李大宝：教书、读书呗，她能干什么？

李大宝来到卫生间门口。

李大宝：朵朵，跟你商量个事吧？

张朵朵：说。

李大宝：我想回来住。

张朵朵：这是你家，你有这个权利！

李大宝：谢谢，谢谢！

12. 卫生间，内，夜

张朵朵坐在小凳子上洗脚。

李大宝点头哈腰地进来了。

李大宝：我来给你洗呗？

张朵朵：不用。

李大宝站在那儿不动了。

张朵朵：怎么，有事？

李大宝：那裙子……

张朵朵：裙子怎么了？

李大宝：那裙子我是给宋燕子买的……

张朵朵懵了。

张朵朵：你说什么？

李大宝：那裙子我是给宋燕子买的。宋燕子，你见过的……

张朵朵把脚丫子使劲儿拍到洗脚盆里。

张朵朵：好你个李大宝，你这花花肠子还没断！

李大宝：你听我说，你听我说……事情是这样的……宋燕子最近开了一家花店，开业的时候，我就想送她点礼物，于是，就买了一件裙子，反正那钱也是一笔外财……

张朵朵：滚！

13. 大卧室，内，夜

张朵朵坐在床上哭泣。

张朵朵伸手拿起了电话，拨了一个号码。

电话通了。

张朵朵：三宝……

14. 李大宝家平房，西厢房，厨房，内，日

一家人围坐在饭桌旁。除了李小雅，其他人都在。

一看那阵势，就是李三宝召集大家在开李大宝的批判会了。

李三宝：……连一个掌鞋匠也要开花了，这还了得？我们要把这朵骇人听闻的花、不知羞耻的花、罪恶累累的花，掐死在萌芽状态里！

李二宝：掐死，绝对掐死！

妈妈：我不相信大宝会花500块钱，去买一件裙子，还是为别的女人。

姑奶奶：我同意你妈的意见。

张朵朵：白纸黑字，写得清清楚楚！

牛琴：李大宝，你也是，给别的女人买点东西，你说你记什么账啊？

李二宝：现在的贪官污吏都这样，贪了多少钱，收了多少金银细软，搞了多少女人，全记账！

牛琴：为什么呀？

李二宝：他们大概觉得那是一个男人的政绩吧？

牛琴：变态！

李下：一个土包子如果变坏，比谁都坏！

李大宝羞得恨不得找个耗子洞钻进去了。

15. 西厢房，厨房，内，日

厨房里就剩下妈妈和姑奶奶了。

姑奶奶：……这么说，朵朵真的开始在乎大宝了？

妈妈：她还想怎么着，一辈子压着我们大宝啊？我再说一遍，女人40豆腐渣，男人40一朵花。连三宝都承认，我们家大宝现在是一朵盛开的花。知道不？

16. 马路上，汽车里，内，日

李大宝正襟危坐地坐在后座上。

司机：李助理，我们今天怎么安排？

李大宝：先去法院跟法官沟通，然后再去宾馆跟死者亲属见面！

17. 法院门口，外，日

李大宝的车停在了法院门口……

18. 宾馆，客房，内，日

腋下夹个皮包的李大宝跟死者亲属一一握手。

叠画：李大宝挥舞着大手丫子在白话着。

叠画：死者亲属被打动了，都抹着眼泪……

19. 某大厦，密室，地下一层大厅，走廊，楼梯上，电梯内，内，日

刘险锋被人前呼后拥着走出密室，来到地下一层大厅，穿过走廊，上了楼梯，又进了电梯……

20. 某大厦，总经理办公室，内，日

刘险锋被人前呼后拥着进了办公室。漂亮小姐和李大宝早已等候在里面了。

刘险锋攥着李大宝的手，激动地说不上话来……

21. 某大厦，总经理办公室，内，日

屋里就剩下刘险锋和李大宝了。

刘险锋把一张银行卡递给李大宝。

刘险锋：……兄弟，你给我省了50万元，说什么我也得报答报答你。这里面，是10万元，就算你的劳务了。

李大宝：这钱，我说什么也不能要。

刘险锋：你帮了我那么大忙，还不要钱，这不合常理呀，我心里打鼓，你后面有阴谋。

李大宝：你知道死者亲属后来为什么变卦了吗?

刘险锋：不知道。

李大宝：他们要了40万元，你二话没说就答应了，他们也觉得你后面有阴谋。

刘险锋：原来如此。

李大宝：这个社会为什么没有道德底线了？就是让你们这些人给闹的。

刘险锋：你说的有一定道理，可我还是不放心。我必须得有所表示。

李大宝：这事完了再说。我问你，大厦地下一层的大厅为什么就挂了几张画？那么大的地方为什么闲置着?

刘险锋：我原来就是画画儿的，接收了大厦后，就把地下一层的大厅搞成了一个艺术展厅。没承想，建成后，没人来。所以就闲置了。

李大宝：这进进出出的人很多呀？

刘险锋：全是来吃的、喝的，来住的、玩的，没一个有文化的、懂艺术的。

李大宝：那把它租给我吧，能便宜多少就便宜多少。

刘险锋：你租它干啥？

李大宝：我媳妇儿原来是跳舞的，现在办了个舞蹈学校。目前想扩大规模，可是一直没有合适地方，我看你这儿挺好。

刘险锋：你等着，我问问。

刘险锋站到窗子前，去打手机了。

李大宝一边溜达着，一边研究着墙上的画。

刘险锋打完了电话，来到李大宝身边。

刘险锋：我已经跟销售部的人讲了，你直接找他们办理。先租给你五年，租金是市场价的一半。五年以后，你要还租，租金还是市场价的一半。

李大宝高兴地脸上开了花。

刘险锋哈哈大笑，说：怎么着来，我没说错吧？你后面肯定有阴谋嘛！

22. 李大宝家平房，正房，妈妈屋，内，夜

妈妈坐在床边整理账本。姑奶奶倚着床头看书。李下则枕着姑奶奶的腿看书。

李大宝醉醺醺地推门进来了。

妈妈：这怎么又喝酒了？

李大宝：高兴。

李下小声嘟囔了一句：还高兴？败兴还差不多。

李大宝一屁股坐在沙发上。李下“妈呀”地叫了一声，一跃而起，跳到地上。

李下：我的电脑。

李下把李大宝拽开，从他的后背处，拿出电脑包。

李大宝：下下，你怎么这么对待爸爸？

李下：你把我的电脑坐坏了呢？

李大宝：不就是个破笔记本吗？坐坏了，我给你买。

李下：一万七八，您觉得您买得起吗？

李大宝：不就一万七八吗？我明天就给你抱回来一个。

李下：您可真不怕风大闪了舌头。

姑奶奶：下下，怎么跟你爸说话呢？

李下：本来嘛。

李大宝：瞧不起你爸，是不是！

李大宝从兜里掏出一张名片，拍到茶几上。

李大宝：看看，这是什么！

李下把名片拿起来，仔细去看。

李下：李大宝，新竹大厦，总经理助理！

妈妈也跳到地上。

妈妈：我看看，我看看。

妈妈从李下手上接过名片。

李下一脸狐疑地看着李大宝。

李下：我明白了，你掌鞋的时候，捡到了这张名片，一看，名片上的人名跟自己的一样，就装兜里了，好拿出来蒙人。

李大宝“腾”地从沙发上站起来。

李大宝：睁大眼睛看看，那上面有我的手机号码！

妈妈：13621129866。可不是，你爸的手机号码！

李下：那我也不信。

李大宝：你凭什么不信！

李下：你还总经理助理？你给总经理助理提鞋还差不多！

妈妈：混账！

妈妈跑到门口，抄起一只皮鞋，就去追打李下。没想到，李大宝却把李下护住了。

李大宝：妈，你干什么！

妈妈：我要拍扁她！

李大宝：你要拍扁她，就先拍扁我！

妈妈：你这个不争气的东西，你没听见她怎么说你啊，你没看见她越来越像她妈了！

李大宝：她像她妈是天经地义的，她是她妈生的嘛！

妈妈把皮鞋狠狠地摔到地上……

23. 小院子里，外，夜

李大宝抱着柿子树一边哭泣，一边嘟囔：我十年磨一剑啊，我十年寒窗苦啊，我十月怀孩子啊，老天啊，你就这么对我……

24. 正房，妈妈屋，内，夜

妈妈和姑奶奶坐在沙发上。李下垂头丧气地站在地上。

李下：……太姑奶奶，我奶奶说的是真的？

姑奶奶：应该是真的吧。

李下：这么说，为了不让我妈打掉我，我爸真的喝了我妈一盆洗脚水！

妈妈：一盆洗脚水算什么？你爸后来跟我说过，只要保住你，喝一百盆洗脚水，他都心甘情愿！

李下的眼圈红了。

姑奶奶：去吧，下下，跟你爸认个错……

25. 某大厦，楼梯上，走廊，地下一层大厅，内，日

李大宝带着张朵朵和李下进了地下一层大厅。

李大宝：怎么样，300 多平方米，够你和孩子们跳得了吧！

张朵朵被眼前的场景弄懵了，揉了半天眼睛才发现，这一切都是真的。

张朵朵：太好了！

张朵朵立马脱了鞋，踮着脚尖，跑到场中央，一连跳了几个高难度的动作……

李下和李大宝都看傻了。

张朵朵停了下来。

张朵朵：都多少年没在这么大的场地上跳了。

李下：行啊，妈，不愧为当年工人文化宫剧团的台柱子！

李大宝：那你以为呢！

张朵朵：下下，你不知道，其实，我早就想办一所舞蹈学校了，可是，一想，太难了，就放弃了。没想到你爸帮我完成了心愿！

李大宝：那你以为呢！

李下：李大宝同志，你又不谦虚了。

李大宝：我谦虚，我谦虚。

张朵朵：老公，谢谢你啊。

李大宝以为自己听错了。

李大宝：你叫我什么？

张朵朵：老公啊。

李大宝满脸通红地说：这个称呼有点别扭啊。

李下看了看张朵朵，又看了看李大宝。

李下：什么叫有点别扭，简直是太别扭了！

张朵朵白了一眼李大宝。

张朵朵：真是个土包子！

第 38 集

1. 某大厦门前，外，日

一条横幅挂在大厦的门楣上。上书:“朵朵舞蹈学校”开学庆典。

一派喜气洋洋的场面。

朵朵舞蹈班上的孩子们在跳着一曲优美的舞蹈。

围观的人们在为孩子们鼓掌。

孩子们的舞蹈结束了。然后，蹦蹦跳跳地下去。

礼仪小姐引导着刘险峰、李大宝等四个人，上台为“朵朵舞蹈学校”剪彩。

在礼仪小姐拉彩带的时候，刘险峰低声跟李大宝说话。

刘险锋:我得给你说件事。

李大宝:说。

刘险锋:来我的公司吧。

李大宝:干什么?

刘险锋:给我当人力资源部主任。

李大宝:我说吗，你这么便宜就把地方租给我了，你后面也有阴谋啊。

刘险锋:我们扯平了!

李大宝:你给我一个星期时间，让我想想!

2. 咖啡馆，内，夜

化了晚妆的张朵朵坐在角落的位置上等人。

李大宝和李下一前一后的进来了。

张朵朵看到李下，有点吃惊。

李大宝和李下坐到张朵朵对面。

李下：妈，你什么意思，喝咖啡，光请我爸不请我。

张朵朵尴尬地说：你不是学习忙吗？

李下：我再忙，陪你俩喝咖啡这点时间总是有的。

李下把包从肩上摘下来，放到沙发上。

李下：我去趟卫生间。

李下去了。

张朵朵：李大宝，你真是狗肉上不了台面，请你喝个咖啡，你把闺女叫来干什么？

李大宝：我心里没底。就把她拉来了。

张朵朵：土包子，我还能你吃了不成？

李大宝傻呵呵地笑了。

张朵朵：招生今天结束了。

李大宝：招了多少？

张朵朵：六个班。将近二百人。

李大宝：太好了。

李下洗手回来了。

张朵朵：正好，下下也在，我宣布一件事情。我打算正式任命李大宝同志为“朵朵舞蹈学校”的副校长，负责教学以外的一切事物。

张朵朵从身边的包里，拿出了一纸任命书和几盒名片，递给李大宝。

李大宝接过这两样东西，看了半天。

李下拍了拍李大宝的肩膀。

李下：行啊，李大宝同志，我去趟卫生间的工夫，你就成副校长了。

张朵朵：怎么样，李副校长，发表两句任职感言吧。

李大宝：没有感言。

张朵朵：你什么意思？

李大宝：我不能当这个副校长。

张朵朵：为什么？

李大宝：我这辈子就当过几天科长，后来还被拿下了，我怎么能当得了副校长？再说了，在家里每天跟你在一块，工作时也跟你在一块，我别扭。

张朵朵：那人家还有人开夫妻店呢。

李大宝：开店可以，办学校不行，我别扭。这样吧，副校长我不当，有什么事，我可以随时帮你。

张朵朵：李大宝，你真是牵着不走，打着倒退。没出息的玩意儿。给你面子了吧？你还当里子。

李下：张校长，你吼使我爸大半辈子了，还嫌不过瘾，还想弄根绳儿把他牵在手里，继续吼使他，是不是？

张朵朵：他帮帮我怎么了？我吼使他又怎么了？

李下：他已经答应你，随时可以帮你，但就是不做副校长，你没听见吗？

李大宝大概对李下的转变，没什么心理准备，因此，激动地看着李下。

李下：还有，张朵朵同志，你以后要是再吼使李大宝——我爸，我就不答应了！

张朵朵：嗨，丫头片子，你什么时候跟他一头了！

李下：他是我爸，我从生下来那天，就跟他一头！

张朵朵：那我还是你妈呢！

李下：你首先是舞蹈家；其次是张校长；然后，才是我妈！

3. 李大宝家平房，西厢房，厨房，内，日

一家人围坐在饭桌旁吃午饭。除了李三宝和李小雅，其他人都在。

牛琴：……李大宝，听说你要当“朵朵舞蹈学校”的副校长了？

李大宝：我一个掌鞋的，当什么副校长呀。

张朵朵：不识抬举。

妈妈和姑奶奶对视了一下。

妈妈打岔说：二宝，你那电视剧到底什么时候开拍啊？

李二宝：快了快了，还差一笔资金，这笔资金到了，马上开机。到时候，大家都给我当群众演员去啊。

姑奶奶：我第一个报名。

李二宝：没问题。收了。

姑奶奶：到时候可得给我一个正面的脸啊。

李二宝：不但给您一个正面的脸，还给您台词。牛琴，你说吧，给姑奶奶几句台词？

牛琴：像姑奶奶这样有身份、有地位的人，最少得三句。

姑奶奶有些飘飘然了。

李大宝：我猜猜，是哪三句？肯定是“嗯、哎、啊”……

哄堂大笑。

4. 某大厦，人力资源部主任办公室，内，日

李大宝坐在办公桌后，一边吱溜吱溜喝着茶，一边美滋滋地环视着屋里的摆设。

电话响了。李大宝装模作样地拿起听筒。

李大宝：喂，您好，这里是人力资源部主任办公室……

5. 某大厦，七楼电梯间，电梯里，内，日

张朵朵在等电梯。电梯来了。张朵朵跨进去。

李大宝却在里面。

李大宝：你……你……这是去哪儿了？

张朵朵：我来公司办公室办点事。

电梯下行。

张朵朵：哎，我还没问你呢？你这是去哪儿了？

李大宝：我……我来看看刘总。

电梯又在五楼停了。

恰好进来的是漂亮小姐。

漂亮小姐：李主任好。

李大宝：你好。

张朵朵：李主任？

李大宝有些不自在了。

张朵朵：李大宝，你什么时候成主任了？

漂亮小姐：昨天啊。昨天李先生已经被任命为我们公司人力资源部主任。

张朵朵：李大宝，这是真的？

李大宝：可能是吧……

张朵朵急了，一把揪住李大宝的头发，转了好几圈。

张朵朵：你还可能吧？

漂亮小姐：哎，你怎么打人呀！

漂亮小姐上前去拽张朵朵。

李大宝：没事，没事；家庭矛盾，家庭矛盾！

6. 马路边，人行道上，临街的商铺，外，日

天阴着。

空气又稠又黏。让人喘不过来。

街上的行人都有些烦闷。

李小雅和董承志也在人流当中。

忽然就刮起了风。行人顿时感到舒畅了。说话声、笑声一下子多了起来。

到了一个十字路口。正好红灯亮了。

行人对红灯视而不见，依然走着。只有李小雅和董承志停下了。

骤然间，天空下起了大雨。

董承志看见临街商铺的门开着，拔腿就跑。跑了几步，才想起来李小雅。

董承志又返身回来，拽上李小雅……

7. 李大宝家平房，正房，妈妈屋，内，日

姑奶奶和妈妈趴在窗前，向外看着。

雨还在下。天地一片苍茫。世界被淹没在白蒙蒙的水汽当中了。

妈妈：这雨都下一个星期了。再这样下下去，还不得房倒屋塌呀！

姑奶奶：是啊，住平房的人这次都遭殃了啦！

8. 马路上，街道里，外，日

马路上积满了水。有的树木倒了。有的汽车抛锚了。有的房屋进水了。

北京城已经一片“汪洋”了……

9. 李大宝家平房，正房，妈妈屋，内，日

姑奶奶和妈妈在看电视。

电视里播报的是北京下雨的新闻——

一所小学的房屋倒塌了。现场一片混乱。哭声、喊声、搜救声此起彼伏。

一个女记者拿着话筒，面对镜头，声嘶力竭地在喊：我身后是一所小学，在这次大雨中，这所小学的房屋几乎全部漏雨，其中有一栋彻底倒塌，砸伤了十多个孩子……

一群人拥着两个领导模样的人从女记者身后走过。妈妈眼尖，一下子就看到了人群中的李三宝。

妈妈：快看，三宝！

姑奶奶：在哪儿呢？在哪儿呢？

妈妈：胖子身边的那个人！

姑奶奶：哎哟，可不是……我们家三宝上电视了！

姑奶奶和妈妈的眼睛瞪得更大了——

女记者拿着话筒，去追李三宝他们。

两个领导模样的人溜得快，李三宝却被女记者给逮住了。

女记者：听说，您是教育局的副局长，面对砸伤的孩子和无助的家长，您不想说点什么吗？

李三宝：我能说的，只有深深的愧疚、自责和不安！

女记者：听说，早就有人举报，在学校改扩建的时候，教育局的领导和学校的领导，跟建筑商幕后有交易，因此才有了这样的豆腐渣工程，因此才造成了今天的惨剧。您怎么看？

李三宝：如果你说的属实的话，那这些人一定会得到法律的严惩！

女记者：如果日后调查组进入学校调查的话，教育局会配合吗？

李三宝：我想，只要有我们在，一定会配合的！

10. 某教育局，走廊，副局长办公室，内，夜

李三宝拖着疲惫的身躯，进了办公室，然后，一屁股坐在沙发上。

本想休息一会儿，可是，不到半分钟，电话就响了。

李三宝拿起听筒：喂？

一个男人阴沉的声音从话筒里传来：是李局长吗？

李三宝：是。

男人阴沉的声音：我下午在电视里看到你了。

李三宝：您有什么事？

男人阴沉的声音：我就是那个举报人。三年来，就学校房屋质量工程的问题，我已经向有关部门反映了无数次，可是，根本就没人管……

男人阴沉的声音变得有些哽咽。

男人阴沉的声音：你说话算数吗？

李三宝：当然算。

男人阴沉的声音：你不会出卖我吧？

李三宝：……

男人阴沉的声音：你最好还是发个誓！

李三宝：我对上帝发誓，我如果出卖你，死后肯定下地狱！

男人阴沉的声音：我女儿……我女儿在这次事故中砸断了腿，刚才，在医院里，已经把坏腿锯断了……

李三宝：对不起……

男人阴沉的声音：我们找个地方见面吧！

11. 饭店，包房，内，夜

李三宝和李大宝面对面地坐着。

李三宝举起酒杯，说：来，我们再下一个吧。

两个人把喝酒了。

李大宝吃了一口菜，说：你不是找我谈话吗？谈啊，别光喝酒啊。

李三宝：你跟宋燕子断了吧？

李大宝：我跟她就没接上过，不存在断不断的问题。

李三宝：以你现在的情况，朵朵姐能跟你继续过，已经是饶你不死了。

李大宝：我都跟你说了，我跟宋燕子什么事都没有！

李三宝：什么事没有，你给她买裙子干吗？什么事没有，你不给自己媳妇儿买裙子你给别的女人买裙子？

李大宝：我……

李三宝：没电了吧？

李大宝：工厂倒了以后，她生活挺困难的，我就想借着她花店开业的机会，帮助帮助她，这才给她买了条裙子。

李三宝：哪有你那么帮助人的？分明就是心存着恶心和龌龊吗。

李大宝：我……

李三宝：从今天起，把你那点恶心和龌龊都吐出来，跟朵朵姐好好过日子。

李大宝没吭声。

李三宝：听见没？

李大宝：听见了！

李三宝：那好吧，今天的酒就喝到这儿，我去趟卫生间，然后就到前台直接结账了。你叫服务员打包吧。

李三宝抬腿要走。李大宝站起来，将其按在座位上。

李大宝：你今天叫我来，就是为了说那条裙子的事？

李三宝：是啊。

李大宝：我不信。

李三宝：难道我还有别的事吗？

李大宝：难道你没有别的事吗？

李三宝：没有。

李大宝：你就别装蒜了，赶紧跟大哥汇报吧。

李三宝不屑地说：我装蒜？我跟你汇报？我看你才是名副其实的大瓣蒜儿呢！

李大宝：李三宝啊李三宝，姑奶奶说得没错，“你官不大，僚不小。”

李三宝：姑奶奶什么时候说过“我官不大，僚不小”？

李大宝：姑奶奶什么时候说过不重要，重要的是，她完全勾勒出了、描绘出了、呈现出了你的丑恶嘴脸。

李三宝：滚。

李大宝：说，你找我，是不是为了学校房屋事故的事？

李三宝一惊，问：你是怎么知道的？

李大宝：社会上都传成一片了，我就不能知道？再说了，这里面还涉及我弟弟。

李三宝：别胡说八道了，这事跟我没任何关系。

李大宝：你是区教育局副局长，那么多个孩子被砸伤，你竟然说跟你没关系？

李三宝小声说：当然跟我没关系了……

李大宝：李三宝呀李三宝，想当初，你也是个有理想、有追求的青年。上大学时，想当作家，指点江山、激扬文字；刚刚工作，也想改变环境、改造社会。可是，在现实社会里碰壁之后，就变得异常世俗甚至庸俗，再后来就变得极其自私甚至冷酷，心里只有自己了。最终成了典型的犬儒式的知识分子。

李三宝被李大宝说愣了。

李三宝：你这一套是从哪儿学来的？

李大宝：这些天，没事的时候，我把你的人生梳理了一下，就得出了这样的结论。

李三宝：你拉倒吧，你一个铁匠、你一个掌鞋匠，你还“世俗”、你还“庸俗”、你还“自私”、你还“冷酷”、你还“犬儒式的知识分子”，你要是知道什么是“犬儒式的知识分子”，从今以后，我看我不管你叫大哥了，我管叫你爹得了。

李大宝：叫爹不合适，你还是叫娘吧。

李三宝：你什么意思？

李大宝：犬儒式的就是实用式的。对你们这些知识分子来说，有奶便是娘。不是吗？

李三宝：李小雅。肯定是李小雅说的。

李大宝：是她说的，怎么了？只有她才能一刀子就扎到你们的心窝子上！

李三宝：她也是知识分子，她凭什么扎我们心窝子呀？

李大宝：因为她干净，因为她清白；因为她善良，因为她高尚；因为她有理想，因为她有操守！

李三宝无话可说了。给自己倒了一杯酒，独自喝下。

李大宝：因为她跟你们不一样，她是真正的知识分子！

李三宝咬着牙说：没错，我通过暗中调查，已经掌握了我们局长和小学校长等人跟建筑商背后交易的内幕。触目惊心，简直是触目惊心！

李大宝：你打算怎么办？

李三宝：我还没想好。

李大宝：如果，被砸的有你的孩子或者我的孩子，那你还用想吗？

李三宝：他不是没有吗？

李大宝：李三宝，你真是名副其实的二王八蛋。我看你的书都白念了！

李三宝：我没想好，是因为缺一个重要的证人。

李大宝：是这样？那去找啊！

李三宝：不用找。

李大宝：什么意思？

李三宝：那个人是董承志。

李大宝：怎么会是他？

李三宝：他是那所小学的副校长啊！

李大宝一拍脑袋，说：哎哟嗨，我怎么把这茬儿给忘了。让丫出面作证！

12. 李大宝家楼房，小卧室，内，日

李小雅和董承志坐在李下的床上，李大宝和李三宝站在地上。那样子像是开小会。

董承志把胸脯子拍得山响。

董承志：……放心吧，不把这帮贪官污吏拉下马，我董承志誓不为人！

李三宝：这事可不是闹着玩的，你可是想好了。

董承志：不用想了。你就行动吧！

李三宝：那我明天就给市检察院寄实名举报信！

董承志：就这么定了！

董承志站起来。

董承志：我去趟卫生间。

董承志去了。

李小雅：李大宝，我说什么来着，他有正义感，对一切不良的现象和不公的事情随时准备发出自己的声音、付出自己的行动！

李大宝：那还得看他最后的落实情况！

李大宝看了一眼董承志留在床上的手机。

李大宝：李小雅，你去厨房给我们倒点水吧。

李小雅去了。

李三宝赶紧拿起董承志的手机，按了几个键。

李大宝：怎么样？

李三宝把手机放回原处。

李三宝：你说得没错。他真的搞了个来电设置。只要把那个设置打开，马上鸣叫。

李大宝：那怎么办？

李三宝：不管他了。他作不作证，我都要站出来了！

13. 市检察院，谈话室，内，日

董承志坐在一男一女两个检察官对面。

董承志不时地擦着汗。兜里的手机短促地响了两声。有短信进来了。

董承志：我能看吗？

男检察官点了点头。

董承志拿出手机看了看。脸色变得蜡黄。

男检察官：你没事吧？

董承志：没事……

14. 市检察院，大门口，外，日

李小雅站在大门口的树下等候。

董承志拖着沉重的步伐出来了。

李小雅迎上前。

李小雅：你怎么了？

董承志倒在李小雅的怀里。李小雅差点儿倒下。一只手赶紧扶住了大树。

李小雅：你没事吧？

董承志：有事……

李小雅：到底怎么了？

董承志：我……我……

董承志放开了李小雅，抱住了大树，像是抱住了救命的稻草。

李小雅这才发现，董承志的屁股湿了一大片。

原来，董承志被吓得尿裤子了。

董承志：在跟男检察官进谈话的时候，我收到了一条恐吓短信。他们说，我要是敢作证，他们就取了我身上的某个零件，他们就彻底废了我……

顿时，李小雅脑子一片空白……

15. 医院，病房，内，日

脸色蜡黄的李小雅躺在病床上。李大宝、张朵朵和李下站在床边。

李下的旁白：一个更加虚伪、更加自私的男人，暴露在我小姑李小雅的面前。我小姑的天真、善良再次遭受到严重的打击，因此一病不起……

李小雅：李三宝没事吧？

李大宝：目前还没事。局长和小学校长已经被检察院批捕了。

李小雅：这事先别告诉妈妈和姑奶奶。

李大宝：我知道。

张朵朵握住李小雅的手。

张朵朵：行了，你就别管那么多了，好好养病吧！

16. 某大厦，一楼电梯间，电梯里，七楼走廊，卫生间，内，日

张朵朵在等电梯。电梯来了。张朵朵跨进去。

有人在后面喊：对不起，等一下。

张朵朵按键，等候。

进来的却是宋燕子。宋燕子打扮得非常漂亮，根本不像一个三十六七岁的女人。

电梯上行。

张朵朵觉得宋燕子有些眼熟，琢磨了半天，终于想起来了。于是，就盯着宋燕子看。大概有10多秒钟。而宋燕子却没有任何反应。

张朵朵的脸色变了。

电梯在七楼停了。张朵朵出了电梯。路过公司办公室的门口时，只是看了一眼，然后，直奔卫生间……

17. 某大厦，7楼，卫生间，内，日

张朵朵对着镜子，长时间看着自己的脸。

张朵朵：我有那么老吗？你个小蹄子，竟敢不认识我！

张朵朵拿出化妆盒，仔细化妆。

张朵朵：你个小蹄子，黏黏糊糊的，你还没完没了啦！

18. 某大厦，人力资源部主任办公室，内，日

宋燕子和李大宝在聊天。两个人都聊得满面春风地。

宋燕子：……很多卖花的女人，都不喜欢花，她们卖花就是为了赚钱，所以她们在花店吃，在花店住，把花店搞得臭烘烘的。她们这样做，真是辱没了花。我是真心喜欢花，所以我的花店才跟她们的不一样……

有人敲门。

李大宝：进。

进来了人却是张朵朵。

张朵朵很随意地看了一眼宋燕子，说：大宝，有客人呀？

李大宝：啊啊啊……

张朵朵：大宝，我要吃槟榔，你赶紧去给我买！

话还没说完，转身就走。走到门口，又回过身来。

张朵朵又颐指气使地说了一句：12 点以前，我要吃到嘴里，你抓紧了！

门被关上了。

宋燕子：她是谁啊？

李大宝：张朵朵，我老婆呀。

宋燕子：哎呀，刚才我在电梯里见到她了，一点都没认出来。

李大宝却打岔说：你知道哪儿卖槟榔吗？

宋燕子没好气地说：不知道。

李大宝：我得上网查查。

李大宝坐回到电脑前。

李大宝一边查，一边说：怎么突然又想起吃槟榔来了。

宋燕子：我走了。

李大宝：走吧，走吧。

宋燕子站着没动。

李大宝：嗨，偌大一个北京，只有三个地方卖这种东西。还好，总算有地方卖。

李大宝从抽屉里拿出钱包，就准备出发了。却发现宋燕子还在。

李大宝：你还没走呢？

一句话，把宋燕子彻底说恼了。

宋燕子：原来，你就这样被她吼使着！

李大宝：啊啊啊……

宋燕子：是不是挺受用啊！

李大宝：使用，这叫使用……

19. 商场门前，马路上，外，日

李大宝拎着一袋槟榔，一边唱着一首槟榔的歌，一边过马路。一辆闯红灯的车，撞上了他……

20. 医院，手术室门口，内，日

妈妈、李二宝、牛琴和王蔷等候在手术室门口。

张朵朵出现在走廊那头儿。她疯狂地往这头儿跑着。

就在张朵朵快撞到手术室的门上时，李二宝和牛琴抱住了她。

张朵朵一开始还挣扎着，慢慢地，就没劲儿了，倒在牛琴怀里……

21. 医院，手术室门口，内，日

躺在长椅上的张朵朵睁开了眼睛。发现妈妈、李二宝、牛琴和王蔷都守在她身边。

牛琴和王蔷扶张朵朵坐起来。

张朵朵：他怎么样？

王蔷：手术还没完呢……

张朵朵：妈，他怎么样！

妈妈眼里噙着泪水，咬着嘴唇，跑到边上去了。

李二宝：没大事，就是断了12条肋骨，外加脑袋开了一个瓢儿。

王蔷用胳膊肘碰了一下李二宝。

张朵朵捂着脸，“哇”的一声哭了。

张朵朵：都赖我……

李二宝：您还吃槟榔吗？我去给您买！

王蔷：二哥！

22. 医院，手术室门口，内，日

手术室的门开了。主刀医生在几个助手的陪同下出来了。门马上又关了。

老李家人围上去。

李二宝：医生，怎么样？

主刀医生：手术很成功。

妈妈：那我们什么时候能看到他？

主刀医生：他已经进监护室了，等他醒来吧。

姑奶奶：医生，那他什么时候能醒来啊？

主刀医生：至少也得48小时。

主刀医生和几个助手终于冲出了“包围圈”，急匆匆地走了。

只剩下老李家人了。

李二宝：既然这样，你们先回去吧，都耗在这儿也没有意义，我和牛琴留下来。

妈妈：也行。

张朵朵：我也要留下来。

李二宝：您随便。

妈妈：二宝，你抽空儿给小雅打个电话，告诉她也来看看大宝！

李二宝看了看牛琴和王蔷。

李二宝：知道了！

23. 医院，手术室门口，内，日

坐在长椅上的张朵朵，努力让自己清醒着，但眼皮还在时不时地打架。最终，脖子一歪，睡着了。

对面的牛琴用胳膊肘捣了一下李二宝。

牛琴：要不，让她回去吧？

李二宝：回去？便宜她了。让她陪绑！

李二宝腰上的手机响了。

李二宝起身去边上去接电话。牛琴继续假寐。不一会儿，李二宝又回来了。

李二宝：这个王八蛋！

牛琴：怎么了？

李二宝：他要撤资！

牛琴：为什么？

李二宝：还不是因为他要在戏里安插他的小蜜。

牛琴：不都安插了吗？

李二宝：又跑出来一个。

牛琴：什么？他是开妓院的呀！

李二宝：导演死活不同意。他就要撤资。

牛琴：那就换导演啊。

李二宝：换什么导演？剧组的人全是导演找的，换导演，剧组不就散了吗？得多大损失！

牛琴：那怎么办？

李二宝：你在这儿盯着。李大宝一醒，赶紧通知两个老太太。我去看看……

李二宝匆匆忙忙地走了……

24. 某教育局，副局长办公室，内，傍晚

李三宝坐在办公室后面，一边喝着茶，一边看着报纸。

电话铃响了。

李三宝拿起听筒：喂？

一个男人粗鲁的声音从话筒里传来：李三宝吗？

李三宝：是我……

男人粗鲁的声音：你还挺美呗？一边喝着茶，一边看着报纸。

李三宝：你是谁？

男人粗鲁的声音：我是谁不重要，重要的是，你得知道你自己是谁？

李三宝：你什么意思？

男人粗鲁的声音：半个月之内，我们保证让你不知道自己是谁了。

李三宝：你们想干什么？

男人粗鲁的声音：我们要取你身上的某个零件，我们要彻底废了你！

电话被挂断了。

李三宝像挨了一闷棍，彻底懵了。攥着电话，愣了半天。之后，放下电话，来到窗后，探头向对面的街上张望。

什么异常迹象也没有……

25. 某教育局，大门口，马路上，出租车里，外 / 内，夜

李三宝戴着个大檐帽，匆匆地出了办公楼。

院子不大，李三宝几步就出了大门。正好，有一辆出租车过来了。

李三宝拦下，钻了进去。

出租车司机：先生，您好。请问，您到哪儿？

李三宝：天坛北门的东晓市街。

走了几十米。

李三宝：师傅，我们去前门建国饭店吧！

26. 医院，手术室门口，内，日

躺在长椅上的张朵朵早就睡得不知身在何处了。

牛琴也倚着墙睡着了。

手术室的门开了。两个护士推着李大宝出来了。

张朵朵“腾”地坐起来。

张朵朵大叫：是不是醒了？

护士丙：喊什么喊！

27. 李大宝家平房，西厢房，厨房，内，日

张朵朵在灶上煲汤。一会儿放点调料，一会儿尝尝咸淡，一会儿调调火苗。忙得不亦乐乎。

妈妈和姑奶奶在边上观看。

张朵朵：妈，什么时候放酱油？

妈妈：知不道。

姑奶奶：朵朵，你也是，不会做就算了，让你妈来做。何必现学现卖呢？

张朵朵：那不行，大宝喝了我煲的汤，感觉会不一样的！

妈妈一连“啧啧”了十来声……

28. 医院，病房，内，日

张朵朵坐在床头，给李大宝一勺一勺地喂汤。

李大宝不小心，把汤碰洒了。张朵朵赶紧拿纸巾，去擦李大宝的嘴角。

李下的旁白：在我爸住院的日子里，我妈天天守候在我爸床头。你是知道的，从小到大，我妈一直被人捧着、供着、伺候着，从来没有像现在这样全天候地去照顾一个人。我妈后来跟我讲，原来，去照顾一个人进而去爱一个人，感觉也是很美妙的……

张朵朵给李大宝喂完了汤，又拿洗毛巾给他擦身上。

李大宝被张朵朵伺候得别提多舒服了。

门开了。李三宝贼眉鼠眼地进来了。

张朵朵：三宝，你怎么来了？

李三宝示意张朵朵别说话。把门关上，贴着门板听了一会儿。又把门开了一条缝儿，向外张望了一下，又关好门。这才长出了一口气。

李大宝：有人追杀你呀？

李三宝：可不是啊？他们要取我身上的某个零件，他们要彻底废了我……

李大宝：啊？哪个零件？

李三宝：别问了，反正是一个重要的零件。我已经一个星期没敢回家了，一直藏在宾馆里。

李大宝：那怎么跑出来了？

李三宝：一个人待着，太憋闷。我来跟你做个伴。

李大宝：你是说，你要藏在这儿？

李三宝：目前来看，也就这儿最安全了。

李大宝：不行。你把杀你的人，招到这儿来怎么办？

李三宝：我已经决定了，就这儿了。既然大哥和妹妹都在医院，那我也来凑个热闹，一家人就在这儿团聚吧。

张朵朵：那人家医院会同意吗？

李三宝：这个不用担心，我已经看了精神卫生科。他们正在给我办住院手续呢！

29. 医院，病房，内，日

张朵朵和王蔷陪着李小雅聊天。

李小雅：你是说，李大宝住在一楼，李三宝住在三楼，而我就住在二楼？

张朵朵：是啊。哥儿仨同时住在一家医院，简直是闻所未闻，简直是史无前例……

李小雅：妈妈和姑奶奶知道吗？

张朵朵：目前还不知道。估计也瞒不了几天了，妈已经注意到我不是给一个人送饭了。

李小雅：走吧，咱们去看看李大宝和李三宝。

三个人下了床。

王蔷：我们直接去一楼吧。三宝在大哥那儿呢！

30. 医院，病房，内，日

李大宝坐在床头，给李三宝倒水。听见有脚步声，赶紧把暖瓶放下，躺在床上。

李小雅、张朵朵和王蔷先后进来了。

李小雅：李三宝，你来凑什么热闹？

李三宝：我跟你一样，神经也出了点问题。

李大宝：李三宝，你才神经病呢。

张朵朵：我看你们老李家人都是神经病。

李小雅：你不是老李家人？

张朵朵：我们肯定不是。是不，王蔷？

王蔷：我肯定不是了。你是不是，我就不知道了。

大家都笑了。

李大宝：朵朵，我身上有点痒儿。

张朵朵：哟，是不是又起热痱子了？我赶紧去打点温水，再给你擦擦。

张朵朵端着脸盆出去了。

王蔷：大哥，朵朵姐现在对你挺好啊？

李大宝美滋滋地说：我这不是不能动吗？我要是能动的话，哪能让她给我擦啊，我肯定自理了。

王蔷：我的意思是说，你这一出事儿，你俩的感情比以前好多了。

李大宝：这话说的，我俩感情一直就很好。

李三宝"哼"了一下。

张朵朵端着脸盆回来了。

张朵朵开始给李大宝擦身子。手法很熟练，也很体贴。弄得李小雅和王蔷一阵欷歔。

李三宝举起手，说：我要报料啊！

李大宝打岔说：你不早就报料了吗？他们不都被抓起来了吗？

李三宝：滚一边去！

大家都看着李三宝。

李三宝：朵朵姐，我要戳穿李大宝的嘴脸。

张朵朵：戳穿他什么嘴脸？

李三宝：他装死。

王蔷：三宝，说什么呢！

李三宝：李大宝早就能下床了。他赖着不起来，就是为了让你给他洗脸、洗脚，梳头、擦身子，还有喂水、喂饭！

王蔷：大哥，真的假的？

李三宝上前，使劲儿拍了李大宝一巴掌。李大宝激灵一下，“腾”地坐起来。

李小雅：李大宝，你还真能装！

李大宝：我……

张朵朵：躺下！

李大宝乖乖地躺下了。张朵朵继续为李大宝擦洗。李大宝又紧张、又激动地享受着。

张朵朵：其实，我早就知道他能下床了。

李小雅：那你为什么还这么伺候他？

张朵朵笑而不答。

王蔷：这还用问吗？人家乐意呗！

李小雅笑着说：贱，简直是太贱了！

张朵朵：小雅，你还会笑啊？自从你住院以后，每天苦着个脸，我还以为，你这辈子再也不笑了呢！

第 39 集

1. 医院，病房，内，日

妈妈和姑奶奶闯进来的时候，李大宝正在假寐。

李大宝浑身一“激灵”，睁开了眼。

妈妈：大宝，听说，三宝和小雅也都住进来了？

李大宝：你们听谁说的？

姑奶奶：上上啊。

李大宝：嗨，这孩子，跟她爸妈的嘴一样快。

妈妈：他俩到底咋回事？

李大宝慢慢地坐起来。

李大宝：都没大事。李小雅呢，最近可能有点累，老犯晕……

姑奶奶：心脏没问题吧？

李大宝：保证没问题。就是低血糖。

妈妈：那三宝呢？

李大宝：李三宝住进来，就更是凑热闹了。

妈妈：凑热闹？

李大宝：他老怀疑有人要追杀他。

姑奶奶：那是不是他脑子出问题了？

李大宝：有点那个意思。

妈妈：啊！

门开了。

一前一后，进来两个人。前面的，是个中年男人，肥头大耳，脑满肠肥，脖子上还戴着个金链子；后面的，是个年轻女孩儿，小巧玲珑，妩媚多姿，也一身珠光宝气。

中年男人一进门就大声喊：李大宝还活着吗？

李大宝定定地看了半天，才惊叫了一声：杨开明！

杨开明：你大爷的，连我也不认识了！

杨开明说话两个字两个字往外蹦，还大喘气，那样子好像刚刚爬完一座大山。

李大宝：哎哟嗨，这一年多的工夫，你怎么胖成这个样了，都快成皮球了？

杨开明：应酬，应酬太多。

杨开明示意年轻女孩儿把手中的礼品盒放下。年轻女孩儿照做了。

李大宝：你来就来吧，还带什么东西呀？

杨开明又从包里掏出一把钱，甩给李大宝。

杨开明：好不容易得回病，拿着，买点药吃！

杨开明的做派，引起了妈妈和姑奶奶的反感。姑奶奶把钱拿起来，递给杨开明。

姑奶奶：您就是把纺织厂搞黄了的那个杨开明？

杨开明：就算……是吧……

姑奶奶：这钱您还是留着，给自己买药吃吧！

杨开明：您老太幽默了，我好不秧儿地，买什么药吃啊？

姑奶奶：您有病，还病得不轻。

杨开明：您老咒我？

姑奶奶：最近这一年，您是不是老感觉到心慌气短？

杨开明：好像有点……

姑奶奶：来，我给您号号脉。

姑奶奶坐到床上，顺便拿过枕头，示意杨开明坐下并且把胳膊放到枕头上。

杨开明：您老有行医执照吗？

李大宝：嗨，小子，说什么呢？姑奶奶可是神医。那一年，我师傅孙友来，都快疯了，被姑奶奶给治好了。

杨开明：有这事？

李大宝：绝无戏言。

杨开明竟然来了兴致，坐到姑奶奶对面，把胳膊伸给姑奶奶。

杨开明：有点意思。我来医院看病人了，却被病人给看了。

姑奶奶开始给杨开明把脉。

李大宝：你怎么知道我住院了？

杨开明：听燕子说的。

李大宝：怎么着，跟她还有联系？

杨开明：偶尔打打电话。

李大宝：对了，厂子怎么样？

杨开明：还行。年销售额 5000 多万元。

李大宝：那你现在是真有钱了。

妈妈：还不是占了国家的便宜。

杨开明显得很大度，只是谦虚地笑了笑。倒是年轻女孩儿有点不高兴了。

姑奶奶给杨开明把完了脉。

姑奶奶摇了摇头，说：您既然已经到了医院，我劝您还是在这儿好好地检查一下。

李大宝：就是啊，开明，来都来了，要不就查查，万一有什么毛病呢？

杨开明：要不是来看你这个要死的人，这辈子我也不会进医院的；再说了，来医院的人就看病，那进医院不就成了逛商场了吗！

姑奶奶却来了一句：死到临头，还执迷不悟，真是不可救药啊！

妈妈和李大宝有些惊讶和尴尬，年轻女孩儿则有点愤怒了。

杨开明：您老对我有意见。

姑奶奶：是死神对您有意见。

杨开明很是不以为然。

姑奶奶：这么跟您说吧，您最多再活两个月。我老太太斗胆再说的具体一点，您将死于第九个星期头一天的凌晨三点左右。

杨开明很大度地说：您老太幽默了，我壮得像头牛，一顿能啃一个猪头、喝八两白酒，哪来的什么死期，还有时有晌的？您老是不是受什么刺激了或者产生幻觉了？

姑奶奶不再说话。

杨开明掰着指头算了半天。

杨开明：您老看这样行吧？在你说的那个时间，如果我还活着，您给我一万块钱；如果我死了，我给您一万块钱！

姑奶奶：我不要死人的钱，不吉利！

年轻女孩儿：什么人呀？您这么大岁数了，怎么说话呢！

杨开明也有点不高兴了。

杨开明：您老还跟我死磕上了！

2. 李大宝家平房，正房，妈妈屋，内，夜

屋里黑着灯。

姑奶奶从床上爬起来，到地上，往夜壶里撒了泡尿，然后又爬上床。没想到，却迷迷糊糊地钻进了妈妈的被窝。

妈妈被姑奶奶弄醒了。

妈妈：你干什么，又不是三岁两岁的小孩儿，怎么还往人家被窝里钻呀？

姑奶奶：我钻钻怎么了？前些年，你跟我睡一张床，还老往我被窝钻里呢。

妈妈：我什么时候钻过你被窝？真是个老妖精。

姑奶奶：我要是老妖精，你就是母夜叉。

妈妈：我让你骂人！

妈妈动手去胳肢姑奶奶。姑奶奶也胳肢妈妈。

两个人就这么打闹了一番。

终于消停了。

妈妈：那个杨开明两个月以后真会死？

姑奶奶：如果我没算错的话！

妈妈：那你要算错了呢？

姑奶奶：我对自己很有信心！

3. 医院，病房，内，日

张朵朵在为李大宝收拾东西，准备出院了。

李大宝：你去帮助李小雅吧，我自己来。

张朵朵：小雅不用我。

李大宝：你发现没有啊？经过跟董承志这件事，李小雅比以前沉稳多了。

张朵朵：没错。是比以前沉稳多了。

4. 马路边，外，日

李大宝、张朵朵和李小雅等三个人，背着大包小包在候车。

李大宝：……李小雅，你今后有什么打算？

李小雅：没别的打算了。这些天，在医院里，我总算想明白了。我这个人，就适合在书里待着，除了看书、学习，我实在是干不了别的……

张朵朵：能待在书里多好啊。书里多肃静，多干净；不像这个世俗的世界，太嘈杂，太污浊。

李小雅：你不是安慰我吧？

张朵朵：咱俩掉个个儿，你去给我办学校，我去替你教书。

李小雅：你的活，我可干不了。

张朵朵：还是吗？你的活，我更干不了。

李小雅：李大宝，那我以后就在书里待着了？

李大宝：没问题，一切有大哥在呢！

张朵朵：小雅，我要是念你那么多书，我也去书里待着。

李大宝：没问题，你们都去！

过来一辆出租车。李大宝伸手拦下。三个人刚刚钻进去，李三宝拎着两个包也从医院门口跑了出来。

李三宝边跑边喊：大哥，等等我；大哥，等等我……

5. 饭店，包房，内，傍晚

男男女女十几个人围坐在一个巨大的圆桌旁吃饭。看那阵势，这顿饭是以杨开明为中心而吃的。

杨开明脖子上戴着金链子、手上戴着金溜子，一副凡人不理、气焰嚣张、不可一世的样子。

有人说：杨开明，我给你数了一下，你脖子上戴的、手上箍的，一共有 6 件。你就不嫌沉啊？

杨开明：这才哪儿到哪儿啊？我脚上还有呢！

杨开明站起来，撸起裤腿，还真是的：每个脚腕上各戴了一个金环子。

有人说：等你日后死了，是不是还要给自己打个金棺材呀？

杨开明：已经打了，在银行保险柜里呢。

有人说：真的假的？

杨开明：我杨开明什么时候吹过牛皮？

杨开明又坐下了。然后，举起酒杯。

杨开明：各位，我说几句。今天呢，借李大宝出院之名，咱们在京的高中同学聚到了一块。算一算，我们都十多年没聚了。岁月荏苒，白驹过隙，说话间我们就快老了，聚一次，少一次了……

有人说：你这说的什么屁话？

有人说：就是啊。

李大宝：话虽难听，可是，是这么个理儿……

有人说：也是。

杨开明拍了拍桌子，说：哎哎哎，我话还没讲完呢！

有人说：对呀，今天人家开明买单，我们得听人家招呼！

包房里变得静悄悄的。大家都抱着崇敬的、谦卑的态度看着杨开明。

杨开明：各位，岁月荏苒，时不我待……

6. 饭店，包房，门口，内，夜

大家都喝面红耳赤而且辨不清东西南北了。

杨开明扶着桌子站起来。

杨开明：……不行，我得去尿一泡。你们谁跟我去？

没人搭茬儿。

杨开明抱着个肚子一步一摇地出了包房。没几步，突然感觉到特别的晕，就倚到墙上，大口大口地喘着气。

沉寂的包房不知怎么就热闹起来了。杨开明仔细听去，原来大家在议论自己。

有人说：真他妈粗俗，有钱能怎么着？还尿一泡，你咋不说去拉一泡啊？

有人说：你看见人家有钱，你眼红了，是不？

有人说：有钱他也是个土鳖，有钱他也不知道怎么花。还给自己弄个脚铐子戴上。简直是让人笑掉大牙！

杨开明的脸变成了铁青色……

7. 郊区，杨开明的别墅，内，夜

房子装修得富丽堂皇。杨开明领着李大宝参观。李大宝被眼前的场景弄得有点眼晕了。

杨开明：怎么样，大宝，成吧？

李大宝话里有话地说：肯定成啊。在这样的房子里睡一宿，就一宿，绝对死而无憾。

杨开明：这话我爱听。

两个人上楼。

客厅的一面墙是用大理石砌成的。杨开明在墙上的某个位置轻轻地按了一下，大理石墙面“洞开”了。里面竟然有机关——是个暗藏的壁柜。

壁柜里摆放的都是名牌钻戒、名牌手表和名牌皮鞋。

杨开明指着壁柜向李大宝一一介绍。

杨开明：这些是名牌钻戒，总共100条。这些是名牌手表，总共200块。这些是名牌皮鞋，总共300双。当然了，还有存折若干，不能往这儿摆了。

李大宝：钻戒和手表就不说了。光这些皮鞋，也够你穿3辈子的了！

杨开明：我这些东西都不是用来戴的、穿的。

李大宝：难道是用来展览的？

杨开明：对，就是用来展览的。

李大宝：有钱人真他妈扯！

杨开明：我问你，李大宝，这次你们还敢说我是土鳖吗！

李大宝被问得哑口无言。

8. 洗浴中心，休息大厅，内，夜

灯光昏暗。烟雾缭绕。

男男女女们穿着浴服，躺在小床上，一边休息，一边让所谓的“技师”们给他们或洗脚，或按摩，或推拿。

杨开明和李大宝也在其中。

杨开明：大宝，这一通泡、桑、搓、捏、推，还成吧？

李大宝已经被推得龇牙咧嘴了。

李大宝：肯定成啊。

杨开明：一会儿再刮一下，就彻底圆满了。

李大宝：好。

杨开明：今晚就跟我住这儿吧。

李大宝：不回家，住这儿干吗？

杨开明：我已经在这儿住半年了。

李大宝：为什么？

杨开明：在外面应酬太多。这儿肃静。

李大宝抬起脑袋看着杨开明。

李大宝：你就别放屁扯桌子找由子了。

杨开明：我找什么由子了？

李大宝：你的事，我都知道了。

沉默。

杨开明：政变，简直就是家庭政变。

李大宝：到底怎么回事？

杨开明：他们三个人先糊弄我把工厂分成“四份”，然后……

李大宝：谁们三个？

杨开明：还有谁？儿子、女儿和老婆呗。

李大宝：原来是这样。

杨开明：然后，儿子和女儿拿到股份以后，不到一个月，就先后抽走，另立了门户。

李大宝：听说，你老婆则把股份换成了钱，拿着钱，跟一个比她小 20 岁的男人跑了？

杨开明：大宝，知道什么是孤家寡人吗？我现在就是真正的孤家寡人！

李大宝：那厂子呢？

杨开明：就这么半死不活地先待着呗。不说这些了。

李大宝：要不要我过来帮帮你？

杨开明：算了，你现在的工作挺好，我就不耽误你了，我的厂子说不定哪天就倒了。不过，有你这句话，我就知足了。

又是沉默。

李大宝：最近身体怎么样？

杨开明：放心吧，我不会让姑奶奶得逞的。

李大宝：不管怎么说，你现在身边一个人都没有了，自己要多注意、多保重。

杨开明：骑着毛驴儿拄着棍儿，快活一阵儿一阵儿。我每天从厂子回来，就直奔这儿。在这儿，吃、喝、玩、洗、睡，一条龙，都有人伺候着。大宝，我个人认为，有钱人最好的归宿也就莫过于此了……

杨开明不再言语。随后，李大宝就听见巨大的鼾声。原来，杨开明已经呼呼地睡着了。

李大宝看着为杨开明推拿的女技师。

李大宝轻声问：小姐，你认识我这位朋友吧？

女技师：你说杨总吗？当然认识。

李大宝从床头柜的小包里拿出一张名片，递给女技师。

李大宝：他既然经常来这儿，就请你多多照顾。他心脏可能有点毛病，一旦有什么事，给我打电话！

女技师：没问题！

9. 李大宝家平房，正房，妈妈屋，内，夜

妈妈在为姑奶奶洗脚。李大宝坐在沙发上捧个茶杯喝茶。

李大宝：妻离子散，惨啊，太惨了！

姑奶奶：……这没什么奇怪的，穷人重义、富人重利，自古以来，就是这个理儿。好在，他很快就解脱了！

10. 王蔷的咖啡店，内，日

客人不多。王蔷坐在柜台后，捧一本书在看。李三宝推门进来。

李三宝一边观望着，一边走向柜台。

李三宝：老板好。

王蔷抬起头，惊叫道：三宝！你怎么来了？

李三宝：我来看看你啊。

王蔷从柜台出来。

王蔷：快坐，快坐！

王蔷拉着李三宝到角落的一个位置坐下。

王蔷：怎么样，这小店行吧？

李三宝：很优雅，很高尚，很有品位。

王蔷：谢谢你的肯定。

王蔷朝一个服务员一挥手。那个服务员拿过来一个“菜单”，递给李三宝。

王蔷：你去吧。

服务员离去。

王蔷：看看，喝点什么？

李三宝翻了翻“菜单”，说：算了吧，我本来就睡不着觉，再喝了咖啡，还不得像李大宝一样，半夜出去满大街乱跑啊？

王蔷：大哥什么时候半夜出去满大街跑了？

李三宝：他刚结婚的时候。

王蔷：为什么呀？

李三宝笑着说：我不好意思说。

王蔷：说嘛。

李三宝用手示意王蔷把头伸过来。王蔷照做了。李三宝在王蔷耳边嘀咕了几句。

王蔷笑岔了气。

王蔷：这个张朵朵，她怎么能这样？

李三宝：碰上李大宝这样的男人，我要是朵朵姐，我也会这样做的。

王蔷：你又来了！

李三宝：对不起，对不起，不说这个了！

王蔷：讨厌！

李三宝：咱们还是说说你吧。

王蔷：我有什么好说的？

李三宝像个记者一样，装模作样地举起拳头，伸到王蔷面前。

李三宝：王蔷同志，你原来是个小公务员，现在脱下了这层皮，变成了一个小老板，请问，你有什么感想吗？

王蔷也正襟危坐地整理整理衣服。

王蔷：我小时候被爸妈管着，后来被学校管着，再后来被单位管着，就像一条上了锁链的狗，现在，这条锁链被我摆脱了，我自己给自己干了。我终于自由了，自由的感觉真好！

两个人互相看了看，都笑了。

王蔷：对了，你今后打算怎么办？

李三宝：我就是来跟你商量这事的。我打算调到北京图书馆去。

王蔷：不走仕途了？

李三宝：走仕途就像吸毒一样，有快感，但是对身心、对思想甚至对人性的损害太大。到头来，不是变成一堆行尸走肉，就是死无葬身之地。像我这样没根没基的人、良心未泯的人、还有一点羞辱廉耻的人，最好的办法，还是不去蹚那浑水的好。

王蔷：这么说，你以后也像小雅一样，去书里待着了？

李三宝：李小雅呢，去书里待着就出不来了；我呢，进去，还得出来。

王蔷：出来？

李三宝：我准备写小说了。

王蔷：真的？

李三宝：你不说，你终于自由了吗？我也快了。我从小的理想就是当个作家。如果能当成作家，我就跟你一样，真正的自由了。

王蔷：你要是早点醒悟多好啊！

李三宝：现在晚吗？

王蔷百感交集地摇了摇头……

11. 李大宝家平房，西厢房，厨房，内，日

一家人围坐在饭桌旁准备吃午饭。除了李二宝、牛琴和李下，其他人都在。

妈妈、张朵朵和李大宝一个摆饭菜，一个摆碗筷，一个倒白酒。

姑奶奶：这都一个多月了，怎么老不见二宝和牛琴啊？

李大宝：不是住到丰台的剧组去了吗？肯定是电视剧开机了。忙呗。

张朵朵：我看没那么简单。

李大宝：为什么？

张朵朵：电视剧真开机了，他们两口子能不告诉我们？

李大宝：也是。

妈妈：不会又出什么事了吧？大宝，你抽时间赶紧去剧组看看！

李大宝：好好好！

妈妈、张朵朵和李大宝都坐下了。

李三宝：妈，既然这顿饭，是我出的钱，我得说两句。

妈妈：说呗。

李三宝端着酒杯站了起来。

李三宝：今天，把大家召集到一块，一是聚一聚；二是我有一件事要宣布。

李大宝：肯定是宣布病好了，没人追杀你了。

李三宝：闭嘴！

李大宝缩了一下脖子，把嘴闭上了。

李三宝：我准备写小说了。我要当作家了！

一家人都睁大了眼睛。

李上：三叔，我好崇拜你呀！

李大宝伸了一下脖子，又把嘴张开了。

李大宝：那就是说，以后，我们老李家自己家里就可以出产《盗墓笔记》和《一号首长》什么的了？

李三宝：你说的那些东西，根本算不上小说。那些东西都是那些没文化的人写的、没文化的人看的，都是些垃圾，都是些连狗不踩的臭狗屎。我要写的小说，才是真正的小说。

李大宝：作家，那你给我们说说，什么才是真正的小说？哪些小说才是真正的小说。

李三宝：你们想听吗？

一家人你看看我，我看看你，没人吱声。从张朵朵的表情来看，想说话，但又怕说错了，所以也噤声了。

李小雅则抱着一本书，连头都没抬。

李上突然说：三叔，我们想听。

李三宝：上上，你几年级来？

李上：8年级。

李三宝坐了下来。

李三宝闭着眼睛，说：8年级，估计也可以囫囵吞枣、一知半解地懂一点文学了。那我就先回答李大宝的第二个问题——哪些小说才是真正的小说——吧。

李三宝：你们听说过列夫·托尔斯泰吗？

李大宝勇敢地举起手，说：听说过。

李三宝：听说过卡夫卡吗？

李大宝：这个……

李三宝：听说过加西亚马·尔克斯吗？听说过博尔赫斯吗？听说过卡洛

斯·富恩斯特吗？

李大宝的嘴岔子已经咧到耳根子后面去了……

李小雅从书本里，把头抬起来。

李三宝：这些人的小说，就是真正的小说。接下来，我回答李大宝的第一个问题——什么才是真正的小说。真正的小说，不仅要看作家如何处置故事和结构，解释一下，结构也就是语言和形式，也要看作家如何处置欲望、经验、身体和灵魂等事物。个体的叹息，生活的碎片，道德的激情，可有可无的梦想，这些在坚硬的现实世界里或许是多余的、无用的材料和感受，却构成了小说的基本材质。说白了，真正的小说最终要面对的，不过是那颗孤独的心，那片迷惘的生命世界；真正的小说要描写的对象，与其说是风起云涌的社会生活，还不如说是那片内心的荒野……

一家人全像呆鸡一样了。

姑奶奶：三宝，你没病吧？

李大宝：李三宝，你就蒙我们吧，你把眼睛给我睁开！

李三宝慢慢地打开眼皮。

李三宝：我睁开眼睛，你们也听不明白！

李三宝注视着李小雅。

李小雅红着脸说：李三宝，这些年，我小瞧你了！

李三宝：你说，我能写出好小说吗？

李小雅：你对小说的这些体悟，一般的作家是没有的；我相信，你一定能写出好小说来！

李上：三叔，加油吧！

李小雅：李三宝，加油吧！

李三宝的眼睛竟然潮湿了。

李三宝：李小雅，谢谢你……

12. 李大宝家平房，小院子里，外，日

柿子树已经泛黄了。

妈妈在柿子树下，给姑奶奶梳头。

李大宝急匆匆地进来了。

妈妈：怎么样，大宝，找见二宝了？

李大宝：找见个鬼。剧组都没了。电视剧根本就没开机！

妈妈：为什么？

李大宝：我听宾馆的服务员说，钱没到位，剧组就暂时解散了。

妈妈和姑奶奶：那二宝和牛琴呢？

李大宝：那我哪知道呀？

妈妈：打电话了吗？

李大宝：李二宝的手机停机了，牛琴没接我电话。

妈妈奶：不会真的又出什么事了吧？要不报警吧？

李大宝：没事，死不了人。牛琴虽然没接我电话，但给我发了条短信。

妈妈和姑奶奶：怎么说的？

李大宝拿出手机，打开短信，念道：我跟二宝很好，我们在干一件大事，这件大事干成，我们就可以把成捆成捆的钱铺在床上睡大觉了。别再跟我们联系了，也别想着去报警什么的！

妈妈：在干一件大事？什么大事？不会是抢银行吧？

姑奶奶：我们老李家人，绝对不会干那种掉脑袋的事！

院门开了。

李大雅背着个大包火急火燎地进来了。

妈妈：大雅，你怎么又跑回来了？

李大雅：你们家那个二王八蛋呢！

妈妈：怎么说话呢？

李大雅：快告诉我，他在哪儿呢？

李大宝：我们也正找他呢。都快两个月不见人影儿了。

李大雅：完了完了。肯定是携款跑了。连电话都停机了吗！

妈妈：到底怎么回事呀！

李大雅：怎么回事？差不多两个月前，李二宝和牛琴流窜到天津，也不知道和什么人成立了一家公司。这家公司专搞什么健康服务理财，吸引人缴费入会。估计前后骗了五六百人。

李大宝：你怎么知道这事？

李大雅：他连我都骗了。

李大宝：你再说得详细一点。

李大雅：他们骗我们每人缴纳五万块钱，作为消费认购，成为他们公司的什么“屁”……

李大宝：“VIP”。

李大雅：对，“VIP”。签了合同，成了“VIP”以后，我们就可以免费使用他们公司下属厂家的保健产品；同时，两年之内，他们分批返还我们五万块钱的会员费。

妈妈：这也没什么便宜可占呀？你把五万块钱存到他们那儿，免费吃点保健品，说不定还是假的。有那五万块钱干点啥不好？存银行也比这强。

李大雅：最关键的是，他们承诺我们可以拿到高额的会员费提成。

李大宝：提成又是怎么回事？

李大雅：我们成了“VIP”，再去发展自己的亲朋好友，发展一个，就可以获得5000块钱的提成。我整整发展了十个。

李大宝：那就是说明，你已经得了五万块钱呀。

李大雅：什么呀，我只拿到了一个提成。

李大宝：剩下的呢？

李大雅：他们说给我入了股份。以后分红。

妈妈：听这意思，这买卖有钱赚呀。二宝还真行啊，会动脑筋了！

李大宝：我怀疑他们在搞非法传销！

李大雅：就是啊，他们把提成改成了入股，还不给退本金，我们就感觉可能上当了！

姑奶奶却看出了这事的端倪。

姑奶奶：这叫老鼠会，1949年以前就有。一个骗一个，得便宜的少，上当的多。大宝，你赶紧去想办法，无论如何要找到二宝，让他马上收手，要不公安局抓他呀！

妈妈：什么叫一个骗一个？话不都说在明处了吗？那不签了合同的吗？

姑奶奶：签了合同，它不是没兑现吗？没兑现，就是诈骗，最后要坐牢的！

妈妈：你看我儿子赚钱你难受，是吧？有本事，你去给我赚一大毛回来，就一大毛！

姑奶奶不吱声了。

李大雅：李二宝既然不在，我也不进去了。他一有消息，你们立马通知我！

李大雅转身就往外走……

13. 火车站，候车室，内，日

李大宝挤在人群中，四处踅摸……

14. 飞机场，安检口，内，日

李大宝躲在一根柱子后，仔细观察……

15. 酒店，前台，内，日

李大宝拿着李二宝的照片，一边递给服务员，一边说着什么。

服务员在使劲儿地摇头……

16. 马路边，人行道上，外，夜

李大宝一个人在路灯下踽踽独行。

有一个旋风儿，朝李大宝刮来。旋风儿卷起了很多落叶，那样子简直像个活物在奔跑。

李大宝吓得失魂落魄……

17. 李大宝家楼房，大卧室，内，夜

李大宝和张朵朵都在睡梦中。李大宝一条胳膊，搭在床边；张朵朵的一条胳膊，则搭在李大宝身上。

床头柜上的电话铃响了。

李大宝终于被吵醒，“腾”地坐起来。

李大宝：不是那个二王八蛋被抓了吧！

李大宝拿起电话听筒：喂……是我……什么？您再说一遍……啊啊啊，我马上就去……

李大宝手忙脚乱地穿衣服。张朵朵也被弄醒了。

张朵朵揉着眼睛，问：几点了？

李大宝：不知道。

张朵朵：那你穿衣服干吗？

李大宝：杨开明死在澡堂子里了。

张朵朵：谁死了？

李大宝：杨开明。我那个高中同学，原来纺织厂的厂长。心脏病……

18. 李大宝家平房，正房，妈妈屋，内，日

妈妈和姑奶奶逗李中玩。张朵朵和王蔷在聊天。

穿着一身黑西服的李大宝推门进来了。

几个人都站了起来。

妈妈：后事都办完了？

李大宝一屁股坐到沙发上。

李大宝：办完了。

张朵朵：这人说死就死了？

李大宝：我看着他被推进炉子的，我看着炉子门关上的。肯定是死了。

张朵朵：我们也是刚听妈妈说的，姑奶奶早就给他算出来死期了。

李大宝：是啊，活蹦乱跳的一个人，在姑奶奶的预言下，就给死了。

张朵朵：姑奶奶，快给我们说说，你是怎么算出来的？

王蔷：是啊，姑奶奶，快给我们说说。

姑奶奶：从医理上来说，心对应五行中的火，经为手少阴经。那次我在大宝的病房里见到杨开明，他表面夸夸其谈，走路大手大脚，实为心气盛而神有余，宜泻心火。号其脉，却沉濡虚滑，火反侮水，属大逆不治。观其色，面孔虽赤，但额上发髻起黑，下至鼻梁，延至两颧。这样的心病患者应死在百日之内。

张朵朵：是不是当时就没救了呢？

姑奶奶：这类病人若戒酒色，少安毋躁，注意调养，以黄连泻心汤加厚朴猛攻，或许可救。可是我见到他时，他已人在心死，任何医生都无力回天了！

张朵朵：这么多年了，我真是有眼不识泰山，真没看出来，您还有这两下子！

王蔷：不过，我可是一直崇拜姑奶奶的！

姑奶奶如坐云端了。

李大宝：伟大的巫婆，伟大的神医。我看我还是给你磕一个吧！

李大宝趴在地上，就给姑奶奶磕了一个响头……

19. 西厢房，厨房，小院子里，正房，妈妈屋，内，日

妈妈、张朵朵和王蔷在灶上忙着做饭。李大宝捧着茶杯喝茶。但目光却盯着妈妈屋的窗子。

李大宝把茶杯放下，出了屋门，来到妈妈屋。

姑奶奶坐在沙发上看书呢。

李大宝神秘兮兮地把门关上。

李大宝：杨开明的事，您得给我交个实底儿。我还是有点蒙。

姑奶奶像小孩一样笑了。

姑奶奶：你蒙？我还蒙呢。

李大宝：到底是怎么回事？

姑奶奶：我跟你说了，你可不能告诉任何人，包括朵朵。不然，姑奶奶我就没法儿做人了。

李大宝：我保证，一定让它烂在肚子里。

姑奶奶：我去看你的那天上午，正好在一本书上看到这样一个病例，这个病例也正好符合杨开明的症状，于是，我就大胆地、勇敢地给他号了一脉！

李大宝：能让我看看那是一本什么书吗？

姑奶奶：小雅的一本旧刊物，叫什么……“文学”来着……对对，叫《湖南文学》，让她拿走了……

李大宝：你可真是巫婆，小说上看到的病例，你都敢拿过来蒙人！

姑奶奶：一开始，我心里也没底。从医院回来，自己嘀咕了好几天。后来我去同仁堂请教过一位老中医，他说，这个病例医书上是有记载的。换句话说，小说上的病例，它也是有出处的！

床头柜上的电话铃响了。

李大宝拿起电话听筒：喂……是我……什么？你再说一遍……啊啊啊……你现在在哪儿呢……好好好，别着急，我马上就过去……

李大宝摔了电话听筒。

姑奶奶：怎么了？

李大宝：你们家那个二王八蛋被抓了！

姑奶奶：我说什么来？你妈还不信呢！

李大宝盯着姑奶奶看了半天。眼睛里露出了恐惧的目光。

李大宝：你怎么算谁谁倒霉呀？

姑奶奶：我……

李大宝：祖宗，我的活祖宗，你赶紧把你那些书啊、药啊、酒啊给我扔了，你这整天神神道道的，早晚我也跟着您倒霉！

李大宝站起来往外走。

姑奶奶：因为所以，科学道理……

20. 西厢房，厨房，内，日

一家人围坐在饭桌旁开会。除了李二宝，其他人都在。一家人的脸色都很沉重。牛琴更像是吃了几个苦瓜，除了沉重，还有痛苦。

李三宝：……这分明就是非法传销，抓到了是要判刑的，电视里、报纸上经常有这样的报道，难道你们不知道吗？

牛琴：二宝的那个朋友请我们过去时，只是说让我们帮着销售他们厂生产的保健产品。我们去了一看，他们有厂子、有车间、有产品，并且产品早就进了全国各大商场，应该不会有问题的，这才进了他们厂的上线公司。

李三宝：如果我没猜错的话，你们进公司的时候，他们的厂子早就亏损了，他们推出所谓的健康服务理财项目，就是为了圈钱。

牛琴：我们也是后来才发现的。可是，想退出来，也来不及了。

李大宝：你们也不想想，月薪两万，能没有陷阱吗？

牛琴：我们不也是为了挣钱吗？

妈妈：是啊，二宝这些年这么折腾，也是为了挣钱，也是为了给家里减轻负担。

姑奶奶：还为了证明自己。

李大宝：两个老太太，都什么时候了，你们还袒护他？这些年，要不是因为你们这么纵容他，他能落到今天这个地步吗！

妈妈和姑奶奶不说话了。

李三宝：是啊，我记得李二宝说过一句话，"一般来说，我只骗家人、不骗亲戚、不骗朋友，更不骗外人"。这一次，把所有人都骗了，这就证明，他在一步步地滑向犯罪的深渊呐。

李上突然哭哭唧唧地说：大伯，三叔，你们可得救救我爸啊！

牛琴：是啊，我问过法院了，二宝就是个骨干，不是主犯，只要交了罚款，是不会重判的。你们得救救他啊！

妈妈：是啊，你们哥儿俩一定要想办法，把他捞出来！

姑奶奶：大宝，姑奶奶这辈子任何事都没强求过你，这一次，说什么你也得张罗张罗，把罚款交上，把二宝弄出来！

李大宝：您说得轻巧，那可是六十万块钱，我去哪儿张罗去！

姑奶奶一下子站起来。

姑奶奶：多少钱？

李大宝：六十万！

姑奶奶：我的妈爷子啊！

姑奶奶突感眼前一黑，人就向后倒去。身边的张朵朵赶紧去扶姑奶奶……

李大宝和李三宝，都“腾”地一下站起来。

李大宝和李三宝：姑奶奶……

21. 正房，妈妈屋，内，日

姑奶奶半死不活地躺在床上。一会儿阴，一会儿阳；一会儿迷糊，一会儿清醒。

妈妈半跪在姑奶奶身边，拿热毛巾为她敷头。其他人则站在地上。

姑奶奶：大宝。

李大宝：哎。

姑奶奶：我刚才看见你爷爷了。

李大宝：他在那面怎么样？

姑奶奶：还那么年轻，还那么英俊。

李大宝：也是，他走的时候还不到30岁呢。他跟您说什么了？

姑奶奶：他说，小妹，这么多年，这个家，多亏了你，要是没有你，小翠怎么能把那五个孩子养活大？

李大宝：小翠是谁？

姑奶奶：你奶奶啊。

李大宝：您没说过呀。

姑奶奶：他说，小妹，这么多年，这个家，多亏了你，要是没有你，小翠怎么能把那五个孩子养活大？我说，我什么都没做过，我这个人，你还不知道，从小到大都没有准性儿，就爱自己玩。他还说，小妹，这个家，真是拖累你了，让你到现在还是一个人。我就说，我愿意一个人，一个人多自在，非要找个男人干什么；再说了，我也不是一个人啊，头些年，有大宝爸爸他们兄弟姐妹五个人，再后来，有大宝他们兄弟姐妹五个人，他们对我都很好！

妈妈显得有点激动。

姑奶奶：大宝。

李大宝：哎。

姑奶奶：我刚才还看见你爸爸了。

李大宝：我爸爸？他在那面怎么样？

姑奶奶：还那么年轻，还那么英俊。

李大宝：也是，他走的时候比我爷爷也大不了几岁。他又跟您说什么了？

姑奶奶：他说，小姑，这么多年，这个家，多亏了你，要是没有你，我妈怎么能把我们兄弟姐妹五个人养活大？要是没有你，大宝他妈怎么能把大宝他们兄弟姐妹五个人养活大？我说，我什么都没做过，我这个人，你还不知道，从小到大都没有准性儿，就爱自己玩。他还说，小姑，这个家，真是拖累你了，让你到现在还是一个人。我就说，我愿意一个人，一个人多自在，非要找个男人干什么；再说了，我也不是一个人啊，头些年，有你们兄弟姐妹五个人，再后来，有大宝他们兄弟姐妹五个人，多热闹呀多好呀！

李大宝：您谦虚了。

李三宝：对，您肯定谦虚了。

姑奶奶：我一点都没谦虚。这个家，能有今天，全靠你奶奶和你妈妈了，我什么都没做过。用三宝的话来讲，我最多是个思想者，而你奶奶和你妈妈才是行动者！

李三宝：我可没说过这话！

妈妈的眼圈红了……

第 40 集

1. 李大宝家平房，西厢房，厨房，内，日

一家人围坐在饭桌旁。除了姑奶奶和李二宝，其他人都在。

妈妈把眼泪擦干了。

妈妈：大宝、三宝和小雅，事情就像你们的爷爷和你们的爸爸托梦所说的那样，没有姑奶奶，就没有老李家的今天；没有姑奶奶，也就没有你们兄弟姐妹五个人的今天。就是为了这个家，姑奶奶才一个人苦了一辈子！

李大宝：不对吧？

妈妈：怎么不对了？

李大宝：姑奶奶常说，她年轻的时候，追求她的人很多，她都没看上，一来二去，拖久了，就不想嫁了。你也说过，姑奶奶任性、孤僻，阴阳不定、尖酸刻薄，所以才嫁不出去。

妈妈：姑奶奶那么说，肯定为了显摆她自己年轻的时候有多漂亮。

李大宝：那你呢？

妈妈：我说过吗？

李三宝和李小雅：说过。肯定说过。

妈妈：那好，我就把我刚才的话换一种说法。如果没有姑奶奶在，我相信，你奶奶一个人带着五个孩子，她坚持不下来；我一个人带着五个孩子，更坚持不下来。

张朵朵：妈，您是说，如果没有姑奶奶在，我奶奶和您，都会改嫁吗？

妈妈的脸彻底红了。

沉默。

李小雅：妈，你觉得你这辈子苦吗？

妈妈：我好像没想过这个问题。

李小雅：为什么没想过呢？

妈妈轻描淡写地说：可能顾不上吧。

李下：奶奶，我要是你啊，我都恨死了太姑奶奶了！

妈妈：为什么？

李下：她毁了你一生的幸福啊！

一家人都惊呆了。

张朵朵：下下，闭嘴，你懂什么！

李下：本来嘛！

妈妈：下下也许没错。我这么做，更没错。好了，不说这个了。今天，跟你们讲了这些，就是希望，在二宝这件事上，不管我做出什么决定，都希望你们能够理解。

张朵朵：放心吧，妈，我们理解。

妈妈：大宝和朵朵留下，你们该干啥干啥去。

除了李大宝和张朵朵，其他人都出去了。

李大宝起身把门关严。

妈妈：有一件事，我想必须得跟你们说了。

李大宝：是李二宝的身世吧？

张朵朵瞪着李大宝。

张朵朵：什么身世？难道他不是妈亲生的？

妈妈吓得半天说不上话来。

妈妈：大宝，怎么，你知道这件事？

李大宝：有一次，我听见了你和姑奶奶的谈话……

闪回：

……

妈妈现出了异样的神情：他就是我一个人的？

姑奶奶：那可不？别忘了，他是你的儿子。

妈妈：我得感谢您，是您让我有了这样一个好儿子。

门虚掩着，李大宝从外面进来了。

姑奶奶：你说什么？

妈妈：我说，我得感谢您，是您让我有了这样一个好儿子。

姑奶奶一把堵住妈妈的嘴巴。

姑奶奶：你就不怕让别人听见？

两个人都听到了后面的动静。一回头，发现李大宝已经站在她们身后了。

妈妈：你什么时候进来的？

李大宝：刚进来。

妈妈：你都听见什么了？

李大宝：你说，“我得感谢您，是您让我有了这样一个好儿子”。你们说我呢吧？

妈妈语无伦次地说：没说你……对，说你呢……（闪回完）

妈妈：好像有这么回事。

李大宝：从那以后，我就怀疑，李二宝是不是你亲生的？后来发生了那么多事，更加坚定了我的怀疑。

妈妈：你指的哪些事？

李大宝：李二宝往死里折腾呀。他每次胡作、祸害，你和姑奶奶从来都是无原则地同情、无原则地支持、无原则地为他擦屁股。我就想，那么一个混蛋玩意儿，你们为什么还袒护他、纵容他？只有一种解释了，他不是你亲生的，你们怕亏待了他。再后来，牛琴又无意中发现了他跟我和三宝长得一点不像……

妈妈：没错。他的确不是我亲生的，是我在他两岁多的时候收养的。

李大宝：那么，他到底是从哪儿来的呢？他爹妈又是谁？

妈妈：这个问题重要吗？

李大宝：很重要，因为，我发现他好像跟姑奶奶还有关系。

张朵朵：啊，这不乱套了吗？

妈妈：乱什么套？套好好地，还在呢。

李大宝：那你说说看。

妈妈：既然这样，我今天就全都告诉你们。他的确跟姑奶奶有关系。咱们老家原来在四平，姑奶奶17岁的时候，一个姓冯的大户人家的少爷，喜欢上了她。当然了，姑奶奶也喜欢冯少爷。两个人很快订了婚……

张朵朵：那个冯少爷是不是长得特别帅？

妈妈：你怎么知道？

张朵朵：姑奶奶给我看过他照片。他比三四十年代的那些电影明星还帅呢！

妈妈：她还说什么了？

张朵朵：她就说了一句话——那是她的初恋。后来，你就回来了，她赶紧把照片藏起来了。

妈妈：这个老妖婆，她还初恋……

张朵朵：据我了解，那的确也是她的初恋。

李大宝：妈，你快接着讲吧！

妈妈：那好吧。我接着讲。他们正准备结婚呢，你爷爷却死于战火中。姑奶奶对冯家说，结婚可以，冯少爷得倒插门。冯家不干，就退了婚。后来，我们全家被大军裹挟着南下，辗转到了北京，住了下来。“文化大革命”开始不久，一个女人抱着一个两岁的孩子找到我们家，说孩子是冯少爷的孙子，让我们收留，还说我们要是不收留，孩子就没活路了……

张朵朵：那你和姑奶奶就收留了？

妈妈：姑奶奶见到这孩子，喜欢得不得了，说是跟冯少爷长得一模一样。说完了，再去看，那个女人已经没影儿了。我们不收留也得收留了。这个孩子呢，比大雅大了两个月，我们就把他排行老二，取名二宝。

李大宝：那我爸什么意见？

妈妈：我和姑奶奶都把孩子留下了，他还能怎么样？

张朵朵：那二宝的亲生爷爷和亲生爸爸呢？

妈妈：二宝的爷爷被红卫兵拿图钉活活钉死了；二宝的爸爸年轻气盛，想不开，上吊死了。

张朵朵：那个女人又是谁？

李大宝：肯定是二宝的妈妈了。

妈妈：应该就是。

张朵朵：她后来找过二宝吗？

妈妈：没有。我们也不希望她找。

李大宝站起来在地上来回地转。

妈妈：怎么了，大宝？

李大宝：有点蒙。

妈妈：你不是早就知道真相了吗？

李大宝：可是，当真相摆在眼前的时候，还是有点接受不了，还是有点蒙。

妈妈：你都接受不了，那其他人呢？

李大宝：你放心，我一定会接受的，谁让我是大名鼎鼎的大瓣蒜儿呢！

2. 马路边，人行道上，外，傍晚

李大宝骑着自行车驮着张朵朵前行。

张朵朵拍了李大宝后背一下。

张朵朵：陪我去天坛走走呗。

李大宝：好啊。

3. 天坛，东门通往北门的一条路上，外，夜

清冷的月光，透过干瘦干瘦的树冠，落在地上。

寒鸦的叫声，平添了夜的寂静。

张朵朵和李大宝在路灯昏暗的小路上漫步。

张朵朵：……了不起，这两个老太太真的很了不起。

李大宝：你说什么？

张朵朵：我说，这两个老太太真的很了不起。收留了一个跟自己没有任何关系的孩子，把他养大了，供他念了书，还给他娶了媳妇儿；并且，瞒得密不透风。如果不是出了这么大的事，我们一辈子都被蒙在鼓里了。

李大宝：我看没啥了不起的。她们纯粹是引狼入室，纯粹是养虎为患，纯粹是农夫与蛇。

张朵朵：我一直在想，两个老太太做的事，我能做到吗？

之后，张朵朵使劲儿地摇了摇头。

张朵朵：我肯定做不到。下下能做到吗？

李大宝：你都做不到，她更做不到了。

张朵朵：所以说吗，这两个老太太很了不起。

李大宝：你什么意思？

张朵朵笑着说：我没什么意思。

张朵朵：李大宝，我嫁到你们老李家多少年了？

李大宝脱口而出：21年。

张朵朵：多少次，我都想离开这个家。到最后，全泡汤了。你知道为什么吗？

李大宝：为什么？

张朵朵：都是因为你们家的人。表面上，你们每天吵吵闹闹，你掐我、我掐你，谁也不让谁。骨子里，一个比一个简单，一个比一个皮实，一个比一个大度，一个比一个仁义。

李大宝：你说的不包括李二宝啊！

张朵朵：本来也不包括他。你说，这样的一家人，我怎么能离得开？

李大宝嬉笑着说：你主要是离不开我吧？

张朵朵：美得你。

张朵朵突然站住了，在思忖着什么。

李大宝：你想干什么？

张朵朵：我想干什么，你知道。

李大宝把大手丫子挥舞得像一片大风扇。

李大宝：你拉倒吧。别瞎操心啊。他李二宝落到今天的下场，全是他自己作的。他也该为自己的行为付出点代价了。

张朵朵：你想过没有，如果他被判个十年八年的，上上怎么办？牛琴怎么办？他们那个小家不就散了吗？

李大宝：可是，你的钱是你辛辛苦苦赚来的。再说了，下下早就说过，她想去美国读研究生。你的钱都拿出来，下下怎么办？

张朵朵：赚来的钱不是为了花的吗？现在有需要了，那才显得它有价值。还有，下下还有三年才毕业呢，我还可以再赚呀。

李大宝：可是，一想到李二宝那个二王八蛋吃啥啥没够、干啥啥不成的没出息样儿，我就不想管他。

张朵朵：你拉倒吧。你也就是嘴上的功夫，其实，你早就在算计我有多少钱了。

李大宝：有多少？

张朵朵：二十万块。

李大宝：都拿出来呀！

张朵朵：都拿出来！

李大宝：想好了？

张朵朵：想好了！

李大宝：那这样，让姑奶奶、妈妈、李大雅、李三宝和李小雅再凑二十万。

张朵朵：还差二十万呢？

李大宝：让牛琴找她的娘家去！

张朵朵：那就这么定了？

李大宝：定了！

4. 监狱，外，日

大墙内。

李二宝和一些服刑的犯人们随着音乐在做广播体操。

李下的旁白：……最终，我二叔李二宝被判了三年。他进去的时候，没有人去送他。姑奶奶说，好好臊打臊打他，看看他这回长不长记性……

5. 天坛，斋宫南面，城墙下，树林里，外，日

姑奶奶夹在三三两两的游客当中，边走，边小声地唱着。

突然，姑奶奶被草地上的一位少男吸引住了。那位少男的长相和装束都酷似老照片上的冯少爷。

姑奶奶使劲地揉了半天眼珠子。再睁开时发现：那位少男的身边已经多了一位少女。两个人好像在为什么争吵着。很多游客围观着他们。

姑奶奶被眼前的这一幕，彻底吓住了。她闭着眼睛，倚着身后的一棵树，慢慢地坐下……

叠画：姑奶奶清醒过来时，眼前已空无一人。

姑奶奶一边爬，一边喊：冯少爷，冯少爷……

6. 李大宝家平房，小院子里，外，日

姑奶奶穿戴整齐，背着大包小包，要出远门的样子。妈妈、李大宝和张朵朵在阻止着姑奶奶。

姑奶奶：我绝对看见他了，那个人就是冯少爷；我要去找他，北京找不见，我就去四平！

妈妈：祖宗，活祖宗，哪儿来的什么冯少爷？您就别作我们了，好不好！

姑奶奶：冯少爷和一个小姐在一起。不行，我得去找他。问问他，这是为什么？

眼看着姑奶奶就要冲出包围圈，李大宝急了，只好抱起姑奶奶，往屋里走里……

7. 正房，妈妈屋，内，日

姑奶奶闭着眼睛，躺在床上。

妈妈、李大宝和张朵朵则站在地上。

姑奶奶：你们不让我去，也行。大宝、朵朵，你们去替我找，找不到，你们就别回来了！

李大宝：哎，哎。我们去，我们去！

8. 天坛，由北门通往南门的一条路上，外，日

李大宝和张朵朵一边走着，一边踅摸着。

9. 天坛，祈年殿门口，外，日

检票员在门口左面检票。李大宝和张朵朵则在右面盯着每个游客的脸。

有些游客不满地看着李大宝和张朵朵。李大宝和张朵朵只好赔着笑脸……

10. 天坛，斋宫南面，城墙下，树林里，外，日

李大宝坐在草地上，倚着一棵树，睡着了。

叠画：李大宝醒来了。却被草地上的情景吸引住了——一位少男拉着一位少女，正在卿卿我我。很多游客围观着他们。

李大宝：冯少爷，还真是冯少爷……

李大宝从兜里掏出那张老照片，仔细比对。那位少男的长相和装束还真酷似冯少爷。

李大宝爬起来，就往人堆里钻。却被一个人挡住了。那个人还示意他别说话。

李大宝这才注意到：边上有人端着摄像机，有人举着话筒在忙活着……

李大宝拉住那个人，悄悄地来到圈外。

李大宝：哥们儿，这是怎么个意思……

11. 李大宝家楼房，大卧室，内，夜

张朵朵和李大宝围着被子，坐着说话。

李大宝：谁会相信，天下会有这样的奇事？姑奶奶这辈子就想演个戏，结果，戏没演成，自己却被戏演了；谁会相信，天下会有这样的奇事？我们老李家一直有人想当作家，结果，我们的作家没出世呢，人家老冯家的作家早成名了，还把冯少爷和姑奶奶的事，写成了电视剧……

李大宝一边说着，一边往张朵朵身边凑着。

张朵朵：现在看来，所谓的艺术高于生活的提法，是有问题的。在某种程度上，生活是高于艺术的。

李大宝：你现在就别管生活和艺术是怎么回事了。你倒说说，怎么跟姑奶奶谈吧？

张朵朵：肯定不能说她看到的情况是在拍电视剧了。

李大宝：是啊。那样说的话，她会再次昏睡过去的。能不能醒来，都难说了！

张朵朵：我倒有个主意……

李大宝笑嘻嘻地凑到张朵朵的耳边……

12. 李大宝家平房，正房，妈妈屋，内，日

姑奶奶闭着眼睛，躺在床上。张朵朵跪在床边，妈妈和李大宝则站在地上。

张朵朵：……姑奶奶，这些天，我和大宝找遍了北京城和，也去了四平，我们没找到冯少爷……

姑奶奶：怎么可能呢？我真真切切地看到了他。

张朵朵：冯少爷如果还活着，多大岁数了？

姑奶奶：跟我差不多。

张朵朵：而您那天看到的却是一位少年。

姑奶奶：也是啊……

张朵朵：所以，我推测，您那天坐在天坛的某一棵树下，睡着了，您做了个梦，梦见了冯少爷。

姑奶奶：不对呀，我是先看见冯少爷，之后才昏睡过去的。

张朵朵：人一累了，梦和醒，是没有那么明确的界限的。我在排练的时候，常常一瞬间就打个盹，有的盹长一点，还顺带做个梦，醒盹了，接着排练。您那天，肯定是太累了，梦和醒弄颠倒了。

姑奶奶：是吗？

张朵朵：都是二宝的事把您闹的，您最近的确是太累了。前些天，您不是大白天的，老梦见我爷爷、我爸爸吗？

姑奶奶：好像是。

张朵朵：这就对了。您那天肯定是梦见了冯少爷。

姑奶奶：……

张朵朵：还有啊，我一直想告诉您，我们两个，有个共同的特点……

姑奶奶：什么？

张朵朵：梦和醒往往分不开，幻想和现实往往分不开。

姑奶奶：你说得有道理。可这是为啥呢？

张朵朵趴在姑奶奶耳边轻轻地说了一句什么。

姑奶奶睁开了眼睛，并且坐了起来。

姑奶奶：让朵朵这么一说，我想起来了，那天我好像是先昏睡过去，之后才看见冯少爷的……

妈妈：这就对了！

李大宝：姑奶奶，朵朵刚才跟你说什么了？

姑奶奶：那不能告诉你！

李下的旁白：后来，我妈告诉我，她只跟太姑奶奶说了一句话，那就是——我们两个，跟身边这些俗人不一样，因为我们两个生活在理想当中——就这一句话，让太姑奶奶接受了不可能找见冯少爷的现实……

字幕：2006 年夏天。

13. 李大宝家平房，小院子里，西厢房，厨房，外 / 内，日

李中（7 岁，建议此集换演员）在院子小里拍皮球。透过厨房的窗子，可以看到妈妈和牛琴在灶上忙着。姑奶奶依然四处闲晃。

李中：二婶，我二叔什么时候回来？

牛琴从门口探出身子，说：小祖宗，你别喊了，你以为你二叔上战场了吗？要凯旋了吗？

李中：那我不管，反正我想他了。

牛琴又把身子缩回厨房。

姑奶奶：不管他是干什么去了，反正今天要回家了。

牛琴：把他关一辈子才好！

姑奶奶跟妈妈撇了一下嘴。

姑奶奶：怎么不见朵朵、王蔷和小雅她们呀？

牛琴：王蔷拉着朵朵去做美容了。下下拉着小雅去看电影了。

妈妈：朵朵和王蔷也是，不在家帮忙做饭，去做什么美容呀？

牛琴：王蔷也是看朵朵这段时间太累，拉她出去散散心……

14. 美容院，包房，内，日

两个年轻的技师分别为张朵朵和王蔷做美容。

张朵朵：……这都跟三宝分手四年了，还要单儿啊，不想再找一个了？

王蔷：这不是没合适的吗。

张朵朵：就你这样的，恐怕还得我给你介绍啊。

王蔷：你也太小看人了。

王蔷突然坐起来，做了一个张牙舞爪的动作。

王蔷：看见过磁铁掉进大头针盒里的样子吗？“啪”的一下，就变成了一个大刺猬。我就是那块即将掉进大头针盒里的磁铁，随时可以变成一个大刺猬。

王蔷又躺下了。

张朵朵：你拉倒吧，你还大刺猬，大棉花球还差不多。

王蔷“嘿嘿”地笑了。

张朵朵：说吧，你到底喜欢什么样的男人？

王蔷想了半天，说：喜欢什么样的，我自己也不知道；但讨厌什么样的，我自己却很清楚。

张朵朵：真逗。那你说说，你都讨厌什么样的男人？

王蔷：没有责任感的、遇到大事不敢承担的；喜欢吹牛的，尤其是见到漂亮女人恨不得把自己吹上天的；好卖弄的，尤其是一遇到人多的场合只顾自己表演的；粗俗的、没文化的；粗鲁的、没教养的；抹化妆品的、说话娘娘腔儿的、穿衣服不男不女的……

张朵朵和两个技师都被逗笑了。

王蔷：还有呢。站在街边嗑瓜子的、穿着拖鞋抱条狗遛大街的；吃饭当中剔牙的、打嗝的、放屁的……

张朵朵和两个技师笑坏了。

张朵朵：不行，憋尿了，我也得上厕所！

张朵朵起身、下床往外走。走了两步，又回来了。

张朵朵：我知道你喜欢什么样的男人了。

王蔷：什么样的？

张朵朵：我不告诉你！

15. 美容院，卫生间，门口，洗脸台，内，日

张朵朵从卫生间里出来，走到洗脸台洗手。一抬头，却发现镜子里面有一个中年妇女正在盯着她看。张朵朵觉得在哪儿见过中年妇女，于是，就对她微笑了一下，又低下头。

一个声音传来：你是朵朵吧？

张朵朵抬起头，张着嘴，说：您是……

张朵朵终于想起什么了，一拍脑袋。

张朵朵：戴亭！

戴亭：对啊。你都认不出我来了，我有那么老吗！

张朵朵：对不起，都十年没见了！

戴亭：十年了，你一点都没变！

张朵朵：怎么可能，鱼尾纹都出来了。

戴亭：可我们都变成黄脸婆了。

短暂的沉默。

张朵朵：怎么，你也来做美容？

戴亭：这种地方，我哪儿来得起呀？我是路过，到这儿上趟厕所。

张朵朵赶紧把话题岔开：还好吧？

戴亭：好什么好？我现在在一家公司的办公室打杂。不过，我早就想明白了，人活着就那么回事，争来争去、斗来斗去，有啥意思，只要每天高兴就行。

张朵朵附和道：是啊。

戴亭：听说你现在不错，办了一所舞蹈学校？

张朵朵：我这个人也干不了别的，就会跳个舞。

戴亭：还干不了别的呢，都成大老板了？对了，知道我们剧团其他人的消息吗？

张朵朵：每天光顾着忙学校那点事，跟外界都没什么联系了。

戴亭：白大爷死了。朱文得半身不遂了。

张朵朵心里一动，问：白大爷什么时候死的？

戴亭：好几年了。

张朵朵：我都不知道。

戴亭：高歌离婚了，找了一个七十多岁的老头儿，原来是个高干。我见过那老头儿一次，一边吃饭，一边流口水，一边抹鼻涕，并且浑身一股烟袋油子味儿。简直了。比她爹还爹，比她爷爷还爷爷。

张朵朵感觉到有点恶心。

戴亭：刘文品干那个了。

张朵朵：干哪个？

戴亭压低声音说：在豪华的会所里陪中年女人……

张朵朵：不会吧！

戴亭：我原来工作的公司，老板是个女的。他俩在一块，被我撞上了。后来我只好辞职了。

张朵朵：乱套了。全乱套了。

戴亭：现在不就是一个乱套的年月吗？

张朵朵笑着说：也是。

戴亭：对了，最惨的就数丁茂了。

张朵朵的心里有点发紧。

张朵朵：他怎么样了？

戴亭：前两年，精神出了点问题，老想着往高处爬。去年，家里人一眼没看住，他顺着楼房的泄水管往楼上爬，结果，爬到4楼摔下来了。两条腿全断了。后半辈子，恐怕就得在床上躺着了。

张朵朵眼圈红了。

戴亭：我得走了。我有他家地址，你想要，就给我发短信，我手机号码没变。

张朵朵：哎……

戴亭已经走了。张朵朵还站在原地一动不动……

16. 某高档小区，大门口，马路边，人行道上，外，日

张朵朵妈妈挎着张朵朵爸爸的胳膊，走在人行道上。

如果我们细心一点，就会发现，路边的高档小区，就是原来张朵朵的剧团所在。只不过，剧团早烟消云散，变成住宅了。

但四周的景物却还是原来的模样。

张朵朵爸爸看着似是而非的剧团的所在，脚步慢了下来。

张朵朵妈妈：想什么呢？

张朵朵爸爸：这就是我们家两代人工作过的地方，现在变成了这个样子。

张朵朵妈妈：拆，已经变成中国特色了……

沉默。

张朵朵爸爸：听说，朱文得了半身不遂。哪天，我们一块去看看她吧？

张朵朵妈妈：好吧！

张朵朵爸爸：谢谢你！

17. 李大宝家平房，小院子里，外，日

李大宝和李三宝领着李二宝进了小院子。

三年不见，李二宝变黑了，也变壮了。目光里没了原来的浮躁、不安，多了一些沉稳、成熟。

李二宝看着小院子，突然就有些激动。

李大宝：怎么着，是不是想大哭一场？

李二宝咬了咬嘴唇，让自己平静下来。

李大宝：我看你还是一会儿回屋里哭吧。在这儿，影响太大。

一家人都从厨房里涌了出来。

妈妈和姑奶奶一个抓着李二宝的手，一个薅着李二宝的头发，半天说不上话来。

妈妈：回来就好！

牛琴躲在后面，不知该怎么办了。李大宝一把把牛琴拽到前面来，然后将李二宝推到她怀里。

李二宝抱着牛琴，眼睛却向房子里看着。

原来，人堆里少了李上。

姑奶奶明白过怎么回事来了。

姑奶奶：上上呢？

张朵朵：早就躲她奶奶屋去了。

李二宝：她不想见我……

张朵朵：她说，她不知见到你该说什么。要不，你去屋里看看她……

李二宝松开牛琴，朝妈妈屋走去。

妈妈屋的门开了。李上（16岁，可以考虑换演员）冲了出来。

李上喊了一声：爸！

李上一下子撞到李二宝的怀里……

18. 西厢房，厨房，内，傍晚

饭桌上摆着八个碟子、八个碗。丰盛得不能再丰盛了。一家人围坐在饭桌旁准备吃晚饭。李大雅、毛驴儿和毛毛雨（13岁）也在座。

这个时候，李小雅和李下有说有笑地从外面回来了。

张朵朵：你俩够磨蹭的，快坐，就等你俩了。

李小雅和李下落座。

李小雅摸了摸毛毛雨的头。

李小雅：毛毛雨吧，都长这么大了。

毛毛雨像个小姑娘似的，脸红了。

牛琴：这孩子，怎么这么老实，一点都没随他爹妈。

李大雅：他爹妈怎么了？

牛琴：看看，我还没说完呢，你就扑上来了！

妈妈：别掐了。

牛琴和李大雅都闭嘴了。

李大宝：下下，最近你每天跟小姑在一起嘀咕啥呢？说出来，我们也听听。

李下：这是我和小姑的秘密。

妈妈：下下，你可不要瞎鼓动你小姑，你走就走了，别把小姑也拐带走了。

姑奶奶：她们都那么大了，想去哪儿那是她们的事，我们就别瞎操心了。再说了，有下下和小雅黏在一块，小雅开朗多了。

张朵朵：就是啊。你们发现了没有？最近小雅又跟原来一样漂亮了。

李上：奶奶，开饭吧，我爸都饿了。

妈妈：看看，看看，就知道你爸饿了，别人就不饿了？

李上：就是吗。我爸都好几年没吃家里的饭了！

妈妈：好，开饭。牛琴，倒酒。

牛琴站起来，给大人们一一倒酒。

妈妈：大宝，准备准备，一会儿主持。

李大宝：姑奶奶，我主持？

姑奶奶：肯定你主持啊。

李大宝：那好。

牛琴倒完了酒，坐下。李大宝端着酒杯，站起来。

李大宝：今天，是这么多年来，我们老李家聚得最齐的一次，甚至，连不愿意姓李的王蔷都来了……

一家人都笑了。

李大宝：那么，我们今天的聚会，有三个议题。第一，庆祝姑奶奶 73 岁寿辰；第二，欢迎浪子李二宝回家；第三，欢送李下同学，也是我和张朵朵同志的闺女，明天赴美国留学。来，我们全家，有酒的喝酒，没酒的喝水，一块举杯！

一家人站起来，互相碰杯。

七七八八地，总算碰完了。又七七八八地，坐下了。

李大宝：妈，该你说话了。

妈妈举起酒杯，说：我提议，我们全家人一块敬姑奶奶。大宝，那句话，怎么说来？

李大宝：哪句话？

妈妈：就是代表这个，代表那个……

李大宝："我看我还是代表全家人，不，我还是代表北京人民，祝您长命百岁、长生不老，祝您福如东海、寿比南山"！

妈妈：对对对，就这句。

李中：好玩儿。

姑奶奶：让你们这么一说，我又想起我的那块地了。

李大雅：你哪块地呀？

姑奶奶：大宝和二宝早就答应我了，要给我在西面的山上买块墓地的。

李大宝：姑奶奶呀姑奶奶，你可真是姑奶奶，这大喜的日子，您提这个干啥呀？

很多人附和：是啊，您就不该提这个。

姑奶奶：那就不提了？

其他人都说：肯定不提了！

姑奶奶也举起酒杯，说：好，既然你们兄弟姐妹五个人都在，朵朵、牛琴、王蔷和毛驴儿也在，我也有个提议，我们一块敬你们的妈妈。

妈妈对此没有任何准备。显得激动万分。

姑奶奶：感谢你们的妈妈这辈子为我们老李家作出的巨大贡献和牺牲。大宝妈，本来，在大宝爸去世后，你该改嫁的，是老李家拖累了你，是我拖累了你。但我也没办法。人活着，不能光为自己；当妈的，在一定时候，更是没有自己！

妈妈捂着脸，哭了起来。

姑奶奶带头跟妈妈碰杯。

妈妈哆哆嗦嗦地把酒喝了。

大家坐下。

李二宝拍了拍桌子。

李二宝：李大宝，该我说话了吧？

李大宝：说。

李二宝：以我现在的地位和处境，我只能代表我们这个小家了。牛琴，拿出来。

牛琴从身后的包里拿出了一面锦旗，然后，展开。

锦旗上书："露水夫妻"。

一家人都懵了。

李二宝：姑奶奶、妈妈，这些年，我给家里添了很多麻烦，但我不想说过多感谢的话，谁让我是你们的孙子、儿子呢，谁让我这个孙子、儿子不争气呢？但有两个人，我必须得感谢，这两个人就是我大哥和我大嫂。

姑奶奶和妈妈：那得感谢。

李二宝：所以呢，我和牛琴要把这个横幅送给我大哥和我大嫂。

李下不干了，说：有你们这么感谢人的吗？什么叫"露水夫妻"啊！

李二宝：下下，先别着急，这里面有故事，有个美丽的故事。

李三宝慢条斯理地说：既然是美丽的故事，还是让我来讲吧。

李二宝：妙极。

李三宝：下下，你妈20来岁的时候，是美女，绝对的美女。美女在今天被你们叫滥了、叫贱了啊。在今天，只要脖子不歪的、眼睛不斜的、嘴巴不抽抽的女人，全是美女。不说这个了。说你妈。你妈这个美女不知哪根儿神经乱了，阴差阳错地嫁给了你爸。嫁了，就后悔了。死活看不上他，很长时间不瞅他不跟他说话甚至都不让他进屋睡觉。

李上：真的，大伯？

李大宝：别听你三叔胡说八道。

李三宝：……你爸为了讨好你妈，每天给她洗脚、捶背、按摩，接送她上下班，还克扣全家人的伙食费给她买衣服、买麦乳精，别提多下贱了。下贱就下贱吧，他还玩什么情调。他为了进一步取悦你妈，让你二叔从广州弄回来一盒化妆品送给你妈。没想到是假的。你妈抹了以后，起了一脸红疙瘩，一个多月下不去，连舞台都登不了啦。北京啊，上海啊，哪儿哪儿都看了，就是看不好。你爸说，三宝啊，在我认识的人当中你最有文化了，你得救救我啊，不然，我就死定了。我就告诉你爸，用露水洗脸可以祛除你妈脸上的红疙瘩。于是，你爸每天半夜骑上自行车、带上塑料桶和脸盆去南郊的庄稼地里收集露水。结果，半个月以后，你妈的脸神奇般地好了。

李下：妈，是这样吗？

张朵朵红着脸，笑而不答。

李三宝：从那儿以后，你爸收集露水这个工作，就没间断过，几十年如一日啊。时至今日，你妈已经用露水洗了二十三年脸了！

李小雅：难怪朵朵姐现在还这么年轻！

王蔷：姑奶奶、妈妈，你们知道这事吗？

姑奶奶和妈妈：我们当然知道。

李大宝：你们也知道呀？

姑奶奶：你每天凌晨出去，天亮回来，我们能不知道？你还真把我们当傻瓜了！

一家人没笑死。

李下连拍了几下桌子。

李下：有那么可笑吗？你们都把嘴给我闭上。妈妈，你也说句话！

李大雅：对，张朵朵，你要好意思的，你就说句话。

张朵朵：我有什么不好意思的？我太好意思了。天下那么多女人，恐怕只有我张朵朵一个人用露水洗了一辈子脸；所以我要说，有了李大宝，我就是天下最最滋润、最最幸福的女人。

张朵朵在李大宝脸上亲了一口。

李大宝哪受过这种待遇，彻底晕菜了。

妈妈捂着脸，又哭了起来。

姑奶奶被妈妈搅和得眼圈也红了，但忍着，不让眼泪流出来。

李三宝：行了，“露水夫妻”的故事讲完了。李二宝，你继续吧。

李二宝给自己倒了一茶杯酒，一仰脖子，喝下去。脸立马红了。

李二宝举起手，说：曝光，我要曝光。

李大宝：你不刚曝完吗？还曝什么？

李二宝：我要给自己曝光。

一家人都看着李二宝。

李二宝：姑奶奶、妈妈，我在里面的时候，我就想，等出来了，我一定要把这件事说出来，再不说出来，我就真成二王八蛋了。吃饭前，我已经跟牛琴和上上商量了，她们也支持我。

李大宝：说吧，到底什么事？

李二宝：我知道，我不是妈亲生的；我知道，我是姑奶奶和妈一块把我领养的！

除了姑奶奶、妈妈、李大宝、张朵朵、牛琴和李上，其他人全都傻眼了。

李三宝：李二宝，你说什么？

李二宝：我不是妈亲生的，我是姑奶奶和妈一块把我领养的！

李三宝：这也太意外了，一顿饭能吃出这么大的事来。不是我不明白，是这世界变化快！

李大宝也给自己倒了一茶杯酒，一仰脖子，喝下去。脸也立马红了。

李大宝：李二宝，我问你，你是怎么知道自己的身世的？

李二宝：我像毛毛雨这么大的时候，我生母来找过我一次。

李大宝：她说什么了？

李二宝：她要领我走，我没走。

李大宝：为什么？

李二宝：不愿意走。

李大宝：李二宝，我再问你，既然你知道自己的身世，为什么不说？为什么隐瞒？

李二宝：很简单。我要是说了，我就不是妈亲生的了；我要是说了，我就姓不成李了；我要是说了，我在这家就待不下去了……

李二宝终于有些哽咽了。

一家人都被李二宝感染了。

李大雅：我是看明白了。你是生怕这个家亏待了你，你才变本加厉地祸害这个家。是不？

妈妈拍了拍桌子。一家人安静下来。

妈妈：二宝，今天，姑奶奶在，你闺女也在，妈只问你一句，以后的路，你打算怎么走？

李二宝：妈，你还信我吗？

妈妈：当妈的，哪有不信自己孩子的？

李二宝：我李二宝这辈子说得太多、做得太少了。妈，亲妈，从今天开始，我不再说那么多了。

李大雅：我没听明白。

李二宝：那我就告诉你们，我也信我自己！

李大宝：行，还挺感人！

牛琴和李上都哭了。其他人也颇受感染。

李三宝：李大宝，我也说几句吧？

李大宝：说。

李三宝：你还记得吧？ 1984 年 8 月 31 日晚上，也就是在我上大学的头一天晚上，我请你喝了次酒。我俩都喝多了。我曾说过，大哥，我有今天，全靠你了，等我大学毕业了，等我工作了，等你老了，我来养你……

李大宝假装说：你说过吗，我怎么不记得了？

张朵朵：当然说过了，你的账本上还记着这句话呢，昨天晚上你还念叨这句话来着呢！

李大宝不好意思地笑了。

李三宝：李大宝，我知道，你根本就不相信我的话；我知道，在你们眼里，我的话有的时候比李二宝的还不可靠。

李上：三叔，我爸招你惹你了……

李三宝：李大宝……

李三宝用手分别指着姑奶奶、妈妈、李小雅……

李三宝：李大宝，这一大家子，你都养活了……

为了稳定情绪，李三宝端起水杯喝了一口水。

李三宝：李大宝……大哥，我告诉你，二十多年了，我自己的诺言我一个字也没忘了。大哥，你记住了，我马上就要回归了，就要当作家了。还是那句话，大哥，我有今天，全靠你了，等我写出了大作品，挣了大稿费，等你老了，我来养你……

李三宝捂着脸，哭了起来。

李大宝彻底动了感情，激动地说：姑奶奶、妈妈，我只是尽了一个长子和大哥应尽的责任。我也不知道远在天堂里的爸爸，对我的表现满意不满意？

姑奶奶和妈妈异口同声地说：保准满意！

李大宝：何以见得？

姑奶奶：你知道你爸临终前说的一句话是什么吗？

李大宝：是什么？

妈妈：你爸说，没什么可怕的，大宝就要长大了，一切都会好起来的。

李大雅也捂着脸，哭了起来。

李大宝："一切都会好起来的"，这是我发明的名人名言呀，怎么跑到我爸嘴里去了？

妈妈：你说的和你爸说的有什么区别吗！

王蔷举起酒杯，说：来，我们兄弟姐妹们，一块敬大哥和大嫂吧。

兄弟姐妹们举杯敬李大宝和张朵朵。

大家把酒喝了。

张朵朵：姑奶奶、妈妈，今天四个孩子都在，这也是他们聚得最齐的一次，我们一块祝福他们吧。祝他们永远健康、平安、快乐！

妈妈：好好好！

大人们举起杯，一起喊：健康、平安、快乐！

只有姑奶奶坐着没动。仔细看去，姑奶奶把脖子歪在一边，睡过去了。

李大宝：姑奶奶，姑奶奶！

李大宝一连叫了好几声，姑奶奶都没反应。

妈妈慌了，说：姑奶奶不是把我们撇下，自己走了吧！

妈妈扑到姑奶奶身边。

姑奶奶慢慢睁开眼睛，说：你就咒我吧，把我咒死了，你好一手遮天，是吧？

妈妈：我可没咒您，是您自己每天喊叫着要死要活的！

姑奶奶用手指着大家。

姑奶奶：你们记住了，都给我好好的，我还要活到100岁呢！

大家都说：我们一定好好的！

19. 小院子里，外，夜

李大雅站在柿子树下。

妈妈从屋里出来了。

妈妈：大雅，找我有事？

李大雅：妈，我爸到底是怎么死的？现在你可以告诉我了吧？

妈妈：这个……

姑奶奶不知从哪儿钻出来了。她使劲儿地咳嗽着。

妈妈只好把话憋回去了……

恰好，妈妈屋的门开了。李大宝、张朵朵和李下走了出来。

妈妈：走了？

张朵朵：走了。姑奶奶，妈妈，辛苦一天了，你们也早点休息吧！

妈妈：大宝，黑灯瞎火的，慢点骑车！

20. 居庸关长城，外，日

李大宝、张朵朵和李下随着人群往上爬。一个少年使劲儿盯着他们三个人看。李大宝以为少年看张朵朵呢，心里醋意大发。

李大宝一边走，一边嘟囔：我不生气，我不生气；我不当蛤蟆，我更不当癞蛤蟆；自己惹自己生气的，那是蛤蟆；别人一惹就生气的，那是癞蛤蟆。

张朵朵：你嘟囔啥呢？

李大宝：你没看见那个小王八蛋，老盯着你看吗？

顺着李大宝所指，张朵朵看了看那个少年。

张朵朵：你想啥呢？人家看我干吗，我都多大岁数了？人家看闺女呢！

李大宝：是吗？

李大宝美滋滋地笑了。

李大宝：他看我闺女也不行！

李大宝停下来，注视着前面的李下。

李下像夏日的阳光一样，行走在通向云端的台阶上……

21. 西北郊，山间的路上，外，日

延庆通往北京城区的路上。

李大宝骑着自行车，驮着张朵朵，奋力前行；与他几乎同行的则是李下。

李大宝的自行车还是老式的，而李下的自然是赛车了。

……

22. 德胜门，马路上，外，日

德胜门门楼子。

熙来攘往的车辆和行人。

李大宝和李下的两辆自行车，随波逐流。

李大宝：下下，要不你先回去，我跟妈妈再转转。

李下：好了。

李下一用力，跑到前面去了……

23. 纺织厂，大门口，外，日

李大宝和张朵朵站在大门外。

大门虽然关着，但却是一副锈迹斑斑、将要倾倒的样子。

院内寂静得要死。

突然，两只乌鸦从院内的树上飞起……

纺织厂的上空，显得愈加空寂、荒凉。

李大宝：据说，过两天就要把厂子炸了、推了、挖了；不出一年，成片的住宅楼就起来了。

张朵朵：不是说，从杨开明手上买空厂子的大老板是个文化人吗？不是说，这个大老板是要在这里建什么纺织博物馆和什么现代艺术馆吗？

李大宝：讲故事呗。不讲故事，他能拿到这么好的地片？不讲故事，政府能让他把这么好的地片撂了三四年？这三四年一撂，地价涨了不止10倍。据说，大老板把这片地转手一倒，就赚了不止10个亿。

张朵朵：这世界变化真是快。10年前，谁要是有一万块钱，那就是大款了。如今的有钱人，口袋里动辄就是千万甚至上亿。哪儿说理去？

李大宝小声说：不重要了……一切都不重要了……

张朵朵：你说什么？

李大宝：我说……不重要了……一切都不重要了……

张朵朵：你能这么想，最好了。刚才，你要来的时候，我还想阻止你，就怕你到了这里，想不开。好了，看看就行了，走吧……

张朵朵挽着李大宝的胳膊，慢慢地转过身来。

突然，李大宝听到了一声巨响。

李大宝：什么声音？

张朵朵乍起耳朵，说：什么声音？没有啊，什么声音也没有啊！

李大宝慢慢地闭上眼睛，仔细谛听。他确实听到了一声巨响。不过，这声巨响仿佛来自遥远的天边。

李大宝睁开眼睛。恍惚中，看到了焕然一新的工厂大门徐徐打开。

李大宝一下子热血沸腾起来。

李大宝的目光由工厂大门到了厂内花园，再由厂内花园到了锯齿车间厂房。他定睛看去，于是，一幅幅画面，扑面而来：

技术大比武的现场；

李大宝和大裤裆打架。

师傅孙友来安排一天的工作；

二膀子和另外一个工友扫大街。

工友们在食堂打饭；

李大宝在向宋燕子推销自己。

大礼堂俱乐部的文艺汇演；

维修车间里的嬉笑打闹。

李大宝在大礼堂俱乐部卖门票；

工友们在为大裤裆捐款。

孙友来和李大宝带领着维修车间的全体工人，在紧锣密鼓地安装设备；

锯齿车间灯火通明，纺织女工们在加班加点地工作。

……

一对新人的婚礼现场。

主席台上挂着横幅，上写：李大宝（纺织系统劳模）、张朵朵（剧团舞蹈演员）新婚典礼。

李大宝六神无主，张朵朵痛苦不堪。

工友们的声音响起（念白）：

抬起裤裆，走吧，路还长着呢；穿上鞋子，去吧，日子还远着呢。戴上墨镜，恨吧，谁让她抛弃你；穿上风衣，爱吧，谁让你喜欢她……

伴随着工友们的声音，李大宝和张朵朵的脸上逐渐都笑开了花儿……（定格）

李下的旁白：

我们老李家的故事就暂时告一段落了。生活在继续，我们的故事也会继续。如果有机会，我再给您接着讲述吧……

2013年5月15日一稿于北京

2013年7月25日二稿于旧金山

2015年1月10日定稿于北京

附录

1.《画皮》(1983年首演于上海)故事简介

一种:

青楼女子小雪与书生王生相爱,助其高考得中,王生却背弃前盟,另娶新欢,并将小雪杀害。小雪冤魂不散,化作厉鬼。百年后,她疯狂地报复害人;她遇见江南巡抚王存益,长相与王生相似。小雪假扮逃奴,进入王府,诱惑王存益,加害其善良的夫人湘绮。一场人鬼之间、人伦之间爱恨交缠的生死之战徐徐展开。爱恨情仇,生死抉择,惊心动魄。

另一种:

书生王某,携妻陈氏同游集市。遇一女子,艳艳。生贪其色,窃爱之。道士劝诫:"妖也!"生不听,反疑道士借魇禳以猎食。生匿女子于书斋,终日厮混,魂不守舍。深夜不归宿。陈氏惴惴不安,寻至书斋。生反挞陈氏。一日,生外出,斋内魍魉乱舞,执彩笔绘人皮。少顷生归,窥见一狞鬼举皮披于身,遂化为美女,大惊失色!始悟道士所言之真,悔已晚矣。生被剖腹剜心而死,陈氏闻声赶到,俯仰哀啼。陈氏蹑足急奔,寻觅道士,叩求去鬼回生之术。道士幻变憨狂乞人,以验其心。陈氏忍辱以求,道士终为其诚所动,遂于同往。鬼始以女子作态,继而褪去画皮,狰狞可怖。道士浩气做法,以木剑击之,化黑烟散去。审视之,骷髅也!

2.《为你疯狂》(原名《疯狂女郎》,1930年首演于纽约)故事简介

20世纪30年代纽约的赞格尔剧院(Zangler Theater),富丽秀落下帷幕。舞蹈指导苔丝(Tess)马上离开现场,避免已婚的赞格尔先生骚扰。富家子弟鲍比希望当演员,于是前来经赞格尔先生面试。他演唱了《为你疯狂》,却因为踩到赞格尔先生的脚而被拒绝。

鲍比和富家小姐艾琳（Irene）订婚已有 5 年。母亲要求他继承家业然后与之成婚。他的第一任务是到内华达州的一个小城市去关闭一家即将破产的剧院。

鲍比的到来给了小城剧院主人艾弗里 · 贝克（Everett Baker）一定的压力，他求助于女儿波利，希望她通过施展魅力，让鲍比不要关闭剧院，但并没把鲍比的真实身份告诉波利。鲍比对波利一见钟情，开始了猛烈的追求。这引起了沙龙主任兰克 · 霍金斯（Lank Hawkins）的不满，因为他也喜欢波利，因此对鲍比这个情敌恨之入骨。

鲍比发现自己进退维谷，如果他关闭剧院，则要失去波利。突然，他灵机一动，决定上演一台节目，让剧院赢利，从而避免被关闭的命运。波利原本很支持这个计划，但是突然发现鲍比竟然是要关闭剧院的人，愤怒地退出。鲍比十分伤心，但是决定假扮赞格尔先生把演出进行下去。

几天后，赞格尔剧院的几个富丽秀女孩儿因度假来到小城，鲍比请她们在这里上演一台节目，常年不见漂亮姑娘的居民因此兴奋不已。波利爱上了鲍比假扮的赞格尔先生。就在他觉得一切顺利时，未婚妻艾琳来到这里，威胁要揭发他。

鲍比以真实身份向波利求爱，但波利还爱着那个假赞格尔先生，当他要说出实情时，真的赞格尔先生出现了，他在寻找逃走的苔丝。他找到苔丝，苔丝仍然拒绝他。他一气之下喝得烂醉。因为失去波利而痛苦不已的鲍比也打扮成赞格尔的样子，在沙龙里喝闷酒。两人同时抱怨着生活的不如意。原本来寻找鲍比的艾琳意外被兰克吸引，她想尽办法引诱他。

次日清晨，波利在沙龙里发现两个醉倒的赞格尔先生，终于明白了事情原委，她生气地给了鲍比一耳光。在小城的演出计划会议上，鲍比认为应该让演出继续，而波利建议放弃。最后居民投票结果是放弃。失意的鲍比决定回纽约，这个时候波利才发现自己多么的爱鲍比，但是已经太迟了。赞格尔先生为了讨好苔丝，决定投资演出，两人终于和好。他原本计划让鲍比担任男主角，但闻讯他已经离开，随即决定将波利捧成大明星。

六周后。鲍比生日，母亲送给他赞格尔剧院作为礼物，因为赞格尔先生为了小城的演出卖掉了所有财产。尽管刚开始，他因为终于能实现舞台理想而欣喜，但随即发现波利比他的舞台理想还要重要，于是决定回去找她，母亲与他同行。与此同时，波利也鼓起勇气去纽约寻找鲍比。两人正好擦肩而过。鲍比的母亲看到艾琳竟然已经和兰克结婚，与之争吵起来。艾弗里对鲍比的母亲一见钟情，开始了猛烈的追求，并得到了回应。

而波利因为汽车故障误了火车，回到小城，终于与鲍伯团聚。